诺贝尔文学奖
获得者**莫言**
作品系列

欢乐

莫言◎著

上海文艺出版社

序　言

收入本集的八部中篇，皆作于八十年代。《流水》最早，大约完成于 1983 年。此作遭遇数次退稿后，即丧失信心，掷之箱底，羞于拿出示人。后因《透明的红萝卜》等作走红，登门约稿者络绎不绝，遂从箱底取出，竟被故乡刊物《风流》发表在 1985 第二期上。此作可以明显看出我早期所受"白洋淀派"的影响，以及主题先行创作观念的痕迹。

《野种》原题《父亲在民夫连里》，此篇原系构思中的《红高粱家族》系列长篇中的一个章节，但因为现实生活中发生的事件屡屡打乱我的创作计划，这个野心勃勃的构思就瓦解了。另外一个原因就是，写完《丰乳肥臀》后，我对盛行一时的家族历史小说不再感兴趣，此篇也就无法找到它应有的位置。

《你的行为使我们恐惧》写成最晚，起笔于 1988 年秋，完成于大约年底吧，记不清楚了。时在北京师范大学与鲁迅文学院合办的作家研究生班学习。之所以刚出军艺又去鲁院，是想去学点英语。但前来约稿的编辑不断地给我泼冷水。是学英语还是写小说？当时颇费思忖。最终还是选择了写小说而弃学英语。其实，对很多人来说，二者可以兼顾，但我如果要写小说，就无法干别的事情，于是，此生唯一可以改变"土包子"形象的机会就这样错过了。可惜可惜！其实，少写几部小说又有什么关系呢?

《你的行为使我们恐惧》与本集中的《欢乐》一样,使用了第二人称和集体叙事视角“我们”。“我们”是我们这个社会中最盛行的叙事或表达角度,安全并隐含着霸权。我们总是喜欢将“我”的观点用“我们”表述出来。这里有很多微妙之处值得研究。

此次上海文艺出版社将我全部的中篇重新编排出版,分为三集,此为其一。

莫 言

2010年7月

目　录

透明的红萝卜

一

秋天的一个早晨,潮气很重,杂草上,瓦片上都凝结着一层透明的露水。槐树上已经有了浅黄色的叶片,挂在槐树上的红锈斑斑的铁钟也被露水打得湿漉漉的。队长披着夹袄,一手里拤着一块高粱面饼子,一手里捏着一棵剥皮的大葱,慢吞吞地朝着钟下走。走到钟下时,手里的东西全没了,只有两个腮帮子像秋田里搬运粮草的老田鼠一样饱满地鼓着。他拉动钟绳,钟锤撞击钟壁,"喤喤喤"响成一片。老老少少的人从胡同里涌出来,汇集到钟下,眼巴巴地望着队长,像一群木偶。队长用力把食物吞咽下去,抬起袖子擦擦被络腮胡子包围着的嘴。人们一齐瞅着队长的嘴,只听到那张嘴一张开——那张嘴一张开就骂:"他娘的腿!公社里这些狗娘养的,今日抽两个瓦工,明日调两个木工,几个劳力全被他们给零打碎敲了。小石匠,公社要加宽村后的滞洪闸,每个生产队里抽调一个石匠,一个小工,只好你去了。"队长对着一个高个子宽肩膀的小伙子说。

小石匠长得很潇洒,眉毛黑黑的,牙齿是白的,一白一黑,衬托得满面英姿。他把脑袋轻轻摇了一下,一绺滑到额头上的头发轻轻地甩上去。他稍微有点口吃地问队长去当小工的人是谁，队长怕冷似的把膀子抱起来，双眼像风车一样旋转着，嘴里嘈嘈地说："按说去个妇女好，可妇女要拾棉花。去个男劳力又屈了料。"最后，他的目光停在墙角上。墙角上站着一个十岁左右的男孩子。孩子赤着脚，光着脊梁，穿一条又肥又长的白底带绿条条的大裤头子，裤头上染着一块块的污渍，有的像青草的汁液，有的像干结的鼻血。裤头的下沿齐着膝盖。孩子的小腿上布满了闪亮的小疤点。

"黑孩儿，你这个小狗日的还活着?"队长看着孩子那凸起的瘦胸脯，说："我寻思着你该去见阎王了。打摆子好了吗?"

孩子不说话，只是把两只又黑又亮的眼睛直盯着队长看。他的头很大，脖子细长，挑着这样一个大脑袋显得随时都有压折的危险。

"你是不是要干点活儿挣几个工分? 你这个熊样子能干什么? 放个屁都怕把你震倒。你跟上小石匠到滞洪闸上去当小工吧，怎么样? 回家找把小锤子，就坐在那儿砸石头子儿，愿意动弹就多砸几块，不愿动弹就少砸几块，根据历史的经验，公社的差事都是胡弄洋鬼子的干活。"

孩子慢慢地蹭到小石匠身边，扯扯小石匠的衣角。小石匠友好地拍拍他的光葫芦头，说："回家跟你后娘要把锤子，我在桥头上等你。"

孩子向前跑了。有跑的动作，没有跑的速度，两只细胳膊使劲甩动着，像谷地里被风吹动着的稻草人。人们的目光都追着他，看着他光着的背，忽然都感到身上发冷。队长把夹袄使劲扯了扯，对着孩子喊："回家跟你后娘要件褂子穿着，嗜，你这个小可怜虫儿。"

他跷腿蹑脚地走进家门。一个挂着两条清鼻涕的小男孩正蹲在院子里和着尿泥，看着他来了，便扬起那张扁乎乎的脸，爹煞着手叫："可……可……抱……"黑孩弯腰从地上捡起一个浅红色的杏树叶儿，给后母生的弟弟把鼻涕擦了，又把黏着鼻涕的树叶像贴传单一样"巴唧"拍到墙上。对着弟弟摆摆手，他向屋里溜去，从墙角上找到一把铁柄羊角锤子，又悄悄地溜出来。小男孩又冲着他叫唤，他找了一根树枝，围着弟弟画了一个大大的圆圈，扔掉树枝，匆匆向村后跑去。他的村子后边是一条不算大也不算小的河，河上有一座九孔石桥。河堤上长满垂柳，由于夏天大水的浸泡，树干上生满了红色的须根。现在水退了，须根也干巴了。柳叶已经老了，橘黄色的落叶随着河水缓缓地向前漂。几只鸭子在河边上游动着，不时把红色的嘴插到水草中，"呱唧呱唧"地搜索着，也不知吃到什么没有。

孩子跑上河堤，已经累得气喘吁吁。凸起的胸脯里像有只小母鸡在打鸣。

"黑孩！"小石匠站在桥头上大声喊他，"快点跑！"

黑孩用跑的姿势走到小石匠跟前，小石匠看了他一眼，问："你不冷？"

黑孩怔怔地盯着小石匠。小石匠穿着一条劳动布的裤子，一件劳动布夹克式上装，上装里套一件火红色的运动衫，运动衫领子耀眼地翻出来，孩子盯着领口，像盯着一团火。

"看着我干什么？"小石匠轻轻拨拉了一下孩子的头，孩子的头像货郎鼓一样晃了晃。"你呀"，小石匠说，"生被你后娘给打傻了。"

小石匠吹着口哨，手指在黑孩头上轻轻地敲着鼓点，两人一起走上了九孔桥。黑孩很小心地走着，尽量使头处在最适宜小石匠敲打的位置上。小石匠的手指骨节粗大，坚硬得像小棒槌，敲在光头上很痛，黑孩忍着，一声不吭，只是把嘴角微微吊起来。小石匠的嘴非常灵巧，两片红润的嘴唇忽而噘起，忽而张开，从他唇间流出百灵鸟的婉啭啼声，响，脆，直冲到云霄里去。

过了桥上了对面的河堤，向西走半里路，就是滞洪闸，滞洪闸实际上也是一座桥，与桥不同的是它插上闸板能挡水，拔开闸板能放洪。河堤的漫坡上栽着一簇簇蓬松的紫穗槐。河堤里边是几十米宽的河滩地，河滩细软的沙土上，长着一些大水落后匆匆生出来的野草。河堤外边是辽阔的原野，连年放洪，水里挟带的沙土淤积起来，改良了板结的黑土，土地变得特别肥沃。今年洪水不大，没有危及河堤，滞洪闸没开闸滞洪，放洪区里种植了大片的孟加拉国黄麻。黄麻长得像原始森林一样茂密。正是清晨，还有些薄雾缭绕在黄麻梢头，远远看去，雾下的黄麻地像深邃的海洋。

小石匠和黑孩悠悠逛逛地走到滞洪闸上时，闸前的沙地上已集合了两堆人。一堆男，一堆女，像两个对垒的阵营。一个公社干部拿着一个小本子站在男人和女人之间说着什么，他的胳膊忽而扬起来，忽而垂下去。小石匠牵着黑孩，沿着闸头上的水泥台阶，走到公社干部面前。小石匠说："刘副主任，我们村来了。"小石匠经常给公社出官差，刘副主任经常带领人马完成各类工程，彼此认识。黑孩看着刘副主任那宽阔的嘴巴。那构成嘴巴的两片紫色嘴唇碰撞着，发出一连串音节："小石匠，又是你这个滑头小子！你们村真他妈的会找人，派你这个笊篱捞不住的滑蛋来，够我淘的啦。小工呢？"

孩子感到小石匠的手指在自己头上敲了敲。

"这也算个人？"刘副主任捏着黑孩的脖子摇晃了几下，黑孩的脚跟几乎离了地皮。"派这么个小瘦猴来，你能拿动锤子吗？"刘副主任虎着脸问黑孩。

"行了，刘副主任，刘太阳。社会主义优越性嘛，人人都要吃饭。黑孩家三代贫农，社会主义不管他谁管他？何况他没有亲娘跟着后娘过日子，亲爹鬼迷心窍下了关东，一去三年没个影，不知是被熊瞎子舔了，还是被狼崽子吹了。你的阶级感情哪儿去了？"小石匠把黑孩从刘太阳副主任手里拽过来，半真半假地说。

黑孩被推搡得有点头晕。刚才靠近刘副主任时，他闻到了那张阔嘴里喷出了一股酒气。一闻到这种味儿他就恶心，后娘嘴里也有这种味。爹走了以后，后娘经常让他拿着地瓜干子到小卖铺里去换酒。后娘一喝就醉，喝醉了他就要挨打，挨拧，挨咬。

"小瘦猴！"刘副主任骂了黑孩一句，再也不管他，继续训起话来。

黑孩提着那把羊角铁锤，蔫儿古唧地走上滞洪闸。滞洪闸有一百米长，十几米高，闸的北面是一个和闸身等长的方槽，方槽里还残留着夏天的雨水。孩子站在闸上，把着石栏杆，望着水底下的石头，几条黑色的瘦鱼在石缝里笨拙地游动。滞洪闸两头连结着高高的河堤，河堤也就是通往县城的道路。闸身有五米宽，两边各有一道半米高的石栏杆。前几年，有几个骑自行车的人被马车搡到闸下，有的摔断了腿，有的摔折了腰，有的摔死了。那时候他比现在当然还小，但比现在身上肉多，那时候父亲还没去关东，后娘也不喝酒。他跑到闸上来看热闹，他来得晚了点，摔到闸下的人已被拉走了，只有闸下的水槽里还有几团发红发浑的地方。他的鼻子很灵，嗅到了水里飘上来的血腥味……

他的手扶住冰凉的白石栏杆，羊角锤在栏杆上敲了一下，栏杆和锤子一齐响起来。倾听着羊角铁锤和白石栏杆的声音，往事便从眼前消散了。太阳很亮地照着闸外大片的黄麻，他看到那些薄雾匆匆忙忙地在黄麻里钻来钻去。黄麻太密了，下半部似乎还有间隙，上半部的枝叶挤在一起，湿漉漉，油亮亮。他继续往西看，看到黄麻地西边有一块地瓜地，地瓜叶子紫勾勾地亮。黑孩知道这种地瓜是新品种，蔓儿短，结瓜多，面大味道甜，白皮红瓤儿，煮熟了就爆炸。地瓜地的北边是一片菜园，社员的自留地统统归了公，队里只好种菜园。黑孩知道这块菜园和地瓜都是五里外的一个村庄的，这个村子挺富。菜园里有白菜，似乎还有萝卜。萝卜缨儿绿得发黑，长得很旺。菜园子中间有两间孤独的房屋，住着一个孤独的老头，孩子都知道。菜园的北边是一望无际的黄麻。菜园的西边又是一望无际的黄麻。三面黄麻一面堤，使地瓜地和菜地变成一个方方的大井。孩子想着，想着，那些紫色的叶片，绿色的叶片，在一瞬间变成井中水，紧跟着黄麻也变成了水，几只在黄麻梢头飞蹿的麻雀变成了绿色的翠鸟，在水面上捕食鱼虾……

刘副主任还在训话。他的话的大意是，为了农业学大寨，水利是农业的命脉，八字宪法水是一法，没有水的农业就像没有娘的孩子，有了娘，这个娘也没有奶子，有了奶子，这个奶子也是个瞎奶子，没有奶水，孩子活不了，活了也像那个瘦猴。（刘副主任用手指指着闸上的黑孩。黑孩背对着人群，他脊梁上有两块大疤瘌，被阳光照得忽啦忽啦打闪电。）而且这个闸太窄，不安全，年年摔死人，公社革委特别重视，认真研究后决定加宽这个滞洪闸。因此调来了全公社各大队共合二百余名民工。第一阶段的任务是这样的，姑娘媳妇半老婆子加上那个瘦猴（他又指指闸上的孩子，阳光照着大疤瘌，像照着两面小镜子），把那五百方石头砸成柏子养心丸或者是鸡蛋黄那么大的石头子儿。石匠们要把所有的石料按照尺寸剥磨整齐。这两个是我们的铁匠（他指着两个棕色的人，这两个人一个高，一个低，一个老，一个少），负责修理石匠们秃了尖的钢钻子之类。吃饭嘛，离村近的回家吃，离村远的到前边村里吃，我们开了一个伙房。睡觉嘛，离村近的回家睡，离村远的睡桥洞（他指指滞洪闸下那几十个桥洞）。女的从东边向西睡，男的从西边向东睡。桥洞里铺着麦秸草，暄得像钢丝床，舒服死你们这些狗日的。

"刘副主任，你也睡桥洞吗？"

"我是领导。我有自行车。我愿意在这儿睡不愿意在这儿睡是我的事，你别操心烂了肺。官长骑马士兵也骑马吗？狗日的，好好干，每天工分不少挣，还补你们一斤水利粮，两毛水利钱，谁不愿干就滚蛋。连小瘦猴也得一份钱粮，修完闸他保证要胖起来……"

刘副主任的话，黑孩一句也没听到。他的两根细胳膊拐在石栏杆上，双手夹住羊角锤。他听到黄麻地里响着鸟叫般的音乐和音乐般的秋虫鸣唱。逃逸的雾气碰撞着黄麻叶子和深红或是淡绿的茎秆，发出震耳欲聋的声响。蚂蚱剪动翅羽的声音像火车过铁桥。他在梦中见过一次火车，那是一个独眼的怪物，趴着跑，比马还快，要是站着跑呢？那次梦中，火车刚站起来，他就被后娘的扫炕笤帚打醒了。后娘让他去河里挑水。笤帚打在他屁股上，不痛，只有热乎乎的感觉。打屁股的声音好像在很远的地方有人用棍子抽一麻袋棉花。

他把扁担钩儿挽上去一扣，水桶刚刚离开地皮。担着满满两桶水，他听到自己的骨头“咯崩咯崩”地响。肋条跟胯骨连在了一起。爬陡峭的河堤时，他双手扶着扁担，摇摇晃晃。上堤的小路被一棵棵柳树扭得弯弯曲曲。柳树干上像装了磁铁，把铁皮水桶吸得摇摇摆摆。树撞了桶，桶把水撒在小路上，很滑，他一脚踏上去，像踩着一块西瓜皮。不知道用什么姿势他趴下了，水像瀑布一样把他浇湿了。他的脸碰破了路，鼻子尖成了一个平面，一根草梗在平面上印了一个小沟沟。几滴鼻血流到嘴里，他吐了一口，咽了一口。铁桶一路欢唱着滚到河里去了。他爬起来，去追赶铁桶。两个桶一个歪在河边的水草里，一个被河水载着向前漂。他沿着水边追上去，脚下长满了四个棱的他和一班孩子们称之为“狗蛋子”的野草。尽管他用脚指头使劲扒着草根，还是滑到了河里。河水温暖，没到了他的肚脐。裤头湿了，漂起来，围在他的腰间，像一团海蜇皮。他呼呼隆隆淌着水追上去，抓住水桶，逆着水往回走。他把两只胳膊奓煞开、一只手拖着桶，另一只手一下一下划着水。水很硬，顶得他趔趔趄趄。他把身体斜起来，弓着脖子往前用力。好像有一群鱼把他包围了，两条大腿之间有若干温柔的鱼嘴在吻他。他停下来，仔细体会着，但一停住，那种感觉顿时就消逝了。水面忽地一暗，好像鱼群惊惶散开。一走起来，愉快的感觉又出现了，好像鱼儿又聚拢过来。于是他再也不停，半闭着眼睛，向前走啊，走……

“黑孩！”

“黑孩！”

他猛然惊醒，眼睛大睁开，那些鱼儿又忽地消失了。羊角铁锤从他手中挣脱了，笔直地钻到闸下的绿水里，溅起了一朵白菊花一样的水花。

“这个小瘦猴，脑子肯定有毛病。”刘太阳上闸去，拧着黑孩的耳朵，大声说：“过去，跟那些娘们砸石子去，看你能不能从里边认个干娘。”

小石匠也走上来，摸摸黑孩凉森森的头皮，说："去吧，去摸上你的锤子来。砸几块，算几块，砸够了就要要。"

"你敢偷奸磨滑我就割下你的耳朵下酒。"刘太阳张着大嘴说。

黑孩哆嗦了一下。他从栏杆空里钻出去，双手勾住最下边一根石杆，身子一下子挂在栏杆下边。

"你找死！"小石匠惊叫着，猫腰去扯孩子的手。黑孩往下一缩，身体贴在桥墩菱状突出的石棱上，轻巧地溜了下去。黑孩子贴在白桥墩上，像粉墙上一只壁虎。他哧溜到水槽里，把羊角锤摸上来，然后爬出水槽，钻进桥洞不见了。

"这小瘦猴！"刘太阳摸着下巴说，"他妈的这个小瘦猴！"

黑孩从桥洞里钻出来，畏畏缩缩地朝着那群女人走去。女人们正在笑骂着。话很脏，有几个姑娘夹杂在里边，想听又怕听，脸儿一个个红扑扑的像鸡冠子花。男孩黑黑地出现在她们面前时，她们的嘴一下子全封住了。愣了一会儿，有几个咬着耳朵低语，看着黑孩没反应，声音就渐渐大了起来。

"瞧瞧，这个可怜样儿！都什么节气了还让孩子光着。"

"不是自己腚里养出来的就是不行。"

"听说他后娘在家里干那行呢……"

黑孩转过身去，眼睛望着河水，不再看这些女人。河水一块红一块绿，河南岸的柳叶像蜻蜓一样飞舞着。

一个蒙着一条紫红色方头巾的姑娘站在黑孩背后，轻轻地问："哎，小孩，你是哪个村的？"

黑孩歪歪头，用眼角扫了姑娘一下。他看到姑娘的嘴上有一层细细的金黄色的茸毛，她的两眼很大，但由于眼睫毛太多，毛茸茸的，显出一副睡眼惺忪的样子。

"小孩，你叫什么名字？"

黑孩正和沙地上一棵老蒺藜作战，他用脚指头把一个个六个尖或是八个尖的蒺藜撕下来，用脚掌去捻。他的脚像骡马的硬蹄一样，蒺藜尖一根根断了，蒺藜一个个碎了。

姑娘愉快地笑起来："真有本事，小黑孩，你的脚像挂着铁掌一样。哎，你怎么不说话？"姑娘用两个手指戳着孩子的肩头说："听到了没有，我问你话呢！"

黑孩感觉到那两个温暖的手指顺着他的肩头滑下去，停到他背上的伤疤上。

"哎，这，是怎么弄的？"

孩子的两个耳朵动了动。姑娘这才注意到他的两耳长得十分夸张。

"耳朵还会动，哟，小兔一样。"

黑孩感觉到那只手又移到他的耳朵上，两个指头在捻着他漂亮的耳垂。

"告诉我，黑孩，这些伤疤，"姑娘轻轻地扯着男孩的耳朵把他的身体调转过来，黑孩齐着姑娘的胸口。他不抬头，眼睛平视着，看见的是一些由红线交叉成的方格，有一条梢儿发黄的辫子躺在方格布上。"是狗咬的？生疮啦？上树拉的？你这个小可怜……"

黑孩感动地仰起脸来，望着姑娘浑圆的下巴。他的鼻子吸了一下。

"菊子，想认个干儿吗？"一个脸盘肥大的女人冲着姑娘喊。

黑孩的眼睛转了几下，眼白像灰蛾儿扑棱。

"对，我就叫菊子，前屯的，离这儿十里，你愿意说话就叫我菊子姐好啦。"姑娘对黑孩说。

"菊子，是不是看上他了？想招个小女婿吗？那可够你熬的，这只小鸭子上架要得几年哩……"

"臭老婆，张嘴就喷粪。"姑娘骂着那个胖女人。她把黑孩牵到像山岭一样的碎石堆前，找了一块平整的石头摆好，说："就坐在这儿吧，靠着我，慢慢砸。"她自己也找了一块光滑石头，给自己弄了个座位，靠着男孩坐下来。很快，滞洪闸前这一片沙地上，就响起了"噼噼啪啪”的敲打石头声。女人们以黑孩为话题议论着人世的艰难和造就这艰难的种种原因，这些“娘儿们哲学”里，永恒真理羼杂着胡说八道，菊子姑娘一点都没往耳里入，她很留意地观察着孩子。黑孩起初还以那双大眼睛的偶然一瞥来回答姑娘的关注，但很快就像入了定一样，眼睛大睁着，也不知他看着什么，姑娘紧张地看着他。他左手摸着石头块儿，右手举着羊角锤，每举一次都显得筋疲力竭，锤子落下时好像猛抛重物一样失去控制。有时姑娘几乎要惊叫起来，但什么也没发生，羊角铁锤在空中划着曲里拐弯的轨迹，但总能落到石头上。

黑孩的眼睛本来是专注地看着石头的，但是他听到了河上传来了一种奇异的声音，很像鱼群在唼喋，声音细微，忽远忽近，他用力地捕捉着，眼睛与耳朵并用，他看到了河上有发亮的气体起伏上升，声音就藏在气体里。只要他看着那神奇的气体，美妙的声音就逃跑不了。他的脸色渐渐红润起来，嘴角上漾起动人的微笑。他早忘记了自己坐在什么地方干什么，仿佛一上一下举着的手臂是属于另一个人的。后来，他感到右手食指一阵麻木，右胳膊也不由自主地抽搐了一下。他的嘴里突然迸出了一个音节，像哀叫又像叹息。低头看时，发现食指指甲盖已经破成好几半，几股血从指甲破缝里渗出来。

“小黑孩，砸着手了是不？”姑娘耸身站起，两步跨到孩子面前蹲下，“亲娘哟，砸成了什么样子？哪里有像你这样干活的？人在这儿，心早飞到不知哪国去了。”

姑娘数落着黑孩。黑孩用右手抓起一把土按在砸破的手指上。

“黑孩，你昏了？土里什么脏东西都有！”姑娘拖起黑孩向河边走去，孩子的脚板很响地扇着油光光的河滩地。在水边上蹲下，姑娘抓住孩子的手浸到河水里。一股小小的黄浊流在孩子的手指前形成了。黄土冲光后，血丝又渗出来，像红线一样在水里抖动，孩子的指甲像砸碎的玉片。

"痛吗?"

他不吱声。这时候他的眼睛又盯住了水底的河虾,河虾身体透亮,两根长须冉冉飘动,十分优美。

姑娘掏出一条绣着月季花的手绢,把他的手指包起来。牵着他回到石堆旁,姑娘说:"行了,坐着耍吧,没人管你,冒失鬼。"

女人们也都停下了手中的锤子,把湿漉漉的目光投过来,石堆旁一时很静。一群群绵羊般的白云从青蓝蓝的天上飞奔而过,投下一团团稍纵即逝的暗影,时断时续地笼罩着苍白的河滩和无可奈何的河水。女人们脸上都出现一种荒凉的表情,好像寸草不生的盐碱地。待了好长一会儿,她们才如梦初醒,重新砸起石子来,锤声寥落单调,透出了一股无可奈何的情绪。

黑孩默默地坐着,目不转睛地看着手绢上的红花儿。在红花旁边又有一朵花儿出现了,那是指甲里的血渗出来了。女人们很快又忘了他,"嘎嘎咕咕"地说笑起来。黑孩把伤手举起来放在嘴边,用牙齿咬开手绢的结儿,又用右手抓起一把土,按到伤指上。姑娘刚要开口说话,却发现他用牙齿和右手又把手绢扎好了。她长长地叹了一口气,举起锤子,沉重地打在一块酱红色的石片上。石片很坚硬,石棱儿像刀刃一样,石棱与锤棱相接,碰出了几个很大的火星,大白天也看得清。

中午,刘副主任骑着辆乌黑的自行车从黑孩和小石匠的村子里蹿出来。他站在滞洪闸上吹响了收工哨。他接着宣布,伙房已经开伙,离家五里以外的民工才有资格去吃饭。人们匆匆地收拾着工具。姑娘站起来。孩子站起来。

"黑孩,你离家几里?"

黑孩不理她,脑袋转动着,像在寻找什么。姑娘的头跟着黑孩的头转动,当黑孩的头不动了时,她也把头定住,眼睛向前望,正碰上小石匠活泼的眼睛,两人对视了几十秒钟。小石匠说:"黑孩,走吧,回家吃饭,你不用瞪眼,瞪眼也是白瞪眼,咱俩离家不到二里,没有吃伙房的福分。”

“你们俩是一个村的?”姑娘问小石匠。

小石匠兴奋地口吃起来,他用手指指村子,说他和黑孩就是这村人,过了桥就到了家。姑娘和小石匠说了一些平常但很热乎的话。小石匠知道了姑娘家住前屯,可以吃伙房,可以睡桥洞。姑娘说,吃伙房愿意,睡桥洞不愿意。秋天里刮秋风,桥洞凉。姑娘还悄悄地问小石匠黑孩是不是哑巴。小石匠说绝对不是,这孩子可灵性哩,他四五岁时说起话来就像竹筒里晃豌豆,咯崩咯崩脆。可是后来,话越来越少,动不动就像尊小石像一样发呆,谁也不知道他寻思着什么。你看看他那双眼睛吧,黑洞洞的,一眼看不到底。姑娘说看得出来这孩子灵性,不知为什么我很喜欢他,就像我的小弟弟一样。小石匠说,那是你人好心眼儿善良。

小石匠、姑娘、黑孩儿,不知不觉落到了最后边,他和她谈得很热乎,恨不得走一步退两步。黑孩跟在他俩身后,高抬腿、轻放脚,那神情和动作很像一只沿着墙边巡逻的小公猫。在九孔桥上,刚刚在紫穗槐树丛里耽误了时间的刘太阳骑着车子“嘎嘎啦啦”地赶上来,桥很窄,他不得不跳下车子。

“你们还在这儿磨蹭? 黑猴,今天上午干得怎么样? 噢,你的爪子怎么啦?”

“他的手让锤子打破了。”

“他妈的。小石匠,你今天中午就去找你们队长,让他趁早换人,出了人命我可担不起。”

“他这是工伤,你忍心撵他走?”姑娘大声说。

“刘副主任,咱俩多年的老交情了,你说,这么大个工地,还多这么个孩子? 你让他瘸着只手到队里去干什么?”小石匠说。

“瘦猴儿,真你妈的,”刘太阳沉吟着说,“给你调个活儿吧,给铁匠炉拉风匣,怎么样? 会不会?”

孩子求援似地看看小石匠,又看看姑娘。

"会拉,是不是黑孩?"小石匠说。

姑娘也冲着他鼓励地点点头。

二

黑孩在铁匠炉上拉风箱拉到第五天,赤裸的身体变得像优质煤块一样乌黑发亮;他全身上下,只剩下牙齿和眼白还是白的。这样一来,他的眼睛就更加动人,当他闭紧嘴角看着谁的时候,谁的心就像被热铁烙着一样难受。他的鼻翼两侧的沟沟里落满煤屑,头发长出有半寸长了,半寸长的头发间也全是煤屑。现在,全工地的男人女人们都叫他"黑孩儿",他谁也不理,连认真看你一眼也不。只有菊子姑娘和小石匠来跟他说话时,他才用眼睛回答他们。昨天中午,工地上的人们全去吃饭了,铁匠师傅的一把小锤和一个淬火用的新水桶被人偷走了。刘太阳在滞洪闸上大骂了半个小时。他分派给黑孩一个新任务:每天中午放工吃饭后,留在工地看守工具,午饭由铁匠师傅从伙房里带来。刘副主任说,便宜黑孩这个狗小子一顿午饭。

人全走了,喧闹了一上午的工地静得很。黑孩走出桥洞,在闸前的沙地上慢慢地踱步。他倒背着胳膊,双手捂着屁股,蹙着眉毛,额头上出现三道深深的皱纹。他翻来覆去地数着桥洞,从两片嘴唇间"叭儿叭儿"地吐出一个个小泡泡儿。在第七个桥墩前,他站住了,然后双腿夹住桥墩的菱状石棱,一耸一耸地往上爬。爬到半截时,他滑了下来,肚皮上擦破了一大块,渗出一层血珠来。他弯腰抓起一把土,按到肚子上。然后倒退几步,抬起手掌打着眼罩,看着桥墩与桥面相接处那道石缝,他放心了。

很快地他又走到了妇女们砸石子的地方,他曾经坐过的那块石头没有了。他很准地找到了菊子姑娘的座位,他认识她那把六棱石匠锤。他坐在姑娘的座位上,不断地扭动着身体,变换着姿势,一直等调整到眼睛跟第七个桥墩上那条石缝成一条直线时,才稳稳地坐住，双眼紧盯着石缝里那个东西……

那天中午，他早早地跑到滞洪闸下，在西边第一个桥洞里蹲下来。他眼睛一遍遍地抚摸红炉、铁钳、大锤、小锤、铁桶、煤铲，甚至每块煤，甚至每块煤渣。快到上工时间了，他右手拿起煤铲，捅开了压住火的红炉，左手用力一拉风箱，煤烟和着煤灰飞起来，迷了眼睛，他使劲揉着，眼眶处充血发了紫。风箱里新勒了鸡毛，很沉，他一只手拉起来有些吃力。右手食指被碰了一下。看手指时才想起那条包着伤指的手绢。手绢已经不白了，月季花还是鲜红的。他转了一个念头，走出桥洞，四下打量着。在第七个桥墩前，他解下手绢用口叼着，费力地爬上去，把手绢塞到石缝里……三捅两戳，火灭了。他的额上沁出一层汗珠。这时桥洞外响起踢踢踏踏的脚步声，他惶恐地倒退着，一直退到脊背贴着凉凉的石壁。黑孩看到一个短腿的青年弯着腰走进桥洞，那姿势好像要证明桥洞很低他人很高。黑孩咧了咧嘴。短腿青年看着被捅灭的火炉和拉出半截的风箱，又看看紧贴石壁站着的他，骂一声："小狗崽子！你来折腾什么？火也捅灭了，风匣也拉歪了，欠揍的小混蛋。"黑孩听到头上响起一阵风声，感到有一个带棱角的巴掌在自己头皮上扇过去，紧接着听到一个很脆的响，像在地上摔死一只青蛙。

"滚出去砸你的石头子儿，小混蛋！"青年人骂着。

黑孩这才知道这就是小铁匠。小铁匠的脸上布满密集的粉刺疙瘩，鼻子像牛犊的鼻子一样，扁扁的，平平的，上边布满汗珠。黑孩看到小铁匠麻利地清理炉膛。又看着他从桥洞的角上抓过一把金黄的麦秸塞到炉膛里，点燃，轻轻地拉几下风箱，麦秸先冒出又轻又白的烟，紧跟着蹿出火苗。小铁匠铲了一铲湿漉漉的煤，薄薄地撒在正在燃烧的麦秸上，拉风箱的手一直不停。又撒了一层煤。又撒了一层煤。炉里蹿起焦黄的烟，烟里夹带着呛鼻子的煤味。小铁匠用铁铲尖儿把炉中煤一戳，几缕强劲有力的暗红色的火苗蹿了出来，煤着了。

黑孩兴奋地“噢”了一声。

“你还不滚，小混蛋！”

一个又高又瘦的老头子慢吞吞地走进桥洞，问小铁匠：“不是压住火了吗？怎么又生?”他的语声沉闷，声音像是从胸膈以下发出来的。

“被这个小混蛋给捅灭了。”小铁匠抬起煤铲指指黑孩。

“你让他拉吧。”老头说。他把一块蛋黄色的油布围在腰间，把两块蛋黄色的油布绑在脚脖子上护住了脚面。油布上布满了火星烧成的洞洞眼眼。黑孩知道这就是老铁匠了。

“让他拉风匣，你专管打锤，这样你也轻松一点。”老铁匠说。

“让这么个毛孩子拉风匣？你看他瘦得那个猴样，在火炉边还不给烤成干柴棍儿！”小铁匠不满意地嘟哝着。

刘太阳一步闯进来，翻着眼皮说：“怎么啦？不是你说的要个拉火的吗?”

“要拉火的不要他！刘副主任，你看看他瘦得那个样子，恐怕连他妈的煤铲都拿不动，你派他来干什么？臭杞摆碟凑样数！”

“我知道你小子的鬼心眼子。你想要个大姑娘来给你拉火是不是？挑个最漂亮的，让那个蒙着紫红色方头巾的来？美得你这个臊包狗蛋！黑孩，拉风箱吧。”刘太阳冲着小铁匠说，“你他妈的好好教教他！”

黑孩畏畏缩缩地走到风箱前站定，目光却期待什么似地望着老铁匠的脸。孩子发现，老铁匠的脸色像炒焦了的小麦，鼻子尖像颗熟透了的山楂。他走上前来，教给黑孩一些烧火的要领。黑孩的耳朵抖动着，把老铁匠的话儿全听进去了。

刚开始拉火时，他手忙脚乱，满身都是汗水，火焰烤得他的皮肤像针尖刺着一样疼痛。老铁匠面部没有表情，僵硬犹如瓦片，连看也不看他一眼。黑孩咬着下嘴唇，不断地抬起黑胳膊擦着流到眼睛上边的汗水。他的鸡胸脯一起一伏，嘴和鼻孔像风箱一样“呼哧呼哧”

喷着气。

小石匠送来磨秃的钢钻待修，看着黑孩那副样子，说："能不能挺住？挺不住就吱声，还去砸你的石头子儿。"

黑孩连头都没抬。

"这倔种！"小石匠把钢钻扔在地上，走了。但很快他又折了回来，和菊子姑娘一起。菊子把方头巾扎在脖子上，整个脸显得更加完整。

桥洞里的小铁匠忽然感到眼前一亮，使劲咽了一口唾液，又用肥厚的舌头舔了舔干裂的嘴唇。他的两只眼睛不比黑孩的眼睛小，但右眼里有一个鸭蛋皮色的"萝卜花"遮盖了瞳孔。天长日久地用左眼看东西，养成了脑袋往右歪的习惯。他的头枕在右肩上，左眼里射出一道灼热的光，直盯着姑娘红扑扑的脸膛。十八磅的大铁锤头朝下站在他的两腿间，他手扶锤把子，像拄着一根拐棍。

炉中烟火升腾，黑烟夹带着火星直冲到桥面上，又愤怒地反扑下来。孩子的脸笼罩在烟雾里，他咳嗽着，胸脯里"咝咝"地响。老铁匠冷冷地看了黑孩一眼，从磨得油亮的皮口袋里掏出烟袋，慢吞吞地装上烟，就着炉火点燃，把两股白色烟喷进黑色烟里，鼻孔里两撮黑毛抖动着，他从烟雾里漠然地看了一眼桥洞口的小石匠和菊子，这才对黑孩说："少加煤，撒匀一点。"

孩子急促地拉着风箱，瘦身子前倾后仰，炉火照着他汗湿的胸脯，每一根肋巴条都清清楚楚。左胸脯的肋条缝中，他的心脏像只小耗子一样可怜巴巴地跳动着。

老铁匠说："拉长一点，一下是一下。"

菊子姑娘看到黑孩的下唇流出深红的血，眼睛里顿时充满泪水。她喊道："黑孩，不给他们干了。走，回去跟我砸石子儿。"她走到风箱前，捏住了黑孩那两条干柴棍一样的细胳膊。黑孩拼命挣扎着，喉咙里呜呜地响着，像一条要咬人的小狗。他身体很轻，姑娘架着他的胳膊把他端出了桥洞，他粗糙的脚趾划着地面，地上的碎石片儿哗哗地响着。

“黑孩，咱不给他们干了，你顶不住烟熏火燎，你这么瘦，流光了汗，就烤成锅巴啦。还是跟姐姐去砸石子儿轻松。”一边说着，一边把他放下，用一只手拖着他往石堆那边走。她的胳膊粗壮有力，手很大很柔软，捏着黑孩的手腕，像捏着一条小山羊腿。黑孩打着坠，脚后跟哗哗啦啦犁着地上的碎石片。“小傻瓜，小拗种，好好跟我走。”姑娘停住脚，回头对他说着，手用力捏捏他的腕子，“看看你这小狗腿，我要一用劲，保准捏碎了，那么重的活你怎么干得了？”黑孩恨恨地盯了她一眼，猛地低下头，在姑娘胖胖的手腕上狠狠地咬了一口。她“哎哟”了一声，松开手，黑孩转身跑回了桥洞。

黑孩的牙齿十分锋利，姑娘的手腕上被咬出了两排深深的牙印。他的犬齿是两个锥牙儿，这两个锥牙在姑娘腕上钻出了两个流血的小洞。小石匠关切地走上前去，掏出一条皱巴巴的手绢要给姑娘包扎。她推开他，眼睛也不看他，弯腰从地上抓起一把土，按在伤口上。

“有病菌！”小石匠吃惊地叫喊。

姑娘走回乱石堆前，寻着自己的座位坐下来，呆呆地瞅着河水上层出不穷的波纹，一块石头儿也不砸。

“看看，又傻了一个。”

“黑孩八成会使魔法。”

女人们咬着耳朵低语。

“黑孩，你给我滚出来！狗崽子，狗咬吕洞宾，不识好人心。”小石匠骂着往铁匠炉所在的桥洞里走。

一股脏乎乎、热烘烘的水泼出来，劈头盖脸蒙住了小石匠。小石匠对得正，桥洞里瞄得准，半桶水几乎没浪费一滴。他柔软的黄头发上，劳动布夹克衫上、大红运动衫翻领上，沾满了铁屑和煤灰，脏水像小溪一样从头往脚流。

“瞎了狗眼了！”小石匠大骂着冲进桥洞，“谁干的？说，谁干的？”

没有人答理他。桥洞里黑烟散尽，炉火正旺，紫红色的老铁匠用一把长长的铁钳子把一根烧得发白透亮的钢钻子从炉里夹出来，钻子尖上“噼噼”地爆着耀眼的钢花。老铁匠把钻子放在铁砧上，用小叫锤敲了一下铁砧的边缘，铁砧清脆地回答着他。他的左手操着长把铁钳，铁钳夹着钻子，钻子按着他的意思翻滚着；右手的小叫锤很快地敲着钢钻。他的小锤敲到哪儿，独眼小铁匠的十八磅大铁锤就打到哪儿。老铁匠的小锤像鸡啄米一样迅疾，小铁匠的大锤一步不让，桥洞里习习生出热风。在惊心动魄的锻打声中，钢钻子火星四溅，火星溅到老铁匠和小铁匠围腰护脚的油布上，“滋滋”地冒着白色的烟。火星也飞到了黑孩裸露的皮肤上，他咧着嘴，龇出两排雪白的小狼牙齿。钢火在他肚皮上烫起几个大燎泡，他一点都没有痛的表情，眼睛里跳动着心荡神迷的火苗，两个瘦削的肩头耸起来，脖子使劲缩着，双臂交叠在胸前，手捂着下巴和嘴巴，挤得鼻子上满是皱纹。

秃钻子被打出了尖，颜色暗淡下来——先是殷红，继而是银白。地下落着一层灰白的铁屑，铁屑引燃了一根草梗，草梗悠闲地冒着袅袅的白烟。

“谁他妈的泼了我？”小石匠盯着小铁匠骂。

“老子泼的，怎么着？”小铁匠遍体放光，双手拄着锤把，优雅地歪着头，说。

“你瞎眼了吗？”

“瞎了一个。老爹泼水你走路，碰上了算你运气。”

“你讲理不讲？”

“这年头，拳头大就有理。”小铁匠捏起拳头，胳膊上的肉隆起来。

“来吧，独眼龙！老子今天把你这只狗眼也打瞎。”小石匠怒气冲冲地靠了前，老铁匠好像无意地往前跨了一步，撞了他一下。小石匠猛然觉得老人那双深深地眍瞜着的眼窝里射出了一股物质，好像暗示着什么，他顿时感到浑身肌肉松弛。老铁匠微微扬起脸，极随便地哼唱了一句说不出是什么味道的戏文或是歌词来。

恋着你刀马娴熟通晓诗书少年英武，跟着你闯荡江湖风餐露宿吃尽了世上千般苦。

老铁匠只唱了这一句，声音戛然而止，听得出他把一大截悲怆凄楚的尾音咽进了肚子。老铁匠又看了小石匠一眼，低下头去给刚打出尖的钻子淬火。淬火前，他捋起右手衣袖，把手伸进水桶里试着水温，他的小臂上有一个深紫色的伤疤，圆圆的，中间凸出，尽管这个伤疤不像一只眼睛，但小石匠却觉得这个紫疤像一只古怪的眼睛盯着自己。他撇了一下嘴，恍恍惚惚像中了魔症，飘飘地出了桥洞，红炉这边，一下午没见到他的影子。

……孩子的眼睛酸了，头皮也晒得发烫。他从姑娘的座位上站起来，踱回到铁匠炉边。桥洞里很暗，他摸摸索索地坐在老铁匠的马扎上，什么都不想的时候，双手便火烧火燎地痛起来，他把手放在凉森森的石壁上，赶快去想过去的事情。

三天前，老铁匠请假回家拿棉衣和铺盖，他说人老了腿值钱，不愿天天往家跑，在红炉边絮个铺，冻不着的。（黑孩抬眼看看老铁匠的铺。桥洞的北边已经用闸板堵起来了。几缕亮光从板缝里漏进来，斜照着老铁匠那件油晃晃的棉袄和那条狗毛脱落的皮褥子。）老师傅回了家，小铁匠成了一洞之主。那天上午进桥洞来，他挺着胸，凸着肚，好颜好色地说："黑孩，生火，老东西回家了，咱们俩干。"

黑孩看着他。

"瞪什么眼，兔崽子！你瞧不起老子是不？老子跟着老东西已经熬了整三年啦，他那点把戏我全知道。"小铁匠说。

黑孩懒洋洋地生起火来。小铁匠得意地哼着什么。他把几支头天没来得及修的钢钻插进炉膛烧着。黑孩把火拉得很旺，照着自己的黑脸透出红来。小铁匠忽然笑起来，说："黑孩，你小子冒充老红军准行，浑身是疤。"

孩子使劲拉火。

“这几天怎么也不见你那个浪干娘来看你啦？你咬了她一口，把她得罪啦，狗儿子。她的胳膊什么味儿？是酸的还是甜的？你狗日的好口福。要是让我捞到她那条白嫩胳膊，我像吃黄瓜一样啃着吃了。”

黑孩提起长钳，夹起一根烧透了的钢钻扔到砧子上。

“哟，儿子，好快！”小铁匠抄起一把比大锤小比小锤大的中锤，一手掌钳，一手抡锤，狠狠地打起来。黑孩呆呆地看着。小铁匠一身好力气，铁锤耍得出神出鬼，打出的钢钻尖儿棱角分明，像支削好的铅笔。黑孩很悲哀地看着老铁匠那把小叫锤儿。小铁匠用铁钳夹着打好的钢钻到桶边淬火，他淬火的动作跟老铁匠一模一样。黑孩背过脸，又去看那把躺在砧子旁边的小叫锤，小叫锤的木把儿像老牛的角尖一样又光又滑。

小铁匠好马快刀，一会儿工夫就修好十几支钢钻。他得意地坐在师傅的马扎上卷烟。卷好烟，插进嘴。吩咐黑孩夹过一块通红的炭给他点着。

“儿子，看到了吧？没有老梆子我们照样干！”

小铁匠正得意着，刚才拿走钻子的石匠们找他来了。

“小铁匠，你淬得什么鸟火？不是崩头就是弯尖，这是剥石头，不是打豆腐。没有弯弯肚子，别吞镰头刀子。等你师傅回来吧，别拿着我们的钢钻练功夫。”

石匠们把那十几支坏钻子扔在地上。走了。小铁匠脸变了色，咋呼着黑孩拉火烧钻子。一会儿工夫他又把钻子打好，淬好，亲自抱着送到工地上。他前脚进了桥洞，石匠们后脚就跟来了。坏钻子扔在地上，脏话扔在小铁匠头上：“去你娘的蛋，别要我们的大头了，看看你淬的火！全崩了你娘的尖啦！”

黑孩看看小铁匠，嘴角上漾出两道纹来，谁也不知道他是高兴还是难过。小铁匠把工具摔得“噼哩卡啦”响，蹲到地上，呼呼地吐闷气。他抽了一支烟，那只独眼古噜噜地转着，射出迷茫暴躁的光线，两条大蝌蚪一样的眉毛急遽地扭动着。他扔掉烟屁股，站起来，说：

“妈的，就不信羊不吃蒿子！黑孩，拉火再干！”

黑孩无精打采地拉着风箱，动作一下比一下迟缓。小铁匠催他，骂他，他连头都不抬。钻子又烧好了。小铁匠草草打了几锤，就急不可耐地到桶边淬火。这次他改变了方式，不是像老铁匠那样一点点地淬，而是把整个钻子一下插到水里。桶里的水吱吱地叫着，一股白气绞着麻花冲起来。小铁匠把钢钻提起来，举到眼前，歪着头察看花纹和颜色。看了一阵，他就把这支钻子放在砧子上，用锤轻轻一敲，钢钻断成两半。他沮丧地把锤子扔到地上，把那半截钻子用力甩到桥洞外边去。坏钻子躺在洞前石片上，怎么看都难受。

“去把那根钻子捡回来！”小铁匠怒冲冲地吩咐黑孩。黑孩的耳朵动了动，脚却没有动。他的屁股上挨了一脚，肩膀上被捅了一钳子，耳边响起打雷一样的吼声：“去把钻子捡回来。”

黑孩垂着头走到钻子前，一点一点弯下腰去，伸手把钻子抓起来。他听到手里“嗞嗞啦啦”地响，像握着一只知了。鼻子里也嗅到炒猪肉的味道。钻子沉重地掉在地上。

小铁匠一愣，紧接着大笑起来：“兔崽子，老子还忘了钻子是热的，烫熟了猪爪子，啃吧！”

黑孩走回桥洞，一眼也不看小铁匠，把烫熟了皮肉的手淹到水桶里泡了泡，又慢悠悠走出桥洞。他弯下腰去，仔细地端详着那半截钢钻子。钢钻是银灰色的，表面粗糙，有好多小颗粒。地上的湿土在钢钻下冒着白气，那白气很细，若有若无。他更低地俯下身去，屁股高高地翘起来，大裤头全褪到屁股上，露出比小腿颜色略浅的大腿。他的一只手捂在背上，一只手从肩前垂下去，慢慢地接近钢钻，水珠沿着指尖滴下去，钢钻子嗤啦一声响。水珠在钻子上跳动着，叫着，缩小着，变成一圈波纹，先扩大一下，立即收缩，终于消逝了。他的指尖已经感到了钢钻的灼热，这种灼热感一直传导到他心里去。

“你他妈的在那儿干什么，弯腰撅腚，冒充走资派吗？”小铁匠在桥洞里喊他。

他一把攥住钢钻，哆嗦着，左手使劲抓着屁股，不慌不忙走回来。小铁匠看到黑孩手里冒出黄烟，眼像疯瘫病人一样㖞斜着叫："扔、扔掉！"他的嗓子变了调，像猫叫一样。"扔掉呀，你这个小混蛋！"

黑孩在小铁匠面前蹲下，松开手，抖了两抖，钻子打了两滚儿躺在小铁匠脚前。然后就那么蹲着，仰望着小铁匠的脸。

小铁匠浑身哆嗦起来："别看我，狗小子，别看我。"他拧过脸去。黑孩站起来，走出桥洞……他记得他走出桥洞后望了一会儿西天，天上连一丝云彩也没有，只有半个又白又薄的月亮，像一块小小的云……

他想得很累，耳朵里有蜜蜂的叫声。从马扎子上起来，走到老铁匠的铺前躺下来。头枕着棉袄，眼皮不知不觉合上了。他感到有一个人在抚摸自己的脸，抚摸自己的手，痛，他忍着。有两滴沉甸甸的水珠落下来，一滴落在两片唇间，他咽下了；一滴打到鼻尖上，鼻子被砸得酸溜溜的。

"黑孩，黑孩，醒醒，吃饭啦。"

他觉得鼻子酸得厉害，匆忙爬起来，看着姑娘。有两股水儿想从眼窝里滚出来，他使劲憋住，终于让水儿流进喉咙。

"给你。"姑娘解开那条紫红色头巾。头巾里包着两个窝窝头。一个窝窝头的眼里塞着一根腌黄瓜，一个窝窝头眼里栽着一根大葱。一根长长的梢儿发黄的头发沾在窝窝头上。姑娘用两个指头拈起头发，轻轻一弹，头发落地时声音很响，黑孩听到了。

"吃吧，你这条小狗！"姑娘摸着他的脖子说。

黑孩咬葱咬黄瓜咬窝窝头，一边咀嚼一边看姑娘。

"手是怎么烫的？是不是独眼龙使坏？还咬我吗？看看你的狗牙多快。"

孩子的耳朵使劲忽扇着，左手举起窝窝头，右手举起大葱腌黄瓜，遮住了脸。

三

夜里，莫名其妙地下了一场雷阵雨。清晨上工时，人们看到工地上的石头子儿被洗得干干净净，沙地被拍打得平平整整。闸下水槽里的水增了两拃，水面蓝汪汪地映出天上残余的乌云。天气仿佛一下子冷了，秋风从桥洞里穿过来，和着海洋一样的黄麻地里的窸窣之声，使人感到从心里往外冷。老铁匠穿上了他那件亮甲似的棉袄，棉袄的扣子全掉光了，只好把两扇襟儿交错着掩起来，拦腰捆上一根红色胶皮电线。黑孩还是只穿一条大裤头子，光背赤足，但也看不出他有半点瑟缩。他原来扎腰的那根布条儿不知是扔了还是藏了，他腰里现在也扎着一节红胶皮电线。他的头发这几天像发疯一样地长，已经有二寸长，头发根根竖起，像刺猬的硬毛。民工们看着他赤脚踩着石头上积存的雨水走过工地，脸上都表现出怜悯加敬佩的表情来。

"冷不冷?"老铁匠低声问。

黑孩惶惑地望着老铁匠，好像根本不理解他问话的意思。"问你哩！冷吗?"老铁匠提高了声音。惶惑的神色从他眼里消失了，他垂下头，开始生火。他左手轻拉风箱，右手持煤铲，眼睛望着燃烧的麦秸草。老铁匠从草铺上拿起一件油腻腻的褂子给黑孩披上。黑孩扭动着身体，显出非常难受的样子。老铁匠一离开，他就把褂子脱下来，放回到铺上去。老铁匠摇摇头，蹲下去抽烟。

"黑孩，怪不得你死活不离开铁匠炉，原来是图着烤火暖和哩，妈的，人小心眼儿不少。"小铁匠打了一个百无聊赖的呵欠，说。

工地上响起哨子声，刘副主任说，全体集合。民工们集合到闸前向阳的地方，男人抱着膀子，女人纳着鞋底子。黑孩偷觑着第七个桥墩上的石缝，心里忐忑不安。刘副主任说，天就要冷，因此必须加班赶，争取结冰前浇完混凝土底槽。从今天起每晚七点到十点为加班时间，每人发给半斤粮，两毛钱。谁也没提什么意见。二百多张脸上各有表情。黑孩看到小石匠的白脸发红发紫，姑娘的红脸发灰发白。

当天晚上，滞洪闸工地上点亮了三盏汽灯。汽灯发着白炽刺眼的光，一盏照耀石匠们的工场，一盏照着妇女们砸石子儿的地方。妇女们多数有孩子和家务，半斤粮食两毛钱只好不挣。灯下只围着十几个姑娘。她们都离村较远，大着胆子挤在一个桥洞里睡觉，桥洞两头都堵上了闸板，只在正面留了个洞，钻进钻出。菊子姑娘有时钻桥洞，有时去村里睡（村里有她一个姨表姐，丈夫在县城当临时工，有时晚上不回家睡，表姐就约她去做伴）。第三盏汽灯放在铁匠炉的桥洞里，照着老年青年和少年。石匠工场上锤声叮当，钢钻子啃着石头，不时迸出红色的火星。石匠们干得还算卖劲，小石匠脱掉夹克衫，大红运动衣像火炬一样燃烧着。姑娘们围灯坐着，产生许多美妙联想。有时嘎嘎大笑，有时窃窃私语，砸石子的声音零零落落。在她们发出的各种声音的间隙里，充填着河上的流水声。菊子放下锤子，悄悄站起来，向河边走去。灯光把她的影子长长地投在沙地上。“当心被光棍子把你捉去。”一个姑娘在菊子身后说。菊子很快走出灯光的圈子。这时她看到的灯光像几个白亮亮的小刺球，球刺儿伸到她面前停住了，刺尖儿是红的、软的。后来她又迎着灯光走上去。她忽然想去看看黑孩儿在干什么，便躲避着灯光，闪到第一个桥墩的暗影里。

她看到黑孩儿像个小精灵一样活动着，雪亮的灯光照着他赤裸的身体，像涂了一层釉彩。仿佛这皮肤是刷着铜色的陶瓷橡皮，既有弹性又有韧性，撕不烂也扎不透。黑孩似乎胖了一点点，肋条和皮肤之间疏远了一些。也难怪么，每天中午她都从伙房里给他捎来好吃的。黑孩很少回家吃饭，只是晚上回家睡觉，有时候可能连家也不回——姑娘有天早晨发现他从桥洞里钻出来，头发上顶着麦秸草。黑孩双手拉着风箱，动作轻柔舒展，好像不是他拉着风箱而是风箱拉着他。他的身体前倾后仰，脑袋像在舒缓的河水中漂动着的西瓜，两只黑眼睛里有两个亮点上下起伏着，如萤火虫幽雅地飞动。

小铁匠在铁砧子旁边以他一贯的姿势立着，双手拄着锤柄，头歪着，眼睛瞪着，像一只深思熟虑的小公鸡。

老铁匠从炉子里把一支烧熟的大钢钻夹了出来，黑孩把另一支坏钻子捅到大钢钻腾出的位置上。烧透的钢钻白里透着绿。老铁匠把大钢钻放到铁砧上，用小叫锤敲敲砧子边，小铁匠懒洋洋地抄起大锤，像抡麻秆一样抡起来，大锤轻飘飘地落在钢钻子上，钢花立刻光彩夺目地向四面八方飞溅。钢花碰到石壁上，破碎成更多的小钢花落地，钢花碰到黑孩微微凸起的肚皮，软绵绵地弹回去，在空中画出一个个漂亮的半圆弧，坠落下去。钢花与黑孩肚皮相撞以及反弹后在空中飞行时，空气摩擦发热发声。打过第一锤，小铁匠如同梦中猛醒一般绷紧肌肉，他的动作越来越快，姑娘看到石壁上一个怪影在跳跃，耳边响彻"咣咣咣咣"的钢铁声。小铁匠塑铁成形的技术已经十分高超，老铁匠右手的小叫锤只剩下干敲砧子边的份儿。至于该打钢钻的什么地方，小铁匠是一目了然。老铁匠翻动钢钻，眼睛和意念刚刚到了钢钻的某个需要锻打的部位，小铁匠的重锤就敲上去了，甚至比他想的还要快。

姑娘目瞪口呆地欣赏着小铁匠的好手段，同时也忘不了看着黑孩和老铁匠。打得最精彩的时候，是黑孩最麻木的时候(他连眼睛都闭上了，呼吸和风箱同步)，也是老铁匠最悲哀的时候，仿佛小铁匠不是打钢钻而是打他的尊严。

钢钻锻打成形，老铁匠背过身去淬火，他意味深长地看了小铁匠一眼，两个嘴角轻蔑地往下撇了撇。小铁匠直勾勾地看着师傅的动作。姑娘看到老铁匠伸出手试试桶里的水，把钻子举起来看了看，然后身体弯着像对虾，眼瞅着桶里的水，把钻子尖儿轻轻地、试试探探地触及水面，桶里水"唑唑"地响着，一股很细的蒸气蹿上来，笼罩住老铁匠的红鼻子。一会儿，老铁匠把钢钻提起来举到眼前，像穿针引线一样瞄着钻子尖，好像那上边有美妙的画图，老头脸上神采飞扬，每条皱纹里都溢出欣悦。他好像得出一个满意答案似地点点头，把钻子全淹到水里，蒸气轰然上升，桥洞里形成一个小小的蘑菇烟云。

汽灯光变得红殷殷的，一切全都朦胧晃动。雾气散尽，桥洞里恢复平静，依然是黑孩梦幻般拉风箱，依然是小铁匠公鸡般冥思苦想，依然是老铁匠如枣者脸如漆者眼如屎壳郎者臂上疤痕。

老铁匠又提出一支烧熟的钢钻，下面是重复刚才的一切，一直到老铁匠要淬火时，情况才发生了一些变化。老铁匠伸手试水温。加凉水。满意神色。正当老铁匠要为手中的钻子淬火时，小铁匠耸身一跳到了桶边，非常迅速地把右手伸进了水桶。老铁匠连想都没想，就把钢钻戳到小伙子的右小臂上。一股烧焦皮肉的腥臭味儿从桥洞里飞出来，钻进姑娘的鼻孔。

小铁匠"嗷"地号叫一声，他直起腰，对着老铁匠恶狠狠地笑着，大声喊："师傅，三年啦！"

老铁匠把钢钻扔在桶里，桶里翻滚着热浪头，蒸气又一次弥漫桥洞。姑娘看不清他们的脸子，只听到老铁匠在雾中说："记住吧！"

没等烟雾散尽她就跑了，她使劲捂住嘴，有一股苦涩的味儿在她胃里翻腾着。坐在石堆前，旁边一个姑娘调皮地问她："菊子，这一大会儿才回来，是跟着大青年钻黄麻地了吗？"她没有回腔，听凭着那个姑娘奚落。她用两个手指捏着喉咙，极力不让自己发出声音。

收工的哨声响了。三个钟头里姑娘恍惚在梦幻中。"想汉子了吗？菊子？""走吧，菊子。"她们招呼着她。她坐着不动，看着灯光下憧憧的人影。

"菊子，"小石匠板板整整地站在她身后说，"你表姐让我捎信给你，让你今夜去作伴，咱们一道走吗？"

"走吗？你问谁呢？"

"你怎么啦？是不是冻病啦？"

"你说谁冻病啦？"

"说你哩！"

"别说我。"

"走吗？"

“走。”

石桥下水声响亮，她站住了。小石匠离她只有一步远。她回过头去，看到滞洪闸西边第一个桥洞还是灯火通明，其他两盏汽灯已经熄灭。她朝滞洪闸工地走去。

“找黑孩吗？”

“看看他。”

“我们一块去吧，这小混蛋，别迷迷糊糊掉下桥。”

菊子感觉到小石匠离自己很近了，似乎能听到他“砰砰”的心跳声。走着，走着。她的头一倾斜，立刻就碰到小石匠结实的肩膀，她又把身子往后一仰，一只粗壮的胳膊便把她揽住了。小石匠把自己一只大手捂在姑娘窝窝头一样的乳房上，轻轻地按摩着，她的心在乳房下像鸽子一样乱扑棱。脚不停地朝着闸下走，走进亮圈前，她把他的手从自己胸前移开。他通情达理地松开了她。

“黑孩！”她叫。

“黑孩！”他也叫。

小铁匠用只眼看着她和他，腮帮子抽动一下。老铁匠坐在自己的草铺上，双手端着烟袋，像端着一杆盒子炮。他打量了一下深红色的菊子和淡黄色的小石匠，疲惫而宽厚地说：“坐下等吧，他一会儿就来。”

……黑孩提着一只空水桶，沿着河堤往上爬。收工后，小铁匠伸着懒腰说：“饿死啦。黑孩，提上桶，去北边扒点地瓜，拔几个萝卜来，我们开夜餐。”

黑孩睡眼迷蒙地看看老铁匠。老铁匠坐在草铺上，像只羽毛凌乱的败阵公鸡。

“瞅什么？狗小子，老子让你去你尽管去。”小铁匠腰挺得笔直，脖子一抻一抻地说。他用眼扫了一下瘫坐在铺上的师傅。胳膊上的烫伤很痛，但手上愉快的感觉完全压倒了臂上的伤痛，那个温度可是绝对的舒适绝对的妙。

黑孩拎起一只空水桶，踢踢踏踏往外走。走出桥洞，仿佛“忽通”一声掉下了井，四周黑得使他的眼睛里不时迸出闪电一样的虚光，他胆怯地蹲下去，闭了一会眼睛，当他睁开眼睛时，天色变淡了，天空中的星光暖暖地照着他，也照着瓦灰色的大地……

河堤上的紫穗槐枝条交叉伸展着，他用一只手分拨着枝条，仄着肩膀往上走。他的手捋着湿漉漉的枝条和枝条顶端一串串结实饱满的树籽，微带苦涩的槐枝味儿直往他面上扑。他的脚忽然碰到一个软绵绵热乎乎的东西，脚下响起一声“唧喳”，没及他想起这是只花脸鹌，这只花脸鹌就懵头转向地飞起来，像一块黑石头一样落到堤外的黄麻地里。他惋惜地用脚去摸花脸鹌适才趴窝的地方，那儿很干燥，有一簇干草，草上还留着鸟儿的体温。站在河堤上，他听到姑娘和小石匠喊他。他拍了一下铁桶，姑娘和小石匠不叫了。这时他听到了前边的河水明亮地向前流动着，村子里不知哪棵树上有只猫头鹰凄厉地叫了一声。后娘一怕天打雷，二怕猫头鹰叫。他希望天天打雷，夜夜有猫头鹰在后娘窗前啼叫。槐枝上的露水把他的胳膊濡湿了，他在裤头上擦擦胳膊。穿过河堤上的路走下堤去。这时他的眼睛适应了黑暗，看东西非常清楚，连咖啡色的泥土和紫色的地瓜叶儿的细微色调差异也能分辨。他在地里蹲下，用手扒开瓜垅儿，把地瓜撕下来，“叮叮当当”地扔到桶里。扒了一会儿，他的手指上有什么东西掉下，打得地瓜叶儿哆嗦着响了一声。他用右手摸摸左手，才知道那个被打碎的指甲盖儿整个儿脱落了。水桶已经很重，他提着水桶往北走。在萝卜地里，他一个挨一个地拔了六个萝卜，把缨儿拧掉扔在地上，萝卜装进水桶……

“你把黑孩弄到哪儿去了?”小石匠焦急地问小铁匠。

“你急什么？又不是你儿子!”小铁匠说。

“黑孩呢?”姑娘两只眼盯着小铁匠一只眼问。

“等等，他扒地瓜去了。你别走，等着吃烤地瓜。”小铁匠温和地说。

“你让他去偷？”

“什么叫偷？只要不拿回家去就不算偷！”小铁匠理直气壮地说。

“你怎么不去扒？”

“我是他师傅。”

“狗屁！”

“狗屁就狗屁吧！”小铁匠眼睛一亮，对着桥洞外骂道：“黑孩，你他妈的去哪里扒地瓜？是不是到了阿尔巴尼亚？”

黑孩歪着肩膀，双手提着桶鼻子，趔趔趄趄地走进桥洞，他浑身沾满了泥土，像在地里打过滚一样。

“哟，我的儿，真够下狠的了，让你去扒几个，你扒来一桶！”小铁匠高声地埋怨着黑孩，说，“去，把萝卜拿到池子里洗洗泥。”

“算了，你别指使他了。”姑娘说，“你拉火烤地瓜，我去洗萝卜。”

小铁匠把地瓜转着圈子垒在炉火旁，轻松地拉着火。菊子把萝卜提回来，放在一块干净石头上。一个小萝卜滚下来，沾了一身铁屑停在小石匠脚前，他弯腰把它捡起来。

“拿来，我再去洗洗。”

“算了，光那五个大萝卜就尽够吃了。”小石匠说着，顺手把那个小萝卜放在铁砧子上。

黑孩走到风箱前，从小铁匠手里把风箱拉杆接过来。小铁匠看了姑娘一眼，对黑孩说：“让你歇歇哩，狗日的。闲着手痒痒？好吧，给你，这可不怨我，慢着点拉，越慢越好，要不就烤糊了。”

小石匠和菊子并肩坐在桥洞的西边石壁前。小铁匠坐在黑孩后边。老铁匠面南坐在北边铺上，烟锅里的烟早烧透了，但他还是双手捧烟袋，双肘支在膝盖上。

夜已经很深了，黑孩温柔地拉着风箱，风箱吹出的风犹如婴孩的鼾声。河上传来的水声越加明亮起来，似乎它既有形状又有颜色，不但可闻，而且可见。河滩上影影绰绰，如有小兽在追逐，尖细的趾爪踩在细沙上，声音细微如同毳毛纤毫毕现，有一根根又细又长的银丝儿，刺透河的明亮音乐穿过来。闸北边的黄麻地里，“泼刺刺”一声响，麻秆儿碰撞着，摇晃着，好久才平静。全工地上只剩下这盏汽灯了，开初在那两盏汽灯周围寻找过光明的飞虫们，经过短暂的迷惘之后，一齐麇集到铁匠炉边来，为了追求光明，把汽灯的玻璃罩子撞得“哗哗啪啪”响。小石匠走到汽灯前，捏着汽杆，“噗唧噗唧”打气。汽灯玻璃罩破了一个洞，一只蝼蛄猛地撞进去，炽亮的石棉纱罩撞掉了，桥洞里一团黑暗。待了一会儿，才能彼此看清嘴脸。黑孩的风箱把炉火吹得如几片柔软的红绸布在抖动，桥洞里充溢着地瓜熟了的香味。小铁匠用铁钳把地瓜挨个翻动一遍。香味越来越浓，终于，他们手持地瓜红萝卜吃起来。扒掉皮的地瓜白气袅袅，他们一口凉，一口热，急一口，慢一口，咯咯吱吱，唏唏溜溜，鼻尖上吃出汗珠。小铁匠比别人多吃了一个萝卜两个地瓜。老铁匠一点也没吃，坐在那儿如同石雕。

“黑孩，回家吗？”姑娘问。

黑孩伸出舌头，舔掉唇上残留的地瓜渣儿，他的小肚子鼓鼓的。

“你后娘能给你留门吗？”小石匠说，“钻麦秸窝儿吗？”

黑孩咳嗽了一声。把一块地瓜皮扔到炉火里，拉了几下风箱，地瓜皮卷曲，燃烧，桥洞里一股焦煳味。

“烧什么你？小杂种，”小铁匠说，“别回家，我收你当个干儿吧，又是干儿又是徒弟，跟着我闯荡江湖，保你吃香的喝辣的。”

小铁匠一语未了，桥洞里响起凄凉亢奋的歌唱声。小石匠浑身立时爆起一层幸福的鸡皮疙瘩，这歌词或是戏文他那天听过一个开头。

> 恋着你刀马娴熟，通晓诗书，少年英武，跟着你闯荡江湖，风餐露宿，受尽了世上千般苦——

老头子把脊梁靠在闸板上，从板缝里吹进来的黄麻地里的风掠过他的头顶，他头顶上几根花白的毛发随着炉里跳动不止的煤火轻轻颤动。他的脸无限感慨，腮上很细的两根咬肌像两条蚯蚓一样蠕动着，双眼恰似两粒燃烧的炭火。

……你全不念三载共枕，如云如雨，一片恩情，当作粪土。奴为你夏夜打扇，冬夜暖足，怀中的香瓜，腹中的火炉……你骏马高官，良田万亩，丢弃奴家招赘相府，我我我我是苦命的奴呀……

姑娘的心高高悬着，嘴巴半张开，睫毛也不眨动一下地瞅着老铁匠微微仰起的表情无限丰富的脸和他细长的脖颈上那个像水银珠一样灵活地上下移动着的喉结。凄婉哀怨的旋律如同秋雨抽打着她心中的田地，她正要哭出来时，那旋律又变得昂扬壮丽浩渺无边，她的心像风中的柳条一样飘荡着，同时，有一种麻酥酥的感觉从脊椎里直冲到头顶，于是她的身体非常自然地歪在小石匠肩上，双手把玩着小石匠那只厚茧重重的大手，眼里泪光点点，身心沉浸在老铁匠的歌里，意里。老铁匠的瘦脸上焕发出夺目的光彩，她仿佛从那儿发现了自已像歌声一样的未来……

小石匠怜爱地用胳膊揽住姑娘，那只大手又轻轻地按在姑娘硬邦邦的乳房上。小铁匠坐在黑孩背后，但很快他就坐不住了，他听到老铁匠像头老驴一样叫着，声音刺耳，难听。一会儿，他连驴叫声也听不到了。他半蹲起来，歪着头，左眼几乎竖了起来，目光像一只爪子，在姑娘的脸上撕着，抓着。小石匠温存地把手按到姑娘胸脯上时，小铁匠的肚子里燃起了火，火苗子直冲到喉咙，又从鼻孔里、嘴巴里喷出来。他感到自己蹲在一根压缩的弹簧上，稍一松神就会被弹射到空中，与滞洪闸半米厚的钢筋混凝土桥面相撞，他忍着，咬着牙。

黑孩双手扶着风箱杆儿，炉中的火已经很弱了，一绺蓝色火苗和一绺黄色火苗在煤结上跳跃着，有时，火苗儿被气流托起来，离开炉面很高,在空中浮动着,人影一晃动,两个火苗又落下去。孩子目中无人,他试图用一只眼睛盯住一个火苗,让一只眼黄一只眼蓝,可总也办不到,他没法把双眼视线分开。于是他懊丧地从火上把目光移开,左右巡睃着,忽然定在了炉前的铁砧上。铁砧踞伏着,像只巨兽。他的嘴第一次大张着,发出一声感叹(感叹声淹没在老铁匠高亢的歌声里)。黑孩的眼睛原本大而亮,这时更变得如同电光源。他看到了一幅奇特美丽的图画:光滑的铁砧子。泛着青幽幽蓝幽幽的光。泛着青蓝幽幽光的铁砧子上,有一个金色的红萝卜。红萝卜的形状和大小都像一个大个阳梨,还拖着一条长尾巴,尾巴上的根根须须像金色的羊毛。红萝卜晶莹透明,玲珑剔透。透明的、金色的外壳里包孕着活泼的银色液体。红萝卜的线条流畅优美,从美丽的弧线上泛出一圈金色的光芒。光芒有长有短,长的如麦芒,短的如睫毛,全是金色。……老铁匠的歌唱被推出去很远很远,像一个小蝇子的嗡嗡声。他像个影子一样飘过风箱,站在铁砧前,伸出了沾满泥土煤屑、挨过砸伤烫伤的小手,小手抖抖索索……当黑孩的手就要捉住小萝卜时,小铁匠猛地蹿起来,他踢翻了一个水桶,水汩汩地流着,渍湿了老铁匠的草铺。他一把将那个萝卜抢过来,那只独眼充着血:"狗日的!公狗!母狗!你也配吃萝卜?老子肚里着火,嗓里冒烟,正要它解渴!"小铁匠张开牙齿焦黑的大嘴就要啃那个萝卜。黑孩以少有的敏捷跳起来,两只细胳膊插进小铁匠的臂弯里,身体悬空一挂,又嘟噜滑下来,萝卜落到了地上。小铁匠对准黑孩的屁股踢了一脚,黑孩一头扎到姑娘怀里,小石匠大手一翻,稳稳地托住了他。

老铁匠停下了嘶哑的歌喉,慢慢地站起来。姑娘和小石匠也站起来。六只眼睛一起瞪着小铁匠。黑孩头很晕,眼前的一切都在转动。使劲晃晃头,他看到小铁匠又拿着萝卜往嘴里塞。他抓起一块煤渣投过去,煤渣擦着小铁匠腮边飞过,碰到闸板上,落在老铁匠铺上。

"日你娘,看我打死你!"小铁匠咆哮着。

小石匠跨前一步,说:“你要欺负孩子?”

“把萝卜还给他!”姑娘说。

“还给他? 老子偏不。”小铁匠冲出桥洞,扬起胳膊猛力一甩,萝卜带着飕飕的风声向前飞去,很久,河里传来了水面的破裂声。

黑孩的眼前出现了一道金色的长虹,他的身体软软地倒在小石匠和姑娘中间。

四

那个金色红萝卜砸在河面上,水花飞溅起来。萝卜漂了一会儿,便慢慢沉入水底。在水底下它慢慢滚动着,一层层黄沙很快就掩埋了它。从萝卜砸破的河面上,升腾起沉甸甸的迷雾,凌晨时分,雾积满了河谷,河水在雾下伤感地呜咽着。几只早起的鸭子站在河边,忧悒地盯着滚动的雾。有一只大胆的鸭子耐不住了,蹒跚着朝河里走。在蓬生的水草前,浓雾像帐子一样挡住了它。它把脖子向左向右向前伸着,雾像海绵一样富于伸缩性,它只好退回来,“呷呷”地发着牢骚。后来,太阳钻出来了,河上的雾被剑一样的阳光劈开了一条条胡同和隧道,从胡同里,鸭子们望见一个高个子老头儿挑着一卷铺盖和几件沉甸甸的铁器,沿着河边往西走去了。老头的背驼得很厉害,担子沉重,把他的肩膀使劲压下去,脖子像天鹅一样伸出来。老头子走了,又来了一个光背赤脚的黑孩子。那只公鸭子跟它身边那只母鸭子交换了一个眼神,意思是说: 记得吧? 那次就是他,水桶撞翻柳树滚下河,人在堤上做狗趴,最后也下了河拖着桶残水,那只水桶差点没把麻鸭那个臊包砸死……母鸭子连忙回应: 是呀是呀是呀,麻鸭那个讨厌家伙,天天追着我说下流话,砸死它倒利索……

黑孩在水边慢慢地走着,眼睛极力想穿透迷雾,他听到河对岸的鸭子在“呷呷呷呷,嘎嘎嘎嘎”地乱叫着。他蹲下去,大脑袋放在膝盖上,双手抱住凉森森的小腿。他感觉到太阳出来了,阳光晒着背,像在身后生着一个铁匠炉。夜里他没回家，猫在一个桥洞里睡了。公鸡啼鸣时他听到老铁匠在桥洞里很响地说了几句话，后来一切归于沉寂。他再也睡不着，便踏着冰凉的沙土来到河边。他看到了老铁匠伛偻的背影，正想追上去，不料脚下一滑，摔了一个屁股墩，等他爬起来时，老铁匠已经消逝在迷雾中了。现在他蹲着，看着阳光把河雾像切豆腐一样分割开，他望见了河对岸的鸭子，鸭子也用高贵的目光看着他。露出来的水面像银子一样耀眼，看不到河底，他非常失望。他听到工地上吵嚷起来，刘太阳副主任响亮地骂着："娘的，铁匠炉里出了鬼了，老混蛋连招呼都不打就卷了铺盖，小混蛋也没了影子，还有没有组织纪律性？"

"黑孩！"

"黑孩！"

"那不是黑孩吗？瞧，在水边蹲着。"

姑娘和小石匠跑过来，一人架着一只胳膊把他拉起来。

"小可怜，蹲在这儿干什么？"姑娘伸手摘掉他头顶上的麦秸草，说，"别蹲在这儿，怪冷的。"

"昨夜里还剩下些地瓜，让独眼龙给你烤烤。"

"老师傅走了。"姑娘沉重地说。

"走了。"

"怎么办？让他跟着独眼？要是独眼折磨他呢？"

"没事，这孩子没有吃不了的苦。再说，还有我们呢，谅他不敢太过火的。"

两个人架着黑孩往工地上走，黑孩一步一回头。

"傻蛋，走吧，走吧，河里有什么好看的？"小石匠捏捏黑孩的胳膊。

"我以为你狗日的让老猫叼了去了呢！"刘太阳冲着黑孩说。他又问小铁匠："怎么样你？把老头挤对走了，活儿可不准给我误了。

淬不出钻子来我剜了你的独眼。”

小铁匠傲慢地笑笑，说：“请看好吧，刘头。不过，老头儿那份钱粮可得给我补贴上，要不我不干。”

“我要先看看你的活。中就中，不中你也滚他妈的蛋！”

“生火，干儿。”小铁匠命令黑孩。

整整一个上午，黑孩就像丢了魂一样，动作杂乱，活儿毛草，有时，他把一大铲煤塞到炉里，使桥洞里黑烟滚滚；有时，他又把钢钻倒头儿插进炉膛，该烧的地方不烧，不该烧的地方反而烧化了。“狗日的，你的心到哪儿去啦？”小铁匠恼怒地骂着。他忙得满身是汗，绝技在身的兴奋劲儿从汗珠缝里不停地流溢出来。黑孩看到他在淬火前先把手插到桶里试试水温，手臂上被钢钻烫伤的地方缠着一道破布，似乎有一股臭鱼烂虾的味道从伤口里散出来。黑孩的眼里蒙着一层淡淡的云翳，情绪非常低落。九点钟以后，阳光异常美丽，阴暗的桥洞里，一道光线照着西壁，折射得满洞辉煌。小铁匠把钢钻淬好，亲自拿着送给石匠师傅去鉴定。黑孩扔下手中工具，蹑手蹑脚溜出桥洞，突然的光明也像突然的黑暗一样使他头晕眼光。略微迟疑了一下，他便飞跑起来，只用了十几秒钟，他就站在河水边缘上了。那些四个棱的狗蛋子草好奇地望着他，开着紫色花朵的水荭和擎着咖啡色头颅的香附草贪婪地嗅着他满身的煤烟味儿。河上飘逸着水草的清香和鲢鱼的微腥，他的鼻翅扇动着，肺叶像活泼的斑鸠在展翅飞翔。河面上一片白，白里掺着黑和紫。他的眼睛生涩刺痛，但还是目不转睛，好像要看穿水面上漂着的这层水银般的亮色。后来，他双手提起裤头的下沿，试试探探下了水，跳舞般向前走。河水起初只淹到他的膝盖，很快淹到大腿，他把裤头使劲捲起来，两半葡萄色的小屁股露了出来。这时候他已经立在河的中央了，四周的光一齐往他身上扑，往他身上涂，往他眼里钻，把他的黑眼睛染成了坝上青香蕉一样的颜色。河水湍急，一股股水流撞着他的腿。他站在河的硬硬的沙底上，但一会儿，脚下的沙便被流水掏走了，他站在沙坑里，裤头全湿了，一半贴着大腿，一半在屁股后飘起来，裤头上的煤灰把一部分河水染黑了。沙土从脚下卷起来，抚摸着他的小腿，两颗琥珀色的水珠挂在他的腮上，他的嘴角使劲抽动着。他在河中走动起来，用脚试探着，摸索着，寻找着。

“黑孩！黑孩！”

他听到小铁匠在桥洞前喊叫着。

“黑孩，想死吗？”

他听到小铁匠到了水边，连头也不回，小铁匠只能看到他青色的背。

“上来呀！”小铁匠挖起一块泥巴，对准黑孩投过去，泥巴擦着他的头发梢子落到河水里，河面上荡开椭圆形的波纹。又一坨泥巴扔过来，正打着他的背，他往前扑了一下，嘴唇沾到了河水。他转回身，“嗯嗯隆隆”地蹚着水往河边上走。黑孩遍身水珠儿，站在小铁匠面前。水珠儿从皮肤上往下滚动，一串一串的，“嘟噜噜”地响。大裤头子贴在身上，小鸡子像蚕蛹一样硬邦邦地翘着。小铁匠举起那只熊掌一样的大巴掌刚要扇下去，忽然觉得心脏让猫爪子给剐了一下子，黑孩的眼睛直盯着他的脸。

“快去拉火。师傅我淬出的钢钻，不比老家伙差。”他得意地拍拍黑孩的脖颈。

铁匠炉上暂时没有活儿，小铁匠把昨夜剩下的生地瓜放在炉边烤着。黄麻地里的风又轻轻地吹进来了。阳光很正地射进桥洞。小铁匠用铁钳翻动着烤出焦油的地瓜，嘴里得意地哼着：“从北京到南京，没见过裤裆里拉电灯。黑孩，你见过裤裆里拉电灯吗？你干娘裤裆里拉电灯哩……”小铁匠忽然记起似地对黑孩说：“快点，拔两个萝卜去，拔回来赏你两个地瓜。”黑孩的眼睛猛然一亮，小铁匠从他肋条缝里看到他那颗小心儿使劲地跳了两下，正想说什么没及开口，孩子就像家兔一样跑走了。

黑孩爬上河堤时，听到菊子姑娘远远地叫了他一声。他回过头，阳光捂住了他的眼。他下了河堤，一头钻出黄麻地。黄麻是散种的，不成垅也不成行，种子多的地方黄麻秆儿细如手指，铅笔；种子少的地方，麻秆如镰柄，手臂。但全都是一样高矮。他站在大堤上望麻田时，如同望着微波荡漾的湖水。他用双手分拨着粗粗细细的麻秆往前走，麻秆上的硬刺儿扎着他的皮肤，成熟的麻叶纷纷落地。他很快就钻到了和萝卜地平行着的地方，拐了一个直角往西走。接近萝卜地时，他趴在地上，慢慢往外爬。很快他就看到了满地墨绿色的萝卜缨子。萝卜缨子的间隙里，阳光照着一片通红的萝卜头儿。他刚要钻出黄麻地，又悄悄地缩回来。一个老头正在萝卜垅里爬行着，一边爬一边从口袋里往外掏着麦粒，一穴一穴地点种在萝卜垄沟中间。骄傲的秋阳晒着他的背，他穿着一件白布褂儿，脊沟溻湿了，微风扬起灰尘，使汗溻的地方发了黄。黑孩又膝行着退了几米远，趴在地上，双手支起下巴，透过麻秆的间隙，望着那些萝卜。萝卜田里有无数的红眼睛望着他，那些萝卜缨子也在一瞬间变成了乌黑的头发，像飞鸟的尾羽一样耸动不止……

一个红脸膛汉子从地瓜地里大步走过来，站在老头背后，猛不丁地说："哎，老头，你说昨天夜里遭了贼？"

老头手忙脚乱地爬起来，垂着手回答："遭了，偷了六个萝卜，缨子留下了，地瓜八墩，蔓子留下了。"

"怕是让修闸的那些狗日的偷去了，加点小心，中饭晚点回去吃。"

"我听着啦，队长。"老头儿说。

黑孩和老头一起，目送着红脸汉子走上大堤。老头坐在萝卜地里，面对着孩子。黑孩又惶乱地往后退出一节，这时，密密麻麻的黄麻把他的视线遮住了。

"黑孩！"

"黑孩！"

姑娘和小石匠站在大堤上，对着黄麻地喊着。他们背对着正晌的太阳，阳光照着散工的人群。

“我看到他钻到黄麻地里，我还以为他去撒尿拉屎了呢！”姑娘说。

“独眼龙难道又欺负他了？”小石匠说。

“黑孩！”

“黑孩！”

姑娘和小石匠的男女声二重喊贴着黄麻梢头像燕子一样滑翔，正在黄麻梢头捕食灰色小蛾的家燕被惊吓得高飞，好一会儿才落下来。小铁匠站在桥洞前边，独眼望着这并膀站着的男女，感到肚子越胀越大。方才姑娘和小石匠来找黑孩，那语气那神态就像找他们的孩子。“等着吧，丫头养的你们！”他恨恨地低语着。

“黑孩！黑孩！”姑娘说，“他怕是钻到黄麻地里睡着了。”

“去看看吗？”小石匠乞求地看着姑娘。

“去吗？去吧。”

两个人拉着手下了堤，钻到黄麻地里。小铁匠尾追着冲上河堤，他看到黄麻叶子像波浪一样翻滚着，黄麻秆子“唰拉拉”地响着，一男一女的声音在喊叫黑孩，声音像从水里传上来的一样……

黑孩趴累了，舒了一口气，翻了一个身，仰面朝天躺起来。他的身下是干燥的沙土，沙上铺着一层薄薄的黄麻落叶。他后脑勺枕着双手，肚子很瘪的凹陷着，一个带着红点的黄叶飘飘地落下来，盖住了他满是煤灰的肚脐。他望着上方，看到一缕粗一缕细的蓝色光线从黄麻叶缝中透下来，黄麻叶片好像成群的金麻雀在飞舞。成群的金麻雀有时又像一簇簇的葫芦蛾，蛾翅上的斑点像小铁匠眼中那个棕色的萝卜花一样愉快地跳动。

“黑孩！”

“黑孩！”

熟悉的声音把他从梦幻中唤醒，他坐起来，用手臂摇了一下身边那棵粗大的黄麻。

“这孩子，睡着了吗？”

“不会的，我们这么大声喊。他肯定是溜回家去了。”

“这小东西……”

“这里真好……”

“是好……”

声音越来越低，像两只鱼儿在水面上吐水泡。黑孩身上像有细小的电流通过，他有点紧张，双膝跪着，扭动着耳朵，调整着视线，目光终于通过了无数障碍，看到了他的朋友被麻秆分割得影影绰绰的身躯。一时间极静了的黄麻地里掠过了一阵小风，风吹动了部分麻叶，麻秆儿全没动。又有几个叶片落下来，黑孩听到了它们振动空气的声音。他很惊异很新鲜地看到一根紫红色头巾轻飘飘地落到黄麻秆上，麻秆上的刺儿挂住了围巾，像挑着一面沉默的旗帜，那件红格儿上衣也落到地上。成片的黄麻像浪潮一样对着他涌过来。他慢慢地站起来，背过身，一直向前走，一种异样的感觉猛烈冲击着他。

五

一连十几天，姑娘和小石匠好像把黑孩忘记了，再也不结伴到桥洞里来看望他。每当中午和晚上，黑孩就听到黄麻地里响起百灵鸟婉转的歌唱声，他的脸上浮起冰冷的微笑，好像他知道这只鸟在叫着什么。小铁匠是比黑孩晚好几天才注意到百灵鸟的叫声的。他躲在桥洞里仔细观察着，终于发现了奥秘：只要百灵鸟叫起来，工地上就看不见小石匠的影子，菊子姑娘就坐立不安，眼睛四下打量，很快就会扔下锤子溜走。姑娘溜走后一会儿，百灵鸟就歇了歌喉。这时，小铁匠的脸色就变得更加难看，脾气变得更加暴躁。他开始喝起酒来。黑孩每天都要走过石桥到村里小卖部给他装一瓶地瓜烧酒。

这天晚上，月光皎皎如水，百灵鸟又叫起来了。黄麻地里的熏风像温柔的爱情扑向工地。小铁匠攥着酒瓶子，把半瓶烧酒一气灌下去，那只眼睛被烧得泪汪汪的。刘太阳副主任这些天回家娶儿媳妇去了，工地上人心涣散，加夜班的石匠们多半躺在桥洞里吸烟，没有钻子要修理，炉火半死不活地跳动着。

“黑孩……去，给老子拔几个萝卜来……”酒精烧着小铁匠的胃，他感到口中要喷火。

黑孩像木棍一样立在风箱边上，看着小铁匠。

“你，等着老子揍你吗？去……”

黑孩走进月光地，绕着月光下无限神秘的黄麻地，穿过花花绿绿的地瓜地，到了晃动着沙漠蜃影的萝卜地。等他提着一个萝卜走回桥洞时，小铁匠已经歪在草铺上呼呼地睡了。黑孩把萝卜放在铁砧子上，手颤抖着拨亮炉火，可再也弄不出那一蓝一黄升腾到空中的火苗，他变换着角度，瞅那个放在铁砧子上的萝卜，萝卜像蒙着一层暗红色的破布，难看极了，孩子沮丧地垂下头。

这天夜里，黑孩没有睡好。他躺在一个桥洞里，翻来覆去地打着滚。刘副主任不在，民工们全都跑回家去睡觉。桥洞里只剩下一层薄薄的麦秸草。月光斜斜地照进桥洞，桥洞里一片清冷光辉，河水声，黄麻声，小铁匠在最西边桥洞里发出的鼾声，以及其他一些莫名其妙的声音，一齐钻进了他的耳朵。石头上的麦草闪闪烁烁，直扎着他的眼睛。他把所有的麦秸草都收拢起来，堆成一个小草岭，然后钻进去，风还是能从草缝里钻进来，他使劲蜷缩着，不敢动了。他想让自己睡觉，可总是睡不着。他总是想着那个萝卜，那是个什么样的萝卜呀。金色的，透明。他一会儿好像站在河水中，一会儿又站在萝卜地里，他到处找呀，到处找……

第二天早晨，太阳还没出来，月亮还没完全失去光彩，成群的黑老鸹惊惶失措地叫着从工地上空掠过，滞洪闸上留下了它们脱落的肮脏羽毛。东边的地平线上，立着十几条大树一样的灰云，枝杈上挂满了破烂的布条。黑孩从桥洞里一钻出来就感到浑身发冷，像他前些日子打摆子时寒颤上来一样滋味。刘副主任昨天回来了，检查了工地上的情况，他非常生气，大骂了所有的民工。所以今天人们来得都很早，干活也卖力，工地上的锤声像池塘里的蛙鸣连成一片。今天要修的钢钻很多，小铁匠的工作态度也非常认真，活儿干得又麻利又漂亮。来换钢钻的石匠们不断地夸奖他，说他的淬火功夫甚至超过了老铁匠，淬出的钢钻又快又韧，下下都咬石头。

太阳两竿子高的时候，小石匠送来两支钢钻待修。这是两支新钻，每支要值四五块钱。小铁匠瞥瞥神采焕发的小石匠，独眼里射出一道冷光。小石匠没觉察到小铁匠的表情，幸福的眼睛里看到的全是幸福。黑孩儿感到心里害怕：他看出小铁匠要作弄小石匠了。小铁匠把那两支钢钻烧得像银子一样白，草草地在砧子上打出尖儿，然后一下子浸到水里去……

小石匠提着钢钻走了，小铁匠嘴上滑过一个得意的笑容，他对着黑孩眨眨眼，说："孙子，他妈的也配使老子淬出的钻子？儿子，你说他配吗？"黑孩缩在角落里，使劲打着哆嗦。一会儿，小石匠回到铁匠炉边，他把两支钻子扔到小铁匠跟前，骂道："独眼龙，你这是淬的什么火？"

"孙子，叫唤什么？"小铁匠说。

"睁开你那只独眼看看！"

"这是你的钻子不好。"

"放屁，你这是成心作弄老子。"

"作弄你又怎么着？爷们看着你就长气！"

"你、你，"小石匠气得脸色煞白，说，"有种你出来！"

"老子怕你不成！"小铁匠撕下腰间扎着的油布，光着背，像只棕熊一样踱过去。

小石匠站在闸前的沙地上，把夹克衫和红运动衣脱下来，只穿一件小背心。他身材高大，面孔像个书生，身体壮得像棵树。小铁匠脚上还扎着那两块防烫的油布，脚掌踩得地上尖利的石片嶔嶔地响，他的臂长腿短，上身的肌肉非常发达。

"文打还是武打？"小铁匠不屑一顾地说。

"随你的便。"小石匠也不屑一顾地说。

"你最好回家让你爹立个字据，打死了别让我赔儿子。"

"你最好回家先钉口棺材。"

骂着阵,两个人靠在了一起。黑孩远远地蹲着,一直没停地打着哆嗦。他看到,小铁匠和小石匠最初的交锋很像开玩笑。小石匠卷着舌头啐了小铁匠一脸唾沫,小铁匠扬起长臂,把拳头捅过去,小石匠一退,这一拳打空了。又啐。又一拳。又退。闪空。但小石匠的第三口唾沫没迸出唇,肩头上就被小铁匠猛捅了一拳,他的身体不由自主地转了一圈。

人们惊叫着围拢上来,高喊着:"别打了,别打了。"但没有人上前拉架。后来,连喊声也没有了,大家都睁大眼,屏住气,看着这两个身段截然不同的小伙子比试力气。菊子姑娘脸色灰白,使劲地抓住她身边一个姑娘的肩头。当她的情人吃了小铁匠的铁拳时,她就低声呻唤着,眼睛像一朵盛开的墨菊。

决斗还难分高低,你打我一拳,我也打你一拳,小石匠个头高,拳头打得漂亮潇洒,但显然有点飘,有点花哨,力量不很足,小铁匠动作稍慢一点,但出拳凶狠扎实,被他慒上一拳,小石匠就要转一个圈。后来,小铁匠头上挨了一拳,有点晕头转向,小石匠趁机上前,雨点般的拳头打得小铁匠的身体嘭嘭地响。小铁匠一猫腰,钻进了小石匠腋下,两只长臂像两条鳗鱼一样缠住了小石匠的腰,小石匠急忙夹住小铁匠的头,两个人前进,后退,后退,又前进,小石匠支持不住,仰面朝天摔在沙地上。

人群里爆发了一阵欢呼。

小铁匠站起来,吐吐口中的血沫子,歪着头,像只斗胜的公鸡。

小石匠爬起来,向着小铁匠扑过去。一白一黑两个身体又扭在一起。这次小石匠把身体伏得很低,保护着自己的下三路不让小铁匠得手,四只胳膊紧紧地纠缠着,有时候,小石匠把小铁匠撩起来,转着圈抡动,但并不能把小铁匠摔出去。小石匠气喘吁吁,满身都是汗水,小铁匠却连一个汗珠都没掉。小石匠体力不支,步伐错乱,眼前出现重影,稍一懈怠,手臂便被拨开,小铁匠抱住他的腰,箍得他出气不匀，他再次仰天倒地。

第三个回合小石匠败得更惨，小铁匠一个癞狗钻裆把他扛起来，摔出去足有两米远。

菊子姑娘哭着扑上去，扶起了小石匠。在菊子姑娘的哭声中，小铁匠脸上的喜色顿时消逝，换上了满面凄凉。他呆呆地站着。小石匠爬起来，拨开菊子的手，抓起一把沙土，对准小铁匠的脸打上去。沙土迷住了小铁匠的独眼，他像野兽一样嗥叫着，使劲搓着眼睛。小石匠趁机扑上去，卡着小铁匠的脖子把他按倒，拳头像擂鼓一样对着小铁匠的脑袋乱打……

这时候，从人们的腿缝里，钻出了一个黑色的影子。这是黑孩。他像只大鸟一样飞到小石匠背后，用他那两只鸡爪一样的黑手抓住小石匠的腮帮子使劲往后扳，小石匠龇着牙，咧着嘴，"噢噢"地叫着，又一次沉重地倒在沙地上。

小铁匠挣扎着坐起来，两只大手摸起地上的碎石片儿，向着四周抛撒。"畜生！狗！"骂声和着石头片儿，像冰雹一样横扫着周围的人群，人们慌乱地躲闪着。菊子姑娘突然惨叫了一声。小铁匠的手像死了一样停住了。他的独眼里的沙土已被泪水冲积到眼角上，露出了瞳孔。他朦胧地看到菊子姑娘的右眼里插着一块白色的石片，好像眼里长出一朵银耳。他怪叫一声，捂着眼睛，躺在地上痛苦地扭动着。

黑孩听到姑娘的惨叫，便松开了自己的手。他的手指把小石匠的腮帮子抓出两排染着煤灰的血印。趁着人们慌乱的时候，他悄悄地跑回桥洞，蹲在最黑暗的角落上，牙齿"的的"地打着战，偷眼望着工地上乱纷纷的人群。

六

第二天，滞洪闸工地上消失了小石匠和菊子姑娘的影子，整个工地笼罩着沉闷压抑的气氛。太阳像抽疯般颤抖着，一股股萧杀的秋风把黄麻吹得像大海一样波浪起伏，一群群麻雀惊恐不安地在黄麻梢头噪叫声。风穿过桥洞，扬起尘土，把半边天都染黄了。一直到九点多钟，风才停住，太阳也慢慢恢复正常。

刚娶完儿媳妇回来的刘太阳副主任碰上了这些事，心里窝着一腔火，他站在铁匠炉前，把小铁匠骂得狗血淋头，并扬言要抠出他那只独眼给菊子姑娘补眼。小铁匠一声不吭，黑脸上的刺疙瘩一粒粒憋得通红，他大口喘着气，大口喝着酒。石匠们不知被什么力量催动着，玩儿命地干活，钢钻子磨秃了一大批，堆在红炉旁等着修理。小铁匠像大虾一样蜷曲在草铺上，咕咕地灌着酒，桥洞里酒气扑鼻。

刘副主任发火了，用脚踹着小铁匠骂："你害怕了？装孙子了？躺着装死就没事了？滚起来修钻子，这样也许能将功补过。"

小铁匠把手中的酒瓶向上抛起来，酒瓶在桥面上砰然撞碎，碎玻璃掺着烧酒落了刘副主任一头。小铁匠跳起来，一路歪斜跑出去，喊着："老子怕什么，老子天都不怕，死都不怕，还怕什么？"他爬上滞洪闸，继续高叫着："我谁都不怕！"他的腿碰到了石栏杆，身子歪歪扭扭，桥下有人喊："小铁匠，当心掉下桥。""掉下桥？"他哈哈大笑起来，笑着攀上石栏杆，一松手，抖抖擞擞地站在石栏杆上。桥下的人都中了魔，入了定，呼吸也不敢用力。

小铁匠双臂奓煞开，一上一下起伏着，像两只羽毛丰满的翅膀。他在窄窄的石栏杆上走起来，身体晃来晃去。他慢走变成快走，快走变成小跑，桥下的人捂住眼睛，又松手露出眼睛。

小铁匠一起一伏晃晃悠悠地在石栏杆上跑着，栏杆下乌蓝的水里映出他变了形的身影。他从西头跑到东头，又从东头跑回来，一边跑一边唱起来："南京到北京，没见过裤裆里拉电灯，格里咙格里格咙，里格垅，里格垅，南京到北京，没见过裤裆里打弹弓……"

几个大胆的石匠跑上闸去，把小铁匠拖了下来。他拼命挣扎着，骂着:“别他妈的管我,老子是杂技英豪,那些大妞在电影上走绳子,老子在闸上走栏杆,你们说,谁他妈的厉害……”几个人累得气喘吁吁,总算把他弄回桥洞里。他像块泥巴一样瘫在铺上,嘴里吐着白沫,手撕着喉咙,哭叫着:“亲娘哟,难受死了,黑孩,好徒弟,救救师傅吧,去拔个萝卜来……”

人们突然发现,黑孩穿上了一件包住屁股的大褂子,褂子是用崭新的、又厚又重的小帆布缝的。这种布非常结实,五年也穿不破。那条大裤头子在褂子下边露出很短的一截,好像褂子的一个花边。黑孩的脚上穿着一双崭新的回力球鞋,由于鞋子太大,只好紧紧地系住鞋带,球鞋变得像两条丑陋的胖头鲇鱼。

“黑孩,听到了吗?你师傅让你去干什么?”一个老石匠用烟袋杆子戳着黑孩的背说。

黑孩走出桥洞,爬上河堤,钻进黄麻地。黄麻地里已经有了一条依稀可辨的小径,麻秆儿都向两边分开。走着走着,他停住脚。这儿一片黄麻倒地、像有人打过滚。他用手背揉揉眼睛,抽泣了一声,继续向前走。走了一会,他趴下,爬进萝卜地。那个瘦老头不在,他直起腰,走到萝卜地中央,蹲下去,看到萝卜垅里点种的麦子已经钻出紫红的锥芽,他双膝跪地,拔出了一个萝卜,萝卜的细根与土壤分别时发出水泡破裂一样的声响。黑孩认真地听着这声响,一直追着它飞到天上去。天上纤云也无,明媚秀丽的秋阳一无遮拦地把光线投下来。黑孩把手中那个萝卜举起来,对着阳光察看。他希望还能看到那天晚上从铁砧上看到的奇异景象,他希望这个萝卜在阳光照耀下能像那个隐藏在河水中的萝卜一样晶莹剔透,泛出一圈金色的光芒。但是这个萝卜使他失望了。它不剔透也不玲珑,既没有金色光圈,更看不到金色光圈里苞孕着的活泼的银色液体。他又拔出一个萝卜,又举到阳光下端详,他又失望了。以后的事情就变得很简单了。他膝行一步。拔两个萝卜。举起来看看。扔掉。又膝行一步,拔,举,看,扔……

看菜园的老头子眼睛像两滴混浊的水，他蹲在白菜地里捉拿钻心虫儿。捉一个用手指捏死，再捉一个还捏死。天近中午了，他站起来，想去叫醒正在看院屋子里睡觉的队长。队长夜里误了觉，白天村里不安宁，难以补觉，看院屋子里只能听到秋虫浅吟，正好睡觉。老头儿一直起腰，就听到脊椎骨“叭哽叭哽”响。他恍然看到阳光下的萝卜地一片通红，好像遍地是火苗子。老头打起眼罩，急步向前走，一直走到萝卜地里，他才看得那遍地通红的竟是拔出来的还没有完全长成的萝卜。

“作孽啊！”老头子大叫一声。他看到一个孩子正跪在那儿，举着一个大萝卜望太阳。孩子的眼睛是那么大，那么亮，看着就让人难受。但老头子还是不客气地抓住他，扯起来，拖到看园屋子里，叫醒了队长。

“队长，坏了，萝卜，让这个小熊给拔了一半。”

队长睡眼惺忪地跑到萝卜地里看了看，走回来时他满脸杀气。对着黑孩的屁股他狠踢了一脚，黑孩半天才爬起来。队长没等他清醒过来，又给了他一耳巴子。

“小兔崽子，你是哪个村的？”

黑孩迷惘的眼睛里满是泪水。

“谁让你来搞破坏？”

黑孩的眼睛清澈如水。

“你叫什么名字？”

黑孩的眼睛里满是惊恐。

“你爹叫什么名字？”

两行泪水从黑孩眼里流下来。

“他娘的，是个小哑巴。”

黑孩的嘴唇轻轻嚅动着。

“队长，行行好，放了他吧。”瘦老头说。

“放了他？”队长笑着说，“是要放了他。”

队长把黑孩的新褂子、新鞋子、大裤头子全剥下来，团成一堆，扔到墙角上，说："回家告诉你爹，让他来给你拿衣裳。滚吧！"

黑孩转身走了，起初他还好像害羞似地用手捂住小鸡儿，走了几步就松开了手。老头子看着这个一丝不挂的男孩，抽抽答答地哭起来。

黑孩钻进了黄麻地，像一条鱼儿游进了大海。扑簌簌黄麻叶儿抖，明晃晃秋天阳光照。

黑孩——黑孩——

——（原载《中国作家》1985 年第 2 期）

球状闪电

一

天山畜牧机械制造厂——拉拉——小康牌饲料粉碎机——拉拉——小巧灵便，耗能小效率高适用于小型养殖场本厂地址在——拉拉拉拉……收音机里正在播放着的商品信息不断被雷电干扰打断。他烦恼地摇摇头，把袖珍记事簿装进口袋，关掉疯狂的收音机，身体调整了一下，更舒适地仰在尼龙布睡椅上。他坐在一所平顶建筑宽敞的前廊里，面前对着深绿色模压塑料瓦檐下飞泻而下的雨水。头顶上的瓦片被急雨抽打得一片欢腾。他的视线从檐水的缝隙里懒洋洋地射出去。急雨在天地间编织着一张银灰色的巨网，风吹雨丝，如同网在水上漂。从风雨的网中，滑过来一个似人非人似鸟非鸟的怪物。他抻着褐色的细长脖颈，凸着滚珠般的喉结，一层水珠立在脸上，像凝结了的胶水。他的脚搅着葱茏的绿草地，碰落草上的水珠，留下深刻的痕迹。——老东西，你还没死？他骂了一声。大雨天你也不安生。告诉你，蜕下你那些乱毛吧，想上天？好好生产多赚钱去坐飞机么！——他无聊地跟老东西说着话，老东西管自蹒跚着，连眼珠都不倾斜过来。雨变得时疏时密，地上升腾起雾气，雨丝射进雾幛，便消逝得无影无踪。老东西一边走一边像落汤鸡一样抖搂羽毛，把水珠甩得四处飞迸。正南方不时有血红色的闪电撕开铅灰色的云层，闪电像一棵棵落尽叶子的树，有时也像吐着信子乱窜的蛇，有时还像一串串珍珠项链。闪电过后，他看到老东西走到白杨树下，索索抖着，仰起脸来往树冠上望，看样子似乎要爬树，双腿之间，却哗哗地喷出尿来。他厌恶地转移视线，满眼里充斥进颤抖的闪电。闪电距离不等，他倾听着空气急剧膨胀的声音，计算着闪电的远近，消磨着寂寞的时辰。他的目光一直在望着那条从草甸子里爬出来的小路。现在小路是褐色的，他只能看到短短的一截，路的其他部分隐没在迷蒙的雾气里。如果她现在回来，她头上的火光一定会驱开路上的迷雾，他暗暗地想着她。闪电继续撕扯着云片，冲击着空气，制造着壮美的景色。辽阔的草甸子像一幅巨大的水墨画，绿色的草皮在闪电下急剧地变幻色调。有时，悬在低空的雾气被风吹出洞罅，如同嶙峋的怪石。从雾的眼里，他似乎看到了草甸子中央那片长年积水的洼地，那里鱼虾蕃多，还有螃蟹青蛙癞蛤蟆，蜻蜓幼虫青草蛇。芦苇、蒲草从四面八方把洼地围起来。测绘大队的绘图员坐在直升飞机上看着这块洼地，说它像草甸子的一只眼睛，眼睛周围生满了绿色的睫毛。当地人把这块洼地叫“洼子”。他的爹曾经对他说过：蝈蝈，到洼子里割芦苇去吧，卖点钱，你自己手里也活泛点。很长一段时间里，他讨厌别人称呼自己的乳名“蝈蝈”，连爹娘也不例外。他也讨厌这块积水的洼地。这都是几年前的事了，那时他跟现在不一样。他的目光亲切地抚摸着忽隐忽现的草地，芦苇圈成的高墙挡住了他的视线，使他无法看到洼子里晶亮的水。她说：这是一个很美的小湖泊，简直像一个梦！我们就叫它梦湖吧。她说，生活中不是缺少美，而是缺少发现。尽管他熟知这句名言，但从她嘴里听到这句话，还是如闻天籁，如悟禅机，如醍醐灌顶。笼罩草地的雾动荡游移，颜色如同澳大利亚奶牛吃了中国饲料后分泌出的奶水，白中透着浅蓝。杂花盛开的草地和亭亭如竹的芦苇在雾中变幻莫测。很遗憾，看不到梦湖里的水和水上的白莲花，他想。但思想是自由的，它生着无法折断的翅膀。于是他扇动翅膀飞到雨云中，强有力的空气涡流上下颠簸着他，冰冷的雨丝和黄豆大小的冰雹抽打着他的翅膀。雨水落在他翠绿色的羽毛上，如同落在濡不湿的荷叶上。他鸟瞰着梦湖，湖上开放着花朵般的白雾。他逐渐降低高度，感到雾气像水一样托住了他。他耳边清晰地传来雨点敲破湖面的声音、雨点撩逗芦苇的声音和鱼儿跃出水面的声音，嗅到了湖水的微腥和植物的清新气息……

爸爸！一个五岁的女孩手持一支玩具冲锋枪从走廊尽头的一个房间里跑出来，乳白色的房门在女孩身后自动合起来。在这一瞬间，走廊里就溢满了卧房的温馨气息。爸爸，女孩把冲锋枪抵到他的腰间，高声喊着。他闭着眼睛，鼻子里发出轻微的鼾声。蝈蝈！女孩把冲锋枪移到他的肚子上，用力戳了一下。蝈蝈！爸爸！女孩嘶着嗓子叫。他猛然惊醒，唇边似乎还留着芦苇的清香。你这个小蛐蛐！他弯腰把女孩抱起来，女孩骑在他的腿上。捣什么乱？爸爸好不容易才睡着。你的铁臂阿童木看完了吗？尼尔斯骑鹅旅行记呢？木偶匹诺曹？孙猴子猪八戒？都看完了？那就等着吧，等猫眼阿姨从县里回来。她不是说好了要给你买连环画吗？别胡搅了，爸爸肚子里的故事早被你掏光了。爸爸坐在这儿看雨呢。是的是的，她今天一定回来。爸爸比你还着急。对，爸爸下星期去农科院找张爷爷。你跟着猫眼阿姨去睡。想找你妈妈吗？好好好，别哭，不去，我们不去……

爸爸，你给我学蝈蝈叫。女孩命令道。那你要先学蛐蛐叫。他讨价还价地说。你先叫。你先叫。咱俩一起叫。好，一起叫。他撅起嘴，女孩绷紧唇，走廊里响起“吱吱吱”、“嚯嚯嚯”的响声。走廊外边有十几株茁壮的向日葵，向日葵肥硕的叶子背面，有一只翠绿的昆虫，抖动着触须，谛听着走廊里的叫声。廊檐的滴水越来越细小，瓦上的雨声也越来越单薄。草甸子里响起一阵阵青草拔节的声音。急雨的间隙里，天色愈加晦暗，灰白色的云团从南边缓慢地涌过来，青草尖儿，树叶片儿，仿佛预感到灾难，战战栗栗地抖着，也许它们没有抖，而是人的感觉在抖。“喀喇喇”——忽然在头顶上亮了灼目的闪电响了短促的雷声。爸爸！女孩惊叫一声扎到了他的怀里。蛐蛐，别怕。快抬起头来看，看那枝状闪电。他的话音未落，又一个焦雷炸响了。女孩把脑袋埋在他的膈肢窝里，不敢抬起来，胆小鬼！你还想当政治家、铁女人，被小小雷电吓成这样。他捏着女孩的鼻子，硬把她的脸转到外边，让她看着一个连一个的闪电。女孩的耳朵里嗡嗡响，爸爸的话她一句也听不见。她睁大眼睛，望着廊外那棵高大挺拔的白杨树。奶奶说过，这棵白杨树和爸爸同岁，可是它比爸爸高多了。树上有三个喜鹊窝，喜鹊妈妈正在喂养小喜鹊。她曾经苦苦哀求爸爸，让他上树掏一只小喜鹊，可爸爸总是不答应。后来，猫眼阿姨给她买了一只铁皮花喜鹊，上足了发条能像青蛙一样乱蹦。闪电越来越密集。女孩看到眼前火光闪闪，一条条贼亮的火绳子在白杨树上穿来穿去，喜鹊巢里着了火，几只小喜鹊像落叶一样飘下来。女孩叫了一声。火光火绳忽然消逝了。白杨树枝叶间乱蓬蓬地飞着喜鹊。爸爸！女孩叫。小喜鹊！几只小喜鹊在树下扑棱着，雨水很快就打湿了它们未扎全的羽毛，它们全身滚满了泥巴。女孩使劲挣扎着，想挣脱爸爸的手，但爸爸把她搂得很紧。这时，又一团火光把黑色的白杨树照亮，油亮的白杨树叶像枫叶一样鲜红。火光陡然拉成一条垂直的金线，从树梢贴着树干一直到地，五个乒乓球大小的黄色火球沿着金线上下飞动，犹如五个互相追逐着的小动物。几秒钟后，小火球猛然聚合在一起，变成了一个黄中透着绿的大火球，从树上滚下来。火球约有儿童足球那么大，非常轻巧灵活，像实心的又像空心的，一边滚动，一边还发出噼噼啪啪的爆裂声。他听到身后牛棚里的奶牛沉闷地叫了一声，蓦然一惊，脱口喊出：球状闪电！他的双手下意识地松开了，女孩一下滚地，爬起来追赶那个在走廊前滚来滚去的火球。火球做着复杂的运动，逗得女孩也做出各种复杂的动作。他双眼直直地看着火球和女儿，像看着两个小精灵在跳舞。就这样持续了大约有二十秒钟，火球稳稳地落在地上。女孩跑上去，飞踢一脚。射门！她喊。火球应声而起，擦着他的耳边飞过去，穿过墙壁进入牛棚。没等他站起来，就听到脑后一声巨响。他似乎听到了奶牛们像墙壁一样倒下去，鼻子里嗅到一股浓烈的火药味，身体轻飘飘地离开了地面……

二

他感到自己像羽毛一样飘起来，四肢拨弄空气，好似在湖水中仰泳。周身血脉舒畅，心脏平稳跳动，思绪如梦非梦。他面朝着天，头顶上的头发像马鬃一样低垂下去，明净平滑的额头上落上不少雨珠，又顺着两侧太阳穴嘟噜噜地滚下去。头发上油光闪闪，同样沾不住水球。含水很多的灰雨云从他的面孔上飞快地向北运动着，雨水把云坠得像只“囊里浪当”的大口袋，憋不住的水流淅淅沥沥地流下来。他恍然想出了一个妥帖的比喻来形容这雨云：它就像一个憋了一膀胱尿的男孩子，在匆匆忙忙地向厕所跑，那种沉重感，那种慌乱感，都是绝对地准确和相似。我可是知道这种滋味的难熬。脑子里负责言语的枢纽指令发声器官喊话，发声器官不听指挥，这个信号只好无可奈何地反馈回去，像一股逆流冲击着平静的溪水，于是，逝去的往事一一在脑海里闪现出来……

蝈蝈，蝈蝈！他听到娘在叫着自己，猛然惊醒，立即明白了是怎么一回事。娘在昏黄的油灯下给他缝棉袄，爹坐在条凳上扒麻，针线穿过棉布的嗤嗤声、折断麻秆的噼啪声，细微而清晰。蝈蝈，起来尿尿。娘说。可是，他已经把尿全尿在白天刚晒干的褥子上了。

白天，娘把褥子搭在土墙上晾晒，村里一个年轻媳妇从这儿路过，捂着嘴笑个不停。蝈蝈，画得一手好地图。那个媳妇是初中生，一口牙齿用毛刷子刷得雪白，头发上别着一个蝴蝶形的塑料发卡。他的脸臊得通红。娘却追着那年轻媳妇问：宝河屋里的，你识文解字,有没有什么偏方,帮俺蝈蝈治治尿炕的毛病。那个媳妇咬着嘴唇,狡黠地笑着。有啊,她说,大婶子,您老晚上睡觉前,找根麻绳把他的鸡头扎起来。那可不行,娘说,扎坏了怎么办?那媳妇大笑着跑了。他看了一下土墙上的褥子,果然是大圈套着小圈,像地理图也像云朵。

他躺在被窝子里抽抽搭搭哭起来。又尿下啦?娘说,他爹,得想个法子给他治治,他十四岁了,转眼就该娶媳妇啦,娶了媳妇还尿炕,让人家瞧不起。爹说:等到逢集日,我带他去找找关先生,让他给抓两帖中药吃。十个男孩有八个尿炕,不是什么大毛病。

他没有想什么娶媳妇不娶媳妇的事。他想:明年就该上中学了,学校离家二十里,要住校,尿了床可就丢死人啦。他爬起来,大声说:爹,娘,快给我把病治好吧,我长大了一定孝顺你们。娘让他站到炕边上,把褥子调了一个头,让他在干褥子上重新睡下。娘给他掖好被子,安慰他说:蝈蝈,睡吧。他感动得热泪盈眶。他知道,自己尿湿的那块褥子要靠爹和娘的体温来烘干了。这一夜,他很长时间没有睡着,脑子里想象着长大后孝顺爹娘的情景。他听到爹和娘在说着闲话。娘说:蝈蝈会是个孝顺孩子的。爹说:咱就这么一个独根子,他要不孝顺,咱还指靠谁?

……他朦朦胧胧地回忆着凄苦的少年时代,身体缓缓坠落在牛棚前的草地上,脑后的青草向四下里分开,青草茎叶上的银色的水珠儿纷纷落地。草地松软潮湿,散发着醋浆草的气息。他除了感到脑袋有点发晕,眼睛有点发花,别的没有什么不适的感觉。他想爬起来,草地吸住他不松开,他只好躺着,一闭眼,竟看到无数道金色的光线笼罩全身……

他已经躺在秋天的芦苇荡里了。正午的太阳穿过苍黄的芦苇,把一道道柔和的光线射到他的脸上,身上。空气仿佛凝固了,苇田里毳毛不动,安静犹如月球。一簇簇枯黄中透出凄惨的嫩绿的苇叶遮住部分阳光,使他能够睁大眼睛往上望。苇叶像枪刀剑戟般交叉在一起，宝蓝色的天空被它们分割成碎片。已经连续几个月不下雨，苇田里很干燥。他的身下是裂开缝隙的黑色泥土，还有半干的野草，去年的苇茬子烂成的碎片，柔软的芦花。他头枕着十指交叉的双手，眼睛里流出两滴透明的泪珠。现在，地球上没有一个人知道在这片密匝匝的成熟的芦苇里，躺着一个不走运的失败者。他想，完了，考不进大学，一切希望都落了空……

父亲带着我去找关先生看病。关先生家三间茅屋，几架篱笆，仿佛世外桃源。我扯着父亲的衣角，惶恐。关先生是个略微有点佝偻的老头子，脑袋亮堂堂的，双眼一只大一只小，腮上还有一个枪疤，下巴上是一部神仙一样的白胡子。他慢条斯理地为我诊脉，说病，处方。他握着一杆很大的毛笔，用着一个很大的铜墨盒，他蘸一下墨，看我一眼，写几个字。又蘸一下墨，又看我一眼，又写几个字。从他眼里射出来的光如同X光一样透彻，我觉得自己的五脏六腑全被老人看透了。我肚脐眼下有块痣。我说。老人笑了笑，说：到院里篱笆上摘根扁豆给我喂喂蝈蝈。老人的头上方挂着一个用苇眉子精心编织成的金黄色的蝈蝈笼子，里边养着一只翠绿色的蝈蝈。我如获特赦般地逃出了先生的"X光机"。院子里有一棵枝叶婆娑的老梧桐树，树下坐着一个银发老太太，老太太面前放着一个药碾子，药碾子像一艘铁壳船，船舱里是一堆黑色的糊状物。老太太用枯枝般的手把那些糊状物搓成一个个梧桐子大的丸子，均匀地摆在一块光滑的木板上。我感到浑身沾染了仙气，一般温热的气体从肚脐下一直上升到双肩，又沿着双肩散射到十指。老太太像架机器人一样工作着，我站在她面前足有十分钟，她的眼珠连瞥我一下都没有。我半蹲下身，说：老奶奶，扁豆。她把头慢慢地抬起来，脸上浮起一个慈祥极了的笑容，这笑容像热熨斗一样把我心里的皱纹全熨平了。扁豆。喂蝈蝈。我又说。她举起那只沾满了药泥的手，指了指西篱下。我立即奔了过去，站在一架扁豆前，鼻子里嗅着淡淡的花香，眼睛看着一穗穗紫色白色蓝色扁豆花。翻开叶子，我摘了一根遍是茸毛的嫩扁豆。坐在蒲团上的老太太又对着我慈祥极了地笑。

蝈蝈笼子已经摘下来放在桌子上。透过笼子的洞眼，我看到了这个和我同名的小昆虫。它像一块绿玉，两只咖啡色的复眼如同女人的奶头，两层翅膀，外边一层是墨绿色，里边一层是淡黄色。它还拖着一个沉重的大肚子。这是一只草蝈蝈。这种蝈蝈叫起来没有节奏，吱吱吱一声到底，好像一只知了。我认识三种蝈蝈：草蝈蝈、玉蝈蝈（身体小巧玲珑，叫声高低起伏，触须细长）、“刮头篦子”（身体比草蝈蝈小比玉蝈蝈大，浅绿色，叫声如同用指甲刮篦子）。我算得上蝈蝈专家。老先生竟然养了这样一只蠢笨家伙。我鄙夷地盯着它，它也用那两只女人奶头一样的复眼木然地盯着我。它用两瓣黑色的大牙啃着坚硬的苇眉子，嘴里吐着绿色的唾液。我用扁豆戳着它方方正正的头。关先生用粗大的毛笔杆子敲着我圆圆的脑壳，说：崽子，把它提走吧。这几天它没命地叫，把我的耳朵都吵聋啦。我心里想，这样的破东西送给我，我一出门就撕掉它的腿。

我吃了关先生三帖药，药汁黑得像墨水，味道又甜又涩。每天晚上入睡前，我就想起先生腮上那个枪疤，想起银发老太太脸上那慈祥极了的笑容，这笑容像熨斗一样把我心里的皱纹熨得平平整整。同时我的耳朵里还响着那只草蝈蝈的叫声——本来我是想把蝈蝈撕碎的，爹不让，爹要我爱惜生灵积阴功。我把那只蝈蝈提到草甸子里放了。就是这样，我的下水道上好像装上了阀门，每天夜里都拧得紧紧的，滴水也不漏。我心里坦然毫不自卑地进了中学。在中学里鬼混到七七年，突然发生了变化，不论是官宦子弟还是平民子孙只要考得高分一律可以上大学。于是，同学们和老师们一起发了疯。爹和娘也知道了这变化，天天给我烧香祝祷。娘养了十几只母鸡，母鸡拼命下蛋，我拼命吃蛋黄，因为报纸上说蛋黄里含有补脑物质，吃得越多越聪明。我的脑袋又大又圆，再加上吃了大量的蛋黄，很快就把荒废掉的学业补上了。进入应届毕业班时，我已经成了尖子中的尖子。我们的毛校长经常用岳父般的目光注视着我。他的女儿毛艳跟我是一个班级。毛艳长得结实极了。夏天她总是穿着一条男式短裤头，剃一个短短的小分头，胳膊和腿像洼子里的乌鱼一样又黑又亮。她的眼睛像两个五分硬币，同样大同样圆，眼睛周围是一圈尖儿往外翻的睫毛。

毛艳想考体育学院，毛校长坚决不同意。她找到我，叫着我的乳名：蝈蝈，爸爸不同意我报考体育学院，你说怎么办？我说：运动员头脑简单四肢发达，一过三十岁就完蛋。她说：你说的跟我爸爸说的一样。那我考什么呢？我说：你报考省农学院，他们年年招不足生。她说：学农要下地。我说：农科院的研究员下地吗？农学院的教授下地吗？中国农业落后，农业科学空白很多。杨锡三老师说，一门科学越是处于草创时期，越容易出成果。你现在去研究高能物理吧，去研究哥德巴赫猜想吧，没有大天才是不行的。（你这样的也只配进农学院，最好让你进畜牧系，毕业后把你分配到良种站给马配种。）你准备报考什么学校？她问我。我说：再说吧！（本人是要进北大中文系的，哲学系也可以，虽然我对物理感兴趣，但我觉得学文会更有出息。）我抱着膀子离开了她。她在我后边说：蝈蝈，帮我复习复习数学吧。她跑到我面前，伸展开黑又亮的四肢，拦住我的去路。对不起，我要去钓鱼。我说。蝈蝈，你别烧包！今年出的全是偏题怪题，是美国宇航员从太空人那儿弄来的考题。她恨恨地说。太空人什么样？见过吗？我傲慢地嘲弄她。她愣了一会儿，突然大声说：当然见过！太空人头上插着无线电，怀里揣着方便面。得了吧，我说，你别给我瞎扯了。蝈蝈，帮我复习复习吗？她把腰拧得弯弯曲曲地对我说。对不起，没空。我学着蝈蝈叫，跑到厕所旁边的葵花地里去撒尿。一个大土坷垃打在我的脖子上，碎土落了我一裤裆。我听到毛艳在远处格格地笑，笑了几声，又呜呜地哭起来。

可能是被毛艳这一坷垃把我体内的调节开关给震坏了。高考轰轰烈烈地开始了。第一天上午考政治。一进入考场，我就感到小腹下坠、尿泡里的水滴滴答答往下渗，我感到马上就要尿到裤子里了，不得不举起了一只颤抖的手。监场老师怀疑地打量着我,走过来问我有什么事。我说要小便。老师说刚进场就小便不行。我说马上就要尿到裤子里啦,我脸上布满汗珠,话音里带着哭腔。老师像押解犯人一样把我押解到厕所里,双眼死死盯着我,生怕我掏出什么纸条啦,书本啦。我转过身使劲撒尿。蝈蝈,你一滴尿也撒不出来,尽管你的膀胱胀得发痛。监场老师在我颈上砍了一掌,说:走吧,未来的大学生!别装神弄鬼啦。你要是再敢捣乱,我就把你叉出考场。

我有口难辩,有苦难言。挪回到座位上,忍着强烈的尿迫感答卷。卷面上的黑字像一队队蚂蚁在爬动。我用眼睛捕捉着它们,可它们爬得飞快,而且乱爬一气。完了。我一只手攥着一支钢笔,两只钢笔里都灌满了天鹅牌高级蓝墨水。一直到终场铃响,我也没在卷面上写下一个字。监场老师把我的卷子抢走了。我听到他说:又是一个白卷先生!

下午数学,第二天语文、史地,我几乎是在重复这一套把戏——稍微好一点,我总算在试卷上胡乱写上了一点东西。

我是哭着离开学校的。我感到非常冤枉。老师和同学都为我惋惜。后来,我听说发榜了。我总共考了五十九分。的确是奇耻大辱。毛艳以总分二百八十六的成绩被省农学院录取了。她临走前,骑着自行车窜到我家对我说:爸爸让你回校去"回炉"。其实,只要你克服了心理障碍,全国的大学你可以挑拣着上。我说:是的,这些我知道。没法子,这是命。她说:狗屁命。爸爸前些天给舅舅写过一封信,介绍了你的情况——舅舅是精神病医院的高级大夫,他来信说,你可能患了高考综合征。治疗方法是每天慢跑三公里,深呼吸二百次,俯卧撑三百个,进考场前喝一大碗凉水。我说:好吧,我试试看。

毛艳果真进了畜牧系,学了一肚子马牛羊,青草碱草酥油草。我回了一年炉,难题解了上千道,脚底磨出老茧子,可是一进考场,我的感觉跟去年一样,强烈的尿迫感伴随着我考试。我又一次名落孙山。毛校长恨不得揍我。我说:校长,这能怨我吗?我难道不愿意考进名牌大学为您争光为学校争光也为我爹娘和我自己争光吗？校长说：事不过三，你再回一年炉吧，行就行，不行只好拉倒了。我说：校长，明年我一定好好考。电灯泡捣蒜，孬好是一锤子买卖啦。

我又回了一年炉。考试前夕，校长让我回家看看绿色的草甸子，呼吸点新鲜空气，聆听一下鸟儿的歌唱，松弛一下神经，准备战斗。我回了家，爹娘又高兴又惊慌。娘把积攒下的鸡蛋成堆煮给我吃，一直吃得我满嘴鸡屎味。爹神秘地对我说：蝈蝈，你今年保险能考中。你还记得前几年我领你去关先生家看病不？你到院子里去摘扁豆时，关先生对我说，天地间万物都是有灵气的。他说，清朝有个举人进京会试，过河时见到水上漂着一个蚂蚁，举人顺手把蚂蚁捞起来。后来，主考官判卷时，发现他的卷上伏着一只蚂蚁。举人把一个字写少了一个点，蚂蚁伏在那儿充那个点哩！主考官用笔杆把蚂蚁拨拉掉，蚂蚁又爬回去。又拨拉掉，又爬回去。主考官感叹一声：这个举子有善功！取了吧。朱笔一挥，举人高中了进士。我说：这与我有什么关系？有关系的，蝈蝈。爹郑重地说，当时先生送你一只蝈蝈，你不是把它放了生吗？这就是善功呀，孩子。这几年我总是听到一只蝈蝈在耳朵里叫，孩子，放心考去吧。

我被爹说得见神见鬼。进了考场后，尿迫感果然消失了，但眼前却出现了那只蝈蝈，它用那两只女人奶头一样的复眼仇视地盯着我，两只黑色的大牙咯咯吱吱地啃着嫩扁豆，牙缝里分泌出绿色的唾液。蝈蝈在考卷上爬来爬去，翅膀剪动着，发出知了一样的叫声。

我又一次败下阵来。事不过三，校长早说了。我灰溜溜地回了家。这两个月我像丢了魂，我心存侥幸地希望那个蝈蝈施展神通，我不是看到满纸蝈蝈爬动吗？也许，蝈蝈的绿色唾液会在考卷上留下痕迹，而这些痕迹，恰好就是标准答案……

我只好安分守己地当一个农民了。爹和娘反复劝导我：人生天地间，庄农最为先。千买卖，万买卖，不如在家耪土块。有活干，有饭吃，不生病，就是神仙过的日子，不比国家主席差呢。我躺了几十天后，终于爬了起来。换下学生装，穿上破衣衫，腰捆麻绳，手捉镰刀，冲进了这金色的芦苇丛……

他躺着，全身的骨架子仿佛散了。手心里被镰柄拧出了一个葡萄大的水泡，在脑勺下一跳一跳地痛。其实他一上午没干出多少活，割下的芦苇还不够一个人扛的。早晨临行时，为了表示死心塌地干农活的决心，他让娘给包了两个大饼子一块咸萝卜。娘说：几里路远，来家吃热汤热饭的多好。他恼怒地说：我懒得跑路。爹对娘说：你就随他的意吧。娘又往包袱里塞了两个咸鸡蛋，反复叮咛他悠着劲干。他不耐烦地点着头，跺着脚，用镰柄挑着干粮包袱，摇摇晃晃出了家门。村里把苇田分到了户，每口人一亩，他家分到三亩苇。一上午他只割了两个碾盘那么大的地方，七八捆芦苇像他一样躺在地上。

带来的干粮就在芦苇捆那儿放着。他的肚子咕咕直叫，但他懒得起来吃饭。他迷迷糊糊地看到，太阳像马一样嘶叫着往西跑，连成片的苇缨子被阳光照得斑斑点点。起了一阵小风，参差错落的苇叶子嘁嘁喳喳地低语着，灰鼠色的苇缨子频频地点着头。野鸭子在苇田深处呷呷地叫着。芦苇茂密如森林，三亩啊，天。

他忽然想起毛艳。生着两只猫眼的她已经是大学三年级的学生了，而我却躺在这荒莽的苇塘里，如同一条僵蚕，如同一节朽木。都是那个该死的蝈蝈！他杂乱无章地想着。脸上忽然痒起来，好似一条光滑冰凉的尾巴在五官的间隙里滑过去。他恹恹地睁开眼，看到一条苍黄的尾巴在抖动，他吃了一惊，定睛看去，方知眼上的尾巴是一个苇缨子。苇缨子连着撕光了叶片的苇秆，苇秆握在一只胖胖的手里。他微微一怔，看到了肥人的水红袖管里一根浑圆的胳膊。目光又一动，才看全了那人的上身，她胸脯结实丰硕，腰背很厚，有一张葵花盘子一样的圆脸。你干什么呀。他嘟哝了一句，扭动了几下身体，紧紧地闭住眼睛。闭着眼睛依然看到苇叶苇秆间飞舞着的金蝴蝶一样的光斑。茧儿，她来干什么？他想，我好像把她给忘了，我和她同村居住，只隔着一条胡同。她爹是个老木匠，会打箱打柜打门窗。前年有一天，我挑着一担水往家走，榆木扁担压得我龇牙咧嘴。她捂着嘴笑我。我放下水桶，愤怒地问：笑什么？她窘得满脸通红，转身走了。我和她大概就说过这一次话，况且像凶神恶煞。

那条尾巴又开始在脸上拂动着，但却不是适才冰凉光滑的感觉，它变得毛茸茸的，又刺痒又灼热。他想：这个茧儿，是犯了什么病啦？于是睁开眼，大吼一声：你闲得爪子痒痒吗？痒痒找块炉渣擦擦去！一声吼叫吓坏了她，芦苇缨子掉在他的胸脯上。她的脸红成鸡冠子，手足无措地站着。他折身坐起来，目光溜溜地被她吸过去。她穿着件水红色偏襟衫儿，圆脸盘上有两只距离不近的眼睛，鼻子有点扁平，上嘴唇稍微有点撅，额头上披散着孩童般的额发。他目不转睛地看着她。她也偷偷地看他。不知为什么，她那件水红色偏襟衫儿使他的心一阵阵发冷发抖，冷过抖过，又开始发热发颤：他又兴奋又感动，从心灵深处荡漾起一阵田园牧歌的旋律。她手扶几棵芦苇垂着头，苇秆儿颤动苇叶儿，苇缨儿摇晃，破碎的阳光似金粉般飞扬着，洒遍了她的水红褂子和她的脸。他的眼里，流露出忧悒的温柔和甜蜜的忧愁。这件水红色偏襟衫子，金色芦苇中的水红衫子，把他一下子推出去很远，空气里充满了山林野兽的生气蓬勃的味道。

茧儿，你的学名叫什么？没上过学也应该有个学名呀。叫你的乳名茧儿你不生气吧？刚才把你吓坏了吧？我心里不好受，看什么都不顺眼。你也是来割苇的？你家分了几亩？割完了吗？我这三亩苇，怕要割到大年三十啦。不用，我自己慢慢割，恼起来我放一把野火烧了它。不用，说不用就不用。

她捂着脸哭起来，从指缝里流出抽动鼻子的声音和大颗粒的泪珠。泪珠滴到水红衫子上。太阳像头老牛一样蹒跚着，阳光中银白的光线正在减少，紫光红光逐渐增强，芦苇的色调愈加温暖。水红衫子！你越来越醒目，越来越美丽，你使我又兴奋又烦恼，我不知是爱你还是恨你。你像一团燃烧的火，你周围的芦苇转瞬间就由金黄变成了橘红。水红衫子！你像磁石一样吸引着我站起来。你不要后退呀！你后退我前进。水红衫子，你干么畏畏缩缩，身后拉拉响着芦苇。水红衫子，你使我变成了一只紧张的飞蛾……

他的脚踩在一团软乎乎的东西上。苇丛中一声怪叫，像婴儿的哭声又像老头的咳嗽。他汗腺猛然张开，出了一身冷汗。低头看时，见到一只排球大小的刺猬。蝈蝈，怎么啦？她惊声问道。吓死我啦，一只大刺猬，一只刺猬精。我用镰刀劈了它。他恨恨地说。你别伤害它，蝈蝈。刺猬是伤害不得的。好吧，看在你的面子上，饶了它。他用三个指头捏起刺猬坚硬的背毛，提拎起来，前后悠着，增加了惯性，然后一松手，喊道：滚你个刺儿球！只听得苇棵子稀哩哗啦一阵响，大刺猬就消失在一片辉煌的颜色里去了。它的刺毛跟芦苇叶子一个颜色，难怪他踩到它身上。

水红衫子，你把我的眼睛晃花啦。

三

老刺猬刺球被一个连一个的球状闪电吓得身体缩成一团，瑟缩在窝里。它的窝建在一条排水沟的半腰里，窝的上沿生着一棵高大的苍耳子，苍耳子棵子结满了生满硬刺的枣核状种籽。雨水已经在沟底下积蓄起来，明晃晃像一条烂银。水位还在继续升高，离窝下沿还有二十厘米。水气已沿着土壤毛细管上升到窝里，铺窝的干草湿漉漉的。它非常忧虑地瞅瞅洞外铅灰色的天，雨忽大忽小，沟里的积水像被枪弹撞击着，水星迸溅起很高，它胸前的细毛上，挂着一层亮晶晶的水珠。沟外雾蒙蒙的原野上，潮气像流水一样波动着。几只青蛙追捕着翅膀被打湿的蚂蚱和飞蛾。野草梢上挂着水珠，叶子背面沾满泥土。下吧，你娘的！它恨恨地骂着，顶多淹了我的窝，淹了我的窝我就到蝈蝈家的牛饲料储藏室里住几天。那里有喷香的麸皮和散发着酒香的糖化饲料。去年我在那儿住了七个多月，后来蝈蝈在里边安装了电子捕鼠器，我才搬出来。

白杨树上的球状闪电滚到牛棚前廊里了，刺球好奇地看到那个杏黄色的怪物在绿色的廊檐下捉摸不定地跳跃着，它还听到蝈蝈的高叫声和女孩的欢呼声。白杨树上的喜鹊缩着脖子痛苦地呻吟着：羽毛烧焦了，窝烧毁了，孩子在泥水里濒死挣扎。刺球目不转睛地盯着火球，心里充满了对大自然的无比虔诚和恐惧。它看到女孩像个小精灵一样在廊下追赶火球，火球和女孩开着玩笑。后来，奶牛棚里猝然蹿起一道金色亮光，紧跟着一声爆响，银色的细雨间隙里，游丝般穿动着一缕缕青蓝色烟雾。蝈蝈和女孩都像风筝般飘起来，又像羽毛一样落在草地上。它浑身打战，针毛支支直立起，身子下边的枯枝败叶索索作响。蝈蝈，虽然你摔过我，但我还是希望你平安无事，在咱们这块小天地里，你是个了不起的人物。刺球想钻出洞去看看蝈蝈是不是还活着，但一片雨云停滞在上空，洒下无数箭一般的雨丝，沟里的水冒起一层层气泡。它鼻子酸酸的，用力打出了一个回忆往事的喷嚏。

……蝈蝈，你这个丫头养的。走路不长眼，差点踩断我的脊椎，这还罢了，最让我受不了的是你竟用三个指头提着我的背毛把我摔出去。我像块石头蛋子一样在芦苇丛中碰撞着，幸亏地上铺满了芦花，芦苇又缓冲了我落地时的重力加速度，才使我没有伤筋动骨。

刺球在芦苇中打了一滚，背毛上扎着两片淡黄色的苇叶，像挑着两面搦阵的旗帜。空中飞行使它头晕，胃里的酸汁直冲喉管，它在苇根下发现一只橙黄底色上镶着黑斑点的甲虫，立刻把尖吻伸过去。甲虫不慌不忙地翘起屁股，从发射管里喷出一股白色烟雾。刺球被打得昏头转向，好久才清醒过来。它悔恨自己健忘麻痹饥不择食，竟忘了放屁虫的拿手好戏，吃了一个大亏。一边想着，一边扒开烂苇叶，吃了两个雪白肥胖的蛴螬。肚里饱了，又蜷伏在苇丛中，目光锐利穿透芦苇，看对面立着的一男一女。偏西的阳光把苇田涂抹得姹紫嫣红，晃动的苇叶每一片都把光线切割断，反射光愤怒地四处迸散，各色光波在一瞬间分离一瞬间聚合，刺球的眼前百色纷纭。

那个穿红衫的姑娘又嘤嘤地哭起来。

你哭什么？茧儿，你有什么冤屈？有人欺负你了吗？要不就是你爹打你啦？告诉我，我可以帮你的忙。

真的吗？我说了后你不恼我？那么，我就说。昨儿晚上，袁大嘴——她是媒婆——到俺家去啦，她对俺爹说：你家茧儿不小啦——俗话说闺女大了不可留，留来留去结冤仇——该给她找个主啦——东胡同里老竹家的蝈蝈，是打着灯笼找不着的好小伙，人模样好，又有大学问，老俩口一个孩，茧儿过去了就是当家婆。爹说：就怕高攀不上人家。大嘴说：什么高攀，蝈蝈下了学，也是庄户孙一个。茧儿也不差——就是这些，我全说啦。

你就为这个哭？

我心里嘣嘣地欢气，像怀着只兔子。

刺球悄悄地往前爬动着，一直爬到离蝈蝈和茧儿很近的地方。它屏住呼吸，看着这两个年轻人。

茧儿的两只手已经从脸上拿下来，她的左手按在两个乳房之间，右手扶住一棵粗壮的芦苇，指甲一点点地掐着芦苇皮儿。她的圆脸上横一道竖一道的泪痕，大眼睛、小鼻子、小嘴，使她的脸显得生动幼稚，像个大洋娃娃。

你知道吗茧儿，我考了三年大学都没考上。我命不好。我不会干活。我学习不成，庄户不能，是一块废料。我一天割了这么点苇，不超过十平方米。真正的男子汉每天能割一亩苇。我连你都不如。

你要了我吧，蝈蝈，求求你。你长得好，腰板直挺挺的像棵白杨树。我一见到你心里就扑通扑通乱跳。

我连大学都考不上，还配娶老婆吗？我不配。

蝈蝈，你考不上大学我反倒欢气——你别生气，俺不是那个意思。俺想，你要考上大学，就被城里的大嫚抢走了，轮不到俺的份。她慢慢跪下来，双膝交替着向前移动，一直移动到蝈蝈面前，双手搂住他的腿，仰起了脸。蝈蝈！蝈蝈。她凄凉地叫着，双手在他的腿上施加着压力。蝈蝈的身体慢慢地往下沉。他的眼睛想往远方看，远方看不到，一片静默无语的苇缨子在凝望着他。他的腿像泡酥了的泥土一样软软地坍下去，终于与她对面跪着啦。刺球微微移动了一下，正好能看到两个人的侧面。蝈蝈比茧儿高，茧儿的嘴在蝈蝈下巴的水平线上。刺球听到急促的呼吸和两颗年轻心脏不规则的跳动声。蝈蝈的头还是僵硬地仰着，脸色煞白。天上传下来车轮滚动般的隆隆声，大概是地球围绕轴心转动的声音吧。蝈蝈到底是这样干啦：他把脸沉重地俯到茧儿脸上，四片嘴唇粘在一起，牙齿交错着，咯咯吱吱地响。刺球紧缩在苇根下，大气儿都不敢出。后来，两个人松开啦，女的依然跪着，男的却仰面朝天躺在地上，像死了一样。

蝈蝈，你搂了我，亲了我，我就是你的人啦。袁大嘴晚上就去您家提媒，您一定要答应，您不答应，我只有去死啦……快点娶了我吧，我看到人家抱着小孩子就馋得不行……茧儿爬到蝈蝈面前，把手指插进他凌乱的头发里，温柔地梳理着，偶尔有一根落发夹在她的指缝里，她就举起手，用双唇把落发叼起来……

蝈蝈，你别发愁，明日我就帮你来割苇。咱俩是一根绳上拴着两个蚂蚱。闪开！别动我！蝈蝈忽然发了怒，他从地上折身起来，抡起镰刀，发疯般地向芦苇砍去，芦苇秆儿，叶儿，缨儿，在闪闪的刀光下纷纷落地。

蝈蝈，茧儿哭叫着，你别这样呀！你心里不痛快就打我吧，只是别生气伤自己的身子。刺球看到她迎着闪闪的刀光冲上去。

放开我，混蛋！放开我。不，就不，我不愿意你这样。你是我什么人？你有什么权力干涉我！我是你老婆。老婆？见鬼！你想赖着我？刺球看到刀光又闪烁起来，响着刀砍芦苇的嚓嚓声和芦苇落地的沙沙声。它还听到一声细微的、奇异的声响，尖尖的鼻子里嗅到了一股血腥味。它吃了一惊，凝眼看去，只见茧儿姑娘的小红衫子袖管破了一块，比衫子颜色要深一些的血从破处渗出来，汇成流，沿着手背、手指，一线串珠似的滴落在芦苇的残枝破叶上。茧儿姑娘像叹息般地呻吟着。

刺球痛苦地闭上了眼。它忽然想到，世界原来很小，这些人遥远的祖先和我遥远的祖先是亲兄弟。是岁月使我们生分了，疏远了。茧儿，你这个善良的姑娘，挨了蝈蝈这个丫挺的一镰刀，你竟连骂他一声也没有。蝈蝈，你这个狠心的鬼。当时我恨不得扑到你身上，在你脸上打几个滚，让我背上的硬毛给你放放血。但没等我动作，那柄镰刀就掉到了地上。蝈蝈双肩耷拉着，伸手捂住了茧儿的伤口。

茧儿，你真想嫁给我？

想。

痛吗？

痛。

血红的夕阳照耀苇田，处处都像野火燃烧。刺球沿着低矮的草丛和潮湿的沟坎，紧紧地追着茧儿和蝈蝈的影子。村头上暮色四合，炊烟如华盖般笼罩着，几只晚归的乌鸦扇动着紫色的翅膀在树冠上盘旋着。树下，一个鸟状大动物痴呆呆地盯着自由飞旋的乌鸦，人状的脸上有一种心驰神往、宛若飞升上天的表情。有两个男孩子躲在树后，一个用红皮筋弹弓，一个用黑皮筋弹弓，连连射击着大动物的臀部。刺球伏在一道篱笆边，看着茧儿和蝈蝈站在那儿。它听到他们低声咕哝了几句，又看到他们匆匆地分手。茧儿一步一回头地消失在暮霭里，刺球跟着蝈蝈走。

蝈蝈家离原野最近，三间茅屋，一圈土墙。芦苇编扎的柴门破了一个洞，刺球把身体拉长，伏下针毛，从洞里钻进院子。它沿着院子四周侦察了一番。猪圈里一头瘦骨嶙峋的小花猪不满地对它哼哼着。鸡窝里有二十几只鸡，母鸡们都趴在干燥的沙土上睡觉，唯一的一只老公鸡单腿独立在鸡群正中，像个勇敢的骑士。鸡窝里很暗，刺球看不清公鸡羽毛的颜色，只能看到它那只熠熠发光的眼睛和那一嘟噜肉冠子模糊的暗影。刺球在那个陈年草垛上钻了一个洞，刚想趴下休息一下，就看到柴门被挪开，一个大腚女人风风火火地穿过院子进了茅屋。茅屋里立刻响起响亮的说话声。一个时辰后，女人又像来时一样风风火火地走了。她的脚步沉重，刺球的肚皮能探测到她的走路引起的地壳震动。这时，一钩眉月挂在西边的树梢上，月儿又细又长，发着可怜巴巴的绿色光芒。院子里染着一层苜蓿花样的紫色。一只鸡在卷着舌尖说梦话。小花猪在咯吱咯吱啃石槽。草甸子里温暖的馨风像鸭绒般飘过来，刺球感到全身无一处不舒坦。它跑到花猪的槽子里挑了一块玉米饼子吃了，又沿着潮湿的墙角捉吃了几只甲虫。月牙儿很快落下去了，院里这时是栗子皮的颜色，茅屋里渗出一线橘黄色的灯光。刺球踱到门槛边，从猫洞里钻进去，蹲在暖烘烘的灶边，窥视着屋里的动静。

它先看到一张古铜色的脸，一个半秃的头顶和两只被皱纹包围着的眼，两排结实的黄牙咬着一根竹管铜烟袋，又辣又臭的旱烟味儿呛得它喉咙发痒，直想咳嗽。只听到那老头说：老皮家的身板儿不错，能干活。刺球又听到坐在灯前的那个老太婆说：腚盘儿挺大，能生出大孩子。老头说：那就答应了吧。这要先问问蝈蝈，老太婆说，新社会了，不能父母包办。先头说：孩子家懂得什么，他就知道爱花哨，寻老婆还是寻个结实点的好。老太婆抬起头，瞥了老头一眼说：你没白活，到底是醒过酒来啦。老头吐出一口掩饰的浓烟，说：问问他，要他答应。有个女人拴住他的心，省得他像根鸡毛一样在半空中浮着。叫他吧。老太婆喊：蝈蝈，来呀。

锅灶后的暗影里，几只蛐蛐嗤嗤地叫着。一只猫从黑暗中走过来，猫眼里闪着绿光，呜呜地发着威，肩膀一抖，背上的毛尖儿劈劈啪啪放出电火花。刺球把背耸了耸，根本不去理它。猫儿猛扑上来，惨叫一声，便瘸着爪子跑了。刺球无心跟猫儿纠缠，它望着三间茅屋的东间，终于看到蝈蝈摇晃着长长的身子穿过堂屋，来到爹和娘面前。

蝈蝈，大嘴来给你提媒，你也听到了。老皮家的闺女本分，身板儿好，爹觉着挺合适，你娘说要听听你的口信。

蝈蝈，这闺女长得好，奶膀儿大，日后有了孩子奶水旺，娘也觉着挺合适。

蝈蝈垂头丧气地立在灯光里，额头上满是皱纹。

问你话呢，老头说，你别心气太高了。考不上大学就得安心在土里刨食吃，要是你考上大学，爹才不管你的事呢。

蝈蝈，你爹说得不差。庄户地里不要什么好看，长得俊不能当饭吃，不能当衣穿。再说，茧儿也不丑，肥头大耳的，一脸福相。

她白天在苇田里找过我。蝈蝈懒洋洋地说。

这可是你们自由的，不是爹封建包办。

他爹，那就快点办事吧，老皮家正道忠厚，不会要多少彩礼的。

蝈蝈像木偶一样立着。

……肚皮下冰凉的感觉把刺球从沉思遐想中唤醒。沟里的水已涨得跟窝一样平，混浊的雨水灌了进来。它立即站起来，抖搂着身上的毛，面前是一片水，雨比刚才稀疏了，但雨点却大如铜钱。水面上漂浮着一层杂草和肮脏的泡沫，几条从天而降的小泥鳅在水中呆头呆脑地游动着，搅起一串串水泡。它的四肢已经浸在水里了。一种死到临头的恐惧感使它遍身发冷。它咬着一根雪白的草根，思索着逃命的方案。它先试探着把后腿和身体探到沟水里，后爪紧紧蹬住倾斜的沟坡往下滑，一直到全身出了洞。这时，水淹到脖子，它用力一跳，两只前爪搂住了那棵大苍耳子。然后，拖泥带水地上了岸。它抖着身体，把水珠甩出去几米远。窝已经淹在水下了。田野里到处湿漉漉的，沟沿上的牛粪渗出褐色的汁子，野草拼命地吸收着。刺球小心翼翼地向蝈蝈家走去。大白天行动，它不得不提醒自己一定要小心谨慎。蝈蝈不可怕，可怕的是蝈蝈的女儿蛐蛐，这个小姑娘胆大到脚踢球状闪电，可不是随便闹着玩的，被她踢一脚，至少要翻三个滚。

刺球来到白杨树下，看到蝈蝈还是仰面朝天躺在草地上，离他十七米远的地方，躺着英雄小姑娘蛐蛐。刺球心里悲恸难忍。雨已经完全停了，小风乍起，摇落树叶上积存的雨水，地上被砸起几乎难以发现的泥土颗粒。两只大喜鹊像石块一样从树上掉下来，一边扑棱着光秃秃的翅膀一边噢噢地怪叫。

刺球走近蝈蝈，看到他的额头被雨水冲洗得干干净净，好像半轮光洁的月亮。一转眼就是好几年！刺球喟叹一声：蝈蝈，时光如梭啊……

闹洞房的人半夜才散，院子里弥漫着烟草味，刺球从草垛里钻出来，照例先去猪食槽里吃饭。蝈蝈办喜事，家里吃鱼吃肉，猪食槽里全是鱼刺鸡骨头。它吃饱了，又挑拣了几块拖回草垛，然后在院里消食散步。它来到这个院里已经两个多月，天气日渐寒冷，地上的草梗上凝结着一层白色的霜花。天上悬着半个月亮，一道凄凉月色清幽幽地照着土地和房屋。洞房的红窗纸被一根蜡烛照得通红。刺球熟练地钻槛进屋。蝈蝈的洞房没有房门，挂着一条花布门帘。刺球撩起门帘钻进洞房，踩着满地糖纸烟蒂，贴着炕前的暗影钻到柜子下边去。蜡烛在窗台上燃烧着，屋子里很亮。茧儿身穿大红袄盘腿坐在炕头上。她头戴一朵红绒花，脸上像涂了胭脂，眼睛里像抹了油。跳跃的火苗把茧儿跳跃的影子印在新糊了白纸的墙上。蝈蝈呢？刺球惊诧地想，这个小子，扔下新娘守空房。新娘子面对孤灯，脸色由红变白，眉梢耷拉下来。蜡烛结了一个大灯花，屋里顿时暗下来，满屋都是阴影。当刺球差不多朦胧入睡的时候，堂房房门响，接着又听到撩动门帘声。一股寒气冲进来。

刺球望着满身挂满霜花的蝈蝈。他衣冠不整，脸色灰暗，坐在炕沿上，一声不吭。

茧儿抽抽搭搭地哭起来。

你哭什么？他说。

你知道我哭什么。

你多大岁数啦？

你连我多大岁数都不知道?

知道还问你干什么?

二十四,原来你比我大三岁。

人家都说,“女大三,抱金砖”。

抱金砖,抱银砖,还不如死了好。

蜡烛灭了。蜡烛芯子冒着看不见的烟,屋里漾开燃烧油脂的味道。幽幽月光照着窗纸,屋里能看清人的轮廓。刺球看到茧儿猛扑到蝈蝈身上。她哭哭啼啼地说:蝈蝈,好兄弟,你不能就这样把我毁了啊……

四

……茧儿搂着我,把我的脸亲得黏糊糊的。她刚吃过水果糖,嘴里有一股薄荷的香气。举行完一本正经的婚礼,我就感到自己犯了一个严重的错误。我不知道是不是爱这个大脸盘的姑娘,尽管那天在苇田里她那件水红衫子是那样强烈地撩动过我的心。现在,她就是我的老婆啦。她理直气壮地脱着我的衣服,像一层层地剥着我的皮。后来,我的手被她抓住,按到松软的乳房上,她的心在我的手掌下剧烈地跳动。我不知道是痛苦还是欢乐。蝈蝈,蝈蝈,人在世界上,没有几年混头呀,你别太苦了自己呀,她抚摸着我说。她的身体像一块灼热的炭一样烫着我。

好吧,就这么着了,混吧。我仿佛落进一个散发着热烘烘的酒糟气息的池塘里,混浊黏滞的泥浆,被褐色的阳光烤得烫热的泥浆从四面八方包围着我,我的身体无法自主,我的呼吸无法流畅,我感觉到要灭顶,灭顶之后要窒息,在昏沉迷蒙中,我突然用力抓住她给予我的弹性丰富的肉体,在她低沉的断断续续的呻唤声中,我恍然又觉得进入黝黑的林莽,到处都闪烁着嗜血动物的绿荧荧的眼睛,它们在我四周磨牙叩齿,发出一阵阵迫不及待的喘息声,我又恐怖又喜悦,用力撕扯着她，她的每一声呻唤，都唤醒我一种从未发现的深藏的疯狂，直到她嘤嘤地哭起来，直到她灼热的身体冷冰冰地僵起来，我才突然明白我干了些什么，这时，我立刻又悔恨交加，痛苦万分……

在村子西头的烧酒铺里，我学习着喝酒。每天晚上，那里都聚了一帮子人，吆三喝四，呼五叫六，把酒盅子咂得嗞嗞叫，把开裂的黑桌子拍得砰砰响，一副卷曲成花片模样的纸牌在四个人手里擎着，其余的人努力抻出脖子，向着各自的方向看。酒铺掌柜羊角莲，就是那个让娘把我的小鸡头扎起来防我尿床的白牙小媳妇，她比前几年胖了，屁股扭来扭去，显得腰细如柳条，一动两动都带着风。她正在给墙上的木钟上弦，铁扳子扭得嘎嘎吱吱响。我走进酒铺，她关上钟门，把一块明亮的红绸子蒙在钟上，立即转身对我笑，那些白牙一颗颗像葫芦籽儿一样整齐漂亮。蝈蝈兄弟，稀客呀！她笑得比蜜还甜，声音曲曲折折，如同唱歌。打牌喝酒的男人们歪了头来看我，脸上的表情荒凉遥远，眉眼都看不太清楚。灯光渐渐转暗，又慢慢转明，一张张脸逼近过来，似乎都认识，又似乎都陌生。是老竹家小子——刚娶了亲——没考进学——是个秀才——可惜了——坟地没占着好风水——进来坐呀，大侄，让你羊嫂子给你灌两盅——打牌打牌，该谁出啦——在一片嘈杂声中，我冒了一身细汗。众人的脸又渐渐远去，羊角莲拍打着我的背把我挤到一个角落上，用力按着我的肩说：坐下。我的屁股落到一个方凳上，扬着脸直着眼看她。她妩媚地一笑，小声问我：喝酒？我说：不喝，我不会喝。她又笑了，说：男子汉大丈夫，哪有不喝酒的？我说：我真不会。她转身从柜台上摸过一盒烟，用指头挑开封条，在烟盒底下用中指弹一下，又弹一下，两支烟一支高一支低地伸出了头。她把烟送到我面前，说：抽一支。我不会抽，我说。抽一支——我不会抽——你会不会吃饭——会——笨蛋，喝不会喝，抽不会抽，你活着干什么？念书念痴了。

她给我划火点着烟，自己也点上一支。我咳嗽着，看着湿漉漉的烟雾从她鼻孔里钻出来。没考上大学？她问我。我点了点头。考不上也好，在家里养你爹娘，她说。我点头。她忽然诡秘地笑着，把脸凑过我，我闻到了她嘴里笑出来的酒味儿。我听到她说：还尿床吗？我热烘烘地红了脸。茧儿要是生了气，一脚就把你踢到炕下去了，她欺负你没有，要是她欺负你，嫂子替你出个治她的偏方——没等她把偏方说出来，就有一个麻脸黑汉子斜着眼大叫：羊，给我拿盒烟。羊角莲瞥他一眼，继续对我说：她要是打你，你就——羊，小母羊，别和你小兄弟放浪了，拿烟呀！——去你娘的五麻子！羊角莲骂道：俺兄弟是读书识礼的人，由不得你侮弄。她骂着，离开我，去给五麻子拿烟。

一个黑影在门外闪了一下，又闪了一下，又闪又闪又闪了好几下，我头发一乍一乍地支愣起来，正待发喊，就见一个黑乎乎的大物跌了进来，那物从地上立起来，天真地笑了几声。原来是一个瘦脸老头，脖子从衬领里长出老高，细细地挑着脑袋，双眼闪闪如玻璃球，溜溜地旋转。他左手提着一个摔得坑坑凹凹的钢精锅子，右手提着一个蛇皮袋子，袋子里鼓鼓囊囊不知装着何物。

老头的笑声把汉子们的脖子笑歪了，都怔怔地看着他，有的闭着嘴，有的张着嘴，眯缝眼的有，圆睁眼的也有。

羊角莲拿烟出柜台，见老头正对着她笑，立即发了怒，尖声喊叫：老疯子，你怎么又来啦？快滚！老头畏畏缩缩地往墙角上退，我坐的这个墙角的对面的墙角。羊角莲把烟扔给五麻子，急转身抄起一把扫地笤帚，在老头面前挥舞着：滚出去，你给我滚出去。老头继续后退，终于用墙角挤住了身子。羊角莲的笤帚在他眼前晃一下，他就闭一下眼，脖子缩一下——摆出准备挨打的架势——叫一声：别打我……我要飞……

飞了十年了，也没见你飞起来！你给我滚出去！

别打我……我要飞……

瘦老头的叫声弹性丰富，尖上拔尖，起初还有间隔，后来竟连成一片。我也学着那老头，把身子用力往墙角里挤，喉咙里一阵阵发痒，恍然觉得从我的嘴里也发出老头那种悠扬的尖叫。

我要飞……别打我……我要飞……

飞你娘的去吧！瘦老头到底赶不走，羊角莲也脸上出了汗，于是扔掉笤帚，倚在柜台上喘气。五麻子说：羊，看我给你吓走他。

五麻子从木钟上扯下红绸，扎在左臂上，凶凶地逼近老头，站定，一语不发，左胳膊夸张地举着。老头先是端详着五麻子的脸，继而目光下移，眼睛如雨点般一阵急眨，五官顿时挪了位，身体也如被热尿烫着的蚂蟥一样紧缩成一个球。良久，才从他嘴里发出一声水淋淋的叫声：别打我……我要飞……紧接着声音如转珠联环，急促密集：我要飞别打我要飞别打我要飞别打我要飞别打我（羊角莲一把撕掉五麻子臂上的红绸子，扔进柜台里）别打我……我要飞……别打我，我要飞……瘦老头身体渐渐松开，像一堆泥巴样瘫在墙角上。

五麻子，拿烟钱！羊角莲恶狠狠地叫。五麻子掏出几张黏糊糊的纸票。甭找零了，让我摸一下就行了。五麻子斜着眼说。回家摸你娘去！羊角莲竖着眼骂，几个耀眼的"钢子"从她手里直直地飞到五麻子脸上，众人大笑不止。打牌打牌打牌，该谁出了？

羊角莲从柜台上摸出一瓶酒，用牙齿咬开塞子，咕咚喝了一口。我看着她。她看到我看她，一笑，弯腰不知从哪儿摸出一个杯子，倒满酒，端着对我来。我惶悚地站起来，叫一声：嫂子。她说：陪嫂子一杯，一醉解千愁，我什么都要教会你。她用滑腻的手指在我腮帮子上拧了一下。我心里突突跳，接过酒，一仰脖，灌下去了。又一杯又一杯，都灌下去了。

我喉咙里着了火，肚子里着了火，脑子里着了火。眼前的一切都跳动不安。灯火慢慢膨胀成篮球大，像一个月亮满天飞；又慢慢缩成针鼻小，闪闪烁烁捕捉不到。我醉了吗？嫂子？远远的一个声音说：没醉。我说：不，你骗我……我醉了……我听到自己的喉咙像哑猫一样……

瘦老头在我对面的墙角上慢慢蠕动起来，像一条大虫子。灯火从他眼里反射出来后，橘黄变成了浅蓝。我看到他的嘴唇急遽地翕动着，好像念着神秘的咒语。他脱掉破棉袄，露出鱼刺般的上身，那儿有大大小小的疤点熠熠生光。他揭开破烂钢精锅，从锅里用一根竹片（也许是木片）挑起一些黑色糊状物，抹到胸上、肩上、臂上，酒铺里弥漫开一股臭橡胶味，羊角莲掩了鼻，但并不说话。老头涂完上身，又从蛇皮口袋里倒出一些大大小小的羽毛，蓬蓬松松，五颜六色地堆在面前。我的眼神渐渐稳定，看着老头把一根根的大羽毛往双臂上粘，粘完了左臂粘右臂，粘完了双臂粘胸脯，用完了大羽毛用中羽毛，用完了中羽毛用小羽毛，表情严肃认真，动作熟练准确一丝不苟。他渐渐变了模样。它羽毛明丽。他脸上表情生动感人。它羽毛渐丰。酒铺里充满了鸟的气息，羊角莲呆呆地看着他，张着嘴。汉子们也都停了牌戏，端详着这只漂亮的大鸟。

从此，我每天晚上都要去酒铺喝酒，老头儿每天晚上都在那儿往身上粘羽毛。那天晚上我喝多了，头痛得像要裂开一样，舌头僵硬，嘴唇上的神经也好像坏死了。五麻子问我：蝈蝈，打过老婆没有？我说：没……没打……她好好的，我打她干什么……五麻子笑着对众人说：哈哈，你们听到没有？这个笨蛋傻儿子，打老婆难道还要什么理由吗？老婆是男人的消气丸，愿意玩就玩，玩够了就打。怎么样，小子，敢不敢试试？五麻子的眼睛对着我逼过来，他嘴里酸溜溜的热气哈到我脸上。谁说老子……不敢，试试就试试……我摇摇晃晃地站起来，差点踢翻老头儿盛涂料的破钢精锅子。老头抬起头，玻璃球眼睛里闪烁着绿荧荧的光芒。羊角莲拉住我，说：蝈蝈，你别听五麻子撺掇。我用力拨拉开她的手，怒冲冲地说：你，别管我！歪歪斜斜冲出酒铺，凉风迎面吹来，我的头更晕了，酒精在我胃里着了火，灰白的土地在我头上旋转。我踉踉跄跄撞开柴门，用拳头擂响房门。茧儿已经睡下了，穿着短衣服给我开门。你糊涂啦？钥匙在门边挂着，轻轻一拨门闩，不就开了吗？她说。她赤脚站在地上，寒冷的星光照进来，我看到她雪白的大腿和脖子。我把一口酒气喷到她脸上。

哎哟，亲娘，你怎么又喝成这个样子，已经醉过四五回啦，醉了还要胡闹，把身子糟蹋啦。她大声说着，爹，娘，你们也不管他。他又喝醉啦，三星偏西才回来。爹和娘好像睡死了，屋里一点声息都没有。好半天，娘才说：男人哪有不醉两回的？把他弄到炕上好好照顾着，这么点事，还用得着大呼小叫。茧儿再也没敢吭声，搀着我的胳膊把我拖到炕上，一边给我脱衣服，一边唠叨着：蝈蝈，好蝈蝈，求求你，再也别喝啦。你别自己糟蹋自己，我什么地方做得不好，你尽管说。我举起拳头，摇晃着：你这条母狗，敢来管我，老子要揍你！愿意揍你就揍吧，只要你心里舒坦，要我怎么着我就怎么着。她说，我咬紧牙，握紧拳头，对着她的肩膀捣过去，她一下子仰在炕上。又一拳头，打在她的胸脯上。她捂住胸膛哭着说：蝈蝈……你别朝奶上打，打坏了……就没法给咱的孩子喂奶啦……

我猛然惊醒了。孩子？你说，咱的孩子！是呀，蝈蝈，……我已经五十多天没来啦，还老是想吃酸……

茧儿的话吓坏了我。老天爷，连我自己都不知道该怎样做人，就要承担起教养孩子的责任，这怎么行。我说：去医院流产吧。她说：不，不，你这个野熊。她双手抱住胸膛，好像保护着婴儿。好吧，茧儿，我是瞎说的。从今之后，我不喝酒了。我打了你两拳，你还回来吧。我抓住她的手，说，打吧，你打吧。她喉咙里咯咯响着，使劲抱住了我，嘴里低低地说着：孩子，蝈蝈，好孩子，我舍不得打你。只要你真心对我好，要我的肉我也割给你。

冬天过去了。

春天来到了。

村外的草甸子里，像铺开了一条绿毛毡。村头的柳树上，绽开了鹅黄色的柳叶儿。桃花也在一个中午放开了。

春雨淅淅沥沥地下了一夜又下了半天，午饭过后，我站在堂屋门口，望着草甸子上的氤氲烟雨。燕子冒着雨忙碌着，一口口衔来白泥，筑着房檐下的巢。我百无聊赖地望了一会悒郁的田野，便打着呵欠,回到屋里。我问茧儿:那本杂志呢。什么杂志?杂志就是杂志。俺不知道,俺不知道什么叫杂志?就是一本书,一本大书,蠢货。噢,你说那本书呀,皮上画着一个大辫子的?被我剪了鞋样子啦。她掀起炕席,把那本粉身碎骨了的杂志拿出来。我无话可说,叹了一口气。俺不知道你还有用,俺想,孩子就要出生啦,得早着点准备,就去村里剥了几套鞋样子。我不好,你实在恨得不行,就拣不要紧的地方打几下子吧。

我说:脱掉衣服让我看看孩子。她说:等晚上,等晚上看。雨声单调冷落,屋里灰蒙蒙的,她的眼睛里似有火星在迸溅,这粒粒火星点燃了我的血液。我把她拉过来,轻轻地解开她的扣子,她忸怩着,遮掩着,被我脱了个赤身裸体。我第一次发现她的身体是这样白净,像银子一样闪着光。她的肚子已经凸起来,肚皮上有两道深深的纹。我从来没有这样动过情,我温柔地抚摸着她,不是摸老婆,而是摸爱人……

茧儿急急忙忙从我怀里挣脱出去,胡乱披上衣服。期期艾艾地埋怨着我:都怨你,都怨你,不黑天就让人赤身露体。我回过头去望着窗户,查找使茧儿如此惊慌的原因。在那块巴掌大的玻璃上,紧贴着一张干瘪的脸,鼻子挤成平面,双眼如同磷火。那是我的娘。我一拳打在墙壁上,关节上的皮裂开了,露出了白糁糁的筋骨。我跑出屋,跑出院子,钻进了恼人的雨网里去。茧儿和娘在高声说着话,我一句也没听清,我什么都不想听。我无法用言语来形容从窗玻璃上看到干瘪脸时那一刹那的感受。两种同样掺杂着野蛮和文明的东西狠狠地撞击了一下子,使我对天地间的一切都感到厌恶。

雨幕和夜幕交织在一起,我仿佛沉入了茫茫大海,潮水把我推上去又拉回来,嘴里鼻子里灌满了腥咸的海水。我忘记了家,像丢掉了一副沉重的枷,牛毛细雨打得我浑身精湿,被雨水泡酥了的草甸子在我脚下噗哪噗唧地响着,泥土的微腥,泥土的清新,灌进了我的肺和胃,我的心愈加灰冷起来。后来,我伫足在洼子边上,洼子里的水很平静，淤泥里泛上来的水泡——也许是鱼儿吐出的水泡——在噼啪儿噼啪儿地破碎着，两只最先觉醒了的虎纹蛙在水中呱呱地叫着，它们在为爱情歌唱呢。我浑身哆嗦着，蹲下去，用手摸着脚下密匝匝的芦芽儿，芦芽儿都像锥子一样，颜色应该是嫩绿和紫红。我的眼睛已经适应了黑暗，看到了洼子里毛玻璃一样的水光，看到了紫色的草甸子和灰绿色的天空。芦苇芽丛中有一个草球一样的东西在滚动，小趾爪踩着泥土的声音变成了夜曲中的一个细微组成部分。我站起来。刺球，我跟着你走，你能带我到一个新的生活里去吗？蝈蝈！蝈蝈！草甸子里响起了茧儿的呼叫声。我的眼前立刻浮现出她洁白如银的身体，这个身体是那样柔软、温暖……我的牙齿得得地打战了。蝈蝈——蝈蝈——她的声音拖得很长，像母牛呼唤牛犊，在两声呼叫的间隔里，传来压抑不住的哽咽声。

五

众奶牛被球状闪电击翻，横七竖八躺了满棚。棚子里弥漫着浓重的硝烟气息，棚顶上有一个脸盆大小圆圆的洞，它们浑身颤抖着，用上侧的那只眼望着圆洞里的钢青色的天空。一大缕潮湿明亮的光线斜穿圆洞，照着一只额上带白花斑的奶牛巨大的乳房。乳房被另一头奶牛的瓣蹄触着，那瓣蹄一伸一缩地动着，像有微弱电流从乳头通进去，滑腻的乳汁汩汩地流出来。它舒服地喘息着，哞哞地低鸣着，麻木的身体渐渐灵活起来。这时，同伙的瓣蹄大力动了一下，乳房上像被狗咬了一口，它猛一挣扎，竟然抖抖索索站立起来。“哞——”它余惊未消地叫着，东歪西扭片刻，终于站稳。它垂下头去，用角轻触着躺着的四个伙伴。它们悲凉的眼睛里盈着绿水，拼命挣扎却站不起来。

棚外吹来从草甸子里刮来的充溢着芳草气息的风。它焦急地走到宽敞的窗户前，寻找廊檐下听收音机的主人。它看到那把折叠躺椅翻倒在地，收音机在水泥地面上摔碎了咖啡色外壳，男主人躺在二十米开外的草地上，在他的不远处，躺着美丽的小主人，她头上那根红绸布条像一朵艳丽的杜鹃花。“哞——哞——”它一声接一声地叫着，并用头撞击着插销在外的铁门。“哞——哞——”它叫着，伙伴们听着它的叫声，都伸腿拗脖子，力图站起来。它用力撞着门，新型模压材料组装成的墙壁发出叮咚叮咚的声响。终于听到了插销脱落的叮咚声。铁门倾斜着向外张开，它急匆匆地冲了出去，沉甸甸硬邦邦的乳房在两条后腿之间摩擦着，适才被同伙瓣蹄子蹬着了的地方火辣辣地痛。它不再跑，慢慢走，沉重的蹄子踩在吸足了水的草地上，每下都陷得很深，草地上留下一行它花瓣般的蹄印，并立刻就有水渗满了那些蹄印。在蝈蝈面前，它站住了。“哞——”它低沉亲切地呼唤着，主人毫无反应。它用嘴巴拱着他，用漂亮动人的蓝眼睛看着他漂亮动人的面孔。它闻到有一股咸盐的味道从他脸上发出来，便伸出紫色多刺的舌头去舔。它舔着他的额、腮、下巴，把他苍白的面孔舔出桃花般的艳色来。主人平静的呼吸直冲着它银灰色的鼻子，它的眼睛慢慢潮湿起来，瞳孔闪着水晶的光芒，瞳孔里有清晰的睫毛倒影和树冠冲下的白杨树。雨轻尘，雨后的空气潮湿稠密弹性良好，寻常听不到的县城火车站火车鸣笛声跨越过村庄河流，贴着地面飞到草甸子上来。笛声低沉压抑，颤抖不止，如缓缓爬来的黑色巨蟒，如慢慢伸展的透明触须。听着笛声，它缩进舌头，唇边挂着无色的斜涎，扬起了秀雅的头。

“哞——”奶牛悠悠地叫一声，和着还在甸子里爬行的火车笛声。笛声使它觳觫，笛声使它沉思。它的眼前重新出现那块古老的大陆，大陆上有一望无际的辽阔草原，草原上绿草茵茵鲜花怒放，袋鼠怀揣婴儿在草地上跳舞。初夏，衣衫褴褛的流浪剪毛工剪出的羊毛铺天盖地，犹如白色浪潮。它依稀还记得原主人家有一栋白色的小楼，楼旁有一株高大的桉树，一群白鹦鹉用樱桃色的弯嘴巴把褐色多棱的桉树种籽啄得像冰雹般散落下来……想到这里，它的眼前出现许多模模糊糊似懂非懂的图像，记忆之河结了厚浊的冰，水流在冰下凝滞地蠕动着。有一个钢铁怪物在无边无际的水上漂行，成群的凶恶老鼠抢食着牛粪，到处都是浊臭熏天，动荡不安。几百头牛挤在一起，跑肚拉稀不思饮食……印象渐渐清晰起来，从白色的面包车里钻出几个穿白衣戴白帽的人，用粗大的铁针管子往它们肩上注射药水，有几个体弱者，没等注射完毕，就扑地而死。

火车笛声一次次地传来，一次次地打断它的沉思又接续起它的沉思。它记起了在闷罐子车上度过的艰难日子。一行五个，被装进一节闷罐子里，沿途走走停停，不分昼夜。闷罐里的恶浊空气使它们掉膘脱毛，咳嗽流鼻涕，眼里生出大量眵目糊。后来，总算到了终点站，一个闭塞的破烂小县城。县畜牧兽医站一个穿制服戴大檐帽的胖男人和一个同样穿制服戴大檐帽的胖女人来接它们。当时，它吓得肠胃痉挛，返草不畅。一路上，形形色色的制服大檐帽可把它们折腾苦了。

那个男人脖子粗短，脖子后堆积着一坨子脂肪。女人的形状像个啤酒桶，没有脖子，脑袋垒在两肩之间，头上耸着弯弯曲曲的羊毛。她的两个大奶子可怕地耷拉着，走起路来浑身肉颤。蒺藜狗子！胖女人叫。这陌生的字眼把它吓了一大跳，它惊恐不安地望着胖女人，听着她又说：蒺藜狗子，你耳道里塞进了牛毛了吗？那个胖男人哼了一声，说：美人鱼，又发情了是不？胖女人说：发情了又怎么样？馋死你个骚狗子。它忽然明白了，“蒺藜狗子”、“美人鱼”，原来就是这一男一女的代号。它鄙夷地叫了一声。蒺藜狗子，你听，洋牛和中国牛叫起来一样是牛叫声。美人鱼说。废话！不是牛叫声还能是驴叫声？蒺藜狗子用一根竹片抽打着它的屁股说。噢，想跟老娘辩论？美人鱼把鱼眼翻了一下，说：外国人说起话来为什么不跟我们一个声？为什么还要请穿高跟鞋的大嫚当翻译？你还记得吧，上礼拜澳大利亚那个牛专家到县里来，坐着黑壳地鳖子车，从车里往外钻，就像大公鸡出窝，人没出头先出能把人笑死。跟在他后边那个大嫚，两个奶头像两个枣饽饽一样往前挺着，裙子薄得像蚊帐，里边通红的裤衩子都看得一清二楚。那个洋人咕噜咕噜说一串，那个大嫂就用中国话翻一遍——你说，为什么外国牛和中国牛叫一个声、外国人和中国人说话不一个声？说呀，不是要抬杠吗？不是要辩论吗？本事呢？那满肚子尿水呢？美人鱼的大难题把蒺藜狗子堵得张口结舌，只知道抓着脖子傻笑。这时，一只喝够了牛血的飞虻想调调口味，偷偷地落到美人鱼汗津津的腮帮子上，低头翘屁股，把针头一样的嘴扎进她的肉里。美人鱼抡起巴掌，狠狠地抽了自己一个嘴巴子。飞虻被打成一团糨糊，腮帮子上留下五个指印。蒺藜狗子乐得像孩子一样笑。美人鱼骂道：笑你娘个蛋！当心笑出你的疝气来！……

哞——哞——奶牛感情饱满地叫着，蓝眼睛里噙着泪水。白杨树下那个鸟老头开始爬树，他弓着身子，曲着趾爪，坚韧不拔地爬，不屈不挠地爬，爬到半截滑下来，滑下来再爬，终于爬进树冠里去。

它、它、它、它、它，一行五牛，在美人鱼和蒺藜狗子的打情骂俏中，被赶进了畜牧兽医站的临时饲养场，在这里它们待了三个月，受尽了人间千般苦。蒺藜狗子和美人鱼是牛场饲养员，他和她轮流值班。它从他和她的言谈话语中，知道蒺藜狗子正忙着结婚，天天东跑西颠采买家具。美人鱼的男人在县城旮旯大街里开了一家饺子铺，生意兴隆，她忙着干第二职业。

二十三号上午是美人鱼的班，可牛场里一上午没见她的影子，奶牛们在栅栏里吼叫着徘徊，一个个饿得眼里冒闪电。它不停地叫着，走着，心里充满仇恨。它和她是结了深深的冤仇的。那还是它们刚到牛场时，美人鱼想挤点牛奶开开洋荤。她的动作又笨又重，恨不得把牛奶头扯下来。它怒不可遏，冷不防给了她一蹄子，正踢在她弹性很强的肚皮上，她叫了一声娘，一屁股坐在牛粪里，捂着肚子，半天没动窝。蒺藜狗子开心地说：喝饺子汤还把你肥成这个贼样，要是喝起牛奶来，你他妈的非爆炸了内胎不可！怎么样，牛蹄卷的吃头不错吧？美人鱼呜呜地哭起来，哭着骂：蒺藜狗子，我操你亲娘，你这个薄情寡义的东西，老娘受了伤，你不但不来救，还站在一旁幸灾乐祸。蒺藜狗子走上前去扶起她来。她弯着腰追打它，打了几下，也就完了劲，骂了一顿拉倒。天近中午，它们饥饿交加，便合伙扛翻了食槽，撞断了栅栏。

下午，蒺藜狗子骑着辆浑身松动的自行车来上班，见到狼藉牛棚，便追着牛打，累得满嘴冒沫。他骑自行车走了，从旮旯大街把美人鱼揪了来。蒺藜狗子说：你看看，你看看吧，光顾了饺子铺，连班都不上。告到站长那里，罚干你半年奖金。美人鱼说：你敢！你小子的尾巴根子老娘牢牢地攥着呢，要是惹我翻了脸，连吃饭钵子也给你砸啦！蒺藜狗子于是不敢说话，嘟嘟哝哝地修栅栏。美人鱼娇滴滴地说：狗子呀，你别生气，老娘跟你闹着玩呢。今天晚上电影院里放《少林寺》，我请你去看电影。蒺藜狗子骂骂咧咧地说：弄来这五个瘟牲，快把人缠死啦。县里那些老爷们，吃鱼肉吃腻啦，还想喝他娘的牛奶。喝牛奶？让他们喝牛尿去吧！美人鱼大声说，这叫盲目进口，崇洋媚外，不看国情，违背实事求是根本原则。

这五个瘟牛，快死了利索。

死了利索？这是钱！每条牛花的钱能把每条牛用十元大票贴起来。

听说要降价处理，广告已经贴到火车站汽车站大街小巷去啦。

贴也白搭，没人要这些怪物。还不如杀了吃肉，汆丸子，剁馅子，酱、卤、红烧。

蒺藜狗子和美人鱼并肩走向远方。牛们面对着食槽中馊烂的草料，一个个摇头晃脑，心里充满悲哀……

奶牛站在蝈蝈面前，一动不动，它的四蹄已深陷进稀泥里，像栽在那里的一头石牛。鸟老头在树上活动着，惊吓得鸟鹊吱喳乱叫。奶牛脉脉含情地看着主人安详的脸，嘴动着，像要开口说话。

蒺藜狗子和美人鱼走了，你来了。

那天，你穿着一件汗渍斑驳的老土布褂子，一条蓝咔叽布裤子，赤脚穿着一双破胶鞋，一根鞋带是细麻绳，另一根鞋带是细铁丝。头发乱糟糟像一团枯草，面色灰白如一块碱地皮，眼睛很大但缺乏光彩似白天的月亮。我长鸣一声招呼着你，我一见你就觉得遇到了知音。小伙子，看来你也是个落魄的动物啊。从你那宽阔的额头和灵巧的嘴角上，看得出你十分聪颖；从你破烂的衣着看得出你混得不强；从你眼下的黑晕和眉宇间的皱纹看得出你内心痛苦睡眠不足。哞哞哞，我们是背运的倒霉鬼。你慢腾腾地对着我走过来，我从木栅栏里伸出嘴巴，你用沾着苦辣旱烟儿的手，抚摸着我的鼻梁。可怜的牛啊，看你瘦成什么样了啦！你拍着我的鼻子说，怪不得每头只要七百元。怪不得。贱钱没好货，好货不便宜啊。

你沿着栅栏徘徊着，你在沉思，打算盘。我知道对你是不敢抱什么指望了。看你那身打扮，打死你你也掏不出七百元来买走我，更甭说掏出五个七百元把我们全买走啦。但我不死心，我们不死心，我们一齐伸出头来，嗅着你身上散发出来的亲切熟悉的气息。

苍蝇和牛虻成群飞舞着，瞅着空子吮我们的血。那最狡猾的是贴着地皮飞翔、钻进我们的腿腋里的花斑虻子，那里是死角，只好由着它们咬。你还在栅栏外徘徊着，它们四个已失去对你的兴趣，走回食槽前，无可奈何地吃起变质的饲料。一只屎壳郎正在倒推着一个比它的身体还要大的粪球前进，它推呀推呀，推得粪球滴溜溜滚。我一只眼睛看着屎壳郎推粪球，一只眼看着你低头垂肩来回走。在你的身后的原野上，横贯着一道乌黑的铁路，一辆墨绿色的列车鸣笛进了站。

列车进站后约有半小时，远远地看到一个姑娘横穿过铁路直奔牛棚而来。姑娘的步幅很大，膝关节十分灵活，走起路来富有舞蹈感。

又来了一个人。我向同伙们报告着。听到我的叫声，它们抬眼看了那姑娘一眼，一个个目光冷漠。看过，又低下头，愁眉苦脸地吃草料。我叫着，我向同伴们解释着，她也许是为我们来的，她也许是我们的救星。来呀，来呀，来呀，也许她能够给我们带来福音。眼睛有微恙的同伴斜瞥了我一眼，挥尾抽打着凶恶的虻虫，轻叫了一声，好像是说：你别做美梦了。

那姑娘放下手中的旅行包，双手把着栅栏，把脑袋从栅栏缝里伸进来。她的头发长，黑，亮，不烫，不扎，飞流直下，如同潇洒的马尾巴。澳大利亚良种奶牛！我听到她兴奋地说。她把头缩回去，高声喊叫：人呢？我把头又伸出去，不看小伙看着姑娘。她穿着一条浅蓝夹白色牛仔裤，绷得圆圆的屁股上绣着一个绿色的苹果。上身穿一件半袖白色羊毛衫，胸脯别着一枚白底红字铁牌牌。脚上穿一双网球鞋。蝈蝈！是你呀！你这个家伙，我两年没见到你啦。我听到她兴奋地喊叫着。我看到她几步跳到那个面孔阴郁的小伙子面前，并伸出一只黑黝黝的手。

蝈蝈，你当时没有说话。你倒退了一步，把她的手晒在那儿。你的目光冷冷的，睃着她胸前的牌牌。你对着姑娘点点头，嘟哝了一句什么话我没有听清。你扭头就走。姑娘愣怔了一下，但马上追上你，抓住你的肩头，把你扳了个趔趄。站住！你少给我装孙子！她野乎乎地说着，双手叉着细细的腰。为什么不理我？去年寒假我托人捎信给你让你去玩，你竟敢不去，我怎么得罪你啦？她说。毛艳，你没得罪我，我混惨了，没脸见人啦。你沮丧地说。

是的，你是有点惨，看看你这身打扮。她嘲弄道，你是不是打算到饭馆去舔人家的盘子底。

我人穷志不穷！你吼叫着。

她格格地笑起来，笑后说：你这个笨蛋！谁穷谁狗熊。你知道现在是什么年代了？知道吗？不知道就是不知道，别倒了架子不沾肉。听我说！

她的嘴唇灵活轻巧，话儿像河水决堤，若干新名词夹杂着若干旧名词，向着若干耳朵里灌。蝈蝈的脑袋渐渐地抬起来了，双眼放出光辉，黑眉毛不停地抖动着。

毛艳很满意自己的鼓动效果，闭嘴一笑等于休息，紧接着说：你围着栅栏转来转去是不是夜里要来偷牛？蝈蝈说：我来县城卖席，看到街上有畜牧站的卖牛广告，我们家正缺耕牛，就想来拣个便宜，没想到是这些怪物。毛艳说：说你笨蛋你还委屈，这是良种奶牛，每头日产奶量三十公斤，这五头奶牛能供给一个小镇的用奶。七百元一头，跟白捡差不多。你想让它们去耕地呀？那还不如让你去生孩子。

你说得天上下小孩我也拿不出三千五百元钱。

你敢不敢和我干一场？

敢。

好，蝈蝈，咱一言为定。我实话对你说了吧，这次期终考试，我有四门功课不及格，补考一次还不及格，学校新账旧账一起算，劝我退学呢。去年，我跟几个哥们儿跑了一趟买卖，赚了八百元，旷课二十天，学校恨死我了。让我退学，正好哩，我横竖不是个念书的材料。你们家在三县交界，有那么一大片荒草甸子，正好发展畜牧业，咱俩合伙养牛吧，我的知识养牛尽够用了，不上大学当畜牧主，更棒。

但是我没有钱。

噢，噢，没有钱，银行里有钱，我姨夫是县农业银行副行长，我们去找他贷款，先把牛买过来，然后再想法赚钱。现在的钱路子多着呢，看你找不找。你不是说卖席困难吗？我读书的地区产棉花，每年都用大量苇席苫垛，你在这边设点收购，我到那边联系销路，不，我先去联系销路，联系好了你再设点收购，还要到火车站去送送礼，雇两个车皮，钻两个空子，弄个万儿八千的。

你说得太容易了。

本来就不难嘛，蝈蝈，放胆跟我干吧，你那个电子脑袋要是开动起来，成不了农民企业家才见鬼。

我要跟我爹商量商量。

商量个屁！等你商量回来，黄瓜菜都凉了。你多大啦？二十四岁，不小了，李世民二十四岁当皇帝，主持天下大事。走呀，别扯着不圆圆，拽着不长长，我是为你好呢，走，找我姨夫去。

毛艳挽着蝈蝈的胳膊，蝈蝈别别扭扭地跟着走，破胶鞋啃着毛艳的脚后跟，毛艳瞪一眼，蝈蝈吓一跳，咧嘴笑一笑，继续跟着走。蝈蝈的身体渐渐恢复自然，弯曲的腰伸直了，腿怒冲冲地向前迈，一步步都好像踩着红木地板，咚咣咚咣地响。蝈蝈的走相漂亮，比得毛艳发了黄。蝈蝈走路像豹子，毛艳走路像麻雀。他们越走越远，我闻到一股亲切的草原气息从他们走去的方向传来，我充满着幻想和希望，并把这希望和幻想传达给伙伴们，它们和着我一齐鸣叫。火车又拉笛子，笛声一过我们继续叫。毛艳的旅行包扔在栅栏外……

火车笛声又贴着白露闪闪的草尖儿，抖抖颤颤地爬过来，草尖上的水珠纷纷落地，野苜蓿在雨中开出紫色的小花，油蚂蚱从草棵里蹦到花额奶牛耳朵上，一个黑色的鸟影映在牛眼里，它用力地叫了一声。

六

……蝈蝈，你知道试管婴儿吗？又不知道，你他妈的知道什么呀，一问三不知。晚月从地平线下爬升到中天时，毛艳对我说，试管婴儿没有爹也没娘，放在玻璃管里搅和搅和就长大了。她说完就笑起来，我知道她在欺我无知，心里不由一阵阵火起。紧接着我吭吃吭吃地憋气声，她又说：我们学院里正在研究试管牛，搞了三年了，连根牛毛还没培养出来，我说你们怎么不把大象和牛杂交、把牛和兔子杂交呢？反正我也不想学，故意跟他们捣乱……

毛艳用一根梢头带着簇绿叶的细柳条抽打着奶牛的屁股，肩上的长发像马尾一样甩动着。你要知道蝈蝈，我们今天的动作要是稍微慢一点，这五头奶牛就被那个厚嘴唇的小伙子抢去了。他那个洗得发了白的军用挎包里，装的全是票子。这小子肯定是个复员兵。

现在的复员兵一个比一个邪乎，抓起钱来稳准狠，后娘打孩子，一下是一下。你干吗不吭声？她停住脚，用那根细柳条拂了一下我的鼻子，沾着牛腻味的柳叶拨弄着我的睫毛，晃花了我的眼睛。夏夜的风吹动遍地月光，沸沸扬扬掺亮了空气。疙疙瘩瘩的小径上一头挨一头排成一队牛，毛艳走在牛后，我跟着毛艳，寒冷的月光逼我抱住了肩头，牛和我们连成串，像一条瘦长的船，在宽阔的河里漂流。流呀流，仿佛流进梦里头，恍然间她成了织女我成了牛郎。哞——奶牛凄凄凉凉地叫起来，我心里打了一个抖颤——如果翻了船，不知谁是织女谁是牛郎。

连声牛叫，使我心里发慌，五千元贷款，不是闹着玩的！我觉着我简直在拿着脑袋开玩笑。牛们在歪歪斜斜地移动，不像牛啦，像妖怪。我说：毛艳，这五个大家伙，养在哪儿？用什么喂？怎样喂？怎样挤奶？挤了奶怎么卖？这些我全不知道。

不是还有我吗？我整个暑假——我不上学啦，就住在你们家了，我爸爸骂我不争气，代沟。你呀，前怕狼，后怕虎，白长了一嘴胡子。

毛艳像赶牛一样抽打着我的背，我们几步就追上了筋疲力尽的牛队。花额奶牛背上驮着毛艳的两件小行李，一个提兜一个网兜，网兜里的牙具缸子碰着小镜子，小镜子反射着月光，光影像只金蝙蝠，不时飞到路边的槐树上去。我突然想起中午时，我和她并膀走到铁路，我说：你的行李丢到牛栅栏外啦。她说：我故意放在那儿。我说：丢不了吗？她说：丢不了。我说：我去拿来吧。她说：丢不了，你不懂。

一只“刮头篦子”在草丛里叫起来，叫声扣人心弦。

蝈蝈，听说你结婚啦？她问。我羞愧地盯了她一眼，她的眼睛仰望着薄薄的月亮。

是的。

动作够麻利的。她说。不知是夸奖我还是嘲讽我。

怎么说呢？

过得还好吗？

凑合着。

有孩子吗

有啦。

男孩？

女孩。

女孩好，像你吗？

像。

那一定很漂亮。

凑合着。

你就知道凑合，什么都是凑合。

那……不凑合又怎么办呢？

我的嗓子发哽，说话的声调都变啦。毛艳看着我说：蝈蝈，我警告你，不许你爱上我。我记着你的仇呢，你忘了没有，我让你帮我复习功课，你根本不理我。

我怎么能忘了呢？你用土坷垃差点把我打死。

毛艳响亮地笑起来。我们终于走进了草甸子，苦涩的草味儿钻满了鼻腔，奶牛们昂起头，嗤哄嗤哄地吹着鼻子，听起来像女人在抽泣。草甸子里的昆虫感情饱满地叫着，虫声汇成一条潺潺的河流，漫过草甸子，又折回草甸子。花额奶牛驮着行李走在最后，不时用目光明亮的眼睛瞥瞥我和毛艳。毛艳的白色半袖羊毛衫上涂上了一层浅蓝色的月光，小银牌牌在胸脯上闪闪烁烁。

前边就是我们村，我说。

我知道，你还没忘记我来告诉你"回炉"的事吧？那时候，你正患着高考综合征。

真快，一晃就是三年。我说。说着就想起了老婆孩子，悲哀和惆怅袭上来，于是无法说话。见月光下奶牛们发亮的背散进草地里去，草地里响起唰啦唰啦的吃草声。

你在想什么？她问我。我说我也不知道我在想什么。她打了一个呵欠，说：打瞌睡了，你家有地方睡吗？我说没有。她说：我睡在草地里也行，小时候爸爸打我，我跑到草地上睡过一次，早晨醒来，头发上沾着一层露水。我说：不会让你睡草地的。

我心里发沉，希望着永远走不尽这月下的草径。毛艳却轰牛上路，牛们东跑北窜，和毛艳捉迷藏。她累得气喘吁吁。我说：让它们吃一会儿吧。

我们终于把它们赶上了路，草甸子里起了微风，草梢上的月亮斑斑点点，跳动得美丽多姿。牛们喘着粗气，不时把头伸到路边草里去。走完了路，看到了雾气腾腾的村庄和乌黑油亮的白杨树。

是蛐蛐她爹吗？茧儿站在白杨树下喊。我没有答应。奶牛们自动停步，五头牛头尾相衔，像用一根铁签子穿在了一起。茧儿从树影下走出来，高声叫着：是蛐蛐她爹吗？我说：你瞎叫唤什么？我又不聋。

蛐蛐她爹，她低低地说着，立在了我和毛艳身边，她的脸像个雪白的大南瓜，眉毛淡得如一条线。蛐蛐她爹，我在树下等了你大半夜，衣裳都让露水打湿了。我心里焦急，不往好处想，寻思着你碰上了劫路的了。蛐蛐咿呀着哭了一会，等不来你，就睡啦……她期期艾艾地说着，像个做错事情的孩子。

蛐蛐她爹就是你？你这个家伙！毛艳把对着我的脸扭一下，对着茧儿，说：你就是茧儿姐姐吧？我是蝈蝈的同学。

她叫毛艳。我说。

猫儿眼？

毛艳！是来帮我养奶牛的。

什么奶牛？

什么奶牛！在你眼前摆着呢。行了，过几天你就知道啦。我心里空虚烦恼，说，快回家收拾一下炕，让毛艳睡觉。

爹和娘也没睡，就着月光等我回来。我把牛轰进院子，就听到爹和娘一齐咳嗽着，点亮了煤油灯。

毛艳进屋吓了爹娘一跳。

我说贷款买了五头奶牛，吓得爹娘哑口无言，一齐跑到院子里看。爹娘进了屋，娘索索地抖，爹说：反了你个小杂种！这么大的事你竟敢自作主张。

我说：我二十四了，不是小孩子啦！李世民二十四岁当皇帝，管理天下大事。

哪个村的李世民？爹说，你连你爹也骗。

毛艳笑起来。

闺女，你笑什么？娘问。

大伯大娘，蝈蝈没错。毛艳说。

女儿在茧儿怀里哭了两声，茧儿拍着她的屁股说：蛐蛐不哭，蛐蛐不叫，蛐蛐她爹买回牛，一条二条三条，八条七条五条……

蝈蝈，你别把心想邪了呀！爹谆谆教诲我。

毛艳来了精神，把白天讲给我听的那些道理又叽哩哇啦地讲给爹娘听。

娘说：闺女，你好像在背天书，俺听不明白。

毛艳说：您明白一点就行了。一代胜过一代，就像您这小脚，能跑过我这双大脚吗？

跑不过。娘说。

跑不过就别说话。毛艳说。

娘说：闺女，这可是在俺家呀，你扫帚捂鳖算哪一枝子的？

毛艳瞪着眼说：我要横扫一切旧思想。

黎明时分，爹说：蝈蝈，你是要这些洋牛呢还是要爹娘？

我说：牛要，爹娘也要。

爹说：留牛不留爹娘，留爹娘不留牛。

毛艳说：大伯，你们干脆分家，让蝈蝈每月付给你们养老费。

我说：分开也好。

爹说：你翅膀硬啦，不是前几年尿床那会儿啦！

我说：是你们逼得我。

蝈蝈，娘说，你娶了老婆忘了娘，老天爷不会饶过你。老天爷长着眼呢，十年前，天上落下滚地雷，劈死一个女妖精——娘顿了顿，睃了爹一眼，接着说，天老爷圣明着呢，你要是敢和爹娘分家，就让滚地雷劈了你个狗杂种。说到这里，娘的眼里射出逼人的寒光。我突然想起那个雨天，娘把脸贴在玻璃上，也用这样的目光，窥视着我和茧儿。我心中立刻堆满了愤怒和厌恶，我咬牙切齿地说：分家，分！你们的生活费我来出，只是求你们别管我。

蝈蝈！一直惊恐地站在一边听我们争吵的茧儿喊起来。蝈蝈，不能分啊，邻亲百家会笑话我们的。

毛艳说：第一个不缠脚的女人也被人笑话过，现在谁还缠脚，你缠吗嫂子？骨头全缠断了，都是甲级残废。

村子里的鸡又一次叫出一个新浪潮，外面喧嚣着生的声音。从院子里刮进来一阵腥风，耗干油的灯迫不及待地跳动几下，熄灭啦。房子里灰暗了一分钟，潮湿的、浅黄色的阳光就从门缝里挤进来。屋子里充满热嘟嘟的腥气，好像刚用开水烫过死鸡死鸭。大家都困乏地立起来，被疲倦折磨得失去精神的眼里显出惶惑不安的神情。

这是什么味道？——洋牛味！——绝对不是——像死鸡死鸭。

奶牛在院子里叫起来，牛一叫，我立刻想到若干事，分家后，人到哪里住，牛到哪儿住，锅碗瓢盆切菜刀，一样也少不了，我头昏脑涨，甚至开始后悔。我抬头寻找毛艳，她用手扇动着唇边的空气，轻蔑地笑我。我说：毛艳……她说：你害怕了？我说：不是怕……毛艳说：是胆怯！枉为了男子汉大丈夫！手里有钱，地里有无穷的草，你怕什么？茧儿可怜巴巴地对毛艳说：猫妹妹，你劝劝他，让他把牛送回去吧。

爹用手掌揉着眼说：你给我滚！牵着你的牛爹牛娘给我滚，别让这些畜牲腌臜我的院子。娘说：蝈蝈呀，虎毒不食亲儿，爹娘全是为着你好，听说，把这些腥牛送回去，咱正儿八经地好好过日子。爹说：儿大不由爷，你折腾去吧，无恩无仇不结父子。

牛叫声越来越急，那股腥气也越来越浓，无孔不入地钻进屋子。毛艳恶心，伸出两个手指捏一下咽喉，捏出两个紫印子。不对呀，她说，奶牛怎么会有这种味道呢？毛艳一把拉开门，我看到她两眼发直，嘴唇发白，呆了五秒钟，退了三二步，惊叫道：蝈蝈你看那是个什么？

院子里，五头奶牛稀稀疏疏站着，一个个都像患了感冒，流着清鼻涕，低眉顺眼，垂头丧气。在牛群中，有一个似鸟非鸟似人非人的怪物在行走。他的双腿裸露，细干瘦长，皲裂着一瓦瓦黑色间白纹的鳞片。脚脖上拖着一条粗麻绳，麻绳头拖散了，染着绿色草汁，沾着一疙瘩黄泥。他的步伐类似蹒跚，更像蹦跳，好像脚下安装着两根柔软的弹簧。他的头细长，带着一些不规则的棱角，头上一根毛也没有，两只耳朵像两只晒干了的木耳，阴鸷的目光像爬行动物。他的双肩与胳膊上，对称地生着白色的与灰色的扁羽毛。前胸上的毛蓬松杂乱，肮脏不堪；有的毛根儿朝外，有的毛根儿朝里。背上的毛很少，露着人的深深的脊沟，一群群的寄生虫在脊沟里像黑蚂蚁一样蠕动着。

原来是你这个老怪物！我啐了一口，说，你会飞了吗？老妖怪，别做梦啦。

遍身羽毛的老头阴毒地看着我，忽然振动双翅，发出猫头鹰一样的叫声。他端着翅膀，沿着院墙走动。土墙上伏着一片肥胖的蜗牛，他一把把地抓起蜗牛塞进嘴里，香甜地咀嚼着，绿色的汁液从他的嘴角流出来，沿着下巴，滴落到胸前的羽毛上。

这是个什么东西？毛艳惊魂未定地捏着我的胳膊问。

没等我回答，那鸟毛老头就把双翅一抖，尖声叫道：别打我……我要飞……

随着他翅膀的抖动，一股更加浓烈的腥臭气扑过来，这已经不是屠戮鸡鸭的味道或臭鱼烂虾的味道，简直是腐尸的味道啦。毛艳掏出手绢捂住鼻子，跳到院子里。腥臭气把她的瞌睡驱赶跑了。她转到老头身后，仔细地打量着，老头又聚精会神地吃开了蜗牛，根本不理睬她。

你走吧，娘说，你把俺墙上的蜗罗牛子吃完就走吧，俺一家老小都知道你本领大，敬着你哩。

抽烟吗？爹说，爹走到院子里，用手心擦擦烟袋嘴，恭恭敬敬地托着烟袋，顶着扑鼻的腥臭，向鸟羽老头靠过去。鸟羽老头回过头来，白眼珠子翻了翻，把两个腮帮子鼓得高高的，突然喷出了几十个蜗牛壳，像冰雹一样落在爹的脸上。

腥臭气和怪叫声把茧儿怀里的蛐蛐也惊动了。她疲乏厌倦地哭起来。茧儿拍打着她说：别哭，好孩子，别哭，你看，你爹买来一群洋牛，那个长翅膀的老头也来啦。蛐蛐往院子里望了一眼，“哇”了一声，把头扎在茧儿怀里，一动也不敢动啦。

毛艳站在老头儿背后，凝神片刻，腮上泛起会意的笑容。她对着我飞了一个眼色，便鹰扑兔般往前一冲，她抓住一束羽毛，用力一拽，只听到老头像兔子一样水分充足地叫了一声：别打我……我要飞……那束羽毛，连带着一些黑乎乎的臭气熏天的东西脱落下来。毛艳笑着，叫着，前后左右跳着，向老头发起连续进攻，她的步伐灵活，像拳击又像击剑。老头哭嚎着，转着圈防卫，但无济于事。不到十分钟，他身上的羽毛就被毛艳撕扯得干干净净，显出了又脏又瘦的身体。老头像青蛙一样伏在地上，痛哭着：别打我……我要飞……别打我……我要飞……混浊的泪水沾湿了肮脏的面颊。

遍地羽毛狼藉，有一两片在轻动。我看着毛艳，毛艳看着我，又一齐看着老头，良久无言……

七

眼睛上方有两块黄色斑点的小黑狗四眼正在村子里的草垛边与

一条名叫鹞子的小公狗纠缠，忽然看到村头上电光闪闪，便撇下鹞子，踏着街上一汪汪的雨水，箭一般地飞奔回来。它跑到躺在绿草地上的蛐蛐面前，用冰凉的鼻子触着她胖乎乎的小手。蛐蛐！蛐蛐！它叫着，用牙齿咬住女孩绣着铁臂阿童木的汗衫，把她拖起来。

蛐蛐张大嘴巴，长长地打了一个呵欠，一滴口水像透明的蚕丝落到阿童木的头上。她抬起手背揉揉眼睛，摸着小黑狗的头说：四眼，狗娘养的，跑到哪儿去啦？女孩站起来，提提湿漉漉的裤子，挪动着两根藕节般的小腿，向着蝈蝈走去。爸爸，爸爸，那个火球呢？奶牛抬起头，亲切地舔着小主人。滚开，大花牛，回棚里去。四眼，把大花牛轰回棚里去。小黑狗立即执行女孩的命令，在奶牛面前跳着，汪汪地叫着。奶牛使劲扭动着腰肢，拔出深陷在泥土里的蹄子，懒洋洋地往棚里走去。

女孩蹲在蝈蝈面前，大声喊叫。蝈蝈的睫毛像燕翅一样剪动着，脸上浮起幸福的笑容。爸爸，你醒醒么！爸爸，那个火球被我踢到哪里去啦？我的裤子湿了，不是我尿的，我的腿麻。猫眼阿姨怎么还不回来？爸爸，你说呀！女孩像个小老太婆一样絮叨着，我的腿麻，爸爸，我的腿麻。她坐下去，用手指去捅蝈蝈的鼻孔……

妈妈就知道让我睡觉，白天睡了夜里睡，我不睡么，我要找小狗耍去。妈妈就说：长翅膀的老头来了，翅膀老头红眼绿指甲，见了小孩就吃。你听，老头在树上飞呢！别打我……我要飞……我问：妈妈：谁打老头啦？妈妈说：你爸爸，还有猫眼阿姨。快闭眼吧，别说话，别让老头听见……床上铺的竹芯凉席忽悠悠地飘起来，凉席托着我先是在天花板下团团转，后来，又从窗户玻璃上飞出去，玻璃好像水一样，轻轻一冲就开啦。凉席托着我在村子上空飞来飞去，白云彩红云彩绿云彩跟着我，一伸手就揪住了，云彩痛得叫妈妈。它妈妈是星星，星星挑着筐子，筐子里盛着糖、花生、布老虎。老虎呜呜哭，老虎老虎你哭什么？老虎说，下雨了，淋湿了毛。我说，老虎，你别哭啦，叫翅膀老头听到把你吃了，咯崩咯崩嚼骨头……我看到那个长翅膀的老头在村前一道颓墙上练飞。颓墙有一米半高，墙头上长着车前子和蒲公英，妈妈说不是蒲公英，是婆婆丁，爸爸说也是蒲公英，也是婆婆丁。墙根丛生着一窝窝酸枣棵子，红酸枣、绿酸枣，把口水都酸出来了。老头在酸枣棵子中用破砖烂瓦垒了一个台阶，踩着台阶扯着车前草他爬上墙去，腿肚子哆嗦着，张开翅膀，朝着我飞来，妈妈！我怕！老头飞不到我跟前，像石头蛋子一样头朝下栽到酸枣棵子里，酸枣针把他的头咬得淌黑血。爸爸和猫眼阿姨来了。爸爸，老头咬我，我怕！爸爸说：不怕。猫眼阿姨用照相机给老头照相，叭勾——！像放枪一样，老头吓得不会动了，抱着头哭：别打我……我要飞……阿姨说：他原来就想上天吗？那真也该打，就像打球，歪打正着。爸爸说：到底是打错了还是打对了？爸爸和阿姨走了，翅膀老头又活了，踏着砖瓦，哆哆嗦嗦爬上墙，他抖着翅，果真像老母鸡一样飞出去好远，落地时往前趔趄了几步，没有摔倒。阿姨！看啊，老头飞了！

自从那次猫眼阿姨拔光他的羽毛后，他不见了。人们都传说他去偷动物园的孔雀，进了狼笼子，被四条大灰狼吃啦。老头走后，村子里的蜗牛使劲多，所有的墙壁都变成了灰绿色，下过大雨晴了天，蜗牛的叫声好像刮风摇树叶子。猫眼阿姨向村里人宣传：蜗牛有高度营养价值！猫眼阿姨还念报纸给大家听，人们都不信，说，只有鸟毛老头才去吃蜗牛，正经人是不吃蜗牛的。还说，要是蜗牛也能吃，那么蚯蚓、苍蝇、蚂蚱、蚊子也都是高级食品。得了吧，姑娘，他们说，留着蜗牛你们去吃吧，你们喝着牛奶就着蜗牛正好对味。猫眼阿姨摊开手，笑笑，退一步劝他们用蜗牛喂鸡喂鸭。村里人听了猫眼阿姨的话，用扫帚把蜗牛从墙上扫下来，放在石槽里用大棒子捣成肉酱，拌在糠皮里喂鸡喂鸭，全村的鸡鸭全都下起了双黄蛋。他们相信了猫眼阿姨的话。但他们还是不敢吃蜗牛，只敢吃蜗牛变成的双黄蛋。村里的孩子们看到我吃盐渍油炸蜗牛，好像吃花生麻糖，馋得他们伸舌头，都伸手跟我要。芳芳的娘，艳艳的娘，俺二姑，老狗皮爷爷，都来问猫眼阿姨：姑娘，这蜗牛真能吃？猫眼阿姨把一颗蜗牛扔进嘴，带着壳就咽了。村里人都拿着盆举着碗抢蜗牛，连墙角旮旯全找遍了。等老头扎齐了毛飞回来时，他的蜗牛被吃光了。

老头这次回来，身上的羽毛老厚老厚，翅膀上的羽毛又大又干净，像大扇子一样。他到处找蜗牛，找不着了，就从腐土中掘来红的蚯蚓，哧溜哧溜吃下去，像喝面条一样。吓得村里人脊梁像棍子一样直。猫眼阿姨说：这个老东西，懂得营养学，他尽拣好东西吃，蚯蚓也是高蛋白呀。

老头看到我的凉席在他头上飞，眼珠子都气红啦，他扇着翅膀飞起来，一把抓住了我的腿。老头伸出长长的绿指甲，要挖我的眼。我吓坏了，惊叫起来……妈妈轻轻拍着我说：蛐蛐，好好睡，娘守着你哩。我从睫毛缝里看着妈妈，妈妈坐在我的床前噌楞噌楞纳鞋底子。妈妈有空就纳鞋底子，纳了一摞又一摞。爸爸去县城贸易公司联系业务了，猫眼阿姨去了特区。妈妈坐不安稳，好像被尿憋得慌。妈妈。妈妈说：蛐蛐，要尿尿吧？不，你才有尿呢。妈妈又跑出去啦，我知道她出去望爸爸。妈妈前两天老是偷偷地哭，眼皮肿得像葡萄皮。今天她穿着一件水红色的偏襟衫子，衫子的袖上补着一个补丁。衣服小，包不住胖妈妈。妈妈纳一会鞋底子，就坐在床头上，挽起裤腿子搓纳鞋底用的麻绳。她的腿又粗又白，连一根汗毛都没有——搓麻绳时绞光啦。妈妈拈着两片麻，往手心里啐一口唾沫，然后把麻按在光滑的腿上，使劲往下一搓，两片麻梢儿在她腿肚子外侧像四眼小狗一样摇着尾巴。前几天爸爸心烦地对妈妈说：你搓吧，搓吧，简直是嗜痂成癖。我问：爸爸，什么"嗜痂"？爸爸说：别乱问。爸爸从来不穿妈妈给他做的鞋，妈妈只管做，做好了就一双双摆在橱里。

院子里响起脚步声。一听我就知道是爸爸回来啦。妈妈撂下麻绳，放下裤腿，摇着尾巴跑出去。蛐蛐呢？爸爸问。在床上睡着哩，妈妈说。爸爸像大老猫一样朝我走过来，我把睫毛合了一下，从一线缝里觑着爸爸。爸爸下巴上的胡子刚刮过，胡楂子青白色。从他嘴里吹出一股葡萄酒的气。他的嘴唇滑溜溜，亲得我腮帮子痒痒的。我感到他把那只大手伸进我的开裆裤里，摸着我的小肚子。她没哭吗？爸爸问。哭着要猫眼眼。妈妈说。噢，她还要等些日子才能回来。爸爸说，热水器里放水了吗？跑得满身臭汗。你不跟我一块洗吗？

在太阳能热水器那儿洗过澡的爸爸，头发又黑又亮，像老鸹毛一样。我爸爸是个英俊少年。猫眼阿姨领我看电视，电视里有个英俊少年。妈妈红着脸站在床边，她说：蛐蛐她爹，你越活越年轻。爸爸说：我们都应该越活越年轻，人老心不能老。你今天怎么穿上了这件褂子？爸爸问。蝈蝈，我不知道，我想你。脱下来吧，爸爸说，像个出土文物。今天我给你买了一件衣服。

爸爸拉开皮包，拿出一个长方形纸包，撕开纸，一抖，变出了一条苹果绿色大袍子。来吧，穿上试试，这是大号的，你穿恐怕还有点瘦，瘦点好，瘦点出线条。爸爸端着袍子往妈妈身上比量着，妈妈一小步一小步地后退，像被火烤着。她爹——别"她爹""她爹"的，我是爸爸——爸爸，她爸爸，我怎么能穿这种衣裳，穿上了怎么好意思见人，人家会指着脊梁杆子骂我呢——你怕什么？来，穿上我看看——不，不……

爸爸把袍子放在床上，用一只胳膊搂住妈妈的腰，另一只手慢慢地伸下去，解开妈妈的衣扣。她爸爸，爸爸，别这样，大白天的……妈妈呜呜地喘着气说。爸爸说：不要紧，茧儿。妈妈像只大白兔一样站在床前，她的脸和脖子像鸡冠子一样红，胸脯像牛奶一样白。妈妈双手捂住脸，那两个胖胖的奶奶轻轻地跳着，两颗红樱桃般的奶头对着我点头，我使劲地吧咂着嘴。爸爸和妈妈被我吓坏了，妈妈躲在爸爸怀里，连气都不敢出。爸爸帮妈妈穿好袍子，前后左右地打量着。妈妈真好看，绿袍托着红红的脸，妈妈变成一朵粉荷花。太好了！爸爸说。果然是人靠衣裳马靠鞍。爸爸搂住妈妈，像吃奶一样地咂妈妈的嘴。妈妈嘤嘤地哭起来。你哭什么？爸爸问。蝈蝈，好兄弟，我想生个儿子，妈妈说。爸爸慢慢地把妈妈松开，脸色变得冷冷的。你怎么又提起这话头？我们不是领了独生子女证了吗？我还想生，我知道，我不生儿子你是不会喜欢我的，生了儿子才能拴住你的心。妈妈说着，眼泪成串地往下落。别说啦！爸爸厌烦地叫一声，一甩手，走了。妈妈趴在床上，呜呜地哭起来。我吓坏了，躺在床上一动也不敢动。

我知道，我知道你为什么不要儿子，我知道……妈妈一边哭一边说，我知道我不如她俊，不如她年轻……妈妈胖胖的大白脸上挂着透明的泪珠，泪珠落到苹果绿色袍子上，嘟噜噜地往下滚。她举起一面方镜，照着自己的脸和身体，她对着镜子，用指肚伸着眼角的皮肤。一抻，皮绷紧，皱纹消失；一松，皮松弛，皱纹出现……妈妈把镜子反扣在桌子上，哭得更伤心啦，奶奶像凉粉一样颤动着。她费了很大劲才把紧绷在身上的袍子脱下来，手忙脚乱地又换上那条肥腿裤子和那件补丁褂子。妈妈不亮了，不耀眼了，妈妈像只老母鸡。

院子里又响起脚步声，我辨别出这仍然是爸爸的脚步声，他每逢心里有事时，总是用脚后跟重重地捣着地面。爸爸又带着香气进了屋。茧儿，你听我说——你怎么把裙子脱下来啦？爸爸看看妈妈身上的衣裳，说，你为什么要脱下来！你为什么总是要把自己弄得像只老母鸡一样难看？爸爸也说妈妈是只老母鸡。她爸爸我不愿穿，穿上新衣裳我的皮肉就像被火燎着。再说，咱都是结婚有孩子的人啦，只要不露着皮肉就行啦，穿好了招人笑话，妈妈说。我给你买衣服就是让你穿。留着吧，等咱的蛐蛐长大啦，让她穿。爸爸笑了一声，两个嘴角上显出两条直竖着的深皱纹。

你想得真远啊！爸爸说。他把那件袍子抓过来拎起来，摸出电子打火机，按机关，打火机蹿出一股绿色火苗。她爹！妈妈惊叫。苹果绿色袍子忽忽喇喇烧起来，爸爸的手在半空中停着，提着一盏灯笼。火苗燎着爸爸的手，发出滋啦滋啦的声响。袍子在火中缩小，最后变成一个大大的黑蝴蝶。几个绿色的扣子落到地板上,响着,滚着。爸爸把手轻轻一抖,黑蝴蝶飞落地。妈妈直着眼坐在床沿上,嘴半张开,肚子里呼噜呼噜地响。爸爸一句话也没说,转身走了。房子里充满怪味,我忍不住咳嗽起来。我坐起来,叫了一声:"妈妈。"妈妈抬起衣袖擦了擦湿漉漉的脸,走上前来,抱起我,使劲地搂着。妈妈,我又叫。蛐蛐,好孩子,别叫"妈妈",叫"娘",还是叫"娘"好。孩子,你爹变质啦,你爹不像个庄稼人啦,你爹全身上下连头发梢上都是香喷喷的味儿……不,我说,不,我摇摇头。我不叫"娘",我还是要叫"妈妈",猫眼阿姨说叫妈妈好。妈妈还在哭,还在说:蛐蛐,你爹变心啦,他不喜欢我啦。都怨你自己,我想,爸爸刚才还搂着你亲,可你偏要生儿子。为了逗妈妈开心,我说:妈妈,爱情是碗豆腐脑,趁热吃最好;爱情是盆洗澡水,先洗脸,后洗腿。——你胡说什么,蛐蛐,是谁教你这些胡言乱语?——不是胡言乱语,这是诗,是猫眼阿姨念的——蛐蛐,往后别跟着那个……她学,跟她学不出好来。你奶奶说,半夜里飞来只猫头鹰——我奶奶瞎说!我叫嚷着。奶奶是个老妖怪。

……妈妈刚把我生下来,奶奶就骂我:丫头片子。她那两只绿色老猫眼盯着我,我也恶狠狠地盯着她,一出生我就和她结下了冤仇,她经常折磨我,她用冰冷的火镰磨我的嘴唇,用臭烘烘的破布擦我的牙床,还用手指捏我的小奶头。我长到二百多天的时候,每逢妈妈不在家,她就用嘴嚼饼子喂我,饼子嚼得黏糊糊的,她用手指挑着往我嘴里抿。她的手指干燥开裂,擦着我嘴角火辣辣地痛。我的手脚被捆得绷绷紧,无法反抗,只好拼命嚎哭。她说:小鳖羔子,吃哭食哩,哭也得吃。黏稠的饼子进了我的气管,我噢噢地叫着,脸都憋紫了。爸爸回来了,说:娘,你怎么这样折腾她?奶奶怒气冲天,把我扔到炕上,骂爸爸:杂种,我怎么折腾她啦?爸爸说:没有这样喂孩子的,这样不卫生。奶奶说:什么卫生不卫生,杂种,你也是我这样喂大的。

我们和爷爷奶奶分了家，我们在白杨树下建了新房子，奶奶和爷爷住在旧房子里。爸爸让奶奶和爷爷搬到新房子里住，奶奶说：没那福气。爸爸说：这可是你说的。爸爸每月付给爷爷和奶奶二百元养老费。爷爷背着一支长苗子土枪，天天在草甸子里转悠，碰到兔子打兔子，碰到斑鸠打斑鸠，有一次还打到一匹三条腿的小猞猁，全村的孩子都跑到爷爷家去看这匹稀奇走兽。爷爷领我去钓鱼，钓了一条白鳝、一条黄鳝，白鳝黄鳝都在草地上打滚，滚了一会，就不滚了，爷爷光顾钓鱼，黄鳝被四眼叼去吃了，连骨头都吃了。我说：爷爷，把白鳝给鸟老头吃了吧，爷爷不答应。鸟老头在草上追野兔子，追过来追过去，总也追不上。奶奶每天都泡在我们的新家里，什么事都要掺和，什么事都要插嘴。我们的"五朵金花"最惹她生气，她说：这些妖怪，奶子像大水罐。猫眼阿姨挤奶时，她就站在一边说：这是奶吗？哗啦哗啦像撒尿，镇上那些喝你们奶的孩子，迟早要生出牛角来。我捧着奶瓶跑过来，嘴噙着奶头，看着白里透蓝的乳汁射进奶桶。猫眼阿姨穿着工装裤，袖子挽到肘弯，双臂像白鳝一样扭着。奶牛呼哧着喘气，不时用蓝眼睛看着我们。蛐蛐，奶奶说，你别喝这些脏东西。她用手指着我的奶瓶。我说：牛奶好喝，奶奶，你想喝吗？猫眼阿姨提起奶桶，到脱脂房里去脱脂，她笑着对奶奶说：您老人家千万别喝，喝了后头上长角，身上长毛，腚上长尾巴。

奶奶越来越注意我了。只要我捧着奶瓶喝奶，她就用绿眼瞪着我。那天上午，奶奶又像只老鹰一样在我们院子里待着。爸爸在研究糖化饲料，猫眼阿姨在单杠架上拴了两根胶皮管子，训练妈妈挤牛奶。妈妈真笨，学了多少次啦，总也学不会。猫眼阿姨说：用力柔和一点，再柔和一点，不能像攥锄把子一样啊。妈妈满脸是汗，动作更加笨了。妈妈说：妹妹，还是让我干点粗活去吧，担担水，扫扫牛粪。挤牛奶也不是细活呀，猫眼阿姨擦着汗水说。我捧着奶瓶在院子里跑来跑去，前边的草场上有一只蓝色的蛱蝶在一剪一剪地飞动着。我放下奶瓶去追蛱蝶。蛱蝶飞高飞低地逗着我，最后扇动翅子上了树。我失望地跑回院子，看到奶奶仰着脖子，把我的奶瓶喝得呼呼噜噜响。放下！我喊，快放下，你把奶头给我弄脏了。奶奶翻翻白眼，骂道：小小年纪也会放屁，都是一样的嘴，怎么就弄脏啦？猫眼阿姨说：老太婆，头上长出牛角来啦。奶奶摸摸头，说：姑娘，别吓唬俺啦，这玩意儿还挺好喝。蝈蝈，往后，每天给我和你爹送两瓶过去。爸爸冷冷地说：好吧，不过，奶钱要在养老费里扣除。啊呀！奶奶大声叫起来，蝈蝈你这个杂种，娘四十八岁那年才得了你这么个老生儿子，恨不得打掉牙把你含在嘴里养着。冬天怕你冻着，夏天怕你热着，你六岁那年，还嘬着我的奶头吃奶，六年，一年三百六十五天，你给我算算这笔奶水钱是多少？你养着五头大奶牛，挤出的奶用平板车子往镇上送，连亲爹娘要瓶奶喝都扣钱……奶奶越说越感到委屈，坐在地上，捶打着地面，天呀地呀地哭起来。

奶奶的哭声引来一群人，人们咬着耳朵说话。老狗皮爷爷说我爸爸：蝈蝈，这就是你的不对啦。爸爸说：大叔，您不懂。奶奶见到人，更来了劲头，骂着：蝈蝈，悔不当初放在尿罐里淹死你个小杂种。认钱不认爹娘，天老爷饶不了你。迟早要从白杨树上落下滚地雷，劈了你这个小畜生，劈了你这瘟牛……

爸爸，你怎么还不醒？蛐蛐打着呵欠说。

八

她坐在老屋里的土炕上，愁绪满怀地纳着鞋底子。

就是在这间屋里，我给你做了老婆，蝈蝈！

就是在这间屋里，我给你生了女儿，蝈蝈！

蝈蝈，你快回心转意吧，你不回心转意我这辈子就算完啦。檐雨敲打着一个破脸盆，发出抽泣般的声响。她心烦意乱，坐立不安，已经是第三次用针锥刺破指头肚了。她把指头放在嘴里吮着，嘴里咸，鼻子酸，眼睛泪模糊。泪眼透过那块巴掌大的窗玻璃，她看到在房檐和晾衣绳之间的巨大蛛网上，粘住了一只嘴巴根子还泛着嫩黄的乳燕。小燕子死命挣扎着，恐惧地看着蹲在房檐下的那个乒乓球大小的蜘蛛。蜘蛛感觉到蛛网的强烈震动，沿着对角线爬到网中央。面对这个比自己大几倍的猎获物，蜘蛛毫不畏惧，它张开屁股上的开关，拖着黏黏的银丝，绕着小燕子爬来爬去，很快就把小燕子缠得像一只蜷曲的蚕蛹。小燕子快要窒息了，发出一声声绝望的啁啾。两只老燕子像麻雀一样噪叫着，扑棱棱地围着蛛网飞。蜘蛛慢吞吞地干着自己的事，睬都不睬它们。

她很怕那个黑乎乎的大蜘蛛，因为婆婆曾多次讲过滚地雷殛死蜘蛛精的事。怕蜘蛛，又可怜那快要被缠死的小燕子，这种矛盾心理使她暂时忘记了自己和丈夫的纠缠。后来，她大着胆子，冒雨跑到院子里，抄起一根滑溜溜的竹竿，闭着眼把蛛网搅破了。蜘蛛和燕子都落在泥水里。就在这时候，在几百米外的那棵大白杨树上，绿色和黄色的火球像穿梭一样滚动着，她双眼发直，脸白如纸，唇红如血。未及她反应过来，那一串串的火球便从树上消逝了。几十秒钟后，牛棚方向一声巨响，一道火光冲天而起，空气像汹涌的潮水一样漾过来，院子里飘着浓烈的硝烟气息。她沉思了半分钟，忽然惊叫一声，扔掉竹竿，冲出柴门，向着牛棚跑去。边跑边喊着：蛐蛐，蛐蛐，我的孩子……

她是趿拉着鞋子从屋里出来的，一出柴门，街上黏稠的泥巴就把她的鞋子脱掉了。于是她赤着脚，呱唧呱唧地踩着泥水，睁着眼，看不见路。远处的天空中闪电泼剌剌地继续燃烧，一瞬间她的眼睛漆黑发亮，一瞬间又黯淡无光。一种大祸临头般的感觉吓得她精神恍惚，她的眼前不断晃动着幻影。婆婆干瘪的脸，婆婆每每说到滚地雷殛死罪人或妖怪时那种令人毛骨悚然的语调和表情，丈夫穿西服扎领带时的潇洒神态，猫眼姑娘那一口雪白的牙齿和修长的双腿……自从她那天夜里来到我们家，我们家每天都在变，什么都变啦，丈夫，女儿。

……那天，草地上开遍金黄色苦菜花，棕色的蜥蜴在茅草缝里迅速爬动着，野兔在袅袅上升的氧气中奔跑，还有鹧鸪鸟迎着东方蓝色的太阳飞翔。一公一母是一对夫妻鹧鸪，忽高忽低，忽上忽下，背上和胸上的白色斑点像星星一样眨动着，就在它们要消融在草甸子深处的蓝天里时，一支枪口上冒出一股白烟，一只鹧鸪如一粒弹丸落了地，不知另一只鹧鸪怎么样，不知死的是公活的是母，还是活着的是公死的是母。枪声传过来了。

丈夫穿一套大红运动服，猫眼穿一套白色运动服。春天的草地上，我的丈夫和一个大姑娘每人提一支熊猫牌羽毛球拍，欢蹦乱跳地打羽毛球。蓝晶晶的天。绿幽幽的地。红艳艳的他。白闪闪的她。心酸酸的我。

扣呀！蝈蝈，你这个臭球篓子。猫眼大声喊叫着。她把我丈夫蹓得上蹿下跳，如同走狗。后来，丈夫把羽毛球正正地打在她的奶子上。十环！十环！他兴奋地叫起来，像个大孩子，女儿小蛐蛐，两边来回跑，一会儿给爸爸加油，一会儿给阿姨加油，小嗓子都喊哑了。蛐蛐摘了好多苦菜花，用遮巾兜着，跑到猫眼面前，一把把抓着苦菜花，对着猫眼头上撒。她人小力气小，扬不了那么高，猫眼双膝跪到草地上，让蛐蛐把苦菜花撒了她满头。

我孤零零地站在一边，像一棵枯朽了的树，乌鸦和麻雀在我头上吵闹着。我想趴在草地上哭一场。毛艳跑到我面前来，她那两个苹果般的小奶子，边是边棱是棱地向前挺着，我女儿撒在她头上的苦菜花一朵朵往下掉着，她鼻子尖上挂满白色的汗珠。她弯腰从我脚下拣起羽毛球，无意地看看我的脸，走了两步又回过头说：大姐，你不玩一会儿吗？你玩一会儿吧。她把手中那只球拍塞给我。她对着我的丈夫说：蝈蝈，你跟大姐打一会儿。我的丈夫不高兴地说：捣什么乱！我攥着球拍，感到半边膀子都坠垮了。好妹妹，我不会打——我来教你——我笨，学不会，你跟他玩吧——我把球拍放在地上，低头不敢看他们，转过身，扭动着身子快步走，我心里并不难过，泪水却像泉水一样咕嘟咕嘟冒出来……

我从草地上走回家，心里说不清啥滋味，泪水一个劲地流，擦也擦不干。我感到委屈怨恨，但又不知道该恨谁。她就是比我能，就是比我“盖帽”——蛐蛐天天“盖帽”“盖帽”地乱嚷——她那两个小奶子长得那么精神，我当闺女时也是膨着，她的腿那么长，屁股上的肉那么结实，难怪蝈蝈喜欢她，难怪蛐蛐也喜欢她。蛐蛐把那么一大堆苦菜花撒在她头发上，使她的脸像男孩子一样招人喜爱。她奔跑跳跃着，我女儿撒在她头上的苦菜花一朵朵往下落着，有的碰撞着她的脊背往下落，有的碰撞着她的胸脯往下落，有两朵沿着她敞开的衣领落下去，再也不见出来。我女儿围着她转，我丈夫围着她看，好像我的丈夫是她的丈夫，我的女儿是她的女儿。我嘴里发苦，我的命更苦。我两岁那年死了娘，跟着爹长大成人。嫁给了蝈蝈，我心里足得不行。我横看竖看看不够你，恨不得像抱奶娃娃一样天天抱着你。可是你一直和我隔着心。前几年你故意把自己弄得埋埋汰汰，没给我一天好气受；这几年你精神得要命，可对我越来越冷淡。我知道我不称你的心，不如你的意，可我给你生了女儿，生儿子我也能，你不要怨我，我给你洗衣做饭，也尽到了做老婆的本分啦，你不该吃着碗里的，看着碗外的……

我越想越冤屈，眼泪流干啦，眼睛里像有沙子，克浪克浪地响。哭也不顶事，命中没有莫强求，胡思乱想不中用。该干什么还得干什么。我扤起柳条篮子，到村里豆腐房去买豆腐，蝈蝈、蛐蛐，还有那个猫眼，全都是豆腐肚子，天天吃也不够。每逢我们四个人同桌吃饭时，我就不知道该哭还是该笑。蛐蛐总是一本正经地装大人，他和她却像两个调皮捣蛋的孩子，常常为一句一点也不好笑的话笑得弯腰喷饭。

我扤着柳条篮子进了村，大街旁边的排水沟里，全是灰绿色的蜗牛壳，几只鸡在刨着什么，弄出哗哗啦啦的响声。吃蜗牛的风气还是从我们家兴起来的，起初我哪里敢吃，看着他们吃我都恶心，后来，蛐蛐捏着我的鼻子把一个蜗牛塞到我嘴里，没用我嚼，蜗牛就化开啦，味道又鲜又美，强似活鱼嫩鸡。猫眼和蝈蝈还发明了好多种蜗牛做法，名字巧得我连说都不会说。吃了两个月蜗牛，我原来的衣服就穿不进去啦。蝈蝈让我喝凉水减肥，毛艳拉我去草地上做健美体操，弯腰撅腚的，把人都快羞死啦。村里的女人看到我，都捂着嘴笑。蝈蝈训我，看你肥成什么样子啦！我说：我愿意肥吗？他说：不愿肥为什么不练？我说：蝈蝈，就那么比划几下子能瘦了人？我心里话：蝈蝈，我知道你怎么看我都不顺眼，就变着法儿整治我。胖难道不比瘦好？

村子中间那棵白果树下，围着一群婆婆妈妈，一个同辈的媳妇叫我：茧儿嫂子，来呀。我问：干什么呀？她说：这儿有人在抽书算命，预卜吉兆。我的心动了一下，扤着篮子靠上去。白果树上挂满了破扫帚烂铁盆，好像随时都会掉下来。我挤进人圈，看到地上铺着一块两米见方的黄布，黄布上摆着一只黄铜鸟笼子，鸟笼子里养着一只黄色小鸟，小鸟在笼里跳上跳下，唧唧轻叫，鸟嘴是咖啡色的，鸟腿是淡黄色的。鸟笼子旁边，放着一排木格子，木格里放着一张张黄纸折子。守着摊儿的是一个面黄肌瘦的老头，一双黄眼珠子，很慢很阴地转着。一个中年妇女家里丢了一只羊，抽了一书，纸折子上画着一大簇青草，老头儿替她批讲说：狗三猫四，猪五羊六，靠草而去，你顺着草找去吧。女人眉开眼笑，递给老头一块钱，高高兴兴地走了。我出神地看着那只在笼子里蹦蹦跳跳的小鸟，那小鸟也不时地转过头来，用米粒大小的黑眼睛盯着我。我觉得这只小鸟认识我，它轻轻地叫着，不时吐出粉红色的舌头，它的下巴颏上，有一撮胭脂色的羽毛。大嫂，那老头说，你有心事。我摇摇头。你骗不了我，老头说，你有不高兴的事，花上一块钱，或许能找到一个趋吉避凶的方法。老头用黄金般的眼珠盯着我，小鸟也用米粒大的黑眼盯着我。我眼睛里只有老头和小鸟，旁边的老婆婆少媳妇吃屎娃娃全都退出去很远。我蹲下去，看着那只小鸟说：我抽一书。老头说：求者心中事，灵鸟早已知。他从口袋里掏出一个黄铜小铃铛，对着鸟笼晃了三下，然后拔开笼门，小鸟蹦蹦跳跳直奔木格子。在木格子前，它东瞅瞅西瞅瞅，用嘴巴叼住一个纸折，扑棱着翅膀往外拽。老头把纸折递给我。小鸟进了笼子，吃着老头赏给它的金黄小米，还时不时地对着我看。

我捧着这张发黄的纸折，迟迟不敢打开，从纸折里散发出一股发霉的味道。老头说：看看吧，看看是不是你要问的事。

我翻开纸折，看到一幅阴森森的图画：在一棵柳树下，一个长发披散的女子，手托一条白丝绦，看样子准备上吊。我的心一下子撮了起来。画旁还有两行黑字，我说：先生，请您给批讲批讲。老头瞅了一眼纸折子，念道：好鸟枝头皆朋友，一木焉能支大厦。我迷瞪着两眼看着他。老头说：可对你的心思？我头不由已地点了点。老头说：就是啦，玄机不可泄漏。我把买豆腐的钱给了老头。站起来，往外走，撞着人像撞着高粱棵子，稀哩哗啦响。我一心想着那棵柳树，那个平伸出来好像专门为上吊的人提供方便的树杈子，还有那根雪白的丝绦。我踩着蜗牛壳回了家，没有心思做饭。毛艳和蝈蝈的笑声从田野里传过来。他们笑得好痛快。我说，你们笑吧。那个女人披头散发，满脸泪水。她对我说，人活百岁也是死，不如早死早托生。妹妹，别糊涂啦。死了吧，死了吧。她站在树下向我招手哩。我手脚不由已地站起来。院子里朦朦胧胧，那架单杠上生长了翠绿的枝条。好妹妹，来呀！那个女人引着我走，自古以来无数多情女子都从这条路上走啦。一了百了无牵无挂。我没有丝绦呀。那不是吗？她指着毛艳晾衣服用的尼龙绳。我把尼龙绳甩到单杠上，尼龙绳像一条河鳗鱼，闪着银子一样的光。我甩上绳子去，找来一个小方凳，踩着方凳固定好绳子，又挽了一个活扣。活扣像个圆镜子，那个女人在镜子里对我招手。我身上有一股酒糟味，熏得我头晕眼花，直想呕吐。阳光从镜子里透过来，光线里游动着一群群蜗牛。我把头伸进圈子去，刚要踢凳子，绳子吐噜一声掉在地上，好像鳗鱼脱了钩。我跳下凳子，再次把绳子拴好，把头伸进去，绳子又吐噜一声落了地。这时，草地上传来了蛐蛐的哭声。我像从恶梦中惊醒一样，看到院子里阳光灿烂，照着死蛇一样的尼龙绳子和青黝黝的单杠……

我们的奶牛忽然得了急病，起初全像醉酒一样，又跳又叫，闹过一阵后，就蔫不唧地，趴在地上不起来了。蝈蝈趴在毛艳的书桌上翻书，毛艳也凑过去，那本书是暗绿色布封皮，皮上烫着金字，有两块砖头那么厚。两个人的头几乎靠在一起，毛艳光滑顺溜的长发拂着蝈蝈结实的脖子。我站在他们背后，手心里是冰冷的汗水。牛醋酮血病吗？蝈蝈疑虑地问，毛艳说：牛醋酮血病，是一种新陈代谢障碍疾病。我们太娇惯它们了。应该让它们吃粗茶淡饭，应该每天都让它们去草甸子里吃草散步。蝈蝈赞同地点点头。他从药箱里拿出不锈钢针管，吸足了透明的药水，给奶牛注到脖子上。

奶牛们很快恢复了健康。阳光下的草甸子。毛艳说：多美呀。她跑回自己的屋子。回来时，她的脖子上挂着一个方方的小机器。说：蝈蝈，蛐蛐，大姐，来，我给你们“咔嚓”一张。照相机！蛐蛐欢叫着，五岁多点的孩伢子，竟然认识照相机。毛艳把我丈夫拉到我身边，把我女儿拉到我丈夫和我之间，女儿抱住爸爸的腿，像狸猫上树一样，一直爬到爸爸的脖子上，双手揪着爸爸的耳朵，像骑着一匹马。靠近点，蝈蝈，搂住大姐的腰！毛艳喊着。蝈蝈冷漠的胳膊搭在我腰间，我浑身一阵颤栗，乳房上爆起一层鸡皮疙瘩。大姐，抬起头来呀，好，笑一笑，使劲笑，从心里往外笑，不要皮笑肉不笑。蝈蝈烦躁地说：行啦，小姐，咔嚓了就行啦。他的手滑到了我的胯骨上，没有一点热情，好像他不是搂着他的老婆而是搂着一根电线杆子。我从心里漾出苦滋味。毛艳让我笑，于是我就笑，我知道我笑得比哭还要难看。毛艳单膝跪在地上，照相机阴森森的眼睛瞪着我们，机器咔嚓一声响，我感到胸口上像被打了一枪。毛艳又给蝈蝈和蛐蛐照。她让蛐蛐骑上牛背，让蝈蝈躺在草地上，嘴里还叼着一朵金黄色的苦菜花。蝈蝈也给毛艳照。毛艳趴在草地上，双肘支地，双手捧腮，圆圆的眼睛被挤成两钩弯月。蛐蛐站在爸爸背后，喊叫：猫眼阿姨，笑一笑！毛艳咧开嘴，白牙齿在阳光下像玉片一样闪烁，黑黝黝的脸上满是黄灿灿的阳光和从皮里肉里渗出来的笑容。咔嚓！我感到又挨了一枪，前后腔透了气。毛艳打了一个滚跳起来，抱住我的女儿，拉住我的丈夫，说：我们三个照一张。她拿着照相机跑到我面前，说：大姐，帮我按下快门。我不会，我不会呀！我把双手藏在背后，连连倒退着。不难，非常简单，让我两分钟教会你。她连珠般地说了一通话，把照相机递给我，就跑回去摆姿势了。我也是单膝跪在草地上，两只手像筛糠一样哆嗦。我低下头，看着方方正正的取景框。框里出现了湛蓝的天空，一朵白云在懒洋洋地飘动；框里出现了辽阔的草甸子，白云挂在一片青草梢上。我移动着镜头，终于从蓝天白云之间找到了他们。我的心在一瞬间停止了跳动，一股热辣辣的液体把我的嗓子堵住了。在小小的方玻璃上，他们的头像指甲盖那么大，眼睛像半粒火柴头。我的女儿紧紧地搂着毛艳的脖子，还不时翘起粉嘟嘟的小嘴去亲她的黑脸。我的丈夫歪着头，看着我的女儿和毛艳，他是那么专注，嘴微微张开，那个轻易不给我看的大酒窝也显了出来。他和她不断地交换着眼色，好像进行着亲密的谈话。他的头发蓬松着，似乎刷上了一层金粉；他的耳朵比脸还白，耳垂又大又柔软。那双嘴唇，那双曾经发疯般地亲过我的嘴唇现在正对着黑姑娘微微张开。啪哒！一滴水珠落在取景框里，画面变得一团模糊。我把照相机扔在地上，掩着脸跑回家……

自打照相那天后，蝈蝈一直不理我，夜里睡觉时离着我远远的，我只要动动他，他就唉声叹气，吓得我赶紧缩回手。茧儿呀茧儿，这样下去，你痛苦我也痛苦。蝈蝈，好弟弟，是我不对，往后我一定改，我好好跟着你们学。我不顾一切地把他拉到我着火般的怀里。他叹了一口气，慢慢地接受了我的热情。茧儿，他说，从明天起，你什么活儿都不要干了，专门学文化，豁上三年时间。你起码要有小学文化程度呀。我说：蝈蝈，我都三十岁啦，只怕你白操了心，我没有识字的天分。不对，只要有信心，只要能坚持，没有学不会的事情。那，我就试试吗……

第二天早晨，他竟然温柔体贴地帮我梳头，给我洗脸，还涂了我满脸珍珠霜。我被他弄得魄儿都荡起来，软绵绵地由他摆布着。吃过早饭，他在一块石板上写了十个大字，带着我翻来复去地念。他让我把每个字抄写五十遍。他说：我去镇上送奶了，回来检查你的作业。

人、手、口、马、羊、牛……我念叨着，心里却想着夜里的事，他从来没有这样温柔地对待过我。我拿起铅笔，横竖不得劲，比绣花针还难捏啊！蛔蛔，我不是干这个的材料呀！我听你的话，好好照顾你不就行了吗？何必要学这些字呢？我想，他也不过是逗着我玩玩罢啦，只要对他百依百顺，不管他和毛艳的事，他就会对我好的。我放下沉重的笔，走到窗前往外望。女儿和猫眼正在廊檐下学跳什么舞，录音机里放着使人心里发痒的曲子。我拉开抽屉，找出一块雪白的布，蛔蛔，我的亲男人，让我给你绣双花鞋垫吧，我给你左脚绣上蝴蝶牡丹，右脚绣上金鱼莲花。老天保佑你步步踩红运。

没想到啊，他竟然发了那么大的火。他用鸡毛掸子把我的手抽肿了。朽木不可雕，粪土之墙不可杇！他恼怒地说。我满眼是泪，把那两只已经描好花样子的鞋垫捧到他面前，战战兢兢地说：她爸爸，我给你绣双鞋垫子……他一把夺过鞋垫子，冷笑一声，捞过剪刀，咔嚓咔嚓，把鞋垫子铰成碎片。他的脸铁青色，说：快把作业完成。我拿起笔，手肿得像小蛤蟆，铅笔掉在地上，尖儿折了。我弯腰拾笔，看到遍地碎布片，像风雨打落的白花瓣。蛔蛔，我哭着说，你饶了我吧，我给你当牛当马都行，只是别让我学字……

九

老夫妇相跟着，一步一滑地向白杨树下走。老太婆咕咕噜噜地祷告着，诉说着：蛔蛔，我的儿，娘不该用滚地雷来咒你，咒过来咒过去，老天爷当了真，当真打了滚地雷，你要有个三长两短，娘靠哪个来养活……远处传来儿媳妇悠扬的哭声。一群绿色的乌鸦在他们头上哇哇地叫着，乌鸦群里有一只非常漂亮的鹧鸪，凄凄凉凉地学乌鸦啼，声音如箭羽，直射老头儿心窝。他站住了，目光凝滞，似有所悟。很远的地平线下，还有无声的血色闪电，老头望着那儿，目光游离。走呀，老头子，蝈蝈怕被滚地雷殛倒了。老头却掉转身，朝着来路走去。于是，老太婆向前走，老头儿向后走——反过来说也一样，两人背道而走，各想各的心事……

爹呀，娘呀，他……他要和我离婚。茧儿跪在公公和婆婆面前，断断续续地哭诉着：自从猫眼进了家门，他就一天天地变了，一直变到这一步……爹，娘，你们可要为儿媳做主呀，要打要骂由着他，他愿意和猫眼相好我也不管，只是别让他休了我，被休的女人不算个人……

杂种，反了！公公说，离婚，狗小子，这不是成心给祖宗丢脸吗？

蛐蛐她娘，婆婆说，你甭哭，有我给你做主呢，结发的夫妻，生死的冤家，一根绳上拴着的蚂蚱，跑不了你就跑不了他。我和你爹这就去找他。

那是个大晴天的晌午头，草甸子里热浪滚滚，白杨树上蝉鸣如雨。一只又脏又臭的大鸟在白杨树前爬上飞下，时而像只瘟猫，时而像团阴影。老太婆拉着老头去找儿子算账。牛棚里没有人，各个房间也都关门挂锁。一定是让那个女妖精勾走啦。老太太说着，打着眼罩往草甸子里瞭望。草甸子里斑斑点点是耀眼的阳光，通到苇田去的那条小路像一根焦干的丝瓜。路上飘着一朵红云，一朵白云，红云背上还驮着一朵小小斑马云。他们在那儿！老太婆说，果然是被狐狸精勾去啦。她一来我就看出她不是正道人，跟村西头遭雷殛那个骚婆子是一路货。老太婆忽然怒气冲天，眼睛瞪着老头子，说：根歪苗难正，有骚爹就有骚儿子！老头说：你还有完没有，多少年的陈茄子烂芝麻又抖搂出来。老太婆冤屈地说：伤心的事永世难忘，那时，你一心迷着她，心里哪有我？一年三百六十天，你有二百天睡在她家，在她家里你有说有笑，回家就哭丧着个倭瓜脸，好像欠你两吊钱！——后来，我不是再也不去了吗？不是正儿八经地跟你过日子，很快就生了蝈蝈吗？——那是老天长眼，滚地雷殛死了骚狐狸，你心里害怕遭天谴才回到我身边，要不是天开眼，我这下半辈子还得当活寡妇……老太婆的埋怨话像一条污水河，源源不断地往外流。老头愤愤地转回身，一言不发地走了。他爹，你不管了吗？你就由着他拈花惹草伤天害理？你不管我管，我知道你心里有病腰杆子不硬，没准还眷念着你的老相好，想去吧。

她气喘吁吁追着那三朵云，三朵云隐没在芦苇地里。老太太也追进了芦苇地。前几天刚下了一场大暴雨，芦苇长得青翠欲滴。她沿着依稀的路径向深处走去。芦苇丛中一阵骚动，老太婆低头一看，发现一只青灰色的小狐狸正坐在苇丛中望着她。狐狸的皮毛光滑，圆圆的眼睛上生着两撮白毛。它的眼睛像电光，下巴咧开，露出几颗雪白的牙齿。老太太浑身麻木，如同触电，瞳孔扩大，面前一片迷蒙。她嗫嚅着：仙家，仙家……

等她恢复神志时，狐狸已经走啦。她一时也糊涂了，不知是真碰上狐狸还是假碰上狐狸。她穿过茂密潮湿的苇地，爬到一道颓平的土堰上，面前出现一大湾平静的绿水。浅水处生着稀稀落落的芦苇和一簇簇的蒲草，一只紫红色的大蜻蜓点着水面在芦苇中穿行。堰上没有人影。老太太惊恐不安地喊着：蝈蝈！蝈蝈！奶奶，你叫什么？老太婆一回头，看到孙女正在叫她。女孩坐在堰边一棵柳树下，身穿一件白道道蓝道道的小裙子。柳树干上生着红胡须一样的水根。女孩捧着一本连环画，四眼小狗平伸着两只前爪，趴在女孩面前，一动不动地注视着湖水。

蛐蛐，你爹呢？老太婆恶狠狠地问。我爸爸和猫眼阿姨下湖游泳了。天哪！老太婆绝望地叫着，天！她举起手罩在眼上遮住阳光，向明晃晃的水荡里望去。远远的水里有一片野生的莲花，一枝枝白莲高高地挺出水面，一白一黑两个几乎是赤身裸体的人正在白莲周围追逐着，溅起的水花很高，但一点声音也没有。老太婆嘴唇嗫嚅着，嗓子里叽哩咕噜响，好像在念着降妖避邪的咒语。

蝈蝈和毛艳在湖水中畅游着，一只孤独的大鸟单腿独立在湖心的泥渚上，歪着脑袋看着他们。它体长两米，遍身洁白的羽毛，一只长长的大嘴连脖子都坠弯了，下颌上那个粉红色的大皮囊不停地抖颤着。

大鸟注视着湖水，在它的眼里，那两个人就像两条大鱼。一条大鲢鱼，一条大乌鱼。

蝈蝈，会蛙泳吗？

当然会。

大鸟看到那个男人笨拙地模仿着青蛙游动的姿势。

笨蛋，这是狗刨，不是蛙泳。看我给你示范。

大鸟看到女人冲到前边去，身体摆平浮上水面，收腿——划水——蹬夹腿，红色的游泳衣在水中闪闪烁烁。她游得实在是完美无缺。大鸟惊愕地看着这个姑娘。这时候，她仰面朝天躺在水面，四肢一动不动，好像她的身体是用软木做的。

蝈蝈，你还差得远，你离一个农民企业家的气魄还差得远。

姑娘闭着眼睛说。她的线条优美的身体在水面上起起伏伏，湖水忽而漫过她高耸的胸脯，忽而又把胸脯露出来。蝈蝈在她身边慢慢地游动着，几次把嘴张开好像要说话，但又困难地闭上。后来，他猛地向前划动几下，紧贴着姑娘的身体，气喘吁吁地说：毛艳，我……毛艳睁开眼看看他激动不安的面孔，微微一笑，用手掌撩起一股清水，清水直奔蝈蝈的鼻子和嘴巴。她身体一翻，屁股一撅，钻入了湖水，过了约有两分钟，她从离蝈蝈几十米远的地方钻出来。

真不要脸啦，真不要脸啦，老太婆唠叨着，把目光从湖水中收回来，那些裸露的大腿和臂膀仿佛还在眼前晃动。不知为什么，她觉得在湖水中游动着的就是那个青灰色的小狐狸，她和它的眼睛都是又圆又黑，皮毛又明亮又光滑，牙齿又白又尖利。她来无影去无踪，神通广大，天上的事知道一半，地上的事全知道，不是狐狸精是什么？她感到害怕，忧虑，担心着儿子的命运。

连孩子都不管啦，孽障啊！也不怕孩子滚到湖里淹死。——没事。女孩举起手说，你看，爸爸和阿姨把我拴到树上啦。女孩的手腕子上拴着一根细绳，细绳的另一端拴在柳树上。爸爸让我看小人书。还有阿姨的小收音机。还有小狗。阿姨说，要是玩够了，你就大声哭。

你这个小傻瓜，老太婆说，你爹不要你娘啦，你爹被狐狸精迷住啦。

十

花额奶牛站在棚子边上，枯燥无味地回嚼着从百叶胃中返上来的草，眼睛悲哀地注视着白杨树下的草地。

蛐蛐，我的孩子，你醒醒呀你醒醒……

蝈蝈，我的儿，都是那个狐狸精勾引你丧了天良遭天谴呀……

在两个妇人唱歌般的哭声中，太阳从重云背后滑到西边天际。这时，突然刮来一阵强有力的西北风，云层破裂，太阳钻出来，光芒四射地挂在西半天上。阳光把乌云边缘镶上金边，也把草甸子染成金黄，草叶上的水珠儿闪烁着紫色或是红色的光晕。

花额枯燥无味地咀嚼着，当它偶尔侧目东望时，马上把满口草丝咽到胃里：东边的天际上，一眨眼工夫竟跳出了一条跨越万里恢宏壮美的彩虹，光艳照眼，犹如天桥。颜色是内紫外红，紫与红中夹着浓艳欲滴的翠绿。几乎与此同时，在这道彩虹的上方不远处，又生成一道颜色较暗淡的副虹。副虹的色序是内红外紫，好像一个人和他的倒影。奶牛急促地喘息着，眼里闪着惊惶不安的光。过了约有两分钟，在第一道虹的内侧，突然又跃出一条虹，这条虹比较狭窄；紧接着又出现第四道虹，它的宽度只有第一道虹的三分之一。三虹和四虹颜色更加黯淡，紫色和绿色几乎难以辨别，只有深红的色彩还比较醒目。

四道彩虹飞挂天际，草甸子里顿时五彩缤纷。一草一木都空前的美丽，天地间寂然无声。少妇和老太婆抬起头，怔怔地望着奇谲的天空，脸上都是一道红一道绿，眼色像春天的鸢尾花。女孩跳起来，搓搓眼，迷惘地望望彩虹，便格格格地笑起来，她把双手卷成圆桶，罩到眼上，嘴里咔嚓咔嚓地叫着。爸爸，你还不醒呀，天上架起大花桥。女孩喊着叫着，精神亢奋，她把脚后跟翘起来，试探着用脚尖走路，起初走两步就得落脚，一会儿工夫，竟然能弓着脚背走上五六步了。女孩变得忽高忽低，地上晃着她倏长倏短的影子。老太婆嗫嚅着：天天天，连这个小东西也中了魔症啦。

蓝色的硝烟飘遍村庄，村子里很快传遍了蝈蝈遭雷殛的消息，人们从屋子里跑出来，呼吸着雨后的湿润空气，一个个神色悒郁，脚下刮着小旋风，一窝蜂般拥到白杨树下。人们围成一个圆圈，七嘴八舌地议论着。

女孩还在草场上练习脚尖舞，一边练一边喊：爸爸，快来看呀，我也会用脚尖走路了。一群孩子跑过去，也围成一个圆圈，睁着大大小小的眼，看着女孩练。女孩说：来呀，你们也来呀。一个小男孩子用胳膊擦擦鼻子，跳进了圆圈，刚立起脚走了一步就摔了个嘴啃泥。孩子们一齐张开嘴笑。女孩说：来呀。于是一齐喊叫着，挤成一团又散开，散开又聚拢，女孩是中心，女孩是他们的样板，好大一块草地上，密密麻麻地留下了他们用脚尖点出来的小坑。

蝈蝈平静地躺着，打着轻微的呼噜。围观的人有的主张把他抬回屋去，有的反对把他抬回屋。在乱纷纷的争吵声中，透出老太婆疲乏的哭声。正在相持不下的时候，半空中响起了翅羽搏击空气的声音，一团黑糊糊的东西从半空中砸下来。众人齐闭了口，把眼看到落进人圈里的那个怪物上。立刻又响起一片紧张松弛后的吐气声。原来是你这个老疯子！也有人叫他老鸟、老妖怪。鸟老头的身体把泥地砸出一个鲜明的印儿，头上沾了一层黄泥，脸上有好几道干痂的血迹。他的羽毛凌乱不堪，大毛支愣着，小毛沾满泥，湿漉漉地沾在身上，十个手指头蜷曲着，像老鹰的勾勾爪。好一会儿，他才慢慢蠕动起来，转动着两只青蓝色的眼，细长脖颈上那两根大动脉一鼓一鼓地跳着。一个年轻汉子不轻不重地踢了他一脚，说：老鸟，你怎么还不死呢？活着让人寒心。鸟老头挨了踢，身子猛然缩得很小，嘴巴一阵痉挛，发出非人非兽的叫声：也塔乌乌乌凹灰……也塔乌乌乌凹灰……鸟老头叫着，张着黑洞洞的嘴，嘴里一颗牙也没有了。他原来有牙吗？不知是谁小声地像是问别人又像是自言自语，于是众人一齐用力回忆，一个个变得像安静的植物。

草甸子深处传来摩托的轰鸣，大家蓦然苏醒，目光循着车声望去。从那条彩虹阳光辉映着的、两边如茵绿草拥抱着的、弯弯曲曲的褐色小路上，驰来一辆天蓝色摩托车，车轮飞旋，把一块块泥土像弹片一样甩出去。车近了，众人见骑车人戴着巴掌大的变色眼镜，头上系一条鲜艳的红头巾，车飞头巾飘，好像火把在燃烧。

猫眼阿姨！你可回来啦！女孩迎着摩托车跑过去，她的鞋上沾满了泥。阿姨，给我买魔方了吗？爸爸被火球炸翻了。

摩托车紧挨着人群熄了火，空气中弥漫着香喷喷的汽油味。毛艳摘下变色镜，挂在敞开的衣领上，牵着女孩的手走进人圈。她跪在蝈蝈面前，伸出一个指头戳着他的上唇。蝈蝈长长地舒出一口气，睁开眼睛对着她会意地笑了笑，便折身坐起来。怎么啦，你？毛艳问。蝈蝈揉揉后脑勺子，站起来，活动着腰、腿、胳膊。他诧异地看着众乡亲，猛然醒悟说：噢——！你们是为它来的，都看到了吗？真是奇特极了，漂亮极了，我原先以为是人们瞎传说，今日才知道是真的。

众人都莫名其妙地望着他。

毛艳，我看到了球状闪电！还有蛐蛐，蛐蛐还踢了闪电一脚，像踢球一样。你怎么还愣着？就是那可能由等离子体聚集而成，具有重大研究价值的球状闪电呀。你不信，问问蛐蛐。蛐蛐！

蛐蛐从毛艳身后转出来，说：爸爸，我会跳脚尖舞，你看。她把双脚突然立起，身体增高了许多，胳膊平伸着，像大鸟的翅膀，脚尖鸡啄米般点着地，前进又后退，后退又前进，如同鸟在天上飞，如同鱼在水中游。

第二天中午饭后，乌云又从东南方向漫上来，云层中电光闪闪，奶牛棚前聚着一大群披蓑戴笠手擎避雷器的人。女孩带着十几个孩子手扶墙壁练习用脚尖走路——几个月后，一位悒郁的青年小说家偶尔涉足这个小村庄时，发现村里孩子的鞋头上都缝着一层厚厚的胶皮或旧轮胎，这奇怪的现象引起了他很大的兴趣。他问了几个成年人，有的淡漠地摇头，有的微笑不答。后来，他碰到一个女孩，女孩脸上的肌肉一疙瘩一疙瘩的，眼睛深邃得像两泓湖水，整个面部显出一种神秘莫测的风采。青年小说家蹲下身，问：小妹妹，你们的鞋子是怎么搞的？女孩看着他卡腰葫芦一样饱满光滑的额头和某种森林之兽一样的眼睛，突然笑着唱起来：别打我……我要飞……别打我……我要飞……青年小说家大惑不解地站起来，看着女孩像鸟儿一样飞去了——蝈蝈托着一块秒表，聚精会神，连大气都不敢出；毛艳端着一架照相机，聚精会神，嘴里吹出鸟的叫声。

金发婴儿

夜色深沉。她大睁着两眼坐在炕上，什么也看不见。她披一件羊羔皮袄，倚着谷子壳枕头，干瘦的身体下垫着蓬松的褥子，身上盖着暄腾腾的被子。儿媳妇刚拆洗过的被褥散发着清雅的肥皂味儿。——俺的儿媳妇名叫紫荆——紫荆嗓子略有点沙哑，语声低低的，很甜，很迷人。——那天她对我说：娘，您摸摸看，我给你换了一条缎子被面。火红的颜色，绣着游龙戏凤。红缎子被面映得您满脸通红，像一朵五月里的石榴花。我说：你是逗着我笑哩，一个瞎老婆子，还石榴花哩，石榴皮还差不离儿。真的，娘，我不骗你，你年轻了十岁——紫荆叽叽嘎嘎笑起来——俺儿媳妇就是爱笑——她的笑声变化多端，有时像两岁女孩被大人高举到空中，又刺激，又惊奇，"咯咯咯咯"笑成一串，还倒嗝着嗓儿，气都喘不过来。她一边笑一边用双手拍打着腰身，身体起伏着，腰弯下去抬起来，抬起来弯下去，笑声，拍打腰身声，衣衫窸窣声，连成一片，这一通笑可真是丰富多彩，热闹非凡，四周的空气都被冲扰得乱纷纷流动。老太婆对儿媳说：紫荆呀，你这个傻闺女，女人家没有你这种笑法的，女人家要笑不露齿。紫荆说：亲娘，咬人的狗才不露齿呢。我的上嘴唇短，一笑就龇出牙来。说完又是一阵好笑。老太婆感到四面吹进春风来，白发飘飘在头上。她仿佛看到了在笑声中东倒西歪的儿媳妇，忍不住也张开凹进去的嘴，发出一连串干干瘪瘪的笑声。老太婆的笑声如残荷败柳，儿媳妇的笑声如同鲜花嫩草。——紫荆有时也轻轻地笑，笑声长长的，平平的，像一声声惆怅的叹息。儿媳妇的笑声是情绪的晴雨表，老太婆从她的笑声里就看到了她脸上的表情，就看到了她的心。

她可不是一个平凡的老女人。——哎，我这一辈子呀——她历尽了人世的酸辛。她知道女人最怕的是什么，最想的是什么，想起自己的往昔，她就完全听懂了儿媳妇那一声声悲叹般的笑。紫荆嫁过来两年啦，从没听她哭过一次。也许那些笑声里就饱含着泪水吧？老太婆看不见。——前年，乡党委书记的汽车轧断了俺女婿的腿，书记不但不给俺女婿治伤，还踢了他两脚，骂了他一顿，骂他是社会主义道路上的绊脚石，骂他螳螂胳膊挡车，真真不讲理呀——老太婆的女儿回娘家找哥哥出主意。老太婆的儿子是解放军的指导员，当时正好在家休假。女儿哭得呼天抢地，紫荆却淡淡地轻轻地笑。女儿急啦，恼怒地说：嫂子，俺碰上这种事，你还笑，亏你笑得出来。紫荆说：妹妹，我盼望着你哥哥也轧断腿哩！女儿顿时不哭啦，老太婆清楚地听到了三个年轻人粗重的呼吸，似乎还听到六道目光相撞的声音。原来是这样！儿子说，我轧断了腿对你有什么好处？紫荆说：当然有好处，轧断腿你就走不了啦，我就甭守活寡啦。她的嗓子哑哑的，话音里透出一股愤愤的怨气。女儿又高一声低一声地哭起来，紫荆继续冷冷地笑，儿子沉重地踱着步。在这几种声音里，老太婆同时感受到了寒冷和温暖，黑暗和光明。

她是四年前突然瞎眼的，她的双眼在年轻时不知道打中过多少青年男子汉；即便老了，也还是黑洞洞如同枪口，亮晶晶如同煤块，就是这样一双眼睛竟活生生地瞎啦。那时儿子刚提了排长，正一片火热的心儿奔前程，女儿急着要出嫁，家中无照应的人，儿子无奈，急匆匆娶过紫荆来。紫荆是一溜十八村的“茶壶盖子”，媒婆夸她长得像尊活观音。老太婆看不见这个儿媳妇，也不知她和儿子和睦不和睦。

儿子前年在家待了一个月,很少和娘坐在一起聊聊。她寂寞极了,呼唤着儿子的名字:天球呀,天球,来和娘说回话儿呀!儿子来了,坐在她对面,划火柴点烟,只有烟味儿辛辣没有话。球呀,你说点什么给娘听吧——你想听什么——我也不知道想听什么——那我怎么说——那就别说啦。老太婆叹了一口气,忽然问:你媳妇待你好吗?儿子说:什么好不好的,就是那么回事。老太婆说:她待我可是一百成哩。你常年不在家,她可是不容易,侍候着我,还要下坡种地。儿子说:要不是为了侍候你,我娶她干什么?老太婆说:这么说是我累赘你了。儿子说:娘,别说这些啦,别说啦,生米做成熟饭啦,别说啦。儿子的话像铅块一样沉重地打在老太婆的心上,她心里突然涌起对儿子的陌生感,她感到一阵阵冷气逼人,她不相信这个发着浓烈烟味,用冰冷的语言打人的男人就是那个忠厚老实、聪明俊秀的憨厚小伙子。院子里响起了吱吱嘎嘎的水桶声,紫荆挑水回来啦。

……她伸出手,抚摸着光滑的缎子被面,干枯的手指摩擦得缎子被面唑唑啦啦地响。她的手非常敏感,指尖上好像生着明察秋毫的眼睛。她摸着被面上略略凸起的图案,摸了凤头又摸龙尾,她摸呀摸呀,龙和凤在她的手下获得了生命,龙嘶嘶地吼着,凤唧唧地鸣着,龙嘶嘶,凤唧唧,唧唧嘶嘶合鸣着,在她眼前飞舞起来,上下翻腾,交颈缠足,羽毛五彩缤纷,鳞甲闪闪发光,龙凤嬉戏着,直飞到蓝蓝天上去,一片片金色的羽毛和绿色的鳞片从空中雪花般飘落下来,把她的身体都掩埋住啦……

她睡了一小觉。自从失明以来,她就这样没白天没黑夜断断续续地睡觉。视觉丧失了,听觉便加倍灵敏起来。她现在能听到人们听到的所有声音,还能听到人们听不到的声音。她把那只搁在缎子被上冻得凉森森的胳膊缩回来,屏神静气,听了一会,知道已是寅卯时分,儿媳房中的挂钟连敲四响,阳春天气,昼长夜短,辰时就要大亮,离天亮还有个把时辰,黑暗还是又浓又厚,伸手即可触摸,仿佛触摸天鹅绒。被褥暖烘烘的,很舒适。她看不到房子里的、院子里的、田野里的、天地间的一切，但天地万物全在她的耳中。她听到神秘莫测、窈窈冥冥的夜色。夜的声和谐优美，生机蓬勃，有时也嘈嘈切切，如同乱弹琴，闹闹哄哄如同狗抢屎。——也许是夜游神在胡闹哩。夜游神应该是个邋邋遢遢的小伙子，面孔黑黝黝的，穿一袭玄色长袍，头发梳成一百条小辫，两只大眼散漫无神，左手提一把黑陶烧酒壶，壶里装着陈年老酒；右手搦一管大墨斗子笔，酒壶咂得"吱吱"地响，墨汁子甩得铺天盖地，如同黑色暴雨。醉三麻四、脚步踉跄的夜游神，就这么懈里咣当顽皮捣蛋地整夜悠荡着。老太婆伸出去两个指头，戳着夜游神的额头，骂他顽皮不长进。他嘻嘻地笑着，呼出的浓郁酒香把老太婆熏得轻飘飘的，酒香弥漫天地，酒气摇动着花草树木，枝叶婆娑起舞，窸窸窣窣。蓝汪汪的星星在天上动荡起来，悠逛起来，有时候，两颗星撞在一起，訇然作响，火花飞溅，调皮的流星高叫着，嗤啦啦地撕破夜的黑袍。天上全乱了套，星星们聚在一起，喊喊喳喳，聚首又分手，各说各的理，谁也不让谁。天河里波浪翻滚，白色的河水冲刷着墨绿色的堤堰，眼见就要决口，浪头哗啦啦地响，黄牛哞哞地叫，孩子哇哇地哭，就这样闹了一阵，终于平静下来。露水滴滴答答落下来，田野里的禾苗和青草钻出水面，芽儿或鲜红或嫩绿，不分彼此，你追我赶，噌噌地往高里蹿，往壮里长。晚出的芽苗把大块的泥土掀起来，解放了的欢呼声和失败了的切齿声融进夜声里，一齐扑进了老太婆的耳朵。

一只蛤蟆在泥土里呱呱地叫着。

一群蚯蚓把泥土翻出来。

一只猫头鹰在坟头上大笑一声。

老太婆心里猛一哆嗦，鼻子里满是春天的气息：青草的苦涩味儿和浅黄色迎春花淡淡的香气。

一阵咯咯咯的笑声从儿媳妇房里传出来。这是欢乐的笑声，她分辨出来了。她知道紫荆在被窝里做了什么好梦。但这笑声很短促，像一声欢乐的喊叫，很快就沉寂了。接下去传来的是不断地翻身的声音。她想象着那个年轻火热的身体是怎样在被窝里烦乱地翻滚着。撩开被子的声音也传过来了。几秒钟后,她闻到了那股子年轻人特有的灼热的气味。终于一切又沉寂下去,紫荆轻轻地、长长地笑了一声,这笑声浸满了悲哀和忧愁。老太婆不由地叹息一声,手又下意识地伸出去,单单地摸着那只光滑的凤。凤呀!凤呀!这是你的头,这是你的尾,你活了,你身上有了温度,你的羽毛全奓煞开,好像孔雀开了屏……

她又睡了一觉,醒来时听到太阳正嘎嘎吱吱地响着,像一条老牛车一样在爬着上坡路。红光撞到云霞时,吱溜吱溜叫着,村西头响起一声鸡鸣。公鸡叫声很长,拖腔和回音都是百里挑一。公鸡一叫,窗外鸡窝里的母鸡便焦躁不安了,一个个用头撞击堵窝的木板。养在厢房里的那头小母牛也哞哞地叫起来。

她听到儿媳穿衣的声音。房门响。鸡出窝,鸡翅膀扑棱棱地搧动空气。点燃火柴,柴草哔叭。涮锅声。

娘,起来了吗?夜里睡得好吗?紫荆问着,把洗脸水放在老太婆面前,老太婆探出头,紫荆一手卡着老太婆的脖子,一手拿着毛巾把老太婆的脸洗得噗噜噗噜响。她的动作很有力,但不粗鲁。老人在她手下,像个温顺的孩子,帮婆婆穿衣时,紫荆用三个指头捏住婆婆干瘪的乳房,嘻嘻地笑着说他就是叼着这个东西长大吗?婆婆愣了愣,感慨地说:荆啊荆,你可真能呀,谁家的儿媳妇还跟婆婆说这种话。这怕什么?紫荆说,那怕什么?我想起他那么个大小伙子,再看看您这个干瘪奶子,就觉得心一下子很远很远地移开啦。婆婆说:一辈一辈的,都是这么着。女人的奶子是男人的要物,孩子的干粮,男人要够了,孩子长大了,它也就干巴啦,像一朵花,败了,蔫了,没人看啦,也没人要啦。老太婆感慨万端地说着,紫荆呀,你到队伍上去找他吧,男人的心是水上的浮萍,没有根的草呀,离开的时间长了,恩情就淡了,心就凉啦,你去找他,有了孩子,就给他拴上了鼻绳,想跑也跑不了啦……

娘，您盖被子怎么这么费呀。叠着被，紫荆说，您摸摸看，游龙戏凤都发了白，起了毛，难道您夜里摸着它们睡觉吗？——是的，是摸着它们，我摸着凤就像摸着你，摸着龙就像摸着天球，摸着摸着就睡着了，睡着了就梦见你们俩一块儿，高高兴兴地飞上了天。——娘呀，我是只草窝里的母鸡，上不了天，这是您儿子说的——你去吧，去找他吧，别记挂着我，我摸索着也能照顾自己——我不去，我不去，娘，我舍不得离你哪。她笑了笑，很重地吸着鼻子。——孩子，你可别难受，你可别哭。老太婆把枯柴般的手指伸出来，在空中摸索着说，紫荆，碰上你这样的儿媳妇，是我瞎老婆子的福气，可是我连你什么模样都不知道。哪怕让我看你一眼，让我的眼亮那么一霎霎，亮过了嘎崩一声就死啦我也情愿……

老太婆的喉咙里呼噜呼噜响起来。

哎哟，娘哎，看不见我是您的福气呀！我这副模样呀，三分像人，七分像鬼，一个人不敢看，两个人带着棍子看。你不信？真的，我才不会骗你哩。那年，俺娘家村里来了一个照相的，照相的是个紫脸小青年，大家都去看，我想，到底也算来到这人世上一趟，照张相，美一回，也不枉活了一辈子。我就那么往照相机前一站，只听到机子里喀嚓一声响，那个紫脸小青年从黑布里钻出来，对我说，丑八怪，家去拿钱赔我的机子吧！我说，怎么啦？他说，你长得太难看啦，连我的镜头都给蹩了。

老太婆开心地笑起来：紫荆呀，你是逗着我笑哩。东胡同里你大娘说你眼睛大大的，鼻梁高高的，嘴唇肉肉的，让人爱不够哩——我长得不好，你别听大娘瞎咧咧。说着话，紫荆感到一种沉重的东西压住了胸口，话语低了下去，喉咙发哽，她把头低垂在老太婆胸前，双膝跪在炕上，说：不信，那您就摸摸吧，您摸摸您这个儿媳妇是多么丑，您儿子不喜欢她，见了她就翻白眼珠子……

老太婆枯柴棒一样的手指在紫荆粉嘟嘟的脸上移动着。你可别哭，闺女，别哭啦。你的眼睫毛是这么长，像麦芒子一样。闺女，你也知道，儿子不由娘。你的眉毛就像那弯勾月儿一样。他心里想的什么我都知道。你就走了吧，闺女，我不怨你。你满脸的细皮嫩肉。你去给我买点吃了睡觉那种药。闺女，你可不能哭，你一哭，就把我的心揉碎啦。这弯勾月儿一样的眉毛，这一脸的细皮嫩肉，这麦芒子一样的睫毛……

她对着他甜甜地笑着。她那两只充满热情的眼睛正灼热地望着他。稍稍嫌大的嘴微张着，嘴唇微有点噘，像生气又像撒娇。我以前怎么就没发现她是一个迷人的姑娘呢？我怎么会毫无理由地反感她呢？某市警备区七连指导员孙天球独自枯坐在连部里，用汗津津的手指抚摸着紫荆破碎的脸——照片是撕破过的，他认真端详着，眼里流露出惘然若失的深思熟虑的青蓝色光辉。照片重新粘合后，脸上留下两条瘢痕，头发也像梳开了一条深深的缝。前年探家时，妻子塞到他挎包里一双花鞋垫子，回来一看，鞋垫子中央夹着一张照片，他把鞋垫子塞进皮鞋，把照片撕成几半，扔到抽屉里。我为什么要撕破她呢？我真有点糊涂……孙天球懊丧地捶打着脑袋，嗓子里像要冒火。

连部墙上挂着两面临近小学校赠送的大镜子，一面镜子映出他的脸，一面镜子映出他的背。他的脸瘦瘦的，下巴稍稍有点长。这稍长的下巴配上他藏在浓密眉毛下的一双锐利的黑眼睛，面部表情显得坚毅固执，甚至有些残忍的成分时隐时现。在警备区的十几个指导员中，数着他才貌双全，头头们很器重他。他的脸在镜子里晃动了几下。连长洗澡回来啦。他低着头，说：老肖——连长姓肖——我想探家。肖连长狡黠地挤挤眼，说：怎么，禁欲主义者，想老婆啦？——是的，是想老婆啦，他有气无力地说——对不起，老兄，连长从裤兜里掏出一张揉成一团的纸，说，老兄，你把这码子事办完了再走。大旱三年，不差这点雾露。或者，写封信让弟妹来，让大哥也沾点光。你甭瞪眼，仅仅是拆洗拆洗被子而已——他把连长投掷过来的纸团慢慢剥开，展平，看着，说：你不知道我母亲双目失明，瘫痪在炕上，我妻子离不开家吗？——真该往报社写篇稿子，表扬表扬模范老婆！兄弟，你真他妈的好福气，娶着这样的孝顺老婆。弟妹长得怎么样？嘿，管她怎么样，凭着这点心灵美就够意思啦。

在连长杂七拉八的话语声中，他读完了通知，抬起头来，怔怔地望着连长。连长翻腾着衣服口袋，把纸头、烟蒂、空弹壳、玻璃球摆了一桌子。看着我干什么？连长发现他两眼发直地望着自己，便说，这种事儿你不是有兴趣吗？连长把换洗的衣服塞进一个绿色的塑料小桶，几步走过来，从他手里夺过那张皱巴巴的纸片，用手指点着说：政治部里这些老兄，吃饱了没事干就编发通知。"鱼过千层网，网网都有鱼"！听听，都是些什么词儿，有限的水平无限的高度，简直是有点扯蛋的干活。一帮子当兵的，天天执勤训练，上哨挺得像根棍，下哨累得像根棍，到哪里去搞黄色图片。连长发着牢骚，躺到床上，双脚搭在床头上，皮鞋底上不知何时踩进一颗图钉，凸起的钉头已磨得跟鞋底一样平，在窗玻璃里透进来的阳光里，图钉很亮地闪烁着。

让查就查吧，查不出来是一回事，不查是一回事。今晚开个军人大会，我动员一下。他懒洋洋地说。

连长躺在床上，打饱嗝似的笑了一声。行啊，连长说，你看着办办就行了，弄完了你就回去鹊桥会。老孙，你这个家伙，我还以为你是个太监呢。——什么意思？他阴沉沉地问。——没有意思。连长说着，一骨碌从床上翻下来，高声喊叫通讯员。

通讯员是个挺挺拔拔的大小伙子，个头在一米八十左右，膀阔腰圆，耳大面方，一身一号军装撑得绷绷紧，半截子通红的手腕子露在外边。连长让通讯员给他洗衣服。通讯员冷冷地瞅了连长一眼，嘴唇猛地撅了起来。你撅什么嘴？连长说，告诉你，撅嘴骡子不值匹驴钱。我也告诉你，连长，我是来当兵的，是来为祖国服务，不是来当你的老妈子，更不是骡子更不是驴。通讯员恶狠狠地说。他的气派很大，把黑黑瘦瘦的连长比得猥琐渺小，同样是人，为什么要我侍候你？

星期天都要为你洗衣服，这是哪个条令上规定的？通讯员虎虎地质问着连长。你必须给我洗衣服，你还得给我打洗脸水，把牙膏给我挤到牙刷上，还得给我铺被子叠被子，懂不懂？这是光荣传统，内部条令。等你熬成连长时，你的通讯员也会这样干。连长训斥着通讯员。通讯员轻蔑地歪了歪嘴，说：我才不当这倒霉连长哩。我回家去卖冰棍也比你这个破连长出息大。通讯员提起绿色塑料桶，嘟嘟哝哝地走出门，在门口，他很响地喊了一句：简直是活生生的第二十二条军规！

连长笑眯眯地看着通讯员走了。他说：这个熊兵，别看他这么顶顶撞撞的，我却是越来越喜欢他。我就讨厌那种像哈巴狗子一样的通讯员，踢他一脚他就摇摇尾巴，连叫一声都不敢——其实，他心里恨不得咬死你哩，你说是不是，伙计？——也许吧！他很疲乏地搭理着连长——伙计，这清查的事，你就看着办吧，牢骚归牢骚，执行归执行。究竟是什么原因惹动了你的凡心？

他淡淡地对着连长笑了笑，什么也不愿说。他知道这种清查如同儿戏，如同水面上打棍子。他知道战士们心里想的是怎么一回事，他知道人们都极力掩盖着内心深处那一点点秘密，大家都互相知道，都心照不宣。

晚上的军人大会上，他宣读了上级的通知，然后讲话，他又讲了巴顿将军用手杖打碎美人照片的故事。战士们在下边窃窃私语，有人佯装打呼噜。他笑了笑，说：各班回去讨论一下，讨论题有两个：一是如何认识这次清查的重要意义，二是在这场清查运动中你持什么态度。

第二天上午，各班班长汇集到连部。班长们一个个面色冷漠，从口袋里掏出一叠叠的照片，很响地、像甩扑克牌一样甩到桌子上，真是“鱼过千层网，网网都有鱼”！一个阔嘴大耳的班长半嘲讽半认真地说。孙天球拿起照片一看，满脸顿时发了红。班长们一齐望着他，看着针尖般大小的密密一层汗珠从他的鼻子上渗出来。照片上，他的战士们摆出不同的姿势，在一个裸体美女身下，有的甜蜜地微笑，有的愁眉苦脸，有的局促忸怩，美女始终傲傲地笑着，端庄娴静，居高临下，如同天神。他抬起头，看到班长们眼里都隐隐约约地闪烁着鬼火一样的东西，这东西使他浑身发冷，他把照片划拉到一起，第一次在战士们面前口齿不清地说：你们回去吧，大家的态度很好，很有成绩，回去吧。班长们面面相觑，一个个无声无息地站起来，悄悄地退出去。他急匆匆地跑过去关住门，把那一大堆照片统统扫到抽屉里。

去年春天，那个月牙状的人工湖边塑了一尊裸体女人像，有人说是个渔女，有人说是个村姑，反正这个女人肌肉丰满，魅力很大，一时遍城轰动，游人如蚁。待业青年在塑像前设了几个照相点，照相的人排成很长的队伍等候。塑像前的湖畔，红男绿女成群结队，照相机咔嚓咔嚓响成一片。

当时，他刚从政治学校学习回来。他记得他曾在军人大会上宣布：干部战士一律不准在塑像前摄影留念，一律不准在塑像前逗留，因公路过时，不得歪头仰视。规定一公布，战士们议论纷纷，连长对这几项规定也不以为然。月牙湖前那条三米宽的水泥路，是七连战士去警戒目标值勤的必经之路。连长说：老孙，你这是瞎子点灯白费蜡！女人塑像就像吸铁石，战士们的脖子就像大头钉，一吸就歪啦。我不敢说别人，我就想看，多美呀！你呢？老兄，你说良心话，你难道不想看吗？——我不想看，我坚决不看，我也不能让战士们看——你能天天陪着他们上哨下哨吗？——我相信战士们的觉悟，只要干部们以身作则，战士们就会自觉遵守纪律。——好吧，我倒要看看你的本事。

那天，他挎上手枪，扎好腰带——腰带扎得很紧，连一个大拇指头也插不进去——，戴正军帽，擦亮皮鞋，准备带兵换哨。连长正在对着镶嵌在墙上的小镜子刮胡子，满嘴的肥皂沫子。连长对着他眨眨眼，说：伙计，走吧，我在家里看着你。

四个战士已经披挂整齐，站在门口等他。他说：同志们，这是对我们的一个考验，谁要歪头失态，谁就不是真正的男子汉。

战士们被激得意志如铁，对着指导员坚定地点点头。他的一连串口令短促有力，暗含着杀机，战士们感到一阵阵冷气从脚底升起，脊椎骨好像通了电。

一走上水泥路，粉红色的朝阳便把他的眼睛照亮了。他走在战士们内侧，按照条令要求迈步，摆臂，身体挺直，上体微微前倾，下颌微收，目光平视前方，阳光照着他鼻子尖上的汗珠，反射出彩虹的光芒，水泥路两侧的淡雅花香沁入心脾，还有更浓烈的混合香味不时地一股股扑过来。随着这香味的，是高跟鞋击打水泥路面的橐橐声。女性的气息比任何理论都深刻透彻，热水浇雪般地深入到他的灵魂里去。

水泥路拐了一个九十度的弯，他眼睛的余光瞥见了粼粼的湖水上泛起的金色的虹彩。塑像离他们大约还有五十米的光景，就在水泥路右侧的湖水中，他已听到了男人女人的喧嚷声，听到了照相机的咔嚓声。（哆一点，哆一点吆！哎，好！控制住面部肌肉，别动——咔嚓——阿玲，亲爱的阿玲，看着我，稍微有点表演，嘴张开一点，对，表现出对爱情的渴望，对，像六月天渴望喝冰镇汽水，注意——咔嚓——）踢踢踏踏的脚步声从他右边传来，战士们的步伐全乱了。生活的热浪从四面八方包围过来，他的身体仿佛在下沉，思想却在上升。四周全是那种混合的香气，浓郁得化不开，熏得他头发晕，脚发轻，心飘飘地往上冲。一个个花枝招展的倩影从他的面前滑过去，他感到自己仿佛在花丛中穿行。路的右侧，湖里泛起来的光芒更加明亮，他的右脸膛像被火炉烤着一样灼热。他确实感觉到右边有一股强大的力量，这股力量不止是牵动着他的脖子，而且牵动着他的心，这股力量大得出奇，使人几乎无法抵抗，好像他一个人单枪匹马与一个班的战士进行拔河比赛，尽管他立场坚定恨不得脚下生根，但即使有根也要被连根拔除，一绺绺洋黄色的根须像丝钱一样拖在地上。他不自觉地把脖子向左扭着，好像风中射击的目标修正。——瞧那几个大兵！——他听到一个酸溜溜的女人在喊叫——瞧呀，好像五个木偶。——他怒不可遏，恨不得扭过头去啐她一口。可是他不敢，他生怕一歪头就看到那尊女裸，那样，这伙小街痞子就会误解他，更多的污言秽语就会喷到身上。他低低地说：保持姿态，别理睬他们。他稍稍放小步幅，把四个战士让到了右前方。一二一，一二一，一二三四五六七，那个女人又在右侧叫起来。她的叫声很响，具有一股臭豆腐的魅力。他看到，四个战士竟在按着那个女人的口令走路。他们动作僵硬，腿和胳膊如同木棍，脖子一律向左歪着，好像四只歪头鹅。——正当梨花开遍天涯，湖上披着柔曼的轻纱。卡秋莎站在士兵们身旁，眼巴巴地把你们瞭望——姑娘在湖边唱歌。大兵在行进。歌声中，战士们的动作慢慢地柔和自然起来，拧着的脖子也拧了回来。

那座要命的塑像终于被甩在身后，姑娘的歌唱声也听不到了。从湖里吹过来的清风擦着他的脸，这时，他才觉察到自己满脸的汗水。同志们，在交接哨的时候，他说，你们都是好样的，你们为军队争了光，让那些小流氓们见识了军人的志气。四个战士哭丧着脸，不知道说点什么好。

……我为什么那样傻，抚摸着妻子的照片，他想。那天我一回到连部，连长就哈哈大笑，那双漆黑的小眼睛笑成了一条缝。我的指导员！连长拍着我的肩头说，真是绝妙的表演。我说：让他们看看军人的风度。连长说：你别恶心我啦，简直像耍猴。要是有录像机，我录下来让你自己看，看完了你就会去上吊——百分之百地装孙子。我说：连长，你说话客气点好不好？军人难道不应该这样吗？难道你让战士们目不转睛地去盯那女人吗？连长说：别“那女人”“那女人”的，那是个女人吗？我没进过什么学校，肚里没学问，但凭着直觉，也知道你们一路歪着脖子佯作悲壮，还不如大大方方地看两眼好。

连长把望远镜装进皮盒，挂到墙上去，我瞥了一眼敞开着的玻璃窗，从窗里望出去，看到月牙湖银光闪闪，那尊洁白的不知是渔女还是村姑的女裸像也在湖里放出耀眼的光辉。我看不清她身体的细部，只能看到一个模模糊糊的轮廓。一个念头在我心里突然一闪，但即刻就被压了下去。太可耻了，我想，要求战士做到的，干部首先要做到。我用力把玻璃窗拉起来，震动得窗框上的尘土飞散起来。我说：连长，不管你施放什么毒气，我还是坚持自己的意见。我们连队驻守闹市几十年，红旗不倒，在我们的手里，难道能让红旗沾上污泥浊水吗？因此——连长打断我的话头，龇牙扭嘴地说：防微杜渐，还有，针鼻大的窟窿牛头大的风，对不对？他抬起头来。用轻蔑的目光看看我说，我建议，星期六下午党团活动时，让全连到塑像下玩一下午，愿意怎么看就怎么看，看个够看个饱，见多不怪，习惯成自然，虱子多了不痒痒！我说我坚决反对。连长说：那么就看你的本事啦，你能天天带他们去换岗？你能给战士们戴上眼罩？你能每个星期天在塑像前监视着？你不能，你没有这么大的本事，你一手遮不住月牙湖。再说，一个指导员不应把精力放在这些事情上，什么是指导员的工作，你比我当然要清楚。

他再也没有去带队换岗，他不愿再受一次罪。后来，当他凝眸渔女或是村姑塑像时，不由地对自己的一些举动感到莫名其妙，不可理解。

在一个风和日丽的上午，只因为片刻的动摇，便使他心中的防线彻底崩溃；他原先以为牢不可破的东西，原来单薄得如同蛋壳。连长到操场上去了，他独自一人关在连部里绞尽脑汁给政治处编写一份材料。屋子里闷热，烟雾使空气混浊，他推开窗户，明亮的湖水和洁白的塑像又跳入他的眼帘。他看到有四块绿色停在塑像前的空地上，心中猛然一惊。他从墙上摘下望远镜，跨到窗前。他把望远镜按到眼上，手调整着焦距，四个战士一下子被拉到了眼前。他记住了他们的名字。他又转动着镜头，搜索着周围人们的反应。塑像前人来人往，大家都很忙，照相点的青年们忙着给人照相，小孩子在学步，老太太在卖奶油冰棍，清洁女工往铁撮子里扫冰棍纸。没有人去注意四个战士。战士们仰望着塑像，好像葵花向着太阳，他们的神情是那么专注，面容平静如同吃奶的婴儿。那个念头又在他心头一动，像有一条鞭子猛抽了脊背一下，他神经一样紧张，咬着嘴唇，想：不，我决不能这样干！他撤转身，放好望远镜，在一张白纸上写下了四个战士的名字。那四个年轻的面孔像葵花向阳般仰着，是那样专注和恬静。那个念头像烙铁一样烫着他。他坐立不安，窗外盛开的丁香花飞散出紫色的花粉，像毒药一样熏着他。他恍恍惚惚，用力拉上窗户。他仰起脸看着天花板，天花板是雪白的，但从雪白中渐渐透出斑驳陆离的污渍来，有的如青蛙蹲在荷叶上，有的如云团在膨胀、蜻蜓站在云团上。他感到了从来没有过的惆怅孤独，魂儿像出了窍。朦朦胧胧中他又把望远镜取下来，关起门，插上销，然后推开窗户，胳膊肘支在窗台上，望远镜扣到了眼上。一片蓝幽幽的水在他眼前晃动，一个巨大的白影子在他眼前晃动，这白影子烫着他的瞳孔，烫着他的心，一种火一样的焦渴折磨着他。终于，他把望远镜定住了。洁白丰满的渔女或是村姑，一丝不挂的渔女或是村姑，走到了他的面前。他的心怦怦猛跳两下，便再也不跳了。他听到血液在体内发疯般的循环着，遍体肌肤像被无数根通电的银针刺激着。渔女或是村姑侧面对着他，他看到了她的结实的小腿和粗壮的大腿，线条优美的臀部，优雅地弯曲着的腰，耸立的乳房，举起的手背，手中托着的什么东西。一切都是这样近，他听到了她的呼吸，嗅到了她的青春气息，看到了血液在她洁白如雪的肌肤内流动着，看到了热情和欲念在她年轻的躯体内骚动着……

连长的踢门声把他惊醒了。他匆忙装好望远镜，挂在墙壁上，然后，掏出手绢擦擦额头，揉揉又酸又辣的眼睛，才去拨开门插锁。

大白天插门干什么？连长不满地嘟哝着，狐疑地看了他一眼。你是不是病了？连长惊诧地问。没有，我很好。他嘴唇仿佛不得劲地说着，我没事，很好。连长说：你的脸色灰白，像个死人。通讯员！

连长大吼一声。那个虎背狼腰的通讯员撞开门，横儿八唧地走进来，不说话，直着两眼望着连长。去，叫卫生员来给指导员看病，连长说。连长，你这不是脱了裤子放屁找麻烦吗？卫生员和我住在一起，你喊我时，他也听得清清楚楚，你直接叫他不就得了？通讯员理直气壮地指责着连长。连长怔了一怔，双眼一瞪，虎虎有生气，说：我就是要喊你，通讯员负责传达连长的口令，这可是条令上规定的。你这是滥用职权教条主义！通讯员高声吵嚷着走出门去，出门就大叫：卫生员，连长命令你给指导员看病。

这个熊兵，真是好样的。连长解嘲地说。

卫生员习惯性地拿出温度表要往他的胳肢窝里塞，他摆摆手说：有万金油吗？

娘，你不要想那么多，紫荆把脸挪开，翻身坐在炕沿上。老太婆的手在空中悬着，一动不动老半天。咱娘俩凑到一块也是缘分，紫荆说，其实也不能怨他，我没能使他如意，所以他才不理我……她的嗓子突然哑了，两汪亮晶晶的东西在睫毛下闪烁着。老太婆听到儿媳妇不均匀的喘息声。她困难地挪动了一下腿。紫荆把一条毯子盖在她的腿上。她一把抓住了儿媳妇的手，儿媳妇的手背柔软光滑，手掌坚硬粗糙，指头根上的茧子一个个如枣核儿大。老太婆说：紫荆，你去给我买那种吃了睡觉的药。紫荆说：您要是再说这种糊涂话，我就不理你。她戳了婆婆手背一下，说：其实呀，我才不在乎哩。我这个人是猪脑瓜子，一干活通通全忘，您别瞎猜疑。今日又是个大晴天，去年冬天下了一场雪，把地里的坷垃全泡酥啦，地暄得像发面团，咱那三亩麦子，长得黑油油的，每亩地能打六百斤，够咱娘俩吃的啦。那三亩春地，二亩种棉花，一亩种谷子，甭说他一年还往家寄几个钱，他一个子儿不寄也断不了咱的钱花，缺不了咱的粮吃。有钱花，有饭吃，娘，你还愁什么？——不愁，什么也不愁——前几天有两个燕子在屋檐下打着旋飞，看样子要在咱家垒窝呢。你没听到它们唧唧嘎嘎地叫吗？

院门响。老太婆说。紫荆说：八成是黄毛来啦，说好了他今天来帮我耙地。今年地暄，要不早耙耙，春风一起就把肥土刮跑啦。老太婆说：早年间我听你爹这么说过。

紫荆嫂子！

进来吧。

一个细高条儿的小伙子轻手轻脚地进了屋，他怀里抱着一只红毛大公鸡。

你抱着只公鸡干什么？让它去拉犁耕地？燕子不进愁门，对不对？娘。

嫂子，你怎么忘了呢？前几天你不是让我找个偏方给大娘治治眼睛吗？

紫荆愉快地笑起来。我忘啦，我这人是属耗子的，搁爪就忘。你用这只公鸡来给你大娘治眼睛？

嫂子，我听了你的话，回家就把我爹那些书全翻腾了出来。我爹死后，那些书就被我娘捆成一捆吊到梁头上去啦——你是谁家的孩子？老太婆举起一只手问——大娘，瞎娘，您听不出来啦？我爹是西头老扁呀！我是他的小四。——是老扁家那个黄头发小四？你不还是个孩子吗？——瞎娘，我二十一啦，——你还是一头黄发？——是，还是一头黄毛。他的脸臊红了。我那个闯青岛的外甥女对我说，有一种染发药水，能把头发随意染成什么颜色，要白就白，要黑就黑，要红就红，要绿就绿——那你怎么不去染了呢？紫荆揶揄道。——我是想去染，可又一想，算啦，生成个什么样就是个什么样，天老爷塑造的。我外甥女说，小舅，你有点像外国人，金头发，白皮肤。我回家找了个镜子一照，是挺好看的——真不害羞，自己夸自己漂亮——黄毛，你小时候不叫这个名，你好像叫"丰收"，叫着叫着就叫成黄毛啦，全村都这么叫。你爹活着时可是个大能人，劁鸡闹狗，抽书算卦，推推拿拿，没有他不会的营生——瞎娘，我爹临死前还唠叨过你呢。我把俺爹的书从屋梁上拿下来，放在太阳底下抽干净灰尘，然后就翻来覆去地找，终于找到了一个偏方：不明原因眼瞎者，用雄鸡冠子血滴鼻，每日一次，复明为止。我把俺家的大公鸡抱来啦。

黄毛的脸皮很单薄，嘴唇红得有点妖里妖气；上唇上一层细软的茸毛、平平坦坦的狮子鼻。他满脸孩子气，身体却长得十分狼亢，长胳膊长腿，两只手很大。他抱着大公鸡，不住嘴地跟老太婆说着话。那只大公鸡在他怀里，时而一动不动，时而把头转动一下，血红色的大肉冠子颤颤巍巍地抖动着，紫荆说，黄毛，你别来糊弄你的瞎娘啦！瞎眼点鼻子，亏你想得出来——嫂子，你不懂科学。七窍相通，兴许能点好哩。老柴那年眼里出云翳，我爹用劁鸡刀子在他手心里拉开一道口，滴进一滴鸡冠子血，云翳登时就褪啦。——是吗？紫荆拖着长腔奚落黄毛。公鸡在黄毛怀里动了一下，脖子一歪，瞪着黄金般的眼睛瞅了紫荆一眼。这一眼如同一道电光，在紫荆的心上烫了一下。她的目光一下子被公鸡吸引住了。这是一只少见的漂亮大公鸡，遍身火红色的羽毛，像一团燃烧的火苗子。脖子上的细毛像剪开的丝绸条条，柔软又顺溜地垂下来。尾巴是一簇高挑着的绿翎毛。公鸡望着她，使她的皮肤灼热起来。她简直不敢跟它对视，它金黄色的眼珠子中间有一个漆黑的亮点。公鸡傲慢地歪着脖子看她，金色眼睛里的神情既轻蔑又狡黠，意味深长，充满神秘色彩。

瞎娘，我本来早就应该来看看你，来帮助紫荆嫂子干点活，可村东村西住着，这么远，我也不知紫荆嫂子是个啥脾气。那天我的手被镰刀砍破了，我捂着手往家走，血从指缝里往外流，正碰上嫂子，嫂子从地里采来一把蓟草，搓出汁水来，给我滴到伤口上止血。血止了，嫂子又给我把手包扎好。我这才知道紫荆嫂子是个好心人。瞎娘，你甭发愁，我有的是力气，你们家有什么沉活我全包了。

黄毛说的什么话她已听不到了。她被那只公鸡吸引住了。公鸡美丽的羽毛令她心里焦躁不安，她突然非常想抱一抱这只公鸡。黄毛，把公鸡给我。她红着脸说。——就给瞎娘治眼吗？——她把上身探过去，把公鸡接过来抱在怀里，像抱着一个婴孩。她用手抚摸着公鸡羽毛，心跳得急一阵慢一阵。公鸡羽毛蓬松柔软，弹性丰富，充满着力量。她摸着摸着，呼吸越来越急促，胳膊使劲往里收。公鸡拼命挣扎起来，尖利的脚趾蹬着她的胸脯，她感到又痛又惬意。后来，"嗤啦"一声响，鸡爪把她的褂子撕裂了，露出了她双乳之间那道幽邃的暗影。她一松手，公鸡跳下地，咯咯叫着穿过堂屋，跑到院子里。她急步追到堂屋门口，望着在院子里跑动着的公鸡。公鸡步伐很大，像一个一年级小学生。她疲乏无力地转回身，一抬头，正碰上黄毛激动不安的面孔。两个人仇敌般地对视着，她发现他的头发像鸡毛一样灼目，目光也像鸡眼一样既诱人又可怕。她忽然恼怒地说：我恨死你啦！

我去抓住它。

你别去管它。

公鸡在院子里咯咯地叫着。

嫂子，他说，你那儿破啦。

她低头看看胸脯上那道血印子，面孔冷冷地走回屋里去，毫不顾忌地脱掉褂子，雪白的脊背在屋里很亮地照着黄毛的眼。紫荆换了一件藕色新褂子。她说：

你把你家的牛牵来了吗？

拴在门外柳树上啦。

你从厢房里把俺家的小黄牛牵出来。

老太婆听到牛喝水的嗞嗞声，又听到那只公鸡站在阳光里，抖擞着全身羽毛，撕肝裂胆地叫了一声。

后来，在那个逢集日的上午，当七连指导员孙天球办完了那件事情，精神恍惚地走出村，穿行在刚刚秀出穗的麦田里的时候，他的脸上表现出一种疯疯癫癫的神情。麦穗子摇摇摆摆地拂动着他的大腿。故乡四月的太阳像火炉子一样烘烤着他满身的冷汗，他听到自己的心跳声如同蛙鸣。麦田前方小河沟里几只青蛙在凄楚地哀鸣着，那个孩子的脸像一个红色的气球在他眼前飘来飘去，从两排咖啡色睫毛间露出来的那线眼白，射出两道蓝色的光芒，刺得他想大口呕吐，大声喊叫。他晃晃悠悠地走到河边，坐在稀疏地生长着细瘦的菅草的河边上，面对着银灰色的河水和河滩上一层雪白的碱土，脸上那种疯癫的表情渐渐消退，一种沉思的表情像云层后边灰色的天空一样出现在他的脸上。

……那天，卫生员把一盒万金油放在他手里，转身便走啦。他拧开盒盖子，用指甲挑出两块绿豆大小的油膏，揉在太阳穴上。他发现连长不时用探询的目光打量着自己，突然感到十分恼怒，他把那张写着四个战士名字的纸条拍在连长面前，说：他们四个看那个女人啦。连长惊讶地看着他涨红的面孔，划火点烟，从唇间吐出一个滴零零的圆圈，圆圈在空中久久不散，如同太空飞碟。是吗？好半天，连长才懒洋洋地问。我亲眼看见的，我用望远镜看见的，就用这架望远镜。他伸出手指指着墙壁，辩论似的说：你知道不知道，在望远镜里，塑像下的一切都看得清清楚楚，连他们脸上的表情我都看到了。连长说：你打算怎么处理他们呢？你想给他们定个什么罪名呢？他的两眼使劲眨巴着，眼泪哗哗地流了出来。连长看着他泪眼婆娑的样子，问：老孙，你是不是神经出了毛病？——你说谁的神经？说我吗？流泪是因为万金油。——我不是说万金油。

从此之后一个月里，连部里靠近指导员办公桌的那扇窗户，几乎每天都开着，窗台上明晃晃的，连一点灰尘也没有。大个子通讯员每天早晨擦玻璃时，站在这个窗台前，总是要露出一脸斗鸡般的神情。

他举着望远镜连续观察了五天，全连的战士名字几乎全上了他的白纸，好像一张花名册。但到了第六天，他却把这张白纸揉成一团，扔在墙角的废纸篓里。他发现，战士们上下岗路过塑像时，渐渐地表现出一种无动于衷、麻木不仁的表情，有人偶尔抬头瞥一眼，那神色与看一个老太婆与看一棵白杨树并没有什么两样。他感到战士们在欺骗自己，在伪装，他们一定知道我在窗口监视着他们，他想。他记得在政治学校时曾听过一个老红军讲政治工作光荣传统，他听了一上午只记住一句话，老红军说：同志们，政工干部唯一的诀窍就是拿着自心比人心。他想，同志们，你们没有必要欺骗我，你们看吧，随便看吧，我们都是人。

他专注地研究这座塑像已累计数十小时，拿起望远镜把她捕捉过来，他感到时间凝滞不动，肋间生出翅羽。凌晨，日出前的她是冷峻的，但冷峻里含着委婉的惆怅。他觉得她脸上带着成熟女子孤独的寂寞；日出时她是温暖的，洁白的身体被朝晖映得通红，遍体流动着玫瑰花的浆汁，这时刻她最动人，但这时刻很快就会消逝；日出后，她的颜色一般来说是由浓艳变化为透明，那种轻柔的、充斥着床笫气息的情绪渐渐被一种蓬勃的狂热情绪代替，这时她是灼热的、撩人的。这一段时间持续得最长，从上午九点到下午四点，她始终放射着温柔的热流。这个塑像在他感情浪潮的冲击下，似乎获得了灵魂和生命，他觉得已经和她达成了一种默契，已经心心相印，只要一套进镜头，她的一切美就属于他了。她面部表情丰富，那显得非常结实的嘴唇里正在吹出三鲜水饺的香味。从下午四点到暮色苍茫这一段时间，她的外在的激情逐渐收敛，色调由明艳强烈渐变为柔和舒适。她的周围，笼罩着草窝子庄稼地里的温情脉脉的气氛。在太阳即将沉沦那一霎，湖上往往升起淡淡的薄雾，雾气缭绕中，紫红色的光晕像一片云彩裹住了她的身体，洞房花烛照美人的香艳气氛弥漫湖畔。他如果把望远镜稍一低垂，湖畔的人影便映入他的镜头，暮色像一道纱帘，使湖畔的人物朦胧着。银灰色的法国梧桐下，有两个人在练鹤翔庄，一个白发苍苍的老头子，戴着一副大眼镜，身穿一件中式蓖麻蚕布扣大褂；一个长发披散到腰际的妙龄姑娘，面孔饱满，像成熟的豆荚，左耳像只水饺，右耳像只馄饨。两个人先是双腿微曲，双臂平伸，闭目凝神，如同塑像。片刻，他发现那姑娘大张开嘴，大睁开眼，双手狂乱地拍打着胸膛，拍完了胸膛又拍屁股，又拍肩头，身体扭曲成麻花形状，长发像马尾一样拂动着。最后，他看到那姑娘猛扑到树上，张开嘴，咔嚓咔嚓啃着树皮。那老头子却始终不见动静，好像一个瓶装动物标本。

四月一号这一天，原本是星期天，为避免凑热闹，部队把星期六当成星期天过。连长去医院割治鸡眼去啦，连部里就剩下他一个人。他急急忙忙起了床，心不在焉地跟值星排长聊了几句。在伙房里他匆匆忙忙地吃了一个馒头。一个班长拉他去打扑克，他说有重要材料要写，他那副神情把那个班长吓了一大跳。

他走回连部时，与匆匆往外走的卫生员撞了一个满怀，卫生员背后跟着通讯员。他用力瞪了卫生员一眼，大声问：你们干什么？鬼鬼祟祟的！卫生员张口结舌，双手急忙插进裤兜。通讯员把卫生员拉到一边去，大大方方地说：指导员，我们来看看你有没有事情要办，我们想请假去新华书店买书。他说：去吧，你们快去吧，我什么事情也没有。你们上街要注意军容风纪。他伸出两个指头，把通讯员的帽檐往下拉了拉。通讯员和卫生员走啦，他插上门，从抽屉里摸出望远镜，又趴在窗台上。

太阳正在往外钻，无数又厚又重的云团在地平线上方等着它。它在云与地的夹缝里羞怯怯地呆了五分钟，流散出汹涌的霞光。她全身沐浴在光的浪潮里，正眉目含情、艾艾怨怨地向他致以早晨的问候。云下的太阳红得像血，颤抖不止，这是坏天气的先兆，他当时可没有想到什么天气，他只是感觉到她的艾怨情绪要比往日浓重得多。她的脸上似乎还有露珠般的东西在滚动，那洋溢着青春活力的肌肤也像成熟的花瓣那样，暗寓着凋零前的悲凉。

这天早晨，渔女或是村姑塑像的非凡表情触发了他心中最隐秘的感情。他恍然觉得站在湖水中的是他早就熟识的一个女人。也是在一个早晨，他和衣躺在炕上，似睡非睡，阳光穿过窗棂，斜照在墙壁上，又折射回来，在炕角上，直挺挺地立着一个女人，她遍体金黄，正用模糊的泪眼看着他。她手提着一件藕色褂子（褂子的颜色激起他一种生理上的厌恶），仿佛在说：你娶我干什么？娶我单单为了照顾你娘吗？那你还不如花钱雇个老妈子……

塑像好像是从他妻子身上脱下的模子。怪不得，怪不得这样，他很麻木地想着。他忽然记起曾把她的一张照片扔在抽屉里，撕成了八块，那些碎片不会丢失，除非抽屉里跑进耗子。他不明白自己当初为什么对妻子的艾怨无动于衷，记得当初相亲时，她的容貌还令他满意，后来她坐着毛驴来啦，毛驴背上搭着一条红毯子，她两腿在一边，侧坐在毛驴上，穿着一件藕色新褂子。她一下毛驴正踩在一汪泥水上，摔了一个大跟斗，从地上爬起来，她原先红扑扑的脸就变得跟褂子一个颜色，这种颜色使她丑陋不堪。现在回想起来，那是一种多么漂亮多么柔和的颜色啊！

望远镜里，她变成了那种令人心旌摇荡的藕色。太阳钻进了重云，天色晦暗，他的心愁苦不堪，他多次陷入迷惘状态。伸出手去想抚摸一下她，但每次都摸到虚空，从迷惘状态中惊醒。

中午，他在玻璃板上拼凑着照片。他记得这是一张二寸照片，显然是走乡串巷的二把刀照相师的作品，她的脸暗淡苍白。他看了一眼照片，便把她一撕两半，叠起来又一撕，她成了四半。连长正好闯进来，问：老孙，撕什么？他说：一张扑克牌。他把她的残骸扔在一个盛杂物的抽屉里。现在，从生锈的图钉和曲别针之间，他把她的残骸一一拣出来。他先拿起她的一块脸，用胶水固定在一张很白的纸上。这块脸上有她一只乌黑的眼睛，正阴郁地盯着他。他又拿起另一块脸拼凑上去，这时，她的额头出现了，两只眼睛并列起来，那种阴郁的神色减弱了。她的鼻子正中开了一道缝。他很快把她的嘴和下巴以及其他部位拼接到她的鼻子下。白纸上复原了她的半身像。她的脸上有两道裂痕，交叉成一个十字形，裂痕处衔接不好，留下一些锯齿状的空间。她的脸变得很恐怖很残酷，那两只黑眼睛里有一种仇视他的神色。紫荆，他低低地叫她一声，我真不该把你作践成这般模样。让你挂在十字架上，还不如烧了你好。他点燃火柴后，又临时改变了主意。他用三角板把照片压平，取出了一盒金鱼牌彩色绘画笔，开始为妻子涂红抹绿。他用黑笔把她的头发涂得漆黑发亮，又细细地勾勒出两条掉梢的眉毛；他用黄笔把她的脸涂得像一个成熟的金橘；他用红笔把她的双唇涂得鲜红。这样，妻子就面如金橘，唇如樱桃，目如葡萄，照片上洋溢着水果的气味。那两道交叉的裂纹变成了两条浅浅的暗影，退到鲜艳的亮色后边去了。

他又拿起望远镜时，已是下午两点钟光景，太阳从云层中探出金色的柱脚，斜照着月牙湖水，也斜照着湖中的塑像。塑像也是面如金橘，唇如樱桃，目如葡萄。看着塑像的脸想着妻子的脸他感动极了，这是事情的一个方面；看着塑像美妙的身躯想着妻子那短短的一截花格子布盖着的胸脯，他懊恼极了，这是事情的另一方面，但这个缺憾不久就得到了弥补。在不久后的清查运动中，班长们缴上来一堆照片。那时他精神亢奋地把照片全拨拉到抽屉里去。班长们走了之后，他看着那些照片，灵机发动，把战士们照片上的塑像剪下身体，和妻子的照片头粘接在一起，妻子和塑像合为一体，尽管妻子的头大了一些，与塑像的身体不合比例，但他连续凝视了几分钟之后，所有不和谐的感觉都消失了，他感到妻子就是塑像，塑像就是妻子。

他更加渴望探家，但后来又发生了别的事情，耽误了他的行程。这些事情，等他坐在故乡的小河边泛着白花碱的滩涂上时，都会想到的。

黄毛扛着齿耙，紫荆扛着锨和钩子，紫荆家的黄牛和黄毛家的黑牛驮着各自的挽具，一起出了村。

土地包到户后，天地好像一下子大多啦，黄毛说，从前地里这里那里的都是一堆堆的人，现在见个人影就像见个鬼影一样难哩。

现在干农活的人少啦，跑买卖的多啦。紫荆说，你呢？你怎么不去跑点买卖？

我笨得要命，啥也不会，跑买卖又不懂行市，不敢瞎折腾，安安稳稳种地，每年挣个千儿八百的，够花的就行啦。

钱不是越多越好吗？

谁都知道越多越好，但挣钱可不是容易事。

我给你出个主意，你去抽书算命呀。

我不会。

你爹不是有书吗？

我不学。

那么你会劁鸡阉狗吗？

我才不去干这些缺德事呢。

怎么是缺德呢？

怎么不缺德？好端端的，硬给劁了，阉了，公不公母不母，不缺德？

我不跟你说啦！紫荆不高兴地垂下眼皮。

黄牛和黑牛在他们前头不紧不忙地走着，坚硬的蹄瓣踩着被风吹打得光滑结实的土路，留下一些白白的花纹。路两旁全是桑树，桑枝上已放出铜钱大小的桑叶。桑树下生着密密麻麻的扁蓄嫩芽。

咱村的地离村真远，黄毛说，我真不愿意一个人到这么远的地里来干活，孤孤单单走一路，孤孤单单干一天，想说话都找不到个人，只有和牛说，和天上的鸟儿说，从前在队里干活，男男女女一大堆，比现在热闹。

光图热闹，就把牙闲起来啦。

嫂子，你不感到孤单吗？你不感到难受吗？

吃饱了肚子我什么都不想。

骗人吧，你不想天球哥？

你还有完没有？不愿帮我耙就滚你的。

我不说啦。他挺委屈地说，不过是顺嘴问问，发什么火。

他们走全了两大段灰白的路，翻过一条小河，河滩上全是白花花的卤碱土，丛生着红梗的蓬蓬菜。村庄被扔在八里路外。周围一大片褐色的土地，四周望不到村庄。寂静得没有一点声音。到底是熬到了。黄毛把沉重的铁耙猛扔在地上，铁耙齿深深地扎进松软的土壤里。他的肩膀上被耙框压出了一道深深的印儿。他熟练地套好牛，黑牛和黄牛互相看了看，扛了扛膀子表示亲热。鸟儿在明晃晃的天空中嘹亮地叫着。很远的地方，好像在太阳的正下方，有一个人也在使牛耙地，人和牛都显得很小很小。

他和她互相对望着，莫名其妙地红了脸的黄毛被紫荆的目光逼视得垂头丧气。他说：那么，你就倒粪吗？那么，我就耙地吗？

紫荆看着他披散下来遮住额头的黄头发，突然感到他非常可怜。于是便柔声说：你耙地去吧，去吧，我望着你哩。

她在地头上的粪堆旁站定，先用钩子把粪刨下来，敲打成细末后，再用铁锹翻到一边去。田野里几乎没有风，阳光越来越辉煌，地平线在银色的光芒中跳动不止，远处那人那牛像蚂蚁一样移动着。黄毛踩着耙，像驾着一条船，渐渐离她而去。黄牛黑牛拉着耙，黄毛踩在耙上，劈开双腿，身体有节奏地摇晃着，他把身体重心时而放在右腿上，时而放在左腿上，铁耙在摆动中前进着，耙后的土地上留下波浪般的耙纹，优美平滑。黄毛手持两根连结牛鼻子的细绳，一支短柄使牛鞭搭在肩上，这种鞭足有四米长，挥动起来犹如长蛇飞舞。鞭子从他背上顺下来，拖在身后，在平整的土地上，蛇一样蠕动着。有时留下痕迹，有时留不下痕迹。他迎着阳光耙过去，黄头发如同金丝线。他背着阳光耙回来，黄头发依然如金丝线。他的脸愁苦不堪。一直伸展进天地相接的帷幕中去的田野上好像只有他和她两个人，泥土的腥气撩人心弦，生命的搏动声充斥天地。她机械地劳动着，身体慵倦无力，眼皮发沉，便坐下来，坐在河堤的漫坡上。漫坡上很干燥，松软的黑土和隔年的枯草被晒得暖烘烘的，她坐着，醉眼蒙眬地望着平旷的田畴，雪白的蒸气像鸽子一样飞翔。黄毛抖颤着嗓子对两头牛发号施令——咦咧咧咧——呜啦啦啦——喝哩哩哩——他的喊声粗犷有力，但融进了辽阔的原野后，随即显得单薄无力，仿佛一个浑圆的东西被挤得很扁。温热的河堤太舒适了，她无力地仰下去，头发触着干枯的野草，也触到了干枯的野草下生出的蓬勃的新草芽。天是蓝白夹杂的颜色，没有云，太阳很高很小，光线强烈，一会儿就照得她眼前发黑，黄毛和两头牛变成了一大团暗红色的影子。暗影远远近近地移动着，时大时小，她把双肘支地，目送着暗影远去，又目迎着暗影归来。她看不清黄毛的脸，她只是感觉到黄毛那一头金发在阳光下闪烁如金箔，闪烁如同那只大公鸡的金色的羽毛。

忽然，从很近的地方响起黄毛很浪的歌唱声。他的嗓音又粘又滑，吐字如吐汤圆，给人以水分饱满的感觉。从西南方向刮来的熏风疲倦困乏，有干青草垛的迷人气息，土地上的植物和动物在加速分裂细胞，各种各样的感情在成熟壮大，走向高潮和顶点。

她把头巾抖开，蒙在脸上，静听着黄毛唱。（有一个大姐二十八，男人闯外不在家。）阳光很快就把蓝色的头巾晒热，她的脸在蓝头巾下感到了太阳的温暖，呼出的气流把头巾吹得轻轻翕动，尽管她紧闭着眼，还是感觉到无数个绿色的光点在蓝头巾上跳动。（那天她坐在窗下纺棉花，头插一朵石榴花。）飞鸟在空中追逐嬉闹的唧喳声如乱箭一般射下来，空气像蜜蜂王一样嗡嗡地叫着。（小蜜蜂飞来飞去总不落下，撩得大姐心乱如麻。）你叫吧，你叫吧，她的鼻子酸得要命，心中有架六弦琴，被猫爪子撩拨着，低弦抽噎哽咽，高弦尖声嘶叫，她恨不得把衣服撕成缕缕条条，一把扬到空中，让它们像秋风中的落叶一样乱纷纷飘散。（蜜蜂，蜜蜂，要采花就采花，不采花就飞去吧。）她的两只手在大腿外侧，先是像小兽一样蜷伏着，这时却猛然活动起来。她用力抓着大腿下的枯草，脖子扭来扭去。好长时间，她才平静下来，泪水在头巾下滚烫地流出，沿着鼻子旁的小沟，流到嘴里去。

她听到黄毛轻轻地喝住牲口，站在自己身旁。周围的声音全消逝啦，她感到大地在旋转着飞升，自己的身体被拉成很长的细条。

黄毛站在紫荆脚下，目不转睛地看着她。他先是看到她直挺挺的身体，又看到她那两只已经很平静了的手。她的鼻梁在蓝头巾下耸着，下巴露出来，翘着，脖子上有两道皱纹，藕色的褂子下像藏着两个浑圆的馒头。黄毛浑身发抖，不由自主地打着寒颤，一种巨大的恐惧感攫住了他。他困难地转过身，走回耙边。黄牛趴在地上，黑牛站着，都悠闲地反刍着。牛肚子里不时响起饲草运动的咕噜声。黄牛用温柔的蓝眼睛瞥着他，一对杂毛斑鸠在耙过的土地上蹒跚着，把脚爪清晰地印在平坦松软的泥土上。远处那个耙地的人也休息了，人不知躲到哪个沟沟坎坎里去啦，黄毛只看到两头小羊般大小的黄牛立在褐色的土地上。在他眼里跳跃着银色的光点，地里的气流摇摇摆摆地升腾着，升腾着并变幻出幽灵般的幻影。远处传来牛的叫声。阳光愈来愈温热，他愈来愈哆嗦成一团，上下牙齿嗒嗒地撞击着，心脏紧缩，上提到喉咙，他咬着嘴唇，转回身，急走几步，双膝跪在紫荆身旁，把两只大手猛按到她的胸脯上，泪水从他眼里渗出，他断断续续地呜噜着：嫂子……好嫂子……紫荆的身体在他手掌下抽搐着，他听到了她胸膛里有小兽般的叫声。她打了一个滚趴起来，胳膊交叉在脸下。她呜呜地哭着，身体扭来扭去，双脚把一蓬蓬的枯草连根踹出来。黄毛抚摸着她的背，嘴里还是叫着嫂子，不过声音已不打颤，身体也不哆嗦了。他胆子越来越壮，手上渐渐地用力气，紫荆哭了一阵，折身坐起来，泪痕纵横的脸上怒气冲冲，双眼像锥子般地刺着黄毛，黄毛打了一个冷怔，手像烫着似的缩了回来。紫荆往前一探身，抡圆了胳膊，啪啪啪，连抽黄毛三个大嘴巴。黄毛捂着脸站了起来，脸色像七月的晚霞一样变幻不止。

你们这些臭男人，没有个好货——嫂子，是我昏了头，你把这事忘了吧——忘了？叫我怎能忘了你！我恨不得把心扒出来炒给你吃了，你连笑脸都不给我，你吃了我的心还嫌血腥气，我在你眼里不算个人，顶多是你的一件家什——嫂子，你冤死我啦——你现在还用得着我，我早就看出来啦，什么时候你不用我啦，就把我像破笤帚疙瘩一样扔到墙旮旯里去啦——嫂子，老天爷作证，我黄毛可不是那种人。

四月一号晚上，连队改善生活，包了八笼屉羊肉大包子。他出现在饭堂里时，忽然发现战士们和几个排长眼神都不对，无论是黑脸上还是红脸上都蒙上了一层怪诞的绿色，从这种荒唐的绿色中，渗出了各式各样的笑容，先是通讯员笑了一声，接着是卫生员笑了一声，紧接着是哄堂大笑，一个战士把一块羊肉咽进了气管，拼命地咳嗽起来。他莫名其妙地看着战士们，他脸上的文章像酵母一样把笑声的面团发得膨胀起来。他大吼一声：笑什么？包子堵不住你们的嘴！值星排长捂着肚子来到他身边，拉着他的胳膊说：指导员，你的眼睛……我的天，你的眼睛怎么搞成这种样子？

他摸摸眼睛，愈加糊涂起来：我的眼睛怎么啦？我连你脸上的汗毛都看得清清楚楚。

值星排长从口袋里摸出一个小圆镜子，递给他说你自己照照吧。

他接过小镜，眼看着值星排长那张白得像奶油般的面孔说：你搞的什么鬼名堂！

饭堂里的干部战士看到他们的指导员把小镜子举到面前，忽然怪叫一声，好像白天见了鬼。他扔掉小镜子，像扔掉一条毒蛇。小镜子在饭桌上弹跳着，碰得战士们的饭碗当啷啷响，后来又蹦下地，在人们脚缝里滚来滚去。战士们全都吓呆了，没人再敢笑。他们的指导员转身跑出了饭堂。在连部里，对着连长镶嵌在墙上的小镜子，他发现自己脸色如纸，双眼周围，套着两个非常标准的同样大小的紫色圆圈。

通讯员端着一盆水走过来，他的脸上第一次流露出对连首长的真诚的关心表情，他说：指导员，洗脸吧。他接着，又从脸盆上抽下毛巾，浸到水中。

洗不掉的，我知道洗不掉的。

很好洗，指导员，一下就洗掉啦。

这是淤血，水是洗不掉的。

不是淤血是紫药水。

通讯员捞出毛巾，对准指导员的眼眶子抹了一把，毛巾上沾满了紫色。难道你还不信吗？指导员？通讯员说，是紫药水。

你，你，是你们搞的？

通讯员和卫生员搔着脖子笑起来。

他气得双手发抖，什么也没说，就把脸浸到脸盆里。他涂了满脸肥皂，把一盆水洗得乌紫。

他的"窥像癖"被紫药水治好了。他把连长的望远镜挂在墙上。清查工作和粘贴妻子的工作也都结束了。营里批准了他的探家报告，就在他即将成行的时候，一件稀奇古怪的事情发生了。后来当他坐在故乡的小河边，面对着缓缓逝去的流水冥思苦想的时候，他认为一切都好像是命中注定，一切事情的发展，都按着早就设计好了的程序。

肖连长被选送到军区步校进修，上级派来一个刚从军校毕业的小伙子来代职。小伙子清秀俊雅，嘴里镶着一颗不锈钢牙齿，他是个摄影爱好者，水平一般，总爱咔嚓。那天早晨，新来的连长心血来潮，想把照相机嫁接到望远镜上，然后给那个塑像拍一张照片。指导员很感兴趣地望着他。他面前摆着螺丝刀子小扳手，铁丝皮线蜡烛头。他年轻的鼻子上挂着汗珠，钢牙龇出来，嘴角抽动着。不知用了什么方法，果真把照相机和望远镜连接在一起，端在手里，很像一件新式武器。小连长把镜头远远地对准塑像时，牙痛似的哼了一声。他回转身，怒气冲冲地说：指导员，你快来看，简直是不可思议，简进是滑稽饱和，简直是创造奇迹。他咔嚓咔嚓按着快门。给你，指导员，小连长把望远镜从照相机上摘下来，递给他，身体退后一步，让出了窗台。

他拿起了望远镜，掏出一条手绢擦了擦望远镜圈。太阳刚出来，湖上像燃烧着一个大火把，火把烧着他，如同烧着他的心。与他的妻子融为一体的塑像消失了。湖上立着一块披着大红布的白石头。渔女或是村姑的头从红布中露出来，好像火炉上烤着的献牲。那张一看到就令他心跳不止的脸在炉火的烤炙下变了模样，变得狰狞可怖，轻佻淫荡。这种感觉像根硬刺一样扎在他的心脏上，使他时刻都不敢忘记。他感到怒不可遏，那块大红布像一帖狗皮膏药牢牢地贴在他的感觉里，使他的眼前不时地掠过鸦群般的暗影。小连长还在滔滔不绝地发着议论，语多涉讥刺，充满硝烟气息。他的思绪像橡皮一样被小连长的一个个冲击波鼓动着，有时膨胀有时收缩，他感到自己所有的灵窍都被这块红布遮住了，思维能力麻木呆滞，好像陷身在红色的淤泥里。他搞不清楚自己为什么对这块红布如此反感，即使他后来坐在故乡小河边冥思苦想时也没搞清楚。

小连长骂骂咧咧地出去啦。他放下望远镜，把妻子那张照片拿出来一看，顿时惊愕得手脚发凉。她脸上的各种色块全漶了，眉眼模糊成一团，原先那么多情娴静的面孔竟变成一个调色碟子，那个洁白如玉的身体接在调色碟子上，产生出一种无法言喻的恐怖感。他把照片扔进抽屉，站起来，脑袋里像装进了一窝蜜蜂。他看到桌子和椅子全飘起来，水泥地面上爬动着成群结队的蚂蚁，月牙湖畔响起湖水般的喧哗声，不用望远镜他就看到湖边五颜六色地站满了人群，人们还继续往那儿涌，还继续往人团上焊接人，一直焊接到很远的交通要道上，汽车被堵塞住了，排成几条长龙，司机焦急地鸣着喇叭，整个城市都被震动了。

他烦躁不安地走进饭堂，那个一向谦恭和顺的一排长正对着炊事班长大发脾气，炊事班长把稀饭烧焦了，竹片笼屉着了火，馒头们全都乌黑釉亮，好像优质陶瓷。

你是怎么搞的？嗯？你的心呢？脑子呢？你这个炊事班长还想转志愿兵？转了志愿兵你会把伙房彻底炸平。一排长大声训斥着，炊事班长垂头丧气，双手不停地抚摸着自己的大腿。

整整一天，七连仿佛在做恶梦，值勤点上那四个战士还没吃早饭，隔五分钟就往连部摇一次电话，催人去换岗。值星排长说，已经派出十二个战士去换岗，全都像石头扔进了大海。最后，小连长亲自带队出发。四十分钟后，电话铃声响了，他拿起话筒，听到了小连长的声音。小连长说：指导员，我在医院跟你通话，湖边发生事故，好多人落水，我们的战士们跳湖救人，耽误了换哨。

那天晚上空气潮湿，熄灯号吹后很长时间，他还丝毫没有睡意，小连长打着很响的呼噜，还不时迸出一句咬牙切齿的梦话。他翻来覆去地滚动着，想尽了各种各样催眠的方法，但一闭上眼睛，那块红布就在眼前飘动，像火焰一样灼着他的面颊。他的心里一阵冷一阵热，间歇性的无名恼怒折磨得他几次想吼叫起来。最后，他把脸贴在枕头上，强迫自己数枕头下手表走动的声响。手表机芯里的齿轮转动声惊天动地，震动得他的耳膜痛，他知道，他必须要去干那件事情了。那块红布，那团邪火，那帖狗皮膏药，那根芒刺，是一切混乱现象的根本原因。他悄悄地穿衣下床，一缕月光射进窗户，照着地板上小连长的皮鞋和拖鞋，皮鞋状如军舰，拖鞋形似舢板，一起停泊在浅蓝色的月光中。他扎好腰带，挎上手枪，又从抽屉里摸出一把锋利的小刀子，便悄悄地出了门。营院门口的哨兵，向他行持枪注目礼，他听到自己干巴巴地说：我要去查哨。

很快地他便走上了那条通向湖边也通向哨所的水泥路，路外侧是一片法国梧桐，半圆的月亮在他右上方的天空上，天空是中庸的银灰色，月光浅浅地照着，法国梧桐叶片闪烁着微弱的光芒，枝叶间不时有飒飒的响动。他走得很冲，在离塑像几十米的时候，他便跳下水泥路，在疏密有致的树木间穿行，他突然想起那个漂亮姑娘啃树皮的情景和化石般的老人，但这些表象如同雷电，一闪即逝，闪电照亮了的是那块红布，那块红布忽明忽暗，但始终存在着，一刻也没有从他的意识里跑掉。

塑像立在离湖边十几米的一块巨石上。十几米粼粼的湖水把他和她隔离开来。月亮又升高了一些，光辉也似乎比刚才更明亮，湖水平静如镜，映出一个长长的朦胧的暗影。他凝望着塑像，那块巨大的红布在月光下是紫色的，一个青白色的头颅浮在紫色的浪潮里。他猛然想起了他在望远镜里抚摸过无数遍的那个白玉般的身体，一股巨大的压抑不住的冲动使他的嘴唇痉挛起来。他脱掉鞋袜，挽起裤腿走进了湖水，湖水不深，但淤泥很深，他往前走了三步，湖水便淹到了他的腹部，他慌忙把手枪摘下，高举在头顶，脚还在往下陷，淤泥好像脂油，直包到他的膝盖，湖水淹到了他的胸脯，他听到自己的心脏在水中噗通噗通地跳动，带着重浊的水音。他困难地走动着，搅起的水花把月亮撞碎了，泛上来的淤泥散发着浓浓的腐败气息。爬上岩石后，乌黑的脚踩着冰冷的石头，走一步就留下一个清晰的黑脚印。在塑像脚下，他仰起脸来，她的身体要比他高大粗壮得多，月光下她的脸上带着凛然不可侵犯的高贵神情。他认为她之所以这样冰冷，完全是因为这块红布。他试试探探地抓住红布，布握在手里柔弱松软，仿佛使劲一捏就会从指缝里流出来。他用力一顿，布很闷地响了一声，但并不滑下来，他又顿又拽，甚至感觉到塑像都摇晃了，但那布还是不褪下来，仅仅是发出狗叫般的响声。他正想爬上底座用刀子把那布拉破的时候，水泥路上响起了脚步声。他急忙转到塑像背后，心像被猎狗追赶着的兔子一样跳动着。

啪哒啪哒的脚步声越来越近，在塑像正对着的湖边，他听到脚步声停住，几个年轻的声音在说：为这块破布险些闹出人命——啼笑皆非——这可是块猩红色的高级天鹅绒，姑娘好福气——不伦不类——应该给她戴上墨色眼镜和口罩——这下我们指导员放了心啦——别提他啦——敢不敢把这块天鹅绒偷回去做褥单——走吧，别误了哨。

他紧贴在塑像后边，偷眼看着他的四个战士渐渐远去。他知道下哨的战士很快就要回来，不能再耽搁了。他扯着红布，口叼着小刀子，攀上底座。他站在底座上，从口里拿下刀子，月光下刀光一闪——其实没等他动手，红布就吐噜一声褪下去，渔女或是村姑通身顿时放出月亮一样的光辉。他一下了子惊呆了。他站在她的背后，目光正齐着那两块高举物件而凸出的肩胛骨以及因此而变深了的脊沟……

从底座上下来，他用刀子把那块天鹅绒戳上了好几十个窟窿，在破裂的声响中，他感到一种强烈的快感。后来，他举着手枪和天鹅绒涉过湖水爬上岸，他用天鹅绒擦了擦脚上的淤泥，穿上鞋袜，一脚把天鹅绒踢下水，天鹅绒在水上漂着，并渐渐地散开，像一张肮脏的黄牛皮。他沿着树缝往回走，衣服往下滴着水，鞋子里滑腻腻的，一阵寒冷从脚下袭上来，他忍不住地打起哆嗦来。

第二天早晨，在饭堂里，他发现了战士们脸上那种掩饰不住的狂喜表情。炊事班长好像为了弥补昨天的过失，把稀饭熬出了水米之魂。馒头又白又暄，拳头大的馒头只有一两重。他换了一身崭新的军装，皮鞋擦得锃亮。

指导员，什么时候走呀？一排长问他。他反问道：往哪走？一排长：探家呀！他说：再待一个星期吧，副指导员星期六回来，我把工作给他交待交待就走。

早饭后，他被市里的有关领组织请了去，讨论了天鹅绒被撕掉戳烂扔下湖的事。一个雍容大度的中年妇女在会上激昂慷慨地作了很长的发言。他第一次在开会的时候打起盹来，困意像黏稠的胶水一样从四面八方包围着他。他看到主持会议的领导脸上流露出不满情绪，但也无可奈何。

散会之后，他昏昏沉沉地走回部队。一进连部，连鞋子都没脱就倒在床上。等他醒来时，已是翌日上午九点多钟，阳光灿烂地照着窗玻璃，一浪一浪的浓郁的丁香花的闷香扑进屋来，连空气都变成了紫勾勾的颜色。他眯着眼躺了足有五分钟，才猛然忆起昨天以及昨天以前的若干事情。他发现鞋子被谁脱了，身上盖着被子，昨天泡在脸盆里没洗的衣服洗得干干净净叠得板板整整放在他的办公桌上。衣服上放着一封信。他翻身下床，拿起信，信封脏得要命，没有发信人地址。他满腹狐疑地撕开信封，抽出一张散发着煤油味的信笺，看着看着，他的脸就变了颜色。

他在屋里焦虑不安地走着，眼神都散了。后来，他推开窗户，不用望远镜就看到，妻子赤身裸体地站在湖水中，任凭路人观看。沉重的受辱感使他的胸脯里充满气体。

听到小连长的脚步声，他及时地用毛巾擦了一把脸。

小皮（连长姓皮）我想借你的照相机用用——想给嫂子照相吧？——他尴尬地咧咧嘴——没问题，我有两架照相机，借你一架——那就谢谢啦。

他翻动着台历，发现五月二十一日这一天，是古历的四月十五，是星期日，还是二十四节气中的一节——小满，时间是二十二时二十八分。

老太婆虽然依然看不见，却强烈地感觉到以往那种昏沉倦怠的生活发生了根本的变化。那只据儿媳说是漂亮的金毛大公鸡闯进了小院之后，真正的春天便开始了。大公鸡每天都按着时辰啼叫，混沌成团的生活在洪亮的鸡鸣声中变得节奏分明。黄毛把公鸡扔在这里后再也没有露面，她听到鸡叫时，一方面感到兴高采烈，一方面感到忧心忡忡。公鸡和母鸡出窝了。她听到公鸡在窗前引颈长啼两声，接着便追着母鸡满院跑。老太婆听到紫荆站在门口，专注地看着鸡们嬉闹。儿媳手里端着一扇葫芦瓢喂鸡，瓢里盛着玉米，儿媳抓一把玉米扬出去，玉米落地，如密集雨滴，鸡群扑上来，鸡吃玉米犹如刮旋风。

她问：那个黄毛怎么不来啦？他不是要给我治眼吗？

你别听他胡说，哪有瞎了眼点鼻子的？

兴许能好呢！老太婆充满希望地说，偏方治大病。

那我就去跟他说说吧。紫荆干巴巴地说。

第二天早晨，黄毛果然来啦，一进门他就高喊：瞎娘，前几天我出去贩了一趟虎皮鹦鹉，把给您治病的事忘啦。

你赚了吗？老太婆问。

赚了两只鹦鹉。

赚了就好，别管多少。

是咧。黄毛回答着。他看到紫荆嘲讽地对着他笑。他说：瞎娘，从今日起，我就开始为您治病。

瞎娘就盼着能重见天日哩，哪怕一霎霎也好。

嫂子，公鸡还在窝里吗？

在，你这个大大夫不来，俺怎么敢放鸡。

你别醋溜人啦。嫂子，帮我抓鸡吧。

老太婆听到鸡窝里群鸡惊叫。大公鸡激烈的反抗声尖锐刺耳。

黄毛抱着公鸡进了屋，公鸡在他怀里，立刻就安静下来，又睁着那两只金黄色的眼睛，居高临下地研究着人。他说：嫂子，你抱着鸡。她哆嗦了一下，心里一阵悸动，但还是伸出胳膊，把鸡抱到怀里，公鸡歪着头看着她。肉冠子憋得通红。

抱紧，嫂子。黄毛说。他从口袋里掏出一根四个棱的放血针和一个酱黄色的小瓶子，小瓶子里放着酒精棉球，他用棉球把针擦了擦，一手提起鸡冠子，迅即地刺了一下，公鸡轻轻地哼了一声，一滴暗红的血从鸡冠上渗出来，黄毛用一根火柴棒把鸡血刮下来，鸡血挑在火柴杆上，像一粒石榴籽儿。行了，嫂子，放走它吧，黄毛说。紫荆把鸡抱到院子里，蹲下身，轻轻地放开，公鸡回过头，在她手指背上狠啄了一口，抖抖羽毛，大踏步地跑了。

黄毛说：瞎娘，把脸仰起来。老太婆顺从地仰起脸，黄毛把那滴鸡血滴进她的鼻孔，然后捏着她的鼻子揉了揉。好啦，瞎娘，他说着，按着老太婆的下巴，把她的头按到原来的位置上去。

老太婆睁着两只明亮的眼睛望着黄毛，瞳仁里水汪汪的，满是梦幻的色彩。黄毛心里颤了一下，他简直不敢相信这双眼睛竟然什么也看不见。他甚至觉得老太婆这两只虎皮鹦鹉一般的眼睛把他内心深处的犄角旮旯全都照亮啦。他感到这两只眼睛深不可测，令人骇怕。瞎娘，他避开老太婆的目光，问，您有什么感觉吗？

老太婆正在用心体味着那滴鸡血，从它热乎乎地进入鼻孔后，她就感到全身的感觉在跟随着这滴鸡血。在仰着脸的时候，它蠕蠕运动到喉咙，喉咙里和鼻孔里都是一股子活鲫鱼的腥气。她说：热乎乎，腥乎乎。

除了热乎乎腥乎乎，您再没有别的感觉吗？黄毛小心翼翼地问。

鼻子有点酸——好，鼻子酸就要流泪——耳朵有点痒——耳道通着眼道——头皮也有点痒。紫荆，我头上是不是生了虱子——这说明鸡血在起作用，瞎娘，您别厌烦，我们每天坚持治疗，保证让您重见光明。

老太婆愉快地说：由着你吧，死马当成活马医吧。不痛又不痒，只要你和紫荆不嫌麻烦就行啦。老太婆说着，自己先笑了。她的笑声又尖又脆，像一个天真烂漫的小女孩。在她的笑声中，黄毛和紫荆一起走到院子里。站在院子里那棵香椿树下，黄毛难为情地说：你还生我的气吗？紫荆说：今年的棉花是不是要水种？黄毛不情愿地回答着：要是这几天能下一场雨，就不用水种啦，要是不下雨，怕是非要水种不可啦。不过你甭害怕，有我哩。我们在地里掘一眼井，种棉花时耠开沟，浇上水、撒种、盖粪、包垄，保证苗齐苗壮，无非是慢一点，累一点。紫荆很沉地看了他一眼，低低地说：那天是你自找着挨打。你不知道我心里多么难受。黄毛惶恐地点着头。

鸡血疗法进行了一个星期，老太婆身上开始出现奇迹。她感到浑身骨节隐隐发痒，院子里欢腾的阳光吸引着她。这天早晨，黄毛来得比往日晚，老太婆焦急地等待着。儿媳妇在院子里走来走去的脚步声使她烦躁不安。她听到那头猪在圈里又拼命地折腾起来——这头猪已经养了两年，买来时多大现在还是多大。那么多饲料也不知喂到哪里去了。

紫荆在院子里轻悄悄地走着，鸡还没放，头天晚上扫过的院子干干净净，夜露打湿了一层浮土，印下了她凌乱的脚印。每当她靠近猪圈时，猪就像狗一样地吠叫。这头猪体型矫健，四条腿粗壮有力，身体呈优雅的纺锤形。紫荆对这头猪是敬而远之。每次喂食时，它总是用嘲弄的目光盯着她，饲料里粗饲料稍多一点，它就会把食槽掀翻，掀翻食槽后就在圈里游行示威，大吼大叫。有时候，半夜三更它也发怒，声音如同狼嗥，一蹦一米多高。现在它隔着铁栅门对紫荆发怒。紫荆手持皮鞭抽打它。鞭梢反弹回来，把她自己的脸抽上一道血口。黄毛进来了。紫荆的两颗泪珠明亮地滚出来。黄毛摸过一根木棒，对准猪嘴就是一棒。它怪叫一声，把嘴扎进泥土里。

你怎么才来？你干什么去啦？不是说好了今天打井吗？紫荆委屈地说。

不着急哩，黄毛笑着说。今天中午我们带着饭在地里吃，半下午就掘出来啦，咱这地方水位高，挖上两米就见水。

你手里提着什么？紫荆问。

这就是虎皮鹦鹉呀！他说着，把鸟笼子举起来，两只色彩艳丽的鸟在笼子里跳来跳去。它们身上是黄绿黑三色相间，嘴巴像秤钩一样弯到毛里去，两只眼睛漆黑发亮，狡黠地盯着人看。

你打算干什么？紫荆被这对鹦鹉迷得心神不定，模模糊糊地说，你要把它放在这里吗？

黄毛用力点点头。转身走到房檐下，把鸟笼子挂在一个木橛子上。鹦鹉在鸟笼子里愉快地搧动着美丽的翅膀。

他和她看着鹦鹉，忽然听到眼前有轻微的声音。紫荆惊叫一声：娘，你怎么出来啦？你的腿——老太婆在院子里战战兢兢地走着，好像婴孩学步。紫荆刚想上前去搀扶她，但马上发现没有这个必要，老太婆的步伐顷刻之间就变得稳健踏实，她奓煞着胳膊，在院子里转着圈。紫荆抱住老太婆，兴奋地叫着：娘，您好啦！您的眼睛呢？眼睛也能看见了吗？——眼睛还看不见，老太婆说，黄毛呢？给我接着治，我的眼珠子发热，里边像有小虫子在爬。

黄毛呆呆地站着，心里说不出是高兴还是害怕。他和紫荆一起把老太婆扶上炕。在虎皮鹦鹉吵架般的叫声中，他又把两大滴鸡血滴进了老太婆的鼻孔。紫荆给老太婆盖好腿，说：娘，我和黄毛去打井，午饭在地里吃，您的饭热在锅里，您能走啦，到时自己拿着吃就行啦。

黄毛扛着铁锹和拔水杆子即将走出院子时，那只猪满怀妒意的尖叫声像针一样刺着他的背。他忍无可忍地回过头，见它正后腿直立，两条前腿搭在铁栅门的横格上，像人一样直立着。猪眼血红，牙齿咬着铁栅栏咯崩咯崩响。紫荆嗷了一声，退到黄毛身后，手使劲抓住了黄毛的背。她带着哭腔说：这不是个猪，这是个妖怪！它两年没长一钱肉，还用这样的目光看着我，我受不了啦。黄毛，我受不了啦。

黄毛放下工具，手持早晨用过的那根木棍，慢条斯理地走到猪圈门口。他脸上带着微微的笑容，轻蔑地看着猪，猪也轻蔑地看着他，粗大的鼻孔里呼呼地喷着气，喉咙里发出凶残的嗜血动物的叫声。黄毛抡起木棍，对准它的鼻子打下去，木棒打在铁栅栏上，断了，指头粗细的钢筋被打弯成弧形，他的胳膊震得像通了电一样麻木。猪仰倒在地，但打了一个滚就爬起来，对着铁栅栏猛烈撞击。栅栏摇晃着，訇然一声倒下去，猪蹿到院子里，发疯般地折腾着。院子里的鸡食钵子和泔水缸全被它踩碎撞破，不到五分钟，遍地都留下了它肮脏的蹄印。黄毛和紫荆手持铁锹和鞭子，也难以把它重新轰进圈。它就像马戏团里久经训练的钻圈狗一样，优雅地，轻松地躲避着一下下致命的打击。有几次，黄毛已经把它逼到墙角上了，但它轻轻一蹿，便从他的胳肢窝里溜走了。它的弹跳力那么好，空中停留的时间足有三秒钟，好像跃出海面的海豚。他和她气喘吁吁，筋疲力尽，它也口吐白沫，肚子一胀一瘪地喘气。虎皮鹦鹉喳喳地叫起来。太阳已近正午，他俩才想起打井的事。

在以后的十几天里，这头猪一直在院子里待着。它在鸡窝旁边用铲子般的嘴拱出了一个深深的洞做窝。黄毛和紫荆都很怕它，根本不敢萌动把它重新圈起来的念头。它一听到他的脚步声就从窝里把头探出来，喉咙里发出短促有力的吼声。无论在什么时候，只要一想到它，他就坐立不安。后来，他突然想出了一个办法。他从家里带来两个泡了酒的馒头，十分友好地放在了它的面前，它示威性地吼叫着，随时准备从他腋下或双腿间钻出去，他的友好的啰啰声稳住了它。他把那两个馒头放在离它嘴边两米远的地方，便慢慢地退回到屋里去。他躲在屋里，从门缝里看着它的动静。两个馒头就在它面前，散发着浓郁的酒香，引诱得它胃里的酸汁一阵阵直冲喉咙。它到底没能抵抗住诱惑，固然它或许模模糊糊地意识到了这黄头发人的居心叵测，但那种动物的见利忘义、见饵忘命的弱点害了它。它吃了两个馒头，不一会儿就感到筋酥骨软，醉倒在窝里，很响的呼噜从它的鼻孔里冲出来，吹动得窝边的泥屑跳动不安。趁着这个机会，黄毛和紫荆一起跑出来，就在鸡窝旁边点燃了一把麻秆，麻秆火毕剥作响，黄毛把一把大铁勺子放在火上燎着，勺子里两块鸡蛋大小的蜂蜡嗞嗞啦啦地融化着，最后化成一勺蜂蜜一样的汁液。黄毛一手持勺，一手把猪的右耳抖平撑开，把半勺蜂蜡灌了进去。猪哼了一声。猪的左耳里同样灌进半勺蜂蜡。麻秆火灭了，它还在沉沉大睡。黄毛和紫荆把猪抬进圈，用二号铁丝把铁栅栏固定在两根粗大的木桩上——其实这完全是多余，以后的事实证明，即使他们拆掉铁栅门，这头猪也不会离开圈半步。自从误吃蒙汗馒头被蜂蜡灌耳之后，它就变得呆头呆脑，眼里原先具有的那种嘲讽目光一扫而光，换上了一种醉眼蒙眬。它的行动也失去了往日的矫健，一天到晚，除了吃就是睡，体重以惊人的速度增长着。

那天上午，他和她被猪弄得六神无主，打井的事只好告吹。连续十几天，这头猪盘踞在鸡窝门口，连给老太婆放鸡血治眼的事也不能正常进行。这头猪在院子里的穷折腾也严重地影响了老太婆的情绪，所以，病情再也不见减轻。而这时，村里家家户户都开始浸泡棉籽准备播种了。每到夜晚，西南风刮起来，村庄里便弥漫着剧毒农药马尿般的臊气。连续十几天，天空中时时刻刻都有云团飘动，但一滴雨也不下，而且也很难看到近日内能够下雨的征兆。尽管去冬雨雪较大，但开春后滴水不落，持续不断的西南风像火一样把地壳表层的水都蒸发光了。春播必须水种似乎已成定局。土地承包之后，原先的水道和排灌机械全都烟消云散，家家户户都在地里挖井，准备用扁担挑水播种了。

黄毛和紫荆把猪的耳朵封闭，解除了后顾之忧，打井的事当天就进行了。这天，天上的云团比往日都多，但人们还是照旧挖井，谁也不敢指望老天下雨，县广播站那个公鸭嗓子女广播员的声音早晨在落满灰尘的纸壳喇叭里响起，她播讲了县气象站的气象预报，她说县气象站说今天有小到中雨，紫荆半信半疑。黄毛不屑一顾地说：听兔子叫耽误了种豆子。我知道，县气象站有四十多个人，养着一盆泥鳅，一盆蛤蟆。蛤蟆叫他们就说有小雨，泥鳅翻花他们就说有中雨，蛤蟆也叫泥鳅也翻花他们就说有小到中雨。他们四十多人加起来都不如我爹预报得准。我爹背上有块疤，下雨之前，他背上的疤就发痒。

他俩走到地里时，已是半上午光景，黄毛脱掉褂子，只穿一件灰不溜秋的白背心。他一身白肉，但看得出来这白肉很结实，弹性丰富，从他身上发出的那种小野兽的气味使紫荆心里突突乱跳。你先站到一边歇着去吧。等我挖下去两米，你再来戽水。黄毛说。紫荆说：我总不能闲着看吧？黄毛说：你就看吧。还没有个女人看着我干活哩。他深长地叫了一句嫂子。她痛苦地垂下头。

黄毛腿长胳膊长。挖土抡锨的动作大方舒展。他能够左右开弓，巧妙地利用惯性。紫荆看着他干活，在感受到幸福的时候同时感到蚀骨的痛苦。她远远地嗅着他那灼灼逼人的男子气息，感到了男子汉的力量。这才是个活生生的男人，他能用偏方治大病，能贩卖虎皮鹦鹉，还能治疗猪的神经错乱症。她仿佛看到他那黄毛覆盖着的脑瓜子里全是蜂窝一样的格子，每个格子里都藏着成千上万个稀奇古怪的念头，这些念头既实用又有趣，按照他的念头办事就像藏猫猫，一点也不感到吃力。这个男人正日益深入地参加到她的生活中来，他的挺拔光洁的枝干正诱惑着她青春的藤萝往上攀附。这种力量执拗又疯狂，理智的绳索捆绑不住它却又捆绑着它。每当她的感情的浪潮猛烈地冲过来的时候，那个模模糊糊的暗影会突然异常清晰地带着凛然的寒气出现在她的面前。在这暗影的面前，她像中了麻药一样，尽管心里恨不得倒海翻江，但手脚却如同死去一般……

前些天她到集上去，碰到了当姑娘时的同伴双儿。双儿同男人一块赶集。一个头戴人造革皮帽子脚上穿着塑料凉鞋的小男人骑在男人脖子上。双儿怀里抱着一个肉坨子一样的女娃娃。见面后就是一大套家常话。她问：这两个孩子都是你们的？双儿说：是呀。她说：不是不准生二胎吗？双儿说：不准归不准，生孩子归生孩子。她说：那你们领不到独生子女费啦。双儿说：得了吧，别膈应人啦。一月六块破钱，有它富不了，没有它也穷不了。什么年头啦，钱毛得像大风天刮豆叶，谁还稀罕那六块钱！告你说吧，俺这个嫚（她指指怀里的女孩）是花两千块钱买来的（看着紫荆不解的神情，双儿笑起来），不明白？罚款呀，生二胎罚款两千元，不交钱不给落户口，俺村里呀，三胎四胎都有啦。转过年，等这个娃娃下了地，我还要生一个，男孩女孩都不嫌，生一个赚一个，有人有世界。不就是几千块钱吗？俺这个掌柜的，骑着摩托贩虾酱，哪一个月也挣这个数，（她伸出五个指头，男人责备地瞪了她一眼。）你瞪什么眼？紫荆姐又不是外人！（男人笨拙地笑起来）紫荆姐，你还空着怀？我说你呀，犯的哪门子傻！快生吧，女人要是二十五岁不生头胎，往后出生的孩子，不是豁唇就是毛孩。李戈庄一个老姑娘三十二岁生头胎，生出来孩子一看，天呀，俩头一条腿！把医生都吓晕啦。姐姐，你们为什么还不生？噢（她恍然大悟），你是军官太太，觉悟高呀，不能跟我们这些庄户老婆比呀。（快走吧，啰嗦起来就没完，男人说。）你着什么急，俺姐妹好几年不见啦，想多说几句呢。（紫荆提着一罐虾酱）双儿说，紫荆姐，你提这罐虾酱，没准就是俺老头子从北海贩来的。（双儿把嘴附到紫荆耳边）紫荆姐，往后你千万别到集上来买虾酱，集上卖的虾酱，掺盐加水，骗人骗狠啦。（走吧，男人恼怒地说。）走啦，紫荆姐，（双儿拍着女孩的屁股说）叫大姨。（女孩呜噜着，嘴里含着一根粉红色的指头。）她提着那罐掺盐加水的虾酱，望着双儿一家消融在熙熙攘攘的人流里。

她不知道自己为什么要想了一大篇双儿的事。在她想着的时候，黄毛的身体渐渐下沉。犹如太阳慢慢落山，后来只剩下一片金黄的颜色，又后来连那片金黄的颜色也消逝了，只有一方一方豆腐块般的泥土，从地平线下飞上来。

嫂子！她听到他瓮声瓮气地喊。嫂子！他又喊。她惶恐不安地站起来，扯扯衣服下摆，一步步往前走。她听到他的声音是从地底下传来的，她看不见他，翻上来的褐、黑、白三色泥土筑起一圈土堰。向前走着，她感到正在一步步走向深渊。他继续呼唤着她，呼唤声牵拉着她往前走，她终于站在黄毛挖成的长方形大坑边缘上往下看。黄毛也仰着面孔看她。她看到他生动的脸上满是汗水，黄头发一绺绺地粘在额上。他那颗结实的喉结在绷紧的颈部肌肤之间明显地凸着，他的破背心也脱了，赤裸的背上流动着汗水的小溪，雪白的肌肤上溅上一层褐色的泥点。他赤着脚，已经站在水里。井里的水是浑的，几个指头粗细的泉眼在浑水中明亮地喷着。他亲切地看着她说：能行吗？她说：行。她叉开腿站在他的面前，把顶端绑着水桶的杆子伸到水里，一按杆，桶翻倒，装满水，提上来，倾倒，浑水唰唰地渗进干燥的泥土里，连点痕迹也不留。她面无表情地说：这地呀，干坏了。黄毛深情地注视着她说：我来浇！

她也是一把劳动的好手。黄毛站在井里，感动地看着她迅速准确地把一桶桶浑水提上去，看着她结实的腰肢在扭动，乳房在跳动，仿佛进入了梦境，她戽开了水，他往上挖泥。她在上边喘着粗气，也用梦一般的目光注视着他。后来，黄毛一锨掏出了一个鸡蛋粗的泉眼，水喷起两拃多高。她伸下拨水杆子把他拽上来。他的腿冻得通红，浑身上下没有一块干地方。她说：我们都是傻瓜，我们干么要打这么深的井？他傻乎乎地对着她笑着，浑身打着哆嗦，说：井深水才旺。她的心被他的笑容刺得很痛。她掏出一条手绢给他擦背，她的手在哆嗦，他的身体在她手下哆嗦得更厉害。

今晚上你在俺家吃饭。她说。

他们并肩回村时，天空布满乌云，夕阳淹在云海里，染出血样的波涛。东北边天际上，却哗啦啦地抖动着血红色的闪电。

不久，面对着人民法院那个和蔼的法官，黄毛如实地诉说了这个夜晚的经过，连一个细节也没漏掉。后来，人们把他送到不知什么地方去，他躺在一张窄窄的床上，翻来覆去地睡不着。他一点也不难过、一点也不后悔，他翻来覆去地咀嚼着逝去的甜蜜岁月……

那天他和她走进家门时，房子里已是漆黑一团，乌云压得很低，如同烟雾翻滚，可以用手触摸。猪在圈里安静地睡觉，虎皮鹦鹉在檐下睁着眼站着，大公鸡率领一群母鸡，不知发了什么魔症，全都不进窝睡觉，飞到院墙上，排成一队蹲着。紫荆点上两盏灯。一盏在老太婆屋里，照着黄毛激动不安的脸；一盏在堂屋里，照着她洗韭菜切腊肉。天气阴郁，被褥返潮，老太太心情不好，嘴里发出叹气声。紫荆说：你给你瞎娘说说话解闷，我剁馅包饺子，一会就好，你们别急。

在紫荆叮叮咚咚的剁馅声中，黄毛把疲乏的身体倚在墙壁上，天南海北地给老太婆讲开了。瞎娘，你听没听说过，王戈庄有一个女人清晨起来打水，突然看到井里有一朵蒲团大的红荷花，红荷花托着一个又白又胖的娃娃，女人被迷了本性，一头栽下去，淹死啦——荷花娃娃是勾死鬼变的，老太婆说——有一天下大雨，八个泥瓦匠跑到一座破庙里去避雨，那个雷呀，闪呀，连了片，成了蛋，火球在庙门前滚来滚去，庙里的人都吓得没了魂。其中一个说，我们八个人中，不知谁办过昧心事，不能让一粒耗子屎坏了一锅粥，谁有罪谁就出去。可是谁肯出去呢？于是你推我，我推你，混成一团，纠缠不清。又一个人说，这样吧，大伙儿都摘下斗笠来，从庙门往外扔，谁的斗笠被风刮出去，谁就出去受死。有一个人大着胆子拉开庙门，风呀雨呀呼啦啦地扑进来。大家轮流着往外扔斗笠，扔一个刮回一个，一直扔了七个，全都刮回来。只剩下一个人啦，他战战兢兢地拿起斗笠往外一扔，一阵邪风把斗笠卷跑了，那七个人说，说是你啦，出去吧。他哪里肯出？七个人不由分说，抬起来就把他扔出去啦——怎么样呢？这个人给劈死了没有？——瞎娘，你听我说。那个人被扔出去后，跪在地上。磕头如捣蒜，祷告着，老天呀，老天，您可不能冤枉好人啊！他正祷告着，听到身后嗯隆一声响，那座破庙整个儿坍了，四面墙往里倒，屋顶往下压，七个人一个也没逃出去，包了一个人馅大饺子——哎哟，竟会有这等事！老太婆连声感叹着。阴郁天气带给她的不快全都消失了。正当她兴致勃勃地听着黄毛讲下一个故事时，紫荆把热气腾腾的饺子端上来了。老太太余兴未消，说好了让黄毛吃过饭后接着给她讲。紫荆端过一碗海蜇皮，一碟松花蛋，对着黄毛撅了撅嘴说：后窗洞里有瓶酒。你喝两口吧，解解乏。老太婆说：喝点吧，出了一天力。黄毛拿过酒来，咬开瓶盖，连喝了三大口，酒劲很快上来，他的脸上泛出桃花般的艳红。紫荆从他手里把酒瓶夺过来，咕咚灌进一口，眼泪顿时盈了眶。黄毛的脸飘浮在袅袅的白色蒸气里，像个幻影一样忽远忽近。

吃过饭后，院子里的水桶叮叮咚咚地响起来，树枝和瓦檐都响起来。三个人都不敢出声。还是老太婆说：下雨啦，紫荆去盖上咸菜缸，落进了雨水会生蛆。紫荆说：盖好啦。黄毛说：这下不用水种棉花啦。今日白打了一口井。紫荆说：你先别高兴，还不知道能不能下大呢。黄毛说：已经下大啦。你听，已经下大啦。

在淅淅沥沥的雨声中，老太太的情绪更好了，她催黄毛继续讲那些奇闻轶事。紫荆也用目光鼓励着他，于是他就说：瞎娘，前屯一头牛生了两个犊，一头五条腿，一头三条腿，家主是个老头，心里难受得要命，儿子却高兴极了。他说，爹，你还难受，咱爷们的财运来了。他把牛赶到集上，卖票让人看，一年就成了万元户。东北有一头牛，天天跟老虎打架……黄毛讲着，老太太打起了鼾。雨还在下，窗口吹进来一阵风，把两盏灯全刮灭了。紫荆走出婆婆的房子，黄毛紧跟着。站在堂屋门口，望着灰白的雨夜，听着成片的风声雨声，两人都不说话。渐渐地，暗夜已经遮不住他们的眼睛，彼此都看着对方朦胧的面孔，彼此能听到心跳声。撩人的雨声一阵密似一阵，从雨里穿过来的风灌进堂屋，凉飕飕的，挟带着很远的田野里的泥土味。她抱住膀子，他也抱住膀子，都感到对方像炉火一样暖烘烘的，他们都想往前跨一步，但中间一个阴森森的暗影挡住了他们。他的心紧张得像要裂了，她的心痛得像要碎了。她哽咽着说：你走吧——要我走吗——你走吧——我不走，我不愿走……他猛扑过去，紧紧地搂住她，把她的骨节勒得格巴格巴响。她用力把她推开。他摇摇晃晃地朝外走，她跟在后边送他。冰冷的雨点抽打着他和她裸露的肌肤，使他和她都感到彻骨的寒冷。在院门口，小小的门楼遮住了雨。这个门楼是这样的小，乱纷纷的雨箭抽不着他们的上半身，却把他们的下衣抽打得啪啪响。门口那株垂柳纤瘦的枝条不停地颤抖，冷滞的空气也簌簌颤抖。无边无际的紫云在天地之间浮动着，到处都是令人心痒难挨的秘密。院墙上传来一阵吱吱的呻吟声，那一队鸡还蹲在院墙上，一动也不动。紫荆泣不成声地说：黄毛，这道门槛，我迈不过去啦……她猛地关上门。泪珠密集地涌出来。她手扶着门站着。她知道他也在门外站着。她非常后悔，她觉得通向幸福的大门被关住了。她想：黄毛，你推开门进来吧……雨声愈加响亮和稠密，鸡的呻吟声变成了低低的哀鸣。她感到自己的心在一刹那间猝然破碎了，一种末日来临的感觉攫住了她。她不知道是自己拉开了门还是他推开了门，两个灼热的胸膛紧贴在一起，他把她抱起来，她把脸伏在他的颈窝里，贪婪地咬着他，闻着他身上那种热烘烘的，在阴雨天气愈加浓重的熟羊皮味道。

四月十五这天夜里，一轮巨大的月亮高挂在白花花的天空中，天上所有的星星都黯淡无光，若隐若现，明亮的月亮简直像一个爽朗的太阳。地上所有树木的影子都很浅，几乎难以辨认。老太婆听到檐子下笼子里那两只鹦鹉发疯般地噪叫着，燕子和蝙蝠在空中结伴飞翔。梨花开遍枝头，蜜蜂倾巢出动，忙忙碌碌采集花粉。大公鸡带头冲撞堵窝的木板，撞开一条缝，它钻出来，母鸡们也跟着钻出来。它们在院子里转了一圈，便一齐飞上院墙，在墙头上蹲起来。

连日来，黄毛给老太婆讲了上百个稀奇古怪的故事，使她的心情特别舒畅。她甚至觉得这段生活比瞎眼前还愉快。她经常听到儿媳妇欢喜的大笑，儿媳高兴她也高兴，但她听出儿媳的笑声里有一种微妙的嘈杂之音，这声音使她感到隐隐不安，但自从黄毛来走动之后，毕竟是欢乐的气氛笼罩了这个阴沉沉的家庭。现在，她每天都在院子里晒太阳、走动，对院子里熟悉到了不需要眼睛的程度，当她在院子里活动时，谁也看不出她是一个瞎子。

过分明澈的月光打乱了飞禽和昆虫的生物钟，也使老太婆保持了很长时间的愉快情绪遭到了破坏。她看不到月亮，她感觉到了月亮，她觉得一轮红月亮挂在儿媳妇的脸上，又大又圆。她又失眠了。这一夜里，她听到的声音使她在以后的残年里经常像闪电般忆起，每每忆起这一夜里发生的事，她就感觉到炙人的火焰飞快地啮咬着她生命的蜡烛头。

黄毛是在挂钟敲打九响的时候走的。她听到紫荆出去送黄毛，大门开了又关上。开门声和关门声都带着一种鬼鬼祟祟的杂音。她听到紫荆回来了，紫荆好像故意踩着脚走路，极不自然地咳嗽着，好像要掩饰什么似的。多年前的经验被现在的生活突然照亮了，她惊惧得几乎要背过气去。在一阵急遽的颤抖之后，她终于平静下来，悲哀压倒了惊惧，老年人那种超然的生活态度使她平息了心中的波澜。

她想尽力地睡去，但越强制自己，耳朵就越灵敏，儿媳房中各种细微的声响都一无遗漏地被她听到了。她想欺骗自己也不行了，这件事情终于不可避免地发生了。她的手指又痉挛地抚摸起龙凤图案。她竭力想回忆起儿子的模样，但怎么也想不起来，儿子留给她的回忆是一团脏石灰一样的影子，就连这团影子，也总是和那黄头发的孩子重叠在一起……

后来，有一团橘黄色的云不知从哪儿冒出来，在无边无际的空中追赶着月亮。那团黄云毛茸茸的，形状像只长毛狮子狗。月亮不时被狮子狗吞没，又不时从它肚子里钻出来。这种残酷的游戏一直延续了两个多小时，那天晚上出来走动的人都有幸看到了这场只有童话中才能出现的好戏，如果想象力丰富，完全可以听到狗吞月亮时那种野性的咆哮和月亮匆匆逃跑的喘息，还可以看到幽蓝的狗眼和鲜红的狗舌，狗嘴里的涎水像玻璃纤维一样在空中飘舞。

狗状乌云和月亮搏斗着，天地间时而明朗如寒冰，时而晦暗如浓荫，开旷的原野和狭窄的土路，挺拔的佳木和瑟缩的小草，都在这场搏斗中变幻形状和颜色；万物灵长和鳞芥小虫，都能感觉到这变幻的世界。

他在那条乡镇通往村庄的土路上急匆匆地走着，暖洋洋的热风送来小麦花的淡雅香气。路旁的树木枝条不时地拂动着他的脑袋与肩头。月亮钻出来时，他看到头上的树枝在幽冥中闪着银子一样的光芒，昆虫在枝条上啼叫不休；月亮隐进云里时，灰色的道路变成深褐色，树木懵懂似巨人，狰狞如怪兽，虫子的叫声也因天气灰暗而变得阴沉凝滞。若干天后，他曾写过一份很长的交待材料，在这份材料的一节里，他写了这一天的经历。

我是下午三点钟在乡镇汽车站下车的。这次回来，我进行了周密的计划。我穿着便装，戴着墨镜，提着一个皮包。乡镇离我们村庄有十二华里路程，为了避人耳目，我不能在白天进村。我躲进镇西头一家小酒馆里。酒馆临着大街，街对面是一家挂马掌的铺子。一个肌肉发达的小伙子光着膀子，穿着裤头，腰间围着一块破破烂烂的蓝布，左臂揽着一条马后腿，右臂操着一柄明晃晃的铲状马蹄刀，非常迅疾地切削着马蹄。一个面孔红红的老头子，站在旁边，用挑剔的目光看着小伙子。马掌铺的东边是一家铁匠铺。西边是一家修车铺。买卖好像都很好。我走进小店，掌柜的立即起来迎接我，这是个三十多岁的妇女，身体粗壮，四方大脸盘，说话高声大嗓，热情逼人。我要了一碟花生米，要了一碟鸡脖子，要了一瓶葡萄酒，选了一个靠窗的位子坐下。小酒店里总共有二十几个位子，除了我之外，还有两个花白胡子的老头坐在那儿喝闲酒。女掌柜站在柜台里，手拿着一个油腻的魔方翻来覆去地转。我透过墨镜发现她不时把目光投到我身上。我穿着黑衣黑鞋，黑皮包黑墨镜，从头黑到脚，难免有几分怪诞。女掌柜看着我时，胖脸上的肌肉在微微抽搐。我索性不去管她，枯燥无味地嚼着鸡脖子，把目光投到街上去。小马蹄匠旋风般的手脚令我惊叹不已。他的光背上汗水淋漓，肌肉像一只只小老鼠滋溜溜地跑动。街上不时滑过一两个熟悉的面孔，全都是神色冷漠，急匆匆赶路。他们根本想不到会有一个往日的熟人正透过脏乎乎的玻璃窗观察着他们。一只猖獗的苍蝇在客堂里飞行着，嗡叫声刺耳，苍蝇寻找着光明想冲出去，但一次次都被玻璃挡回来，最后一次，撞得晕头转向，跌落在窗台上，肚子朝天飞速旋转，发出哭一样的叫声。对此，女掌柜和两个老头子无动于衷，不视不见。我几次想起身去把苍蝇捻死，但稍一动作，女掌柜的目光便像闪电般地亮起来。我对她这种目光非常反感，带着报复的心理，我抡起筷子，把苍蝇打成好几段。我把沾着苍蝇血肉的筷子猛掷在桌子上，手插进口袋里，狠狠地盯着女掌柜。女掌柜的大脸立刻就变得煞白。她扔下魔方，拿起抹布走过来。她弄走死苍蝇和脏筷子，又送过一双筷子来，连声道歉道：同志，咱这店条件差，请您多包涵着点，俺一个妇道人家，初次挑着门面做生意，年纪轻，谙事浅，全仗着党的好政策撑腰和上级领导的关怀。

她说着，那双眼却紧紧盯着我那只插进衣袋里的手，好像我的手里握着一枚炸弹似的。她说：您是从县里下来的吧？咱店里有政府发的营业执照和卫生合格证，凭着良心做买卖，不坑人骗人，您多来几次就知道啦。我掏出手绢擦擦嘴说：我是从省城来的。她的神色立即缓和了，问我：您还要点别的吗？我说不要，她就款款地走了，走回到柜台里继续转动她的魔方。

我在小酒馆里一直坐到暮色苍茫。两个老头子走了，街上行人渐渐稀少，修车铺和马掌铺收了摊，铁匠炉不打铁却在炒菜，一股新鲜蒜薹炒猪肉的香味直扑进小店里来。女掌柜撅着嘴看着我，好像有话要说。我站起来，走到柜台前，说：算账。她说：块儿八毛的，算啦吧。我把一张大概是五元的票子扔在柜台上，抽身便走了。

在路上我故意走得很慢，十里路磨蹭了两个小时，走到村头时，抬腕看表，已是九点多钟。我走进一块麦田，坐下来。麦子长得很好，麦穗儿又长又大，地上落着一层白茫茫的小麦花。我拽着两根麦芒撕下两颗麦粒，用牙齿把麦粒从糠皮中挤出来，麦粒很软，像饴糖一样香甜。节气刚刚是小满。这是成熟的前夕，收获的季节就要到了，我选择了这样一个时机回家确实很巧妙，我知道假如我明天碰到村里人，他们会说：天球，胖了呀！是回来帮紫荆收割麦子的吧？但我不是回来收割什么麦子的。我是回来收割烦恼和污秽的。什么事情只要开始干，必然有结果。我是要使这件事情有结果的，这结果早就在我的脑子里出现过，我牢牢地掌握着它，它是我网里的鱼，是逃脱不了的。

我在麦田里吸了两支烟，十点整，我拉开皮包，把照相机上好胶卷，挂在脖子上，把一支安了新电池的电筒装进口袋。选择了一个标志，藏好黑皮包，便蹑手蹑脚潜进村庄。那团黄色的狗状云好像为了配合我，又一口把月亮吞掉了。月亮射穿狗肚皮，透出暗淡的黄光，天地万物都变得疯狂神秘。一排排尖脊草屋，一棵棵高树或低树，杨树柳树或者槐树，槐花在渐渐渗透出来的朦胧月色下，像一群白蛾在翩翩地飞动。槐花的闷香像海水一样弥漫着，我感到透不过气来啦……

风吹来，把香气吹成带状。他是沿着村后的小路走的，他不愿走大街。他穿行在香气弥漫的树林里，看到风动树枝时，白花花的花瓣像雪花一样沾着浅蓝的月光飘落下来。槐花有的正在盛开，有的正在凋落，香气来自盛开的花朵，凋谢的花朵发出的是无可奈何的枯萎气息。树下有两团黑乎乎的东西在翻滚。月光猛烈地泻下来，他看清是两条狗在嬉耍，一阵不可名状的愤怒使他弯下腰，摸起一块坷垃，对着两条狗打过去，狗悲惨地叫着，拖拖拉拉地跳到树的暗影里。

站在家门口时，他感到脑海里是一片荒漠般的宁静。小小的门楼，低矮的土墙，寒碜的草屋，全都依然如故。他不敢想象在这个小院里能发生那种事情。他的手几乎要举起来敲打门板，让自己的妻子来开门，然后他堂堂正正地登堂入室，但他的手抬不起来。他明知跳墙入院是深刻的讽刺，但还是要跳。他宁愿一切都是假的，一切都没有发生。如果是那样，他就要跑到村头，找到皮包，返回县城，买上尽可能多的礼物，像一个孝顺儿子多情丈夫一样，正大光明地走进院子。眼下，他只能跳墙头，像鼠窃狗偷，像山猫野兽。令他惊惶不安的是蹲在墙头上那一队鸡。鸡们一律头冲外尾冲里，当头是一只大公鸡，羽毛灿灿地反射着月光，它歪着头，用挑战的目光看着他。他寻找着鸡队的空隙想翻墙入院，可是鸡队在公鸡的指挥下，在院墙上急速运动着，使他无法伸手上墙。他怒气上冲，瞅准空子，一把攥住公鸡脖子，用力一拧，鸡脖子很脆地响了一声。他一松手，公鸡头朝下栽在地上，两条腿蹬着，翅膀扑棱着，转了几个圈，就一动不动了。母鸡们胆怯地挤成一堆，再也不敢捣乱。他攀住墙头，耸身跳进院子。他悄悄地向窗口靠拢，檐下的虎皮鹦鹉唧唧嘎嘎地噪叫着。他踮起脚尖，摘下笼子，伸进手去，捏住一只鹦鹉，用力一挤，那鸟儿的内脏全破裂了。他又攥住了另一只鸟儿，鸟儿的心脏在他手里可怜地跳动着，他的手脖子有点发软，但还是用手把鸟儿捏死了。他屏住呼吸,走到那个熟识的窗户前站定。窗纸被莹莹的月光照得像死人面孔一样惨白。在很长的时间里,他冲动得站立不稳,耳朵里嗡嗡响,什么也听不见。猛烈的心跳声和喘息声连他自己都感到害怕。他咬住嘴唇,感到一股热血顺着牙缝渗进嘴里。他终于稳住了自己,用舌尖在窗纸上慢慢舔出一个二分硬币那么大的洞。他把一只眼睛贴在破洞上往屋里看,屋里的一切都是模糊的,什么也看不清。他坚持着,坚持着,终于适应了屋里的黑暗。他辨别清了悬在墙上的大镜子和挂在墙上的钟表,看清了屋里的箱、柜、橱桌,还有那条磨得溜光的红木炕沿。挂钟突然发了疯,嘡嘡嘡连响十二声,吓得他心脏紧缩。这时,他听到了一个女人和一个男人的低语声。他像野兽般呻吟着,他感到心脏像开花炸弹一样迸然炸开,他依稀听到自己胸膛里发出一声干巴巴的嚎叫,格子木窗在一阵疯狂的打击下全部断裂,窗户像墙壁上豁开的一个大嘴。他没有跳进屋去,他就那么把踞着窗户,揿亮了手电筒,月光和手电光一齐闯进屋去,光柱罩住了两个年轻的躯体……

你们……你们干得好事……他说,他的头颤抖着,嘴唇哆嗦不听使唤。

是你？紫荆捂着眼,遮掩着刺目的电光。

天球大哥,黄毛双膝跪在炕上,哀求着,天球哥,饶了我们吧……

没有他的事,是我招他来的。紫荆说。

你们这两只狗！他看着他的璀璨的黄发和她光滑的黑发,大声骂。

天球大哥,既然你不喜欢紫荆嫂子,就成全了我们吧。瞎娘就是我的亲娘,我一定把她老人家侍奉好,你无牵无挂地去闯世界……

放屁！他怒骂着。在手电光下,紫荆赤裸着的丰腴肉体更激起他满腔怒火。他把手电筒固定在窗台上,举起照相机,把一个胶卷全拍完。闪电灯噼噼闪着蓝色的电火,照得他像春天里的麦苗一样碧绿。他跳上炕,狠狠地踢了黄毛一脚,喊道:滚你的!

他点亮油灯，把电筒熄掉，坐在凳子上，点燃了一支烟，月光一无遮拦地泻进来，油灯火苗儿鬼火一样跳动着，紫荆背对着他跪着，平静安详。

你说：是怎么和他勾搭上的？从什么时候开始？你聋啦？哑啦？

任凭他怎么吼叫，紫荆一声也不吭，他扳着她的肩头转过她的面来。那麻木冷漠犹如塑像的面孔使他闷得好像要窒息。他把烟头按到她的胸膛上，听着烟头烧灼皮肤的滋啦声，他觉得自己已经疯了。

你说不说？

她眼里涌出成串的泪珠。她扑在炕上，身体扭动着，像刚钓上水的银鳗鱼。银色的月光涂了她一身，那么白，那么亮，那么光滑。胜过那尊塑像一万倍。他俯身把妻子抱住，说：紫荆，我原谅你，只要你改正错误，我会好好爱你。在他的抚摸下，紫荆的身体像离水多时的银鳗鱼一样，渐渐地僵硬了。

老太婆在房子里低低地呜咽着。

这个皎洁的夜晚像一块巨大的烙铁，在老太婆心头烙下了一块伤。这块伤在她剩余的岁月里一直没有痊愈。她不敢回忆，却偏偏要回忆，就像俗语所说的"牙痛长，腿痛短"一样，十件愉快事一年就会忘记，一件伤心事一辈子难以忘却。那天晚上，她呜呜咽咽地哭着，听到儿子走过来叫娘。她说：球呀，你媳妇没有错，黄毛也没有错，错都是我的，都是因为我这个老不死的拖累你们了。

儿子在家里住了两个月。黄毛再也不见踪影，公鸡死了，虎皮鹦鹉也死了，院子里死气沉沉，只有儿子在院子里踱步的踢踏声。鸡血疗法不得不停止了，老太婆的下肢又麻木不仁，不能行走了。她的目光日益浑浊，听力也一天不如一天，儿子归队时，撕裂嗓子跟她道别，她像墙壁一样坐着，连一点反应都没有。

第二年，第一树桃花猝然开放那天，老太婆清晨起来就让紫荆给她梳头洗脸。紫荆侍奉着她，她笑了一声，就咕咕噜噜地说起呓语来，若干年前的事情她还记得非常清楚。她说十八岁时被卖给一个五十多岁的布贩子，布贩子经常打她，折磨得她遍体伤痕。不久，布贩子的侄子像从天上掉下来一样突然出现在她的生活中。这个侄儿比她小一岁，是一个高高大大的小伙子，性格很腼腆，叫一声婶婶，他脸红她也脸红。那年冬天，老头子出远门贩布，侄儿带着她跑啦。跑到这个土地宽阔人烟稀少的地方……老太婆的话把紫荆吓得遍体流汗，她大声叫着：娘，你醒醒，别说胡话了。

老太婆又笑起来，眼里放出珍珠般的虹彩，她说：好啦，不说了。你把我抱出去吧，抱我去见见太阳。

紫荆在院子里放了一个大笸箩，笸箩里铺上被子，她把婆婆像婴儿一样放进去。阳光照着老太婆千皱百摺的脸，老太太微笑着，好像入睡一样，紫荆喊她她也不应声。正午时分，柳絮像麦花一样飘落下来，老太婆身上落满了白雪……

他回家为母亲办丧事，顺便发现妻子挺起了肚子。于是他拍电报续假。紫荆什么也不对他说。他心里疑虑不安，屡次去医院请教医生，医生每次都很客气地接待他。他跑进县城，为紫荆买来衣服和补品，紫荆好像没看见。婆婆死了，她感到更加孤单，婆婆临死前的独白使她惊心动魄。这个转着圈讨好的男人使她反感透了，听了婆婆临终一席话，她心里那种犯罪感消失得干干净净。现在，当他用泥鳅般的手指抚摸她时，她往往厌恶得想呕吐。

妻子的冷漠态度使他非常烦恼，连续十几天，他一直躲在母亲房里看书，但字里行间往往出神出鬼，搅得他心惊肉跳。他盼望婴儿早日出生，婴儿也许会成为沟通感情的桥梁。他对妻子的冷漠采取忍让态度。有一次他曾试图解释，他说：紫荆，逮捕他我也不愿意，可你要知道，王子犯法，一律同罪，法律是神圣不可侵犯的。没等他说完，紫荆就把一个碗扔在地上，在瓦片的破碎声中，他感到火冒三丈，但瞥见她那大肚子，他又连忙装出笑脸，把瓦片拾出去扔到鸡窝上。

这天傍晚，他正在院子里瞅着香椿树紫红的嫩叶发呆，忽听到紫荆发出压抑不住的痛苦呻吟，他急忙冲进屋去，看到她正弯腰收拾着包袱，豆大的汗珠挂了满脸。

公社卫生院就在他的村前三里远的原野上，他匆匆忙忙找来一辆平板车，想把妻子拖到医院去。紫荆坚决不坐车，她咬着牙，挺直腰，一步步往医院挨，他拖着车跟在后边，一副狼狈相。

公社卫生院只有十几间房子，房子是东西方向，在最西头，靠近厕所那个门口，挂着与妇女婴儿有关的四块白牌子。当他和妻子走进房子时，一个婴儿正在布幔后边呱呱地叫着，一个护士模样的人穿着沾着血迹的衣服出来找剪刀。见到穿军装的他，她把沾满鲜血的双手一挥，怒冲冲地说：男人出去。他只好退回去，房子里还坐着两个大肚子妇女，一个个咬牙瞪眼，惊恐不安。他确实是在退出房间那一霎真情地抓着紫荆的手，那两个大肚子妇女惊恐不安的脸上表现出妇女特有的那种对恩爱夫妻的敬慕表情。紫荆挣脱手，背过脸，说：你走吧，走吧。

他无可奈何地退出这个伟大又残酷的房间，在医院前崎岖不平的空地上徘徊。天黑了，又是一轮巨大的月亮低低地升起来，这月亮似曾相识，面对明月，他思绪纷纭。这时，路上飞奔来一辆马拉的双轮车，一个小伙子啪啪地鸣着鞭，催着马，马车停在那间房子门口。很快，一个头顶棉被的妇女上了车，车上响起了婴儿的哭声。小伙子用手挽着马嚼铁，小心翼翼地，像拉着一车玻璃器皿。

一个陌生的声音在他身后说：到屋里来吧，到屋里来吸烟。他回过头，看到一个三十岁出头的憨厚汉子站在门诊室门口对他说话。汉子脸上的坦诚表情使他很感动，他顺从地走进门诊室。屋里没有医生也没有病人，连他是三个男子汉。憨厚汉子掏出烟给他，他接了。憨厚的汉子又把烟递给那个蹲在椅子上的非常年轻的小伙子。他怀疑地看着小伙子生着一层柔软茸毛的黄嘴巴，问：你也是——是，小伙子说，老婆生孩子，生孩子也要排队挨号哩。他的话语中，透出一股强烈的当家做主的大男子汉的味道。他推开憨厚汉子递过来的纸烟，说：这烟没劲，不过瘾，我还是抽这个。他从口袋里掏出一个油腻发亮的烟荷包和一支假玉嘴湘妃竹竿的铜锅烟袋，老练地吸起来。

他被这个小大人强烈地吸引住了，他专注地看着他，总感到这是一个假冒大人的恶作剧的顽童。

门外传来叫声：陈老三，快点，你老婆生啦。这个一本正经的小大人收拾起烟荷包，不紧不慢地往外走。

他更没想到这个小毛孩子竟叫“陈老三”，他感到这个小小陈老三身上隐藏着一种无法形容的气质。他跟出去，看到陈老三把停在路边的小马车赶过来，熟练地吆着马，调转了车头，把鞭子插在后鞦上，提着一床被子进了那间屋。陈老三把被子包着的女人像搬麻袋一样搬出来，粗手粗脚地扔在车上；又进去一趟，抱出了婴儿。他听到陈老三对车上的女人说：哎，接着娃娃，你挺起来，别出这个熊样，人都是自己娇惯自己，你看到马下驹子牛下犊子了吗？坐好，走喽。车过门诊室，陈老三对着他招招手，说：大哥，明年老婆生娃时再见。

半夜时分，憨厚汉子的老婆也生了。门诊室里只剩下他一个人。他在屋里再也坐不住，便走出去，在房子前来回走动。月亮升到中天，四周寂然无声。突然，紫荆撕肝裂胆般的哭叫声从屋里传出来，他站在门口，双手扶着冰冷的门框，全身上下有凉透了的感觉。紫荆的哭叫声越来越高，他的泪水不知不觉流到腮上。他用力推门，门是插上的，他恍然觉得这不是间产房而是间屠宰房，他的妻子正被人宰杀着，发出那种垂死前的挣扎声。后来，嘶叫声变成有气无力的呻吟，他心里松了一口气，他聚起全部的精神等待着那一声圣洁的儿啼。但是没有儿啼，屋里传出女人的低语声——五百吗——一千吧——紫荆，你是想要个死孩子呢，还是想要个活孩子？孩子已经窒息了，还有半小时，你好好配合，生他出来，我还能救活他，要是超过半小时，就没希望了——让她丈夫进来吗？——不，不，不要他进来（这是紫荆的声音）。

孩子，你出来吧！他默默地祝祷着。在这样的关头，他宁愿天地间存在着无数助人为乐的神灵，而不愿做一个唯物论者。孩子，你干么不出来？难道你怕见爸爸吗？

第二天早晨，太阳从东边出，月亮在西边落。东边是血光，西边是银光。这时，他听到紫荆惨叫一声，便没了声息，他的心很沉地落下去，不祥的云团一下子蒙住了他的眼。屋子里传来噼噼啪啪的拍打肉体的声音。——哭呀——他听到一个女人说——狠打，打这个狗小子，看他哭不哭。

他站在门口，惘然不知所措。一声响亮的婴啼，把他惊醒，他不敢相信这是真的，听着婴啼，他以为是长时间焦急等待引起的幻觉。

门往外推开了，他被推下台阶。站定后，看到一个花白头发的女医生正在脱血迹斑斑的白大褂，那个年轻的护士模样的女人帮她扯下袖子。女医生对着他点点头，慈祥地说：年轻人，崭新的爸爸，进来看看你的儿子吧。他如履薄冰般地进了屋，每一步都走得异常艰难，在焦虑等待的整整一夜里没出现的现象出现了，他双膝发软，心律紊乱，他恍然觉得，这个孩子生着一头肮脏的黄发。

这个小家伙，懒得真可以，在娘肚里待了少说也有三百五十天。护士模样的女人说。

听着护士的话，他差点没瘫在地上。

进去呀，护士搡了他一把，说，还怕羞呢，看看你制造的头号炸弹。

他站在布幔里，看着紫荆。她躺在产床上，肚子凹下去，脸色惨白，看不见呼吸。在产床旁的一张小床上，放着一个腰扎白绷带的粉红色的婴儿。婴儿正啃着皱皮的手，双目活泼如黑豆，滴溜溜地四下逡巡。婴儿头上，没有一根头发，光秃秃像个小瓢。

他坐在故乡布满白花花碱土的小河床上，回想起了他与这个婴儿持续了两个多月的感情纠葛。他原想靠婴儿连结起他和妻子之间的感情桥梁，可是，当他第一眼看到婴儿那愤世嫉俗的目光时，他的心就凉啦。固然婴儿头上没有毛，但他已从心理上排斥了这个小妖怪。

果然，在以后的日子里，他感到自己像一个局外人一样围着这母子俩转圈。紫荆把全部热情都倾注到婴儿身上，她坐在炕上，目不转睛地盯着孩子的脸，他把饭菜送到她面前，她才把目光从婴儿脸上移开，像陌路人一样看他一眼。

一个月后，他第一次躺在她身边，婴儿拼命嚎哭，嗓子嘶哑得像病猫。她说：求求你，你别靠着我，娃娃怕你。他恼恨地披衣下炕。他一离开，婴儿立刻衔住奶头，咕咚咕咚咽奶水的同时，还从鼻子里发出蒙冤受屈的哼哼声。躺在母亲炕上，他通宵失眠，心中的怒火在时强时弱地燃燃烧着，但始终未熄灭，他脑子里不时跳出婴儿那两只乌溜溜的眼睛。他的手腕子扭动着，痉挛着，他觉得这个小东西什么都懂，简直是某个人的化身。

第二天晚上，他又躺在她身边。婴儿更加愤怒地哭起来。他的哭声老练成熟，经验丰富，绝对不像个把月的婴孩的那种基于条件反射的哭声，那种哭声顶多和饥饱冷热等纯生理的感觉联系着，而这个婴孩的哭声里，则丰富地表现出了某种极端的感情。他没说一句话就从妻子身边走掉啦。

要不，等他睡了你再过来。妻子用一种履行义务的麻木口吻对他说。

你给我滚到一边呆着去！他粗鲁地骂着。

半夜时分，妻子来到他身边，刚刚躺下，婴儿又嚎哭起来。他说：由着他哭。

不，不能让他哭。妻子抽身就走啦。

白天，他跑到卫生院找到那位女医生，详细地询问了许多问题，女医生困惑地看着他，但还是有问必答，不厌其烦。

有一天上午，妻子用一片鲜姜摩擦婴儿光滑的头皮。很快，婴儿头上就生出一层茂密的黄毛，这层黄毛使他无法平静，每看一眼，都会引起一阵触电般的颤动。

逢集日那天早晨，他说：我明天就走。这两个月没侍候好你，你多原谅吧。

紫荆叹了一口气，把熟睡的婴儿放在炕上盖好，说：什么也别说啦，咱们好说好散。你也不愁找不到个人，我等着黄毛出来。现在我还是你的老婆，想怎么着都由你。

生过孩子后，她更加丰腴艳丽，身上洋溢着一股新鲜的奶水味道。他怔怔地望着她，颓丧地说：我早就原谅了你的错误。

那你就送人送到家，行好行到底，高抬贵手，成全了我吧。

他说：你不后悔吗？

她笑了。她说：咱们到底是夫妻一场，你既然要走，我该给你送送行。我去集上割点肉，买点菜，你在家看着孩子，我借辆自行车骑着，半个小时就回来。

她转身向外走去。他看着她运动中的结实的背影，心里一阵阵发热。

阳光照进来，铺满婴儿的脸。那头丑陋的黄发令他心烦意乱。他手心里满是汗水，胸脯闷得透不过气来。婴孩忽然睁开眼，看着他扭歪的面孔，大声嚎哭起来，婴儿的五官挤成一团，泪水把眼睫毛浸得湿漉漉的。

他恍惚脚下踩着云团，忽悠悠地飘起来，灵魂出了窍，支配他的肢体的不是他的灵魂而是另一个灵魂。他用虎口压住了婴儿的咽喉，婴儿的哭声消失了，小脸涨得通红。他把虎口松了一下，孩子的哭声又冒出来，这时的哭声非常凄楚，令他毛发直竖。他又把虎口压下去，孩子又无声无息了，小脸像个紫茄子。他又松了手，听到婴儿发出几声虎皮鹦鹉般的叫声。他闭上眼，把虎口用力一紧，手指感觉到咽喉里的破碎声。破碎的是婴孩的咽喉，但一股血腥味却从他的喉咙里直冲上来，他哇哇地呕吐起来。

孩子终于安静了，不哭也不动。阳光照着他满是细绒毛的脸，一道道的云影从脸上飘过。他的脸色渐渐变淡，变白，从小小的鼻孔里渗出两缕鲜红的血。他的眼半睁着，一线蓝幽幽的目光温柔地射出来。他的两只手又白又大，手指甲像透明的贝壳，透过指甲盖，似乎能看到那尚未凝固的鲜血还在毛细血管里运动。这真是个好孩子，这个孩子死啦。

这个孩子被我扼死后，直挺挺地躺在我的面前。他的额头苍白宽阔，双腮饱满，嘴唇微微张开，嘴角上还残留着一缕若隐若现的嘲弄人的高贵表情。我非常后悔，我看到他的头发像一缕缕黄金拉成的细丝，每一根都闪耀着迷人的光辉……

1985年元月于高密平安庄

爆　炸

一

父亲的手缓慢地举起来，在肩膀上方停留了三秒钟，然后用力一挥，响亮地打在我的左腮上。父亲的手上满是棱角，沾满着成熟小麦的焦香和麦秸的苦涩。六十年劳动赋予父亲的手以沉重的力量和崇高的尊严，它落到我脸上，发出重浊的声音，犹如气球爆炸。几颗亮晶晶的光点在高大的灰蓝色天空上流星般飞驰盘旋，把一条条明亮洁白的线画在天上，纵横交错，好似图画，久久不散。飞行训练，飞机进入拉烟层。父亲的手让我看到飞机拉烟后就从我脸上反弹开，我的脸没回位就听到空中发出一声爆响。这声响初如圆球，紧接着便拉长变宽变淡，像一颗大彗星。我认为我确凿地看到了那声音，它飞越房屋和街道，跨过平川与河流，碰撞矮树高草，最后消融进初夏的乳汁般的透明大气里。我站在我们家浑圆的打麦场与大气之间，我站在我们家打麦场的边缘也站在大气的边缘上，看着爆炸声消逝又看着金色的太阳与乌黑的树木车轮般旋转；极目处钢青色的地平线被阳光切割成两条平行曲折明暗相谐的汹涌的河流，对着我流来，又离我流去。乌亮如炭的雨燕在河边电一般出现又电一般消逝。我感到一股猝发的狂欢般的痛苦感情在胸中郁积，好像是我用力叫了一声。

父亲伛偻着腰，高大地站在我的面前，那只打过我的手像一只兴奋的小兽一样哆嗦着。父亲穿一条齐膝盖的黑色长短裤，赤脚，光背，头戴一顶破了边的卷曲如枯叶的草帽站在我面前，我的父亲，我的威严的父亲用可怜的目光看着我。白炽的阳光里挟带着一股恶毒的辣味，晒着父亲棱岸的肩膀和两只崎岖的大脚。父亲像麦场上生出来的一棵无叶树，不给我丝毫荫凉，他使我灼热难挨。我说：爹，你听我说……父亲柔顺地说：你别说了，我的儿，你想错了！爹已经七十岁了。我说：不，我要说，爹，你不懂，你什么都不懂！（爹前进一步，我后退一步。）爹说：我什么不懂？我说：你打我是犯法的！父亲开颜一笑，趔趔趄趄地抢上来，左手一挥，像往锅边上贴饼子一样打响了我的右腮。我犯法了，杂种，把你爹送到局子里去吧。爹全脸膨炸着说。我并无悲哀，泪水流出了眼眶。我的双耳共鸣着，模模糊糊地看到父亲的手臂在空中挥动时留下的轨迹像两块灼热的马蹄铁一样，凝固地悬在我与父亲之间的墙壁上。

其实没有墙。阳光射到父亲身上，反射出一圈褐色的短促光线，父亲像一件古老的法器灿烂辉煌。他脸上有一千条皱纹，每条皱纹里都夹着汗水与泥土，如纵横的河流，滋润着古老的大地。家乡的土地是黄褐色，深厚的土层下边是古老的沧海，它淤积了多少万年，我爷爷的爷爷也许知道。父亲用古老的犁铧耕耘着黄土地，在地上同时在脸上留下了深刻悲壮的痕迹。父亲用脸来证明着我的该打。爹！我又叫了一声爹，你不能这样粗暴地对待我。我也是大人啦！爹说：比你爹还大吗？你要是敢给我毁了他，我就打死你。我说：你以为我不想生个儿子吗？可我已经生了一个女儿，已经领了独生子女证。我是国家的干部，能不带头响应国家的号召吗？父亲的嘴角沉重地垂下去，两道混浊的泪水冲刷着落满灰土的面颊。我们偷着生，不去报户口，不行吗？父亲说。我说：这是生孩子，不是养个小狗小猫。再说，我们的领导已经知道了。父亲说：你们领导是怎么知道了？我说——我没说这句话前心里充满了怒火，我没说这句话前心里先说：你们把我害苦了，当然，我也把你们害苦了。

大约二十年前，我刚刚上小学，留着齐额短发。有一天，母亲对我说：过来，把裤裆给你缝死吧。我说：不，撒尿不方便。母亲说：你是有媳妇的人了，还穿开裆裤，不怕人家笑话？我说：什么媳妇？母亲说：你爹给你从北庄订了一个媳妇。我说：什么媳妇呀？母亲说：给你做饭，缝衣裳，生小娃娃的媳妇。我说：我不要。母亲把我的裤子扒下来，用一根长长的粗线把我的裤裆缝起来了。

后来，我一年年大起来，骨骼肌肉长破了一件件衣服，乌黑的胡须盖过了柔弱的茸毛，我终于懂了"媳妇"的重大使用价值。我见到了她，隔着很远。那天，我们村请了一台戏，戏台子扎在干枯的河里，四乡八疃都来看。她扛着一条被几辈人的屁股磨得乌黑发亮的板凳，跟在一群小女孩后边。有人对我说：那个高个子是你媳妇。我慌忙跳开眼，见戏台上挂着一块天蓝色的大布，几十领淡黄色的苇席托着天，锣鼓家什打成一片响，台下的孩子喊爹叫娘。锣鼓家什响一阵，停了，琴师嘎嘎吱吱的调弦声响，鲜明地盖了河道。我终究忍不住，一斜眼，就盯住了她。她身躯高大，因为是夏天，熟透了的胸脯把一件被汗水浸白了的对襟式红褂子撑得开裂。她生一张通红的大脸，头发乌黑。她把那条看着就知道沉重的凳子放下，一屁股坐下去，头刚抬起来，胸还未挺直，人就突然弯曲歪斜着矮下去了。她站起来，脸侧对着我，有三十米远，眉眼看得清楚，腮帮有些凸，小皮球般饱胀。她从河沙里把凳子拔出来，用脚把沙土踢到凳子腿钉出的眼里，四个眼全填满，又跳动着踩，她全身的肉跳，好一阵，又放好凳子，坐下。我看到那四条凳子腿在人腿缝里又陷下去了，似乎滋滋如泥鳅钻洞，陷了一会，停住了，她身后又接上了一片人，我牢牢地盯住她从人缝里露给我的半边身子，心里一阵阵潮起潮落。胡琴钻出锣鼓。锣鼓淹没胡琴。浪潮吞没沙滩，浪潮吐出沙滩，娘——你在哪儿？一个左手握玉米面饼子右手提白根绿叶羊角葱的女孩子站在戏台上大声喊。村里那个人又戳我一下说：你媳妇那腚盘真够宽广的，你要惹她生了气，她一下就把你蹾扁了。我说：去你娘的。戏台上出来一个李铁梅，红鞋，红裤，红袄，红腮，两眉之间点一个拇指大的红胭脂，长辫子上扎着红绳，手里提着红灯。村里那个人说：又是《红灯记》！我没搭腔，眼睛总往人缝里溜，看一眼，心一热，又一凉，凉了又热了，我不知是幸福还是痛苦。这年秋天我当了兵。假如我不去当兵，假如我当了兵没提干，假如提了干没上大学，假如上了大学没住医院，假如住了医院没碰上那位单眼皮大眼睛的女护士，就不会有一连串的烦恼发生，也不会有今天。父亲沉重的巴掌打得我灵魂出窍，我的脸上热辣辣的。一摸，摸到一根根胡萝卜般的凸起。

我的脑袋变成了空桶，蜜蜂的哼叫声掺和着远天的引爆声在空桶里碰撞回折，翻腾盘旋。你就别管了，反正我知道了。我没说这句话之前心里就充满了怒火。爹说：你告诉我，是哪个狗娘养的告诉你的，我去跟他拼命。我说：是公社计划生育委员会给我的信，我向领导汇报了，才赶快回来。父亲懊丧地吼了一声，他的手抖抖索索地举起来，把胸膛上的一个牛虻打飞，又拂去十几颗麦糠。那么，那么，孩子，你就忍心把咱这一门绝了？父亲悲哀地看着我说。我不是有一个女儿吗？我说，怎么能算绝了呢？爹说，女儿不是儿，女人不算人。我说：印度总理、英国首相、丹麦女王、田副县长，不都是女人吗？你见了田副县长连头都不敢抬！爹说：这不是一码事。我求求你啦，放了他的生吧！蹲监坐牢爹替你去。我说：不行！爹，不行！

我的情绪恶劣，我对父亲巴掌的畏惧消失了。我就要三十岁了，父亲打我前的激动和打我后的颤抖使我意识到我已把大部分身体挤进了中年人行列，决定与我有关的事情的权力在我手里而不应该在父亲手里，父亲打我，应该解释成他交出权力之前的无可奈何的挣扎。我的心冰冷坚硬，不管怎么说，也不能让我投降。妻子瞒着我怀上的胎儿的留与流，甚至已不重要，重要的是我要自作主张。

父亲转过身，向着打麦场边的矮墙走去，矮墙外，那棵被烈日灼伤了的小椿树垂着所有的叶子，把一块暗淡的影子掉进矮墙里，造成一点点荫凉的感觉。父亲立在椿树斑驳的影子里，褐色的肉体上漏出一些不规则的白得发绿的光斑，非常炫目，非常美丽。他摘下那顶似乎一口气就能吹破的草帽，提在手里，并不用它扇风。场上的麦秸在烈日下暴躁地响着，到处都在反射光线，所有的颜色都失去颜色，我的眼前一片白后是一片黑。一阵风吹过来，椿树叶不得不动几下，立刻又垂下头，黏滞在混浊的空气里，像一簇簇硫磺火苗。父亲面对着我站着，站得那么遥远寒冷，他的脸一团黑，疲乏地垂着两条长臂，长臂好像经不起大手的重量才被坠得这般长，血液好像流进了大手才使大手这样大。父亲的手上凝集着令世界悲痛而起敬的表情，这表情唤起我酸涩的感情，我的舌头在嘴里熟了。父亲的手一只在髋骨间垂着，一只捏着草帽垂在髋骨间。那草帽令我吃惊害怕，我吃惊它怎么还能作为草帽存在着，我害怕父亲不小心捏碎了它。它一旦破碎，就会变成焦煳的粉末辛辣的粉末，飞散进黏滞的空气里，使重浊的夏天更重浊。在青翠的麦苗与金黄的麦浪之间，我的妻子怀孕了。

父亲挥手打我时，我的心里酝酿着毁灭一切的愤怒。新账旧账一起算！我看到在我们父子三十年的空间里，飞动着铁锈色的灰尘，没有温情，没有爱，没有欢乐，没有鲜花。但是我知道我的感觉是偏颇的。父亲伛偻的腰背和遍身的泥土抗议我的偏颇。他的骨头上刻着劳动的深痕，他的眼睛里结着愁苦的车轮轧出的血红的辙印。他站在疲乏的椿树下好像一个犯人，在我面前，垂下了灰白的头。我听到从他的喉咙里发出一阵“喀啦喀啦”的声音，随着这声音，父亲耸着肩，慢慢地、慢慢地蹲下去。父亲被我打败了。我站在火热的太阳下，表皮流汗，内里凉冷，我的空壳里，结着多姿多彩的霜花，还有一排排冰挂，状如狼牙……

我是匆匆赶回来的，穿着都市里通俗的衣裤。面对父亲，这衣裤顿时生辉，显示出高贵和奢侈，它有多余的口袋和钮扣，还有不必要的干净。打败了父亲，我感到深刻的罪疚：一个几乎是赤身裸体的老头子，七十岁了，蹲在他的衣冠整洁面孔白胖的儿子面前。阳光照着他们，照着夏天的打麦场。满场铺盖着铡掉根部的小麦，金黄中泛着银白的麦秸和麦穗，尖锐的麦芒。麦芒上生着纤细的刺毛，阳光给它们动力，它们互相摩擦着，沙拉沙拉地响。偶有一两个不成熟的绿麦穗，夹杂在金黄中，醒目得让人难受。那绿麦穗上，有火红色米粒大的小蜘蛛在爬动，好像电光火星。场外横着一盘铡刀，一条长凳，无言无语，一动不动，那儿留下杂乱的脚印和狼藉的麦根，宛若一个古战场，向凭吊者透露着模糊的感情……妻子高抬着铡刀等待着，父亲弯着腰，把一个麦捆塞到铡刀下，妻子一弯腰，铡刀“嚓”一声，麦捆一分为二。母亲努力蹒跚着，用那杆桑木老杈把麦穗挑起来，挑到场上散开。我的女儿在麦场上打滚，她吃麦粒吃到嘴里一根麦芒子，麦芒子噌噌地往嗓子里爬，她脸憋紫了，一边哭一边咳，妻子吓出一脸冷汗……金黄的麦穗，平静的劳动，芳香的汗水，鲜花般的女孩，健壮的少妇，树根般的老人……一幅天下升平民乐年丰的优美图画，所有的色彩都服从一种安谧的情绪，没有风，没有浪，没有雷，没有雨，人的动作似蛤类的移动，强大的平静潮水冲刷过的沙滩上，留下一行行千篇一律的足迹，如同图画、文字和历史……

我确实感到深刻的罪疚。

我虽然每年回家履行丈夫的、爸爸的、儿子的职责，虽然自认为与这个偏僻的荒村联系密切好似胎儿与子宫，但还原了艰苦宁静的劳动场面，心里还是万分惊愕。从人欲横流的都市生活中，仅仅坐了一天一夜火车又两小时汽车，就来到这里。北京上海广州天津的男男女女的急促的嘟嘟哝哝与饱含着杂质的欢笑被远远甩开，仿佛一个忘不了的梦。我在梦中飞行，飞机失事，人破机毁，飘然落地，睁眼一看，竟是我家的打麦场。

我站在麦场边缘，像苦行僧一样忍受着阳光的惩罚，类似的情景使我忆起二十年前，老师因我下河洗澡把我晒在炎阳下忏悔，我被晒晕了。为这事，父亲端着一柄粪杈把我的满脸粉刺的老师赶得跳墙逃命。父亲是爱我的。父亲为使我上学把一根锄把子攥细了，就是就是，父亲是爱我的，即便是打我，也是伟大父爱的一种折射，但是，我不能因为父亲爱我就投降。还有一种，还有一种超过父爱超过母爱的力量，不是爱情，不是忧伤，是一种无法言喻的东西在左右着我的感情，它缺乏理智，从不考虑前因后果，它的本身就是目的，它不需要解释，它就是我的独立。固然你们为了爱我而干涉我的独立，但我还是要恨这种干涉。固然你们在辛勤劳动，你们的辛勤劳动创造着人类的历史，但我还是要憎恨。在父亲们丰碑般的贡献面前，儿子们显得渺小，但岁月频仍，人世如河浪推拥。我向前走着，靠近了父亲，我说：爹，您别难过。

父亲按一下地，站起来，把草帽扣到头上，僵硬地走几步，弯腰拾起一杆杈，翻挑着场上的麦穗。褐色的父亲，用长长的淡黄色木杈把金色麦穗挑起来——晒脱了壳的少量麦粒从杈缝里轻快地掉在因挑走麦穗而暴露出来的灰绿色的场面上——又抖抖地放下去。场面平整光滑，麦粒在上面蹦跳。父亲一杈杈翻着，原来在下边的，现在请上边来；原来在上边的，现在请下边去。满场散着炒面香，麦穗干透，是打场的时候了。我走到父亲身边，去夺他手里的木杈，父亲紧紧地攥住杈杆，我抬起眼看他的脸，碰到他眼里的陌生的冷淡神情，这神情一下子把我推出去，我松开了手。父亲说：孩子，还是把他生下来吧，啊？把他生下来吧，你想想，一个孙女，一个孙子，都活蹦乱跳，在我和你娘身边，像小狗小猫，跑着跳着叫着，该有多好……

父亲画出来的幸福图感动了我。父亲继续说：谁跟谁结夫妻是天定的，你也不能怨爹娘。父亲的话似乎不应停住，但停住了，他低着头翻晒麦穗。我一侧身，看到她从场北边走过来了。她高大丰硕，一摇一晃地走，一边走路一边咬着一根水淋淋的大黄瓜。走到我面前，她把黄瓜赶紧咽下去，唇边沾着两颗白色的黄瓜籽，她抬起袖子擦了一把嘴，急促地问：你回来干什么？我说：不干什么。她说：正好，帮我们打场。我说：别打场了，走吧，去公社卫生院做手术。她说：做什么手术？我无病无灾的！我说：流产手术。

我的话一出口她的脸就白了，呆呆地立着，有半分钟，垂着两只通红的大手。我说：还愣着干什么？回家去收拾收拾，快走。她大声抽泣着，血液渐渐又上了脸，湿漉漉的眼睛里喷吐着愤怒的火苗，我看着她的高大的身躯，心里不由生出怕来。她腮上的肉一鼓一鼓的，我知道她发了怒。她说：你听谁说我怀了孕？我说：你别管。她双手捂着脸，发出一阵哽咽之声，不知为什么，我觉得她的哭泣充满了浓厚的舞台气。她是善于装哭的。记得那一夜，我坐在炕下吸烟，直吸得烛泪满窗台。她哭了，我看她一眼，眼里干巴巴的。我不看她，她还哭。我又看她一眼，眼上黏糊糊的，我认为那是唾沫。有一次我拉肚子住医院，她去看我，隔着窗玻璃，我看到她往脸上抹唾沫……她的哭泣声变成咕咕噜噜的低语，低语又变成清晰的詈骂：老不死的，闲得嘴痒痒，让儿子断了后你就舒坦了……走遍天下也找不到这样的爹……

父亲高举着的双臂僵在空中，片刻，又猝然落下，像中弹的鸟翅，连同木杈，连同麦穗。在短暂的瞬间，我看到父亲的脸发生了那么多的变化：初如一张白纸在火苗中燃烧着，卷曲着，飒飒作响，后来轻抖，定形，静止，似怒非怒，似哀百哀。半岛地区初夏的灿烂阳光照亮了父亲那灰烬般的脸。我胸膛中都是心跳，全身肌肉紧缩，我叫：你胡说什么！她昂起头，双目灼灼地逼视着我：天生的事儿，明摆着的事儿，全中国没人知道我怀了孕，只有他和娘知道，娘不在这儿，就他在这儿，不是他告诉了你还能是谁告诉了你？我说：爹打了我两巴掌，你看我的脸。她说：你们是演苦肉计给我看。我说：我警告你，你要是再敢欺负我的爹娘，我就和你算总账，你不要以为我怕你。

父亲的眼泪一下子挂满了腮，他的嘴唇哆嗦着，把一张脸都带活了。他又举起木杈翻场，麦穗麦粒在杈下场上愉快地跳动着。

我说：走，别磨蹭，赶快流掉，拖一天难一天。

她在我面前第一次用眼里的水而不是用口里的水把脸濡湿了。她眼里流出来的泪水浅薄透明，仿佛没有重量，这张红色大脸上挂着的泪水就像马头上生出的角一样令我难以接受。

她的哭声放大，泪水密集起来，颜色变深，质量变大，沉甸甸像稠而透明的胶水。我的眼睛火辣辣地发烫。我恨她对我的欺骗，我暗自庆幸及时得到了她怀孕的消息：这不能怨我，我让你服药，你说你戴着环。你自己找的，别怨我。

俺也没怨你。她不哭了，大步走到场边，把一根棕色的粗绳子背上肩——绳子后连结着一个一头大一头小的青石碌碡——好言好语地问父亲：爹，能压了吧？父亲的脸上慌慌张张跑出笑容来，父亲笑着说：艳艳她娘，你放下吧，我来拉。她说：我年轻，我来拉，您干了一晌午头，去树荫里歇歇吧。父亲感动了，说不出话，更紧张地挥杈翻场，一串串的麦穗，小金鱼般跳跃着。她拉着碌碡绕场旋转，长腿大臂，麦场显得小。我有口难说话。这时，从场北边那条小路上，母亲走过来了。母亲牵着一头小公牛。小公牛后跟着我四岁的女儿。

母亲是小脚女人，一步步走得艰难。她老远就看见我了，想走快一点，但牛走不动了。父亲停住杈对我说：前天来了劁牛的，要钱少，手艺好，就劁了。

怎么选这么个忙时候劁牛？我问。

艳艳她娘要劁，父亲说，这个人手艺好，要钱少。

牛劁了后，必须不停地遛，严防倒卧，但动过手术的牛，又千方百计地想趴下，因此，遛牛是艰苦的劳动，白天连着黑夜，黑夜连着白天，娘和牛，都遛成木头了。我迎着娘走去，我看到娘兴奋的枯脸，一阵热风把她灰白的乱发吹动，吹得更乱。女儿在娘的身后，提着一个绿色的长方形小收音机，畏畏缩缩地看着我。

母亲说：艳艳，叫爸爸呀。

我说：娘……

母亲说：你回来了？有什么事？

我说：没事。

母亲的眼泪流出眼眶。

女儿躲在娘的背后，偷偷地看着我。我看着她那两只酷肖我的眼睛，弯腰把她抱起来。她很胖，沉甸甸地坠手；可是去年的衣服吧，裤头和汗衫之间有一段空白，露出了积满灰垢的肚脐眼。我说：艳艳，我是谁？她轻轻地说：你是爸爸。我说：你怕我？她说：爸爸。

我答应了一声。

二

我抓住她的袖子，拉她上河堤，又拉她下河堤。干河里的沙土冒出灰白的热气。她往后仰着身体，下巴翘起，口里吐着一串串含混不清的话。我们走得粘涩，如毡上拖毛，洞里拔蛇。河里没有路，泛碱的松软沙土嗞嗞响着，烫着我们的脚面。烦乱的蝉鸣在两面河堤的柳树上交叉着响起，一道蝉鸣一道丝线，飞蹿着编成一面大网，罩住了枯河道。我抬头看见天上布满了鱼鳞状碎云。正午时分，满天都是强光，不知太阳在哪里，蝉鸣声挡住了河堤对面母亲的低泣、父亲的叹息和女儿手提小收音机的叫声，空中一声爆响压住蝉鸣，空中的响爆得蝉鸣像爆竹的碎片，爆竹碎片像雪花一样纷纷扬扬地在半空中浮游。空军基地的飞行训练，还在继续进行。我拽着妻子往河堤上走时，女儿睁大了眼，惊吓得不敢哭。我惶恐得不敢看她。我拉着妻子横过枯河，方向由北向南，目标公社卫生院，距离两千米。脚下的沙土干涩地响着，令人牙碜，妻子不情愿地跟着我走，我气喘吁吁地回过头，手仍然紧抓住她的她的袖管。你走不走啦？我阴沉沉地说。她不作声，迷惘地看着我。

六年前，她牵着我的袖管——像我今天牵着她一样——去公社登记。那天上午阳光明媚，美好的天气犹如孔雀开屏，那时候河里还有些潺潺的流水。我为了拖延时间，提议去走七里外的九孔桥，她说去你的吧，你今天听我的。她脱了鞋，挽起裤腿，高高地露出湿沙色的小腿和干沙色的大腿，说，我背你过河。她把鞋一下子塞到我怀里，鞋旮旯子里一股淤泥味扑进我的鼻孔。我说，我去走桥。她说，你走屁！四下无人，她在我面前蹲下，反胳膊搂住我的腿弯，我抱着她的鞋，趴在她的背上。她稀哩呼隆下了河，腿蹚得水声一片，我不敢低头，平眼前望，见河滩地里麦苗青青，笨重的斑鸠从河边飞起，在麦垄上落下，划出一道麻麻斑斑的抛物线。她用两只大手抓住我的大腿，我全部的感觉都集中到她的手掌上。她那时已经二十八岁，虽没结婚但身体已经发胖。她的呼吸沉重，宽阔的背上散发着热烘烘的大葱气味，我在温暖的阳光下，在她体温的圈子里，瑟瑟地抖颤。她把我背过河，放下我，推我一把，拍我一掌，说：你别想跑。我迷迷糊糊地说：往哪里跑？她说：往哪里你也跑不了。她从我手里夺过鞋，提着，赤脚踩着干净的路，一步一个清晰的脚印。几十步，脚印淡了，肥肥的脚背上，蒙着一层黄尘土，把个明亮的大脚趾甲，像两只警觉的眼睛。你看什么？她脸上露出强悍的笑，催我快走。我恍然如赴刑场，把腰板挺得笔直，恰似一支箭杆。公社民政助理员是一个极漂亮的麻子，见人先笑。他哗哗地翻动着蓝皮户籍簿，翻到了一个，用笔杆点点，抄到白纸上。她放下一条裤腿。盖住了一条腿。又翻到了一个，用笔杆点点；她盖住了另一条腿。民政助理员打量着我们，她拍拍鞋子，穿到脚上。他问了几句话，全是她对答，声音大得像吵架。麻子写好了一张纸，说：按指印。她蘸了一个鲜红的手指头，狠狠地按在麻子指点的地方。我双手插进裤袋里，磕磕绊绊往后退，向着门口的方向，你还想跑？她一把抓住我，喊：回来。麻子惊愕地看着我们，五官一定，接着挤鼻弄眼地邪笑：当心，小伙子，当心挨打！我说：不按。麻子说：按吧，不按不合法。她拉着我的胳膊用力一顿，我就站在了桌子边。她有两条乌黑的眉毛，嘴唇上汗毛很重；她胸脯丰满，衣服上印着金黄色的葵花。她说：我等你快二十年啦，生是你的人，死是你的鬼，你凭什么不按？麻子说：小伙子，别傻了！

这样的媳妇哪里去找？人高马大，山大柴广，生个孩子也是大个的。我举着手指，看着她那个大指纹，想起了河里的戏台，她坐在台下看戏，把板凳坐得直往沙里陷……

空中突然有强光交错，耀得河沙像水银。一架抿翅翘尾的飞机翻着筋斗往下掉，掉一会，又猛地竖起头，斜刺着冲上去，冲去了之后，响声才震动河道。飞行训练，还在继续进行。

妻子端坐在沙土上，用宽大结实的背对着我。她的脖子上沾着灰土，沾着一根淡红色的麦芒和两颗蛋黄色的麦壳，一颗大，一颗小。汗水溻透了她的衣服，皱边的衣领上有发亮的油腻。我说：起来。她说：不。河沙钻进凉鞋，烫着我的脚，暗蓝色的光线吆吆叫着往上扑，扑得我两眼落泪，我说：玉兰，你难道要我给你下跪吗？

我叫出“玉兰”二字，心里感到别别扭扭，结婚六年了，我没叫过她一次名字，总有那么一些极其简单的方法让她知道我在跟她讲话。我不得不给她写一封信的时候，总是用尽量潦草的字体写她的名字，这个名字与它符号着的人相去甚远，我感到惭愧。而她，在六年中写给我的五封信里，每次都把我的名字砍得缺胳膊少腿的躺在信封上，像三个疲乏的伤兵在沙漠中行军。我叫了一声“玉兰”，她的脸一下化了，她不但回头而且转了一下身体，亲切地望着我。我说：这么热的沙土，你也不嫌烫，快站起来。她温顺地站起来，说：她爸爸……真要流，我也依着你……刚才，我觉得就像李二嫂一样，没人疼没人爱……你叫了我，我又觉得跟李二嫂不一样了……

李二嫂在我女儿手提的那个绿色长方形小收音机里哭哭啼啼唱起来：麦场上拉完碌碡再把场翻，满肚子苦水能对谁言。这两口唱震动得我们全家肃然默立，静听着阳光哔哔叭叭晒焦麦穗。树叶子都蔫了。小公牛想趴下，母亲用力上提着它的铁鼻环，它嘴里吐着白沫，尾巴弯弯曲曲痛成一条蛇形。没有什么好说的，我说，这个孩子坚决不能要，即便是要，也要等我干出点事业来。娘说：什么他娘的狗屁事业，有人才有世界。收音机说：郎咸芬在这两句唱腔里，充分发挥着传统吕剧委婉凄切的风格，又吸收了河北梆子的高亢和黄梅戏的甜润，完美地表现了青年寡妇李二嫂孤单寂寞痛苦不堪的心情，使人能从她对苦难生活的控诉中，联想到她对男欢女爱的幸福生活的向往。请大家再来欣赏一遍这两句唱腔。妻把嘴唇噘起来，脸上布满乌云。她把绳子抓起来——棕色绳子如一条死蛇——背上肩头，弓腰探颈，大踏步走起来，青石碌碡吱吱哑哑响着，把麦穗轧得纷纷落粒。父亲跟在碌碡后边，把轧实的麦穗挑起来，抖松，雨点般的麦粒从杈缝中落地。小女儿退到矮墙投下的那道窄窄的阴影里，袒着肚子，伸开两条小肥腿，鞋子脱下来扔在两边，一只离腿很近，一只离腿很远，收音机在两条腿中夹着，呜呜哇哇地响。

麦场上拉完碌碡再把场翻，满肚子苦水能对谁言。

妻子呼噜呼噜地哭着，一声声地紧。她步幅巨大，每一步都把麦穗扬起来，抬脚高高，像在泥泞中跋涉。

十七岁到李家挨打受骂，第二年丈夫死指望全断，靠娘家并无有兄弟姐妹，靠婆家无丈夫孤孤单单。

妻子哭得酣畅，步子趺趺撞撞，青石碌碡跟着她左一头右一头地瞎碰乱撞。父亲的腰伛偻得更厉害了，那顶破草帽随时都会从头上掉下来，但总也掉不下来。

在收音机絮絮叨叨的哭诉声中，女儿一动不动，双手搭在肚子上，眼望着麦场，眼皮落下去，抬起来，又落下去，又抬起来……女儿出生后三天，我从外地匆匆赶回来，她躺在妻子身边，从一条小被子里露出一张生着细毛的小脸，小脸，怎么会这么小？我又可怜她又厌恶她。她好像要表演给我看：把鼻子和眼睛挤在一起挤出一疙瘩皱纹，抽搐一会，突然打出一个响亮的喷嚏。我大吃一惊，料想不到这么个小东西竟然会打喷嚏。打过喷嚏后，她放开脸，睁开眼，好像在看我，我觉得她的目光很短，并不能射到我的脸上。她哭了。妻子说：别哭，你看看谁来了？不认识，这就是你爹呀。我沉重地坐在方凳上，不敢相信自己已经是个爹了。妻子把女儿抱起来，解开怀，把一个与大乳房相比显得很小的褐色奶头触到女儿嘴边。她的嘴翕动着，像鱼儿吞钩一样把与她的嘴相比显得很大的奶头吞下去。妻子用手往上提着不断地壅住女孩鼻孔的乳房，面容庄严神秘，我看着她们，心中一片荒漠，见一个大人正向着那金子般辉煌的远古走去。

妻子的爹做贩卖猪皮生意，很能赚钱。他来看女儿，时间是寒冬腊月，风在河里怒吼着，把黄沙扬过河堤，一把把撒在屋顶的枯草上，打出一片细声。她的爹肥胖的脸上冻着一层油腻。他跟我的父亲寒暄几句，走进女儿房里，看着我，没说一句话，喝了一碗茶，站起来说：大嫚，我给你送来六个猪蹄子，让你婆婆煮汤给你吃，吃猪蹄子发奶水。我送他到院子里，他从车兜里摸出猪蹄子，一个接一个扔在冻得裂纹的地上，有白的，有黑的，在地上蹦成一盘残棋。我说：你不吃过饭再走？他说：不吃了，我要去赶集。他姐夫，你孬好也是个吃国库粮的人，每月五十六十地挣着，咋就把家弄成这副穷酸样子？三间东倒西歪屋，两个半聋半瞎的爹娘，我闺女嫁到你家，是她穷鬼薄命。现如今坐月子的，吃的是鸡鸭鱼肉，睡的是绫罗绸缎，喝的是奶粉蜂蜜，你们家可倒好！我被他训斥得哑口无言。的确，在这个家里，是没有多少幸福的成分的，我、她、爹、娘，还有这个刚刚出世的小灾星，大家都感到委屈，都不仗义，可都得忍着，受着，这一切都是阴差阳错，似乎命中注定，我送走岳父回来，见爹娘正瑟缩着肩膀，把猪蹄子收拾到屋里去。娘和爹用寒冷的眼睛看着我，仿佛我是主人，他们是奴隶。娘在灶下点着火，灶里抢出白色的浓烟，大力直冲房顶，又汹涌地折下来。爹和娘用袄袖子擦眼，把颧骨擦红了，把袄袖子擦亮了。我说：去他妈的，我堂堂的……竟要被这个屠户训斥。我抓起冻得硬梆梆的猪蹄子，用力摔到院子里，一颗接着一颗，好像投掷手榴弹，有一颗飞进嘎嘎作响的老杏树里，白蹄子在黑枝丫中碰撞着，好半天，才缓慢地落下来，惊飞一地麻雀。

你骂谁？妻子在屋里说。

我说：骂你的混账爹。

她说：你爹才混账。

你要是委屈，就跟你爹走，我说。

她说：你想得好，我孩子都有了，你还想休了我？党是怎么教育的你？

父亲弯着腰，走出去，把我扔出的猪蹄子一颗颗捡回来。屋里的烟压得我弯了腰，凹凸的地面离我的脸很近。锅里的水沸沸地响起来，父亲从墙角上拖过一块木板，一个瓦盆，把猪蹄子放进盆里，母亲用一个缺口破瓢舀来开水，缓缓地浇到猪蹄子上，猪蹄子在盆里吱吱叫着，翻滚着，浮起来又沉下去。弥漫全屋的炊烟蒸气渐渐淡薄，显出乌黑的墙壁和老破的家具。父亲试试探探地往盆里伸手，黑手缭绕着白雾，虚实相济，构成幻象。黑手从盆里捞出一只水淋淋的猪蹄子，不是扔也不是放，而是在运动中滑落，恰恰打着木板边缘，溅出一圈水星，我看到父亲的眼眨了一下又眨了一下。母亲伸出两只手，一手按住猪爪子，一手往下撕毛。猪毛像腐烂的毛毡，一片片脱落，亮出白白红红的猪皮。爹和娘认真极了，连一根毛也不放过。撕净了毛又涮锅烧火，煮猪蹄，煮得香气满屋。妻子用了一天，就把猪蹄啃光，汤喝了大半。后来，妻子对邻人说：俺娘家送来六个猪蹄子，全被两个馋老给啃了。母亲把妻子对邻人说过邻人又转述给她的话学给我听。我听了，嗟讶良久……

这碌碡滚滚绕场旋转，我的命和碌碡一般，转过来转过去何时算了，这样的苦光景无头无边。

收音机感情充沛地唱着，好像成了专门替我拉碌碡的妻子配乐。她的哭声变成了一条舒缓的河流，平平静静，不妨碍这一番控诉黑暗家庭感叹悲惨命运的大唱灌进我的耳朵。她也许把自己当成李二嫂了，善良懦弱，漂亮多情，惹人爱怜。她机械地牵引着碌碡绕场旋转着，好像把这劳动变成了对我的谴责。我被李二嫂优美的歌唱动了心，被这骗人的戏剧感动得浮想联翩。我感到自己非常不幸，悲剧是世界的基本形式，你，我，他，都是悲剧中人物。我妻子认为她和李二嫂一样命苦，我认为我比她还要命苦，父母认为他们比我们还要苦。大家都被痛苦压低了头。只有我的小女儿倚在土墙上睡着了，她圆圆的头颅歪在墙上，晒得火红色的脸蛋上，画着忧伤的图画……

妻子把肩上的绳子摔下，怒冲冲地说：我不干啦！我给你们家当牛做马，我受够啦。我说：你想跟李二嫂一样吗？她说：噢，你想撵我改嫁？美得你。我知道你这两年学会了照电影，天天跟那些大嫚在草地上打滚，有了新鞋就想脱旧鞋，你别做梦！我打不着鹿也不让鹿吃草。我突然感到一种下坠般——自由落体般的快感，太阳像噪叫着的老鸹向我俯冲下来，金色的麦场像唱片般飞旋。

我的头触到了柔软芳香灼热的麦秸和麦糠，坚硬饱满尖锐的麦粒和麦芒，再下一点，嘴唇沾满了灰土。妻子像拖死狗一样把我拖到树荫里，乱拳捶打我的背，爹和娘站在我身边，大声呼叫我。娘说，艳艳她娘，你别把他毁了啊，他再不济也是你的男人，要是真有个三长两短，咱这一家人，可就散了班子啦……妻子愤怒地说：怨我？又怨我！唱丑都是我的，唱旦都是你们的，还不是让俺爹打的，还亏得是亲生的儿子，要不是亲生儿子，这两耳刮子，怕连头也打扁了。我睁开眼，看到妻子眼里的泪水，她是为我而哭吗？是泪水呢还是唾沫呢？我恶心，想呕吐。她爸爸，你把俺吓死啦！要俺背你去医院吗？她俯身问我。我盯着她那张饱满的大脸，急忙摇摇头。这时，那头对人类满怀愤怒的小公牛，瘫在了麦场边缘上。母亲、父亲、妻子，一齐跑过去。我被冷在一边，小女儿还在睡觉，收音机播放广告，一个酸溜溜的女人向我推销金银花牌防感冒牙膏。

我爬起来，走到牛边。小公牛像一堆泥巴一样坨在地上，母亲用力提着它的鼻子，父亲恼怒地吼叫起来，眼睛嘴巴夸张地张着，那顶破草帽在他脸上挡出灰暗的影子。你是干什么的！你瞎了？死了？父亲骂着母亲。母亲仰着浮肿的脸，乱发如麻，不敢大声说话，讷讷地低语：我……光顾了儿子啦……把牛忘了……父亲说：你死了算啦！母亲眼里露一线惊恐和争辩的神色。妻子冷冷地笑了一声。父亲脸上的骨头都在跳，他抽了母亲一巴掌。母亲退行五步，用脚后跟捣着地，终于站不住，倒地无声，仿佛身体是灯芯草。母亲一生生养六胎，就活着我一个。我把娘扶了起来。娘的左边鼻孔里流出一道暗红色的血。血流过人中，流进嘴里，染红了舌头染红了牙。母亲喊：打！母亲要打牛，牛正在弯曲着四条腿，企图再次趴下去。娘及时地抓住了牛鼻绳，用力提着，牛无可奈何地把腿伸直。母亲用悲凉的目光看看我，牵着牛，踏着斑驳的树影，慢慢地挪去。

我用力把那杆木杈踢飞，木杈横斜在阳光中翻了两个滚，躺在麦秸中。我冷冷地说：走。妻子问：去哪儿？我说：卫生院，流产。她说：我不去。我双手揪住自己的头发，用力撕扯着。我没有权力打人，我有权撕扯自己的头发，我有权力嚎叫，在这种疯狂的发泄中，我流了非常混浊、包含多种物质的眼泪。爹，你不敢管他？妻子说，父亲好像聋了，踉跄着进了麦穗中，拾起那根死蛇般的棕绳子，背上肩，脖子像鹅一样抻着，走，青石碌碡在他身后，干涩地叫着，转着……

妻子感激地看着我，因为我叫了她的名字。黄褐色的热浪在枯河道里滚动着。蝉鸣声单调枯燥，让耳朵发硬。我认为我已经被白日和白沙烤糊了，妻子也糊了，从我们身上发出一股浓重的焦炭味。我掏出一块白得刺目的手绢，举到眼前，我擦不动凝结在额头上的汗，因为，妻子在紧盯着我。我用三个手指捏着手绢，在她脸上用力擦了一下，她的脸在手帕下绷成一片瓦样。我抬起手帕，发现手帕已变色，她眯着眼，嘴唇半开，如离水的鱼儿。肯定地她还在期待着我擦她。在某些时刻，她是一个极好的合作者，她总是极尽她的热情，用她的方式来迎合我，这既令我感动，又令我悲哀；既使我满足，又使我歉疚。我把手帕翻过来，轻一下重一下，横一下竖一下，把她脸上的汗水和灰垢擦干净了。我说：玉兰，你是我的好妻子，你一向是听我的话的，你想，中国十亿人，要是都生两个，全中国怎么办？她把手伸过来，我握住她的手，她的手反过来握住我，用力捏着，好像怕我跑掉。我走，她跟着，走完枯河床，爬上绿河堤，我不敢回望，但还是感觉到河北的打麦场上，火样的炎热和冰样的寒冷正汇合成一束恐怖的箭矢，一支接一支地射击我的脊椎。

我和她在河堤上小站，散漫地看着堤坡上一棵棵刺槐，一丛丛紫穗槐，为了这虚假的幸福，我不把手从她手里挣出来，不把脸上纸一样苍白的笑容撕破。一阵粗重的人吼声使我们转过身，我看到从枯河道上游，一簇人拉杂着跑过来。他们跑得沙尘弥漫，前面的人脚扬起的沙尘打着后边人粗糙的面孔，后边的人闭着眼循着声音跑。在人群前，有一匹火红色的狗状动物一蹿一蹿地跑着。它在我们前面，跑上河堤，那群人蜂拥着追没了。

她用力握着我的手。她手心里的汗水又凉又粘。我们转身。我转了一个半圈，她绕我转了一个半圈。我们小心翼翼地向前走，像一对恩爱夫妻。

公社卫生院那几排红房子，像火焰一样燃烧着。

三

我和妻子走进妇产科时，妇产科医生兼主任正在急如星火地吃包子。她是我爷爷的哥哥的女儿，四十九岁，面孔白皙，一双手即使在夏天也冰凉彻骨。她用冰凉的手捏着一把亮晶晶的剪刀，剪刀上挑着一个热气腾腾的包子。咬包子时，她使劲闭着眼，舌头在嘴里唏溜唏溜地响；咬一口包子，她睁开眼，看得出舌头还在嘴里乱动。我说：姑。妻子说：姑。姑把包子咽下去，伸出舌头舐舐唇，说：你不是才走了不几天吗？又回来干什么？选演员还是选山水？我顺水推船地说：选演员。姑问：演什么戏？我说：没意思的故事。她说：没意思谁还看，要弄就弄有意思的。我说：是。姑说你把我写到电影里没有，我比陆文婷不差，接了一千多个孩子，人到中年，你姑父还在宁夏，调不回来。我说一定要写个生孩子的戏，从头到尾都是生孩子。姑笑问：你见过生孩子的吗？我说没见过。那你写什么生孩子？姑说，我看了你们那些演员在电影里生孩子了，脸上喷口水，就是汗，咧咧嘴就是用力，手撕衣服就是痛，几分钟不到，孩子就哇哇叫了，没那么容易。我笑了笑。姑说：你要不要看生孩子的？要看今日就能看。我说不看。

姑又插起一个包子，吃着问：有事吗？我说：她怀孕啦。姑笑了。我说：要流产。姑说：生了吧，也许是个男孩呢！我说：我有一个女孩。姑说：女孩到底不行。我说：您也这样说？姑说：只有我才有权力这样说。姑可是闯社会的，女人本事再大也不行。生了吧。我说：不生啦。姑说：真要流？妻子点点头。

姑从墙角的水缸里舀出半盆水。哗啦哗啦地洗着手。提着两只水淋淋的手，她站起来说：你们要等，里边就一张产床，有个产妇占着。等两个小时，也许还要长。我说：等吧。姑说：要不你们明天来。我说：不。姑说：也好，等着吧。

姑站在窗前擦手，用背对着我。狐狸！我听到她说。

狐狸？

窗户外边，响起一阵杂声，有脚步的踢踏，有人的吼叫，有狗的狂吠。我扑到窗前，果然见一匹狗状动物从医院前的绿草地飞快地滑过去，像一朵红云，三条狗紧追不舍，二十几个男人跑在狗后，跑得遍地生烟。

狐狸？大平原上哪来的狐狸？我看到狗和人把狐狸追出草地，追进收割后的麦田，还是不敢相信那物就是狐狸。狐狸在黄色的麦茬地里风似的向南飘，飘过东西向的公路，飘进路南那一片黑色玉米林。狐狸在玉米林边像火苗样闪了闪，便不见了。我收回目光，打量这间房子，这间房子的门口挂着好几块白漆红字牌子，这间房子里边还有一间房子，四壁还算白，地面是劣质水泥，东墙上有扇门。门里是产房：南墙上有个窗，姑和妻子趴在窗台上，脸贴着窗玻璃看狐狸。她们看得那么专注。我少数服从多数，穿过玻璃往外看，医院没有围墙，原野一览无余：绿草地。收割后的麦田。黑色公路。玉米林。飞行训练继续进行，飞机的银影子在原野上滑来滑去。

在那片齐胸高的玉米林里，二十几个男人排成一个半圆，嗷嗷地叫着往南赶。能看到漂在绿色之上的男人脖子和头，看不见狗，能听到狗叫，狗叫声空洞，透着恐惧。人走得纷乱，狗吵得热闹，并不见狐狸的动静。我把吃进眼里的景物慢慢往外吐，又看到窗玻璃，一只苍蝇在玻璃上吐着唾沫刷翅膀，窗框上绿漆发白，嵌玻璃的油泥干裂，绽开一道道竖纹。姑和妻子把脸从玻璃上揭下来，对望一下，同时发出遗憾的叹声。是狐狸吗？我并不希望谁来回答我，只是为了打破寂寞随便问。妻子张惶地看着姑，姑的脸上有一层神秘的蜡色，她说：是狐狸！不是狗，狗尾巴翘着，狐狸尾巴拖拉着，像扫帚一样。要是夜里，能看到它跑出一溜火光来。我笑了。你不信吗？姑说，我也是党员哩，党员也得承认狐狸能发光。我说：您见过吗？姑说：当然！前十几年，咱这地方人烟稀少，孩子少得像星一样，人只要少，邪魔鬼祟就多。那时候，我常常半夜三更去给人看病，遍野都是闪闪烁烁的鬼火。你大爷爷说，只要把鞋子倒穿着，就能追上鬼火，踩在脚下一看，不是一块破布，就是一块烂骨头。还有狐狸。天漆黑一团，你迷了向，四面都是大崖坎，怎么爬也爬不上去，这时候，狐狸就来救你了。你的眼前，跳出一盏小灯笼，影影绰绰地照着灰白的小路。你只管跟它走，保险到家，你能听到吱吱悠悠灯笼把子响，吧嗒吧嗒的脚步声，到了村头，灯笼跳几下，像跟你点头，你不及回答，就见那灯笼变成一溜火光去了。我说：您碰到过狐狸引路吗？姑说：没有，你大爷爷碰到过。我说：原来你也是听说呀。姑说：你不信吗？我没碰到过狐狸引路，但碰到过狐狸炼丹。这可是千真万确的——

姑姑一语未了，就听到产房里一连声地响，一个白衣白帽的护士拉开门，冲出来。在开门的瞬间，我看到产房里那张白铁腿黑革垫的产床上，仰着一个白净小女人。我急忙别过脸，往里走几步，眼睛往墙上看。女护士说：老师，她要生。姑抬起腕看表，说：你别听她说，不行，起码还要半个小时。护士问：您进去看看？姑说：看不看都一样。你要抽烟尽管抽，这里不是协和医院。姑跟女护士进了产房。

女护士关门时，使劲看了我一眼。我立即掏出一支烟点燃。

妻子怯怯地问我：狐狸精真能变成媳妇？我想了想，说：也许吧。妻子说：你出门在外，可要当心。我点点头。那只苍蝇正在奋力冲撞玻璃。

窗外的光线似乎暗淡一些，玉米林里打围的汉子们又面北过来，看不清眉眼，只依稀分辨出一些长的头或是圆的头。人的喊叫声有些疲乏，狗的叫声却比适才粗犷嘹亮。东西向的公路上，有一台灰绿色的手扶拖拉机噗噗地叫着疯跑，朝天的烟筒里喷吐着一圈圈白烟，开车的人面部忽喇忽喇地射出炽目的白光。又过了一辆马牛车，一匹花马拉着长套，一头黑牛驾着辕，车上载着乌黑的东西，也许是煤；马腚上亮亮地泛着光，也许是汗，也许是膘。马蹄夸张地抬起很高，牛蹄不离地面，牛不是在走，而是在流动，凭着经验，我看到了黑牛那两支粗大结实的犄角。一辆鲜红摩托车，骑着两个人，一个男一个女，女的搂住男的腰，像兔子一样在路上蹦跳，超了马牛车，又超了手扶拖拉机，嗵嗵嗵嗵直劲响，把整个世界都震动了。

姑和那个女护士从产房里出来。姑说：你翻开书看看吧，大概在五十八页上，要不是我认识她公公，我就给她一顿臭骂。姑不知要骂谁。女护士走到我面前——她的脸粉嘟嘟的，委实嫩得灵活，一溜刘海盖住额头，连眉毛都看不见——我慌忙站起来，退到墙角上，让出她的位子来，我说：对不起。她说：没事，您只管坐着。我哪里还好意思再坐，见女护士的手伸到我的眼下，拉开了一个抽屉。她的手小巧玲珑，皮肤粗糙，指头上爆着一圈圈的白皮。她的手努力表演着，紧张得颤抖。打狐狸呀！很远的南方飘来喊声。手红了又白，白了又红，我想象着她的脸，她的脸就印在手上。手在抽屉里躲躲藏藏，像一只小耗子。抽屉里花花绿绿，书并不多，有两颗翠绿色的玻璃球在骨碌碌滚动。女护士的胳膊上生着纤弱如丝的黄毛。打狐狸呀！她总算把一本书从抽屉里提出来。书脊上贴着胶布，破碎的封面上也贴着胶布，我看到那是一本《妇产科教程》。姑说：也许是六十八页，我记不清了，你翻开看看。女护士翻书，翻动书页哗哗响。说：老师，跟您说的一样。姑说：好吗？

喊打狐狸声和狗叫声沉默了几分钟，又忽然觉悟般地大响起来，二十几个汉子散在玉米林里，怎么数也数不全。姑骂一声，又问我：你信不信，我真的见过狐狸炼丹。妻子说：姑，你别说，俺害怕。姑说：怕什么！妻子说：您说吧，俺不怕。姑说：也不过是十几年前事，十几年前，人比现在少多了。三年困难，全公社生了七个孩子，死了四个。那会儿人少，荒地也多，路也少。有一天夜里，我去王干坝接生，接完生就是后半夜了，天黑得伸手不见五指。那个小伙子说：姑，我送你回家吧。我说：不用，你快回去照顾你媳妇。他还是要送我，我说：没事，我走惯了夜路，什么都不怕。那个小伙子回去了。一出村，我心里就怯生生的，那个天，没死没活地黑，现在根本就没有那么黑的天。我摸索着路走，听着路两边的高粱叶子哗哗地响，像有人摇的，一串串的脚步声跟在我身后，还有哞嗤哞嗤的喘气声。路越走越不平坦，乱糟糟的细草缠着我的腿，毛绒绒的尾巴扫着我的脸。我的头皮一炸一炸的，头发都支愣起来了。我知道毁了。碰上邪了。你大爷爷给我说过这种情景，我原来也不信，这下信了。我走不动了，瘫在地上，听着四面八方的风响，勾儿嘎儿的鸟叫，叽叽咕咕的人语，心里想：今日算完了。坐了半天，又想，不就是个死吗？半辈子人啦，活着没味，死了也利索，想着想着胆就壮了，我大叫：邪魔鬼祟，有本事就使吧，你姑奶奶连死都不怕。我这一声吼不打紧，眼见着远远地过来一道火光，停在离我几十步远的地方，叭嘎叭嘎地响一阵，就看到有一颗碗大的火球慢慢地升起来，升到五六米高的光景，在空中停停，又慢慢落下。连升三次，那火球就在空中舞起来，像两个孩子在抛球，划一道红线，又一道红线。那个球发出不刺眼的红光，照清了我眼前的一片绿草……好久好久，火球没了，我模模糊糊地看到一个狐狸露了一下相，紧接着一溜火线走了。这时，黑雾散了，我看到了满天星星和遍地的坟头，我被邪到老墓田里了……从河对面传来了你大爷爷喊我的声音……你大爷爷那时还活着，我出去给人家看病，他就拄着拐棍在河堤上等我……你还不信吗？我说：也许……您在神经极度紧张之后产生了错觉。姑说：你给我滚到一边去！我是医生，还不知道什么是错觉？

我说希望能碰到次狐狸炼丹，也好开开眼，姑说绝对不可能了，现如今人太多了，鼻子里眼里都是人，人多地面窄，人多心眼黑，山猫野兽连个藏身的地方都没有了，到哪里去炼丹！

门嘎吱一声响，进来的是女护士，她提着两只热水瓶，热水瓶塞儿嗞嗞地叫。她什么时候出去打开水我不知道，我光顾了听姑讲炼丹了。姑说：小安，这就是我那个当电影导演的侄子。安护士说：我早就认出来了。安护士用蜕皮的手端一杯水给我，我伸手接水时，礼貌地看着她，她说：我看过您的电影。您喜欢用慢镜头。姑说：你不是选演员吗？看看小安怎么样？我说，我要带走她，谁帮你接生？姑说：我一个人干，扶植年轻一代嘛。

大家笑了一阵。安护士又给我妻子倒了一杯水。产妇的婆婆从产房里冲出来，气喘吁吁地说：露头了……露头了……姑说：你就在外边等着吧，产房里地方小，转不开人。产妇的婆婆诺诺连声。这是个五十多岁的老娘们，留着二刀毛。一张大脸红扑扑的，气色好得如刚上市的小萝卜。安护士对我嫣然一笑，说：老师，您坐着。她叫我老师，我看到妻子脸上抽搐。安护士的脸嫩得像毛桃，眼睛开了一些，双唇极富感情，红润得像熟樱桃。

妻子戳我一下，说：她爸爸！

我打了一个惊悸，听到墙角上一声爆响，见那个绿花格子铁皮热水瓶下渗出水来，水银色破瓶胆嚓嚓响着，碎在地上……

四

我坐在窗户下安护士的办公桌前，斜看着那扇上半截乳白下半截乌黑的门。妻子坐在姑那张办公桌前，两张桌子连在一起，妻子也就与我对面而坐。她的目光从我脸上飞向墙壁，飞向天花板，又从天花板滑到墙壁、滑到我脸上。她的胳膊肘撑在黑漆剥落的桌面上，两只大手玩弄着一支蘸水笔，蓝墨水染绿了她七八个指头肚子。产妇的婆婆坐在一张小方凳上，面对着产房门口。她不停地扭动身体，凳子在她臀下吱吱叫着，她脸上的焦虑像一点即着的煤油。产房里悄然无声，器械打在搪瓷上的声音极其响亮，我感到寒冷从心里往外扩散，那扇乌黑乳白的门阴森森地闭着。门里突然飞出一声惨叫，又一声惨叫，我的毛孔陡然关闭，屁股微微离开凳子。

我飞快地点燃一支烟。

妻子鄙夷地对我说：她太不中用啦。我生艳艳那会，也没哭，也没叫，上了产床一袋烟工夫，就生下来了。你也不在，谁也不在。早晚都是自己的活儿，谁也替不了。

产妇婆婆的脸上汗水涔涔，双手使劲抓着裤子，脖子伸向门，眼凸着，肚子一鼓鼓地喘气。一个穿浅灰色制服的高大小伙子推门进来，问老太太：生了吗？答：没有。怎么这么慢？小伙子说着，瞅瞅房里人，走到产房门口，侧耳听一阵，又拉开北边的门，走出去。妻子跟踪着他的背影，直到门碰回她的目光。妻子居高临下地问老太太：这是你的儿吗？老太太说：三儿。妻子说：看样子也不是个吃庄户饭的。老太太说：在供销社开汽车。他二哥在国务院里当秘书，他大哥在地委里统战。妻子说：您真好福气。妻子说：俺家里这个……

我转脸对着窗户。绿草地上色调已见出柔和来，十几只蓝蜻蜓在草尖上停着。麦茬地里黄光泛滥，偶有一点绿点缀其中，显出生气来。东西向公路上，沥青化出一湾湾油，犹如一块块碎玻璃闪光。玉米林里，那群追赶狐狸的男人们，把圈子缩小，几十个头低着，一点点往紧里凑。狗不再叫。男人们动得艰涩，屏住呼吸，眼珠子一定瞪得发绿，流着酸水。有几只手按着紧张的狗。玉米叶子被缓缓地推搡着，久旱而生的粘虫被晒死后，化成蜂蜜一样的汁液，玉米叶子像涂了水胶，又粘又亮。叶片边缘上的刺毛扎着裸露的皮肤，又痛又痒。狐狸的味道直冲鼻道，使那些人发昏，胃肠翻搅。四方八面往里缩着，人越见密，玉米棵棵被挤出去，狐狸的味道愈浓，中间挤着一个狐狸。狗脖子上的毛竖起来，呜呜地发着威。我像一颗拉了弦的手榴弹。我听到了千米之外咻咻的喘息，闻到了他们腹下的汗臭。在最后那一刻，几十个人直起腰，棒硬如木桩，站成一道栅栏。狐狸完了！你真笨，有多少深山老林你不去，有多少荒漠大泽你不去。男人们大发一声喊。狗叫声似放枪。二十几个男人一齐朝里倒了，一大片玉米叶子翻转。我知道狐狸完蛋了，这只曾经炼过丹曾经跑起来一路火光的大仙落了运。我错了，众人七零八落地从翻滚的叶子里冒出头来，嘈杂地喊叫着，把一地玉米撞得前仰后合，乱滚滚上了路。我眼前的玻璃上通红一亮，那条狐狸一溜火光从沟里上了公路，由西向东跑。人们散漫成一条羊屎队伍，跟在几条狗后，几条狗短促沉闷地嚷着，跟在狐狸后面。那辆鲜红的摩托车又窜回来，蹦蹦跳跳地从人群中穿过去，离弦箭般射向狗尾，车上坐着的女子一手搂着骑手的腰，一手举着个塑料娃娃之类的东西，屁股不时跳离车座，口里发出猛禽鸣叫声。狐狸跑成一团贴地飞行的红火，一条花狗两条黑狗一辆红摩托等等穷追不舍。眼见着那狐狸跑得慢了，四条细腿点钞般轻动，三条狗趁机缩小着与狐狸的距离，伸口就能咬住狐狸尾巴的样子。我想这个狐狸完了。我又错了。狐狸一个立正站住，尾巴略抬，那三条狗扑地而倒，有两条打着滚下了沟，一条在公路上转圈。摩托车钻进狗队，前轮压住那条在路上转圈的狗尾巴，狗转着节子叫，女人也转着节子叫。狐狸跳下公路，不知哪里去了。摩托车紧随着狗下了沟，沟里蹿起一股淡蓝的白烟。

妻子和老太太看着我，红脸上都似擦了铅粉，暗淡生灰，我抬头就看见我奇形怪状的脸，在那面倾斜着挂在墙上的大镜子里，我的下巴拉得像根棒槌一样，四只眼睛在镜子的边上晃动。这是县卫生局奖给妇产科的大镜子，一排鸡蛋大的红字写得分明。

拿不着的。老太太说。

这些人不得好死。我妻子说。

草地上起了一股小旋风，把几块纸片螺旋到天上去。从医院后边的河堤上飞来蝉鸣，我恍惚听到女孩的哭声，不敢说，故意咳嗽几声。抬腕看表，已是下午三点，这个名目繁多的房间里焦灼闷热，妻子的胳膊把姑的黑漆桌面湿了两大道。房门被轻轻推开，一个面上锈着蝴蝶斑的女人在门外探头探脑，妻子大声说：干什么？那个女人震了一下，小声说：找医生。妻子说：你干什么？女人说：查查胎。妻子说：医生在接生。女人小心翼翼地走进来，说：还早？妻子说：等吧。

产房里又热闹起来，产妇尖着嗓子叫娘。婆婆弓身向门，眼见着脸上滚汗。那个蝴蝶斑女人老得焦黄，躲躲闪闪地站在墙角，和妻子东一句西一句地扯着，产房里的挣扎声使她们心不在焉，使她们像两只躲在一根枯枝两面的蝉。

产妇的嗓子哑了，声声慢，声声凄惨。我仿佛听到了肌肉撕裂的声音。我听到了肌肉撕裂的声音。姑和护士催促着产妇用力。听到产妇吭嗤吭嗤地憋气，哞哞哞哞像牛的声音。我的脸在镜子里变成面具，根本不像我了。房间拉成巨大，墙壁薄成透明胶片，人在胶片上跳跃，起始模糊，马上鲜明。我透视着产房。那张白铁腿黑革面可以推动可以升降的产床上，仰着裸体雪白的产妇，她小个子，像个纺锤，头发一圈一圈粘在床面上。她两只手死劲抓着床边，指甲盖红的红，紫的紫。脖子拧来拧去，乳房松弛成两张饼，褐奶头凸出，产妇肚子上青筋暴跳。姑戴的手套薄而透明，像没戴手套。安护士用白牙咬着红唇，戴着大口罩。他们手动嘴动，一点也不比产妇轻松。我恨不得变成胎儿，我看到我自己，不由得惊悸异常。

我推着重载的车辆登山，山道崎岖，陡峭，我煞腰，蹬腿，腿上的肌肉像要炸开，双手攥紧车把，闭着眼，咬紧牙，腮上绷起两坨肉，一口气憋在小腹里，眼前白一阵黑一阵，头发梢上叭叭响，木头车把往外长，太阳绕着我的头旋转，四周弥漫着蝉鸣。飞机在我头上逆着阳光飞，驾驶员是个小伙子，黑黑瘦瘦，嘴里嚼着一颗奶糖，他把奶糖根吐出来，吐到玻璃上，吸引来三只红头绿苍蝇。车轮一寸寸地上行，挺住！用力！使劲！只差一点点，就爬上了山顶。山顶平坦如砥，绿草如茵，柔软似绵，只要登上山顶我就可以躺在绿草上，看活泼伶俐的黄蝴蝶在我脸上飞来飞去，蝴蝶背负着深不可测的蓝天，如几片漂在水面的黄叶。用力！对！对！对！……哎哟……我不行了……

产妇又垮了。姑和安护士喘息着立在一旁，安护士把牙齿从唇上收回去，口罩蠕蠕地动了一下。我在安护士的桌面上按出十个鲜明的指印，指肚都挤扁了，离开桌面的瞬间它们是白的，明白地看到肌肉在鼓起，血也从根端汩汩地流过来，指尖胀得麻木不仁，我被陡峭的山路累得筋疲力尽，站在半山腰里，想象着山顶的芳草地，既怕又向往。产妇婆婆踽踽到门口，双手扶住门框，用力往里看，像要看破门板。她身上肉一律下垂，形成上尖下宽形状。妻子老练地说：到了这火候，咬牙瞪眼也要挺住。妻子不知是对我说话，还是对蝴蝶斑女人说话，蝴蝶斑女人扫我一眼，不知是对我妻子说话还是对我说话，她说：是个雏儿吗？

那个穿灰制服的小伙子在草地上转圈，脑袋耷拉在胸前，好像拉着碌碡转圈。打麦场上，一定忙累着父亲，他孤身一个人，放下扫帚拾起杈，落满麦糠的身体，在薄薄的尘土中冲出一道道七歪八扭的胡同，但尘土立刻就重新填写满了胡同。父亲像一条大鱼，在澶漫的黄水中游泳。女儿跟在母亲身后，寡淡地走着，海绵小鞋用力擦着地面，她不愿把脚抬起来。父亲顶风扬场，麦粒在空中亮起一面褐色翅膀，麦糠夹着灰土，疾速地向南飞，医院上空飘着麦场上的尘土和味道。

姑在产房里大声训斥着产妇：你打算怎么着？要个死孩子还是要个活孩子？产妇好像死去一样，一面孔灰黄和白汗。每当我想看产妇时，面对产妇的墙就像玻璃一样透明，产房里味道从玻璃里透过来，刺激着我的鼻孔。产房里的浅蓝色的气体像冰晶一样，寒冷彻骨，我突然明白了姑为什么要有一双冰冷的手。她用冰冷的手摸着产妇洁白的皮肤，拭去一层层固体的汗珠，就像拭去冰萝卜上结着的霜花。安护士樱桃红唇上留下四个牙印，中间两个深，两边两个浅，我惊异地想那鲜嫩的汁液何以不流出，马上又想到产房里一切都结了冰，樱桃也不例外，而结冰的樱桃是固体，不会流淌。

姑提着双手，走到窗前，看了一眼平放在窗台上的手表，摇摇头，说：小安，给她注射上几支葡萄糖。安护士摘掉手套，用干燥的小手拿起一个粗大的玻璃针管。针管里装着无色的液体，针头伸出一段白色尼龙细管，尼龙管的结尾是一根亮晶晶的针。姑说：你听着，你上了产床四小时了，再磨蹭孩子就死在肚里了，再磨蹭我就要切了你。你想想看，是生出他来，还是让我剥出他来？配合我，生出来，一辈子就这一回嘛！

产妇呜呜咽咽地哭起来，身体像大蚕一样蠕动。我用拇指压着太阳穴，听产妇在破釜沉舟。我重新推车爬山，太阳绕着我车轮般旋转。妻子半张着嘴，蝴蝶斑女人紧闭着嘴，张嘴的闭嘴的都屏着呼吸，紧张地用着力。我虽然没见过妻子和那蝴蝶斑女人生孩子，但猜想到她们那时的表情跟现在差不多。苍蝇狂热地冲撞玻璃，发出沉闷如擂鼓的声响。那忠诚的婆婆手把门框，像焊在门上的一个大铸件。产妇的哭泣或是用力声像连续的吐痰。我推车上山，每一条肌肉都像拉坏了的弹簧一样松驰。我不是用肌肉发力，而是用筋骨，用牙齿，用浓稠如粥的意识，陡坡与山顶之间只有一点点距离了，薄得像一线刀刃，我通过车轮感觉到了平坦山顶的边缘，闻到了野草杂花的腥香，遍体金茸毛的蜜蜂像呼啸的子弹射击着轻飘飘的蝴蝶……

好！姑大叫一声。婴儿被关卡压迫得长而难看的头沐浴在温暖明亮的人间空气里，姑扯着婴儿的膀子，婴儿像一条圆滑的鳗鱼缓缓地游出来，我感到淋漓尽致的厌恶和欣慰。我闭眼。剪刀咯嚓一声响。我睁眼。产妇一动不动，腹部凹陷，她没有呼吸，没有心跳，没有细胞分裂，血液也不循环，她像一条吐尽了丝的蚕。

山顶上金碧辉煌，绿草把我淹没了。山下传来我家那头公牛悲怆的叫声。

一个大胖小子！姑兴奋地说。那个婆婆顺着声软在门前，成了一堆肉。妻子和蝴蝶斑女人对望一眼，都长长地吐气。姑提起婴儿的两条腿，安护士用两只小手用力拍打着婴儿的背。婴儿呱了一声，又呱了一声，像吐掉了一个堵嘴的塞子，下边就咕呱连片，把产房叫成一个池塘……

男孩，那老女人从水泥地面上一跃而起，少见的敏捷动作由这样臃肿的身体做出更是少见。男孩！男孩！老女人叫着，风一般扭出去，很快出现在草地上。三春，生啦，男孩！那个小伙子的脑袋像弹簧一样跳起来，眼睛突然睁圆。我把脸从窗户上移回来时，他已经站在产房门口，露出一脸蠢笑，搓搓手，搔搔脖子，听着他儿子在产房里哭。婴儿每秒钟都在进步，哭得已经熟练流利，像歌唱不像蛙鸣。我如见婴儿腰缠白纱布，湿漉漉躺在磅秤上，四个爪爪朝着天，睁着眼哭。产妇身上盖了一条花格床单，眯缝着眼欣赏儿子，她的脸花红柳绿，原来是一个精致漂亮的小媳妇。姑用手指拨着磅秤上的刻度标卡，安护士皱着眉头收拾战场。八斤！姑说：弄出这么个大孩子来，这个当爹的真该挨打！小伙子傻笑一声，掏出一根超长的烟卷，递到我面前，说：老师，请抽烟。他也叫我老师，我被捧得舒坦，接了烟，说：恭喜你！他说：造了个大孽！

产房门开，走出姑和安护士。姑对我点点头，眼睛在口罩上笑。安护士眼睛在白帽下笑。我狼狈地对她们笑。安护士走出屋。姑对小伙子说：把你儿子抱走吧，半小时后，找辆车把你媳妇拉走，倒床用。

老女人蹦进产房，把婴儿抱出来。婴儿包在一条绿被子里，拦腰捆着红带子，头上蒙着红绸子。妻子脸色煞白，跨一步，挡住老女人，说：大娘，让我看看孩子。蝴蝶斑女人也凑过去。老女人把孩子往妻子面前送送，妻子伸手撖了婴儿的盖头红布，看着婴儿的一头黑发，目光都直了。蝴蝶斑女人啧啧连声，夸着：好孩子，真馋人！好孩子，真馋人。老女人急了，嚷：他嫂子，快盖好，快盖好！妻子如梦初醒，把婴儿的头用红布盖好，退了回来。老女人骄傲地打量了一圈，脚下似踩着轮子，溜溜地滑出去。

姑踌踌唧唧地洗手，困难地脱大褂，在那面歪曲所有形象的镜子前拢拢头发。我看表，四点三十分。

姑说：今日是生男孩的日子，上午接了两个，也是男孩。

我飞快地点了一支烟。

姑一脸的遗憾，看看我，又看看妻子，说：非流掉不可？妻子顿时泪水盈眶，说：不流，我不流！她拉开门，急步走了。

我高喊：站住！

我追出妇产科，在走廊里，与安护士险些相撞，她说：老师，对不起。

我说：你站住。

安护士被我吓坏了，直着两眼看我。

五

妻子双腿并拢，干净利索地跪在梧桐树下，双手合十上举，仰面看着我，阔大的梧桐树叶缝隙里筛下几线瘦长的金色光辉把她的脸分割成几块，她的脸残缺不全，庄严肃穆。她跑出走廊，拐上南北向贯通医院通向河堤的煤渣路，不到几十步，就被我一把抓住了肩膀。我一扳，她一摇晃，像小女孩发脾气，我说：你发疯了？她说：你才发疯了。我把她揪到路边梧桐树下，狠狠地搡她一把，她就借着劲跪下了。

阳光不但照黄了她的脸，也照黄了她身边纤弱如发丝的野草，不叫的蝉翘着屁股，淋下几点冰凉的分泌物，落在我的耳朵上。我擦一下耳朵，嗅一下手指，蝉尿无色无臭，十分洁净。生有绿锈的梧桐树干上，有一只黄背白花斑的天牛在直线上升，优雅的斑节长须在方棱的头上招展着，如京剧武生头上的雉尾。四周安静，枯河道里溢出来短小精悍的风，一段一段间隔着吹到医院，梧桐树叶动一下，紧接着不动；响一下，紧接着不响。树下孱弱的细草沉思着点头，像为我唱赞歌，像为我奏哀乐。压死了几株瘦草的是一大团被雨水阳光改造过的惨白的红纸，一只昂扬的蚂蚁在纸的高峰上站着。触须抖动不止。喀喀唧——一只灰羽蓝尾的长鸟从梧桐树上空滑翔过去，向着北方，向着河堤。河堤如长蛇般东西蜿蜒，柳树都如画在堤上的，色彩灰暗沉闷不像因为炎阳曝晒倒像因为画老了。枯河上空似有一道白光壁立，衬着绿树，使绿树都有重影，飘飘缈缈，一直到极目处才淡薄了。

我弯腰去拉妻子，她用那两只幼稚的大手，抱住我的腿。我听到她喉咙里格格地响几声，见她嘴角下垂，好像要呕吐，不是呕吐，她悲伤地哭了，她真哭了。她说：她爸爸，你是铁石的心肠吗？你看看人家，生了八斤重的儿子。你不馋？我能给你生个十二斤的儿子，我不会像她那样哼哼唧唧，你只管在外边闯你的世界，白捡一个儿子，好不好？我用力托着她的胳膊，一股湿热的气体堵在胸口，使我出语凝滞。我说：玉兰……你起来……她说：我不。我说：起来，让人看见这像干什么。她说：我怕什么？我没有罪。我说：没有罪才该起来……

我松开她的胳膊，想飞快地点上一支烟，烟盒空了。我攥紧烟盒，扔在草间。我束手无策。狐狸！

她应声跳起，站在我身后，紧紧地抓住我的胳膊。

狐狸沿着麦茬地疲惫不堪地跑过来了。它不断地回头张望，那群人跟在它身后约有二百米，全累得脚拖地面，好似橡皮擦纸。那三条狗在人前几步远，半死不活地跑，连叫也不敢。狐狸尾巴拖着地面，扫起一溜黄烟。它越近了，身体渐大，毛色通红，愈像一团火。我看着狐狸跑进绿草地，红毛狐狸绿青草，像一幅生气蓬勃的宣言书。我为狐狸兴奋担忧。它跑了几个小时，还没有摆脱这群人狗，这么多人狗追了这么长时间，还没逮住它。我想狐狸一定累昏了头，它竟然踏着煤渣路，直奔我和我妻子来了。她在我身后尖叫着，身体使劲地往我身上贴，仿佛要钻进我的身体里去。

这只也许早就失去了炼丹走火本领的狐狸孑遗从我和妻子面前，流水落花般跑过，它的秀丽的脚趾抓得我心脏紧缩。妻子的指甲掐得我肉痛。在跑动中，它侧着狭长的脸，用绿色的眼睛，鄙夷地瞄了我一眼。狐狸瞧我不起，它高傲得可以，它冷漠得要命。这只伟大的狐狸，像一尊移动的纪念碑，从路上飘然而过，像一道红色闪电，坚硬而滋润。我无意中叫了一声，长而恐怖，嘴巴张着不合，舌头冻结，目光如线一样粘在狐狸那条老练地道的尾巴上，狐狸跑到哪儿，就把线带到哪儿。

狗和人杂沓地追来，狗无表情，人却恶狠狠地骂我：你他妈的怎么站着不动！你腿有毛病？他们不敢恋骂，撇下我不管，急如星火地追下去。人跑成狗样，狗跑成人状，狐狸跃上河堤，在那道壁立的白光上，投下一个边缘朦胧的影子，狐狸的影子，使柳树立刻绿得厉害。

这只狐狸脸上的傲慢神情刺激着我的神经，它蔑视我，它使我把从前积累的关于狐狸的印象全部曝光。我在动物园见过铁笼子里一群红狐狸，它们臭气熏天，懒洋洋地蹲在阴暗潮湿的石洞里，尖削的下巴使它们满脸荒诞愚蠢。那次我跟那个单眼皮大眼睛的姑娘去看狐狸，奶油冰棍把她的嘴巴弄得黏糊糊的。她问：你为什么像狐狸一样阴沉？我说：我怕这铁笼子。她吃惊地看着我忧伤的脸，我忧伤地看着她吃惊的脸。她说：遗憾吗？我说：你闻得惯狐狸的味道吗？她说：我有慢性鼻炎。我说：我们去看老虎吧。

狐狸翻过河堤，跳到枯燥滚烫的河沙上，宛若进了白色沙漠。它柔软的爪子踩出一朵朵梅花，天上的金光，沙上的白光，把它夹成一个金银狐狸。两岸墨绿的垂柳排比而下，河堤的漫坡上一团团连续着荆条、红柳、酸枣棵子，枯河之沙曲曲折折向前流着，沙子热胀，摩擦有声。狐狸在沙上跑，尾巴拖出一条痕迹。它钻进丛生的灌木，不见了。那群汉子也下了河，低头辨认着沙上的花纹。狗把鼻子触到花纹上，可耻地对着人叫。三架飞机压着狗头飞过去。飞行训练继续进行。驾驶员都是面孔冷峻的小伙子，都不会眨眼睛。飞机有时飞得很高，有时飞得很低，飞低时，麦茬地里它们金黄色的大影子像河水一样流动，机翼激起的硬风把野草按倒，枝杆强硬，叶子边缘上生满硬刺可以做止血药用的大蓟在伏地的野草中昂扬着紫红色的花朵。

安护士从墙角拐出来，我认为她是为我走得如此风姿绰约雄赳赳气昂昂，像个烫发的红卫兵小将。飞机成排地低飞过去，巨大的轰鸣声把梧桐叶子都震翻了。

安护士说：老师，老师让我问问你们，是流还是不流？

我说：流，坚决流。

安护士响亮地笑起来，我看她，她立刻把笑容敛起来，说：其实，这不算什么大事，我们每天都给人流产，半个小时就完事。她用眼斜看着我，嘴对我妻子说：大嫂，老师是搞艺术的，你应该支持他。

妻子说：什么狗屁艺术，嫁给他是我前辈子干了缺德事。

安护士说：哎哟我的大嫂！全县里的女人也比不上你幸福。

妻子说：你知道我遭了多少罪？等他等老了，和我一般大的女伴都两三个孩子了我才结婚，还是我拉着他去登的记。

安护士说：拉郎配。

妻子说：他像个小孩一样，能把人气死。

我说：行了。

安护士说：大嫂你真该知足了，老师从这么多人中选了你，你真该知足。我们院长的女儿何苹，号称十大美人之一，想嫁给一个演匪连长的，匪连长都不要，她只好嫁给飞行中队长。老师是导演，导着演员呢！

妻子说：她爸爸，我听你的，往后，你可得好好待我。我在你们家这么多年，也不是容易熬的。

一片哭声，从医院的东北角那排房子里传出来。

安护士说：大概又有人死了。

这么个小医院还经常死人？我问。

安护士说：经常死。

我说：走吧。

妻子说：等等，看看死了一个什么人。

那排房子前乱了一阵，见一行七八个人，幽灵般走过来。最前边一个中年男人，面部无表情，弯腰驼背，拉着一辆平板车。车板上躺着一个面孔方正的小伙子，他瘦削脸，高鼻梁，脸色黝黑，嘴唇青紫，两只雪白的耳朵在披散下来的头发中隐显着。他好像睡着了，嘴上还挂着一丝悠然的微笑。车后跟着一个老年妇女，哭得一脸模糊，破旧的蓝布大褂上，沾着鼻涕眼泪。车后还有几个男女，有架着老女人胳膊的，有拿着零碎东西的，都紧蹙着眉头，踉踉跄跄地走。一个小姑娘，穿着一条好像用红旗改成的裙子，一件又脏又破的汗衫扎在裙子里。她脖子细长，腮上沾着圆珠笔油迹，腕上画着一只手表。她右手提着一双旧拖鞋，左手托着一个鲜红的苹果，走一步她看一眼苹果，苹果红得像一块血，光滑得像一块玉。她几次把苹果举到嘴边，嘴唇张开，露着两排小小的牙齿。我嗅到了苹果浓郁的香气。女孩每次张开嘴唇，都干巴巴地叫一声：哥哥。她脸上连一滴泪珠也没有，红苹果举在她手里，像暗夜中的灯笼火把。

红苹果把周围暗淡的灰蓝色全照浅了。小姑娘的红裙子与红苹果上下辉映。小姑娘的叫声很像梦中的呓语。最后，是一个老汉，他穿一件圆领大汗衫，曾经是白色的，汗衫的背部破了十几个铜钱大小的洞。一条黑布裤子，一双用废旧轮胎做成的凉鞋。两条弯曲着伸不直的胳膊。光秃秃的头上挂着西斜的太阳。他一声也不出。他默默无语。他迈着缓慢的大步，驼着背，从我的面前经过，那灰白的眼色，使我感到彻骨的寒冷。他们过去了，车轮在破烂路面上颠簸着，车板喀喳喀喳地响，车在人的簇拥下，看看就远了。我看到车轮与地面接触的部位胀开一圈黄色气体，紧接着我听到一声爆响。

妻子说：屋漏偏遭连阴天，黄鼠狼专咬病鸭子。

我无话可说。妇产科门前停着一辆小面包车，那个穿灰制服的小伙子，双手托着他劳苦功高的妻子，从走廊里走出来。

六

临进产房前，妻子脸色灰黄，鼻子上渗出一层汗。她直着眼看着我，说：我可是为了你才走这一步，你别忘了。我挥挥手。姑坐着，毫无兴趣地喝着一杯水。姑说：小安，给她推上两支葡萄糖吧。这种事我干一回够一回。刚才是送子观音，现在是催命判官。妻子说：还要推葡萄糖吗？这么贵重的药。姑说：计划生育用药，不要钱。

安护士举着一管子透明药水，对我妻子说：把袖子挽起来！

妻子坐下，挽起袖子，她吧嗒吧嗒地咂着嘴，好像品尝什么东西的味道，她的胳膊上凸起一层白色的鸡皮疙瘩。

你冷吗？安护士问。

妻子说：不冷。

注射完毕。安护士说：老师，开始吗？

窗户金碧辉煌。妻子在产房门口，拧着脖子看我一眼，她那张脸浮肿得像个大气球，我不相信自己的眼睛，待要重新看时，产房的门刺耳地响着关上了。只有我一个人，站在这间房子里，房子宽阔高大，天花板上吊着一个沾满石灰的灯泡，高如天星，一个个墙角都深邃无边。西墙角上有蛛网，东墙角上有斜阳投进来的淳厚凝滞的阳光。西墙面着我的背，东墙上那面镜子里我变形成一个星外来客。

我数了，镜子上写着二十一个大小不等的字，镜框上有一个木疤。西墙上挂着一排登记簿子，有流产登记簿，有放环登记簿，有子宫下垂登记簿，有独生子女登记簿。

我不敢看那扇通往产房的门，因为它愿意向我传递阴森恐怖的情绪。我也不敢拂去粉壁上的阻光物质，让粉壁透明了，更重要的我要把第三只眼睛紧闭。我看了一阵苍蝇，又回头看墙上的登记簿子，我逐个地揭开它们，看到一行行花花绿绿的名字，从名字缝里，浮现出一张铁腿革面床，床上躺着一个女人，她有庞大的乳房，松弛的肚皮，肚皮上布满了眼睛般的斑点。她眼睛的神情像被钢刀威胁着的羔羊……我垂下手，簿子自动合起。

安护士挪动着钢铁机械发出沉闷的钝响。墙上阳光灿灿。产房里响起了噗哧噗哧的声响，好像用气筒往轮胎里充气。我尽力地不去想象，但那张床，床上躺着的我妻子，我妻子身下那些奇形怪状的物件，不断地在我的脑海闪现，好像多少年前的旧景重现。妻子的脸扭曲着，嘴角歪歪扭扭地乱动，一两声憋不住的呻吟从嘴角冒出来。我挣扎出来，像溺水的人扯住几根垂到水面的树枝。我面目狰狞，在镜子里，动一动一副面孔。安护士的腿一曲一伸，一曲一伸，咖啡色的膝盖在白大褂下闪闪烁烁。那干涩的噗哧声从她脚下飞出，在她脚下编织成串，向我脑子里爬动。我的脑袋像齿轮一样转着，把噗哧声编织成的链带全部绞进来，储存起来，这些声音如气体般膨胀，我感到头痛欲裂，脑壳等待着爆炸。

我张开嘴巴，噗哧声从嘴巴里钻进来；我闭住嘴巴，噗哧声从鼻孔里爬进来。我索性拿开堵住耳朵的手指。一种难以名状的焦虑感，电流般贯通我的全身。妻子在产房里叫了一声，这叫声湿漉漉沉甸甸，像水渍湿的棍子一样抽打着我，我沉重的心脏把我压倒在凳子上。我飞快地点一支烟，没有烟，我捧起腮，又扔了腮。

在紧张的摸索中，我的手碰到了《妇产科教程》，《妇产科教程》碰到了我的手，我迫不及待地翻开它。它发出碘酒的味道，珍珠霜的味道。安护士用红杠子蓝杠子把一行行黑字托起来，还在书的空白处歪歪斜斜地加了注。妇产科专家写道：世界上有识之士对迅速增长的人口表示了极大的忧虑，人口增长迅猛已使地球体系严重不稳定，人类正奔向"聚爆"的摧残性结局……安护士批注道：刘晓庆，我多么羡慕你呀！妇产科专家写道：实行人工流产，是贯彻计划生育政策的一项有力措施。要消除广大妇女对人工流产的恐怖心理，又要认识到人工流产不是小手术，施术者和受术者都不能掉以轻心。安护士注道：佐罗是个好小伙。安娜是个好姑娘。我一定要……

安护士还在用力踩那物件，把一连串噗哧声制造出来。产房里的情绪灰白迷蒙，空气干涩。妻子的脸像一具蝉蜕，褐色透明，没有丝毫活气。我揉揉眼睛，合上这本见神见鬼的《妇产科教程》，站起来，看了一下表，方知妻子进产房仅七分钟。我怀疑表停了，但秒针哒哒地追赶着数字，数字追赶着秒针，时间追赶着空间，空间与时间融为一体，人在茫茫时空中如同纤尘，来如风去如烟，有时极大，有时极小，噗哧声还在继续，像一条藏污纳垢的河流，我整个身体都淹没在河流里，我用力挣扎，伸出头来，手把住窗框，如捞住救命的船板，窗外金碧辉煌。

我一眼就看到了大如车轮的太阳，成熟的金橘般的太阳，流溢出半天彩霞，低低地压着残缺不全的地平线。芳草地上飞来飞去的蜻蜓，贼星般射过捕蜻蜓的麻雀。我的眼跳过那片温暖的麦茬地，跳过河流般的公路，跳进苍翠如海的玉米林里，那些液化了的蚜虫使玉米叶子像青铜的刀剑，它们在如水的阳光中又簇立了起来，袅袅的白气沿着叶尖上升，我蓦然想起了狐狸。玉米林里这般平静，不会让人想起狐狸的故事，然而这平静之前，确确闹过狐狸，十几年前，狐狸在这里走火线炼仙丹，指引迷津，救我姑姑出黑暗，十几年前的光景像闪电一样消逝了。我把眼往回拉，眼前横着那条如河的路，路边的树木投下长长的影子，把路面遮了，似遮着流动的河水，河水中，树影动摇不定。我偶尔发现，从沟里冒上来似的，那路南边树影下，蹲着一个蛋黄色的人。像从河里流下来似的，从路的上游，拥来一群女人和孩子。我恍然明白，在路的上游，聚集着乡政府和公社干部们的家属子女，那儿号称干部村。那些女人孩子们都端着什么，跑着，童稚们发出飞越树梢的欢呼。女人和孩子把那蛋黄色人围起来，人圈阻住了道路。我起初只看见一些粗粗细细的腿，后来看到蛋黄色人坐着，身子前仰后合，有呱哒呱哒的声响传来，一个带着长柄的圆物下，蹿出比阳光更加温柔的火焰来，女人的眼，孩子的眼，都被这火光映照得炽炽如金豆，投到那地雷状圆物上。有几个孩子往火中投薪，有一个孩子摇着把柄，让那地雷状圆物快速旋转。

呱哒呱哒的声音从窗缝里挤进来，噗哧噗哧的声音从门缝里挤出来，碰撞在一起，溅满五壁，如同两个波浪同归于尽……

柏油路上那些女人孩子纷纷跑开，有的躲在树后，有的远远地侧着身，眼睛都齐射到蛋黄色人身上。我看不见蛋黄色人的脸，只见到他手提长把圆物，跳跳蹦蹦似类人猿在开辟鸿蒙，蛋黄色的阳光涂到他身上，使他更加蛋黄不止，他把那物塞进一个长长的尖尖的小丑帽子一样的柳条篓里，身体停动，恰似演员亮相。一眨眼的工夫，他的身体跳离地面有二寸高，那篓子跳起有半尺高，落地后又跳几下，从篓缝里喷出几十股乳白色气体。这时窗玻璃抖动着，我听到了公路上传来的爆炸声。

我妻子是轻易不会喊叫的，她生我女儿时都没叫一声，现在她叫了。我想起妻子临进产房前看我那苍凉悲壮的一眼。我说：苍天保佑。天花板上那个涂满石灰的灯泡，射出短短的黄光，这里经常停电，现在来电了。灯泡悬挂在天花板上摇摇欲坠，妻子的叫声粘腻冰凉，带着潮湿的霉变气息，我的耳朵在寒冷中痉挛着。窗外金碧辉煌。我起身走几步，手拉灯绳，开关啪哒一响，灯灭了，天还不黑，窗外金碧辉煌，太阳破了，草地柔和温顺，静静地躺着，草梢儿似动非动，任凭着蜻蜓撩拨。它使我深深地内疚。草地的中央，有一片草长得分外茂盛，像一个孤独的浪头，也像平静海面上的一块沐着光辉的礁石。有蚯蚓的叫声在礁石后响起，极其清晰地把一声与另一声之间的距离断开。这蚯蚓叫出了无线电信号，东北风把这信号向西南吹，吹向落日的方向，那儿有几十株向日葵，向日葵正怒放，全都背着太阳，葵花叶上落着蜻蜓，蜻蜓翅膀像刀刃一样锋利。我目无目标，胡乱地看，看到妻子的叫声在房间里飞翔，看到那长柄地雷状物在孩子手下飞旋，我怕那沉闷的爆炸声，怕妻子的叫声。公路上的女人孩子又散开去，蛋黄色人从血红的火焰中提出那物塞进篓里，人跳篓跳白烟飞蹿，我缓缓地按住耳朵，见窗玻璃莫名其妙地动。女人和孩子围上去，蛋黄色人把篓子倒提着，倒出一串白花花的东西在一个女人双手端着的盆状器皿里。玉米林里刀剑上指，落尘有声，谁也想不到那里曾进过狐狸，出过狐狸。我松开堵耳的手指，听到产房里瓷器碰撞当啷啷响。

父亲来了。好像久别重逢，父亲我认识，但感到陌生，父亲比我上次见他时苍老多了，他穿着一件破汗衫，穿一条黑裤子，穿一双废旧轮胎制成的凉鞋，戴着那顶灰烬般的草帽，站在了窗外。父亲身上散发着的汗酸和炒面香气从我的眼睛里进入我的意识，它使我鼻孔收缩，肌肉作神经质地弹跳。父亲这样瘦，汗衫的破洞里露出一个黑豆大的乳头，他无言默立，身后立着那头石雕般的牛。父亲的眼穿过玻璃，看到了我。他的嘴动了一下，好像要说话，我抢在他说话之前说话：爹，你回去吧，马上就好了……路上又爆炸了那黑色地雷状物，父亲双肩耸起，牛毛也在父亲身后一动。父亲没有回头，我越过父亲和牛，我说：今天下午，几十个人追赶一条狐狸，也没有追上。父亲不说话，站了一会，牵着牛走，牛背上搭着一条防寒的麻袋，后腿上的血痂乌黑，那个空皮囊肿得发亮。

父亲走了，母亲来了。母亲牵着我的女儿。女儿穿一件夹袄，盖住了圆滚滚的小肚子。她脸上带着泪痕。娘和女儿在窗前站了一会，娘不说话，女儿不停地吹一个红气球，把脸憋得通红，总也吹不大。我说：到屋里来吧。

娘站在产房门口静听了一会，回头问我：还活着吗？

我说：怎么会不活着呢？流个产，又不是什么大手术，马上就好。

整整一下午了。娘哭着说。

我说：整整一下午产床上都在生孩子，她刚刚进去。

妻子低沉地叫一声。姑说：好了。

我坐在凳子上，乞求地说：娘，您回去吧，弄点饭给她吃，多煮些……鸡蛋。

娘说：艳艳，走吧。

女儿扭扭身体，说：我要找俺娘……我要找俺娘……

我说：艳艳，你跟奶奶一起回去，爸爸和娘待会儿回去。

女儿哭着说：我要找俺娘……

我说：娘，你一个人先回吧。

娘走了。

女儿怯怯地看着我，说：我要找俺娘。

我说：你别哭，你会吹气球吗？来，吹给爸爸看。

女儿鼓起腮帮吹气球，气球膨胀起来。女儿一换气，气球随着瘪了。

我说：爸爸给你吹起来，好吗？

她点点头。

我从姑的抽屉里找出一根线，把女儿的气球含在嘴，用力吹一口，气球胀大，又吹，又吹，气球顶端变薄，变亮，红色被吹淡了，吹白了。气球胀到排球大时，我屏住气，腾出手来，用线扎住了气球嘴。我把气球还给女儿。

我说：你怕爸爸吗？你恨爸爸吗？

女儿莫名其妙地看着我。产房的门开了。

产房门一开，女儿就高叫一声娘，紧接着她在我怀里挣扎着，用气球敲着我的头，敲得我的鼻子酸麻，敲得气球嘭嘭地响。她哭叫着：娘……我要找俺娘……

女儿的娘还在产床上躺着，苍白一团，安护士帮助她穿衣。女儿的气球打得我嘭嘭响，在短暂的几秒钟里，我看到了那些奇形怪状的器械，竟与我想象的一模一样。产房门大开着，妻子在产床上召唤女儿，她满脸泪水。我放下女儿。女儿擎着红气球，扑到了妻子身边。我在那面镜子里，看到了我的脸。我立即逃离我的脸。

窗外是一个紫红色的世界。

那架通红的大飞机无声无息地从东边扑了过来，直冲着医院前这片草地，直对着我的头。飞机像个醉汉。飞机的翅膀流着血一样的光……

1985 年 6 月春于魏公村

欢　乐

离开苍老疲惫的家门，像逃出一个恐怖的梦境，你，穿过了浮土噗噗的大街，贴着几排红色瓦房的墙根，晃过十几个散发着腐败气味的隔年柴草垛，爬上绿水大湾子凸凸凹凹的堤崖，往南往前走了二百米，就进入了蓊蓊郁郁的秋天的原野。密集成群的庄稼陡然唤起了你心里失群孤雁般的凄凉。你的心在有气无力的飞行中发出绝望的嘹唳，宛如失群的孤雁。你知道一切都完了、晚了。强烈的绿色像扎眼的电焊火花刺激得你心脑灰白，口腔里充满苦涩清冷的青草味道。于是你的嘴里仿佛塞满了青草。于是你像骡马驴牛一样枯燥地咀嚼着青草，咯咯嘣嘣响着用力咀嚼的牙齿，下巴骨哆嗦着颤抖，胃里发出乌鸦般的鸣叫，绿色的汁液沿着你的嘴角流出来。这时候你一转脸，就看到了被古历八月初下午和善的太阳照成橘黄色的大湾子水。湾水平静，像一面镀了浅金的铜镜。在弯曲的水草和黑色的小鱼上面，倾斜躺着你的倒影。你不愿见他。你曾经多少次把自己想象成一个风流倜傥的在校大学生形象：面如敷粉，唇若涂脂，鬓若刀裁，眉如墨画；洗得发了白的蓝制服褂子口袋里插着一支金星牌钢笔，一支三色圆珠笔。湾水中的形象无情地粉碎着你臆想出的偶像。好像去年的那一天，哥哥在你的无肉的脸上用力扇了一巴掌。你看到了自己的骆驼般的长脸，像两颗粗黑的豆荚般的短眉毛，嘴唇像发情的公山羊的唇一样上翻着，露出了一排东北乡人特有的漆黑牙齿。在上翻的唇上，稀稀疏疏生着几十根黄黑间杂的胡须。一只黑色的大头蟾蜍从你的脸影上游过，乱纷纷的如画涟漪里，你想到豹眼燕颔的生物教师说：神农架有一种长胡子的蛤蟆，俗称"角怪"。你的心里顿时泛起一种又冷又腻的不良感觉，你感到不美好，十年前你站在池塘水边看景时，有一只三条腿的癞蛤蟆从你的倒影上滑过，你看着它艰难地、顽强地爬到水边，钻进青青的水蓼草丛里去时，眼里流出不知是恐怖还是同情的泪水。这只蛤蟆歪着身子爬动时的形象像烙印般打在你的脑子里。那时候你十四岁，现在二十四岁你还牢记着残废蛤蟆脸上孤独愤怒的表情和它洒在墨绿水蓼上的焦黄的尿水。发情的公山羊……长胡须的角怪……三条腿的癞蛤蟆……

你厌恶地正过脸，往南往前笔直地走。东北乡广阔的田地像斑斓的棋盘延伸到你的目光尽头，你什么都清楚。去年暑假里，你在愤怒中低声吼叫：

我不赞美土地，谁赞美土地谁就是我不共戴天的仇敌；我厌恶绿色，谁歌颂绿色谁就是杀人不留血痕的屠棍。

那时候你感到你的心像吃奶的牛犊一样撞击着你的肺，你的小肠像蛇一样钻着你的胃。现在原野上是繁茂的、不同层次的绿，像不同层次的感情和不同层次的感情需要，像一个伪君子的十几副面孔。目光一接触了绿色，你的心又像穿马靴的脚一样猛踩你的胃，你感到身体像被热尿浇着的水蛭一样缩成一团，缩成一个"a"，一个蜗牛，伸着两只胆战心惊的触角。水蛭又名蚂蟥，水蛭科蚂蟥属腔肠动物喜食水虱孓孓焙干研粉入药主治赤白痢疾……你感到被人赞美的绿色非常肮脏，绿色是溷浊的藏污纳垢的大本营，是县种猪站的精液储藏桶。那个留着披肩长发的姑娘戴着优质乳胶手套好像没戴手套的手握着贮满"巴克夏"精液的交配器，走到一头年轻的"约克夏"母猪腚后，插了进去，像孩童玩竹节水枪般用力一推——"约克夏"愉快地哼哼着，配种姑娘严肃地咳嗽了一声。燕颔虎须的生物教师激动不安地说：

"同学们……杂种优势……同学们，五八年时，我们的老校友采集了山羊的精液，注射进家兔的生殖器，他们犯了什么错误呢？我们的老校友把水稻嫁接到芦苇上又是犯了什么错误呢？"

你的耳朵里仿佛有两个蜂巢被捅了，同学们的回答声都变成了马蜂的嗡叫。强烈的金黄阳光照射在种猪场的一草一木上。在金黄的底色上，你看到那个穿白大褂的配种姑娘紧抿着生机蓬勃的嫣红嘴唇，扭动着藏在沾满精液的白大褂里的丰满的臀部，手持盛满生命的利器，向另一头黑色的"长白"猪走去。你永远难忘在那一瞬间，表现在配种姑娘脸上的咬牙切齿的愤怒表情，你嗅到了从藏在透明乳胶手套里的那些冰冷黏腻的泥鳅般的手指上，散发出来的热乎乎的腥气。后来在生物课的试卷上，你也嗅到了热乎乎的腥气，是从被秋阳曝晒了一天的湾水中泛上来的，是钻营在湾底的肮脏淤泥里的泥鳅们发出来的气味。

你不愿歪脑袋了，尽管那股温暖的腥气强烈地吸引着你，尽管你的身体像细软的蜡烛向着右边的灼热倾斜。你很怕，你知道是那股泥鳅味儿毁了你去年的考试，你曾经产生过用开水烫杀天下所有泥鳅的念头，这不可能，你知道这是一种精神病症状，不要痴心妄想！你终于抵挡不住来自右边的诱惑，意志薄弱！你的眼睛往前看，那些绿色一瞬间都成了黏稠的污泥，成千上万条浅黄色的泥鳅吱吱叫着钻来钻去，钻出了无数玲珑剔透的洞穴。你向西歪了你的头。大湾子里明亮的水照着你灰白的眼睛，照着你脑袋里那些羞于示人的隐秘欲望。为了逃避湾水中的自我厌恶的形影，你麻木不仁地把近视眼投到湾子中央那几蓬已见黄萎的绿色蒲草上。棕色的蒲棒像蜡烛般高挑着，在蒲草的阔叶中央。你模模糊糊地看到蒲棒上闪烁着细弱的咖啡色光芒，很暖，也很孤独。这时，在你的眼里，一切景物和颜色，都浸透了悲凉和忧愁。五只麻鸭和四只白鹅从湾子对面的蔬菜地里扑扑棱棱跳下水。在鹅和鸭的背后，追着一个山魈般的紫面老头，他手挥着牛皮绞成的长鞭抽打着一只受伤的鸭子，他打一鞭，那鸭子就翻一个筋斗。鸭子挣扎着站起来，脖子像弹簧一样抖动着，阔嘴里发出鸡鸣声。老头退两步，挥起鞭子——鞭子像飞蛇一样弯曲着，又猛然抻直——打在鸭脖上。颤抖的鸭脖子迅速折断，像断在利刃下的一茎麦穗。一两片细小的鸭羽飞起来。你听到了焦脆的鞭声，你的心在鞭声中裂成了两半。隔着明亮的、泥鳅气熏鼻子的湾水，紫面老头高叫：

“是你的鸭子吗？是你的我也不怕！你甭搭着眼罩往这看。它吃我的菜，我就打死它！谁吃我的菜我就打死谁！”

你惊慌失措地放下罩在眉毛上的手，立正站在湾崖上，看着那老人像匹老猿一样暴跳着，你麻木，像一根糟朽的木桩。老人提起那只死鸭——攥着折断的鸭脖子——前后悠荡几下，死命撇过来。鸭子像失事的飞机，一头扎在水里，溅起的绿色湾水似一朵墨菊，开放在你的眼前。

“你不服？”老人说，“不服到乡里告去吧！有理走遍天下，无理寸步难行！好汉做事好汉当，我叫王天赐，外号‘天老爷’，你告去吧！”

你糊涂得头都痛了，你看见那自称“天老爷”的老头，突然地停止了嚣张的叫骂，将一只胳膊举起来，一条腿弹起来，像舞蹈演员打旋子一样，转了一圈后，便一头扎在地上，像一只吃白菜的鸭。湾子里鸭鹅在杂交，那只麻鸭屁眼朝天漂浮着。那老头趴在对岸菜地里抽搐着，你像个杀人凶手一样仓皇逃窜。湾子里温暖的气息顿时冰凉冰凉，你再也不敢回头。你对自己的计划怕起来，沉甸甸的瓶子坠着你的裤兜，打着你的胯骨，你向前跑，向着死亡前进，竟像逃避惊惧。你险些撞到一头黄牛弯曲的角上，黄牛很仁慈地歪了歪脑袋才没让你撞到它的角上。它牵扯着一辆很大很破的车，车上载着几十捆早熟的谷子，谷穗耷拉到车辕外，像黄鼠狼的尾巴。车上坐着一男一女，从年龄上看像母子，从表情上看像夫妻。你又嗅到了泥鳅的气味，但这气味里掺杂着一股甲鱼的腥气，你感到一阵恶心，一阵绿色的恶心，在喉咙里升降着。

“瞎眼了吗？”车上的年轻男子龇着一嘴猪屎牙骂你。

你迷惘地看着他，他又说：

“永乐！”

他称呼你的乳名，你感到受了很大的侮辱。

“永乐！你念书念成痴呆了，考大学？那么容易，你爹的坟头没占着好风水，考白了头你也考不上！回家商量商量你娘，给你爹起骨迁坟吧！”

车上的女人格格地笑了一声，笑得你寒毛根根直立，好像青天白日之下见了鬼魅。那年约五十的女人用一根手指戳戳车上的汉子的额头，亲昵地说：

“我的儿，说话怎么无轻无重！”

车上汉子嘿嘿两声，伸出长鞭杆子拨拉了你一下，喊道：

“闪开道呀！好狗不站路中央！”

你机械地移到路旁，让牛车和牛车上的谷穗从你胸前缓缓地擦过去。车上的男人已经把头靠在那个全老徐娘的怀里，女人用手拍打着他的脸。你忽然想起，适才看到，那个女人有一嘴比猪屎还要黑的牙齿，稀疏的头发溜光溜光，像狗舔过一样。牛车摇摇晃晃地走远了，你在心里骂一句：

“建仓，我操你‘老婆娘’”。

骂过了，你立刻后悔，你觉得这种肮脏的话与你的身份不相符合。这个臭名昭著的“老婆娘”，女儿原先是建仓的媳妇，女儿跟人跑了，她便来顶替了女儿的位置。她早些年装神弄鬼，外号“三仙姑”——短小精悍的罗老师把课本一摔，嘴巴立即跳到右腮上，鼻子下只剩下一只光滑的下巴：三仙姑才四十五岁么，很年轻么，为什么就不能穿绣花鞋，穿镶边裤？为什么就不能搽官粉，戴首饰？区长可以批评她干涉了小芹的婚姻自由，不应该批评她的服饰打扮。中国人老得快，四十五岁就老了吗？就不能恋爱结婚了吗？从这个角度来看，我认为三仙姑是解放区最少封建思想的妇女！……你和同学们紧盯着罗老师腮帮子上匆忙开合着的嘴，你们不知道从那里流出来的是蜂王浆还是“敌百虫”，是蜂王浆也罢是“敌百虫”也罢，反正都汤水不漏地喝到肚子里去了。你认为你和同学们都发出了淫邪的、恶作剧般的狂笑，笑声一阵连着一阵，震动得破碎的玻璃瑟瑟发抖，对面高一·二班和高二·一班的学生们从虚无缥缈的数学公式和浩如烟海的历史垃圾中挣扎出来，窗户上贴着一层苍白的脸，一个满脸雀斑的女教师用教鞭捅开窗户——教鞭前头套着一颗亮晶晶的螺丝帽，窗玻璃发出痛苦的砰啪声——愤怒地注视着嘴在腮上的罗老师，并用力咳嗽了一声。罗老师用党委书记般的坚定口吻说：应该给三仙姑平反！你们同意不同意？你用足了力气高喊：同意！你把憋了十年的浊气一股脑儿喷出来，在震荡房瓦的巨响里，你知道，在“复习班”或曰“回炉班”的八十名学生当中，你的嗓音仅属中等，你甚至连“冬妮娅”的嗓门都不如，从她小母鸡一样狭小的胸腔里，竟能发出如此高精尖的声音，好像玉米田里生出一棵高粱，委实像个奇迹。历史学女教师涨紫了她的脸，无数雀斑好像灿烂的星斗灼灼逼人。今夜星光灿烂，你想起历史学女教师因嫌碗里少肉与食堂里的杨麻子师傅吵架时的情景。她骂杨麻子的脸是“鸡啄萝卜似极”，杨麻子说，你他妈的漂亮，天下第一美人，“今夜星光灿烂”。历史学女教师捂着脸跑了，杨麻子敲着盆沿唱小曲儿。后来听说女教师托人从天津买来了一箱子祛斑霜，还到化学试验室弄了一瓶硫酸，准备在搽用祛斑霜无效的情况下，用硫酸把雀斑一个不漏地腐蚀掉。化学教师说：“今夜星光灿烂”，与“鸡啄萝卜似极”孰美？据说历史学女教师怅然良久，弃硫酸而去。她气急败坏地拉上窗户，声嘶力竭地训斥学生。老态龙钟的校党总支书记从办公室里跑出来，六神无主地站在院子里，丈二和尚摸不着头脑，盲人摸象般走到教室门口，声色俱厉色厉内荏外强中干嘴尖皮厚腹中空地吼叫一声：不许高声喧哗！然后头重脚轻根底浅地走着，急急如丧家之犬，忙忙如漏网之鱼。你想：不准高声喧哗，难道可以低声喧哗吗？你翻开词典时，下课铃声响了。

现在你清清楚楚地感觉到磨平了花纹的牛车胶皮轱辘碾雨天时车轱辘从辙印里挤出来的弯曲干泥片的细微声响，干硬的泥片破碎了，充气过足的胶皮轱辘嘭嘭响着，那是富有弹性的、拨动空弦般的声响，沉甸甸的谷穗子撩拨着粗壮的车辐条，不知道车辐条发痒不发痒，但是你却感到浑身毛茸茸地发痒。摇摇晃晃的牛车，像一团黄色的暖云，像一个暖的梦、像一碗黏稠的、半透明的发酵黄豆酱，渐渐离你而去，远你而去，在你与牛车之间一点点延长着的土路上，渐渐升腾起一股五彩的迷雾，你恍然大悟般地听到一曲辽远的、苍凉的歌声，那时候你还没有出生，到处是荆棘与鲜花，丛莽与沼泽，恐龙，琥珀，强烈的阳光晒得地球汗水淋漓，茂密的原始森林里，弥漫着浓烈的松脂香气。一个美丽的苍蝇正在用灵巧的腿沾着唾液掸刷自己的翅膀，一只八条腿的蜘蛛正用一万倍的耐心克制着一千倍的焦灼慢慢移向苍蝇……原始森林里燠烈浓郁的松脂香气……你焦虑不安周身黏腻……在那一瞬间，一滴沉重的、滚烫的松树的眼泪把谋杀者和被谋杀者、把最阴险的和最坦直的、把侮辱者和被侮辱者，固定在同等凄凉的位置。海水漫上来了，沧海桑田。一个赤脚孩子走在海滩上，感到脚掌被硌了一下。他弯腰捡起来了一滴古老的眼泪，给他的爹看。他的爹用衣襟擦擦眼泪上的沙土，举起来，迎着太阳，古老的太阳。他爹说：孩子，这是琥珀，好好拿着，卖了钱你给你娘抓药去。你学《琥珀》时跟那个赤脚孩子差不多大。不久又有一个面如团扇的大姑娘捡了一块金刚石，得了三千元奖金并被招进工厂当了工人。你日夜梦想能捡到一块金刚石，锄豆时锄刃啪嚓一响你的心都哆嗦了，怀着极大的希望你低头弯腰，捡起来一块粉红色的鹅卵石。

牛车载着金黄的谷穗和猪屎牙建仓与建仓的超猪屎牙“老婆娘”蹒蹒跚跚地拐进村去，温暖暧昧的源泉消失，五彩烟霓和松脂香味仿佛从来就没有出现过。摆在你面前的是僵直的灰白土路，路东侧肮脏的绿野，路西侧腥臊的湾水，冰冷浸透了你的身心。湾子北头，两蓬紫穗槐下，有一扇罾网被拉起来。一个肥胖的白肉老头在拉网。罾网出水时，网眼上都蒙着一层水的虹膜，虹膜噼噼破裂，绿水汇集到网的尖底，连环串珠般滴下去，滴下去。大大小小的鱼儿在网的尖兜兜里跳跃着。白肉老头一只手拉住网，另一只手持一绑在细长竹竿上的葫芦瓢，伸过去，弹一下网底，大鱼小鱼飞进瓢里，烂银般闪烁。你粗略地算了一下，一百一十个小时之前，你一言不发地蹲在那两墩紫穗槐之间，白肉老头右后侧，看着他百无聊赖地罾鱼。

“今年怎么样？永乐皇帝。连考五榜，榜榜落空？别着急，慢慢考，《三字经》上说，梁灏八十中状元，你有多大？不到三十吧？”

你冷漠地看着这个退休的公社原党委副书记白里透着青的脸，想到学校食堂里没蒸熟的死面馒头。范进中举，中了中了我中了，扔掉怀中准备出卖的鸡一路飞跑，蓬头跣足，跌入泥坑……今天是考查课。精瘦如柴的章老师弓腰驼背倒背着手，脖子歪着，右肩像驼峰般高耸着，在坟砖垒成的讲台上，边走边说，眼睛直盯着讲台上的砖头，好像搜索丢失在砖缝里的硬币。珍妃井里成千上万枚硬币，这个……女人。……齐文栋！你在水中镍币灰暗的辉光里，听到语文教师用鸱鸮般的声音，叫着你的名字。你下意识地站起来，眼前转动着面值一分的、面值二分的、面值五分的镍币。《儒林外史》的作者是谁？语文教师像慈禧太后一样追问着你。你潸然泪下，喃喃地说：珍妃……语文教师像寒冬腊月里的一只正在雪地里提腿缩颈的雄鸡，被劈头盖背地浇了一瓢滚水，那时候雄鸡是什么样子这时候语文教师就是什么样子。语文教师的驼峰像鸡头一样耸动着，肚子连着头颅，像一只受了重伤的翅膀。你的眼前硬币滚尽，白杨树的叶片把圆圆的硬币般的阳光透过破旧的窗户筛在你的斑驳的桌面上，同学们短促一笑，教室里一片黑暗的死寂。蝙蝠把房梁上的灰挂撞下来，落在了坐在你左前方的马白净——“马白腚”——的白脖子上。她的脖子上有一颗黑痦子，绿豆粒那么大，你一直认为那是一只虱子王。

窗外的树叶哗啦啦响一阵，光影子欢娱地滑动着。高年级的同学们在操场上上体育课，步伐训练。农民在田野里对牛发号施令。咿咧咧咧咧——向右转——呜啦啦啦啦——向左转——。清脆的鞭声传到你的耳朵里，你体验到一种从未体验过的、因过度压迫和恐惧而产生的罪孽深重的快感。老师说：坐下吧，你，齐文栋先生！你在临坐前赎罪般地：吴敬梓，……是吴敬梓——白肉的原公社党委副书记站起来，浑身的肉一律下垂，多半臃在细牛皮腰带上方，由三十二支纱青岛产圆领汗衫兜着，颤颤抖抖，如一包袱凉粉。他抓着一把粗的麻绳子，用力拉网，网兜浮上水面空空洞洞，一无所获。网缘上挂着一茎翠绿的水草。他低声嘟哝着，把网沉下水去。紫穗槐枝头上，有一只孤单的马蜂摇动着粉红色的肚子爬行。他用腊肠般的手指夹出一支香烟，按了一下电子打火机，气嘴里喷出嗤嗤作响的明亮火苗。他说：

"这是俺干儿给我买的。俺干儿您认识吧？叫金星。"

你想起了少年得志的曾经的同学金星。他已经大学毕业，你还在中学里回炉。金星的干爹把一口冒着青烟的黏痰吐到绿色的湾水里，一条小鱼来吞吃。

"俺干儿分配到国务院当秘书！国务院！你听说了吗？他卡着国务院的大章子，像茶碗口那么大！现在我要打官司没有个打不赢！俺干儿的老丈人是军级干部，家里有一座小洋楼，光楼上的窗玻璃就有上千平方米。"

在白肉书记的干儿颂中，你感到一种无名的恼怒和羞惭。村里都流传着，金星的娘是白肉书记的姘头。白肉书记又拉了一网，空网，只有清水下滴，连个鱼毛也没有，那茎水草挂在原处，绿得扎眼。白肉书记脸上有了愤怒，他骂道：

"娘的，泥菩萨放屁——神气！鱼都到哪儿去了？"

你从他用力斜过来的眼睛上，知道该走了。你觉得这个当年鱼肉乡里的新恶霸落到了亲自动手拉鱼的地步已是农民的洪福，尽管他天天拉鱼卖钱国家还要开给他每月近百元的工资。你痛感世道不公，过去你就这样想，所以你要上大学。想到大学，你凉透了。这时候村里支书来了。村支书已经被酒精烧红了眼睛，舌头也不太灵便了：

"老白猪！罾了多少？"

"连根鱼毛没罾着！"白肉书记说。

"乡里来搞计划生育，还等你的鱼下锅呢！"

"于大嘴来了吗？老子的鱼喂猫也不给他吃，这个大闺女养的王八蛋！"

"老白猪，别骨头不硬嘴硬啦，你不是当公社书记的时候了，褪毛的凤凰不如鸡。虎落平川遭狗欺！"

"老子当公社书记时，他姓于的天天给我端茶倒水，你这个小杂种还吃鸡屎呢！"

"我七四年就入党了！"村支书说。

"谁不知道你娘脱裤子给你换了张党票？！"白肉书记说，"老子入党时把脑袋别在裤腰带上，出生入死，老子的党票是用命换来的。你的党票是你娘解裤腰带换来的！"

白肉书记拉起罾网，网里有一只黑蛤蟆，瞪着两只亮晶晶的眼睛看人。白肉书记把网绳一松，罾网倾斜着落在水里。

"晦气！噗！晦气！噗噗！"白肉书记吐着唾沫说。

在那两丛紫穗槐间，罾网里的鱼闪烁着烂银般的活泼光芒。今天白肉书记一定是网网不空了，也许那天他的晦气真是你带给他的，他一头栽到湾里灌死才好！但立刻你的愤怒就平息，建仓和他的"老婆娘"用鞭杆和谷穗子撩起你的一串杂色的回忆戛然止住，你转过身，往南往前，疾走三步后，又开始了梦游。

现在暮色已经很沉重了，天地间氤氲着伸手即可触摸的淡紫色的薄雾，从疏朗的黄麻空隙里，你看到奄奄一息的太阳扁扁地坍塌在一抹峰峦般的绿云中。你因为坐在这个孤零零的、乳峰般的姑娘坟上，才能看到破碎的太阳。黄昏时的秋虫忧伤地鸣叫着，吱吱吱，唧唧唧，等等。你挖空枯肠也找不到能准确地摹仿秋虫们歌喉的象声词了。你的脑子在发晕，轻微的眩晕，有一丝丝幸福感。包围着坟头也包围着你的黄麻秀丽挺拔、鹅黄色的茎秆上，逐级升高地对生着鹅掌状的层层绿叶，乳白色的五瓣薄花，均匀地缀在每一株黄麻的叶丫间，每株生花四五朵，花蕊艳红，风吹黄麻翻动时，无数花朵翩然，宛如群蝶飞舞。你的四周都飞舞着温柔寒冷如雪花般的粉蝶，粉蝶围绕着你飞舞也是围绕着黄草蓝花的坟墓飞舞。你清楚地记起了已经埋葬在坟墓里的她的模样：两只蓝色的又大又凄凉的眼睛，正头顶上一小撮雪白的头发，也许有三五十根吧，其余的头发黑得流油，村里的男青年给她起了个外号：花顶小母牛。现在你想起她来，确实感她像一头小母牛一样温柔善良，她的蓝色的眼睛里，永远放射着一种可怜巴巴的光芒。前年暑假里，一个沉闷的傍晚，你从棉花地里归来，你是去剪除棉花疯枝的，手里提着一把生锈的、弹簧失去弹性的"五莲山"牌果树修剪刀。在湾边上，你碰到了她。她从湾子里提上一桶水，灌在喷雾器里，她在给棉花喷药。你记得她很悲惨地对你一笑，问你：

"大学生，干什么去了？"

你通红着脸，说："你别讽刺我，我没考上，我过了暑假再去回一年炉，我一定要考上了。"

她说："对不起，我不知道，我只当是你今年就考上了。"

她低头弯腰，一起一伏地往喷雾器里打气。气筒子噗哧噗哧响着。

第二天早晨，你听到嫂子大惊失色地说：

"翠嫚喝了药啦！"

你当时正站在焦了梢的梧桐树下，手提着英语课本闭着眼睛，叽里咕噜地背单词——梯里吐噜放葡萄屁——这是嫂子隔墙辱骂你时的话。你很想做一个动作：一松手，半真半假地让英语课本贴着大腿，滑过小腿，落到地上。但你没有这样做，因为你除了心脏停止劳动半分钟外，并没有其他痛苦。你的神志很清楚，你看到肥胖得如同母猩猩一样的嫂子半是惊愕、半是兴奋、半是幸灾乐祸的表情青一块绿一块地涂抹在脸上。她的脸像一碟子臭气喷鼻的腌辣菜。你讨厌她肥胖得像丰满的臀部一样的脸上那两只紧靠在鼻梁两侧的混浊的眼睛，眼角上沾着豆青色的眼屎，薄如刀刃的唇护不住满嘴细小的、碎碎的牙齿。

“枉可惜的，一个黄花大闺女！”嫂子意味深长地看着你说。

嫂子用混浊的眼睛盯着你，极想同你对话。你知道她并不是忘掉了对你的刻苦仇恨，她仅仅是想找人对话，想倾吐肚子里的污秽不堪的同情和生了蛆虫的怜悯。

娘从屋里跌出来，灰发飘拂，面如锅底，满嘴里只剩下的一个孤独的长牙，随着说话时的气流灵活地运动。

“谁？谁喝了药了？”娘耳聋，说话好起高声，她希望别人对她高声说话首先就对别人高声说话。等价交换。礼尚往来。

“小翠。”嫂子说。

“谁？”娘往前靠了一步，用力仰起脸，像葵花向日般望着嫂子。

娘手里举着一根乌黑的烧火棍子，烧火棍白烟袅袅，像一根熄灭了的或正要燃烧的火炬。嫂子表现了空前的好脾气，第一次没骂娘是“老聋X”，她提高了嗓门，说：

“小翠！鱼生财家的闺女，喝药死啦！真糊涂啊，这闺女，好死不如赖活着嘛！”

娘“噢”了一声，挥舞着烧火棍，陀螺般转动着。“这个好孩子！”娘高声喊叫着，“这个好糊涂的孩子！前日过晌，还帮我挑了一担水。我摘下一根黄瓜让她吃，她说不吃，笑笑，就走了。”

嫂子横眉立眼，怒吼一声：

“啊！黄瓜！你从哪里摘的黄瓜？”

母亲停止旋转，身体蜷缩着，双手举着，好像准备投降，又好像准备反抗。嫂子飞跑到她家院子里——那里种着三架黄瓜——又飞跑着回来，骂声高亢嘹亮，词汇丰富多彩：

“老白毛！老贼……架上就那么一根黄瓜！我道是怎么天天开黄花，不见结黄瓜，原来出了家贼！你吃了我的黄瓜，满肚子生癌，癌死你这个老杂种！”

母亲求饶道：

“娜妮她娘，别骂了，让邻墙隔家笑话。”

嫂子说：“啊呀呀呀！多新鲜！你还怕笑话？好汉做事好汉当，偷了黄瓜别怕笑话！”

母亲说：“我没吃，我摘给小翠吃，人家帮我挑水，我心里不过意，就摘了你一根黄瓜，我年纪大了，挑不动，你和娜妮她爹又不给我挑。”

“出钱出粮，养着你们这些老祖宗小祖宗还不够？考了三年啦，钱一把一把地花，”嫂子仇视地盯你一眼，“连个大学毛也没沾上！俺娘家兄弟媳妇的兄弟，一年就考中了陶瓷学校，专门学着做茶壶茶碗花大盘。指望着兔子生骆驼？一岁长不成驴，到老是个驴驹子……”

英语课本擦着你的大腿，蹭着你的小腿，轻快地落在地上。梧桐树被盼树成材的母亲用尿浇得半死不活，一片死叶绝望地落下来。你的身体动摇，迫切需要依靠，这样，不是你想而是你的身体想，你就把背撞在梧桐树干上。树干皴裂的死皮挤进你的肉里，你的所有的意识在一瞬间像几束灰蒙蒙的光线黏在树皮与你皮肉的交接处，那里发出淫秽不堪的狎昵之声。你咬紧牙关，晃动着头颅，像落水狗甩动头颅想把沾在头上的泥水甩掉一样晃着脑袋，想把双耳里的肮脏的声音甩出来。你也确实把它们甩出来了，它们像鼻涕一样，呱唧呱唧贴到生满青苔的黄土墙上，黏黏稠稠地落在白露寒露湿漉漉的黑土地上。苍蝇尚未飞来你就听到了它们嗡嗡的叫声。又是几片金黄的死叶婷婷袅袅地落下来。金黄死叶下落，灰白意识上升。几抹浓艳的朝霞射在梧桐树干枯的树梢上，枯枝涂金抹银，宛若天国之物。

你的鼻子又痒又酸，你想哭。又一片更加金黄的死叶羽毛般飘下来，好像安慰与温存。你期待着它落在你贫穷落后的额头上。上天显灵。它端端正正地覆盖了你的额头并遮住了你的两只史前动物般的眼睛，你的眼前一片黑暗。你感觉到体内血声喧哗，黑暗下落，欢乐上升。你听到又是一片死叶滴零零地落下来……“老贼！”嫂子的骂声。小翠、鱼翠翠。鲜艳华丽的翠鸟的羽毛般的朝阳把一切都染遍了。母亲拖着烧火棍，点头哈腰地钻进洞穴般的黑屋子里去，嫂子还在詈骂，你呜呜地哭着，羞答答地转了个身，把你的荒凉贫瘠的额头抵在梧桐树粗糙的树皮上。母亲又从洞穴里钻出来，左手持着半根蔫黄瓜，右手依然拖着烧火棍。

“还剩下半根，娜妮她娘，还给你吧。”母亲说。

嫂子一把夺过黄瓜，眼泪汪汪地说：

“还浑身带刺，正长着呢，让你给摘了。”

母亲说：“那半根我没吃，叫娜妮吃了，我没牙，想吃也咬不动。”

嫂子狠狠地吐了一口唾沫在地上，用穿着一双断带的白塑料凉鞋的脚使劲踩了几下那口唾沫，紧攥着那半截黄瓜，骂不绝口地走了。

“永乐啊，”娘走到你身后，战战兢兢地用烧火棍戳戳你的背，“别难受了，立志吧，今年考不上，过年再去考，只要功夫深，棒槌磨成针。你哥你嫂也就是骂我几句，骂去吧，我聋，听不见，她不嫌累就骂，反正她不敢打我。别恨你哥，他怕老婆，庄户人家讨个老婆难，女人贵重，谁不怕也不行，怕婆子骑骡子。小翠真糊涂，怎么就想不开呢？有人有世界，没有过不去的河，有享不了的福，没有受不了的罪。你腿快，拿两毛钱，买一刀纸，送到她家去吧，不枉了好一场……”

后来，你果真涉过欲断不断的河流，爬过生满蒺藜的河堤，到供销社里买了一刀纸。这种纸农村妇女生孩子使用，高级人员擦屁股使用，给死人烧纸钱也使用。纸有两色，红的，白的。你本想买一刀白的，售货员非要卖给你红的不行，你只好买红的。你在买纸送纸的过程里一直在费劲儿地揣摩着母亲那句漫不经心的话：拿两毛钱，买一刀纸，送到她家去吧，不枉好了一场。你想难道我跟她好过一场吗？跟她，鱼翠翠，顶脑门上有一撮白发的鱼翠翠，一个比我大七岁的姑娘，好过吗？难道那就算好过一场吗？你踏进她的家门时竟有惶恐之感，好像为了赎罪才来为死者送纸钱。鱼翠翠的娘早死了。她的爹端坐在院子一角的碎砖烂瓦上，面无活人表情。他敞着怀，袒着煤炭色的胸膛和肚腹，肚脐之上有一道鲜红颜色蜈蚣形状的疤痕。她的两个枯木朽株般的哥哥，一个蹲着吧嗒吧嗒抽烟，一个站着吧嗒吧嗒抽烟。你走进院子，为了免除尴尬，夸张地把那刀红纸举到肚腹前，叫一声爷爷，叫两声叔叔，你说：

“俺娘让我给翠姑姑送刀冥钱……”

小翠的爹双泪齐流，这么个干柴棍般的老头，竟有如此大量的、清泉般的泪水，不由你不惊讶。

“翠呀！翠呀，你可把俺杀利索啦！”

老头子哭得神魂颠倒，眼泪鼻涕，成行成串地滴到肚子上的刀疤上。蹲着的哥哥把烟袋锅子往地上磕磕，骂道：

“这个混蛋！这个混蛋！”

站着的哥哥蹲把烟袋锅子往地上磕磕，骂道：

“这个混蛋！这个混蛋！”

站着的哥哥蹲下去双手抱着花白的脑袋，一句话也不说。你把那卷草纸放在窗台上，从豁得稀烂的窗棂间，看到了小翠胀鼓鼓的身体。她的脸青紫，像个经霜的茄子，头顶上那撮白发，散射着银子般的光泽。你突然也感到万念俱灰，生和死原来只隔着一层薄薄的窗户纸，奋斗，成功，不奋斗，也不成功，都是同样结局，到头来都是一具直挺挺的僵尸，哪怕你机关算尽太聪明，哪怕你蠢笨如牛遭侮弄，死亡会使每一个人心平气和。但你还是感到冰冷的恐怖，虎死如羊，人死如虎。你逃离了她家破败的院落，跑上了大街，街上一群一丝不挂的男孩子正在打土仗。他们采来苘叶包着土，冒充炸药包。一个这样的“炸药包”在一个小男孩的头上爆炸了，沙土流到他的头上，他晃晃脑袋，全然不顾，奋勇还击着。你绕道走，躲过了战火炽烈的街道。适才那个虽受重伤但继续战斗的男孩尖嘴缩腮，无法判断年龄，生命力顽强。寒冬腊月他也是光着屁股，冬天嗜食冰凌，皮肤上挂着一层鳞皮，与砖石摩擦时簌簌有声。你知道这个男孩擅长攀登，除了上不了月亮他哪儿也能上去。这孩子是儿童群里的领袖，人人惧怕三分。你亲眼见到过男孩脾气暴躁的爹在男孩面前败得落花流水。男孩的爹打了男孩一下，男孩就从地上抓一把沙土按到嘴里，一连吞食了十几把沙土，呛得白眼青眼翻腾不迭。孩子的爹说：祖宗，你随便吧，爹再也不管你啦！在那个漫长的暑假里，你处在犹豫彷徨的痛苦之中，你在灰暗阴冷的鱼翠翠和明亮灼热的吞沙土男孩之间走着一条弯弯曲曲的、布满陷阱的道路。那个暑假多雨而闷热，雨水泡胀了泥土，从云缝里偶尔钻出来的太阳又像捞本儿似的拼命地散发热量，土地像酱缸一样发了酵，阴郁的蛤蟆和爽朗的青蛙昼夜欢唱。你睡在灼热的火炕上，也感觉到生活在水泽中，逼人的湿气使你的骨头都生了锈。棉花、黄麻、高粱都长疯了，植物在闷热多雨的反常气候里，患了一种癫狂症。症状是生长生长不顾一切地生长。棉花蹿了一人高还在上蹿，疯枝子鲜嫩如芹菜，像一丛丛白蜡条，任何一个花蕾也休想长成一颗棉桃。黄麻就是从那一年开始开花，开花表示着优良的杂种优势退化殆尽；那一年之前，人们还一直认为黄麻是从来不开花的。遍野美丽的黄麻花盛开，像一个巨大的不祥之兆像沉重的石头压迫着这群懦弱、愚昧的农民。还有高粱，你忘不了高粱茎上生满了暗红色的须根，此根嫩极，据说可炒食，但无人尝试。那时你对绿色还是充满好感的，后来你才发现绿色是那样肮脏、无耻，你对它的反感不但有心理原因还有生理原因，而且，你也知道，谁也无法改变你对绿色的深恶痛绝。

在那个窗外雨声阑珊、阴冷潮湿的中午，母亲四肢蜷缩着，堆在墙壁旮旯里的麦秸草里，像老母鸡一样打盹，从她的嘴里，咈咈地喷出节奏分明的冷气，成群结队的跳蚤在她身上跳着，跳蚤又肥又大，像一粒粒炒熟了的芝麻。墙上黏着密集的苍蝇，遮得像挂了黑釉般的老墙壁斑驳陆离。你打了一个哈欠，脑子里电石火花般一亮：要干点什么事情，是，有一个声音在催促你。你的目光最终滞留在鼓鼓胀胀的书包上。就在那个中午连着下午你写出了一生中最富文采的文章，但你不知道自己干了点什么。很多年之后，终于有人发现了你的日记，就像那孩子在沙滩上发现那颗珍贵的琥珀一样。

1984年8月12日

雨

星期?

我烦闷。我压抑。我痛苦。我仇恨。我嫉妒。我浑身发痒，胳膊上肚皮上布满了跳蚤咬出来的红色小疙瘩。

你咯嚓咯嚓地搔着胳膊和肚皮、大腿和屁股，一只跳蚤在你手背上疾速地爬动着，当你刚要伸舌去舔住它时，它却蹭足一蹦，落到你的珍藏了多年的笔记本洁白光滑的纸面上。你伸出沾了湿唾沫的手指，想把它按住，但它又蹦了。你的思维比跳蚤的动作要慢一秒。跳蚤在黑暗中像子弹射来射去，墙角像鬼火般闪烁着的是老鼠的眼睛，它们把家里除了瓷器和铁器外的家什全都咬过了。一个老鼠从母亲肚腹上爬过去，母亲浑然不觉，老鼠无动于衷。我恍然觉得母亲变成了一具木乃伊，没有生命，没有感觉，没有一点点水分。窗外雨脚如麻，院子里的向日葵东倒西歪，田野里蛙声如潮，此起彼伏。在蛙声和雨声混合成的浪潮中，我昏昏欲睡，冰凉的潮气掺杂着青蛙肚皮下的腥味和泥水的腥味涌进屋子，我的头脑灼热身体却在颤抖，跳蚤的身体灼热头脑冷静，它们的身体在冷热不均匀的气团中膨胀变大，芝麻——黄豆——枣核，膨胀到枣核大时便定型，跳跃，而且嚎叫，叫声很尖厉，酷似阳春三月儿童们口中的柳笛和芦哨。我感到临界癫狂，因为跳蚤太冷静。它们叫着，跳着。它们跳跃母亲的身体时像跳跃舒缓的山脉。老鼠有一瞬间是僵持在母亲的肚腹上不动的，它轻松地抽动着尾巴梢子，把一串串的跳蚤抛出去，从它尾巴上甩出去的跳蚤总是恋恋不舍地爬回老鼠的尾巴上去，好像遵照着人类的格言行动：在哪里摔倒的，就在哪里爬起来！老鼠像丘陵上的一片黑色的森林，跳蚤像森林中的成千上万只鸟。跳蚤像弹丸般射来射去：射到老鼠上，射到老鼠下，射到老鼠前，射到老鼠后；射到老鼠左，射到老鼠右。跳蚤在母亲的紫色的肚皮上爬，爬！在母亲积满污垢的肚脐眼里爬，爬！在母亲的泄了气的破气球一样的乳房上爬，爬！在母亲的弓一样的肋条上爬，爬！在母亲的瘦脖子上爬，爬！在母亲的尖下巴上、破烂不堪的嘴上爬，爬！不是我亵渎母亲的神圣，是你们这些跳蚤要爬，爬！跳蚤不但在母亲的阴毛中爬，跳蚤还在母亲的生殖器官上爬，我毫不怀疑有几只跳蚤钻进了母亲的阴道，母亲的阴道是我用头颅走过的最早的、最坦荡最曲折、最痛苦也最欢乐的漫长又短暂的道路。不是我亵渎母亲！不是我亵渎母亲！！不是我亵渎母亲！！！是你们，你们这些跳蚤亵渎了母亲也侮辱了我！我痛恨人类般的跳蚤！写到这里，你浑身哆嗦像寒风中的枯叶，你的心胡乱跳动，笔尖在纸上胡乱划动，纸上留下了奇形怪状的线条，极像你的心灵运动的轨迹。战抖过后，你感到全身疲惫，腹中十分饥饿，嘴里洋溢着一股金子般的滋味。你又拿起了笔。我听到了涨水的墨水河发出狮子吼叫般的声音，我闻到了水蛇和燕子的腥气，并为田野里的野兔子、田鼠、刺猬、獾、狐狸担忧。写到这里时，你被一声沉闷的响声惊起，握着笔，你思索片刻，心绪平静如初，便又伏下身去，你立刻想到的是，众人把盛殓着鱼翠翠的水泥棺材吊下墓穴时，穴壁坍塌的沉闷声响。

鱼翠翠出殡那天，我也被拉去抬棺材，我猛然想到自己已经是二十二岁的男青年了。鱼翠翠的棺材是用水泥制成的，据说是用了一个"行将入水泥"的老人的棺材，这个老人是她的爹。依着鱼老大和鱼老二的意见，这个给家庭带来重大损失的丧门星根本不配用棺材，从炕上揭领破席，卷出去埋掉就是了。一定是老头子坚持不许，鱼翠翠才进了水泥棺。我被鱼老二牵到他家院子里，一进土门就闻到了出类拔萃的尸臭。怪不得把我拉来抬棺，原来是人们怕遭了邪气不敢来。我深切地感觉到我有为她抬棺的必要。母亲不是说：不枉好过一场吗？也许是我真的跟她好过一场，那也就算是好了吧！

那年我十四岁，小学刚毕业。也是暑假。你立刻回到了大少年的时代，变成了一个干瘦漆黑的孩子。鱼翠翠那年二十一岁，她穿着一件一毛三分钱一尺的薄布制成的又瘦又短的半袖褂子。布的质量很差，半透明，有一些红色的格子印在上边。队长分配我给她当助手，给全村的人服“脾寒药”，是预防疟疾的药。我提着茶壶茶碗，她拿着药瓶子，两个药瓶子，一个瓶里装着红色小药丸；另一个瓶里装着白色小药片。我那时认为她身高马大，后来她渐渐萎缩了。村里人对这种“脾寒药”畏之如虎，拒绝服用。队长对我们说：一定要让每一个人都吃，不许你们把药扔掉。我们的任务很艰巨。最繁忙的时候是生产队长在铁钟下派活时和晚上记工时，最顺从服药的是四类分子。有一天上午我们去给一个老太婆服药。老太婆正在用她残缺不全的牙齿咀嚼玉米饼子。她坐在树阴下一个草墩子上，地上铺着一张黑狗皮，狗皮上躺着一个黄色的小男孩，狗皮前放着一个蓝碟子，碟子里放着一撮红糖。大娘，你服脾寒药吧。鱼翠翠说。老太婆吓得面如土色，连连摆手，呜噜呜噜地说：翠呀，你大娘没病没灾的，服什么脾寒药，俺一辈子还不知道发脾寒是什么滋味。小翠说：没发脾寒才要服脾寒药，发过了就不要服啦。老太婆忙说，我发过，发过，一年发一场。看来她是死活不会服啦。我望望鱼翠翠。鱼翠翠望望顽固不化的老太婆。老太婆吧唧着嘴唇说：小翠呀，你什么时候了出落成一个这么俊的大闺女啦，才几天啊，你还挂着两条清鼻涕，唏溜唏溜的，像扒面条一样。小褂子也俊，看看你那怀，胀鼓鼓的，该出嫁了。鱼翠翠羞答答地站起来，说：大娘，你对人可要说吃过脾寒药啦。老太婆说：放心，放心。鱼翠翠说：永乐，咱们走吧。老太婆在骂鸡：臊X，浪到哪里去啦，也不来家下蛋。

我跟着鱼翠翠拐进了另一条胡同。这条胡同人称绝户胡同，几家五保户死掉后，无人敢来盖屋。旧屋的废墟上，种植着一片苘。苘叶大如莲叶，遮住了阳光。鱼翠翠说：进去歇歇吧。我跟着她钻进苘地，见中间有一小片苘被糟蹋了，地上铺着一层柔软的苘叶。鱼翠翠坐下了，我提着茶壶直棒棒地站着。她说：放下茶壶，坐下吧。苘头上开放着小朵的黄花，苘地外槐树上的蝉吱吱地鸣叫，天气闷热。鱼翠翠问我：你不热吗？我摇摇头。她说：坐下吧。我坐在她对面。她问：我真的挺俊吗？我抬起头来，看着她红色的脸庞上湛蓝的眼睛，一阵寒颤滚过全身，我的牙齿频繁撞击着：俊……你俊……她问：你怎么了？你也发脾寒了？我忽然有了勇气，说：奶子……你的奶子……她的脸涨得要出血，抬起臂护住胸。但是，我适才从她的小褂子上那两颗按扣之间折开的缝里，看到半只白色的乳房。她说：我还把你当成啥都不懂的小孩子呢，不敢跟你在一个被窝里困觉了。我羞愧地低下头，但那奶子，白色的，膨胀的，就像罪恶一样吸引着我。我非常想抚摸它一下，非常想。我说：翠姑，翠姑，让我看看……让我看看吧……她说：谁家好看奶的？……那，让你看看吧……别跟人家说，谁都不能说啊……她撕开褂子，把那两个白馒头给我看。我看了一眼，心里就生出罪感，一团无法解脱的犯过罪的阴云，从此笼罩了我。我跑出苘地。从此之后，一看到她的影子，我便感到恶心，像怀里揣着个蛤蟆一样不舒服……

晚霞漫上来。黄麻花像挂在黄麻茎叶间休憩的彩色蝴蝶，天地宁静，庄严神圣。你现在回忆起十年前苘地里的奇遇，罪感消失了，你感到一丝撩之不去的蛛网般的遗憾，一点点甜甜蜜蜜的温暖忧愁。两年前你躲在家里写日记时的心情与现在大不相同。那时候一想到鱼翠翠的胸就想起她的自杀，你感到痛惜，内疚，仿佛你参与了杀害鱼翠翠的帮伙。现在，那两坨你只瞟了一眼的肉的形象温暖地浮过来又温暖地浮过去，你渴望抓住它，就像抓住人世间最后两点希望的把柄一样。但你抓不住它们，它们滑溜溜的，像涂了一层油的玻璃球体。你坐在它们的主人的坟头上，就像坐在她身上，是什么力量把你吸引到这里来的呢？你恍惚记得，下午，你是漫无目标地逃到野外来的，你只是想宁静一点，也怕服毒之后污秽的呕吐物玷污了母亲的房屋。可是，当你一坐下来时，在那片刻的清醒状态下，你发现自己站在两年前喝农药自杀的鱼翠翠坟墓前。

她是喝了“一〇五九”身亡的。

你裤兜里也装着一小瓶剧毒的“一〇五九”。

于是你明白了，一切都是命中注定。十年前她向我显示她那两件宝贝时，就决定了今天，我就加入了她的同盟，你想。你想了很久，比较了很久，承认鱼翠翠是惟一的、真正给过你一点温暖的人。你想应该立份遗嘱，让活着的人们把自己的尸首埋在鱼翠翠的墓穴里。鱼翠翠会答应吗？她如果另有所爱呢？她一定另有所爱。那茼地里的场所就是她与情人相会的安乐窝。她为你袒露胸怀在你看来是惊天动地的大事，你历经十年还记忆犹新，可是她呢？她也许早就把这件事忘得干干净净了。你叹了一口气，想站起来，但立不起来，遮遍鱼翠翠的坟墓的藤萝蔓子用最快的速度缠住了你的双腿，最后一抹惨淡的血样霞光消散在黄麻地里，黄麻花变成了血蝴蝶。你从裤兜里掏出那一小瓶农药，“一〇五九”。沉甸甸地坠手。拧开药瓶盖时，你的心很平静，你的手也准确有力，连半个哆嗦也没打。一股浓烈的腐烂水果的香味从瓶里溢出来，你的眼泪顿时盈满了眶。

借着最后的霞光，你看到这股浅黄色的水果香味从瓶口里袅袅上升着，在你的头上二尺高处，形成了一个小小的华盖。从欧洲飞来的肥大的黑蚊星星般跌落下来。这药的毒性好大啊。你的手哆嗦起来了，握住药瓶的手指火烫般痛苦。你举瓶子，你的胳膊酸麻，像举一块千斤重石。你感到剧烈的头晕和恶心，嘴唇刚刚靠近瓶口时，你的脑袋像被利刃划开，灌进了清凉的风。大青山上卧白云，苦莫苦过人想人。你透过浓重的毒气，仿佛嗅到了“冬妮娅”额头上经常抹的“万金油”的清凉味道……“冬妮娅”是唯一的读过你前年暑假里写下的漫长日记的人。日记前半部分追忆了与鱼翠翠在茼地里的准幽会过程，日记的后半部分更像一篇中学生惯做的记叙文。文章记叙了你参加殡葬鱼翠翠的过程和围绕着鱼翠翠尸首发生的一些争执。

为了抵御鱼翠翠尸体的恶臭，我们都把喷过烧酒的毛巾捂到嘴巴和鼻子上，又酸又辣的酒气刺激得我鼻腔发痒，眼睛流泪。我看到前来抬棺材的人都眼泪汪汪。我知道我流眼泪并不是因为难过。棺材已经停放在泥泞的院子里，鱼翠翠的爹哈着腰在院子里走，脸上肉都死了，没有表情。鱼家二兄弟没用毛巾捂嘴，也没有流眼泪。看看人到齐了，鱼老大站在院当中，哑着嗓子说：

“诸位兄弟爷儿们，家门不幸，出了这么个丧门星，帮着抬出去埋了吧，鱼老大鱼老二记你们一辈子！”

鱼老大流出两行泪。这也绝不是为鱼翠翠之死流的泪。众人说，快点招呼起来吧，广播里说午后还有雷阵雨。扁担绳子都在墙角上堆着，七手八脚拿了来，左一道右一道地把棺材捆起来。串好杠子，王三爷说：

“都照量照量，站站位。”

一共八个人，四根杠子。大个吴元义对我说：

“大学生，站前头吧，我让你一尺杠子。”

大家都站好了，王三爷说：

“起！”

我用力直腰，站起来了。

王三爷说：

“走！”

我摇摇晃晃，立足不稳。王三爷上来，援了我一只胳膊，我才站稳了。小翠好重啊，你压得我的骨头格巴格巴响。走到街上，泥水淹没脚面，我一只鞋子被剥掉了，也不敢吱声，咬着牙关挺着走。远远的有一些女人，站在墙边、门口，沾不着泥水的地方，看着这冷冷清清的殡葬队伍。走到半道上，大家都一齐喘息着。道路更加泥泞、狭窄，稍有不慎，就会滑到湾里去。湾边上生着葱葱绿草，水面上浮着一团团牛粪状的漂浮物。王三爷说：

“歇歇吧。”

我迫不及待地想扔杠子，王三爷说：

“慢着点放，垫上木头。”

鱼家兄弟每人抱着一节木头，放在前头一块，放在后头一块。放下棺材，大家都抻着脖子努力喘息。阳光射破重云，照得半湾通亮。黑云边上镶着银边。太阳一忽儿就没了，天上打起血红的闪来，雷声在很远的地方响着。我怕极了，想想又不知道怕什么。王三爷说：

“走吧，多歇无多力！”

大家站稳了脚跟，半蹲下身，憋足了气，等着王三爷喊号子。王三爷一声号令，就听到叭喳一声响。细看那棺材，从中间断开了一条纹，鱼翠翠的臭气从那缝里凶猛地钻出来。大家面面相觑一阵，最后把目光集到王三爷脸上。王三爷用袖子捂着嘴，低头察看棺材，抬起脸来说：

“不能抬了，这棺材没用钢筋，净用些烂铁条。不能抬了，再抬就断两半截啦。”

鱼老大慌成一团，哀求着：

“三叔，三叔，您老人家想个法子，天生不能把她搁在这儿。”

王三爷说：

“你们再去弄口棺材？”

鱼老大说：

“三叔，到哪里去弄棺材？一口水泥棺材也要好几百元！”

鱼老二打断他哥的话，说：

“唠叨什么！掀到湾里去算啦！”

王三爷立刻拉长了脸，不看鱼老二却看着鱼老大，气呼呼地问：

“老大，真要掀到湾里去？”

鱼老大怒骂几声鱼老二，转过来赔着硬挤出来的笑脸说：

“三叔，您别和他一般见识。入土为安，她也不配用两口棺材，掀到湾里臭一湾水。将就着这个破棺材，好歹糊弄到坟里。”

王三爷哼了一声，说：

“我以为着真要掀到湾里去哩。”说完这句，狠狠地瞪了鱼老二一眼，接着说：“家去找两根木头来，长一点的，直溜一点，托着材底，用绳子揽着，兴许能糊弄到。”

鱼老大和鱼老二飞跑着去了。大家为躲臭气，全都扔了杠子，跑到上风头里，有一句没一句地磨牙斗嘴。众人的话下流不堪，不记。鱼家兄弟抱着两根木头，踉踉跄跄地跑过来。收拾停当，又打棺起行。道路艰难，我的另一只鞋也掉了，赤脚踩泥，反而增添了保险系数。挖墓穴的人等急了，跑到路上来接应我们，于有庆钻到杠子下，把我换了下来，我万分感激地望着他宽阔的脊背，揉搓着肩头，跟在棺材后头走。墓穴挖在一块黄豆地中央，是鱼翠翠家的责任地。鱼老大战战兢兢哀求着：

“兄弟爷们，小心着点豆子。”

抬棺的人正在泥里水里死命挣扎，哪里还顾得上他的豆子？连绵不停的涝雨把土地都泡澥糊了，肩上负重，泥沙陷到膝盖，棺材底子贴着地面，一点点往前拖。上边一片喘息声，下边一片噗哧声。挖好的墓穴里，早渗满了半穴水。大家放下棺材，远远地绕着墓穴站着，好像怕陷进墓穴里似的。王三爷看看鱼老大，鱼老大看看王三爷，彼此无言，片刻。鱼老大长叹一声，说：

“三叔，这也是命里注定，没法子的事。”

王三爷也叹口气，说：

“只得这么着了！大家伙儿靠前吧！”

撤了杠子，大家赤手攥着绳索，把棺举起来，小心翼翼地往墓穴边挪动，松软的泥土渐渐往里合着，墓穴渐渐缩小，浑黄的水几乎满了穴。鱼翠翠的棺材是掉进墓穴里去的，水花缓慢地溅起来，又缓缓地落下去。四散开的众人又合拢上来时，棺材已沉到水底，水面上噗噗地冒着一串串紧张的泡沫。我抬头观察众人，发现每一张面孔上都挂着轻松的表情，我的心也随着释然了。鱼翠翠，曾经将你的珍宝般乳房示我的鱼翠翠，你从水里来，回到水里去，纵有千种风情，更与何人说！安息吧！鱼翠翠在水中。穴壁终于坍塌了，水声响亮穴里水漫上来，流到人们的小腿上。大家都腾跳着躲闪。开挖墓穴的男人们不避秽水，操起铁锹，把黑色的泥巴铲进墓穴里去。由于稀泥滑溜，到底难堆成一个坟头。王三爷宣布收工，留下的工作只好等天凉地干之后，由鱼家兄弟来完成了。回来的路上，暴雨如注，雨柱如漂游不定的栅栏，如密密麻麻的网。同行人个个紧缩脖颈，任冰冷的雨鞭子抽打头颅。后来又发生了这样的事：邻村有一姓杜的青年，在鱼翠翠落葬三天后，喝了半斤剧毒农药“呋喃丹”，送到医院，人早就死定了。检查遗物时，发现两封鱼翠翠写给他的信。杜家老人爱子心切，托人来鱼家说媒结“阴亲”，鱼老大张口就要一千元，反复讲价，鱼老大死不松口。杜家生活并不富裕，原想花个五十六十的，将鱼翠翠尸身买过来，与儿子同棺合葬，也不枉了为人父母一场，哪知鱼老大如此阴毒，杜家父母的热心也就冷了。何况，暑热天气，尸首放了三天，那肚子就如气球般鼓起来，看看要炸的样子，于是草草收敛，抬出去埋了。一段好事，到底没成。窗外还在下雨，鱼翠翠已经烂成稀泥巴了。

走进这片美丽的黄麻地之前，你行走在一块辣椒地里。那时候阳光还好，藏在黑绿的叶片下的辣椒像一串串凝固的血泪，也像一串串沉重的叹息。成串的血泪，密密麻麻的叹息，把半个县的土地都盖遍了。学校雇用的个体户大客车满载着千奇百怪的考生飞驰在学校通县城的公路上，路两旁成片的辣椒源源不绝地退去，又源源不绝地流来。那时候辣椒顶部正开着白色的小花，辣椒底部悬挂着小公狗生殖器形状的绿椒子。狗鸡巴辣椒。村里人用这个叫法区别这种可制颜料的辣椒和别种辣椒。辣椒地似乎永无尽头，垄间弯腰锄草的女人们直起腰来往路上望着。你不敢走神了，已经是第五次参加高考了,胜负在此一举。成者王侯败者贼!你坐在大客车尽后头的座位上,你的身边挤着四个呆鸟般的男同学,女同学像什么呢?你不愿胡思乱想,你要求自己意守丹田,收束住心猿意马。大客车布满尘土,浑身颤抖。学校为了省钱雇用个体户的破车,个体户为了赚钱购买公家淘汰的破车。车声隆隆,筛糠一样抖动,你感到小腹下坠,直肠紧张,有排便的感觉,其实无便,你知道患了“高考综合症”,要想痊愈只有放弃高考。路上车辆很多,汽笛尖声嘶叫,黑烟黄尘一股脑儿从车窗涌进来。车窗玻璃残缺不全,机关生锈,无法关闭。坐在你前边的一个女同学涂满发蜡的脑袋上粘了一层金粉般的尘土,丑陋肮脏,招来苍蝇,苍蝇飞上去就粘住了,抖着翅膀挣扎。临近县城,路沟里汪着从皮革厂里和罐头厂里流出来的乌黑颜色、臭气熏天的废水,大家都掩了鼻子,高级的用干净的小手帕掩鼻,不高级的把嘴巴扎进袖筒里。你自然把嘴巴扎进袖筒里,好像要躲避呛喉的寒风。道路忽然拥挤起来,客车起初还鸣着喇叭,摇摇晃晃地往前挤,后来干脆就停了。前后左右车喇叭响成一片,同学们焦虑不安地嗡嗡叫着,靠车窗的都把脑袋从破玻璃伸出去好像鸡笼里引颈就食的鸡。司机拉上车闸,让引擎不死不活地喘息着。拉开车门他跳下车去,两只粘满油泥的白手套从车外飞到驾驶台上。学生们绝大多数蠕动起来,只有极少数冷血学生还稳稳地坐着,闭着眼,嘴里咕咕噜噜地响,半像背书半像咀嚼食物。王强用力拍打着刘长安的屁股,着急地问:怎么回事?怎么回事?刘长安缩回头来,说:交通堵塞。带队的方老师弓着腰站起来说:安静,同学们,安静,我们下午三点才参加考试,时间足够,大家抓紧时间,想一想学过的知识,脑子里过过电影。司机爬上车来,嘴里骂骂咧咧,听不清骂什么。同学们见他上车,以为车要开动,禁不住要欢呼,呼声还未冲到嘴唇,却见司机一按机关,熄了火。方老师凑上去问:师傅,怎么回事?司机擤了一把鼻子,鼻子立刻黑了。他说:前边修路,谁知道是不是修路也许撞了车,也许不知是哪里的王八蛋在设卡子收买路钱呢!方教师抬腕看看表,焦急地说：师傅，您知道，咱可耽搁不起啊。司机睁着大眼睛说：我有什么办法，等着吧。他点上一支烟，白色的烟雾围绕着他的黑鼻子盘旋着。路上车辆越集越多，放屁般的拖拉机声把天都震破了。你和同学们渐渐混沌起来，一张张脸都布满褐色的云。方老师频频看表，脸上的冷汗像透明的露珠一样，扑簌簌往下流。老师，再不走我们就赶不上啦。老师，我们往那儿跑吧，我认识路。同学们吵成一窝蜂，你沉默着，沉默呵，沉默呵！不在沉默中爆发，就在沉默中灭亡。方老师掏出洁白的手帕揩着脸上的清汗，可怜巴巴地问司机：师傅，什么时候才能开出去！司机说：等着吧，阳历年前保险就开出去了。方老师认真地想了一会儿，说：那不行，那不行，今日才是7月9号，到阳历年还有四个多月。老师，等到阳历年，大学生都放寒假啦！黄瓜菜都凉啦！岂止是凉了？都结冰啦！老师，我们要求跑步去县城。耽误了考试你要负责！你负不起责！司机一揿按钮，车门咯咯吱吱地开了。学生们蜂拥下去。方老师高喊着：同学们呐，注意安全！注意安全！同学们！你裹在洪流里滚下了车，身不由己地往前跑。拖拉机。客车。地鳖子车。地鳖子车上坐着一个大肚子男人。地排子车。马车。毛驴车。卡车。北京吉普车。挂斗卡车。小推车。自行车。面包车。这辆面包车也是用计划生育罚款买的吗？你的眼前晃动着各色的铁甲板，大大小小的轮胎，赤裸的黑白脊梁；你的耳朵里混杂着各种各样的机器声和喇叭声，牛叫马嘶人骂娘等等也混杂在里边；你的鼻子里充斥着脏水沟里的污水味道、煤油汽油润滑油的味道、各种汗的味道和各种屁的味道。小姐出的是香汗，农民出的是臭汗，高等人放的是香屁，低等人放的是臭屁，（“有钱人放了一个屁，鸡蛋黄味鹦哥声；马瘦毛长耷拉鬃，穷人说话不中听。”）臭汗香汗，香屁臭屁，混合成一股五彩缤纷的气流，在你的身前身后头上头下虬龙般蜿蜒。你知道要毁了，踢蹬了，这是最后的斗争，电灯泡捣蒜，一锤子买卖，发生在公路上的大堵塞，是每个进县赶考的中学生的厄运。你的呼吸不畅，胸口憋闷，头晕目眩，喉中有蛔虫，急欲一吐为快。主啊！东山再起死灰复燃的耶稣教徒刘圣婴拄着拐棍提着水罐子踮着那条被坚信无神论的共产党员儿媳妇肖飞燕打瘸的腿，蒙难耶稣般地往家里走，一边走一边唱：主耶稣，在天之父，速降法术，驱灭妖孽，阿门！你也在心中暗暗呼叫：天啊！我的上帝！阿门！第三天(?)，上帝说有光，于是就有了光。上帝说交通堵塞于是就交通堵塞。上帝就是你自己！你胡思乱想着，紧随着你的惊枪野兔儿般的同学们，钻着空子往前蹿。犹如一盘散沙，犹如一个茅坑，犹如一群羽毛未丰的雏鸡。路边聚集着的石灰被踢腾起来，灰烟迷眼呛鼻，对面不见人，拖拉机的烟囱里喷射着黄豆大的火星。你的同学在一堆土豆里摔了一个狗抢屎，这就是躐等跃进欲速则不达快就是慢的可耻下场。他打了几个滚，从土豆堆里爬起来，不辨方位胡乱跑，与你撞个满怀，他揉着被撞痛的胸脯你揉着被撞酸的鼻子，斗鸡般对视了数秒钟。他妈的！你恨恨地骂，你并不是骂他，他却恶狠狠地骂你：你妈的！你委屈地摆摆头，绕过遍地翻滚的土豆，继续往前跑。那辆五十五马力的拖拉机挂斗挡板被撞破，成群的土豆争先恐后地倾泻下来。你绕过一辆摩托车，看到骑手戴着巨大的头盔，外星人一样笨拙地转动着头颈。一头拉车的母牛在车辕里劈腿撒尿，尿水溅到摩托车骑手的脚面上他却浑然不觉，一辆装潢漂亮的面包车前半截下了路沟，车头抵到一棵树上，你看了一眼车尾巴上贴着斗大的红喜字，咬着牙根暗骂一句：这棵该死的树！一定是哪家达官显贵的儿子结婚或女儿出嫁。新媳妇穿着夺目鲜艳的红绸子袄，头上珠光宝气，脸上污泥浊水。你们跑，钻，像烟一样，像尘土一样，像气味一样，用五十分钟时间钻出了三公里车辆阵，你们都像从梗阻住的肠道里钻出来的蛔虫一样，灰黄灰黄、没有一点血色。大家都靠在路边杨树上喘气，有手表的同学抬抬腕，说：不急，刚 12 点，还有三个小时。学校在旅馆里包了房间包了饭，咱们要等着方老师。有一部分同学不同意等，有一部分同学坚持要等，两部分同学争吵着。你手扶着树干，离水鱼儿般困难地喘息着，心脏像颗乒乓球，噼噼啪啪撞着胸，汗透衣衫，虚弱，口干舌燥，你第二次想到：毁了！这第五次高考，八成又要毁了！一想到失败，巨大的恐惧袭来，你感到肛门括约肌抽搐几下，一线热乎乎的东西流了下来。痔疮大发作，你是老痔疮。四处无高秆作物，更无厕所，你无可奈何，用力夹紧大腿、不敢看人，好像同学们正在窥测着你的秘密。一只瘦小的红蚂蚁拖着一只比它的身体大几十倍的绿虫子在树干上挣扎着，绿虫子的尸体粘在杨树皮上，蚂蚁拖不动。你看到小蚂蚁弃虫而去，一边爬一边回首，触须摆动，好像在说：好小子，你等着，等着吧，我回家找俺爹去。方老师从车缝里挤出来了，洁白的额头不知撞到了谁家漆未干的汽车上，葱绿一片，严肃得可怕。方老师喘息着，掏出花名册，大声点起名来。又一批车辆拥上来，焊接到堵塞车团的尾巴上，车声喧哗，淹没了方老师的声音。也不知少了谁，当然不会多了谁，跑啊！跑他娘的！有一个学生带了头，全体学生紧跟着，穿插着车辆缝隙，吓得司机们面孔痉挛，赶紧拉闸。学生们像一个个蚂蚁蛋，黑压压地往县城滚去你腿软心慌，确实有点草鸡，但只好咬着牙跟上，肠子像被牵着一样痛。

你猛然发现，在同学们的脑子里存在着一个共同的念头，好像谁在这次越野赛中跑了第一名，谁就是高考总分第一名；谁最先跑到考场，就等于谁最先跑进大学校园。怪不得大家都像出膛的子弹离弦的箭，流星陨落，亡命脱兔。你第三次知道毁了。不毁了才怪，哥哥嫂子詈骂，母亲恨我不争气，富贵者欺侮我，贫贱者嫉妒我，痔疮折磨我，肠子痛我头昏我，汗水流我腿软我，喉咙发痒上呃呕吐我……乱箭齐发，百病交加，不毁了才是怪事！你一低头，手捂住肚子，挪到路边，哇哇地呕吐起来，两条弯弯曲曲的大蛔虫在你的呕吐物中蠕动着。又是一阵更加强烈的恶心泛上来，你大张开嘴巴，闭着眼睛，你感觉到成群的蛔虫像滑溜的豌豆面面条一样从嘴里游出来，你感到幸福轻松，沉疴消除般的愉悦和欢欣。吐完了，你低头看去，还是那两条蛔虫在蠕动。你立刻感觉到受不了了。你仿佛看到了自己的胃和肠，成千条蛔虫拥挤着、盘缠着，堵塞着肠道，就像成千辆车堵塞着身后的道路。你一屁股坐在了路上,怔怔地看着那两条蛔虫,发现它们光滑的身躯上反射着金子般的光泽。上帝!阿门!齐文栋,怎么啦?坐在这儿干什么?你回过头,用绝望的眼睛看着呼唤自己的人。卢立志,男,十七岁,高二·一班学生,成绩优秀,破格参加高考。你知道,现在高二学生就赶完了高三的全部课程,进入高三,全年复习,师生团结一致,共同对付高考。卢立志高高大大,相貌英俊,是学校里的骄子。你曾经听人说过,卢立志口出狂言:卢立志要是考不上大学,全县没人能考上大学!他一定能考上大学,就像你一定考不上大学一样。他爹妈生得他脑袋好,他的脑袋是化学脑袋反应快,瞬息万变;你爹妈生得你天性愚钝,你是花岗岩脑袋顽固不化。卢立志不上大学谁配上大学!他上前一步,说:你病了?他低头看到你的呕吐物,闪电般跳到一边去,惊讶地说:你……你吐出了两条……蚯蚓?另一个小巧玲珑的女同学靠上来,用小手绢捂着鼻子说:你呀,真是个书呆子!这是蛔虫,书上有过图画。你酸溜溜地望着这个女同学那两只毛茸茸的大眼睛,一时忘记了她的名字。她也是高二·一班的优等生,破格参加高考。只有优等生才配做优等生的对象,你敏感地注意到她对卢立志说话时神情里包着一罐蜂蜜样的东西,你在心灵深处为他俩祝福。卢立志和毛眼子女同学架着你的胳膊把你从地上拖起来,你突然感到十分委屈,眼泪流到腮帮子上。他和她交换了一个眼神,你知道他们怜悯你,居高临下对你进行帮助,你惭愧,忿恨,但没有力量挣扎;你顺从地挂在比你小七岁的卢立志和比你矮五公分的女同学臂膊里,一句话也没得说。卢立志说:跑什么呢?跑得快就考得好吗?高考不是田径赛!刚刚十二点五十,时间绰绰有余,慢慢走吧。毛眼女同学说:就是,慢慢走吧。你于是和他们一起走,说说笑笑,倒也自在。卢立志说:齐文栋,你今年一定会考中的。你胆怯地摇摇头。你其实学习很好,基础多牢啊!关键是临场发挥,你别紧张,保证就考中了。是吗?南妮。对,别紧张。南妮说。你这才想起了她的名字。她的名字跟你嫂子的女儿娜妮几乎一样,你想起了娜妮，一个斜眼睛白皮肤的小姑娘。她是你的侄女吗？你疑惑不安。瘦如猿猴的哥哥娶了胖如猩猩的嫂子，是家庭动乱的根本原因。好厉害的嫂子，你一想起她那条紫红色的牛舌头状的大厚脸就脚软。你听到村里的人跟嫂子吵架时，骂嫂子的话。那个女人牙床极端突出，上唇退缩到牙床丘陵的漫坡上。你不知道是什么原因造就了家乡这么多性格乖戾、相貌丑得登峰造极、看一眼一辈子也难忘的女人，所以你厌恶这块土地。你异想天开地要对故乡的人种进行改良，杂交，一照镜子你马上发现自己也在改良之列。凸牙床女人像发情的母驴一样嚼着泡沫，骂嫂子：养汉子X！你那个娜妮是小老杜的种！当我不知道！全世界都知道你借种下田。嫂子暴跳如雷，扎煞着胳膊向凸牙床女人扑去，两个女人像两条母狗一样滚来滚去……南妮说：齐文栋，你估计着今年的作文能出什么题目呢？你摇摇头，说：猜不出，没准又是看图作文，临渴掘井，画鸡画蛋之类，南妮笑着说：你还有点幽默。你说：黑色幽默。有蓝色幽默吧？你们复习班那个罗老师专门给学生灌输些杂七拉八的知识，南妮说，我们任老师可不那样，有利于高考的她讲，不利于高考的决不讲。学生脑袋就那么一点儿大，正经东西就塞满了。卢立志说：有利就有弊，任何事物都是矛盾，罗老师讲课生动极了……

穿行在辣椒地里，你想起了这两个好同学，他和南妮都稳稳地考中了。现在，他们一定在欢天喜地收拾行装，准备到大学报到，你为他们祝福。那天，要不是他俩，你想我一定要坐在那两条蛔虫面前继续发呆，连县城也走不到，连考试也不能参加。在卢立志和南妮的帮助下你到了县城，下午两点整。离考试还有一小时。你跑进了厕所，出来时脸色更加灰黄。方老师担忧地看着你的脸，问你能不能坚持，你说能。方老师带你去吃饭，煎包子，每人一盘，同学们都吃完了跑进旅馆休息去了。卢立志和南妮每人用手托着一块糕点，站在旅馆饭厅外的法国梧桐树下，一边吃一边说话。你吃了一个油煎包，刚咽下肚去就感到腹中乱成一团，你看到数千条蛔虫鸣叫着，厮杀着，疯狂争夺一个油煎包。你又想呕吐，没呕吐是因为你立刻用食指和拇指捏住了喉结上的皮肤。方老师用一个乌黑的白碗舀了一点水给你，要你喝你摆手示意不喝。方老师用一个酒精棉球擦着手指说：太不卫生，太不卫生，实在是太不卫生啦。你弓着腰站起来，方老师扶你到房间里休息。两点三十分。同学们都爬起来，跑到水龙头那儿用凉水洗脸，排队洗脸时，有几个同学嘴里还念念有词，临阵磨枪，不快也光。有两个衣冠灿烂的同学在吸食"人参蜂王浆"，有三个同学在吞食"脑灵素"，有一个同学——他一定信奉基督教——正在怪模怪样地当胸画十字，画完了还牛唇不对马嘴地念一声号：南无阿弥陀佛！没人能够笑出声来，大家都不会笑了。生死搏斗！考中了成人上人，出有车，食有鱼，食不厌精，脍不厌细，书中自有颜如玉，学而优则仕！考不中进"人间地狱"，面朝黄土背朝天，找一个凸牙齿女人也如蜀道难，难于上青天。把佛教和基督教合二为一的小同学的滑稽动作仅仅使几个人嘴边泛起几道悲苦的笑纹，顷刻又消失了。排队洗过脸的同学们又排队去厕所，你知道进厕所更多是心理需要而不是生理需要，你知道十个进厕所的同学有九个没有尿，一个有尿的也不到紧张的程度。好一阵忙碌，你随着队伍到了考场。两点五十分。进考场。对号入座。等待，焦虑，每分钟长过一年。监场人虎视眈眈，手按腰际，好像按着一支上了顶门火的手枪。在你左前方，有一个胖乎乎的女同学发出一声海鸥般的尖叫，脑袋摔在桌面上，咚咚一声响，扶起来看时，满脸惨白，竟是晕过去啦。你的手心脚心里满是汗水，肚里蛔虫鸣叫，像小鸟叫声一样悦耳。你攥着粗大的钢笔杆，忽然看到自己的指甲盖都像晒干的豆腐皮一样卷曲着。公元一千九百八十六年七月九日下午三点，那个老头子放着电铃不拉，晃响了那柄黄铜大铃铛。铜铃铛在白色的太阳下灿烂生辉，你和你的同学们都无法看到。你模模糊糊地感觉到，一份雪白的考卷，像一片美丽的大雪花，潇潇洒洒地飘到你的桌子上。

永乐！你的哥在墙西边厉声喝道：跟我去喷粉！试也考完了，

躲在家里干什么？别摆那少爷架子！等录取通知书来了，你要干活我也不让你干。哥说话时，你正在就着大葱吃饼子，大葱苦辣苦辣，你咽不下去啦。你认为是这棵毒辣的大葱刺激出了你的眼泪。娘挤着眼小声对你说：我的儿，别不好受，都怨你爹死得早，吃吧，吃上那块饼子，跟着你哥去干活。你哥也是没法子。你站起来，走到院子里，隔着那道半人高的土墙，看着哥花白的头顶。这道土墙是哥嫂与你分家时垒起来的。五间低矮的草屋，你和娘分了两间，哥嫂分了三间。哥弯着腰搅拌猪食，发酵饲料的酸味一阵阵冲过来。两头黑色克郎猪，用它们筒状的长嘴撞击着圈门。娜妮在屋外哭。哥的第二个孩子兰妮在屋里哭。哥的第三个孩子出生十天了，她在炕上哭。三个女孩，后边两个是超计划生育，不知道要罚多少款呢。嫂子头上包着一块蓝布，脸浮肿着，提着只水桶在压水井上噗唧噗唧压水。哥喂完猪转过身，横眉立目对你说：你直愣愣地站着干什么？还不快收拾喷粉器，去四老爷家借袋"六六六"粉，豆地里招了"绿布袋"虫子，再不治就吃成光秆啦。嫂子歪过来看看你，和颜悦色地说：兄弟，帮你哥干点吧，你今年考得挺好是不？我听鲁连山家老三说你考得挺好，大专考不上，中专是绑上了。上了学能挣钱了别忘了你哥在家受的罪。你问自己：我是不是真考得不错呀？老天保佑吧！你不去计较哥哥的蛮横态度了，嫂子空前的温柔使你感到一丝丝温暖。你走出家门，去四老爷家借"六六六"。拐进胡同时，听到复员军人高大同在他家的院子里叫骂着：

他妈的！毁了！一个大青年，没有老婆，一个人住着四间大瓦房，孤独毁了。要是有钱，买上电视机、录音机、电唱机、收音机，哈哈地开着响，脑子不是好一点？是好一点。可是没有，进来一个人，出去又是一个人，一人吃饱了全家不饿，连个说话的人都没有，把个脑子硬给踢蹬了！毁了！那个修收音机的杂种，明明当时就能给我修好，可他偏偏不给我修，非要拿回家去修。黄鼠狼子给鸡拜年，没安好心肠！他一定想偷换我的收音机零件！这个狗杂种！你起初以为这个复员军人兼共产党员在跟什么人发牢骚，但一直没听到那人回答。你心中纳闷，放下“六六六”，蹑手蹑脚走到他家的大门口，从门缝里偷觑见这个哈腰罗腿大眼睛的青年人正对着虚无说话。他手舞足蹈，表情丰富，好像一个出色的演员。看我干什么？他妈的！他愤怒地骂道。你吓得几乎要瘫倒，正要张嘴解释，那高大同却呜呜地哭起来：谁是精神病？你他妈的才是神经病，老子南北转战，枪林弹雨都经过，没有功劳还有苦劳没有苦劳还有疲劳没有疲劳还有牢骚。你们都不把我当人待，你们都用卫生球眼看我，你们都笑话我没有老婆。我有过老婆，她跟人家困觉被我抓住，我用鞭子抽她，用棍子擂她，用火钳戳她，用烙铁烫她，我给她灌辣椒水，上老虎凳，我使用了四十八套美国刑法，四十八套日本刑法，她宁死不屈！她才是真正的共产党员！你们笑话我没有老婆？那你们把女儿嫁给我我不就有老婆啦！你们怕了，走了，你们一听到我要娶你们的女儿就像乌龟一样把你们鳖头缩进了进去！滚吧！都滚吧！回家搂着你们的女儿困觉去吧！你们自产自销了去吧！你们这些人面兽心的王八蛋！“说嘴叭叭的，尿床哗哗的”，一些骗子！你们这些蛤蟆种、兔子种、王八种、杂种配出来的害人虫！你们这些驴头大太子，花花驴屌日出来的牛鬼蛇神！你们不是有权吗？我砍掉脑袋碗大个疤瘌，三十年后又是一条好汉天都不怕还怕你的权？哈哈哈！你怕我！哈哈，你怕我！你的手哆嗦了，（他举着一根食指，像举着手枪，对着无形的敌人。）你的腿也哆嗦了，嘴唇发紫了，眼睛发直了，淌虚汗了，裤子尿湿了。你还敢说你不怕我？哈哈哈哈哈哈哈！我现在知道了该怎样对付你们这些利用权势霸占人家老婆的混账鳖羔子了！你们这些穿新衣戴新帽的猴子！猪狗不如的东西！你是个什么东西？你不用躲躲闪闪，长袍马褂也遮掩不住你的狼心狗肺，你一肚子驴杂碎！就是你勾引导了我老婆，你给我老婆十块钱。你想跑？你能跑到哪里去，跑到耗子洞里去我在洞口支上铁夹子等着你，跑到猪耳朵里去我用蜂蜡把猪耳朵眼封起来，哈哈哈哈哈哈……操你的妈！[（他昂起头，眼里淌着混浊的眼泪，狂笑着，用力拍打着自己的屁股。）你手扶着他的破烂大门，蛇蝎毒汁般的眼泪喷泉般涌出，你不知道为谁而哭]操你们的妈！软的怕硬的，硬的怕愣的，愣的怕不要命的，老子就是不要命的！我，高大同，死都不怕还怕你们这群猪狗吗？你们使用狼狗、使用伞兵刀、使用手榴弹、使用火焰喷射器、使用催泪弹、使用粉红色炸弹、使用敌敌畏、使用"速灭杀丁"，使用驱蛔宝塔糖、使用无线电侦听、使用莫尔斯电报机、使用诱奸法、使用结扎术、使用催眠术、使用恫吓、使用香酥鸡、使用诱奸法、使用沂蒙山啤酒、使用金丝边眼镜、使用你那个患相思病的老婆、使用你那个进妓院捞毛扛叉杆的破爹、使用金枪不倒迷魂药、使用搜查和警察、电棒子和铁手镯、阴谋和诡计、花言和巧语、赌咒与发誓、收买和拉拢、妓女和嫖客、海参与燕窝、驼蹄与熊掌、黄瓜与茄子……也难动摇我的钢铁意志！君子报仇十年不晚！我来无影去无踪光棍一条，杀一个够本杀两个赚一个！你还说不怕？瞧瞧瞧，你的屎汤子都流出来了！像你这种专门偷鸡摸狗的臊狐狸都把狗命看得重如泰山，我高大同这种粗人莽汉把命看得轻如鸡毛。东风吹，战鼓擂，当前世界上究竟谁怕谁？你装孙子啦？（他向前抢一步，对准假想中的仇敌，狠狠地扇了一巴掌。仇敌一定仰面跌翻，他自己也闪了一个踉跄。）你滚吧，我不愿意再动你。收起你的臭钱，你的钱太脏了。你们这些吸血鬼，你们吸男人的血，吸女人的血。你不是个人，你是什么？你是妓院的一只黑臭虫！妓女的腚也比你那脸干净！……他的骂声嘶哑了，身上散发出腾腾的热气。你的胳膊被一只手拨拉了一下子，一张苦大仇深的红脸对着你，那脸上镶着的两只辣椒般的红眼睛火辣辣地盯着你。看什么？有什么好看的？你惶恐无言，退到一旁，老头一膀子把门撞开，抢进院子里，对准高大同的腮帮子就是一巴掌。谁打我？谁敢打我？高大同转动着脖子，眼珠子直愣愣地说。杂种！你这个疯杂种！老头子浑身哆嗦着，抓住高大同的破烂衣襟撕掳着，你骂什么大街？疯子，疯子，你把人都得罪完了。高大同挥舞着胳膊反抗着，喊：放开我，放开我，你是我爹吗？我不认你这种胆小如鼠的爹。不要让他跑了，你站住，站住，我代表人民处决你。高大同举起一个手指，做了个放枪的动作，嘴里同时摹仿了一声枪响：巴勾！前面一排瓦房的后窗哗啦一声被推开，窗口里伸出一个粗短结实的头颅，那人又凶又横地说：高老四，把他送到疯人院去！否则，出了事情你负责！高老四扭着疯狂挣扎的儿子，满面笑容地说：二叔，惊吓您老啦！您大人不见小人的怪，别和疯汉一般见识。高大同努力甩开他的爹，像生了翅膀样飞起来，张牙舞爪，直扑窗台而去；我要杀的就是你——我要杀了你——他扒着窗台，一耸一耸地急遽跳动着。那只伸出来的肉头鬼叫一声缩进去，窗户猛地被拉上，——只拉上一扇，另一扇晃动着，挨着高大同的拳头打击，玻璃嘭一声响，随即炸裂。高老四捞一根扁担，扑上去，横一扁担，抡到儿子腰上，扁担钩子哗啦哗啦响着，儿子拧了拧腰；竖一扁担，砸在儿子头上，扁担钩子痛苦地响着，儿子猛一跳，离地有二尺多高，然后，像一只中枪的野鸡，缓缓地跌在地上……你看到高大同的耳朵里流出蓝墨水一样的血，高老四眼睛里流出了红墨水一样的眼泪……阳光灿烂极了，天蓝色的雨燕电一般地在明朗的大气里飞翔。喳唧喳唧喳喳喳喳唧唧唧……唧……这是在飞行中进行交配的雨燕发出的残酷的呻吟声……还有什么？什么都没有啦！最后一个英雄被打懵了，你看到天地间混乱地飞舞着倾斜的、弯曲的、黑色的太阳光线，一阵绝望的寒冷流遍了你的全身。你走了几十步，又走回来，扛起了那袋子“六六六”药粉，一步步挨向家门……

从药瓶子里冲出来的腐烂苹果的香味愈加浓烈，一群群蚊虫飞来，一群群蚊虫在腐烂苹果香味里流星般陨落，又一群群蚊虫扑来。你把药瓶子触在唇边上，眼前霍然亮起一大团混溷的金黄光晕，你清晰地看到了上帝枯槁的面容和蓬乱的长发，魔鬼般的上帝背后立着明眸皓齿、青丝红唇、衣袂灿然的死神。蚊虫像火星一样碰撞着你的面颊和单薄如纸的耳轮，你怦然心动，伸出舌尖咂了一下“一〇五九”的味道，舌尖奇痛如刀割，你犹豫了，胳膊垂下，眼前黄光消逝，满天星斗灼灼，一钩新月忸怩地从黄麻缝隙里望着你，如一弯似蹙非蹙柳叶眉，如一双似喜非喜含情目，泪光点点，娇喘微微。你想天地间也许还有凄凉的温暖，你挖空心思寻找那温暖时，黄光消逝了，黯淡灰白的黄麻花白夜蛾般伏在森森然的黄麻茎叶间，给予了你模模糊糊的韶华难留的暗示。好花不长开，好景不长在，撒手方得一身轻。

黄麻花像舞台布景一样黯然撤换。灿烂的阳光高挂天宇，燕声啁啾。河里涛声澎湃。燠风如钻，旋动着你肩头扛着的纸袋里的"六六六"药粉，辛辣的烟尘钻进你的鼻腔，你连声打着喷嚏，一声比一声响亮。你打着喷嚏，眼前一明一暗，好像是在伸手不见手掌的暗夜、好像鼻腔和口腔是火镰与火石、好像打喷嚏是打火、好像喷嚏声是火星迸射。你的脑里眼里闪烁着高大同耳道里蓝色的血和高老四眼睛里红色的泪，高大同痛快淋漓的血骂像一条五彩缤纷的绸带，在你心里滑来滑去，熨着你心上深刻的伤口，在骂声中你看到了人类世界上最后一点真诚，最后一线黯淡无神的人性光芒。在这个污秽的闹市里，就是把金刚石的宝刀也要生锈！村里的高音喇叭广播完新闻又广播刺耳的音乐，乐声绷紧如弹簧，女人的歌唱声中布满欺骗和陷阱，早晨的空气膨胀，好似充足气的橡胶轮胎。你跑到哪里去啦？去县里买也买回来啦！哥站在院子里，怒气冲冲地训斥着你。你不想辩解，你连说一句话的欲望和力量都没有。哥夹缠不清地唠叨着，拆掉活动门槛，把独轮车推出去，两台喷粉器装在车梁两边，你把"六六六"袋子放在车梁上。走吧！哥的气顺一些了，用恨铁不成钢的口吻对你说。你弯腰攥住车把，把独轮车架起来，走了三五步，迎面一群人挡住了车辆。你认出了领头的大个子是村民委员会主任，大个子旁边一个大奶子女人是乡政府专搞计划生育的委员，后边八个人，是村里一伙专门斗鸡撵狗、聚众闹事的流氓恶棍，他们是你们村贯彻落实上级指示、维护村支书威权的中坚力量。这八个人是表兄弟姐夫舅子连襟妹夫之类难以说清的关系，村里人谁见了谁怕，谁要敢不怕，不是房后草垛起火，就是猪圈中肥猪中毒。一见到这群人，哥浑身筛糠，脸色蜡黄，手脚无所措。村主任说：齐文梁，听说你老婆生了第三胎？哥说：没……没有……村主任一挥手，说：进去看看！哥张开胳膊，拦住道路，说：生了……村主任说，县里正抓破坏计划生育的典型，你就当个典型吧。哥说：生三胎的也不是我一个，凭什么让我当典型？村主任说：这也不是我的意思，是乡里的意思。大奶子女人不满地斜了村主任一眼，说：齐文梁，没得废话多说啦，计划生育是根本国策，提倡一胎，控制二胎，杜绝三胎。省里指示要千方百计把人口增长率降下去。县里指示，什么都有法，计划生育没有法，无论采取什么措施，降低人口增长就是好措施。乡里指示，生二胎罚款两千元，生三胎罚款三千元，并强制施行结扎手术。你们大队里还有什么土政策我就不知道了。村主任说：齐文梁，你听明白了没有？这不是我不顾乡亲情面，上级有批示没法子的事。你能交上三千元吗？哥哭了：主任，你看看我这个样，老婆有病，孩子又多，养着老娘，还得供给俺兄弟上学，挣一个花两个，打死我也拿不出三千块钱啊。村主任说：那就只好先拾掇你屋子的家具了，先放在村子押着，你凑齐了钱就赎回来。哥跪到地上，苦苦哀求：主任，你不能啊，你不能不让我过日子啊……村主任同情地说：文梁，你这是干什么？起来起来起来！谁不让你过日子啦？你以为我愿意得罪人吗？别说你兄弟眼见着就是大学生，将来不知熬成多大干部，你就是个老绝户头子我也不敢得罪你，多一个仇人堵一条路，我也有老婆孩子。起来，起来！大德子，你领着人进去吧。大奶子女人说：先别忙抬家具，先弄着他去卫生院里结扎吧。大德子走上前，把你哥拖起来，说：老哥儿们，走吧，去骟蛋子吧。哥吓得面如土色，叫苦连天地说：不……我不去……我有病啊……有病啊……村主任说：你别哭，三十多岁的大汉子，怎么像个老娘儿们一样嚎天抹泪，你有病就扎你老婆。大奶子女人说：女扎比男扎更保险。哥说：她也不行，她也不行，她刚生了孩子，还没出月子哪！大奶子女人说：不妨碍的，二指长的小刀口。门口正吵闹着，院子里鸡惊飞，你看过去，见嫂子披头散发如起尸女鬼，搬着一条方凳冲到西墙边，意欲跳墙逃走。村主任高呼：别让她跑了。八个男人一窝蜂上去，扯腿的扯腿，拉腰的拉腰，把嫂子从墙头上拽下来。凳子翻倒在地，绊着八条汉子的腿脚，嫂子点头挺肚踢腿，没命地嚎叫。娜妮一见亲娘被擒，惊吓之下哭音如高音竹笛，分明地从嘈杂声中拔出一个尖。屋里的两个小女孩也不紧不松地哭着，院子里乱成一团。哥血红了眼睛，弯腰抻头，憋足一口气——哥憋气前先高吼一声：我不活啦——直对着村主任的小腹撞去。村主任猝不及防，被撞个正着，倒退一步，仰面跌倒。八条汉子中蹿过四条来，四虎分羊般把哥拘禁起来，都咻咻地喘气，嘴里馋涎欲滴。村主任爬起来，面皮青红，胸脯子鼓胀着，看起来是动了大怒。但过了片刻，面皮黄绿，一个宽大的笑容从黄绿色里洇出来。他笑着说：文梁，你糊涂啊！你以为这是你大叔我的事吗？这是党的事，国家的事。你就是生他一个营，一个团，也吃不着我家碗里一粒米。烧不着我家坟上一棵草。你就是一头撞死我，也挡不住你老婆去结扎。共产党什么都怕，就是不怕硬。你能硬过铁吗？民心似铁，官法如炉！小伙子，别碟子里扎猛不知深浅啦。放开他，让他好好想想。村主任对那四个莽汉挥挥手，宽宏大量地说。哥宛若木偶，站着，只顾大口喘气。娘倒背着手，野鸭子凫水一样走出来。她耳聋，便歪着头，问哥：杂种，又闯下什么祸了，你们这些杂种，什么时候才能让我不操心呢？嫂子一见娘，犹如见了救星一般，高声大嗓地哭叫起来：娘啊！娘啊！救救我的命吧！这群强盗，要绑我去医院结扎，娘啊，我还没给您老人家生出来一个孙子，结了扎，可就断了齐家的香火啦。娘听清了嫂子的哭诉，颤颤巍巍走到村主任面前，叫着他的乳名骂：狗皮，你这个没良心的东西，六亲不认的东西，你的娘是我的叔伯姨，咱俩是表姐弟，我的孩子就是你的孩子是不是？村主任说：表姐，你别生气，正因为咱是沾亲带故，我更要大公无私，要是我包庇亲戚，怎么去管别人。娘说：你甜言蜜语也骗不了我，你是想绝了我的后。村主任说：跟你老婆子有理有说不通，齐文梁，就是这么块形势,明摆在眼前,你不要敬酒不吃吃罚酒。哥蹲下去双手捂着头,呜呜地哭起来。娘说:你们这群伤天害理的畜生,要结扎就结扎我吧,我替俺儿媳去。大奶子妇女掩口而笑:哎呀呀,这个老大娘,简直是……简直是……村支书对汉子们使个眼色,说:别啰嗦了!尽管嫂子死命挣扎,但在四个男人铁钳般的手爪里,也只剩下叫骂嚎哭的本事。娘向前扑,被大德子只一搡,便如枯枝败叶般落于地上。你抓住大德子的手脖子,立刻感到自己的手萎靡不振,你说:不许你打俺娘!大德子眨动着杏黄色的眼珠子,阴沉沉地说:年小的,放开手!要动武的,你还是黄瓜妞子打老牛,嫩着点儿。要讲文的,我讲不过你。你胆怯地把手松开了,手指酸麻弯曲,久久伸不直。你好像求情般地问村主任:你们一点人道主义精神也不讲吗?村主任狐疑地看着你,约有五分钟,才喘息般地说:你得了什么病啦没有?这是农村!村主任的话好似当头一棒,使你彻底清醒了。四个大汉拖拉着嫂子远去啦。还有四个大汉等待着村主任下达抬家具的命令。村主任看看你,果断地说:一切由我承担着,家具不抬了。文梁,那三千块钱,你慢慢凑吧。老姐姐,你也不用哭啦。这是社会,谁顶谁倒霉,再说,能顶得住吗?哥哥站起来,感动万分,叫了一声大叔。村主任说:齐文梁啊,跟着去看看吧,买只鸡,炖炖给你老婆吃,大小也是个手术,再说,她还是月子里身体,虚弱。哥诺诺连声。村主任率着四个大汉,大汉们身后跟随着那个大奶子女人。一行人摇摇晃晃地走了。娘去哥嫂的院里照顾哭成一片的三个孩子。哥追着嫂子的叫嚣声跑去跑了几十步,又转回头,对着你喊:永乐,你自己去吧,去豆地喷粉,"绿布袋",造桥虫,赶快治……

你给黄绿色的豆子喷着粉,想着哥最后一转脸时的表情,你想,男人们被结扎了输精管,从手术床上站起来时,一定都是这副表情。哥没被结扎,哥仅仅是去追赶即将被结扎的嫂子,脸上就已经是结扎后的表情了,哥没结扎也跟结扎了差不多了……喷粉器。你用力搅动着喷粉器的摇柄,喷粉器像警报器一样嗥叫着。浸透毒药粉的背带紧紧勒住你的瘦脖子，你无法不低头。田野里还有几架喷粉器在响。你学着那几个喷粉农人的样子，为了防止衣服被毒药污染，脱得只剩一条裤头。赤脚，裸腿，肋骨根根清楚，光头。圆桶状的铁喷粉器挤在你的肚子上。你左手握着把手，擎着长长的、前头分出两叉的喷粉管，右手摇动，制造着恐怖的音响。干燥、滑腻的药粉愤怒地喷出去，如烟，如雾，似压抑经年的毒辣的情绪。你用力、发疯般地摇动把柄，喷粉器发出要撕裂华丽天空的痉挛般的急叫声，你感到一种空前的欢乐！欢乐！欢乐！欢乐！一把粗的铁管子在你手里不安地抖动着，"六六六"药粉从两个小簸箕状的分叉里团团簇簇滚出来，焦虑，烦恼，郁闷，冲撞得青绿的豆棵茎叶翻转。星星点点的洁白豆花纷纷落地，绿色翡翠般的造桥虫弓着腰、吐着明亮的白丝，哀鸣着跌落在地上。晨露未晞，药粉沾在豆叶上，肮脏的绿色上涂了一层暗红色的毒药粉，显得美丽无比。你跌跌撞撞地走着，多刺的豆秆擦着你的腿。"六六六"毒药粉碰撞豆叶后，又疾烈翻卷，冲天而起，乳白色的蘑菇状烟雾包围了你。你走在自己制造的毒烟阵里，不敢呼吸，不敢睁眼，你只顾摇动手柄，只顾踉踉跄跄前冲，带着毁灭一切的愿望。后来你的手又酸又麻，摇动手柄的频率降低，步子也慢下来。汗水从毛孔里渗出，立刻沾了药粉，战战兢兢，汗不敢出。腐蚀性强烈的药粉深刻渗入到你的肌肤之中，杀着你的神经，人心里痛楚，肌肤也痛楚，与背带摩擦的脖子、与铁筒摩擦的肚皮、与豆叶豆秆摩擦的腿足，更是加倍地痛楚。鼻孔被药粉堵塞了，呼吸窘急；你张开嘴巴帮助呼吸；药粉乘虚而入，呛闭了你的喉咙。眼睛里的泪水已把药粉和成了药泥，毒害了你的眼球。你生来睫毛稀疏！在周身针扎般的疼痛中，你还是感觉到了蚀骨的欢乐。欢乐！欢乐！！欢乐！！！不在欢乐中爆发，就在欢乐中灭亡！你终于喷完了第一筒药粉，这时你脱落掉轻飘飘的喷粉器，踉踉跄跄，走到青水如靛的引水大渠旁，你觉得自己很像一只被活剥了皮、沾上面粉和调料、在油锅里炸熟了的青蛙。你用力搓着眼睛，终于搓开一条眼缝，你困难地辨认了一下倒映在渠水里的自己的形象，惊叫一声，便头朝下脚朝上扎进温暖如乳的渠水中……你下沉，欢乐地下沉；周身如被刀割，刀割着般欢乐地下沉。你的头触到了渠底精神抖擞的水草，触到了松软如脂膏的淤泥。浮上来了，你。上浮时你又觉得自己很像一条庞大的造桥虫，中了“六六六”毒害的造桥虫。你在渠水中散漫地游泳，清亮的水珠在你撩起来的胳膊上活泼地流动着，水中游鱼冒冒失失地碰撞着你的肚子和大腿，又是欢乐，你幸福地哭了，哭泣声很大，你把头埋在水里，感觉到清凉的水温存地冲刷着你的口腔，感觉到哭声冲上水面，变成了一串串咕噜噜响着的水泡泡……后来，你站在渠畔上，望着无风无浪的田野，绿色似乎稍微干净了一点，大气透明，有淡淡的蓝色，云雀在高空中盘旋着，发出婉转的呼哨声。那三个喷粉的农人一直没有休歇，他们不紧不慢地操作着，由于是远离的缘故吧，他们的喷粉器发出的声音不像尖厉的嘶叫倒像轻柔舒缓的音乐，他们赤裸的身体上遍披药粉，艳阳照耀下熠熠生辉，他们不欢乐也就不痛苦，你无限钦敬地注视着他们雍容的态度，心中万分惭愧。你低下了头。你抬起头来时，看到那三架喷粉器喷出的药粉，在农人身后，膨胀成美丽的粉红色云团，如山丘，如高原，如春花，如秋树……并继续着无穷无尽的变化。

从“六六六”的浓密的烟雾里冲出来，你叹了一口气。冰凉的露水已经打湿了你的头发，村子里大概亮开了灯火了吧？在正北方三里处，一台粉碎机轰轰地叫着，那是支书家的磨房抓紧难得来一次电的时机，为乡亲们加工着玉米和小麦。支书的老婆孩子齐上阵，过磅的过磅，倒袋的倒袋，她们劳动，她们就赚钱。今晚村里是难得的光明，十年碰上个闰腊月。农村用电紧张，你们这个乡尤其紧张。你听人家说，春节期间为供电局送礼时，你们乡里土老帽儿一样的乡长派人送去一车猪下货，当场被供电局的干部们轰了出来。邻近你们乡的那个乡的乡长文化水平高，有城市人派头，派用计划生育罚款购买的丰田牌小面包车拉去两麻袋海米，受到隆重接待。所以你们乡空有电灯总不亮，供电局不给你们乡送电。供电局给海米乡送电不给猪下货乡送电。你们乡里人用煤油灯照着沾满苍蝇屎的电灯泡吃饭，电来了，人们都惊喜地眯着眼，二十五瓦的灯泡像光芒万丈的太阳，照到哪里哪里亮，照得人心亮堂堂。噗，一张牙齿残缺的嘴喷出一股地狱里的冷风，吹灭了如豆的煤油灯火。电走了！一口冷风不但把煤油灯吹灭了而且把电灯也吹灭了。被电灯光调戏过的眼睛拒绝了工作。空前的漆黑，人人都是瞎子。第三天(?)，上帝说有光，于是就有了光。被儿媳打瘸腿的基督教徒拖着病体，到处传播来自天堂的、上帝的声音，经常有三五成群的秃头昏眼的老太婆围着他的圣坛听他布道传教。他抹着一根煮得半生不熟的老玉米，坐在生牛皮编成的马扎子上，啃一口玉米，讲一句上帝要他代转的话，玉米粒太老了，他的牙也太老了，他顽强地咀嚼着，用后槽的牙，玉米粒都集中的腮帮子上，干枯的脸皮鼓得老高，像一只饱食的鸡嗉子。于是他歪着嘴，流着乳白的口涎，说：上帝造完日月星辰有了光，心里还觉得缺样什么东西，缺什么呢？上帝和了一块泥巴，捏出了两个小孩，一个小，一个嫚，长大了，就让他们结了婚。这样就有了人。他咽下一口老玉米，抻抻脖子，咽喉里咕噜一声响，好像骡马饮水的声音。他伸出一个手指在胸口前画个十字，呼号一声，阿门。那几个听讲的老太太也赶紧当胸画十字，嘬口出阿门，阿门！你不止一次地看到这个上帝的忠诚的儿子含辛茹苦地工作着，就像上帝开辟鸿蒙时一样艰难。他的阿门声在大街小巷上、阴沟角落里鸭鸣鹅叫般回响着，他的身后跟随着一批信徒，他俨然成为村子里又一个领袖。据说他的儿媳妇——共产党员肖飞燕再也不敢用棍子擂他的腿了。而且，令人瞠目结舌的是，复员军人、共产党员高大同公开宣布，脱离共产党，皈依耶稣教。这是今年春天的事。事情不大，但惊动了县委宣传部、组织部，组织部派出一个年轻人，坐着北京牌吉普车来村里了解情况，找高大同谈话。吉普车一进村头就陷进一个烂泥潭里，车轮子飞速旋转，空转，黑色的泥点冰雹般迸射。戴着白手套的司机钻出车来，一跳，落进了泥里，布底鞋蒙上了黑泥面。他跺着脚骂上帝。组织部的年轻人找到村支书，村支书牵来自家的大犍子牛，套上牛套，用铁挂钩钩着吉普车的保险杠，司机钻进车去握着方向盘，村支书在牛腚上拍了一掌，牛一展腰，把吉普车拖出了泥坑。你听村里人传说，组织部来的那个年轻人见了高大同的第一句话就说：同志，我要把你拉出泥坑！高大同在胸口画了个十字，说：耶路撒冷八格牙鲁阿门！组织部的年轻人说：请你说中国话！高大同在胸口画了个十字，说：八格牙鲁耶路撒冷阿门！组织部的年轻人说：同志，严肃点，我代表上级党组织同你谈话！高大同在胸口画了十字说：耶路——没等到高大同从耶路通向阿门，组织部的年轻人就逃走了。他对村支书说高大同鬼迷心窍不可救药应该立刻清除出党……你又一次想：生在这样的村庄里，就是把金刚石的宝刀也要生锈，你禁不住又叹一口气。黄麻花朦朦胧胧，仍然像只可意会不可言传的暗示。这时你听到了火车的尖叫声，听到了沉重的钢铁巨轮撞击铁桥上的钢轨时发出的咔咔嚓嚓空空洞洞的巨响；你还听到老虎和狮子从荒野里发出来的叫声；鲸鱼在温暖的海洋里发出来的孩童般的梦呓。人们可以随便找出两张褪色的婴儿照片，对着每一个在唐山地震中苟活下来的婴儿说：这个是你的父亲，这个是你的母亲。人们指着在池塘上方萦绕着的鹅叫声对你说：这是上帝的声音！你也曾经深信不疑。你喷过“六六六”药粉的第三天，在胡同里碰到头上缚着纱布的高大同，你用复杂的目光盯着他看，他也用复杂的目光盯着你看。他的脸上的皱纹忽然间长得纵横交错，蚕熟一时，麦熟一晌，人老一天，伍子胥一夜白了少年头，空悲切。那些皱纹像煞一道道复杂多变、头绪繁多、布满牢笼和陷阱的解析几何，你动用了假设、反证法、正证法，方程式、花边思维法，也没寻找到正确的答案。你们对望了足足有五分钟，你腋下微微出汗。他说：你看到过老虎吗？看到过狮子？你吃过男人的阴茎吗？你说！你未曾开言，就感觉到有一股无法抵御的阴暗力量像毒汁般渗入了你的骨髓，紧接着控制了你的神经，麻醉了你的大脑皮层，你分明知道自己是在替另一个人说话：你见过老虎，但是你听到过虎的叫声吗？你吃过男人的阴茎，但是你喝过女人的月经吗？他鄙夷地歪歪嘴，唇边在一瞬间出现了浅浅的月影般的狡狯的微笑，他说：你听过老虎的叫声，但你能从老虎的叫声里分辨出老虎的公母吗？你听过狮子的叫声，但你能从狮子的叫声里分辨出狮子的雌雄吗？你喝过女人的月经，但你能从月经的味道里判别出处女和荡妇吗？在他凶狠的、连珠炮般的穷追猛打下，控制你的阴暗力量倏然消逝，你感到理屈词穷，无法突破他的钢铁般的逻辑力量，你面红耳赤，腋下汗下如注，你张口结舌，木木讷讷地说：你……你……太下流了……高大同仰着脖子冷笑着说：下流？哈哈哈哈哈哈，你们这些喝月经喝肥了的吸血鬼不下流吗？滚回家去看看吧，你和别人的老婆困觉时，你的老婆正在吞食别人的阴茎！哈哈哈哈哈哈。高大同眼中无物，瘸着一条腿，仍然趾高气扬地向着槐荫匝地的河堤走去。你孤零零地站在原地不动，看着渐渐离去的那颗花白的头发盖着的年轻的头颅，纳闷着这个疯人的脑袋里怎么能够冒出这么多稀奇古怪的、半是天才半是混蛋的思想。你走回家，一头栽到炕上，脑袋涨得如柳斗般大，四肢麻木，好像死去一样，跳蚤、臭虫把它们凿刀般的利喙钉进你的血管里，发疯般地吮吸着你的腥甜的热血，你动不了，能动了你也不想动，你发誓要用热血胀死这些结帮成伙的害人虫。娘走拢来，用鸡爪般的枯瘦黑手指，摸摸你的头，关切地问："乐儿，你怎么啦？哪里不舒坦？"你看看娘老狗一样混浊慈祥的眼睛，脸上高烧迸发，娘也是个女人，娘曾经也是年轻的女人，没准……没准也曾是一个风流荡妇那自己就是荡妇的儿子，一生下来就头顶着污秽……啊咦……你怪叫一声闭上了眼睛。人类的肮脏仅仅被高大同揭开了一个边角，从那边角缝隙里仅仅逸漏出一丝香气扑鼻的龌龊臭气，你就受不了了，你就如同遭了瘟疫的猪狗中了霍乱的鸡鸭霜打了的茄子出水的鱼虾。你这块窝囊废！娘骂了你一句，又在你背上擂了一笤帚疙瘩，起来，头痛脑热的，出去溜达溜达就好了。东胡同里鲁连山家的老三约你一块去学校看分数，你去不去？娘出去了一会回来后问你。你一骨碌从炕上跳下来，心中如擂鼓，你说：让他等我一会儿，我去。娘说：我去把人家叫来家吧。你匆匆忙忙地换了一件唯一的衬衣，用笤帚扫扫裤子，尽管知道扫不扫都一样，扫不扫都是条破裤子。鲁连山家的三小子进来了。这是个短小精悍的小伙子，与你一样二十三岁，与你一样是连续高考四年的"回炉生"。他的脸上带着与你同样凄苦的表情。哥弓着腰走过来，哥没结扎也像结扎后一样弓着腰，没结扎也带着满脸结扎后的斩断生命根芽般的痛苦表情。来了？哥与鲁连山的三儿子打着招呼。你考得听说挺好？鲁连山的三儿子噘着肿胀的上唇说：考得不好，咱不行，天生的笨脑子，能糊弄上个中专就磕头不歇息啦。哥说：管它中专、大专，考中了就跳出了这个死庄户地，到城镇里去掏大粪也比下庄户地光彩。庄户孙，庄户孙，不知是哪个皇帝爷封的。你们想想，哪还有庄户的人好？种一亩地要交五十元提留。修路要庄户人出钱，省里盖体育馆要庄户人出钱，县里盖火车站要庄户人出钱，乡里办学校要庄户人出钱，村里干部喝酒也要庄户人出钱……羊毛出在羊身上，庄户孙！你们考中了是你们的福气，父母亲人也跟着沾光。鲁家三小子悲怆地点着那颗扁扁的头，表示完全赞同你哥的意见……你比鲁连山的儿子少考了十分！你没上分数线，他恰好在分数线上。哥听你说完就赏了你一个响亮的耳光。你哭了。你在回家的路上就哭了，鲁连山家的三儿子好像比你还难过。仅差十分，他成了上等人。你还在下等人的泥潭里挣扎。他安慰你：文栋，其实你比我学得好，回家跟你哥好好说说，再去回一年炉吧，明年你保证能考中……你哭着说：我不想考好吗？我愿意看你们那副长脸子吗？哥更火了，骂：混蛋！你还犟嘴，就那么几本书，四年了，一个月背一本也早背熟几遍啦！就是块石头蛋子也沤出芽来啦！娘长叹一声又长叹一声：永乐啊永乐！你这个不出材料的东西！你这个没出息的东西！……嫂子因结扎伤痛无法下炕，但她的骂声早已透过间壁墙，一字不漏地送到你的耳朵里。嫂子密不透风的骂声里，掺杂着大侄女天真的歌唱二侄女咿呀的学语声三侄女气息奄奄的短促僵直的哭声……鲁连山当天晚上就来了，他极力装着平静，极力掩饰着冲天火柱般的欢乐。老头子喝了酒，满面赤红，像一朵盛开的老牡丹。他头上尚有一撮白毛，在电灯光下闪烁着银子般的光泽。他眯着眼，没话找话地说：今晚上是什么风刮得供电局里昏了头，竟送来电……娘说：他大叔，坐吧。娘搬来一个吱哟哟叫唤的杌子，让鲁连山坐下。鲁连山把腋下夹着的方方正正的包袱放在锅台上，拘拘束束地坐着，好像老佃户见东家，嘴唇干抖说不出话来。哥递过烟笸箩去，说：大叔，抽烟吧。鲁连山猛然站起来，老手伸向破口袋。不，老大，我这儿有烟卷儿。他摸出一盒纸烟，好不容易开了封，抽出一支，递给哥，又抽出一支，袖在胸前，问你：老二，你也抽一支？哥愤愤地说：他还有脸抽烟？吃饭都吃瞎了。鲁连山又哆哆嗦嗦地坐下了。娘说：他大叔，您家老三考上了？鲁连山哆嗦得更厉害了，双眼泪汪汪的，双手高举到头上，好像感谢上苍：老嫂子，你说，这不是做梦吧？咱的孩子还能考上大专？考上了，考上了，前些天，我去他爷爷茔上看，见茔上的土潮润润的，茔顶上热气腾腾，我就知道，风水使劲了，就像那沤到了的酱，发起来了。我估摸着差不多了，今年该发科了。果不其然中了。他去学堂里看分数，一进院子就哭，哭得那个屈啊，鼻涕一把泪一把。他娘不忍心啦，过去劝他，他娘说：儿啊儿！别哭了！考不上就考不上吧，人的命啊天管定，胡思乱想不中用。该吃哪碗饭，阎王爷早就给安排好了，命里有想躲都躲不过，命里没有莫强求。别哭了，干什么还不是干，攒几个钱，娶个媳妇，爹娘也就完了心事啦。他还是抽搭。他娘又跟我商量：他爹，昨后晌阮大嘴来说，孙大保家的闺女要寻人，那个嫚就是瘸了一条腿，别的什么毛病也没有，生儿育女是没有问题的……好小子，这时候他才蹦起来，用袖子揩一把眼泪，说：爹！娘！我考上了！把他娘欢气的，罗锅罗锅就坐在地上了……鲁连山用手背子擦着眼睛，嗓子里嘎勾嘎勾地响。娘说：他大叔，您好福气啊，等着儿子上出大学来，大把大把地挣钱，您老两口子就净等着享福吧。鲁连山说：早哩，早哩，还在云彩影里照着的事呢，只怕上出学来，就不认他的爹娘啦！娘说：不会的，您家老三生来厚道，变不了。哥站起来，欲走不走的样子。鲁连山也站起来，慌慌张张地解开包袱，把一堆书抖落到锅台上。这是俺老三让我送来的，他自己不好意思来，怕刺激您家老二伤心，他说这些书都用不着了，留给老二用吧。哥嗤了一声鼻子，说：拿回去吧，他也用不着啦！鲁连山惊愕地问：老二不考啦？年轻轻的趴在黑土地里有什么前途？哥说：你不是说"命里没有莫强求"吗？鲁连山说：那是他娘说的，老娘儿们的话，颠三倒四，没有个准头。俺老三说您家老二明年一定能考中……哥说，不考了，回来干活吧！鲁连山尴尴尬尬地笑着，退出门口去。娘叹气。哥生气。你迷惘地看着锅台上的书籍，心乱如麻。哥说：睡吧，明日还得去给豆子喷粉，你上次怎么喷的？虫子没死多少，豆子被你踩倒了不少。哥转身欲走，娘说："老大，再让永乐去学一年吧，没准就考上了……"哥懊恼地说：一年一年又一年，再去一年就是五年啦！人家跟他同班的大学都毕业啦！娘说：再去一年，最后一年，不中就拉倒，你这个当哥的也算尽到了心。哥说：你就不替我想想，真是天下爷娘偏小儿！他上学，你什么都不能干，虽说是分了家，可你们两人的地还是我种着，里里外外都靠我，累死了我你就不心痛？八成我不是你亲生的。娘说：你爹临死嘱咐你什么啦？你爹要你可着劲供给永乐上学！哥说：你让永乐自己说，他上了多少年啦？二十三啦，早该顶家过日子啦！你说：哥，甭生气了，我不上了……娘说：没出息的东西，没有你说的话！娘气势汹汹地提着哥的乳名说：永祥，你和永乐都是我皮里出的，一样的遭罪一样的痛！我偏他什么啦？我让他再撞撞运气，考上了他好你也好，他光彩你当哥的不光彩？他混好了还能忘了你这个一母同胞的亲哥？人家要欺负你也得想想你有个上大学的弟弟，下手也留三分情。要是他趴在庄户地里，就他那模样，只怕连个老婆也讨不上。你那边老婆孩子一大群，他这边光棍一条，邻亲百家不笑话你？你脸上光彩？娜妮她娘也结了扎，眼见了你绝了，永乐要是光棍了，咱老齐家可不就嘎嘣一声绝了种了吗？娘感情发动，伤心地哭起来。哥流了泪，你也流了泪。嫂子扶着腰走进来，冷冷地说：媳妇不是婆婆养的，您儿跟着您受罪我不跟着受罪。永乐上学不上学随便，您两人的地孬好俺再代种一年，其他的花销俺一概不管，他当了省长俺也不沾他的光！你说：嫂子，我欠你多少将来就还你多少！嫂子双手拍着屁股说：好啊好啊！你能还才好，哼，好像再去一年就笃定能考上一样！我早说了，一岁长不成驴，到老是个驴驹子！考白了毛你也考不上。娘泪眼婆娑地说：永乐啊永乐！你就没有一点志气？你就不能赌口气，立立志，考上大学堵堵她的嘴！你热血沸腾，感到自己已经怒发冲了冠，你吼着：我要考！我要考！我要考上大学！你们不管我我去卖血换钱交学费也要考！不成功，就成仁！哥有气无力地说：那你就再去沤一年吧，能考上最好。嫂子说：哼！说两句大话壮壮胆吧，吹牛屄不要贴印花，你能考上，我头朝下走三年！哥晃晃荡荡地走了，嫂子歪歪扭扭地走了。停电，黑暗包围了你，你被黑暗挤成一张薄饼，在电灯光下发过誓，电灯一灭你就完劲了。你什么也不想了，你只是感到极度的疲倦。这一夜你辗转反侧难以入睡。猫头鹰在村东公墓里的黑松树上一声声叫得紧，田野里的老鼠匆匆忙忙地搬运着粮草，房子里的老鼠咯咯吱吱啃着箱柜的边角，蟋蟀们在热烘烘的锅台上此起彼伏地欢唱着。后半夜时，一道银白的清冽月光从破纸的窗棂上泻下进来，照明了母亲的脸。母亲在酣睡，一股股阴风从她嘬起的嘴巴里吹出来，那颗孤独的长牙在气流中索索战抖；你毛发悚立，尽力蜷缩着身体。母亲的睡相已令你惨不忍睹，母亲的吹气声更让你不敢卒闻。你努力谛听从墓地里传来的猫头鹰的叫声，你闻到了墓中尸骨的腐烂气息，黑暗四合，似棺木包围着你，月亮钻进了阴云。猫头鹰飞到了头上，你听到了它振动羽翼的滑溜声响，黑暗中，它的锐利的绿眼睛像两把锥子深深地刺进了你布满灰垢的肚脐。你恐怖地叫了一声，娘用冰凉的手摸着你，一边摸一边问：永乐，永乐，你是被魇狐子魇住了吗？……

猫头鹰又叫得一声比一声紧了，好像催命的符咒，你遍身凉透了，你的腿已被疯狂生长的葛藤牢牢盘缠住了。你举起药瓶子，耳边突然响起了喜庆胜利的唢呐声和鞭炮声，一颗颗红色的电光鞭炮在半空中炸裂，红白两色的纸屑纷纷扬扬地落在鲁连山花白的头颅上。鲁家三小子明日就要启程了，去东北黄金专科学校报到。村主任提着酒去鲁家贺喜，鲁老三，穿着一套新缝的蓝布制服，脖领子上夹着两颗曲别针，口袋里插着两支钢笔，剃了一个崭新的小平头，脚上是一双白色回力球鞋，这个将要去学着挖金子的专科学生，双手捧着茶壶，恭恭敬敬地给村主任倒茶水，村主任满脸堆笑，双手捧着茶碗接水，嘴里夸着：老三，这一下出息大了，挖出狗头金来，带回来让你大叔开开眼界……这些情景你并没有亲眼看到，鲁连山家为儿子举行庆功筵宴时，你正在公墓里爹的坟前徘徊。走到爹的坟墓前之前，你先去参拜了鲁老三爷爷的坟墓。那坟墓实在也稀松平常，有草，并不繁茂，稀疏的几株驴尾巴蒿子下，有两个深不可测的耗子洞，墓前水泥制成的墓碑上，淋遍了麻雀、鸽子的黑屎白尿。哪里能见到鲁连山所说的那种热腾腾的蜃气？这难道是黄金专科学校学生的祖坟吗？你恨不得对准那两个耗子洞撒一泡又黄又臊的老尿！但你知道不能撒尿了，你应该把尿憋足，憋得像高压水龙头一样，滋到一个你认为最肮脏别人认为最神圣的地方。爹的坟墓上绿草葳蕤，紫色的野菊花夹杂在绿草丛中，好似从云层中透出来警世的星光。你嗅着星星的淡雅香气苦苦思索，为什么这样生机蓬勃的坟墓倒不如那样猥琐凋敝的坟墓祚佑儿孙呢？如果先人的坟墓色彩决定后人的发达与荣华，那么，应该是我进入黄金专科学校而不应该是鲁老三入黄金专科学校。夕阳。松林。丛冢。归鸦。薄月。粉红色的夕阳照耀着黑色的松林；归鸦的翅膀上泛滥着翠绿的丹霞；坟冢骚乱不安，拥拥挤挤，好像死人的世界里也存在你死我活的生存竞争。大鱼吃小鱼，小鱼吃虾，虾吃沙。在遍天厚重的流光溢彩的黏稠的高粱面粥样的暮色里，漂浮着半轮淡薄如纸的苍白月亮。你不知道你的脸像月亮一样苍白，因为你看到父亲的坟墓里——也许是繁茂的草丛中爬出来一条黑底白花的大蛇，你的脸是被吓白的。你一见到蛇就把全身的寒毛支棱了起来，全身僵硬你不会动，鼻子里充满蛇身上放出来的隔夜蒜泥般的味道。蛇有镰把粗细，一尺多长，尾巴很短，不是如一般草蛇那样逐渐细下来，而是很粗的棍子般的身体，突然变细，生成一个一拃多长的小尾巴。蛇身上似乎有鳞片，映着血红阳光，显出一种高贵的华丽色彩。见到你它略停爬动突然对着你举起头，永不旋转的蛇眼阴鸷地盯着你，好像要彻底洞察你心中的秘密。你欲飞身而去，筋麻骨软，早已不能动弹。蛇看够了你，温柔地对你点点头，然后放平身体，缘着墓间青草，飞也似的去了。青草在蛇身后豁然分开，草叶翻卷，嗞啦啦地响，好像平地起了一阵风……你不知是吉是凶，也许这条蛇就是爹的亡灵显圣？对我点头是告诉我明年能考中？龙蛇同类，飞龙在天，爬蛇在地，此蛇已能兴风惊草，此蛇非凡蛇也。你带着阴冷潮湿的吉祥预兆回家，刚出松林，就见鲁连山陪着他的三儿子来了。你慌忙躲在一棵松树后，看着鲁家父子在祖坟前点上一刀纸烧起来，纸火明亮，照着鲁家父子虔诚的脸。灰烬飞升起来了，像黑色的蝴蝶，这时那半轮月亮已放出了些许短促的浅淡金光，迷迷蒙蒙地罩着天地万物，鲁家父子跪在祖坟前，高翘着屁股叩了三个头。你想笑，笑不出来；想哭，哭不出来。你那时的表情就像你现在的表情一模一样。

开学之前，娘跑了十里路，请来了一个风水先生，是一个黑胡子的老头，七十多岁，腰板笔直，像门板一样。老头是从黑龙江回家看儿子的，娘去请他之前就跟你说过，这个老头号称“半仙”，在黑龙江半个省都有名。现在你坐在鱼翠翠尖尖的坟头上好像抚摸着她你在少年时期就抚摸过的烫手的乳房想起你去年秋天又一次满面愧疚地进入复习班门破窗残的教室羞答答坐在最后一排最外边一个位子上的情景。上课铃声一响，课堂里嗡嗡乱响，谁也听不清自己说什么也不知道别人说什么，大家互相摩擦着像一个笼里的鸡一样互相啄理着羽毛。走进来的是校长。校长站在讲台上气宇轩昂，他是一个中年人，面黄无须，人中漫长，下巴短促。他向前一倾身，双手按住讲台，头探得很往前，像一匹在槽中吃草料的黄骠马。同学们好，他语调亲切，表情麻木地说。教室里骚动一阵，你看到前排的考场老手"冬妮娅"用丰满的背使劲蹭着你的课桌的边缘，好像她的背上生了虱子，好像牛在槽边上蹭痒，你厌恶地看了一眼她的鹅一样的长脖子。同学们，欢迎大家再一次回校复习，尽管上级三令五申停办复习班，但我们还在办。我们的理由很简单：一、各校都在办复习班，我们不办我们的升学率就要下降，我们的学校声誉就要受损，就说明我们的教学质量低。二、这一条最重要，是歪倒磨砸在碾上的大实话，你们都是农民的孩子，要想跳出农村，只有升学这一条路，当然当农民照样干革命，但革命性质不同是吗？（校长自嘲地微笑）当然我们也是为了不埋没人才，由于诸多原因，许多好同学第一次高考落选，办复习班是为了这些同学不埋没。事实证明办复习班是成绩很大的，譬如，今年我校升入大专院校的学生总共三十六名，复习班学生就有二十八名。（校长如数家珍，报出一串比率）一句话，复习班不能停办。要来复习的同学很多，我们只能择优录取，让那些确因某种原因发挥不好、考分离录取分数线很近的同学来参加复习。当然啦，也有某些特殊情况（校长伸出舌头咂了一下嘴唇，校园里响起汽车的嗡嗡声，一辆杏黄色的轿车从栽满向日葵的沙石路上驶到校长办公室前），我们校舍紧张，每个班都超员，尤以复习班超员最重，大家看，齐文栋同学半边身体都坐到门外去了。（一阵桌凳响，同学们都回头看你）因此，从今天起，就是玉皇大帝送他儿子来插班复习也拒绝接受。（学校的文书——一个烫着卷毛的姑娘在门口冲着校长打手势，校长不理睬）由于复习班是"黑班"，没有经费，所以每个前来参加复习的同学要交一百二十元复习费。我们不是向钱看，是没有办法。如果是向钱看，那些学生可以交二百元复习费，但我们不要，我们只招收你这些大有希望的同学来复习。大家不要顾虑，好好复习，迎接明年高考，在你们的档案上，你们永远是应届毕业生。卷毛女文书又一次出现在教室门外，龇牙咧嘴地对着校长做手势，从她窘急的神态上，你猜出那个坐着杏黄轿车的胖子(老师们称这类胖子为“大肚子”)一定是个要员，他如果不是送亲戚子女来复习、插班，就是前来检查工作。同学们都歪着头，看着女文书挤鼻子弄眼的滑稽相。校长抬腕看看表，说，同学们，我要说的就是这些啦，大家都不是小孩子啦，哑巴吃饺子心里有数，好好学，是为你们自己学的，是为你们的家长学的，并不为老师和校长学的，还有五分钟，大家嘀咕一下，怎样度过这来之不易的一年，没交复习费的同学别忘了催催家长，赶快交上来。校长一走，教室里一阵嘈杂，有笑声也有抽泣声。你木然地看着校园，看着对面的教室，看着在两排教室之间茁壮生长的银白杨树——银白杨树，树姿优美，抗病虫害，能活三百岁到六百岁。它树冠宽阔，叶片呈多角形，风吹叶片沙沙作响，人们戏称“鬼拍手”，“房前钻天柳，房后鬼拍手”——的银灰色的叶子在阳光中翩翩翻动，闪闪发光。食堂里麻子师傅“鸡啄萝卜似极”骑着一辆红锈斑斑的自行车哗啦啦冲进校园，他的自行车把上挂着十几只当年生长的、羽毛灿烂的黄腿小公鸡，这些可怜的小公鸡不知要进谁的胃袋……食堂的打菜窗口前排着漫长的队伍，学生们用饭勺子敲打饭碗，敲出一片噎噎嗒嗒的暴雨抽打铁皮桶般的声响。你很少站在这条队伍里，你的佐餐是二分钱的红咸菜。你即便偶尔站在这条队伍里时，也从不用铁勺子敲打搪瓷碗沿。你怕敲掉碗沿上的搪瓷，在你们中学成千的搪瓷碗里只有你的碗沿没缺瓷。麻子师傅把铁勺子用力扣到你的碗里，一声脆响，你的心一阵悸动，当你接出碗时，发现在十几块蜂蜜色的萝卜菜上，沾着从碗沿上爆裂下来的一片片黑白相间的搪瓷。第二天，你搜出一毛钱菜金，又一次站到打菜窗口前漫长的队伍里，你发疯般地敲打碗沿，比任何一个人敲得都凶。等到你挨近窗口时，碗沿上点瓷不存，碗底里积着一堆瓷渣子。你用手抹掉瓷渣子，把碗伸进窗口：一毛钱萝卜！铁碗又是一声脆响，你坦然地接住碗，见那十几片蜂蜜色的萝卜片上，沾着几个炒煳的葱花，没有了硌牙的搪瓷碎片，你很高兴，并且立即明白了为什么同学们一站到排队打菜的行列里就不可遏止地敲打碗和盆。后来你去排队时，似乎并不是为了那几片萝卜或土豆，而是为了敲碗沿，你在这种神经质的敲打中，感受到一种扬眉吐气的欢乐……第二节课是数学。还是那个胖乎乎的、戴着一副红边眼镜的王老师。他倒背着手，神色冷淡，好像这并不是开学第一节课，而是一次枯燥无味的、千篇一律的进饭或出恭。他扫了一眼众学生，你知道他谁也没胡看他把谁也看了。你想在枯燥的数学教师眼里每一个学生的脸都跟一团枯燥的粉笔末子差不多。请同学们合上书本，他说，两个平面相交有什么性质？谁来回答？教室里安静极了，你看到八十多个红白相间的脑子在抽搐蠕动着，无数的平面像窗玻璃一样在虚空里碰撞着、交叉着，生出了无数的直线、角、定理和定律、革命的和反革命的、道德和非道德的、留兰香型的和水果香型的、牙膏、肥皂、洗耳恭听衣粉、泡沫聚乙烯塑料……冬妮娅，请你回答，数学教师咬着牙根，字字清晰地说，两个平面相交有什么性质。“冬妮娅”站起来，把手背到身后，从她的手里，射出了一道寒冷的光线，正大光明地照在你的额头上，你感觉到了，那是“冬妮娅”的袖珍小镜子反射的太阳光。“冬妮娅”忸忸怩怩地扭动着腰肢，黄色的长脖上渐渐挂上了暗红，她吐字不清地说：两个平面相交……两个平面相交……她哇啦一声，好像是哭了，你看不见她的脸，所以你猜想到她是哭了。有几声幸灾乐祸的、也许不是幸灾乐祸的冷笑从密如蜂巢的座位上发出。数学教师痛苦地摇摇头，拍拍手，说：请坐吧，谁能回答这个问题？左前方一个鱼刺般的学生举起一只枯木朽株般的手臂。数学教师说：王天圣，你来回答。王天圣站起来，虽然哈着腰仍然如鹤立鸡群般高拔，他像个学者般老练地用中指往上托托滑到鼻子上的眼镜，用好似伤风患者的重浊鼻音背诵了两个平面相交的性质。背诵完了，他直立着，看着数学教师，好像期待着表扬，也像等待着批语请坐！数学教师说，同学们，王天圣回答得对不对？教室里沉默片刻，便响起一阵含含糊糊的喊叫。你没参加这种喊叫，你的眼被爬行在“冬妮娅”背上的一只苍蝇吸引住了。她穿着薄如蝉翼的短袖衬衫，你想到那苍蝇在她衬衫上爬行，你猜想她一定皮肤发痒，蓝色的乳罩带子鲜明地凸现在衬衫中段，那个圆圆的黑钮扣正正地压在她的第五截脊椎上，苍蝇有时沿着乳罩带子哧溜哧溜爬行，好像在微波荡漾的湖水上凸出的一条蓝色堤坝上疾步行走的游客。这时候数学教师用粉笔在黑板上潦草地写着平面相交的性质，含有杂质的粉笔磨擦着褪色的黑板，吱扭吱扭、沙涩又油滑地响着，这响声使你耳膜发痒发酥，一阵阵酸溜溜的涎水从舌底冒出来。这瘆人的声响还使你的眼球震颤，两点绿色的眼屎唧唧哝哝地冒出来。你擦掉了眼屎。左前方一个留着寸头的男同学打了一个哈欠，左手摘下眼镜，右手揉了一下紫红的鼻梁便松开，然后把脑门平放到裂缝的桌面上。他的头前摆放着城墙般的教科书，挡住了他的头，但他的左手还悬在空中，举着悠来荡去的眼镜，他乏透了。你的桌子上也摆放着城墙般的教科书，每个人的斑驳陆离、布满墨水污渍和刀刻瘢痕的桌面上都垒成一道新的长城，大家都伏在这城墙后，抵抗着老师的进攻。那只苍蝇爬到“冬妮娅”胳膊上去了，爬行在她臂上暗蓝色的血管子上。你很想伸出食指去按一下那根葱叶状的血管，但你知道这是犯罪。你立刻想起母亲正费尽艰辛地筹措那一百二十元复习费了，你恨自己，于是你用力把凝滞的目光从“冬妮娅”的背上揭下来，双手支颐，聚精会神地去看黑板上出现的一串又一串吐鲁番葡萄的数学公式……“冬妮娅”的衬衫乍看很白，但其实并不干净，尤其是脖领处与头发相接的地方，分明可见黑乎乎的灰垢，她的脖子于是又长又稀松，让你有一种微微的、油腻腻的恶心感。过 A 的直线，进 B 的洞穴，你恍惚地从满黑板模糊不清的公式中看到了这样的字语，头脑一阵咔嚓嚓转，极力演绎和附会 B 的洞穴的朦胧的暗示性，你心猿意马，走火入魔，强力支撑，精神犹如一个滑溜的圆球，难以在黑板上停留，它轻浮地滚动着，带着一种堕落般的力量，要进 B 的洞穴。你吓坏了，意识到自己已确实不适合坐在中学课堂上听讲了……下午的政治课教师是你们的班主任，女，姓纪，未婚，很胖，很白，下牙不太整齐，但比整齐还要美。她亲切地、好像故意炫耀地龇出不太整齐的牙齿对着你们微笑着。她等着你们起立后又坐下，然后说：同学们好，这节课我们复习辩证唯物主义的最大的也是最重要的范畴——她捏起一支粉笔，转身，抬臂，在黑板正中，写了两个排球般的大字：物质。在她抬臂书写时，你看到她那钉着两颗银光闪闪的纽扣的衬衫短袖往下一褪，一撮一定非常柔软滑溜的金黄色的腋毛露了出来……你头晕目眩，班主任腋下那撮像火苗一样燃烧着的腋毛烫着你的心，于是你的心痉挛、抽搐、急一阵慢一阵地跳动。你拚命嗥叫着从万丈悬崖上往下坠落着，重力加速度，自由落体。物质的运动。物质是一种不以人的意志为转移的客观实在性。班主任用她嘹亮的歌喉朗声宣讲着课本上的那些个最基本的、最重要的定律，她不知道任何定律也抵挡不住她金黄的腋毛对你的诱惑，你盼望着她再次抬臂书写，在盼望时你又切齿咒骂自己，一种乱伦般的罪恶感沉重地压制着你那熊熊燃烧的欲望，两种力量，一种是金黄的灼热的，一种是灰白的阴冷的，在你的脑子里在你的血液里，炽热地绞杀着……物质是运动的，运动都是物质的运动……人不能踏入同一条河流……它是一团熊熊燃烧永不熄灭的活火……你用力拧住自己的大腿肌肉，听到毛细血管在手指的捻压下啪啪破裂的声音。物质不灭。方生方死，方死方生。从物理运动到化学运动……特级化学教师像只凶猛的豹子，立在讲台上，目光如电，横向联合扫着你们八十四张枯枝败叶般的苍黄面孔，秋风萧瑟，你们的脸伴着银白杨枯萎的黄叶索落落地响。特级化学教师具有统帅般的雍容大度和八面威风，他站在讲台上形成的强大威慑力使学生们腰杆挺直，目光不敢顾盼。他不看黑板，侧着身，随手一画，黑板上出现了$^{16}_{8}O$。李高潮！李高潮惶悚地站起来。李高潮眼睛细长，眉梢下垂。这是什么符号？原子符号。就这样回答对吗？李高潮脸上出现大便般的幸福表情。氧原子符号。就这样吗？李高潮身体晃动起来。你看到李高潮的下唇像炝锅铲子一样伸出去，伸出去，伸出去。坐下。这是表示质量 16 质子 8 的氧原子符号！……最后一节晚自习，你困得眼皮沉重，哈欠连天，演算习题的笔自动地画出一些不规则的图形。窗外的寒意袭来，你打一个战。房梁上吊下的橘黄色电灯泡周围曲曲折折地飞舞着几只扑棱蛾子，依然是秋天，不过是深秋罢了。夜空中雁声嘹唳，落叶窸窣有声。蝙蝠在房梁间灵活机动地飞行着。你盼望着钟声。钟声。蜂一样涌出教室前桌椅板凳噼啪乱响，"冬妮娅"仔细地锁好抽屉。向厕所进攻。站在小便池前你听到女同学们哗哗的小便声。上床。熄灯。立刻就有鼾声。由于听到女同学的便溺声你失眠了，你认为这一学期之所以心绪不宁就是因为坐在了"冬妮娅"身后，上课时你曾偷偷地看到她在小镜子里偷偷看你。吴天化把头藏在城墙后偷偷翻阅《飞狐外传》，你明明看到李老师发现了吴天化的鬼画符，但李老师只顾讲他的达尔文进化论，生存竞争适者自下而上从野鸡到家鸡，由苏北到山东，通通单饼卷大葱！宿舍里一股鞋旮旯子味，五颜六色的尼龙袜子们一齐施放恶臭。地上汪着尿液般的洗脸水，上铺的床咯咯吱吱响，下铺的支架是根鲜柳木，生长出嫩绿的黄芽，大鞋小鞋皮鞋胶鞋密集成行，放屁声梦呓声磨牙声此起彼伏持续不绝。你想到"冬妮娅"在小镜子里的深情的眼睛。你安慰自己，我已经二十三岁啦。你被失眠困扰着才发现中学生宿舍是丰富多彩的。老鼠在床下急促地跑动，一个同学梦中挥拳打人，拳头正抡到另一个同学嘴上，这个同学捧住拳头啃了一口。你为什么咬人？你为什么打人？我梦中打人。我梦中啃猪蹄。躺在你身旁的"神枪手"——一个左目有残疾好像永远在瞄准的小个子同学——香甜地吧唧着嘴，喉咙里还呼噜呼噜响。上铺姓孙的同学抽抽搭搭哭起来，不知是梦见了伤心事还是根本没睡着。你爬起来，坐着，膨胀的脑袋像热气球，我欲乘风归去，脖颈不放你行。化学方程式、数学公式、物理定律、生物进化、英文单词、形式逻辑、商品价值、“冬妮娅”背上的苍蝇、腋毛、乳房、大学通知书、鞭炮……你头痛欲裂，大脑被分割成了无数钢珠般的球，这些球骨碌碌地转动着、摩擦着、碰撞着，发出一阵又一阵缺少润滑油但飞速运转的机器声。双耳里响彻如寒风中呜呜作响的电话线的声音。你堵住耳朵，响声深入到脑子里，像两束箭齐射。你说：我是刺猬。我是光。我是一棵葡萄树……你知道你要疯了，精神分裂症……你穿着裤头背心站在满天星光下，你嗅到了校长办公室前花圃里盛开的黄色千头菊花幽幽的香气。食堂里豢养的那条杂毛公狗对着流星、对着在夜空中飞行的鸿雁狂吠。你学着基督教徒刘圣婴的样子，在瘦骨伶仃的胸脯上画了一个十字，喃喃地说：阿门！起来解手的班长发现了你，他关切地问：齐文栋，怎么啦？小心感冒！你说：我完了我完了我睡不着啦……他说：你等等。他急匆匆跑去，又急匆匆跑回。他问：你有什么心事？你说：脑子全乱了……好像一匹跑热了蹄子的马，收拢不住啦……他说：我有安眠药，你吃吗？你说：吃！吃！他说：你跟我来，轻声点，别把同学们惊醒。班长从枕头下摸出一个小瓶，拧开塞子，问你：吃几片？你说：十片！班长嘘了一声，说：开什么玩笑，十片吃下你可就昏睡百年啦。给你两片吧。班长递给你两片安眠药他说没有水，你一仰脖子吞了药说不要水。班长，给我两片吧……从班长身后伸过一只失眠的手，可怜巴巴地说。李四清，怎么你也失眠啦？班长问。嗯哪。看不清李四清的脸，只看到李四清的手在哆嗦。给你两片吧，班长说。班长……从上铺上伸下一只毛茸茸的手，班长也给我两片吧……班长慌忙把小药瓶塞进枕头下，双手按住了枕头，急如星火地说：没有啦没有啦，我自己还要吃呢……吃过安眠药后你的眼睛更加明亮，自以为极像两只锐利的猫眼，能于暗夜中辨别出老鼠的雌雄，你能辨别出老鼠的雌雄，那么你能说出世界上有多少只不雄不雌的“阴阳鼠”吗？世界如此广大，你知道的还不如一只老鼠知道得多，老鼠能预报地震，你能吗？你把自己和在梁间飞跃腾挪的老鼠做比较，立刻感到万分羞惭，人不如鼠！上铺的一个同学惊叫起来，一只从梁头上失足的怀孕的大老鼠跌到他的鼻梁上，老鼠在仓皇中啃了他一口才从容地跑走。那同学用手电筒照着沾在手指上的血，他又摸了一下脸，手指上血更多啦。他闭了手电，嘟哝几声，拉起被单蒙上了头继续睡觉。你想亡羊补牢犹未晚，蒙头防鼠，不算怯懦。你拉起被子蒙住了头，脚立刻露在外边，缩进脚来。黑暗，憋闷，嗅着自己身上的污垢浊气和被自己的汗水浸湿过的被子的酸臭气。宋丰年的咬牙声尖锐锋利，穿透铁甲般的被子钻着你的耳朵眼子，宋丰年一定肚子里有蛔虫，他的牙齿磨得又短又小，但他还是咬、磨，天长地久，夜夜坚持，好像他的愤怒无边无沿，永远不到尽头。你幻想着制造一种奇特挂钩，一钩钩住宋的下颚，一钩钩住宋的上颚，下钩的连线拴到北窗框上，上钩的连线拴在南床腿上，两条直线平行永不相交。几何定理。这个恨不得咬碎钢牙——不知道恨爹娘还是恨欺诈——的宋丰年还是个业余美术家呢！学校青年团的墙壁报上，期期都有他的作品。你认为他的最优秀的作品是他趁着中秋节之夜之前几天的皎皎月光画在黑板上的一幅漫画。一个头如顽石的学生坐在一张极度瘦弱的板凳上，手捧着书本，犹抱琵琶半遮面，一个满面狰狞的老师，左手持一铁凿，右手持一铁锤，正在努力开凿着学生如花岗岩般顽固不化的脑袋。学生的脑袋上飞溅着拳头大的火花（旁注：知识的火花！）。漫画上方，通栏十个螃蟹般的潦草大字：庆祝教师节，老师辛苦啦！你因为失眠起来夜游看到宋丰年鬼鬼祟祟地创造着他的才华横溢的杰作。你看到他面对着自己的作品哑然失笑，举手掩口有扼止喷饭状。第一节早自习，五点半，太阳还没醒，夜仓皇出走，白天刚诞生。你看到同学们都傻不棱登地瞅着黑板上的漫画，都下意识地紧缩着脖子，好像有人在高喊：小心脑袋！宋丰年大模大样地坐在墙壁边上，脑袋晃来晃去，好像在背诵什么，他的脑袋碰得挂在墙上的碗袋当啷当啷响，在众多的头颅当中，只有他的脑袋是安全的。物理教师一进教室就懵了，他咧着嘴，嘿嘿了两声，转身就走。弓腰的教导主任夹着一本书跟随着物理教师走来，你半边身子在门外，清楚地看到物理教师怒火满腔的脸庞和教导主任忧郁寡淡的脸。反了！物理教师说：教书教出罪来了，喝粉笔末子喝了三十年，肺都烂了，赚了个什么？你去看看，孙主任。孙主任倒背着手站在黑板前，像军事家研究地理图一样研究着漫画。物理老师的眼睛时而像激光一样扫射着学生，仿佛要洞察每个学生心中的秘密；时而羊羔般地瞅着不动声色的教导主任，好像在寻求正义和公道。教导主任停在原地倒动的脚，转过身，噗哧一声笑了。很好嘛！同学们，画得很好嘛！你们终于理解了老师的辛苦。老师们的工作确实像开凿花岗岩一样艰难困苦。这是哪位同学画的？画得很好，很形象，很幽默，很有创造性。是哪位同学画的？噢，不好意思，不好意思就别说了。同学们，把你们的脑袋弄开一条缝吧，让老师们少费一点劲儿，把知识给你们灌进去！教导主任抄起黑板擦子，一点一点地擦着。擦高处那行字时，他用力抬脖子，腰依然弯着，姿势催人鼻酸。擦完黑板他说：马老师，请上课吧。马老师站在讲台前，丧声丧气地说：上课！同学们用空前迅速的动作站起，腰也都是空前的直溜。马教师点了一个长长的头，示意同学们坐下，马老师冷冷地说：我是老师，不是石匠，希望你们不要开这种玩笑。今天复习电磁场定律。马老师拿起粉笔，黑板上那坚固的学生头还隐约可见。马老师把一个“电”字狠狠地戳到那学生头上。那天，他的一招一式，举手投足，都带着开凿山石的凶狠和果断，从他嘴里吐出的每一个字也都像铁凿子一样打到你们的头顶上。你看到满教室飞舞着绿色的大火星子，学生们的头上都发出铿铿锵锵的巨响，教室宛如采石工地。临下课前，马教师一阵急咳，黑眼球减少，白眼球增多，脸色如纸，你看到马老师如飓风中的枯树，摇摆几下，仆地便倒。同学们都立了起来，女同学哭着喊——马老师——前排的同学跑到讲台上，后排的同学也挤过去，板凳倒了，桌子翻了，书本垒成的城墙倒塌，数不清的数学物理化学生物政治语言英语爱情小说武侠小说落在地上，墙壁上的碗袋砰砰啦啦地响着，摇晃着，五颜六色的学生把马老师围在核心。你站在最里层，用两只手架着马老师一只胳膊。你是从教室外跑上讲台的。马老师像一个温顺的婴儿靠在你和班长臂膊里。马老师……老师……同学们脸上毫无疑问地挂着晶莹的泪珠。老师……醒醒呀……马老师嘴里流出一线嫣红的血，鲜艳得好似成熟樱桃的颜色。你刚举起衣袖要为老师揩嘴，一个女同学敏捷地把一方手纸触到了老师嘴上。同学们……马老师眨巴眨巴眼，两颗很大的、混浊不清的眼泪噗嗒、噗嗒掉下来……谢谢同学们。是谁画的漫画？班长怒吼。宋丰年从人缝里挤进来，哇啦一声哭了：老师，是我画的……我错了……我再也不画了……揍他！一个学生在圈外吼叫。马老师说：宋丰年……不怨你……同学们，与宋丰年没有关系……校医跑来了，党支部书记跑来了，下课铃声响了，同学们和教师们跑来了。马老师的朋友和马老师的仇人都跑来了。两个月后，在县教育局铺着大理石地面的会议厅里，为马老师举行了隆重的追悼会。学校里的领导都参加了。听到马老师死讯那天，班长跑到讲台上，高举起一只拳头，坚定地说：同学们，让我们发扬古人"头悬梁、锥刺股"的治学精神，不考上大学，誓不罢休！让我们用一张张鲜红的录取通知书告慰马老师灵魂吧。复习班全体同学放声大哭。座中泣下谁最多？宋家丰年蓝衫湿！你泪水满面，热血沸腾；你知道在班长举起拳头那一瞬间，全班同学都是泪水满面，热血沸腾。但是，墨写的诺言遮不血染的事实，一接触到课本，你知道，起码有一半同学与你一样，沸腾的热血逐渐降温，最后停留在冰点上徘徊。人贵有自知之明，春节，寒假。那时候你就知道什么都玩完了。母亲把一块肥肉夹到你碗里，眼睁睁地看着你，看着你把肥肉咽到肚子里，然后满怀信心地点着她的头。今年过年，咱豁出去少吃点，也多买几刀纸烧烧，多做几个菜供供，等你上了考场，你爹不会看着你不管。房山上，我埋上了一盘石磨，什么样的邪气也侵犯不了啦……那个在黑龙江半个省都有名的风水先生穿着一条扫腿单裤，一件黑呢子中山式大褂，拄着一根生满硬刺的花椒木拐杖，绕着你家的房子转了三个圈子，你和娘在他身后。你听着他连连打嗝你嗅着了打嗝打出来的你家那只老母鸡的肉味，你既恨他又敬畏他。他用拐棍戳戳房后的地，用拐棍敲敲写着宣传一胎好石灰大字的墙壁，最后，双手扶拐，身体前倾，站在房山前，说：毛病就在这里啦！看着没有，那条路，直冲着这儿，这是大忌讳，"路箭"，你们这孤儿寡母的，哪里顶得住射？娘虔诚地问：先生，可有化解？风水先生面有难色，支吾了一会儿，忽然响亮地说：看着你们娘俩可怜，豁出我减两年阳寿，泄露点天机吧！家里有石头吗？娘摇头说没有。有别的石器物吗？娘说有一盘石磨，现如今用电磨，石磨无用处啦。先生猛掌击额，说：顶好顶好。抬出来，埋在这房山上，半截在土里，半截在土外，一年之后定见功效，要是不灵就到黑龙江省熊瞎子沟找我。大年初一，满天瑞雪纷飞。大年初二，雪霁日出。初三化雪。初四遍地泥泞。初五鲁连山家三小子来看你。他穿了一件时髦的滑雪衫，头冻得像根胡萝卜一样，说了一会儿话，你听出他的口音已有很大变化。他要走，你送他到房山处。他让你留步。你留步。你看着他蹦蹦跶跶地走了。你听到结满冰挂的柳枝子在头上乒乒乓乓地响着。你看到一只遍身死毛的花狗屁颠屁颠地走过来，停在石磨处，机灵地翘起一条狗腿，欻啦欻啦地撒起尿来，你把一声怒骂回进喉咙里，麻木不仁地站着，看着花狗怎样把尿撒完。花狗走了很久，你才回家。

……春天到了，燕子飞回来了。教室前那几株高大的银白杨的细枝上，悬挂着一条条丝线流苏般的、毛毛虫般的花絮。坐在你面前的"冬妮娅"是第一个脱掉棉衣换上春装的。她在班里始终领导着服装新潮流。你清楚地记住了她的春装红得像一团燃烧的火，她的背上并排钉着四个核桃大的纽扣。你缺少过渡性的衣服，你是全班最后一个脱棉衣的人。你认为中学生都是抗寒的种子，虚荣好胜的冠军。大家几乎是在一夜之间变了模样，看到同学们飘飘欲飞的样子，你想其实他们会很冷，因为你穿着棉衣都感觉到冷。那些日子里你显得老态龙钟。有一天你在学校门口碰到一个学生家长问你：大哥，知道高一二班的刘玲玲住在哪儿吗？那家长是三十多岁的中年妇女，推着一辆缠得花里胡哨的自行车，自行车货架子上载着一袋子小麦。你怔了半天，才明白自己就是她的“大哥”。你满面显红心里凄凉，什么话也没说就跑进了校门。你知道她一定在大门口望着你的背影，她也许把你当做一个哑巴。银白杨树上迁来一对喜鹊，那些天里它们飞来飞去，叼着树枝和草棍，在白杨树冠中心里建筑它们的巢。它们经常驻足在树梢上，鹊踏枝，随着悠悠荡荡的春风愉快地聒噪。物理课，接替马老师的苏老师，男性，却起了一个妇人味的名字：苏淑芳。他年轻漂亮，脾气暴躁，经常的口头禅是：何其笨也！你认为小苏老师是典型的石匠风度，在他的物理课上，教室里始终响着锤子打击凿子和凿子开掘天灵盖的声音。你为什么还不脱掉棉衣？“冬妮娅”掷到你脚下的小纸条上写着这样的问讯。她把小纸条搓成一个小纸团掷到你的脚下，趁着小苏老师用粉笔凿黑板时她一歪头，努了努她的嘴。你目不转睛地看着黑板，手臂一拖，把一块橡皮蹭到桌子下。你弯腰捡橡皮时把纸团捡了起来。从桌子下边，你看到“冬妮娅”穿着红皮鞋的脚轻轻抖着。你展开条后，怒火填胸膛。你感到自尊心受了伤害。你想这个资产阶级臭小姐在嘲笑农民的儿子，就像冬妮娅嘲笑保尔·柯察金一样。我怕冷！你管得着吗？中华人民共和国宪法上有不准穿棉衣的条款吗？我穿皮大衣、披被子与有你有关系吗——换下棉衣！你身上有一股热烘烘的味道熏我！——你身上有一股比大粪还臭的气味也在熏我！——你头晕吗？我有“风油精”。——多谢！留着自己用吧！——我有两瓶。——你想干什么？——请你换下棉衣，不要像个老头子！——回家教训你父亲去吧！——我父亲去世啦。——对不起——你父亲还健康吗？——死去十年啦。——我们同病相怜，是吗？——不是！我们不属于一个阶级。——社会主义国家里阶级消灭啦！——你是锦衣玉食的小姐，我是穷光蛋。——穷则思变。——停止！——为什么？——不为什么！——下个星期天是“大休”日，你干什么？——不干什么。——回家背粮食吗？——不背。——我的生日，你愿意去玩吗？——对不起，没空。——我很孤独也很寂寞。——吃饱饭撑的。——注意礼貌用语！我家里只有一个妈妈，她退休了。她很会做菜，很平易的人，没有老干部架子。——想把我当作展览品吗？人穷志不穷！——你不要胡说！我没有朋友，想和你交个朋友。——你要拿我开心吗？——你很老诚，不坏。——你错了！——我会观察人。——不要太自信。——星期日上午九点，我在镇中心“美你照相馆”门前等你！……你把几十张纸条的内容牢记在心中，至今未忘。你想起和“冬妮娅”的担惊受怕的“交谈”，纸上谈兵，五分钟内可说完的话，你们用了八节正课三节晚自习。你口袋里塞着几十张纸条，她的口袋里也塞着几十张纸条。你一个人躲在厕所里翻阅着她写的纸条，心里有一种战战兢兢的幸福感，难道这就是恋爱吗？你立刻想不久前高三级开除了一对恋人。据说他和她躲在墙角上亲嘴被校长看见了。你认为与你相比他们还是毛孩子。“冬妮娅”多大岁数啦你不知道，她的爹是怎么死的她是娘是哪一级的老干部你不知道。她主动给你递纸条是什么意图你更不知道。你只知道她学习不好，爱照镜子，受领导服装新潮流。你忽然疑虑重重，觉得这是一场冒险，是一个迷人的危险圈套。尽管你犹豫不决，进退维谷，还是在递过纸条后的第二天就脱下了生满虱子的棉袄棉裤。你上身穿着一个破背心，一件破衬衣——这两件已在身上穿了一冬天，虱子大部抓净，但布满虱子的死卵——外套一件崭新的蓝色涤卡军便装；下身穿一件裤头、一条灰色的半新衬裤——这两件已在身上穿了一冬天，虱子大部抓净，但布满虱子的死卵——外套一条崭新的“的确良”军装，黄色的真军裤。你刚换下了冬装就碰上了一个小小的倒春寒，阴沉沉的东北风从破窗里灌进教室，同学们都泰然得很，你却冷得直打寒颤。你没有毛衣毛裤毛背心之类所以你冷得发抖。发抖你也不敢抖，因为“冬妮娅”经常在小镜子里悄悄地研究你，在她的小镜子里你发现自己满脸皱纹，嘴唇青紫，你才知道那个学生家长呼你为“大哥”并不是出于礼貌和尊敬。你还痛苦地发现自己的牙齿又黑又肮脏，你痛恨家乡的含氟水，它毁了你的牙齿。你记得一年前去赶集，集上有一个巧舌如簧的青年人在声嘶力竭地卖“白牙药粉”。哎乡亲们乡亲们乡亲们！白牙药粉白牙药粉白牙药粉！采用国际先进配方、国内外最新工艺制成白牙药粉专治各种黑牙黄牙斑釉牙经国内外著名专家鉴定白牙药粉无味无毒无副作用长期使用有效率达到百分之百！本品行销五大洲八大洋饮誉全球请用白牙药粉。黑牙黄牙影响美观妨碍小青年找媳妇大姑娘找婆家请用白牙药粉它使你的牙齿洁白如玉就像我的牙齿一样大家都来看我的牙齿大家都来买洁齿白牙药粉！小伙子的确有一嘴洁白整齐的好牙齿。那小伙子发了财。连你都为之所动，剜肉般地拿出五毛钱，买了两袋白牙药粉。你用白牙药粉擦了牙，擦得牙龈出血，满嘴鱼虾味道，黑牙依然是黑牙。你没有抵挡住“冬妮娅”的诱惑。早晨刷了两遍牙，用洗衣粉洗了一遍脸又用肥皂洗了一遍脸。宿舍的门上有一块完整的玻璃，你站在玻璃前端详着自己的脸。齐文栋，好漂亮！相亲去吗？一个骑着自行车从门前飞驰而过的同学喊。你狼狈地跳到一边，用手托着腮帮子说：噢呀，牙痛死我啦！那学生并没听见你的话，他一路按着车铃，早飞到校园外边的煤渣路上去啦。你寻思着借辆自行车骑着也许能够风光一点，但不好意思张口，同学们都在忙忙碌碌地收拾，每个月有四个星期天而你们只能休息一天。这一天是让你们回家去搬运粮草，其实并非休息。上个星期天哥赶着牛车去县里运化肥，给你顺便捎过来一口袋小麦。哥的牛车停在教室前，那头黄色的老牛拴在银白杨上，不拴它也不会走一步。黄牛疲惫不堪地回嚼着胃里倒上来的草，嘴里滴答着泡沫，嗓子里呼噜噜地响。哥扛着粮食口袋，跟在你后边，走进你们的宿舍。同学们都在教室里自习，宿舍里空空荡荡。你从哥肩上接下口袋，说：歇歇吧，哥。哥哼了一声，坐在苇席与木棍支撑绑扎起来大通铺上，掏出烟荷包卷烟纸熟练地卷起烟来。卷好，抽着，冷漠凄凉地看着你，问：考试了没有？你老老实实地回答：考了。问：考了个第几名？你不老实地回答：还没批出卷子来。噢，哥说：上个集日里，阮大嘴到家里找着咱娘，给你说媒。你吸了一口冷气。好像吸进了绝望和绝望中的一线希望，你看着哥。哥说：还是孙大保家那瘸腿闺女，上次要说给鲁加山家老三，人家老三考上了黄金学校，肯定是不要她喽。你想起孙大保家那个老大闺女满嘴的黑牙和一歪一斜的走相，心里泛起厌恶，你说：我也不要！哥说：娘当时没把话说死，用活口话把阮大嘴打发走了。娘跟我商量，是应还是不应。我跟你嫂子一合计，你嫂子说：她小叔要是能考上大学，即是关着门，媳妇从墙头上也就爬来家了，要是考不上大学，只怕连瘸腿瞎眼的也找不到。你嫂子平日里昏，这件事她说不差，你自己掂量掂量。要是自觉着有把握考上大学，就让娘回绝阮大嘴，别耽误人家闺女找主，要是觉着没有把握，就不妨先跟孙家把亲订下。秋天收了棉花，淘弄点钱，修修房子，置办点衣裳，就给你成亲。管她是瘸是瞎，咱兄弟俩一个葫芦照根线，娘也就完了心事，爹在地下也就闭了眼啦……哥说得凄惶，眼圈儿都红啦。你嗓子哑哑地说：哥……反正……怎么跟你说呢……我不要她……哥说……这种事要靠你自己拿主意，哥不会逼你，娘也不会逼你。你二十四啦，渐渐入了大岁，心里该有点数啦。你嫂子脾气不气，哥只好忍气吞声，哥不是怕老婆，碰上了这样的板筋肉，有什么法子？考了这一年，不管中不中，哥的意思是你就死了心吧，打破头咱也是亲兄奶弟，不会不望着你往高枝上攀……你哽咽着说：哥，别说啦……我什么都明白啦……哥站起来，从铺上拿起那根赶牛的小鞭子，说：我就走了，你去上课吧。你把哥送到大门外，哥回头看你一眼，什么也没说，就跑到车杆后坐着了。你听到他在牛腚上抽了一鞭，你看到牛车慢慢悠悠地在煤渣路上晃……哥走后你确实感到自己荒唐，很不争气，很没出息，很对不起哥，也对不起娘，甚至对不起凶如虎狼的嫂子。其实嫂子也未必就是个坏蛋，她显得坏，其实不过把潜藏在别的女人身上的毛病淋漓尽致地表现出来罢了。你想到，人哪个不是下眼皮肿？哪个不是吃饱了才会唱高调？哪个不是嘴上抹蜂蜜肚子里藏刀子？就连亲爹亲娘也是偏心着能多挣钱给他们花的孩子。你很沮丧，心里千头万绪，理不清楚，干脆就将乱就乱乱乱乱乱乱反而不乱了。你对哥撒了谎：期中考试分数早已公布，你在复习班八十个学生中，总分名列三十九。考中大学的希望愈加渺茫啦。你盼望着出现奇迹，你不无虔诚地想着从父亲坟墓中爬出来的斑斓彩蛇和母亲埋在房山上的挡箭石磨。奇迹出现了。"冬妮娅"给你递纸条，你知道传递纸条是中学生谈恋爱的主要方式。那些日子里，"冬妮娅"像灼目的闪电一样在你面前展现了她的妙龄女子的风姿。你明知道她与你未递纸条之前，你认为她长得很一般，而且这看法无疑是客观的、公正的。递给纸条之后仅仅几天，她的缺点都具有了美的魅力。你想见她。她坐在你的前排你坐在她的后排时，你心中有一种如饮醇醪般的陶醉感。从她脖颈深处散发出来的女孩子的、不，女人的气味像病毒一样深入到你的脑髓里，麻醉着你的脑神经。你终日恍恍惚惚，不知在云里还是在雾里。哥愁苦的脸、娘祥林嫂样的脸、嫂子牛舌状的脸，都被"冬妮娅"明月般的脸庞挤到一边变成了奇形怪状的暗淡星辰。你才能厚着脸皮，凑到班长面前。班长把一堆脏衣服塞进网兜里，挂在车把上，准备开路。班长……你吞吞吐吐地说。班长抬起头，盯着你的双眼，他的目光锐利：唔，什么事？齐文栋。你说：班长……班长说：你这个人干吗老是这样黏黏糊糊的，麦糠擦腚不利索！你说：班长，我借你表戴戴，只戴半天，下午还你……我想去趟我姨家……掌握掌握时间……班长说：这点破事，你干吗啰里啰嗦！班长捋下手表，塞到你手里。你戴着班长的"宝石花"牌手表，走在人流如蚁群的大街上。镇上适集，你很庆幸，在陌生的人群里。你感到安全舒适，形体解放。叫卖声和着丰富多彩的味道如云霞般蒸起，眼前缭绕着使你周身刺痒的颜色，颜色的源泉是太阳，是女人和男人的衣裳，是具有使用价值和价值、包含着抽象劳动和具体劳动、涵养着资本主义生产的一切基本因素的商品。“宝石花”手表在你腕上发射着贼亮的光束。你感到手腕上很沉重，手腕子成了商品的奴隶。你到达照相馆门前时，举腕看表，八点半，带着小红点的秒针哒哒地飞跑着，你的心脏怦怦地狂跳着，秒针和心脏都用高速度庆贺你的第一次约会。你发现每一个人都用诧异的目光瞟着你，你在手足失措当中看到人流中有你一个女同学，你赶紧低了头。你的头碰到了两道阴森森的目光，那是个中年人，手提着一个沉重的皮夹子。你断定他不是小偷就是便衣警察，是小偷他一定把你当成可发展成同伙的对象，是警察他一定把你当成可跟踪擒拿的可疑对象。你躲到照相馆对面一个卖泥塑玩具的老头背后蹲下来。老头儿可能会把你当成一个百无聊赖的看客，别的人可能把你当成老头的儿子……或是兄弟。秒针追赶着分针，分针追赶着时针；秒针时针分针咔咔嚓嚓剪铰着时间，你的心脏像一柄锤子当啷当啷地敲打着你的破脸盆般的胸膛，好像为你敲打着丧钟。你看看手表，当然不到九点。你只好去看“美你照相馆”门前的广告牌，一个大大的美女头颅，眼睛像鸭蛋般长，睫毛如麦芒般大，她咧着血红的大嘴对你笑着，笑得你毛骨悚然。一群穿红着绿的姑娘们挤进了照相馆，她们的脸饱满得都如熟透的豆荚。“冬妮娅”还没来，你心里滋生了一点恨，没到九点，你恨得没道理。卖泥塑的老人偶尔侧目看你一眼，并不十分在意，他充满信心地吹着一个泥塑小公鸡尾部的叫子。吹得吱吱地响。集市上人来人往，但无人买老人的泥塑，甚至无人看一眼老人摆在木板上的、色彩鲜艳的商品。老人吹小鸡吹出经验来了，那叫子不像鸡叫其实非常像画眉叫声。老人把泥公鸡从嘴上摘下来，嘴唇上沾满了惨白的石灰，他的眼睛也像两团脏石灰一样，污浊又昏暗，闪烁着热爱生活的微弱光芒。老人又拿起一只泥老虎，一手握虎腚，前后促动着，那泥虎就咕嘎咕嘎地叫起来。九点整。“美你照相馆”门前美女如云，惟独不见“冬妮娅”的影子。你有一种上当受骗的预感。但你根本没想到要回去。你站起来，转到老人的货摊前面，又蹲下去而对着那一排泥娃娃微笑如饴的脸。它们性别模糊，像人又不像人，同等高低同般模样是一个模子里塑出来的。它们都盘腿而坐，怀抱鲜艳红荷花弓腰金鲤鱼，面孔都如佛家子弟，天庭饱满，地阁方圆，眉眼间凝固着一种超然的微笑。你忽然想到应该为“冬妮娅”买一件有意义的礼物。“冬妮娅”的脸很像这些孩子的脸。你问：老大爷，这些孩子，多少钱一个？老人喜笑颜开地回答：你看看这些好孩子，不哭，不淘气，不吃你的饭，不喝你的水，只要你三毛钱，就买一个和气生财，富贵有余，买一个孩子经年累月对着你笑……老人挤出一脸哭样的笑容向你推销着他的孩子。你的手在口袋里捻动着那两张毛票两枚五分的硬币。你恰好只有三毛钱，你怀疑这老头有巫术或有特异功能。我只有两毛五分钱，我要买个孩子，你赌气一样地对老人说。老人抓起一个孩子来，指点着好处：大兄弟，你看这孩子多俊，眉眼多清楚，颜色多新鲜，釉子多光明……你把两张毛票和一枚硬币放在老人的货摊上，伸手抓住一个孩子的头，下意识地死劲儿捏着，你说：我只有两毛五分钱，我要这个孩子。老人摇摇头，叹一声，说：好吧。卖给你啦，用手托着他，小心捏碎了他的头。你擒着孩子再去看“美你照相馆”时，只见一团苹果绿色闪到了水泥线杆后，你分拨着南来北往的行人，跨越过老母鸡和鸡蛋，在大水泥线杆后见到了丰姿绰约的“冬妮娅”。她抬起手腕，对你噘嘴巴。你看到她手脖上有只杏核大的小手表又明又亮。你僵直地把戴着手表的手脖子抬起来，说：我……八点半就到……生怕误点……我借了班长的表……她娇嗔道：你跑到哪里去啦？她似怒非怒的表情异常动人，你从未见到过这样的含情脉脉的归你一人所有的表情，你感到惊心动魄的温暖，身心都浸泡在糖浆和美酒的幸福浪潮之中，你感到寒冷，心房震颤，腮上肌肉痉挛，连成句的话都说不出来了。我……我给你买了个孩子……她脸色赤红，说什么呀，你！你说：孩子，泥捏的。你用乱七八糟的手指去解书包系带。她用食指戳了一下你的胳膊，小声说：哎，走吧，回家再看。你顺从地跟在“冬妮娅”身后，邯郸学步，你感到双腿极不灵便，你盼望着早些走到她的家，因为你认为有一些心怀叵测的老太太在挑剔地看着你；你盼望晚些走到她的家，就像丑媳妇见公婆一样，明知迟早要见，但还是得磨蹭就磨蹭。你问：冬……妮娅。我怎么称呼你母亲？“冬妮娅”回眸一笑，狡猾地说：你想怎么称呼呢？你窘急地说：问你呐。她说：随你的便，我不相信你连这么点聪明都没有。你把一大堆称呼抖落出来比较着，叫“姑姑”太牵强，叫“阿姨”太洋气，叫“婶婶”太亲近，叫“妈妈”是妄想，她是退休老干部，叫“首长”太马屁……叫什么呢？你一横心，车到山前必有路，船遇顶风也能开，就半是乜乜斜斜半是战战兢兢地跟着“冬妮娅”进了她的家门。四间红砖瓦房，花格子折叠式的铁门，满院子花盆，一架爬墙梅花开得如火如荼。玻璃窗里半卷着葱绿色窗帘。你如刘姥姥一进大观园。“冬妮娅”的妈妈是个高大的妇女，面色微红，头上留着八路军时就时兴的“二刀毛”。你什么也没称呼，为她鞠了一躬，说：您好！她很热情，让你到屋里坐，为你倒了一杯茶，端过一个铁盒子请你吃糖，坐着，与你攀谈了几句，你发现她那两只老辣眼睛有意无意地扫描着你，使你局促不安，使你身上的虱子蠕蠕爬动，你生怕虱子爬出来丢你的脸，你有强烈的尿迫感，你听到自己流汗、虱子们被汗水刺激得欢喜欲狂。墙上的挂钟无情地轰鸣着，你不知道自己说了些什么样的鬼话。再有一分钟这个老退休干部如果还是这样菩萨般坐在你面前、鹫一般的目光继续研究着你的皮相肉相和骨相，你即便不拉在裤子里也要尿在裤子里。“冬妮娅”救了你。“冬妮娅”娇滴滴地说：妈，忙你的去吧。你把我的同学吓坏啦！老干部笑笑。说：好好好。你们玩，你们玩。“冬妮娅”把你拉进她的闺房里，你被满墙电影明星看得遍体是眼。“冬妮娅”脱掉外衣，把那件紧紧裹住腰肢的水红色毛衣给你看，你在她的红光里，忘记了她妈妈的威严，隔着窗玻璃你看到老干部提着一把喷壶，缓慢地浇着花卉，隔着一层透明的屏障，你认为她变成了关在笼子里的老虎。“冬妮娅”按了一下录音机的按键。机器沙沙运转着，一个女人很不高兴地唱起来。“冬妮娅”扭了几下丰满结实的尼股，问你：会跳舞吗？你摇摇头，你认为这如同问你，你会不会开航天飞机差不多。看“冬妮娅”屁股上的功力，你知道她一定是个舞星。你想不到世界上还有这样浪漫地活着，如同上帝，如同美梦。你不热吗？她说，把褂子脱掉吧，这是我的世界，就跟你的世界一样，你不要拘束，你很热，但热死也要脱掉外衣，你知道自己是地瓜干子烧饼大包皮。连领扣都不敢解。那些热毁了的虱子在那儿等待着呢，一解领扣，它们正好乘机爬出。“冬妮娅”坐在你对面，问你：你们男生宿舍里有虱子吗？你羞愧得无地自容，认为一定有虱子从身上爬出被她看到了，于是感到脖子上和脸上都痒，都似有物在蠕蠕爬动。你坦率地说：有。冬妮娅说：我猜着就不会没有，连我们女生宿舍都有，我拼命换洗衣服也生了虱子。“冬妮娅”竟然也生虱子，这使你吃惊不浅，惊讶过后，你顿时觉得和她拉近了距离，你轻松起来，活泼起来，大脑开始正常运转，你想起泥孩子。忘了送你礼物啦，你说着，从书包里摸出泥孩子，双手递给她。她抱着泥孩子突然亲了一口它的脸，紧接着她笑啦，你认为她的笑容跟泥孩的笑容一模一样。有妈的孩子像个宝，无妈的孩子像棵草。录音机里唱。院子里传来老干部的说话声，“冬妮娅”把录音机的音量调得很小，你清楚地听到了母亲的声音，你认为这很像做梦，很像幻想，但确凿地传来了母亲的说话声：大妹妹，行行好，给俺一块干粮吧，给俺一毛钱更好……老干部的声音：现在农民都富了怎么还有要饭的呢？你是哪个乡的？这么大年纪了还出来讨饭？母亲的声音：富是富了，粮食够吃了。老干部的声音：够吃了还要饭干什么？母亲的声音：同志，说了也不怕您笑话，都怪俺养了个不争气的儿子，考大学，考了四年没考上，今年又来复习，学校要收一百二十块钱，刚交上六十，学校里说那六十块就不要啦。俺一想，谁的便宜都能占，就不能占国家的便宜。我一个老婆子，干什么都不行啦，一想，现如今生活好了，到了谁家门上谁家不给点？我反正也老啦，人老脸皮厚，古来讨饭不丢人，权当着串门走亲戚吧。老干部：没见你要到多少呀！母亲：不瞒你说，大妹子，要得不少，都卖了，卖给养猪的户啦。老干部：卖了不少钱了吧？母亲：出来三天啦，卖了三十八块多钱啦。老干部：高资噢！母亲：大家富了，叫化子也跟着沾光。要是六〇年那阵，跑一百家也要不到半斤粮。老干部：这很有意思。母亲：大妹子，看您这样也是公家的人，公家人吃工资，钱活泛，你就给我点钱吧，别给我干粮，省了我挎着老沉。老干部：老太婆，你很可以哪！我的日子也不宽裕，给你一块钱，别嫌少。母亲：不少，不少，多谢啦。多谢了。“冬妮娅”敲着玻璃喊：妈，你可真大方！听她胡言乱语一顿，就慷慨解囊。你的头一直低垂着，你终于把它抬起来，“冬妮娅”的脸涨得很大，但依然像诱人的香瓜。你抓起书包，冲出挂满明星的房间，冲出水红色毛衣的诱惑，冲出摆满花盆的院子，冲出鹫一般的眼睛。你在胡同拐弯处碰上了娘，娘坐在一棵梧桐树下，铺开一条破手绢儿，仔细地数着一堆沾满大肠杆菌、痢疾杆菌、麻风病毒、肝炎病毒……的纸票和硬币。你气急败坏叫一声娘。娘吓了一跳，双手下意识地捂住钱，眊着眼看你，谁要你出来要饭的？太丢人啦！你流了泪。娘不紧不忙地把手绢包好，掖进腰里，拄着棍子站起来。娘上身穿着油垢闪亮的破棉袄，下身穿一条黑单裤，袜子褪下去，盖住尖尖的脚背，两节布满鳞片的干腿露出来。永乐，我丢了你的人啦？狗杂种！娘抡起打狗棍，对准你的屁股，毫不留情地擂了一棍。

你趁着嫂子去挑水的功夫溜进哥的家，趋着味道从窗上拿下一瓶子德国造剧毒农药“一〇五九”，拧开铁盖，把杏黄色的药液倒进了你预先准备好的四两小瓶子。你不愿意为哥浪费，农药太贵了，四两足够了。你觉得瓶子上画着的骷髅挺亲切地对着你笑。你走到胡同里时正撞上挑水回来的嫂子，嫂子连用白眼都不愿意看你，你还是对她微笑着，你希望留给她一个比较好的最后印象。娘不知到哪里串门去了，娘听人家说马集中学复习班水平高，正跟哥嫂商量着让你再去马集复习一年哩。你只是苦笑，什么也不想说了。昨天你在地里下死劲劳动了一天，土地残酷无情你恨透了它。覆盖着土地的绿色更使你痛不欲生。早晨你挑了一缸水，扫了院子，上午你写了两封信，一封给东北黄金学校的鲁贵福，一封给冬妮娅，她已在县供销社就了业。装着药瓶子，你跑了大湾子崖，一直向南走进田野，穿过了豆地、玉米地、甜菜地、辣椒地、葵花地、地瓜地、谷子地，最后来到鱼家的黄麻地，坐在旧日相好鱼翠翠的土方尖上。天地光明时，无边无涯的绿色像海洋一样包围着你，你挣扎着，呼喊着，但冲出一片绿，又是一片绿，绿压迫你，绿毒害你，你手碰着绿，眼见着绿，绿的味道使你窒息，绿的声音使你发疯。你怕绿，恨绿，厌恶绿。呕吐出绿色的胆汁，呕吐出你的脸。黑暗四合时，绿隐藏在黑暗中，你感到了巨大的恐惧，坐在鱼翠翠的坟头上，你嗅着一阵比一阵浓烈的绿的味道，你感到无数支绿的毒水枪像喷射着"巴克夏"种猪的精液一样向你喷射着绿色的污秽，绿要强迫你同流合污。你努力睁眼，寻找非绿的颜色。这时鱼翠翠站在你的面前对你微笑了。她的脸像一朵花瓣重叠的紫红色的西番莲，浓郁得化不开。她站在千朵万朵圣洁的黄麻花里，时而像个虚幻的精灵，时而像可触可摸的实体。你对着她点点头，她慢慢地解开那件红格子衬衫的扣子，一只手托着一个金黄色的乳房向你微笑。金光灿烂，你兴奋地叫了一声，向着明亮温暖的金色扑去。鱼翠翠飘然而逝，黄麻花花影摇曳，白色的圣洁的花，黄麻叶窸窣有声，阴郁肮脏的绿叶，你认为是她分麻指花而去留下的踪迹。夜晚已凉透，那弯浅金色的如眉新月略露芳容便悄然遁去，地里的秋虫叫得累了，休憩了发音器官，蝈蝈却在黄麻梢头亢奋地欢唱，这音乐为你而发，你从蝈蝈的叫声里辨别出了蝈蝈的凄凉，原来这欢唱是悲秋的挽歌，是献给死亡的歌声。天上星星都如泡在臭哄哄绿水中的宝石，银河横断天穹，流陨华彩四溢，白露如水如饴。你听到了遥远的村子里传来的猖狂的鹅叫，也许那真的就是上帝的声音。你又一次听到老虎和狮子的叫声，并且分辨出了老虎和狮子的雌雄；你第一次嗅到了月经的味道，你无情地剥掉了自己的假面，坦率地对着那个想知道女人身上一切秘密的正人君子说：味道不坏，有点腥，有点甜，处子的干净，纯正；荡妇的肮脏、邪秽、掺杂着男人们的猪狗般的臭气。你即便是在这种出神入化的思维状态下，还是知道，从你脑皮的沟回里流出来的大量的语言和思想，绝大部分不属于你因此也就不可理解——也似乎可以理解。猫头鹰好寂寞啊，它又在墓地里叫起来了。声声急，声声凄厉，声声抽泣。猫头鹰的叫声里流动着死亡的味道……你终于把那瓶农药触到唇边，不，你仰起脖子，大张着嘴巴，让那四两德国造剧毒农药流畅地（几乎没污染口腔）从喉管爬进胃袋。这芳香的、滋润的珍贵液体，在你的胃里迅速地漫开，涂满了你的胃壁，并继续下行。四个小时后，它们流进小肠；八个小时后，它们流进大肠；十二个小时后，它们进入升结肠并灌满盲肠；十六个小时后，它们进入直肠；二十个小时后，这给养聚集在肛门附近，强烈刺激肛门括约肌，要求重见天日。很快你又用生理卫生知识补充了上述流程，它们包含的大量水分，将有半数被胃肠析离，渗入肾脏和膀胱，通过管道重见天日，还有很少一部分将在血管中循环，进入心脏，再压缩到每一根毛细血管直到头发梢子。你把瓶口放在牙齿上磕碰了几下（你生怕浪费掉一滴药液）然后一松手，让宽瓶子垂直掉进墓下的绿草丛中。你略略感有几分遗憾，原以为多么了不起的事情，真要干起来其实简单得不得了。半分钟内，你并无感觉；一分钟后，你感到胃肠中有一千个兴奋的思想在碰撞。你突然明白了这是蛔虫们的思想，它们一定在抢食着芳香的药液，你想到这些寄生虫的命运一般来说都是这样。能与寄主共存亡，应该是高尚的寄生虫。蛔虫具有相当多数的人不具有的道德风范。你欲为蛔虫高唱赞歌的念头刚一转动，一阵巨大的痛苦扼住了你的咽喉。你无法知道你的一声呼叫是多么凄厉，在这宁静的夜晚里这呼声传得是多么遥远。紧接着咽喉的痛楚，一团熊熊的烈火在你的胃里翻滚起来，你听到自己的头发梢子像燃烧的豆秸一样噼噼叭叭地响着，腐烂苹果的香气像浪潮一样涌来涌去，你从鱼翠翠的坟头上滚下来，脚牵着葛藤，手扶着麻茎，眼望着繁星，满耳的雷鸣。但痛苦很快就消逝了，你大汗淋漓，四肢柔软，瞳孔紧密收缩，终于缩得比针尖还小，黑暗如锅底般罩下来……你恍惚觉得有一只手牵着你走，那只手很大很柔软，那人身上有股熟皮子的味道……爹！我又见到你啦，爹！……自从确诊为肝癌之后，父亲就放下手中的锄头，休息了。父亲在痛苦中挣扎。娘打听到一个偏方：用瓦盆炖白米癞蛤蟆，不许放盐。娘去买了一斤大白米，让你到田野里去找七只癞蝓蟆。越老越大越好。你提着一个瓦罐下了田。那时你十四岁。沿着一条浅水浑浊、丛生着臭蒲棵子野芦苇的小沟你往前走。你左手提着瓦罐，右手持着一根枝条。你自小怕蛇怕蛤蟆，但为爹的命，你什么都不怕了。你赤着脚，你感到脚在臭蒲棵子里极不安全。你抽打着野草，抽打着臭蒲剑一样的叶子啪啪响。弯曲的爬蛇惊惶地逃窜，你周身冰凉，仿佛蛇在你背上爬动。癞蛤蟆是蛇的敌手也是蛇的近邻。一只背生豆粒大的癞疙瘩的老蛤蟆噗噗嗒一声跳到你的脚背上，你惊叫一声，跳到一边；又跳到一条蛇背上；蛇疾速地扭回头，对着你吐出鲜红的叉舌。你飞到沟上收割过的麦田里，跌坐在地上，你只想逃，你感到到处都是阴冷和滑腻。一条蜥蜴贴地飞蹿着，从你面前。你也怕它，但比较而言，它一点都刺不动你的神经啦。那时你还是一个天大的孝子，为了爹，你一闭眼，又跳进了沟里。那只老蛤蟆不慌不忙地爬着，它差不多有一只碗口大，阔嘴，大眼，唇边还有一片米粒大的小红点。它爬着，沉重的肚子擦得草叶响：嗞啦——嗞啦——嗞啦——你觉得它好像在你肚子上爬行，它的湿漉漉的肚皮摩擦着你的湿漉漉的肚皮。它停在两棵臭蒲之间，抬起一只前爪，搔了一下它的脸。你举起枝条——又放下来。母亲告诫你一定要活捉，不能打，一打，流了酥，就没用了。老蛤蟆冷冷地打量着你。你把牙咬紧，对着它弯腰，它吐了一下舌头。你眼睛酸酸的，这一定是个蛤蟆精啦。你把上牙咬进下唇里，猛一伸手把它抓住，它的背又滑又涩又冷又热，它抬起一只爪子搔你的手——你从此知道了癞蛤蟆也生有指甲——它沉甸甸地坠手，它“呱”了一声，又沉闷又潮湿，这声音不是你的耳朵听到的，你认为是你的手听到的。你把它扔进瓦罐里。它在瓦罐里愤怒地爬动着，它的脚指甲划得罐壁嗞嗞响。如果不怕了，效率很高。你抓够了七只大蛤蟆，满满一罐子。你发现了一只三条腿的蛤蟆。它十分艰难地爬行着，休歇的时候，它缺腿的一边身体就歪在地上。你跟在它身后走了很久，健全的蛤蟆和笨拙的爬蛇全被挤到意识之外，你什么也不想，只是跟着它走。从此它的形象就储藏在你的记忆库里。母亲找了两个大瓦盆，把米放进一只盆里，添上一瓢水。看着满罐子眨巴眼吧咂嘴的蛤蟆，母亲不敢动手。母亲说：永乐，你，把它们抓到盆里去吧。你搬起罐子，把蛤蟆们倒进瓦盆。蛤蟆在瓦盆里跳跃，游泳。娘赶紧把另一只瓦盆扣上去，这只瓦盆稍小，扣得大盆严丝合缝。锅里早添好了水，你把两只瓦盆——自然连同蛤蟆白米端进锅里，娘盖上锅盖，锅盖上压了一块捶布石。娘坐在锅前，烧起火来，先是急火，后是文火，烧了整整一个下午你闻到弥漫全屋的蒸气里有一股奇异的味道，不是香，不是臭，不是酸，不是辣，不是苦，不是甜……那只能是白米清炖癞蛤蟆的味道……揭开瓦盆时，你看到那七只蛤蟆生龙活虎般蹲在卧在仰在跪在瓦盆里，每一粒大米都碧绿碧绿，也是天下难找的米饭啦……爹夹起一只熟透了的蛤蟆，张嘴就咬……你掉头就跑，你跑到门外，把苦胆汗子都吐出来了……爹，你是被癞蛤蟆毒死的吧？那只拉着你的大手松开了，你感觉身体犹如一枚银色的硬币，在井水中摇摇曳曳地下落。一瞬间你又看到光明了。第一次见到光明是二十四年前的事情了。第二次的光明和第一次的光明像两道强烈的灯光，遥相呼应着，照亮了一条幽暗的隧道，隧道穹顶上悬挂着无数晶亮的水珠，水珠逐渐拉长，迅速地中断，垂直地落下，悬在穹顶上的水珠根急遽收缩一下，又缓缓地变圆，下垂，中断，下落。水声叮咚，震动空壁回音。地下污泥浊水上漂着驴马的粪团，散着扑鼻的恶臭。你就是从这条隧道里走出来的，你就是从这根阴暗的管道里钻出来的。钻出来之前你就痛苦。母亲的强韧的子宫壁开始频繁挤压你，你在透明的羊水里不敢睁眼，你拳打脚踢，抗拒着挤压。你听到了胎盘与子宫剥离的声音，噼噼啪啪的，像爆炒黄豆一样。你闻到渗入羊水中的血腥味。子宫壁痉挛收缩，像直肠排泄大便一样排泄你。你尽力抗拒，但世界狭窄，无所措手足。你痛苦地感觉到自己在蠕动，管道狭小，卡着你的头，你的头像块热蜡一样变了形状。后来，一道强光射来，你稍一睁眼，使感到光明袭来的痛苦，墙缝里刮进来的冷风像刀子一样割着你娇嫩的肉体，你张开沾着血的嘴哭起来，你感觉到人世间极端寒冷。你不停地啼哭着，诅咒着割人股肤的寒冷。你感到一根粗糙的手指擦去了你的眼泪，你听到有人惊讶地说：小孩子还有眼泪？你恼怒地睁开眼，看到了一张张绿色的脸，你立即闭了眼，你伴随着波波作响的窗纸又继续恸哭下去。第二次见到光明你有些许的欢乐，光明外溢，隧道沉入黑暗，响亮的滴水声隐隐犹在耳，但渐去渐远。成千上万朵黄麻花蝶群迁徙般飞舞着，它们像一条宽大的彩带在奇光异彩中飘荡着。你感到气闷，肺叶里充满气体，肺叶膨胀成笨拙的羽翼，你喘息，挣扎着起飞，跟着黄麻花飞升，进入闪光的蝶的河流。我的喘息是你扇动羽翼的声音。追着彩蝶，追着光，追着鱼翠翠那两朵丰满的乳房。你随着蝶的流，忽高忽低，忽上忽下，忽快忽慢，忽急忽缓，风从你身上流过去，梳理着你光滑的羽毛。你俯瞰着大地，云朵也在你身下，蘑菇状的、树冠状的、森林起落般的云层在你身下飘移着，你透过云的眼看到大地；村庄与河流；树木与沙丘；有两个孩子手拉着手，站在黄沙滩上，看着灰色的河党小组地缓地流淌；一个妇女抱着一个小孩子，在田间小路上飞跑着，一个男子追在她的身后；一辆骡车陷在洼地里，骡子卧在地上，嘴巴扎在泥里，随着驭手凶狠的鞭打……你飞翔着，盘旋着，在上不着天下不着地的空间里，你感到轻松自由、无拘无束，肉体不痛苦，灵魂不痛苦，你宁静，无欲无念，你说：欢乐呵，欢乐！我再也不要看你这遍披着绿脓血和绿粪便的绿躯体、生满了绿锈和绿蛆虫的灵魂，我欢乐的眼！再也不要嗅你这扑鼻的绿尸臭、阴凉的绿铜臭，我欢乐的鼻！再也不听你绿色的海誓山盟，你绿色嘴巴里喷出的绿色谎言，我欢乐的耳！永远逃避了绿色我欢乐的灵魂！现在你看到了一群赭红色的孩子在浑黄的河水中嬉闹，洁白水花飞溅到你黄金般的脸上；你听到了枣红骡马咀嚼杏黄草料的声音，你嗅到了不生绿叶的艳红的野蔷薇浓郁的香气……你在蝶的河里游着泳，蝶一样的黄麻花团团簇簇地包围着你，满眼辉煌，触目无绿，你欢乐！从地上传来惊雷般的询问声：什么是欢乐？哪里有欢乐？欢乐的本质是什么？欢乐的源头在哪里？……请你回答！

篇外篇：中学生作文选

《我的母亲和她的小鸡》（节录）

……每年的初夏，麦子黄熟的时候，昌邑县赊小鸡的汉子们就用大扁担挑着分成多层的大鸡笼来了。鸡笼里装着密密匝匝的小雏鸡。老远里就能听到汉子们唱声："赊小鸡喽——赊小鸡喽——小鸡喽赊小鸡——"赊鸡汉们买卖最兴隆的时候是中午饭后，那是一天里最热的时候，人们都在大树阴影里乘凉。赊鸡汉子挑着鸡笼来了，他们的扁担又宽又薄，溜光溜光的，暗红色。他们的扁担弹性好极了，一千只小鸡压在他们肩上好像没有分量似的。

母亲今年赊了老韩的鸡。

老韩年年都来赊鸡，胡同里的人们都认识他了。老韩是个红脸汉子，个头很大，耳朵上赘生一块肉，像个奶头一样，老韩自己说那是个拴马桩，主福主贵的。

老韩挑着两笼鸡来了。他把鸡笼放在我家房山的阴影里，撩着蓝色大披布擦脸上的汗水，一群女人们坐在树下纳鞋底子。老韩对着她们喊："嫂子们，赊鸡，今年是美国鸡种，长得快，下蛋多。"

女人们正寂寞着，老韩不叫也会围上来的。

母亲说："老韩，一年没见，又显老啦！"

老韩说:“一年不是一年喽,老嫂子!”

母亲问:“渴不渴?”

老韩说:“给碗凉茶吧!”

母亲提出一瓦罐白开水,瓦罐上扣着一个蓝瓷大花碗。

老韩喝了两碗水,含着一大口,往一袋子小米上喷喷。然后揭开笼盖,扬撒着小米喂鸡,小鸡唧唧地叫着抢米粒吃,好看极了。

有才家媳妇问:“老韩,这些小鸡出壳几天啦?”

老韩说:“三天啦。”

“它们一出壳你就挑着来了?”

老韩说:“可不,一天一百五十里路。”

“你真是飞毛腿。”

老韩抬抬局促着团团静脉的腿,说:“好汉赶不上挑担的。”

我想起来了,赊鸡汉子们走快了时,扁担连着鸡笼忽闪,就像老鹞子起飞一样。

女人们都选鸡,由于是秋后交钱,大家都敢抓。只要能养活三分之一就够本。

都想选母鸡。

老韩是能认出雏鸡雌雄的,但他不帮任何人选。女人们把选好的鸡拿给他看。问几个公,几个母,他笑着说:“除了公,就是母,老韩不赊二尾子鸡。”

“死老韩!”

“你们这些女人哪,生孩子盼男孩,抓鸡盼母鸡。”

母亲赊了十只小鸡,五只白的,五只黑的。两个月后,小鸡能分出公母来了,五只母的,二只公的;一只还难分雌雄。那两只被老鼠咬死了。母亲说:“可恶的耗子!”

中秋节快要到了,我家那两只小公鸡开始学习打鸣了。母亲说:“过了中秋节,老韩就该来收鸡钱啦!”

母亲今年养的鸡成活率高,出母鸡也多,赊十只鸡两元,一只小鸡起码卖六元，五六三十元，不算那两只公鸡和那只迟迟难分雌雄的二尾子鸡就赚了。

乐极生悲。母亲用磷化砷拌了一捧麦粒毒老鼠。夜里放在草垛后，早晨忘了收，八只小鸡把毒麦抢着吃了。

鸡中了毒，都坐在垛边打盹，嗉子胀得像气球一样。那只二尾子鸡弯勾着脖子，怪模怪样，我真厌恶它！

母亲捶着自己的头，难受极了。

母亲跑去找医生。医生当然不管这事，村里那么多病号，光人就够他治的了。

母亲坐在门槛上，看着那些刚才还活蹦乱跳的鸡，吧嗒吧嗒流眼泪。

我说："娘。要是能切开鸡嗉子，把毒麦粒挤出来就好了。"

母亲说："只好这样试试啦。"

母亲找出一把父亲用过的剃头刀子，磨去了锈；又找了八根针，引上八条线。针、线、刀子都用烧酒洗了，消了毒。

我扯着鸡腿，按着鸡翅膀，帮母亲为鸡动手术。

母亲先拿那只绿色二尾子鸡开刀——谁让它公不公，母不母地讨人厌呢。

母亲把鸡嗉子切开，挤出毒麦料，再一针一线地把刀口缝起来。

为八只鸡开完刀，母亲累得满脸是汗。

母亲又用蒜臼子捣了些绿豆，调成糊状，给每只鸡嘴里灌进去一些。

鸡们蔫了两天后，第三天就照样吃食、追逐，跟没中毒前一模一样了。那只绿鸡该死也不死。

母亲布满皱纹的脸上，出现了我从没见过的幸福的微笑。

过了中秋节，赊鸡的老韩就该来收鸡钱啦。

流　水

一

在一九七九年那个风调雨顺、阳光明媚的春天里，八隆县城直达马桑镇的公路修好了。这条公路平坦宽阔，路面上新铺敷的沥青像镜子一样泛着光；公路沿着蜿蜒的八隆河迤逦而来，像一条舒展在大地上的黑色缎带。公路修通之后，闭塞偏僻的小小马桑镇交通便利了，现在要去趟县城，只需在镇西头那儿花五毛钱买张车票，五十分钟便可到达。

那个春天也是马桑镇的安宁生活被扰乱的季节，几乎每天都有新闻在镇上流传。八马公路修通不久，一个消息就在一个夜晚之间像一股风吹遍了全镇：全省最大的甜菜榨糖厂要建在马桑镇了！听说糖厂的所有机器设备都是从外国进口的，还听说糖厂的这个大门口进去甜菜，那个大门口就流出来白花花的白糖；糖厂一天产的糖够马桑镇吃十年哩。这消息使马桑镇好几天像开了锅一样沸腾。那些皱纹爬满面颊，目光浑浊的老头们，面对着一日三变的新生活浪潮，心灵深处产生一种莫名其妙的惶惑之感；那些额头光洁，目光清澈的年轻人，则以一种跃跃欲试的心情渴望着变化，他们自从八马公路修建之日就感到这条路修得来头不小，就开始用五颜六色的彩线编织生活之梦，就开始憧憬马桑镇光辉灿烂的未来。

当然，老人们惶惑不安和年轻人的热望幻想都是杞人忧天或一厢情愿，因为糖厂究竟是不是建在马桑镇上，一时谁也拿不准，就连镇上的最高领导人马支书也没法证实这个消息，他只是以"或许""大概"之类的遁词来搪塞他的乡民们。

这种折磨人的情景并没有维持多久。大约一个月后，正当三月的春风吹绿了越冬的麦苗，吹绽了马桑镇街道两侧的鹅黄色的柳芽，吹得马桑镇面前汩汩东去的八隆河水如一匹绿色的绸子在阳光下抖动的时候，从黑黝黝的泛着漆光的八马公路上开来了一串大大小小的车辆。据说这是糖厂筹备委员会的先头部队，他们是来选择地址，勘测地形并与当地政府联系有关征用土地等等事宜的。从此之后，八马公路上每天都有呆头呆脑的吉普车来回奔驰，一些耳大面方的干部模样的人，一些鼻梁上架着眼镜的学问人，一些着装入时，模样俏丽，肩上扛着画着红道道黑道道的大标尺，背上背着三条腿的水平镜的大姑娘小伙子，整天在马桑镇麻石铺成的狭窄街道上，在镇子面前高高的八隆河堤上，在镇子后边那平平展展的绿毡绒毯般的土地上，走走停停，指指点点，这里望望，那里挖挖。从这些人的嘴里不时冒出一些生僻词语，这些词语飞到马桑镇居民的耳朵里，使他们大睁开或是惶惑、或是惊愕的眼睛。他们望着这群神秘莫测的人，大脑里的机器訇然开动，各种各样的念头像虫子一样在脑子里爬动，最后，万火归一火，人们都猛然意识到：马桑镇真的要建甜菜糖厂了，马桑镇的日子真要变样了。

几天之后，马支书召开了全镇社员大会，宣布县里的决定："全省最大的甜菜榨糖厂的厂址就选在我们马桑镇后边一里远的地方。从今以后，我们马桑镇的人可以放开肚皮吃糖了，马桑镇的日子就要泡在糖水里了……"马支书的话引起了年轻人一阵欢腾，几个小伙子竟然异想天开地问："支书，到时我们可不可以到糖厂当工人呢？"马支书说：

“这不是不可能的，小伙子们，等着吧，听说咱马桑镇地底下还有石油呢，听说咱马桑镇要建成马桑市呢！到那时候，嗯？哈哈哈哈……”

年轻人坐不住了，纷纷站起来，七嘴八舌地议论开了，会场上吵得一塌糊涂。这些年轻人最近都坐着公共汽车去过几趟县城，有的还从县城坐上火车去了远在几百里外的那个滨海城市。在那里他们开了眼界。想到不久自己也能像城里人一样有滋有味地生活，结束那种“面朝黄土背朝天”的命运，不由得欣喜若狂。

“马支书，我们的地怎么办？我们地里的麦子怎么办？我才追上三百斤尿素化肥，就这么一脚踢腾了？”说话的人是全镇有名的老庄户把式牛阔成。他捏着小烟袋的手在微微打着哆嗦。

“放心吧，牛大哥，国家不会亏待你的。国家，国家能占咱庄户人家的便宜吗？国家指缝里流出点来，就够咱马桑镇过上几十年。”马支书回答道。

“我那麦子可是全镇头一份！每根苗儿都用汗洗过。”

“知道，知道。”

“占了咱的地，咱靠什么活？庄户人没了地，就好比拔出来的小树，几天就干巴了……”

牛阔成这显然不合时宜的忧虑得到了部分人的应和，但立刻遭到了年轻人的反对。这班年轻人中就有他的儿子牛青。牛青是马桑镇上青年中的头面人物，非但长得一表人材，而且多才多艺。他是高中毕业生，没考上大学，只好“屈驾”回乡生产。

“牛大伯，城里人没有地，可你看人家那些姑娘，一个个油光水滑，一点都不干巴。”镇上那个素以调皮捣蛋闻名的小伙子王臣挤鼻子弄眼地对着牛阔成说。

“烧得你！你是城里人吗？”牛阔成反驳道。

“爹，你别在这儿丢人现眼了，您那些老古板思想早就过时了。”牛青冷冷地说。

“小兔崽子，老子丢你什么了？现你什么了？没了地，庄稼种到屁股上？不种庄稼，不打粮食，你喝西北风？”

“牛大伯，让您当工人哩！”王臣说。

“我当工人他老祖宗！”

“是的，工人的老祖宗都是农民。”

“爹，您快回家歇了去吧，国家的事，谁也挡不了。你不愿意管什么用？再说，国家会给咱钱，有了钱就有了一切，还愁没饭吃？”牛青说。

“九斤老太！”一个读过初中的小青年戏谑地插了一句。逗得满场的青年人哈哈大笑。

牛阔成恼羞成怒地吼道：“糖厂占了我的责任田就是不行，我躺在地里，看他敢把我埋了。”

“老牛大伯，您这是螳臂当车。”适才那个小青年又咬了一句文。

“滚你妈的蛋，你少给我撇文，识了几个臭字就不知姓啥了，回家让你爹好好教育教育你。”老牛骂起人来。

会场乱成一锅粥。马支书使劲拍着桌子说：“乡亲们，别吵吵了，糖厂建在镇后是铁定了的事。那些麦子，国家会赔咱们的，赶明儿大家就不要往地里花钱使力气了，就这么着。散会。”

二

社员大会开过的第二天早晨，牛阔成一大早就爬了起来，在院子里叮叮当当地修理氨水耧，准备吃过饭去给麦子追肥。他的女儿牛玉珍正在灶上做饭，厨房里热气腾腾，烟筒里的炊烟在玫瑰色的晨光中如铁蛇般盘旋上升。麻雀在院子里的老杏树上吱吱喳喳噪叫。他的儿子牛青端坐老杏树下，全神贯注地拉着二胡，琴声悠长邈远，从小院里升腾起来，然后随着若有若无的晨风飘到很远很远的地方。氨水耧上一个螺丝滑了扣，牛阔成用扳手拧它、敲它，也毫不济事，气得他把扳手一扔，气呼呼地站起来。儿子如痴如呆的神情使牛阔成本来就不晴朗的心情更像蒙上了一层乌云。儿子奏出的曲子本来十分好听，牛阔成在心平气和的时候也确实感到有这样一个会拉琴吹笛弹琵琶的儿子是一种骄傲。”牛青从小就跟着镇上有名的音乐师云哥下过苦功哩。前年云哥去世，把全套乐器都传给了他。老牛心情不好，儿子的二胡声在他耳朵里像驴拉着的碾子一样，吱吱嘎嘎地刺耳，他忿忿地说：“少爷，你别碾米了好不好？去把氨水耧拾掇好，吃过饭去追麦子。”

牛青对老子的讽刺挖苦仿佛没有听到，反而闭上眼睛，更加入神地拉了起来，曲子像水一样在满院里流动，连树上的麻雀都停止了大声噪叫，偶尔才梦呓般地啁啾一声。正在烧饭的牛玉珍也放下烧火棍，倚在厨房门边，呆呆地盯着哥哥。

牛阔成一把夺过二胡，喝道：“你聋了?”

“你干什么呀!”牛青站起来，懊恼地嘟哝着，“怪不得说你是九斤老太，真像，什么都不顺你的眼……”

牛阔成把二胡掼到地上：“反了你啦，杂种！翅膀还没硬呢，就敢跟你老子做对头！拉二胡能拉出饽饽来吗?”

牛青心疼地从地上捡起二胡，掏出手绢揩着琴筒的泥土，高叫着：“这是云师傅的琴，你凭什么给我摔?”

“凭老子是你爹!”牛阔成奓煞着胡子，眼珠子瞪得溜圆，说，“生了气老子一顿斧子给你劈了。”

“你敢!”牛青紧紧地抱住了二胡。

“你看我敢不敢!”牛阔成伸手去夺二胡，牛青跳到一边。

牛玉珍走上来，说：“爹、哥，别吵了，大清早的，也不怕人家笑话。”

“早晚得给你熟熟皮头子，看你还敢跟我作对。”牛阔成骂完牛青，又转身对着玉珍吼道：“还不快去做饭，吃过饭去追麦子。”

“爹，昨晚上马支书不是说过了吗？镇后要建糖厂。”玉珍婉言道。

“他建他的糖厂，我追我的肥!”

“爹，您这不是糊涂吗?”牛玉珍轻声说。

“我就是糊涂!”

“玉珍,别理他,让他糊涂到底吧!”

“你们这些杂种,合起伙来挤对我! 你爹养大你们容易么? 你娘死时,你们才是些吃屎的孩子,我屎一把尿一把地拉扯大你们,你们就这样待我?”牛阔成动了感情,两只眼圈通红。

“这话你说了一万遍了。”牛青说。

“哥,算了,就随爹的意吧。”牛玉珍劝道。

“花岗岩脑袋。”牛青低声嘟哝了一句。

三

牛家父子别别扭扭地吃完早饭,牛青用小车推着氨水坛、氨水耧来到镇后责任田里。牛家的小麦确实长得好,黑绿色的麦苗儿在晨光中油汪汪地发亮,麦垄儿暄腾腾的,像蒸熟的馒头。地里冒着浅白色的雾气,散发着甘甜的气息。牛阔成深情地注视着这块责任田,心里泛起酸溜溜的滋味:“这样的好地建糖厂,作孽啊!”田野里空旷无人,翠绿色的麦鸡儿沿着麦垄蹦蹦跳跳,尖着嗓子鸣叫。镇上传来一只牛犊幼稚而凄婉的叫声。这一切都使牛阔成触景闻声而生惆怅之感。他对这块地有着深深的眷恋之情。年前分责任田时恰恰把这块在入社前曾是他的私人财产的地重新分到他的手,他的眼泪都流了出来。当时,他伸手抓起一把土,紧紧地捏成一团,嘴唇轻轻地哆嗦着。儿子和女儿用注视神经病患者一样的目光打量着他,女儿问:“爹,你怎么啦?”牛阔成答非所问地说:“委屈你了,委屈你了……”他把这肥沃的土地当成了受尽委屈重又回到父母身边的孩子,他把他六十岁老头子的汗水毫不吝惜地洒在土地上。但还不到两年,牛阔成还没来得及把这土地稀罕够哩,这里又要建糖厂了。“哪个缺德的,想这坏主意,建他娘的什么糖厂。”牛阔成心里暗暗地骂着。

儿子和女儿在手推车旁磨磨蹭蹭,迟迟不肯把氨水坛子和氨水楼卸下来。牛青用心地谛听着麦鸡儿婉转的叫声，并噘起嘴唇，吹出鸟儿叫声一般的口哨，麦垄上，麦鸡儿和他彼此唱和，遥相呼应。牛玉珍睁着毛茸茸的大眼睛，迷惘不安地时而瞅瞅六神无主的爹，时而看看面孔冷漠的哥哥，时而又抬头望望笼罩着镇子的团团炊烟；炊烟像薄薄的纱巾，在空中轻轻拂动。她还听到了八隆河里响亮的流水声……她忽而感到孤独无聊，心里一片空白。

“还等着干什么？让你们来看光景的？”牛阔成又发了火。

牛青极不情愿地解开车上的绳子，猛力一掀车把，四个氨水坛轱辘辘地滚下来，其中一个开了塞子，氨水咕咕嘟嘟地冒了出来，立刻散发出刺鼻辣眼的味儿。牛阔成急步上前，扶起坛子，冲着儿子骂道：“你这是干活，还是跟老子发懊？”

“洒了倒利索，省了白费劲。爹，你睁开眼睛看看，糖厂勘测队把灰线都撒好了，用不了一个月就要破土动工。爹，您是不是脑子出了毛病？”牛青说。

“地是包给我的，我亲手按了指印。麦子是我亲手种的，我不答应他们在这儿建糖厂！”

“你不答应，你不答应，地是国家的，不是你的，跟你说了一万遍了。”

“我偏要争争这口气，让他们知道老百姓的辛苦。鸡蛋打人，打不疼也要溅他一身黄子一身腥。”

“那你就去溅吧。”牛青坐在麦垄上，双手托起下巴罢了工。

牛阔气成脱下鞋子捏在手里，对着儿子冲过去。牛青机灵地跳起来，避开了牛阔成的进攻。牛阔成再一次冲击，牛青再一次避开。牛玉珍一见爹跟哥动了武，便横在他们二人之间劝架，父子二人围着牛玉珍转开了磨。三个人都累得气喘吁吁。

这时，那群扛着标尺、水平镜的人又从镇中心小学走出来了。牛阔成一看来了人，只好气哄哄地穿上鞋子，蹲在地上抽旱烟。牛玉珍呜呜地哭起来。牛青脸色煞白，下巴骨连连打着哆嗦。

那群人朝着牛家的责任田走来。一个穿着茄克衫、鬓角长长的小伙子喊道:"哎,老乡,怎么还来追肥?这儿马上就要建糖厂啦。"

"你建你的糖厂,我种我的地,关你屁事!"老牛怒冲冲地说。

"好一个倔老头子,我是为你好哩!"

牛阔成对着小伙子翻翻白眼,不去理睬他。牛玉珍停止了哭泣,抬起头来看了一眼那说话的小伙子。她的眼睫毛湿漉漉的,唇边上还挂着一滴晶莹的泪珠。这一瞥像电火般地刺了小伙子一下,他双眼直直地注视着牛玉珍,把牛玉珍窘得满脸通红。

三个姑娘嘻嘻哈哈地走过来,牛玉珍羡慕地看着她们那潇洒的小筒裤和随随便便拉出几个波浪的头发,听着她们银铃般清脆的笑声,低头看看自己的瘦腿裤子和垂在胸前的两根辫子,一种自惭形秽的感觉使她低垂下头。

这些青年男女不拘一格,随随便便的潇洒劲儿不但使牛玉珍自惭形秽,也使读过高中的牛青自叹弗如。这种自卑感更加重了他对冥顽不化的老爹的不满,他甩手就走,也不去管那些东一个西一个躺在麦田里的氨水坛子和侧歪在一边的小推车。妹妹一看哥哥走了,更感到面红耳热,那些小青年一次又一次地把火辣辣的眼睛印到她的脸上、身上。姑娘们走上前来,热情地跟她打起招呼:

"大姐,这儿就要建糖厂了,你们还不知道?"

"知道……"牛玉珍嗫嚅着,双手抚弄着那又粗又黑的长辫子。她的脸像桃花般鲜润,眉心之中,还有一颗黄豆般大小的红痣呢。

"大姐,你这两条辫子真好……"

"大姐,你这颗痣长得真美……像比兰德拉王后……"

"大姐,我要是个男的,非娶你不可。"……

姑娘们近乎放肆地笑起来。

"大姐,往后我们就是邻居了。"三个姑娘当中那个最俏丽的姑娘说。

"你们?"牛玉珍疑惑地问。

“我们都是机修厂的，机修厂垮了台，就把我们分到糖厂了。先来帮助建厂，建完厂就在糖厂工作了。”

“你们占了俺的地，俺以后能不能到糖厂做工呢？”牛玉珍大着胆子问。

姑娘们感到牛玉珍提出的问题很难回答，便转过头去问那个留着长鬓角的小青年：“吴水，这个大姐想到糖厂做工，你说行不行？”

“当然可以，就凭大姐这小模样儿，糖厂一定欢迎。”

牛玉珍羞容满面，抬腿跑了。牛阔成在后边直着嗓子喊叫，可儿子女儿全不理他。他们各怀着自己的心事，一个走着，一个跑着，最后都消失在那一片青色的房屋之中。

青工们在几个“眼镜”的指挥下，吆吆喝喝地干起活来了。那个叫吴水的小青年抡着木榔头，把一根根涂着红漆字的木桩子楔进牛阔成的麦田里。这一根根木桩仿佛钉进了牛阔成的肉里，那木榔头仿佛一下下打在牛阔成心上。他一阵迷晕，坐在了地上，伸出枯干的手，抚摸着柔软的麦苗儿，两颗含义复杂的大泪珠子，啪哒啪哒落到了地上……

四

糖厂施工筹备处的青工们忙忙碌碌地在马桑镇后楔上了上百根木桩，廓清了糖厂的地界。但当天夜里，这些木桩竟不翼而飞。施工筹备处的一个胖乎乎的领导人大为恼火，他带着一个戴眼镜的小伙子，怒气冲冲地来到马支书家问罪。马支书连声道歉，并一再解释这是偶然现象。因为马桑镇向来民风淳朴，镇上都是老老实实的顺民，政府决定的事没人反对，即使不高兴也不敢搞破坏。这些木桩肯定被谁家不懂事的小孩当劈柴拔回家生了火。马支书说到这份上，糖厂筹备处的负责人也就不好再说别的，大家闲扯了一通糖厂建成之后将给马桑镇带来的好处，便握手告别。

马支书也没开什么社员大会，只是走到麻石街上，扯着嗓子喊了几声：“各家各户听着，好生教育教育孩子，不要去拔糖厂的木桩，捉住要罚款的——”牛阔成家紧傍麻石街道，牛青听到马支书的喊叫，心里猛地一沉。他们家里房屋宽敞，爷儿三个每人住一个房间。夜里牛青睡得不宁，似乎听到爹深更半夜起来过几次，也许这坏事就是爹干的。

吃中午饭时，牛青故意对着妹妹说：“也不知是谁搞破坏，把糖厂楔的木桩全拔走了，这要是前几年，非按反革命论处不可。”

牛阔成把筷子一摔说：“不就几根烂木橛子吗？有什么了不起的事？”

“烂木橛子？你说得好轻松。这是破坏国家经济建设！”

“你别来吓唬老子！”

“是您拔的？爹？”牛玉珍问。

“放屁，还是你拔的哩！”牛阔成青着脸说。

五

糖厂建设筹备处的人们又用了几天功夫，再次把木桩钉好。这次他们削制的木桩又粗又长，每根都楔到地下几十公分深。负责钉桩的几个小青工一边抡榔头一边骂着那个破坏分子。周围围着一圈看热闹的人们，也都诅咒这个不光彩的破坏者。因为他的缘故，马桑镇老百姓的好名声蒙上了耻辱。前几天，筹备处的小青年清晨到八隆河洗脸，偶尔发现河边有两根木桩，由此断定，这木桩不是孩子拔的，也不是拔了当柴烧，而是有意破坏，把木桩扔到河里，消踪灭迹。糖厂筹备处领导把这个发现跟马支书讲了，马支书还是坚持自己的意见不变。他又沿着麻石街喊了一遍，劝诫人们教育孩子不要去拔木桩，工程筹备处的那位领导人哭笑不得。

勘测划界工作再次结束，筹备处放了一天假，那十几个生性好动的年轻人把马桑镇的大街小巷转了一遍。三个姑娘已经跟牛玉珍混得很熟，走到牛家门口时，那个最漂亮的名叫刘艳的姑娘带着头踅进牛家院子去跟牛玉珍告别，吴水等人也想进去，被刘艳斥退。那几天，牛家院里那棵老杏树已经爆出了豆粒般大小的花骨朵。院子里洋溢着春天的气息。

“你们走了，还回来吗？”牛玉珍问。

“回来，我们回去就要到外省学习安装技术，等到厂房建成，我们就回来安装机器。”刘艳说。

“到那时候，就怕大姐出嫁成了小媳妇啦！”另一个姑娘戏谑地说。

“俺不找婆家，俺才十八哩，俺还等着糖厂招工哩。”牛玉珍脸红红地说。

“你们家就你自己在家？”刘艳问，“你哥哥的二胡拉得盖帽了！”

“啊，你怎么知道我哥哥会拉二胡？”

“刘艳每天晚上都在你家门外偷听，说不定她要给你当嫂子哩。”胖姑娘一本正经地说着。

“该死的，我撕了你的嘴。”刘艳气恼地揪住胖姑娘的发辫，胖姑娘连声求饶。

“大姐——其实该叫你小妹妹，”刘艳说，“我们明天就要走了，再见吧。”

姑娘家好动感情，分手时，牛玉珍两眼贮满了泪水。刘艳她们也有点舍不得这个纯朴而美丽的姑娘。

但第二天刘艳她们并没有走成。因为这天夜里，糖厂筹备处几十个人几天的辛苦劳动果实又被彻底破坏，那上百根木桩子又被拔得干干净净。筹备处的领导人赶到现场，发现每个桩坑前都留下一些熊掌般的大脚印。马支书关于“小孩弄柴烧”的推测不攻自破了。筹备处负责人圆脸都气长了，他再次闯到马支书家大发脾气，坚决要求马桑镇支部、或是马桑镇管委会严格追查。豆粒大的汗珠沁满马支书的额头，他虽然对筹备处负责人的态度不满，可也没法驳回。因为，事情毕竟是发生在马桑镇上，他这个地方官负有责任。

马支书当天晚上又召开了社员大会，要求大家检举破坏分子。会场上，一些粗野的年轻人骂不绝口，扬言捉到这个人一定要送他进班房，为镇上除去这一害。

牛青在会场上一声也没敢言语，这事是谁干的，他心里已有八分知晓。但他又没有勇气揭发，牛阔成毕竟是他的爹。

上午，当糖厂标志再次遭到破坏的消息在全镇传开后，牛青就注意到了爹那双沾满了泥土的鞋子。老头子躺在屋里，呼呼地直喘着粗气。牛青进去对他说："爹，糖厂的橛子又被坏人拔了。"

"拔了好，让他们建。"

"爹，是不是你拔的？"

"是我拔的又咋样？能把老子毬咬去？……更甭说不是老子拔的了。"

这种几乎等于招供的回答使牛青感到又气又怕。气的是碰上这么一个糊涂老子，怕的是一旦事情败露，老头子要受国法制裁，自己和妹妹也要跟着承担恶名。

"爹呀，您老人家怎么能这样呢？您不是说咱家老辈子都是老实人吗？干出这种事，您不为自己想想，也该为自己的儿女想想。地是国家的，不是你的，国家的事，您挡得住吗？"牛青的眼泪几乎都要流出眼眶了。

牛阔成躺在床上默默无语，牛青继续数落。他终于耐不住了，折身起来，吼道："你给我滚出去！我一人做事一人当，你去告你老子好了——你怎么就敢一口咬定是我干的？镇上反对建糖厂的人多着哩。"

"爹，我不说了，随你折腾去吧。你的下场是：捣乱——失败——再捣乱——再失败，直至灭亡。"

牛青跑出爹的房间，拿出二胡，坐到杏树下边，拉起《江河水》来，这曲子本来就缠绵悱恻，催人泪下，牛青又把自己满腹的冤屈都揉了进去，更使得曲子令人不忍卒听。牛玉珍从窗棂里望着面色苍白的哥哥，泪水一串串地挂在腮上……

连续几天的清查毫无结果，牛青到底没有去揭发自己的老子这个重大嫌疑犯。筹备处领导人一天三次催着马支书赶快破案，但在马支书这种典型的油条干部面前，天王老子也没有多大办法。马支书懂得对付上边的一整套战术：软磨硬抗，疲劳战，大事化小，小事化了，最后不了了之。等到筹备处领导醒悟过来，去给县公安局打电话联系时，现场已被破坏得不成样子，公安局就委托公社派出所处理，这事很快就疲疲沓沓地失去了它吸引人的魅力，马桑镇的人又像以往那样照旧生活了，小镇上又是风平浪静。而这时已是四月尽头，杏花开过，桃花又开得灿若云霞，一团团雪花般的柳絮在镇子上飘来荡去。镇后田野里的麦苗已长得没了膝盖，绿油油的一片，十分喜人，只要再等一个半月，小麦就要到手。马支书不去追查拔桩的坏人，反而劝说筹备处领导人把工期推迟一点，等到农民们把麦子收了再说。筹备处领导人坚决驳回了马支书的请求。由于两次破坏，已经使开工日期延拖了近一个月，他们已经受到了批评。

这次，糖厂筹备处领导人学精了。他们估计到这个破坏分子决不会就此干休，便暗布机关，抽出了吴水等四个腿脚矫健的小青年，白天躲在小学校里睡觉，夜晚到麦田去潜伏。这次，他们砍削的木桩一根根都像房檩般粗细，用十八磅的大铁锤一直砸到地下半米深，没有鲁智深的力气是休想拔得出来的。一连四五天夜晚，吴水他们趴在麦田里“守株待兔”，初夏的凉露打得他们衣服湿漉漉的，但是毫无所获，连他们也开始怀疑这样干是不是大冒傻气。最后一夜，终于发现了一个黑影在木桩周围转来转去，四个人一拥而上——吓得一条狗转着弯子跑走了。闹了一场虚惊，四个人哭笑不得。

六

糖厂筹备处终于撤走了。一辆大卡车把那些姑娘们、小伙子们拉上了八马公路。汽车开出十华里光景，筹备处领导人忽然让卡车停住，对着吴水他们四个人面授机宜：让他们先在八隆河堤玩上一天，夜晚再潜入马桑镇后的麦田里。如果这个破坏分子心不死，那他就不会放过这个时机。筹备处领导想得很周到，为四个小青工留下了足够他们吃两天的面包、水果，并嘱咐他们，如果一夜无事，第二天就乘公共汽车赶回县城。

吴水他们四个在八隆河堤上游荡了一天，吃得饱饱的，睡得足足的，等到夜幕降临，便神不知鬼不觉地潜回马桑镇后的麦田里。这种富有惊险色彩的活动十分合这四个小青年的胃口，他们都像警惕的小狼崽子一样，圆溜溜地睁着眼，等着那不知何时出现的猎物。

正是四月末尾，前半夜天空繁星点点，露水很重，后半夜不知什么时辰，一钩残月升上天，使漆黑的夜空变得像鸭蛋色。四个年轻人开始连连打呵欠，浑身的关节像生了锈。这时，从远处传来踢踢踏踏的脚步声。一个人大摇大摆地走过来，走到一个木桩前，抬腿踢了一脚，骂道："奶奶的，我再给你拔光，让你建个毬的糖厂。"他弯下腰，双手抱住一根木桩，吭吭吃吃地拔起来。吴水卷着舌头，学了几声蛤蟆叫。这是要大家不要轻举妄动的暗号，因为筹备处的领导人嘱咐他们一定要人赃俱获。那个拔桩人骂骂咧咧地折腾了半个小时，才把一根木桩拔出来。他一屁股坐在地上，呼哧呼哧地大口喘气。是时候了，吴水一声呼哨，四个人一拥而上，老鹰擒小鸡般地把拔桩人按倒在地。吴水对准拔桩人的屁股就是一脚："反革命，看你还往哪里逃?"他揿亮了手电，照见了牛阔成那张热汗淋淋，沾满泥土的脸。

"哟，倔老头子，是你呀!"

"是我，你们敢把我怎么着?"

"老家伙，你甭嘴硬，有你的好果子吃。"

四个青工拧着牛阔成的胳膊，推推搡搡地回到马桑镇。这时，天色微明，已经有早起的人到八隆河里去挑水。走上麻石街时，青工们得意地挺着胸脯，像四个捉舌头回来的侦察兵，牛阔成骄傲地昂着头,那神情颇像一个失败了的英雄。

抓到破坏分子的消息不到一袋烟的工夫就传遍了马桑镇。人们放下手里的活儿,蜂拥着到小学校里看热闹。在马桑镇人的心目中,拔桩贼一定是个凶强侠气的传奇人物。到了学校教室一看,竟是胡子拉碴的牛阔成。大家都大失所望,有的人甚至向旁边的人询问:“怕是弄错了吧?怎么会是他呢?”

老牛在屋里听到人们的议论,连声分辩道:“是我拔的,是我牛阔成拔的,我不愿意让这鸡巴糖厂占咱的地。”

“这老家伙,简直是不可救药。”一个小青工愤愤地说。

马支书被人从被窝里拽起来,睡眼惺忪地赶到小学校,摇着头说:“老牛大哥,你这不是存心给我添麻烦吗?你就等着蹲班房去吧。”

“蹲就蹲,反正不能让糖厂占了咱的地,马支书,庄户人家没了地,就像孩子没了娘……”

“你呀,老牛,简直是个老混蛋!”

马支书骂完了牛阔成,沿着麻石街,晃晃荡荡地来到牛家院子,扯着嗓子喊:“牛青,你爹去拔桩被捉起来了,快弄点饭送给他吃,老家伙累得都快坐不住了。”牛玉珍听到马支书的话,失声哭起来。牛青不耐烦地说:“嚎什么?让他去蹲几天班房,受受教育开开窍也好!”

七

吴水一大早就给县城挂了电话,兴冲冲地报告了捉住破坏分子的消息。中午时分,一车辆小吉普箭一般地驶进马桑镇,从车里钻出了糖厂筹备委员会负责人和两个腰插手枪的白衣警察,一见来了带枪的人,马桑镇上的人才意识到问题的严重性。马支书油汗涔涔,唇干舌焦地向公安局的人解释:牛阔成家三代贫农,对共产党感情深厚，他之所以干出这种事，不过是一时糊涂，鬼迷心窍。望上级从宽处理。马支书的辩护当即遭到糖厂筹备委员会领导人的反对。那位领导人说，糖厂建设即将开始，必须杀只鸡给猴看，否则难保没人去把建成的楼房推倒。

白衣警察什么也没说，只是让牛阔成跟他们去县里一趟。牛家兄妹被马支书逼着来给爹送行，牛玉珍泪痕满脸，牛青脸色阴沉。牛阔成是铁石心肠，见此情景也不免凄惶起来，他说："青儿，爹怕是回不来了，你在家好好种地，好好照顾你妹妹。"

牛玉珍哽咽着说不出话来。牛青见爹到了这步田地还不忘嘱咐他种地，不由地心里又升腾起不满，他说："国法难容，你就去好好受教育吧，家里的事我们知道该怎么干。"

"小杂种，你不是我的儿子。"

开车的司机不愿听老牛啰嗦，脚下一踩油门，吉普车屁股下喷着青烟，顺着公路开走了。镇上的人目送着吉普车，一直等到它变得像只小甲虫在路上蠕蠕而动时才收回眼睛。王臣说："老牛大伯好福气，要不怎能捞着坐坐吉普车呢！"

牛阔成是马桑镇上第一个坐小车的人。

果然是"杀人可恕，国法难容"。牛阔成因破坏国家经济建设罪被判五个月的拘役，拘役在县奶牛场执行。消息传到镇上，马支书只是叹了口气，牛家兄妹也没有太大的烦恼，镇上人更不把这当作一回事。马桑镇的生活脚步一刻也不停息，八隆河日夜东流，并不因为牛阔成被判处拘役而有丝毫改变。

八

时间进入五月，马桑镇上最怕冷的老头也脱掉了棉衣，马桑镇周围的堤岸、田野、河流、树木，都是一派生机勃勃的夏天的景象了。糖厂已经破土动工，成群的载重卡车拖着石灰、水泥、砖瓦、砂石，从八马公路上滚滚而来，数百个建筑工人像一股旋风卷进了马桑镇。建筑工人们在工地旁搭起了简易工棚住下来。从此以后，汽车喇叭声，搅拌机的轰鸣声以及建筑工粗野的谑骂便交织成一首恢宏的音乐在马桑镇上空久久不散，已经很难听到八隆河里那哗啦哗啦的流水声了。

糖厂的建筑物在一天天升高，高大的脚手架矗立在镇子后边。那些建筑工们在半空中大摇大摆地走来走去，令马桑镇上的人们为之提心吊胆，但从来就没一个建筑工掉到架子下边来。这年夏天，镇子上因为土地减了大半，人们空闲不少，便三五成群地跑到工地看热闹。关于牛阔成拔木桩搞破坏的事，似乎已经过去了若干年。人们提起这话头，都觉得心头朦朦胧胧，就好像压根儿没这回事似的。

国家为征用马桑镇的土地付了大笔金钱。马桑镇准备用这笔钱在紧傍着糖厂的地方建一个现代化的养猪场。糖厂一旦开工，每天都要产生大批甜菜渣滓，糖渣是养猪的上等饲料。与此同时，国家还赔偿了被毁坏的麦苗，果然应了马支书的预言，老百姓都大大占了便宜。牛家兄妹也领到了八百元的赔偿费呢。领到这笔"巨款"后，素来就被镇上人称为少年老成的牛青忽发奇想，打算在镇上创办一个酒馆，他看准了这是个赚钱的好买卖，尽管他满可以到现代化养猪场去当个小头目，但和猪打交道终究不是个文明差事，更兼他自小就怕听猪叫，一听到猪叫就浑身爆起一片片的疙瘩。妹妹还在做着"糖厂工人"梦，对哥哥的设想不置可否，她只是建议哥哥坐车去趟奶牛场，与爹商量商量，免得老头子回来骂人。牛青没理睬妹妹的茬，反而说："我才不跟他商量哩，我要干出个样儿给他看看。"牛青很快征得了马支书的同意，到公社工商管理所领出了营业执照，就自己动手，将五间房子的四间改成了店堂，留一间给妹妹作闺房，自己就在厨房的角落里搭了一张铺。为了使老头子回来有个安身之地，又在院里搭起一个简易小平房。他们家临街而住，位置又在镇子中心，是天然的良址。一切准备就绪后，牛青又跑到公社中学去，请他过去的历史老师给写了一块匾额。匾额上“工农酒家”四个大字写得古朴苍劲，气度不凡。每天晚上，牛青拉开电灯开关，这块匾额就在灯光下招徕顾客了。

牛家兄妹俩谁也没有经营过饮食服务业，开始只能是搞点花生米、柳叶鱼之类的简单酒肴小打小闹，但没过多久，牛青就跑到县城买回一大摞烹饪技术书籍，还把一个在商校学习烹饪的同学请来帮了半个月工。一个月后，工农酒家炒出的下酒菜就有色有味，小有名气了。天天晚上，那些满身沾着水泥点子的建筑工都来猜拳行令。

牛家兄妹开了头，镇上人也开始效仿，一批批小饭店、小茶馆、小卖铺也在麻石街两侧因陋就简地开了张，每到晚上，麻石街两侧灯火通明，气氛热烈，马桑镇上几十年来早睡早起的习惯被彻底改变了。

八月过去是九月，镇上已是满目秋色，八隆河堤上密匝匝的槐树叶片已经一片金黄。风吹过来，那些叶片便纷纷扬扬地落到幽蓝的河水里，飘飘荡荡地随波而去。镇外糖厂的建筑物已经初具轮廓，据说不久就要撤架子了。就在这个月里的一天，拘役期满的牛阔成在镇子西头下了公共汽车。这五个月来，老头子在县奶牛场喂牛，这种活儿对他来说是轻车熟路，他干得顺手卖力，颇得好评。奶牛场的工人们并不把他当作犯人看，人们只是把他看成一个糊里糊涂的倔老头子。奶牛场为奖励他出色的劳动，根据有关政策，每月付给他四十元钱作为劳动报酬，至于牛奶、奶酪当然是敞开供应，随他放开肚皮吃喝。五个月过来，老牛竟然胖了，白了，脸上皱纹也浅了，仿佛年轻了几岁。

一进马桑镇，牛阔成感到好像走错了路，这地方竟然变得既熟悉又陌生，他搓着眼睛，在麻石街上彳亍而行。正蹬着自行车去县城办货回来的王臣跟他打起招呼来：“哟，这不是老牛大伯吗？听说你在奶牛场当上工人啦？嗬，喝牛奶喝得又白又胖。大伯，你真是因祸得福哪。”

牛阔成骂了几句很难听的话，王臣也不生气，嘻嘻笑着蹿到前头去了。他也开了一个小酒馆，而且正对着牛家兄妹的工农酒家，两家正摽着劲竞争呢。

牛阔成差点没找到家门，要不是牛玉珍从店堂里跑出来把他领进屋，他还要继续在那块富丽堂皇的大匾额下徘徊呢。

牛青正在灶上炸鱼、蒸鸡，忙着为晚上营业备料，看到牛阔成进屋，随便打了一个招呼，又忙他的去了，好像牛阔成不是从奶牛场归来，而是到邻居家串门回来一样。这使得牛阔成心中好不高兴。看到屋里、院子里面目全非，他心里更加窝火。牛玉珍看到老头子脸色不对，便把他领到院子里的小房里，想让他歇歇脚、消消气。这两间小平房虽然小，但布置得漂亮舒适，床上的铺盖全是新的，垫子又厚又软，蒙着洁白发亮的床单，枕头上搭着素雅大方的新枕巾；墙上贴满年画，还有一张外国冰上女明星的彩色照片呢。牛阔成终于爆发了：“杂种，反了你们了，谁让你们开了这么个黑店？”

“爹，您别生气，这店是我跟哥哥商议着开的，您不在家，要是等您回来，就晚了三秋了。您上街去打听打听，现在全镇都夸哥哥有远见，有胆量，是个好样的哩。”牛玉珍在店堂上应酬了几个月，言谈话语有了巨大的进步。

“你别给我花言巧语，咱家老辈子就是种地吃饭，‘千买卖，万买卖，不如下地耪土块’，不正儿八经地种地，想出这歪门邪道。”

牛青忙完了手里的活，封了火，走上来说：“爹，我算笔账给你听，去年咱爷儿仨拼死拼活干了一年，满打满算才挣了七百块钱，今年我跟妹妹俩，开张四个月，净赚一千二，你掂量掂量哪头沉？再说，开酒馆办商业国家支持，咱买卖公平，不赚昧心钱，与人方便，自己方便，有什么不好？您辛苦了一辈子，也该歇歇了，从今后，您就到八隆河里钓钓鱼，到街上看看景，吃鱼、吃肉、喝酒，全随你的意，只是有一条，我们不是小孩子了，现如今不比以前了，你要学着开叨一点，少管闲事。”

牛青的话说得牛阔成无言以对，闷着头走进小屋，伸手把墙上那张女人照片撕下来，揉成一团扔到墙旯旮里，吐着唾沫说：“什么玩意儿，弄个光腚猴子贴在我头顶上，怪不得老子这一年没有好运气。”

面对老头子的胡搅蛮缠，儿子女儿一笑置之。

中午饭，牛青施出了全套本事，精心做了六个香气扑鼻、味道鲜美的好菜，打开了一瓶人参蜂王酒，为老头子洗尘。牛阔成嘴里还是嘈嘈杂杂地发表不平之论，但很明显，这不过是一种习惯而已，其中已没有多少真情实感，美酒佳肴早就把他的火给压灭了。吃过饭，他倒在床上，一觉睡到夕阳西下，晚饭他又吃了一只小烧鸡，喝光了中午剩下的半瓶酒，一觉睡到红日初升。从此牛阔成享起了清福，他不得不承认，在一年的搏斗中，他已经被儿子女儿，被流水一样的新生活彻底击败，彻底冲垮了。只是当他到镇上那仅存的百八十亩农田去帮人干点活时，才能泛起对往昔那种汗珠子落地摔八瓣的生活的留恋追忆。他已经意识到一代更比一代会享受、会玩、会吃、会打扮，这似乎是不可抗拒的规律。他心里服了儿女们，但嘴里从来没有认过输。他总是怀着一种忧愁，像把魂儿丢失了，他有时竟逼着儿子拉段二胡给他听，儿子却从来不满足他的要求，那把二胡，挂在墙上，落满了灰尘。

九

一转眼几年过去了。几年来，谁也没去计算八隆河水流过去了多少，谁也没去查看自己额头上增添了几条皱纹，鬓角上生出了几根银发。一句话归总，这几年马桑镇的日月是快马加鞭，日子越来越红火。一切都按照计划如期进行。那年秋天，糖厂机器安装完毕，试车一次成功。八百个青年工人像追赶蜂巢一样追赶着糖厂来到马桑镇。这里边就包括那个曾深夜里设埋伏活捉牛阔成的吴水，他是糖厂炊事班里做饭的，据说曾派他去学过甜菜糖分化验，但他死活学不会，只好当了“伙头军”。那三个曾与牛玉珍建立过友谊的青年姑娘也来了，那个叫刘艳的依然十分俏丽动人，虽说糖厂姑娘如云，但比得上她的容貌的并不多。也是据说，刘艳是县里哪位头头的外甥女，因此她在糖厂的工作是高居于众人之上的。她是广播员，一口纯正甜美的普通话不时在喇叭里响起。那年秋天是个丰收的季节，雨水调匀，甜菜长得又大又光滑，从八月至十一月，八马公路上不分昼夜没断过农民们卖甜菜的车辆，镇上一天到晚挤满了人。几家小饭店、小酒馆根本容纳不了这么多顾客，于是，更多的马桑镇人也转手搞起饮食服务业来，到了糖厂开工的第二年，马桑镇的麻石街已经成了一条商业街，各类商店一应俱全。与此同时，马桑镇上那个现代化养猪场也建成了，糖厂泄出大批渣滓便宜得要命，使得马桑镇这个养猪场几乎是一本万利。马桑镇富了，富得很快全县闻了名。这时候，镇子上专门从事农业生产的人不多了，剩下那百八十亩地也变成了蔬菜地，包给了几个专业户。一到冬天，地里就支起了一个个塑料大棚。鲜红的西红柿，鹅黄色的韭菜，青翠的柿椒竟能在寒冬腊月里摆在麻石街上叫卖。马桑镇的生活节奏在加快、在洋化、青年工人与青年农民在同化。如果单从穿着打扮上，的确很难分清谁是工人谁是农民了，农民们穿得甚至比工人们还要阔气。但从做派上，从气质上，这两类青年还是有很大的差异的。镇上一些小伙子姑娘尽管千方百计地各方面向糖厂的年轻人看齐，小伙子虽然也是一律的喇叭裤、花格衫，姑娘们也烫起了卷发，透明的衬衫里边也露出了十字交叉的武装带，但那股土气，那股俗气总是去不掉。

这几年里，牛阔成没有多大进步，他最明显的变化是发了胖，脸上那一层干燥的老皮已蜕去，换上了一层油光光的嫩皮，他自知管不了儿子、女儿，但也决不肯放弃议论骂人的权力。有时甚至还干出了一些比深夜拔木桩聪明不了多少的事情。

十

马桑镇上是天然的好风光，那条窄窄的麻石街、街旁袅袅的柳丝就够美的了，但最美最迷人的还是八隆河堤。站在大堤上能将无边的旷野尽收眼底，令人心旷神怡。满堤长着槐树，四月末五月初槐花开得雪海一般白，香气袭人。八隆河水更是绝妙无比，它永远是那么清澈发亮，连夏天的暴雨季节里也不浑浊。河水的颜色还随着季节发生变化哩，春天碧蓝，夏天碧绿，秋天幽蓝，冬天还能结上一层薄薄的冰凌，在阳光下折射着七彩虹光。

糖厂的青年们喜欢成群结队地往河堤上跑。由于糖厂是三班倒，所以，八隆河堤上一天到晚都响着青年人的欢声笑语。这些人天天从麻石街上穿来穿去，有的花枝招展，有的愁眉苦脸，还有一对对的热恋者在街上挽着胳膊漫步，男皮鞋的铁钉，女皮鞋的高跟打得麻石街橐橐而响。这一切都使牛阔成心里像吃了苍蝇一样别别扭扭。到了夏天，马桑镇燠热难耐。以往的老规矩是，八隆河是男人的天下，女人是没有资格下河洗澡的，晌午头甚至都没有到河堤上去乘凉的权力，因为满河是一丝不挂的男人。那时，也有大胆的女人夜晚偷偷下河洗过澡，但几乎每次都受到砖头瓦块的袭击，有时还被人把藏在槐树林里的衣服偷跑。自从糖厂青工来了以后，这多少年的老规矩被彻底地摧毁了。八隆河里，男人的一统天下被妇女们挤了进来。以刘艳为首的糖厂姑娘们，穿着五彩缤纷的游泳衣，像一群天鹅般地冲下了河。八隆河里花花绿绿，姑娘们洁白的皮肤银子般地炫目。牛阔气成他们再也不敢下河洗澡了，河里成了年轻人的天下，更准确地说是糖厂青年的天下。因为连王臣这样一些脸皮比城墙还厚的小青年，对于男女混杂的场面也感到不习惯，畏畏缩缩地不敢下水，只躲在槐树林里看热闹。单单洗澡倒也还罢了，最令牛阔成感到不可忍受的是，这些男女青工们洗完澡后，竟穿着仅能遮丑的游泳衣穿街而过，回糖厂宿舍才换衣服。

牛阔成联络了几个老头子找到马支书，让他出面干涉。马支书说："老牛大哥，你真是吃饱了没事干，正经的事还够我管的呢，我还去管这些鸡头鸭腚的烂事，得了，得了，回去吧，看惯了就顺眼了。"

老牛在马支书那儿碰了一鼻子灰，便决心自行其是。一天中午，他手持一根木棒，拦在街头对着那些长发披肩、浑身滚水珠的年轻人说：“滚回去，骚娘们，从镇外绕着走，别腌臜了这条街。”

姑娘们惊愕地看着这横眉竖目的老头，不敢前进了。几个“骑士”冲上去，一膀子把牛阔成撞了个趔趄：“老不死的，靠边站。”

牛青见爹又在当街出丑，连忙出来把老头子拖回家，说：“爹，您又糊涂了！还想去奶牛场喂牛是不？”

“老子看不惯！这些小婊子，下三烂。”

“说这些脏话也不脸红，看不惯别看。”牛青没好气地顶着。

“爹，人家洗澡，碍你么事，现如今男女平等嘛。”牛玉珍也插言道。

“完了，完了，马桑镇的风水被这些臭娘们给败坏了，败坏了……”牛阔成在儿女们的联合夹击下，由盛怒变成了哀鸣。

他当然不甘罢休，明着不行就来暗的。他跑到田野里采来一筐子蒺藜狗子，撒得满街、满河沿都是，扎得那些赤着脚的姑娘小伙子哇哇乱叫。老牛躲在自己的小屋里一边咬牙一边笑。

但这种把戏就像他拔木桩一样，很快就被抓住。青工们对他说：“老狗，要不是看你女儿长得像尊观音，非摁到河里灌死你不可。”

牛阔成撒蒺藜的事在镇上成为笑料，被人奚落了好些天。他作为新生活浪潮中的绊脚石形象在糖厂里也大名鼎鼎，谁都知道马桑镇上有这么一个顽固不化的老怪物。以刘艳为首的糖厂姑娘出于一种报复和恶作剧的心理，竟连续几天光顾工农酒家，来劝牛玉珍下河洗澡去。

牛玉珍羞羞答答地不答应。

“妹妹，你没试试在水里游泳那个舒服劲儿，走吧，去试试，要是在水里洗掉你身上的灰，你会更白、更漂亮。”姑娘们劝说她。

“俺爹怕要打死我呢。”

“他不敢，都八十年代了，他还敢耍封建家长威风？他要真敢打你，我们就联名到县妇联告他。”

“我没有你们那种小衣裳……”

“这个好说，我正好有一件多余的。”

刘艳马上跑回宿舍，拿来一件红绸子游泳衣送给了牛玉珍。

几个姑娘七手八脚地帮牛玉珍换上衣服。牛玉珍低头一看自己的形体，羞得头都抬不起来了。姑娘们连拖带拉地把牛玉珍架着跑了。

牛玉珍一下河，引起了一阵骚动，吴水高声喊道：“比兰德拉王后，欢迎你！”

满河里的青工发疯般地泼起水来，水花像珍珠般地飞溅。

那天中午，牛阔成睡起午觉，坐在杏树底下懒洋洋地打着呵欠。自从小青工要把他摁到河里灌死后，他再也不敢去撒蒺藜狗子了；穿游泳衣的女人见多了，也就见怪不怪了。他连打了几个呵欠，抬起手背擦擦眼睛。突然，眼前红光一闪，一个雪白如玉的女子竟走进了他家院子，定睛细看，这女子竟是玉珍。老牛抽出屁股下的马扎，对着女儿就摔过去。玉珍一闪身躲过了，跑回自己屋里，关上了门。老牛在院子里破口大骂，他无论如何也没想到自己家里竟然也出了这么一个妖精。他找来一条绳子扔在女儿窗前，骂道：“不要脸的货，你今天夜里就用这根绳子吊死吧，我不愿意再见你。”

牛玉珍经过八隆河的“洗礼”，勇气增添了不少，她对着窗户说：“你让我死，我偏不死，我要好好活！你这个老糊涂、老糊涂……娘啊，你怎么去得那么早呢？撇下女儿受窝囊气……”

牛玉珍在屋里放声哭了起来。

牛青对妹妹的举动基本上是赞同的，青年女工能下河洗澡，农家姑娘就不能吗？他走到爹跟前，说：“爹，您老了，老了，青年人的事少管。”

“叛逆，叛逆！我真不该养你们。祖宗的脸都给你们丢尽了。”

牛阔成躲进小屋感触万千地喝起闷酒来了。牛青正要转身进屋，耳边传来了“吃吃”的笑声，抬头一看是刘艳她们躲在门外边对着他扮鬼脸呢。他不知是羞是惭，脸刷地红了。

十一

到了八二年夏天，大姑娘小伙子下河洗澡，洗完澡水漉漉地从麻石街上穿过，这已经成为马桑镇夏日生活的一个必不可少的点缀，成了马桑镇夏景的一个有机构成部分，自从牛玉珍做了第一个勇敢的下水者之后，镇上的小伙子也学着青工的样子，穿着尼龙小裤头下河洗澡了。这是一个重大的进步。以前马桑镇上的男人下河洗澡都是脱得赤条条的一丝不挂。在八隆河里，工人和农民的差别进一步缩小，镇上农家子女的“土气”已经被八隆河的水洗得差不多了。几年来，连镇上的口音也潜移默化地发生着变化。过去马桑镇上“r”、“y”不分，“人”读成“银”，“c”、“ch”混淆，“吃”说成“龇”，现在可不了，连镇东头那个连续读了五年一年级的小傻瓜也卷着大舌头学说着普通话呢。一句话，马桑镇被彻底改造了，青年人正在用文明的精华和文明的垃圾冲击着马桑镇旧日的生活。

正是这时候，那批三年前还是十六七八岁的姑娘们已经到了如花妙龄，是找对象寻佳婿的时节了。马桑镇上和牛玉珍年龄相仿的姑娘少说也有二十几个。这些姑娘当中的百分之八十都被糖厂小青年娶走了。一时间，马桑镇上丰收了一批倒插门的女婿，糖厂房子紧张，青工的住房都在镇上姑娘家。牛玉珍是马桑镇上的“皇后”，自然成了糖厂青工们追求的对象，至少有十几个小伙子向牛玉珍献过殷勤，在某种程度上牛玉珍每晚上“当垆卖酒”也成了“工农酒家”买卖兴隆的原因之一。青工们尽管都想象着娶到牛玉珍这个桃花般艳丽的村姑的幸福，但最终获得胜利的竟是那个曾经活捉过牛阔成并在牛阔成屁股上狠踹了一脚的吴水。这件事的确有点出人意料，因为在一般人眼里，吴水这个流里流气的小东西实在不算是个好人。牛青早就看出了玉珍与吴水眉来眼去，曾经提醒过她：“玉珍，你嫁给个青工我不反对，但要选准了人。吴水不是货色，你当心上他的当。”

“哥，我的事不用你管。”

“我没管你，只是提醒你。厂里那么多有学问的小伙子哪个不比吴水强？吴水是个做饭的，模样也一般。”

“我也是个做饭的，你也是做饭的。”

“你看他那大鬓角，小胡子。”

“我喜欢。”

“他油腔滑调整天唱乱七八糟的歌子。”

“我愿听。”

有钱难买“愿意”，事情就是这么稀奇古怪。

牛玉珍爱上小青工吴水并非事出无因。事情恐怕要追溯到牛家父子到麦田里追氨水那天上午。那天，吴水作为第一个带“洋味”的小伙子形象闯入了姑娘的心头。他的懈里光当的做派，故弄玄虚的咋咋呼呼都给当时只有十八岁的牛玉珍留下了深刻的印象。吴水身上有那么一股美国西部牛仔的剽悍旷达之气。这般牛崽气使吴水明显区别于农村土头土脑的小伙子，使牛玉珍这个十八岁的少女心里升起一种朦朦胧胧的感情。这恐怕就是最早埋下的爱情种子。后来，吴水几乎每天光顾“工农酒家”，他的一举一动，他经常挂在嘴边的那首“好朋友再见，好朋友再见吧……”的南斯拉夫电影插曲都成了催发牛玉珍心中爱情萌芽的和风细雨。但事情发生质的飞跃还是在一个月光明媚的夏日的夜晚，牛玉珍在八隆河堤上乘凉，从槐树林里突然钻出几个小流氓来纠缠她。正当她吓得浑身乱颤、话也说不出来的时候，吴水不知是从天上掉下来的，还是从地下冒出来的，突然出现在大堤上。他三拳两脚打得那几个小流氓落荒而逃。她情不自禁地扑进了吴水的怀抱……这究竟是不是个骗局很难断定，但自从这一晚上之后，牛玉珍心中对吴水的爱情萌芽便迅速长成了爱情的大树。

牛玉珍爱上吴水，这对于糖厂青工和马桑镇的青年农民都是一个不大不小的震动。刘艳甚至找到牛玉珍进行过个别谈话，奉劝她慎重地对待恋爱婚姻问题。镇上的青年农民更是不满，他们互相埋怨无能，骂镇上的姑娘眼眶浅，不值钱，是农民阶级的叛徒。有几个心气高一些的小伙子甚至想分化瓦解糖厂姑娘的阵营，娶来几个青年女工作为对糖厂青年男工的报复。但这些努力很快变为泡影，因为青年女工们对马桑镇上的小伙子压根瞧不起，她们说："嘿，这些又土又洋的傻帽儿，想得怪美气。"小伙子们碰了钉子之后，联合起来去找牛青拿主意。牛青对他们说："当你口袋里揣着一个十万元存折的时候，她们就会像苍蝇一样来缠你。"从此，为"十万元"而奋斗就成了马桑镇青年农民的一个心照不宣的目标。

十二

这几年，镇上的酒馆饭店终于发展到了饱和的状态，各家的生意便相对萧条起来。于是，在经济法则的支配下，这些年轻的小店主们便或明或暗地展开了竞争。最先想出高招的是牛家兄妹酒馆对面的王臣。他买了一台四喇叭录音机，托糖厂小青工从上海、青岛等地灌回了一些港台流行歌曲；一到晚上，便开足音量大放，麻石街上回响着港台歌星如哭如笑、若说若唱的歌声。这一招果然有效，王臣的酒馆挤满了人，相对的牛家兄妹的酒馆便冷落下来。虽然牛玉珍自从和吴水谈上恋爱之后变得更加鲜嫩和洋气十足，但还是抵不住那荡魂迷魄的歌曲的魔力。这一段时间，牛家兄妹的经济收入降低了。牛青很快就托人去买了一只立体声带电脑的录音机，吴水为了换取牛青的好感，自告奋勇，托他在广州的大表哥给牛家兄妹搞来了几十盘香港原声磁带，这一下确把王臣给盖了。于是，牛家兄妹的生意又成了全镇最兴隆的了。

牛阔成自从洗澡事件之后锐气渐渐消减，除了偶尔还发几句关于糖厂与青工的牢骚外，对青年人的事已不是十分关心，连女儿与吴水谈恋爱的消息传到他的耳朵里时，他也只是一般地在口头上咋呼几句，表示他决不会忘记吴水踢青了他的屁股之仇之外，行动上并没有多少表示。儿子买回来这么一台录音机，营业时当然大放，不营业时，牛玉珍也反过来倒过去地听，吵得牛阔成昼夜不宁。他忍不住又提抗议了："青儿、珍儿，你们行行好，别放这些嚎丧的歌子了，我一听就浑身起鸡皮疙瘩。"

"爹，我也不欣赏这些低级下流的曲子，可有什么法子？这是竞争。"

"哥。你怎么也变成老保守了？这歌子怎么是低级下流的呢？多好听哪！"牛玉珍说着就哼唱起来："我的亲爹叫人害怕，他待我真够严厉哪，不许我游逛到天黑，不许我跟光棍少年玩耍，只要能使你小伙子高兴，我可不管爹爹他的话……"

十三

仅仅是一眨眼的工夫，八马公路躺在八隆河畔已是五个年头了，糖厂投产也已经三年了。

这是春天里的一个上午，时间是四月，天上飘着牛毛细雨，马桑镇上雾气濛濛，麻石街两侧的垂柳枝条低垂，一动不动。工农酒家院子里那棵花朵繁帔的老杏树也在时浓时淡的雨雾中沉睡，时而有一片两片花瓣儿无声无息地落在湿漉漉的地上。

这天，糖厂的机器没有开动，据说是一个耗子钻进了配电室，造成了严重事故，致使全厂停产。这突然的沉寂使马桑镇上显得沉闷压抑，人们都感到心里少了一点什么似的坐立不安。

工农酒馆里没有顾客，牛阔成一大早就跑到镇西头茶馆里跟老头子们下棋去了，店堂里只有牛家兄妹相对而坐，哥哥在按着电子计算器算账，妹妹在编织着一件色彩艳丽的毛线衣。

牛玉珍突然又感到一阵翻肠搅胃的难受，便跑到门外，哇哇地呕了几口，然后面色苍白地回到店堂。这种现象已经有些日子了。

“病了吗?”牛青关切地问。

“不舒服。”牛玉珍掏出小手绢沾着眼里的泪水。

“病了就去找医生看看,别拖着。”牛青疑虑重重地盯着妹妹说。

“哥……”

“嗯?”

“哥呀,我有了……”

“有什么?”

“孩子……”

牛青仿佛挨了电击。

“你干的好事!……是吴水的吗?”

“嗯。”

“小子,我饶不了你!”

“哥,你别去找他……是我愿意的。反正我早晚要嫁给他。”

“那你就快滚,别呆在家里丢丑!”

“怨我吗?怨老糊涂的爹,死活不同意我嫁给他。”

“这下谁也拦不住你了。”牛青沮丧地说。

“其实这也算不了什么事,吴水说,外国都这样。”牛玉珍按下录音机的按键,店堂里又响起了软绵绵的歌声:

喝完了这杯
请进点小菜
人生难得几回醉
不欢更何待……

“行了,别听了!”牛青捶着脑袋说,“我真混蛋啊!”

当天下午,牛青跑到糖厂宿舍,把吴水揪着耳朵拖出来,吴水吱吱哇哇地乱叫:“大哥,牛大哥,你要干什么?”

“跟我走,我有话跟你说。”牛青板着脸说。

"什么话？就在这儿说吧。"吴水心里有点发毛。

"跟我走。"牛青大踏步地朝八隆河堤走去。

登上大堤，牛青站住脚，等到吴水也气喘吁吁地爬上堤来，对准他的脖子就是一拳。吴水一屁股坐在地上。

"牛大哥，你干嘛抬手打人？"

"小人，别跟我装糊涂！说，你是怎么欺负我妹妹的。"

"嘿嘿，我以为啥事哩，我们不过是玩玩罢了。"

"她怀孕了！你这个混蛋！"

"怎么会呢？"

"吴水，我就这么一个妹子，她是我从小背着长大的……你要是敢甩了她，我跟你有算不清的账。"

"大哥……你说怎么办？"

"你们赶快结婚！"

"厂里没房子……"

"我出钱帮你们盖。"

"多谢大哥成全。吴水要是有个三心二意，天打五雷轰！"吴水得意地跑了。

雨渐渐大起来，八隆河深蓝色的水面迸开无数银色的小小水珠，不时有一条银色的鲢鱼跃出水面，溅起一簇簇小浪花。牛青木木地站在河堤上，雨点打湿了他的衣服，打湿了他的头发。他目光阴郁地漠视着蒙在雨帘中的马桑镇，漠视着糖厂高大的烟囱冒出的团团黑烟，那些黑烟凝成一团重浊的烟云，笼罩在镇子上空，久久也不消散。

十四

当天晚上，工农酒家大门紧闭，不少想到这儿打发雨夜寂寞光景的青工吃了闭门羹。雨丝横飞过来，抽打着那块白底黑字的店牌，水珠儿顺着牌子扑簌簌地滚下！

“牛掌柜，开门哟！”

“比兰德拉王后，开门哟！”

几个小青工在门外狂呼乱叫。然而，回答他们的只有淅淅沥沥的雨声。青工们无奈，只得挤到对面王臣的店堂里。王臣店里铺面窄小，几十个人挤得满满登登，满地都是鞋底沾进来的烂泥，屋子里烟雾腾腾，空气混浊。王臣那几十盘破旧磁带早已磨损得不像样子，发出一阵阵“嗤嗤啦啦”的声响，像一个老太婆在上气不接下气地喘息。坏天气使人心情郁闷，听腻了的歌声加重了人们的烦躁，有几个小青工竟为了点鸡毛蒜皮的小事抡起拳头来。

但正在这时候，从对面工农酒馆里突然传来了一阵委婉动听的民间音乐。这是二胡在独奏。起初那几个旋律有点枯哑生涩，像是因为蟒皮受了潮，又像是乐师手法生疏，但很快，曲子就明亮发脆了。雨天气压低，乐声被压迫得只能贴着地面飞旋。一个青工走上前去，关掉了录音机，于是，那民间音乐便一无遮拦地飞了进来。这是一种什么样的曲子哟，颤颤巍巍，洋洋洒洒，忽而亢奋，忽而低沉。这使那些被一唱三喘气的歌子把耳朵磨起老茧，心里长满了绿锈的年轻人们顿觉耳目一新，那一只只迷迷瞪瞪的眼睛通通放出了亮光。

第二天晚上，绵绵的春雨停了，大块的云团在空气中飘动，一钩新月挂在八隆河堤岸的槐树梢上。工农酒家依然没有开门，青工们千呼万唤也无人答应，只好再到王臣酒店里坐着等那音乐再次出现。他们没有白等，但这天晚上传出的已不是二胡声，而是急雨般的琵琶声。

第三天晚上的唢呐声使几个感情脆弱的小青工鼻子溜溜地酸。

第四天晚上笛声清脆，箫声呜咽。

人们听着音乐，越来越感到陷入重重迷雾之中。工农酒家发生了什么事情呢？连续几天颇赚了几个大钱的王臣更是百思不得其解。牛青这个精打细算的家伙，难道突然发了神经？放着钱不捞，却捣鼓起这些丝竹老古董来了。自从工农酒馆开张以来，谁都没听过他的音乐，他的音乐才能几乎都被人忘记了。

不久，镇上就传开了牛玉珍即将和吴水结婚的消息。牛青托马支书从中斡旋，买下了镇西头余寡妇那三间多余的房子，并请人修缮粉刷。这简直是爆炸性新闻，震动得镇上人晕头涨脑了。好几天，人们猜不透比花岗岩还要坚硬的牛阔成怎么会妥协让步，把女儿嫁给不但踢青了他的屁股而且像颗怪味豆一样的吴水，后来，几个目光锐利的大嫂揭开了谜底，她们发现牛玉珍那变化了的腰身和脸上出现的古怪花纹，断定牛玉珍已不是个姑娘，而且肚里已经有了"文章"。这些都作为丑闻、要闻使全镇家喻户晓。糖厂姑娘也知道了这件事，她们的心情很复杂，很惶惑。刘艳想起五年前她在牛家院子里和玉珍的谈话、玩笑，想起了牛玉珍天真地做着"糖厂工人"梦，以及后来当真来托她说情想进糖厂当个工人的事，她还想起了下河洗澡，想起了流行音乐……她好像看到了一条河……

十五

生活的魔方真是变幻无穷。如果现在到马桑镇上去，即使顺着麻石街走上十个来回也找不到那家酒馆了。现在，麻石街上最有名的是一个"民间音乐酒家"，薄利多销，生意相当兴隆。

牛玉珍结婚之后又搬了回来，她已经是个标准的大嫂子了。她和吴水生的那个狗崽子一样调皮捣蛋的儿子满店堂乱窜。看门的牛阔成老汉不得不经常抓住他，叮嘱道："老实呆着，别打扰你舅舅演奏。"

店堂正中，皮鞋晶亮，裤缝如刀的牛青正在屏气息神，酝酿感情，为他的听众表演。马支书已被撤了职，他也经常挤进店来，眯缝起胖成一条缝的眼睛如醉如痴地听音乐。有时候，听着听着他就打起呼噜来，哈拉子挂在下巴上，像春蚕吐出的丝。

如果在马桑镇街上走，也许能碰到吴水。他还是大鬓角，喇叭裤，只是像个大人了，他是个做爸爸的人了。

如果你常到“民间音乐酒家”来，也会发现，新近升任了糖厂团委书记的刘艳还是常常来牛青家，说是找玉珍玩。但又多半在那儿听音乐。也有人猜说她和牛青的事，不过似乎没什么进展，不知因为什么。

如果你感到这一切都无多大意思，那么你到八隆河堤上去看流水吧。如果时令是五月初，河堤上槐花凋谢，水面上仿佛落了一层雪，使你看不出河水在流动哩。

1983年9月于延庆

野　种

身体高大但骨肉疏松的渤海民工团"钢铁第三连"指导员命令两个青年夫子把父亲捆在一棵大桑树上。这是 1948 年初冬，黎明前最黑暗的时候。天亮后，父亲看到桑树被饥饿的人们剥成了几乎裸体。两个青年夫子一个叫刘长水，另一个叫田生谷，都是高密东北乡人，父亲看着他们眼熟，但叫不出他们的名字。他们两位对余豆官这个土匪种却很熟悉。父亲虽然比不上爷爷大名赫赫，但也算得上东北乡的传奇人物。听到指导员的命令后，两位夫子脸上在黎明前的晦色里露出了一些朦胧的难色，手下的事儿干得不太迅速。指导员拍着盒子枪的木匣，哑着嗓子训斥他们："磨蹭什么？动老乡观念了？快捆，捆结实！"

指导员说话带着浓重的莱阳、海阳口音，他身体有病，哈着腰，经常咳嗽、吐痰。父亲在晨光中发现了他牙齿的闪光。

两个民夫一左一右紧着绳子，把父亲的身体与桑树捆在一起。他狡猾地鼓足着力气，抵抗着绳索的侵入，为的是松气时绳子松弛些。清冷的空气使绳索僵硬，索上的细刺像针尖一样刺激着他的皮肤，他感觉到自己的皮肤热度很高，头眩晕，鼻子胀得厉害。捆绑完毕，两个夫子退到一边去。指导员不信任地斜了他们一眼，走上前来，检查捆绑的质量。父亲赶忙挺胸鼓腹，让绳与肉紧密咬合。指导员用残手上的两个相依为命的指头往绳与肉之间插，插得父亲肋骨奇痛。插不进去，说明捆得紧，绑得牢，捆绑质量很高。他满意地对两个青年夫子哼了一声。他恨恨地对父亲说："小王八羔子，看你还怎么跑！"父亲听到指导员说话时肺里有重浊的杂音，还嗅到了他牙龈发炎的味道，父亲心里升腾起蒙骗得逞的愉快，只要一松气，绳子与肉皮之间就有了间隙。

天有些白亮了，离桑树一百米的民夫连宿营地里，传来毛驴嘶咬的声音，寒气逼人，驴声显得暖烘烘热乎乎，驴声里有驴的胃里泛上来的草料味道。一个黑瘦的人从那边过来。父亲认出了他是连长，看到了他披着的那领日本鬼子军大衣。

"抓回来了？"连长问。

"抓回来了，"指导员说，"这兔崽子，腿下好生利索，要不是我打瘸了他的腿，非跑了不可！"

父亲突然又感觉到腿肚子枪伤的疼痛，不是指导员提起这疼痛不明显，他庆幸子弹未伤着腿骨，暄肉伤，好得快，伤了骨头可就毁了。

连长凑上来漆黑发亮的生铁脸，用两只细细的冷眼盯着父亲看一阵，然后，猛挥起钢硬的巴掌，扇了父亲的鼻子。"混蛋！"连长说，"非毙了你个狗杂种不可！临阵逃脱，还是什么土匪种呢！"父亲鼻子一阵酸麻，刚想呜呼叫喊，就感到四股热乎乎的液体在脸上流，两道泪水，两道鼻血。他无法擦拭脸膛，心里憋闷，便呸呸地啐着嘴里的咸滋味，骂道："你妈的连长！共产党还打人？"

连长又挥掌在父亲的鼻梁上加了一下工，回骂道："共产党不打好人！"

父亲知道斗嘴不是好法子，除了落得皮肉受苦外，什么好处也捞不到，于是便闭了嘴巴，低下了头。

连长劝指导员回营地休息一会儿，并命令两位青年夫子严格看守父亲。刘、田二位各肩着一杆解放军正规部队淘汰下来的老汉阳步枪，诺诺地答复着连长的命令。连长和指导员一高一低向宿营地走去，指导员咳得很厉害，他是正规军的一等功臣，因病转到地方。刘与田披着破棉袄，黑色牛皮腰带上插着一颗木柄手榴弹。太阳在东边烧起一团火，照着荒凉颓败的村庄里的断壁残垣、朽木枯株和干萎的蒿草，草茎上结着白霜。刘、田二位眉上有霜，他们的黑脸膛遭到太阳光照，黑红黑红，犹如怪异的葵花。一股乳白色的热气从他们的嘴巴里喷出来，已经是农历的九月底，秋天结束了，父亲心里一片凄凉。刘长水打了一个哈欠，身体有些晃荡。他对父亲说："余豆官，都说你是个生死不惧的好汉，跑什么？民夫连死人的机会不多呀！"

父亲白了他一眼，没说话，他的心里很不愉快，被人曲解为怕死鬼，是莫大的耻辱，但他没有辩解。

田生谷说："你这小子，害得我们一夜没得安生。你跑什么？不知道队伍等着吃粮？待会儿怕要枪毙你了，有什么要往家里捎的话，跟我们说说吧，孬好是乡亲。"

父亲说："你给我把脸上的血擦擦，别让我这样鼻眼不清地挨枪崩。"

田生谷跟刘长水交换了眼神，疑虑重重地说："余豆官，你不会趁着我给你擦鼻血时机咬掉我的手指头吧？"

父亲忍不住笑起来，他自然不知道脸上的笑容怪模怪样，令两个年轻夫子胆寒。他们互相推托着，谁也不敢冒风险。父亲愤怒地说："别他娘的推托了，不用你们擦了！"

田生谷怔怔，似乎有些不好意思，支支吾吾地说："豆官，不是我不给你擦，是你太厉害，村里人都说你在日本用牙咬死了一头狗熊，看看你，一口那么结实的钢牙。"

父亲说："别啰嗦了，我不用你擦了。"

田生谷从破棉袄的洞眼掏出了一团肮脏的棉花，小心翼翼地靠近父亲，马马虎虎地揩了他脸上的血，又掏出一小团棉花，撕成二份，搓成两个小球，堵住了他两个流血的鼻孔。

这一堵使父亲本来就发胀的鼻腔更胀得厉害，他嘟嘟哝哝地说："你想憋死我吗？快把棉花拿掉！"

田生谷说："老余，我好心被你当成驴肝肺，堵着怕你流血哩。"

父亲说："我血多，流不光，你快点弄掉吧，憋得我脑袋瓜子都发晕了。"

田生谷把棉花球儿从父亲的鼻孔里掏出来，厌恶地扔在地上。地上已经十分明亮，一粒黄铜弹壳儿闪烁着柔和的光辉。刘长水打了一个喷嚏，然后用明晃晃的袄袖子擦了擦嘴巴，说："老余，你还记得与你一起在大洼里打狗的德治吗？他是我小叔叔。"

父亲打起精神，观察着刘长水瘦巴巴的脸，努力从沉沦的记忆里寻找着少年时英雄伙伴的面孔，他的脑子里浮现出那个初冬阴霾的天空，天空下翻滚的潮湿烟云，烟云笼罩着的高粱地，墨水河低沉的呜咽，尖利的东风，疯狗的咆哮与喘息，手榴弹的清脆爆炸声，一一在他的耳畔轰鸣。腐臭尸首的味道、乌鸦粪便的味道、硝烟火药的味道、"二百二"药水的味道，伴随着声音和图像，通通涌上他的心头。在这纷沓的诸多感觉中，终于缓缓地涌出了那个黄脸皮、黄眼珠的瘦长少年的形象。他是为掩护父亲和母亲冲入狗阵拉响了两颗手榴弹与一群疯狗同归于尽的，那猛烈的爆炸声和淡薄的硝烟以及缓缓飞起的人与狗的破碎尸首合成一股力量，猛烈一击，使父亲心脏紧缩，随即下体一阵难以名状的剧烈痛楚，那只残存的、非常发达的"雀蛋儿"紧紧地缩上来。以后的岁月里，每当他思念倩儿——我的母亲时，就要爆发这种痛楚。

父亲感激地望着民夫刘长水的脸，呢呢喃喃地说："德治是你的小叔叔？你那会儿躲到什么地方去了？"

刘长水低沉的回答淹没在嘈杂的人声里，一百米外的宿营地在红太阳下乱糟糟地动起来，数百名民夫从车子底下、从用破油布搭起的遮霜棚下钻出来，连长挺着胸脯，亮着眼睛，吹一只铁皮哨子，尖厉的哨音从数百个身体发出的交响里高高地拔出来，像海鸥在海浪上鸣叫。几十头毛驴也莫名其妙地亢奋起来，它们婉转多曲折的叫声把哨音彻底淹没了。

父亲充当民夫一个多月，第一次脱离了连队，成为一名狼狈的旁观者。他看着繁忙的人们，心里浮起一种酸溜溜的感情。民夫们有的整理车辆，有的去街边的水井打水。父亲看到刚出井的水冒着稀薄的热气，口渴的驴对着水桶喷响鼻。后来炊烟升起了，连长吹哨子集合起二百名民夫，让他们排着队，走到父亲面前来。刘长水小声对父亲说："伙计，你的死期到了。"

父亲亲切地注视着迎着朝阳走过来的民夫连，丝毫也没感觉到恐惧。他坚信死神降临之前，总会有些特殊的感觉，但现在什么感觉也没有，一切正常。他用挑剔的目光看着逼近的队伍，嘲笑着他们凌乱不齐的步伐和庄稼人的各式怪模怪样的步态。尽管受过正规训练的指导员哑着嗓子喊口号，但民夫们的脚照样各迈各的，不踏点上。队伍行进到离大桑树五步远时，指导员喊了"立定"的口令，队伍却立不定，好像惯性难收，一群熟悉的面孔凑上来。父亲不愿意看他们，便放远了目光。宿营地那儿还留下几个人，有持枪站岗的，有埋锅造饭的，有打水饮驴的，荒草几乎淹没了街道，村子里的人好像死光了。

指导员大声说："同志们，我们民夫连虽然不是正规部队，但也和正规部队差不多，现在淮海战役已经打响了，前线部队需要粮食，我们大家都努力前进，争取立功。但是，十个指头不齐，一粒耗子屎坏一锅粥，余豆官昨夜开小差，妄图逃跑，被我们抓回来了！我们是受过军区首长表扬的支前模范连，是渤海民工团的光荣，在我们的连队里，能容忍这样的怕死鬼软骨头吗？"

指导员等待着民夫们的怒吼，民夫们却紧紧地闭着嘴，没有一个人吭气。他继续进行宣传鼓动，想煽起人们对贪生怕死者的愤怒，便不惜将各种侮辱性的名词扣到父亲的头上。

民夫们依然不吭气。

连长沉不住气了，高叫道："你们说，像这样的逃兵该不该枪毙？"

民夫们低垂着头，谁也不吱声。

父亲被指导员骂得十分窝火，便昂起头，大声说："他妈的痨病鬼子，别嗷嗷了，要砍就砍，要毙就毙，余豆官要是装了孬熊，草鸡了，就不是余占鳌的儿子！"

连长说："好小子，倒嘴硬起来了，既然连死都不怕，为何临阵当逃兵。"

父亲说："我没有当逃兵。"

指导员说："没当逃兵蹿出了十几里，不是追得快，你这会儿到临沂了。"

父亲说："我有夜游症。"

连长笑起来，说："小子，倒挺会找借口。夜游的方向还挺准确，你怎么不往南游呢？"

父亲说："你们放了我，今天夜里我就往南游。"

指导员说："没那么容易。"

父亲叹了一口气说："随你们便吧，反正我不怕死。"

指导员从队伍中把父亲的搭档王生金拽出来，让他作证。王生金是个结结实实的中年人，与父亲共同负责一匹黑叫驴，一辆载着六百斤小米的木轮车。指导员问："王生金，你来证明，余豆官有没有夜游症？"

王生金低着头，父亲看不到他的脸，单看到他那两只通红的大耳朵和他头顶上乱蓬蓬的花白头发。

指导员推了王生金一把，说："说话呀，你聋了还是哑了？"

王生金的身体晃了一下，那只头垂得更低，两片耳朵更红。

连长骂道："混蛋，你不说话连你也毙了！"连长的脚伴随着骂声踢到王生金的屁股上，王的身体往前一扑，趴在了地上。连长揪着他的衿领子把他提拎起来，他仍然把下巴紧紧地抵在胸脯上。连长用屈起的膝盖顶了一下他的尾骨，他的肚腹往前一耸，一串小孩子般的尖细哭声从这个四四方方的大汉子喉咙里断断续续挤出来。

指导员生气地说："你还有脸哭，没打你没骂你，哭什么？"

父亲说："行了，痨病鬼子，别糟蹋老实人啦，要毙就毙了我吧，别让乡亲们站在这儿遭罪。"

"你倒仗义起来了，"指导员咳嗽着说，"我们不能枪毙一个有夜游症的民夫，也不能不枪毙一个谎称夜游实想逃跑的坏蛋！"

不知不觉中天色更加明亮了，村子里棵棵没皮的树在各自的位置上可怜巴巴地闪着白光，野灶里火色金黄，一个民夫正把一口袋暗红的高粱米倒进沸水翻滚的铁锅里，一定是溅起的沸水烫了他的脸，父亲远距离地看到他脸上的怪模样，忍不住笑了。一群瓦蓝羽毛的乌鸦大着胆子在宿营地上乱杂飞一阵，一窝蜂抢下，落在运载军粮的车上，坚硬的嘴啄击米袋，担任护卫的民夫轰赶不迭，乌鸦聒噪成一片云。父亲说："快去打乌鸦呀，你们手中的枪是干什么吃的？"

连长和指导员向前跑几步，掏出匣枪，呼喊着："闪开闪开，别误伤了你们！"

守护粮草的民夫听到喊叫，慌忙避到一边卧倒在地。连长和指导员又往前冲了几步，便跪在地上开了火。清脆的枪声使父亲精神抖擞，血液循环加快。他看到亮晶晶的弹壳翻着筋斗在空中飞行。乌鸦们惊飞起来，有一只似乎受了伤，在地上打扑棱。群鸦哇哇怪叫，一头黑驴跌倒了。有人喊："坏了，死驴了！"队伍一哄而散，跑向宿营地，想看看是谁的驴遭了枪子儿，连奉命看守父亲的刘长水、田生谷也忘了使命，提着大枪跟着人群跑走。趁着这机会，父亲用力收束身体，挣脱一只胳膊，然后挣脱出整个身体。他自由地站在树下，看着可怜的桑树，肚里涌起饿的浪潮。腿上的伤口结了个血疙瘩，一动又开了裂，渗出血。他挽起裤腿，抓了一把浮土，按在伤口上。宿营地里，传来王生金那特有的婴孩哭声，父亲猜到，是他与王共同管理使用的那匹黑叫驴被打死了。他仿佛闻到了驴肉的香味，便大摇大摆地走过去。

父亲分拨着民夫的肩膀，喊叫着：“闪开，闪开，让我看看，让我看看。”

他的双手铁钳般有力，遭捏的肩膀都赶紧缩到一边去。他看到黑叫驴头颅上中了一弹，虽然四蹄还在打鼓点，但头上已流了半斗血，注定是不中用了。王生金手摸着驴肚皮哭叫：“我的驴——我的驴——”

父亲弯腰抓着王生金的肩膀，把他扶起并安慰道：“老王，别哭了，死了好，死了吃驴肉，你忘了人说‘天上的龙肉，地上的驴肉’吗！”

王生金抓了父亲一把，骂道：“都是你出的坏主意，让连长指导员开枪打乌鸦，乌鸦没打死，倒把俺的黑驴打死了！”

连长和指导员突然醒过来似的，用枪指住了父亲，两个人一齐喊：“不许动，动一下就毙了你！”

父亲说：“你们毙了我干什么，怨你们枪法不好，怨我吗？”他尖锐地批评连长和指导员的射击技术，好像一位班长批评两个战士。他说指导员右手有残。用左手射击，打不准有情可原，可你连长双手不缺一个指头，竟然指鸦打驴。怎么回事？你们笑什么？原来连长左手有一个骈指。十一根手指打枪不准，还好意思骂我，看我给你表演一下，他说着话就把连长手里的枪拿过来，动作随便自然，没有半点矫揉造作，连长没有丝毫不愿意的表示，众人也没感到有什么别扭的地方，父亲拉开连长的枪膛，对着阳光看了看，又摸了摸枪口，不屑一顾地说：“老掉牙的货，扔到街上也没人捡，当年我爹那只德国镜面儿，那是啥成色，一勾机嘎嘎地叫，小公鸡一个样儿，那才叫枪！”他说着，又把指导员的枪一把夺过来，指导员怪叫一声，一阵剧烈的咳嗽使他弯下腰。

指导员吐出一口血，焦黄着脸挺直腰板，愤怒地看着父亲。父亲一手提一只盒子炮，吃狗肉长大的身体挺拔修长，犹如一棵黑松树。他疤痕累累、结结实实的脸上挂着小流氓一样的傲慢笑容。指导员咬牙切齿地说：“狗杂种，把枪还给我！”

“还给你?”父亲狡猾地笑着说:“还给你干什么,让你枪毙我?”

连长仿佛从梦中醒来,黑脸吓得煞白,双手上的指头打哆嗦,左手大拇指后那根红红的小骈指抖得尤其厉害。

父亲抬臂开了两枪,左手一枪,右手一枪,空中有一只乌鸦中弹落了地。他说:“连长,你这支破枪的确不拿准了。”他拿枪的姿势老练极了,谁要想空手夺枪,大概只有吃枪子的份儿。连长可怜巴巴地说:“余豆官,我们不枪毙你了,把枪还给我们吧!”

父亲说:“我才不上你的当呢,前边我给你枪,后边你就把我给毙了。”

连长说:“决不,我对天发誓。”

“你甭发誓,发誓我也不信。”父亲说。

指导员严厉地说:“余豆官,你太猖狂了!”

父亲说:“指导员,你有病,别气坏了。”

指导员又咳出一嘴血。

连长说:“豆官,我们谈判一下,你把枪还给我们,我们放你回家。”

父亲说:“不不不,我还想把这车军粮给解放军送去呢。马上就到徐州了,我十里路走了九里半,跑回去落个临阵逃脱多不光彩?”

连长说:“你有这样的想法实在是再好也不过了,可枪要还我们,否则情况来了怎么办?”

父亲说:“枪我替你们背着,没有情况要枪也没用,有了情况你们有枪也不会用,还是我背着保险。”

连长还要说,被父亲喝住了:“连长,你再啰嗦我可要背着枪走了。”

连长望了一眼指导员,无可奈何地说:“那就依你吧,不过男子汉说话要给话做主,你要完成任务。”

父亲说:“放心吧连长,我说不跑就不跑。”

王生金还跪在地上摸弄着驴肚子淌眼泪,连长不耐烦地说:“别哭了，不就是一头驴吗?”

王生金泪眼婆娑地说：“连长哇，俺家里拉犁推磨可全仗着这头驴啊!”

连长说：“知道知道，我也不是故意打死它，还不是为了护军粮?要是国民党打回来，你们的地都要还给财主，有驴也没用是不? 这么大的人民战争，谁家也得牺牲点子利益是不?”

王生金不流泪了，但依然哭丧着脸。父亲把两只盒子炮插在腰里，对连长说：“伙计，我看你这个连长不称职，干脆我替你当了，指导员病得厉害，也别管事了。”

连长说：“不行不行，我们是县委任命的干部，怎能随便让给你!”

指导员气得再一次口吐鲜血，他举着一只胳膊说：“你……太放肆了……”话没说完，就晕了过去。

父亲拍拍腰间的枪，大声说：“弟兄们，现在我就是连长兼指导员啦，没本事的给有本事的腾地方，从古到今都一样。眼看着就要过年了，天一天冷似一天，弟兄们听我指挥，快马加鞭往前赶，完成了任务回家过年，你们拥护不拥护?”

民夫们看看晕倒在地的指导员和气急败坏的连长，个个脸上都是六神无主的表情。

父亲说：“别怕他们，他们腰上不挎盒子炮，连个民夫也不如，我可是双盒子!”

刘长水和田生谷等十几个持枪的骨干分子简单交谈了几句，定下了主意，刘说：“豆官，说一千道一万，能早一天把军粮送上前线就是好汉，就是共产党的好民兵，我们暂时拥护你吧。”

民夫们见带枪骨干表了态，便纷纷说：“我们也拥护你，早完成任务早回家。”

父亲高兴地跳起来，他发布命令一连串：把被乌鸦啄破的米口袋补好，不许漏掉一粒米。把王生金车上的米袋卸下，匀到其他的车上。把那匹死驴开膛破肚剥皮剔骨分肉，立即下锅，搜集干柴点起烈火煮肉。每个人检查自己的车辆和毛驴挽具，该上油上油，该修理修理。谁敢违抗命令，轻罚割掉一只耳朵，重罚割掉两只耳朵。父亲指着连长和指导员对众人说：“我不像这两个家伙那样混蛋，动不动就要枪毙人，本官开明，废除死刑！”

民夫们积极执行父亲的命令，营地热闹非凡，所有的人都在忙碌，惟有三个人不动，他们是：王生金、连长、指导员。父亲说：“王生金，你的车子空出来后，推着指导员，他不能走路了。”王生金因为死了亲爱的驴心里不痛快，气呼呼地说：“我不推！”父亲说，“不推割耳朵！”王生金说：“好吧，我推，可我的驴怎么办？”父亲说，“老王，放心吧，我保证帮你弄匹骡子。”王生金倔着说，“我不要骡子，我就要驴。”父亲说：“多一根指头，甭嗤哼鼻子，王生金推车，你拉车，当驴吧。”连长说，“我不干！”父亲说，“你再敢说个不干？”连长说，“我不干不干就是不干！”父亲从王生金腰里拔了刀子，试试刃口，嫌不快，招呼来一个持枪民兵，借了他枪上的刺刀，放到鞋底上蹭了蹭，笑着，逼近连长，问：“干不干？”连长说：“不干！”父亲飞起脚，把他踢翻在地，连长不及爬起来手脖子已被踩住，父亲迅速一刀，就把他手上那只颤颤悠悠的小骈指旋掉了。连长哀号了一声。父亲抓起一把土，按在连长手上，然后退到一边，看着连长爬起来。连长爬得很慢，他嚎啕大哭着，不知是悲是怒。那根怪模怪样的骈指在枯草上哆嗦。民夫们围上来观看，父亲高喊：“弟兄们，我给他动外科手术了，我是天下第一的外科医生！”

父亲的自吹自擂引起一片笑声。父亲说连长：“你还哭，哭什么？你该谢谢我，没有了这个鬼指头，能找个俊媳妇，多一个指头，谁跟你？嗯，谁跟你？”

连长捂着手跳起来，骂道：“豆官，我操你的娘，你这个土匪野杂种！”

父亲提着刺刀，笑嘻嘻地问：“拉车不拉车？”

连长说：“拉！拉！虎落平川遭狗咬！”

父亲一点也不生气，把刺刀在衣服上擦擦，还给那民夫。

驴肉的香味渐渐弥漫出来，枯草上的白霜开始融化，太阳一竿子高了。

……

自从父亲靠流氓手段篡夺了民夫连的领导权之后，严肃而呆板的连队变得生龙活虎、调皮捣蛋，这变化类似一个死气沉沉的中年人变化成一个邪恶而有趣的男孩子。父亲从九十九匹毛驴中选择了一匹蛋黄色的小母驴作为自己的坐骑，又把刘长水和田生谷抽调出来作为自己的专职随从，号称“驴前田生谷”、“驴后水长刘”，跟岳飞的“马前张保、马后王横”一样。田与刘原先负责的那辆木轮车上的六百斤小米，匀到别的车辆上，木轮车扔到路边了事。每当车队行进时，父亲就骑着毛驴，带着刘、田，一刻也不停息地，从队伍前头跑到队伍后头，又从队伍后头跑到队伍前头，他们一边跑一边咋呼嚷叫着时而荒谬绝伦时而又严肃认真得要命的顺口溜，鼓动着夫子们的情绪，几天下来，刘与田嗓音嘶哑，脚上起泡，说这随从的活儿比推木轮车还要累，想辞职不干。父亲说：不干割耳朵！刘、田摸摸耳朵，到底舍不得，只好继续驴前驴后跟着跑，跟着嚷叫。其实，最倒霉的不是刘、田，而是父亲胯下那匹小母驴。

如前所述，那匹小驴子是蛋黄颜色，这种颜色高贵温暖，是堂皇的帝王之色，打死染匠也染不出来。世上毛驴千千万万，但具有如此纯正蛋黄色的，天下惟此一匹，怪不得父亲放着那么多身材高大、腿蹄矫健的大公驴不骑，单骑这匹小母驴。她除了色泽高贵外，还具有性格温顺、善解人意、脉脉含情、忍辱负重等宝贵品质。她生着两只铜铃大眼，两只柔软的大耳朵，一根粉红湿润的鼻梁，还有两片柔软多情的嘴唇，四只小蹄子端正秀丽，没有一点好挑剔了。这匹驴毫无疑问是驴群之花。她经常用水灵灵的大眼盯着父亲看，父亲头朝下立在她的眼睛里。她伸出舌头舔着父亲的手，好像随时都要开口说话的样子。父亲不是傻瓜，自然非常深刻地感觉到了小毛驴对自己的深厚感情，他陷入一种矛盾心境：既盼望着骑她，又担心自己长大沉重的身体压折了她的脊梁骨。这矛盾一直延续到横渡冰河那天才结束。

在父亲英明又混账的领导下，民夫连的士气调皮地高涨着，运粮车队的前进速度日益加快。由原来的日行三十里四十里，进步到五十里六十里七十里，阴历十月二十六日这一天终于达到了八十里。前线日益逼近，火药的味道越来越浓，道路也愈来愈不成道路，有时不得不在收割后的泥泞稻田里挣扎前进，人和驴通通遍体臭汗，气喘吁吁。傍晚在一条河边宿营时，有一个老太婆前来讨饭吃，父亲问她说离贾家屯还有多少里，她说离贾家屯还有九十里路。贾家屯是距前线最近的华东野战大军粮草储运站，也是民夫连此次艰难行程的目的地。

父亲蹦了一尺高，翻了一个筋头，站定，用他永不嘶哑的钢嗓子吼叫："弟兄们，听着，离贾家屯还有九十里，明天晚上，我们就赶到了！"

刘长水和田生谷也扯着破嗓子吼叫，父亲的小母驴积极响应号召，高声鸣叫，是花腔女高音；四蹄弹动，是非洲踢踏舞。卸了套的毛驴们齐声叫，民夫们齐声喊，沉沉暮色里，河边一片欢腾。

……

这一夜父亲难以入睡，他躺在一堆稻草上，仰望着漆黑天幕上的耀眼星辰，编织着明天的鼓动词儿，最后的一天是最艰难最光荣的一天，决不能马马虎虎，鼓动词儿要精彩、通俗、有嚼头，要解饥解渴忘疲乏，编一套不容易。编着编着他眼皮粘涩，开始犯困，挥挥手，心里想去他妈的明天再编，他相信自己是具有即兴创作的天才。南方传来沉闷的爆炸声，地平线上闪烁着翠绿色的镁光，一声声滚成团，一簇簇连成片，随即是暴雨般的枪声和隐隐约约似有似无的吼叫声。他翻身爬起，血液升温，心跳加剧，两排牙齿下意识地摩擦着。南边正在激战，令他兴奋。父亲对大规模的战争有着强烈的兴趣也有着淡淡的恐惧，他虽然从小就跟着爷爷玩枪杀人，基本上不畏生死，但对于这种集团大战不太适应。父亲成为一名出类拔萃的战士，在淮海战场上、在渡江战役中、在朝鲜战场上建立功勋，那是后事。他的成功得力于他的素质。名震四海的粟司令夸奖他是“天生的战士”也是后事。现在，他从稻草堆上爬起来，站在河边遥望战场。父亲后悔自己恋家从队伍里逃出来，误了这场大热闹。半边天都被打红了呀，不合时宜的南风把战场的扑鼻香气吹过来，父亲紧张不安地抽搐着鼻孔。他感到有一股热烘烘的气喷到了自己冰凉的手上。

蛋黄色小母驴千言万语地舔舐着父亲的手掌，她的眼睛被火与星照耀，在河边的黑暗中，闪烁着奇光异彩，宛若最杰出的宝石。父亲转过身来，用另一只手摸着她的耳朵，拍打着她的额头，亲切地对她说：“小黄花鱼儿，你吃饱了没？这软绵绵的稻草不对胃口？将就着点儿！赶明儿见了解放军跟他们要谷草吃。”小母驴摇着尾巴，放了一个很响的很长的屁。

父亲与毛驴说话的时候，民夫们大半站起来，看南边的光景。河里的凉气侵上来，父亲感到股间紧张，那个独蛋儿上缩疼痛不太严重。火光断断续续地映亮河面，河水湍急，呈现灰白的光芒。听说东边有座木桥，但愿它没被炸掉。父亲很忧虑。他听到田生谷在旁边压低嗓门说：“大哥，咱去送粮食还是去送死？”

父亲说：“粮也送，死也送。”

田生谷说：“大哥，天地广大，咱跑了吧。”

父亲拧住他的耳朵，低声说：“胡说。”

田生谷说：“松手吧，大哥，我跟着你就是。”

父亲突然跨上小毛驴，在民夫们中间串来串去，他说：“弟兄们，睡觉吧。”

民夫们说：“俺睡不着。”

父亲说：“睡不着就别睡了，都起来，赶路。”

一个民夫道：“黑灯瞎火，人困驴乏，怎么赶路？”

父亲骂道："那就睡觉，谁不睡就枪毙。"

民夫们纷纷躺倒，独有两个人不躺，一个是连长，一个是指导员，被父亲一顿象征性的拳脚打倒。这两个人被剥夺了领导权后，基本上没捣乱。指导员虽然坐在专车上，但病势日益沉重，天天咳血，脸像金纸一样。连长拉车还算卖力，充分表现了共产党员能上能下、不计较个人得失的风度。被打倒后，指导员一声没吭，连长低声咒骂。父亲说："十一指子，别嘟哝，等把粮食运到，我就把你的破枪还你，连你的破官。"连长说："你最好现在就把连长和枪还给我。"父亲说："没门，你能领着车队一天赶九十里路？"连长说："我能！"父亲说："吹牛，别嘟哝，再嘟哝我骟了你的蛋子！"

连长怕骟蛋子，不再吭气。父亲骑上毛驴，一手提一只盒子炮，沿着宿营地来回走，驴蹄弹打冻地，发出"得得"脆响，节奏分明，成为父亲所唱催眠曲的节拍。父亲——他的嗓音高亢油滑是泥鳅与鳝鱼交配产生的音乐形象——

解放军在前边打大仗
等着吃咱车上的粮
睡觉是为了送军粮
谁不睡觉操他娘
榴弹大炮隆隆响
天明咱去送军粮
睡不醒觉走不动
谁不睡觉操他娘
老余俺口才天生强
驴尾诌到马腚上
一千里咱走了九百九
谁敢装熊操他娘
……

民夫们在父亲的动人心魄的歌声里，忍受着地上的潮气，忍受着饥饿寒冷和对明天的恐惧，哆哆嗦嗦进入梦乡。宿营地里，一辆辆木轮车下，响起了痉挛的鼾声和甜蜜的呓语。

小母驴羞涩地趴在了地上，她为心上人的粗鲁野蛮甚至直指她的羞处不顾她的脸面而羞涩，并且伴有委屈、悲伤、愠恼等感情。

父亲跌下驴来，立刻睡意蒙眬，他本能地蜷曲着身体，紧贴着驴肚子，像一个胡闹了一天的野孩子依偎着母亲的胸膛沉沉睡去。

……

天蒙蒙亮时，父亲感觉到有人在自己腰间摸摸索索做文章，打一个滚爬起来，急摸腰间，空荡荡没有一物，才要转身，两支冰凉的枪口顶在了腰上，他听到连长在背后冷笑，父亲说："兔崽子，你舍得打死我吗？"

连长把枪口使劲往父亲腰里戳了戳，咬牙切齿地说："我太舍得了！"

父亲高声说："连长，你打死我可没人给你唱歌啦！"

连长说："你他妈的唱的那是歌？我们的娘都被你操遍了！"

父亲说："我不操你娘你每天能跑八十里？为了革命，什么舍不得，何况又不是真去操！"

连长说："闭嘴！"

民夫们聚拢起来，父亲感觉到死期离自己还遥远得很呢，嘴里越发没了遮拦，并且一边说着一边把身体转过来，与连长成了面对面。连长慌忙后退了一步，持枪的手也缩到腰间，父亲看到连长其实在打哆嗦，十月底的凌晨尽管冷气侵骨，但连长的哆嗦与寒冷无关。

父亲说："连长，你这个伙计不够伙计，我要毙你早就把你毙了是不是？不看在别的份上，你也得想想我给你割去那个丑指头，要不你连个老婆也讨不上。"

连长怒冲冲地说："闭嘴，我开枪了。"

父亲说："指导员，你这个痨病鬼替我求个情吧。"

指导员躺在稻草上，像根木头。

民夫们说话了，他们不同意连长开枪。小母驴蹭上来，羞羞答答地咬父亲的衣角儿。

父亲摸着驴头，悲凄凄地说："驴啊驴啊，只有你真心对我好。"

两杆长枪指住了连长，是刘长水和田生谷。刘、田说："把枪还给余大哥！"

连长无奈，垂下了手臂。父亲跑上去一步。把双枪夺过来，插在了腰里。

父亲说："把他按倒，剥下的裤子来，骗了他的蛋子。"

刘、田按倒连长，连长死死护着裤腰带，骂道："余豆官，你这个土匪种，枪毙了我吧。"

父亲说："不枪毙不枪毙，骗蛋子骗蛋子！"

指导员咳着坐起来，咳着说："余豆官……别胡闹……整理队伍……过河送粮……"

父亲说："痨病鬼说得有理，听痨病鬼的，军粮送到再骗，弟兄们，快埋锅造饭，吃了饭找桥过河，今日死活也要赶到贾家屯！"

司务长对父亲说："只剩下一袋子高粱米啦，怎么办？"

父亲说："你问我我问谁去？"

司务长是个挺好的中年人，他的故事顾不上讲了，他说："我想，今日要赶很多路，又靠近了战场，吃不饱不行，是不是吃几袋军粮？"

父亲说："不行不行，胡闹胡闹！"

司务长说："问题不大吧，到时跟粮站的人说说清楚。"

父亲说："说不清楚说不清楚，少了几袋子军粮怎么能说清楚？一粒军粮也不能动，吃屎也不能吃军粮，谁吃军粮操他娘！"

司务长说："吃不饱怎么行？"

父亲说："谁饿谁来吃我的吧！"

司务长哭笑不得。

父亲说："多加水多加水，熬汤喝。"

司务长说："喝汤不顶事。"

父亲说："过了河我给小伙儿打几条狗吃。"

指导员拄着棍站起来，他说："余豆官同志是对的，同志们，咬牙坚持吧，吃军粮是耻辱的行为。"

父亲说："你看你看，痨病鬼支持我啦。"父亲把一支盒子递给指导员，说："我把指导员还给你吧，你这个人不错。"

指导员接过枪，插进木套，说："该怎么干就怎么干，我不妨碍你。"

父亲高兴地拍了指导员一巴掌，没想到下手太重，竟把他拍了个嘴啃冻泥。

……

面对着七零八落的断桥，父亲气得眼睛放绿光。太阳升起一竿子高了，冰冷的河里虽然流光溢彩，但没有一丝一毫暖意，河边浅水处结着狗牙般的冰凌，看着都让人寒冷。民夫们都是阴历八月离开老家，穿着单裤夹袄，个别的带一件破棉袄。潮湿的冷风一吹，河里的冰水一激，不但身上冷，心里也凉冰冰。所有的民夫都在河边立着颤抖，双手有抄在袖管里的，有插在腰间的，耳朵冻红犹如鸡冠子，鼻尖上挂着鼻涕水。父亲扫了眼他的民夫，心里生出很多凄凉情绪。不惟人抖，毛驴也抖，父亲的小毛驴尾巴夹在双腿中间，紧咬着牙不哭出声音，眼睛里盈满泪水。父亲伸了巴掌擦掉她眼里的泪水，安慰了她两句，她依然流泪，激得父亲烦恼，便粗鲁大骂：哭你娘个球蛋，动摇军心，我宰了你！小母驴不哭了，肚子上的血管一鼓一鼓的，好像悲恸深厚黏滞难以下咽，但父亲认为她不识大体不顾大局乘机添乱，恼怒挥一拳，瓷瓷实实正中驴头，小母驴应声倒地，躺在地上打滚撒泼，做出无数肉麻姿态，父亲不理她，她又无趣地爬起来。

指导员拄着棍子移过来，站在父亲面前，宛若一架活骷髅。他说："豆官，不要着急，想想办法，世上没有过不去的河。"

父亲有些草鸡，软软地说："你有什么好法子？"

指导员说："过河走桥，没桥乘船，没船涉水。"

父亲看看那桥，桥面不知何处去了，只有十几根焦黑的桥桩兀立在水中央。

指导员说："桥毁了，修来不及，没有船，只能涉水过河啦。"

父亲说："这么冷的天过河，连鸡巴头子都要冻下来的。"

父亲说："河水有多深？"

指导员说："下去探一探。"

父亲说："谁敢下去探？"

民夫们望着凝滞的冰河，个个面生畏难之色。不但没人报名探河，还有几个民夫提议把粮食卸在河边打回头，反正解放军千军万马不在乎这六万斤小米子。

指导员愤怒地驳斥了这些反动言论，然后，剥掉棉军袄，褪掉单裤、布鞋，佝偻着腰站在父亲面前，瘦骨铮铮，好像一具铁铸的鱼刺。他嘴唇乌紫，牙缝里渗着血，眼珠子灰溜溜的，像两粒冰冷的玻璃球儿。他说："余代连长，你照顾连队，我下去探河。"

父亲心里一阵滚烫，大声吼叫："指导员，胡闹什么，你下河去见阎王爷？要探河道也轮不到你，快穿上衣裳吧，要探我去探，谁让我抢了个连长呢？余代连长？伙计你是共产党无疑，你封我代连长，就等于共产党封我代连长是不是？"

父亲一边说着一边脱衣服，一边脱衣服一边咋咋呼呼地叫冷。父亲的健壮肉体和骨头架子和指导员形成鲜明对照。指导员看看父亲身上的肌肉，也许羡慕也许嫉妒，他转着腔说："共产党员吃苦在先，生死不怕！"说完，就转身往河里跑。他的奔跑姿势古怪稀奇，活似木偶运动，动作大步伐小，满身都是荒谬表情。父亲看着指导员的背影，突然感到阵鼻酸眼辣，他几个大步跨出，扑到河边，把半截身子入了冰水的指导员拦腰抱住，像托一个稻草人，轻松地把他托上岸。

父亲骂道："妈拉个巴子你好性急，死在河里鱼都不吃你。"

父亲把指导员放在地上，吩咐民夫们快给他穿衣服。指导员嘴唇硬了，说话呜呜噜噜，听不清楚。原任连长把军大衣脱下来盖在指导员身上。父亲夸奖道:“十一指子,还行。”

父亲脱得一丝不挂,在河边弯腰踢腿活动筋骨,小母驴忧愁地看着他。他说:“别看我别看我,你这个小娘们。”

民夫队里有笑声,也有研究父亲那件遭过狗咬的传家宝贝的目光。

他撒了一些尿抹在肚脐眼上。

他拿着指导员那根棍子往河里走,脚踩得冰凌破碎,发出啪啪声响。

一踏进河水,父亲不由得打了一个凶猛的哆嗦,一股寒气从脚底猛烈上升,似乎不是凉,而是两股电,两百根针,沿着腿骨、骨髓往上爬行,速度极快,嗡一声到达脑袋,眼前噼啪放了一阵绿光。父亲叫了一声娘,怪腔怪调,惹得岸上人笑。他继续往前走,身上爆起鸡皮疙瘩,皮肤绷紧,头发梢儿扎煞,似乎噼噼啪啪微响,脚起初还能感觉到水底卵石,几步后就什么也感觉不到了。父亲喊了几句流氓口号,声音滴溜溜转,嘴里一片牙响,舌头僵冷,喊不出口号来了。往前走,水渐渐淹至大腿根,他的狰狞鸡头缩得如一只蚕蛹,那个过分发达的独蛋儿歪歪地贴在盆腔上,丝丝缕缕扯不断的钝痛,这地方是父亲身上的要害,他遵照爷爷的意旨加倍地尊重它宝贵它,不敢有一点点损伤。没有它老人家就没有我们,这话虽近流氓但确是真理。不啰嗦这些尽人皆知之的话。后来它老人家整个儿淹没在河水中了,父亲用一只手捂着它,但感觉不到它的存在了,恐慌与痛苦由此产生。父亲的另一只手拄着棍子,试探着前边的河。水淹至乳下时,他已达河的中央,这是最深的地方,水流因寒冷显得不太湍急,几簇似乎凝固的灰白。浪花附着在父亲身体一侧,他移动得很缓慢,岸上的人替他焦急。这时他感觉不到冷,全身似被针扎,甚至有虚假的热乎乎在心里出现。他的眼球冰凉,运动不流利且目光朦胧,河面上好像有雾但其实没有一缕一丝雾。太阳照在河上照在父亲身上,金色的阳光很美丽很温暖,父亲到达对岸紧接着又涉回来。

上岸时他相当狼狈，手脚并用，身体变成一座拱桥。几个民夫跑过去把他架上来，把一件破棉袄披到他肩上。他双手捂着宝贝，脸相难看至极。许久，他龇着牙，笑着，结结巴巴地说："操他姥姥个冷。"

小母驴热情地扑上来，用她的毛茸茸紧贴着父亲的凉冰冰。父亲招呼一个民夫，伸手摘掉他头上的毡帽，捂在了自己的小鸡巴上，气得那民夫破口大骂。高密东北乡风俗：摘下别人的帽子象征性地戴在自己的小鸡巴上，是对戴帽人的巨大侮辱，其寓意是：你的头等于我的鸡巴。那民夫上前抢帽子，被父亲避开。民夫骂余豆官，操你二舅你欺人太甚，父亲说，别生气二哥，我冻毁了，哪儿都不冷就这儿冷，你们都是两个蛋，我只有一个蛋，你们冻坏一个还有一个，我冻坏了就没有了，放心放心你的头是你的头，我的蛋是我的蛋，怎么也长不到你头上去，见到解放军我帮你要顶帽子。

指导员忧虑重重地看着父亲，父亲对他摇摇头。民夫们个个神情沮丧，不说话。父亲在阳光下蹦跳一阵，嘴与舌又灵活起来。他把毡帽扔给那民夫，那民夫哭丧着脸，嘟嘟哝哝骂着，把湿漉漉的毡帽挂在车把上晾晒。

父亲提着盒子炮，对原任连长说："伙计，把枪还给你吧，这代连长我也不代啦。"

连长说："我不要，你既然抢了去，你就干到底。"

一个民夫说："豆官，散伙吧，回老家过年。"

指导员掏出枪来，对准那人就是一枪，嗖溜一声响，子弹贴着那人的脑袋犁过去。那人哀嚎一声，双手捂着头，一腚蹲在地上。众民夫骇得目瞪口呆，大气不敢出。

父亲讪讪地说："指导员好大的脾气。"

指导员轻蔑地扫了父亲一眼，冷冷地说："我一直认为你是条好汉子！"

父亲被他说得脸皮发烧。

指导员挥舞着盒子炮发表演说。他的脸上洇出两团酡红，像玫瑰花苞，暂时不咳嗽了，嗓音尖厉高昂，每句话后拖着一条长长的呼哨，如同流星的尾巴。金色的阳光照着他的脸，一时辉煌如画，他的眼里闪烁着两点星火，灼灼逼人，他说："你们还是些生蛋子的男人吗？解放军在前线冒着枪林弹雨不怕流血牺牲饿着肚子为你们的土地牛马打仗，你们竟想扔下粮食逃跑，良心哪里去了？卸下粮食，一袋袋扛过河，谁再敢说泄气话，我就枪毙谁！"

指导员吭吭吭三声咳，脖子一抻，眼一翻白，嘴一咧，喷出一股鲜血，身体前仰后合，看着就要栽倒。父亲抢上去扶住了他。父亲说："指导员别生气，运粮过河小意思，俺东北乡人都是有种的，发句牢骚你别在意，气死可了不得。"

父亲瞪着眼喊："伙计们快脱衣裳快卸车，水不深，好过，冷是冷点，比挨枪子儿舒服多了。不为别的，为指导员这番话，别叫这个小X养的嘲笑咱。"

民夫们听从号召，匆匆忙忙吸着冷气脱裤子。一会儿工夫，岸边光溜溜赤条条一片，景象非凡。父亲问："有三个蛋儿的没有？"都笑起来，说没有。然后卸车，扛起粮袋，呼隆隆要下河。指导员大喊："停住！"

父亲问："为什么要停住？"

指导员说："这样干速度慢又不安全，有人摔倒不就把粮食湿了吗？排成两路纵队，一个传一个。"

父亲说："不行不行，这样不公平！站在河中央的吃大亏了。"

指导员说："共产党员和希望入党的同志们，跟我到河中央深水里去。"

父亲说："去你奶奶的那条腿，共产党员长着钢筋铁骨？轮班轮班！"

指导员大踏步往河水中走去，父亲说："我说二大爷，你在岸上歇着吧，冻死你怎么办？"

指导员坚定地说："放心吧，我的老弟！"

父亲紧跟着指导员往深水中走，这个黑瘦咳血的骨头人表现出来的坚忍精神让他佩服。父亲感到从指导员脊梁上发出一股强烈的吸引力，好像温暖。指导员背上有两个酒盅大的疤痕，绝对的枪疤，标志着他的光荣历史。父亲往前冲几步，溅起的水使指导员背部扭曲。阳光灿烂，水面上片片琉璃碰撞，清脆玻璃声。他伸手捏住了指导员的手，指导员用迷迷的目光看了父亲一眼。父亲感到指导员的手僵冷如铁，不由得心生几分怜悯。他暗下决心，从今后应该向共产党学习。

两条人链形成，人们摇晃着身子，对面而立，都看到一双双打着哆嗦的灰白嘴唇。民夫们几乎都下了河，岸上剩下一片驴，都伸着颈，眯着眼看阳光，好像在找光线刺激打响亮喷嚏。父亲这时感觉不太冷，舌头和嘴唇很灵活，便高声嚷叫："上岸去一部分！上岸去一部分！"

民夫们站在水里咬牙切齿，没有动弹，仿佛在一齐赌气。父亲看到了他们的思想，这个思想如几百朵花瓣旋转成一朵美丽的花朵，充实而饱满地悬挂在河道上空，父亲用思想看着它的鲜艳，用思想嗅着它的芬芳，用思想触摸着它润泽的肌体，寒冷和饥饿通通被排挤到意识之外，只有这朵花，这朵奇异的花，还有馨香醉人的音乐。父亲感到自己的灵魂舒展开形成澎湃的逐渐升高的浪花，热泪顿时盈满了他霸蛮如电的黑眼睛。

"王生金、李路、马小三……你们快上去……"父亲把一批民夫驱逐到两岸上。被点到名字的民夫都用恨恨的目光盯着父亲。指导员哆嗦着、求情般地说："同志们……顾全大局……服从……服从余连长的命令……"

他们不情愿地往河两岸移动，一步三回头，冰河让他们留恋，浪花无声地环绕着他们的身体，太阳的金色瓢泼而下，涂满了河与河中人。

一袋袋小米在人链上运行着，动作迅速而有节奏。父亲沉浸在神圣乐章里，感到六十斤重的米袋轻如鸿毛。这种忘形有形的境界在他日后的冲锋陷阵中经常出现，他用思想代替感官。他的开枪、投弹、拼杀、格斗全靠下意识控制。他打仗像游戏又像梦游，动作优美得要命，所以马师长的望远镜跟着他转，所以马师长击掌而叹：天才！天才的士兵！他不是训练出来的，他是为战争而生的精灵。

众所周知，父亲身材高大，幼年时他吃了大量的狗肉，而那些狗又是用人肉催肥了的野狗，我坚信这种狗肉对父亲的精神和肉体都产生了巨大的影响。他的耐力、他的敏捷超于常人。在河中人链上，他是最光辉最灿烂的一个环节。指导员早已面色灰白、气喘不迭了。父亲立在他的上水，减缓了河水对他的冲激，他依然站立不稳。指导员一头撞在父亲胸脯上，把父亲从梦幻中惊醒。链条嘎吱吱停住。父亲扶住指导员，吩咐身边两个民夫把他送上岸。指导员昏厥过去，没有了挣扎能力。链条闪开一条大空缺，父亲舒开长臂，弥补了空缺。他大臂轮转，动作优美潇洒，一袋袋米落到他手中，又从他手中飞出，一点也不耽搁。父亲大显身手，民夫们赞叹不止。最后一袋米过了河，民夫们竟直直地立在水中，没有人想离开。直到北岸有人吼叫："米运完了，快上来呀！"

父亲说："上去上去，命令你们。"

他伏下全身在水里，带着头往岸上冲。手脚并用，狗刨姿势，打得浪花蓬蓬如树，民夫们怪声吼叫，恰如一群顽童。

上岸之后，父亲领着民夫在岸上跑步，二百根裸体一片黑光，二百根肉棍子很难看。呱唧呱唧满岸响。毛驴"昂儿昂儿"大合唱。

驴叫声把父亲从嬉闹中拉出来，他说："弟兄们别闹了，快把木轮车行李衣服渡过河，回头来赶驴。"

木轮车漂浮，过河顺利。

毛驴是一种复杂的动物，它既胆小又倔强，既聪明又愚蠢，父亲坐骑的蛋黄色小母驴是匹得了道的超驴，基本上不能算驴。毛驴们畏水，死活不下河，好不容易七手八脚推下去一匹，蹄腿刚一沾水又蹿上来，驴叫人忙，拳头巴掌起落，驴蹄起舞，驴尾巴拧绳子，驴眼里充满恐怖与恼怒，父亲挥舞着盒子炮吼叫："我枪毙了你们这些驴杂种!"驴们不怕骂，照样调皮如旧。一位民夫说："余连长，拿这些驴没办法，放了它们吧!"父亲说："不行，靠它们拉车呢!""它们不过河怎么办?"

父亲眉头一皱，计上心来，说："有了，快用褂子裤子把它们的眼蒙起来。"衣服已运到对岸，民夫们骂着驴过河取衣服，父亲说："别骂驴了，骂我吧，怨我指挥不周。"

衣服取回来，一件件蒙住驴脸，驴眼前一片漆黑。有一匹犟驴死活不让蒙眼，用蹄子踢人，还龇着白色大牙咬人，挨了一顿拳头，打得蹿屎汤子，老老实实蒙了眼。

父亲命令："转圈，拉着它们转圈，转迷糊了这些驴杂种!"

民夫们遵命拉驴转圈，一圈一圈又一圈，不知驴晕不晕人都有些晕，父亲说："快点快点，趁着晕劲牵它们过河!"

民夫们与驴踢踢踏踏跑下河，驴在水里发脾气，斜跑横蹿不走正道，被人抓紧了缰绳。河里好大的水声。

指导员睁开眼，一脸的沙土，嘴角上挂着两线欣慰的笑纹，他低沉地说："干得漂亮。"

父亲问："伙计，你可别忙着死，要死也得熬到贾家屯!"

指导员说："把我搁这儿吧，相信你能把粮食送到。"

父亲说："胡说胡说，放你这儿喂狗? 狗也不愿吃你。"

指导员说："还有九十里路，别让我拖累。"

父亲说："拖累个屁，有十一根指头用小车推着你走。"

指导员还在说，父亲不理，蹲下，用绳子把他紧紧捆在鬼子军大衣里，好像一捆秫秸。"把指导员扛过去!"父亲命令刘长水和田生谷。

驴们陆陆续续上了岸，父亲高叫："赶快装车子，一分钟也不许耽搁!"

小母驴焦灼地叫起来，父亲一招手，她摇头摆尾跑过来，弯曲着身体蹭父亲的肚子。

父亲拍拍她的脖子，说："黄花鱼儿，该我们过了。"

她点点头，叫了一声。

父亲说："要蒙眼吗？"

她摇摇头，叫了一声。

父亲说："河水很凉，你怕吗？"

她点点头，叫了一声。

父亲说："要我扛你过去？"

她点点头，叫了三声，四蹄刨动。

父亲搔搔头，说："妈的，随便说说你竟当了真，自古都是人骑驴，哪个国里驴骑人？"

她撅起嘴巴，一副好不高兴的样子。

父亲拍着她，劝道："走吧走吧，别要驴脾气了，不是我不扛你，是怕人家笑话你。"

她拧着头不走，嘴里还咕咕噜噜说些不中听的话。惹得父亲性起，攥起大拳头，在刀子脸前晃晃，威胁道："走不走？不走送你见阎王。"

她咧嘴哭着，跟着父亲向河中走去。河里的冷气如箭，射中她的肚皮，她翻着嘴唇，夹着尾巴，耳朵高高竖起，好似两柄尖刀。

……

正午时分，运粮队到了一个小村庄。村边一堵光滑的大墙上，石灰水涂出三个雪白大字：马家屯。

队伍停在村中一块平坦的、但生满齐膝枯草的打稻场上，指导员跟父亲商量，希望他下令让民夫们休息一会，父亲奔波吼叫半日，早已累了，巴不得歇一歇，立即遵命下令，令下如风吹袭，疲惫不堪的民夫东倒西歪，躺倒在地。驴们也半卧在地上，站着的也垂头耷拉耳朵，没有一点精神。但卧也罢站也罢没有精神也罢，都没忘记就近吃那些枯草，咯咯唧唧一片驴嘴响。

指导员从他那只黑油油的牛皮挎包里，摸出了一份皱皱巴巴的军用地图，摊开，指指点点地对父亲说："马家屯在这里，离贾家屯还有五十里。"

父亲打量着地图上那些弯弯曲曲的线条和大大小小的圆点，眼前一片迷蒙，如同观看天书。上午赶得太猛，汗出汗落，衣服硬如冰甲，冷风一吹彻骨沁髓。他也感到摇摇晃晃，体力不支，想倒头便睡。

经验丰富的指导员说："余连长，必须把同志们轰起来，这样躺着就毁了。"

父亲便大声喊叫："起来起来，不要睡，活动活动筋骨马上赶路。"

他听到自己的声音软绵绵的，失去了张扬之力。民夫们没人动弹，横躺竖卧，犹如一地僵尸。这种僵尸状态对父亲产生了强烈的诱惑，他对指导员嘟哝了一句什么，耳边陷陷约约的一声闷响，好像倒了一堵墙壁，一阵骨肉解体般的舒适感把父亲浸泡了，他知道自己也躺了下去，成了一具活僵尸。大地团团旋转，冬天的阳光好像轻柔的红绸，在天地间拂来拂去。父亲听到了微风吹拂草尖梢的声音与远处的滚滚雷鸣，大地微微颤动，旋转着，冰冻的土地放出新鲜的清冷味道，醉人芳香。他再也不想起来了。

指导员焦灼万分，激情燃烧着他腐烂的双肺，火苗上升，脸潮红如酒，如血。他轰赶着民夫们，嘴骂，脚踢，但张三刚起，李四又倒，来回奔命，使指导员近疯似狂。他清醒一会，从挎包里掏出一撮烟末，撕一角地图卷成喇叭筒，点火抽起，青烟袅袅一分钟，一阵剧烈的咳嗽便淹没了他，一直咳得脸色蜡黄，口吐鲜血方止。至死不渝的信念发挥着不可思议的神力，使这个奄奄待毙的瘦骨头共产党员不肯躺下死去。他的脑筋清晰如图画，知道"擒贼先擒王"、"纲举目张"的道理，要轰起民夫连，首先要轰起我父亲。

指导员捏着一撮烟末，塞进父亲鼻孔眼里。见没反应，又塞进一撮。父亲皱眉张嘴，打了一个响亮的喷嚏，吓了指导员一跳。指导员用一根草棍拨弄父亲鼻孔里的毛，拨出一连串大喷嚏。父亲从迷糊中清醒，坐起来，看着指导员。

指导员双眼流泪，哭着说："豆官，我的好兄弟，求求你，想办法把弟兄们弄起来，离贾家屯只有五十里了，就是爬，我们也要爬到！"

父亲想不到共产党的干部竟然会哭、会流眼泪，这刺激如一针吗啡，驱赶着他的麻木与倦怠，脑子里一声脆响，他一跃而起，说："指导员，冲着你，我也要把民夫连带到贾家屯！"

指导员说："我下决心了，拿出三袋小米，一百八十斤，煮几锅干饭，让同志们吃饱。"

父亲说："不行，咱不能'明天要立贞节牌坊今夜偷汉子'，我到村里去看看，能不能找条狗。"

指导员从皮挎包的夹层里掏出一只小玻璃瓶，拧开盖子，把两颗乳白色的小药片倒在掌心里，郑重地说："这是两片美国药，是我们老八团政委临牺牲前送给我的，他让我在危急关头吃下去，为了把军粮送到贾家屯，你把它吃了吧。"

"什么仙丹？"父亲问。

指导员说："我也不知道。"

父亲说："你是不是想把我毒死？"

指导员哭笑不得地骂一句。

父亲说："我不信你的话。要不，咱俩各吃一片。"

指导员掐起一片药，扔进了咽喉。

父亲也掐起一片扔进了咽喉。他吧咂着舌头，说："不咸也不淡，虱子大一片药，能有什么用？"

指导员说："待会儿你会感到精神头儿格外足。"

父亲说："就算这是块砒霜，也毒不倒我。"

指导员说："不要不相信化学。"

父亲说："你说吧，咱该怎么办？"

指导员说："把同志们叫起来，搞点东西吃，烧点水喝，立即出发，争取今夜赶到贾家屯军粮储运站。”

父亲说:“叫是叫不起来了,用锥子扎吧!”

指导员说:“再让我试试,实在不行你就扎吧。”

父亲从小车上找来一根锐利的缝包针,放在鞋底上蹭着。

指导员支撑着站起来,掏出盒子炮,“啪啪啪”放了三响,趁着民夫们惊吓初醒的机会,他抖擞精神,高声喊道:“共产党员们,不能再睡了,党考验我们的时候到了!斯大林同志说:共产党员是用特殊材料制成的呀!如果关键时刻不带头,要我们这些党员干什么?共产党员们,为了彻底消灭国民党军队,为了保卫解放区,保卫胜利果实,起来呀……”

指导员的声音一声比一声嘶哑、低沉。父亲心里说:“算了吧,你喊话一千句,不如我一锥子!”他有些同情地看着这个坚决的共产党,和倒在枯草里的共产党员们。父亲是非党的群众,但清楚地知道民夫连的共产党员是谁。他是从持枪与会议上判断出来的。民夫连有十二条长枪,两只盒子炮。原任连长和指导员是理所当然的共产党,十二个持有武装的民兵自然也是共产党,枪杆子永远握在党的手中。这十几个经常凑堆儿开会,神神秘秘的。“共产党开会,国民党抽税。”真是不假。父亲摸摸腰间的匣枪,心里感到很痛快。指导员继续嘶叫着,父亲想劝他停止,没及张嘴,一个奇迹出现了,那十几个持有武器的民夫和原任连长像笨拙的大虫一样,缓缓地、痛苦地支撑着疲惫不堪的身体,坐起来,站起来,向指导员靠拢,其中有父亲的随从马前田生谷和马后水长刘。他们一个个前倒后倾,身体重心不稳,仿佛一阵微风便能吹倒。父亲好奇而崇敬地看着指导员那张丑陋的嘴:干枯裂皮的嘴唇和被肺火烧黑的牙齿,但这张嘴里吐出的嘶哑难听的声音却像神的咒符一样,把十几个鞭子抽不醒的人唤了起来。他越来越感觉到共产党的厉害。民夫连指导员是父亲碰到的第三个令他佩服的共产党员,第一个是胶高大队的大队长江小脚。

指导员向他的党员们灌输着力量,父亲却拿着缝包弯针去扎昏睡的民夫。在长期的斗争生活中，他掌握了一定的医学知识，所以他的针扎的都是既痛又能令人神志清醒的穴位。如人中、十宣之类，决不是无目标的盲目乱扎。针到人叫，叫声痛苦，痛苦混在无可奈何里，像万绿丛中一点红，格外鲜艳，格外醒目。民夫们一排排跳起来，你看看我流血的唇，我看看你流血的手指，不知道该骂谁。

指导员站在一辆小推车上，拄着棍子，沙哑大叫："同志们，快点清醒啊，我们钢铁第三连，个个都是英雄好汉，浩浩荡荡出了山东，淮海战役立大功，立了大功都可以脱产当干部，区长、村长任大家选，最后的时刻，谁也不许草鸡！"

父亲喊："谁草鸡谁是大妮养的私孩子！谁草鸡生儿子没蛋子！"

指导员说："同志们，赶快收拾车辆，埋锅烧水，连长带人进村里打吃食，放驴吃路边草，一小时后出发，赶到贾家屯吃羊肉的大包子，喝大米稀饭！"

父亲招呼着刘长水和田生谷，各把枪攥在手，虎虎往村中走。村庄破败，与沿途所见相同。街道上丛生着人头高的枯萎黄蒿，草如葵花秆子粗，不像草像树，风吹草动，种荚响声如小铃。街道中央有一脚路，标志着村里还有活人。时有一只癞皮猫从枯草中蹿起，上墙或者上树，猫眼碧绿，咪呜一叫，鬼气横生，父亲想开枪打猫，又怕浪费子弹，便捡起砖头砸猫。他们踅进几户人家，见门窗拆除，草比房檐还要高。怵怵地喊叫几声，无人回答，但屋子里有响动，大着胆闯进去，即有一群红眼大老鼠疯狂扑来，一个个腾跳人高，唧唧怪叫，吓得三人慌忙逃出。街上草中，时有一架架白骨，虽是冬天，但依然邪臭扑鼻，令人欲呕。

刘长水说："到这里来找吃的，简直是活见鬼！"

父亲说："是活见鬼。"

村中央有一栋大建筑，虽也颓败但相对完整，鱼鳞小瓦翻成飞檐，好像一座庙。父亲闻到一股热腥的味道，便说："进去看看，兴许能打几只狐狸、狗獾。"

父亲提着拉开机关的匣枪在前边开路，刘、田紧攥着“老汉阳”随后，恰成一个三角小分队。进了大门腥味更重，大厅里黑咕隆咚。猛冲进去，没有什么冲出来，只有一片喘息，细看时，却见地上或躺或坐着一群人，全是老弱妇婴，约有四十余条，一个个不成人形，有的脸如铜盆，肿胀得透明，有的瘦得皮包骨头，奄奄待毙。

父亲嗟叹不止，把枪插入腰间，搓着手，连连倒退。

一个水肿的人，用手指掀起肿成一线的眼皮，打量着父亲和刘、田。一丝细声响起，是那人的话，父亲侧耳细辨，听到他说：“长官……长官……可怜可怜吧……给口吃的……”

那人的身体如一条肥嘟嘟的大蛆，缓慢地移动起来，父亲捂着嘴巴，冲出庙门，跑上街道，胃里的酸水咕咕上冲，吐了两口在蒿草上。

刘、田也跑出来，呸呸地吐着唾沫，骂一些很难听的话。

父亲和刘、田空手而回，对民夫们刺激不小。烧水放驴的都缓慢了手脚。驴们却大口地吃着枯草。父亲的小母驴忧心忡忡地左顾右盼，惟有她吃草不够生猛。

指导员痛苦地说：“下米！吃军粮吧！”

司务长扑向米袋，被父亲一把拉住。

父亲说：“不能吃军粮，杀驴吃吧！”

民夫们激烈反对着父亲，他们的理由是：道路早被踩翻，半泥半浆，没有毛驴拉车，寸步难行，这是一。毛驴都是有主的，杀了回去没法交待。

父亲拗劲上来，说：“不杀你们的驴，杀我的坐骑。”

他看了一眼那匹正在含情脉脉地望着自己的蛋黄色小毛驴，心里感到一阵抽搐，那只独蛋儿猛地缩了上去，丝丝拉拉的钝痛产生出来。

一位中年民夫抢上来，抓住小母驴的缰绳，说：“这驴是俺七婶的，你不能杀它。”

父亲说：“倾家荡产，支援前线，什么七婶八婶的。”

民夫道:“这驴是俺七婶的命根子,像女儿一样。”

父亲说:“女大要出嫁。我骑着她,就是我的。难道杀老婆还要向丈母娘汇报吗?何况本来是条驴,还是分了人家财主的,杀杀杀,为了保卫胜利果实。”

小母驴伸了舌头舔父亲的衣角和手,泪水汪汪,弄得父亲心里酸溜溜的不是滋味。他从真心里希望她咬人、尥蹶子、发疯发狂反抗暴政,绝对怕她一味温顺不反抗摆出一副慷慨赴死的架势,这使父亲心中烦恼,手脖子发软,端不动枪杀母驴的盒子炮。

父亲听到蛋黄色小母驴说:“我生为你生,死为你死,死而无憾,你开枪吧!”

当然在不通晓驴语的民夫们耳朵里,听到的只是“昂儿昂儿”的驴叫声,不过凄清点罢了。

父亲说:“不是我要杀你,是革命要你的肉吃。”

驴说:“我的肉只给你吃,不给革命吃。”

父亲说:“你这伙计,整个一个文盲,革命不是人,是革命。”

驴说:“是不是人我不管,反正不许你把我的肉喂革命。”

父亲说:“好好好,听你的。”

驴说:“让我再看一眼。”

父亲说:“看两眼也行。”

驴说:“其实我不想死,熬过了冬天就有嫩草儿吃。”

父亲说:“实在没办法了,要不我怎么忍心杀你。”

驴说:“我理解你,为了保卫老百姓的庄稼地,开枪吧!”

父亲泪眼模糊,掏出匣枪,顶上火儿。

驴说:“要我喊句口号吗?”

父亲说:“喊吧。”

蛋黄色小毛驴高声鸣叫着,声音洪亮婉转,响彻天空和大地,父亲举起枪口,瞄准了驴的宽平的额头,咬牙一勾枪机儿,噼啪一声微响,子弹并没出膛。父亲发了一分钟愣,才悟过来,原来碰上了一粒臭火。

驴说："你不要折磨我啦！"

父亲说："不是故意的。"

民夫们呆愣愣地看着父亲退掉臭火儿，把一颗新鲜子弹顶上膛。耳朵们都待着一声脆响，眼睛们等着看毛驴倒地。父亲却不慌不忙地退出那粒屁眼儿崭新的子弹，盒子枪插进了腰里。他的行为使民夫们感到纳闷。指导员也有些不高兴，批评道："时间紧张，你搞什么鬼名堂？"

父亲说："我不愿充当杀驴凶手，这活儿都是替共产党干的，要开枪你们共产党开。"

指导员严肃地驳斥父亲："你这话根本错误，共产党是为人民谋幸福。不为自己谋利益，即使革命胜利后，我们也不要一亩地。"

驴说："别人杀我我不干！"

父亲无奈，扯过一支三八大盖子枪哗啦一声推上子弹，按倒钢铁大栓，闭眼勾扳机，吧——勾一声响，驴头开了花，驴脑子迸裂，驴血一脸。驴尸立着，约有半分钟，才倾斜歪倒。父亲把大枪扔还民夫，转脸走到一边去。

指导员命令："快剥皮，开膛，快把锅里水煮沸，谁也别闲着，剥驴的，弄草的，打水的，拨火的，时间不等人，一小时后准时开拔！"

民夫们见有驴肉吃，精神头上来，忙忙碌碌，好像一窝蚂蚁。灶下的火熊熊，灶边草成堆。开膛的民夫怪叫一声，问其原因，他说驴的心脏烫手。

……

这是一匹很嫩的驴，所以驴肉进锅半小时后，锅里溢出了扑鼻的香气。如果是匹老驴绝对不会这么快就有了香气。灶里的火非常旺，因为这就地挖的野灶灶膛很大，通风良好，拢柴的民夫从临近的破屋上拆来了干裂的木料，正是干柴烈火。民夫连有三口行军大锅用。"钢铁第三连"军事化程度高，走的路线艰险，所以有锅，这些锅是缴获国军的，是美国货，轻便，传热快，据说煮出肉来不如中国锅煮出来的香。这些话都是父亲说的。

他把母驴枪毙了，心里若有所失。民夫们一齐忙碌，他却在场院里绕圈子。枯草被他的脚踩断发出细微断裂声，枯草与他的腿磨擦发出窸窸窣窣声。有一会儿灶里的火曾经蔓延出来，引着了近处的野草，被民夫们一顿乱脚踏熄。南风微微吹，阳光当头照，天气比早晨过河时温暖了好多，虱子在身上活跃起来。父亲再次听到南方的枪炮声，闻到硝烟火药味。尽管驴肉香味浓烈，但绝对压不住硝烟火药味，因为它深刻，它沁人骨髓。后来，让父亲终生感到不愉快的事情发生了：从那条蒿草没人的大街上，团团簇簇一群黑物滚过来，父亲马上猜到，这是大庙里那几十名快要饿死的饥民。是煮驴肉的香味把他们吸引了出来。后来父亲也体验过：饿急了的人对味道极端敏感。

饥民似滚非滚似爬非爬，他们嗅着味道前进，速度很快，直逼驴肉锅。父亲几步跳到民夫们中间，高叫："注意，抢肉吃的来了！"

驴肉在锅里颤抖着，汹涌的乳白浪花在肉的缝隙里蓬蓬上升，香味十分猛烈。指导员用刺刀戳一块驴肉，一戳冒血水，不熟。指导员命令共产党员持枪站成一队，刺刀上好雪亮十把，一条线样闪亮，迎着眼前滚到锅边来的饥民。指导员同时命令民夫把火势再加猛，争取十分钟后把驴肉挑出来，分到每个人手里。

父亲在大庙里见过的饥民们被刺刀挡住了。他偷偷数了一下，共有四十二名。在大庙里父亲并没有十分看清他们的面容，现在看清了。父亲摇着头，不愿对后代儿孙描绘饥民们可怕形状。他说当头的一位饥民是位高大的妇女，她肿得像一只气球，腹中的肠子一根根清晰可见，仿佛戳她一针，她就会流瘪，变成一张薄皮。她站得很稳，由于地球的吸引力的作用，她身上的水在下部积蓄很多，身体形成一座尖顶水塔，当然上部水较之常人还多。四十二人中患水肿病者都如他们的领袖一样稳当当地站着，不患水肿者都站立不稳硬要站，于是晃动不止。有几个孩子头颅如球，身体如棍，戳在地，构成奇迹。饥民女领袖用木棒把自己的眼皮挑开，贪婪地盯着沸腾的驴肉。饥民们都拼命地抽动鼻子，饱含着营养的驴肉空气源源不断地进入他们的身体，使他们逐渐增长着精神头儿。

那女人说："长官……老总……可怜可怜……我要死啦……"

持枪民夫毫不客气地把刺刀晃动，寒光跳动，威胁饥民。饥民们有些骇怕，但终究难抵肉香诱惑，挤成一团，一步步往前逼。

"停住！"持枪民夫喊，"再走就要开枪啦！"

然后便是哗啦哗啦拉动枪栓的声音。

指导员猫着腰跑到持枪民夫前，与饥民的女领袖对面谈判："老乡们，我们是共产党的民夫连，是为解放军送军粮的，我们也三天没吃饭了。"

女领袖扒着眼，目光从指缝里射出，有红有绿，有些恐怖。她步步逼进，指导员步步后退。

指导员后退着说："把驴肉给你们吃，我们就推不动车子，完不成任务了。"

退到不能再退时，刺刀和盒子枪口抵到了饥民的胸脯上。饥民队里突然爆发了尖厉刺耳的嚎叫。指导员的枪跳动了一下，冒出一缕青烟，饥民女领袖的胸膛崩裂，一股黄的液体迸溅出来，黄里夹着几丝红。

女领袖沉重地倒了。在她身后的一个小瘦孩被她的躯体碰烂了骨骼。饥民们呼叫着后退。后退十几步，就停住，团团簇簇一起，对着驴肉张望。

父亲看到指导员枪口冒出青烟那一刹那，心中生出一种复杂情感，似怒不是怒，似痛不是痛。他对这位丑陋得没了人形的妇女没有一丝好感甚至很厌恶，但看到她的身体沉重地往后仰倒时，无限的怜悯在父亲心里爆发了。几个月来产生的对共产党的好感被指导员一枪打碎了。

父亲揪住指导员胸前的衣襟，死劲晃动着，晃得指导员前仰后合，双腿拌蒜。他低沉地吼叫着："为什么要打死她？为什么？"

指导员呼呼喘息着，然后便剧烈咳嗽，豆粒大的汗珠子布满脸庞。父亲松开手，指导员一屁股坐在草地上，腰弓着，像一只大对虾。随着几声尖锐如鸡鸣的咳嗽，他的嘴张圆，脸皮色泽如锡箔，一股绿油油的血喷出来。

一位民夫跪下，为指导员捶背。

持枪民夫都用怪异的目光盯着父亲看，父亲辨别不出这些目光里包含着的内容，他感到背后发凉，心里感到恐惧。他恍惚感到，十几把刺刀缓缓地对自己逼来，刺刀代替着一种严肃得可怕的力量，和自己对抗。父亲感到软弱异常，汗从脚心里流出。这是他的幻觉，持枪民夫都僵硬地立着，脸上表情麻木。惟有跪在指导员身旁那个民夫脸上的表情鲜明地标志着痛苦。

驴肉的香气愈加浓重，锅里的水变成了混浊的汤。鹰在低空盘旋，太阳很小也很扎眼。有一位民夫从锅里挑出一块驴肉，几口吞下去，烫得他伸脖瞪眼。其余的民夫正要动手抢肉时，父亲及时地想起了自己的职责。他拔出盒子炮，凶狠地说："不许动！谁敢抢打死谁！"

几位嫉妒的民夫用木棍戳打那位抢吃了一块驴肉的民夫。

父亲吩咐司务长安排分肉，然后再由各排排长分到各班去。在父亲的霸道领导下，排长班长名存实亡，今日分肉，才发挥功能。那十二个持枪民夫，大小都是干部，要他们参加分肉，必须撤销防线，而饥民们又在向前移动。

父亲动脑，智谋产生。他命令民夫们往驴肉锅里倒了几桶冷水，降低驴肉温度，然后让司务长把驴肉分成大小相等的四份。司务长很会照顾领导，为父亲和指导员留出最好的肉，自然也有他自己的份。

父亲命令持枪民夫对空各鸣一枪，吓得那群饥民又退了三五十步，然后一声令下，那十二个民夫便跑到锅旁，卸下刺刀，快速切肉，民夫们都睁圆眼睛，盯着刺刀和驴肉，他们都生怕驴肉分割不均匀，又盼望着分割不均匀。父亲看穿了民夫们的心思，大声说："不要在乎大小，吃点填填肚子就行了，吃不饱不汤灌缝。"他的话刚完，民夫们便呼拉拉挤成几团，一片呼哧声夹杂着骂声。然后，都站起来，低着头，双手捧着肉，生怕别人夺去似的，一个劲儿往嘴里塞。他们的腮鼓起来，有的鼓左边，有的鼓右边，有的两边都鼓。二百张嘴巴一齐咀嚼，汇合成一股很响的、黏黏糊糊的响声，这声音使父亲感到厌恶。他的眼前浮动着小母驴那生动活泼的可爱形象。他用半扇葫芦瓢盛了一些热气腾腾的驴肉汤，送到指导员嘴边。指导员还昏迷着，但他的嘴却被驴肉唤醒了。父亲端着瓢，看到肉汤激烈地灌进指导员的咽喉，一瓢汤灌进，指导员睁开了眼睛，父亲招乎司务长：快把肉拿过来！司务长捧着肉跑过来，父亲说："你喂给他吃吧。"司务长说："连长，您不吃吧？"父亲挥挥手，说："我不吃！"

他一人担当阻拦饥民的重担。女领袖确实消瘦了，圆月般的胖脸变得很长很长，嘴唇也缩了上去，龇出了黑色的破碎牙齿。他尽量不去看她，但她具有强大的吸引力，诱惑他看，每看必厌恶，必胃肠翻腾。他吐出了一些很苦的胃液。他高举匣枪，对着饥民头上一尺处射击两次，把逼近的饥民又轰了回去。在他身后，犹如风卷残云一般，民夫们吃光了驴肉，啃光了驴骨头，吸干了骨髓，喝光了煮驴汤。民夫们倦倦地打着水嗝，有一位十八岁左右的夫子在哭泣，原因是别人抢吃了他的一部分驴肉。

司务长用一把干净的白茅草裹着一块驴肉，悄悄地父亲说："连长，这是你的。"

父亲看，那块肉足有四个拳头大，比一般民夫所得要多出一倍，于是他从又一个侧面了解了当官的好处。

他说："我不吃，你把它好好拿着，路上有用。"

指导员恢复了精神，站起来，对父亲说："余连长，下令前进吧！"

父亲说："伙计们，咱们驴也吃了，人也杀了。杀驴说是为解放军送军粮，杀人又说是为解放军送军粮。咱要是送不到军粮，那就连王八蛋都不如！走吧，好汉吃驴肉，孬种吃鞭子！"

民夫们套驴架车，动作十分迅速。父亲找了一把斧子，剁下了连结在驴皮上那条驴尾巴，薅一些细草擦干净尾巴上的血迹，攥在手中，来回挥动，挥出一溜风响。

车队开拔时，已是日过中午两竿子，日光浅淡了许多，白光变成金黄光。毛驴屁股被打，夹着尾巴跑，木轮小车被拉着跑。车轱辘发出吱悠吱悠的响声。近百辆木轮车齐声吱悠，尖锐中透出雄壮，对神经有刺激，对革命有贡献，有一辆陈列在淮海战役纪念馆里。车队沿着生草的街道，匆匆穿过村庄，把饥民和驴皮抛在后边。

父亲没了坐骑，不得不徒步赶路。指导员坚持不坐小车，与父亲并肩而行，驴前田驴后刘尾随在后，威风大减。

车队出了村庄，便踏上了艰难征途。狭窄的道路早被车轮和马蹄踩翻，早晨结了层冰，中午融成稀泥，驴蹄打滑，车轮扭动，推车人扭秧歌。父亲跑前跑后，挥动驴尾巴打人脊梁，一边打一边骂，他的脾气变得很坏。

就这样趺趺撞撞前进了两个小时，估计赶了十几里路程，冬日天短，太阳已进入滑坡阶段，金黄色也渐渐被血红色代替，又赶了半点钟，民夫连人困驴乏，全部汗水流尽，无可奈何黄昏降临了。车队前进速度大大减缓，驴屁股尽管连遭打击，但驴们已被打皮了。它们低着头，伸着脖子，肚皮和四肢上沾满污泥，连最愉快的驴也愁眉苦脸。

父亲一下午不停地挥动驴尾巴，胳膊肿胀，但精神头儿还有，于是他想了指导员送给的那片白色药片，一定是它发挥了作用。太阳很大，挂在了黑色的林梢上了，它已停散热量，大地放出冷气，汗溻过的衣服冰凉地贴在背上，父亲打了一个寒噤。战场上火光在南边闪烁，燃烧他，焦躁他，他叫着："不许停顿，快赶，只剩下二十里路了！"叫着，骂着，队伍的前进速度照样如僵蛇过路。怒从心头生，他舞着驴尾，逢人打人，逢驴打驴，呱唧呱唧的皮肉声中，夹杂着民夫的哀号。

终于，反抗开始了。一位四十多岁的中年夫子脊梁上挨了父亲的驴尾之后，便猛地摔掉了车把子，直起腰来，伸手抓住了驴尾巴。他的双眼喷吐着仇恨的光芒，脸庞痛苦地扭曲着。

父亲说："你要干什么？"

中年夫子道："豆官，你当了豆大一个官，就这么霸横，都是爹娘生的皮肉，你打一遍也罢了，不能翻来覆去打！"

父亲说："为了送军粮，挨点打算什么？"

那夫子一把扯过驴尾，在手里调换一下，抡圆了，抽了父亲的脸一下。

父亲忍痛不住，手自动捂脸，嘴自动出声，"哎哟"一声后，说："还真痛！"

父亲夺回驴尾，别在腰里，大声说："弟兄们，我错了，我不打你们了。大家说怎么办？剩下二十里路，要么我们咬咬牙熬到，完成任务，吃米吃肉，要么在这里等死。"

指导员拼着命滚下车子，鼓动着民夫。

沉沉暮气中，民夫们都铁青了脸。

父亲从司务长那里要来了自己那份驴肉，高举着，说："这是我那份肉，大伙儿每人吃一小口。"

驴肉在人手上传递着，传到尽头，还剩下驴粪蛋儿那么大一块，父亲很感动，把那块肉给了那位中午分肉时吃了亏的小伙子。

指导员坚持不坐车子，拄着棍子，与父亲并肩行走。民夫们鼓起了最后的力气，推着车子，帮毛驴拉着车子，向着火光前进。

天越走越黑，路却渐渐变硬。半夜时分，不远处的天一片红光，照耀着地面和队伍。爆炸声不断传来，夜空中有飞机的轰鸣，道路两边的田野里，影影绰绰有人影活动，指导员兴奋地说："同志们，努力啊！"

民夫们没人吭气，跟着感觉走。

终于，他们看到了那个大村庄，看到了村庄里闪烁光明的风雨灯。

民夫连到达村头路口，听到了一声响亮的喝问："站住，你们是干什么的？"

指导员用他能发出的最大声音回答："我们是渤海民工团钢铁第三连，为解放军送军粮来了。"

岗哨揿亮一支手电筒，一道光柱扫过来。

岗哨问："你们应该把军粮送到储运站呀。"

指导员问："这不是贾家屯吗？"

岗哨说："你们早过了贾家屯啦，往回走吧！"

父亲大怒，骂道："混蛋，我们快累死了，你还让我们推回去。"

岗哨说："你这老乡，怎么张口骂人呢？"

父亲说："骂你怎么啦，我还要揍你呢！我们千里迢迢从山东把粮食推来，你敢让我推回去！"

父亲抽出驴尾巴就要往前冲，几个岗哨哗啦啦推上子弹，厉声喊："站住，再走就开枪啦！"

指导员一把拉住父亲，低声说："不要胡闹！"

这时，几个骑马的人从村子中跑来，马蹄得得，说明村里街道平坦而坚硬。一个骑马的人问道："怎么回事？"

岗哨向骑马的人汇报："报告首长，有一个从山东来的民夫连，走过了军粮储运站。"

几个骑马的人从马上跳下来，走到父亲和指导员面前，问道："谁是领导？"

指导员跨上去，一个立正，说："报告首长，我是渤海民工团第三连指导员！"

首长问："车上运了什么粮食？"

指导员说："六万斤小米，颗粒无损！"

首长说:“好啊！山东人民好样的！刘参谋,你回去找一个向导,把他们带到军粮储运站去。”

首长握了握指导员的手。

父亲愤怒地说:“你这首长不够意思,我们一路拼命,饿得半死也没动一粒军粮,都说见了解放军吃顿饱饭,可你连口水也不让我们喝就要赶我们走!”

首长怔了怔,问:“你们还没吃饭?”

父亲说:“我们三天没吃饭啦!”

首长道:“刘参谋,带民夫同志们到村里去,赶快让炊事班搞饭吃!”

父亲说:“这才像个首长样子!”

那首长笑着说:“小伙子,你好大的胆子!”

父亲说:“不是我吹牛,首长,十四岁时我就打死过日本鬼子一个少将。”

指导员说:“豆官,不要放肆!”

那首长说:“哟,不简单！刘参谋,带他们进村！小伙子,明天我找你问话。”

首长跨上马,向火光闪烁的地方驰去。

你的行为使我们恐惧

一、那玩意儿是什么

我们齐集在你的门外，“老婆”拍打着门板，“羊”用小指抵着鼻孔，“黄头”斜倚着门框……你二十年前的同学，我们，站在你的门前呼叫着。

“骡子——驴骡子——吕乐之——开门——开门哟——”

但是你不开门，大名鼎鼎的“骡子”把自己关在屋子里，你一声不吭。你不想见我们。你以为我们是来羞辱你、嘲笑你吗？错了错了，你是我们的同学，我们就是你的兄弟，大家想来安慰你。你不响应我们的呼唤。你喷吐出的烟雾从门缝里钻出来，我们呼吸着那株悬在空中花盆里的月季花散发出的淡雅香气。我们心里都很凄凉。把自己的那个玩意割掉了。听到这个消息，我们受到了沉重打击，就像把我们的头颅砍掉一样。我们无头的身体正戳在你的门前受苦受难。

二、“狼”的学生

那时候我们每个人都有诨名。

二十年过去了，古老的吕家祠堂改造成的小学校已经东倒西歪，黑色的房瓦上积满麻雀和鸡的粪便，一根锈得通红的铁烟囱从房顶上歪歪扭扭地钻出来。这曾经冒过一个月烟。“大金牙”在发展村办工业的浪潮中从银行贷款五万元把曾经是我们校舍的吕家祠堂改造成了一家生产特效避孕药的工厂。工厂早已倒闭，负债累累的“大金牙”逃得无影无踪，工厂也被愤怒的乡亲们捣得破破烂烂。现在祠堂里有许多破缸烂盆和涂满瓦片与墙壁的绿色的糊状物，这给养一年到头散发着怪异的恶臭。只有那烟囱还可怜地在房顶上戳着，它是“大金牙”发展村办工业的纪念塔，是同学们共同的耻辱柱。“老婆”家的鸡每天都飞到房顶上去，翘着屁股往我们的耻辱柱上涂一种东西。你沉思着，望着烟囱旁边的鸡。我们并不知道你在想什么。你穿着那么漂亮的西服，那么亮的皮鞋，在两年前的一个日子里，站在我们的母校的废墟里。“大金牙”把母校糟蹋成这模样真令我们难堪，这里曾走出去一个著名民歌演唱家，他的声音在全世界回响，使我们感到骄傲。

“骡子——骡子——”我们拍打着你的门板，但著名的民歌演唱家躲在房子里不出来。

现在，小学校迁到了镇政府后边去了。那是一个四四方方的大院，有八间一排总共六排瓦房，一色的红砖红瓦，大开扇玻璃门窗，房梁上吊着电灯泡，晚上雪白一片光亮，好像天堂一样。“耗子”的儿子们、“黄头”的女儿、“大金牙”的儿子、“老婆”的儿子……我们的孩子们在天堂里念书，没有你的孩子，也没有“小蟹子”的孩子，这是永远的缺憾。你为什么要把制造孩子的玩意儿切掉？我们敲打着你的门板，考虑着这可怕问题，你不出来见我们，更不回答。

“小蟹子”是我们的“班花”，叫“校花”也行。她住进了精神病院，她曾经是你的上帝，你的上帝精神错乱，我们想流眼泪，但眼睛枯涩。你说你抱着一大捆鲜花去医院看过她，我们不知真假。这些年有关你的传闻实在是太多太多了。你的风流故事像你的歌声一样，几乎敲穿了我们的耳膜。你还能记得并去看望往昔的小恋人吗？我们无法知道真相，但我们牢记着你追逐“小蟹子”时表现出来的疯狂。

“小蟹子”家住在劳改农场干部宿舍区里。她的家离我们的校舍八里路。究竟有多少次我们看到你驱赶着你家那两只绵羊沿着墨水河蜿蜒如龙的堤坝向劳改农场干部宿舍区飞跑？在夏日的下午放学后的五分钟。你家距吕家祠堂足有半里路，我的天，你真如骡子般善跑。倒霉的是那两只绵羊。河堤两边生满了油汪汪的绿草和星星般的紫豌豆花。野豌豆花以它的颜色点缀了你的初恋。所以，当我们从收音机里听到你用迷人的嗓子唱《野豌豆花》时，我们丝毫没感到惊讶，我们被你的歌拉回少年，那毕竟是一个多梦的黄金时代。那两只羊倒了大霉，最终成了你初恋的牺牲。

夏日天长，下午放学后太阳还相当高地挂在西南方向的天空，离黄昏还有三竿子。在下课铃敲响前二十分钟，你就烦躁不安起来；烦躁不安通过你扭屁股、摇脖子、头皮上流汗等一系列行为和现象表现出来。你的座位在我的前面；“小蟹子”的座位在你的前面。我密切地关注着你的变化；你密切地关注着“小蟹子”的一切。有一次我在你背上画了一只乌龟；你伸长脖子偷嗅着她辫子上的味道。你和她全都不知身后发生了什么。乌龟伸头探脑，辫子香气扑鼻吗？

我们给班主任起的诨名是“犸虎”，“黄头”说他爷爷说犸虎就是狼，于是我们的班主任就成了“狼”。听说你出了名后去看过“狼”，“狼”可是人的仇敌呀，也许是真的，按照一般的规律，少年仇，长大忘，老师毕竟是老师。

“狼”发出下课的口令后，你总是第一个胡乱地把书本塞进书包，第一个弓起腰，像弓一样，像扑鼠的猫一样。你比任何人都焦急地注视着“狼”慢吞吞地踱出教室。待到“狼”的身影消失在门外时，我们看到你抓起书包，像箭一般地射出教室。当我们也跑出教室时，你已经跑到了油葫芦家的院子外，正弯着腰钻那道墨绿色的、生满了硬刺的臭杞树篱笆。

钻过臭杞树篱笆，你少跑了五十米路，节约了十秒钟。然后你脚不点地蹿过牛医生家的菜园子，不惜踩坏菜苗，被牛家的黑狗追着翻过土墙，扒得墙头土落，跌到袁家胡同里。这时你无捷径可抄，不得不沿着胡同往北飞跑，惊吓得胡同里的鸡咯咯叫。你穿越第二生产队饲养棚前的空场，踩着牛粪和马粪，钻进方家胡同，你飞跑，跳过四米宽的围子沟，从紫穗槐里钻出来，冲进第一生产队的打谷场，绕过一个麦草垛，贴着劳改犯中能人们帮助设计修建的大粮仓的墙根，最后一蹿，“骡子”就放下书包站在自家院子里解开拴绵羊的麻缰绳了。

你的年过八十的老奶奶坐在杏树下的蒲团上，半闭着眼睛念着咒语，对你的行为不闻不问。那两只倒霉的绵羊一公一母，本来是兄妹，后来成了夫妻。它们的细卷儿毛每到夏天必被“骡子”的娘和姐姐用剪刀剪光，可怜的羊被捆住四蹄，放倒在地上，听凭着那两个女人拾掇，咔哧咔哧咔哧，一片片羊毛从羊身上滚下来，显得那么轻松。羊也许是因为舒适哼哧着。它忽然扭动起来，你姐姐下剪太深，剪去了羊身上一块肉。你怎么这样手下没数？你娘训斥你姐姐，你姐姐不服气地嘟哝着：谁也不是故意的。——不是故意的就有了理？——我没说有理，我是说不是故意的！——你存心要气死我——你还要气死我呢！娘把剪刀摔在地上，气愤地站起来。姐姐也毫不示弱地摔掉剪刀。正摔在娘的剪刀上，两把剪刀相撞击，自然发出了钢铁的声音。

“两个女人爱一个男人，像两把剪刀剪一只羊的毛，千万千万别让她们碰在一起……”你的歌声伴随着电流的沙沙声，层层叠叠地从收音机里涌出来。我们看不到你的脸和你的嘴，但我们闻到了你身上那股子公绵羊的膻气。月光如银，从苹果花的缝隙里漏出来，照耀着我们脸上会意的微笑，使开办避孕药制造厂之前的“大金牙”嘴里的铜牙闪烁着柔和而温暖的金色光芒，又细又微弱。

“女人的敌人是女人，母和女也不行……”他唱道。

你的歌声让我们看到你娘和你姐姐的斗争。在前边那个剪羊毛的下午里，你焦急地站在旁边看着娘和姐姐剪羊毛，另一只被剪光了毛的羊站在你旁边看着躺在地上的同伴和自己身上被剪下的肮脏的毛。它们在一般的诗歌里应该像一团团雪白的云，但实际上却像被狗尿浇过的烂毡片一样。娘和姐姐继续吵着，四只眼睛都往外凸，两条红舌灵活得如同蜡烛的火苗。你看到那些细小的银星星般的唾沫在阳光里优美地飞行着，令我们入了迷。你听到娘和姐姐嗓音那么洪亮和婉转，宛若最迷人的歌声，令我们也神往。我们认为，你后来的成功最大地得力于聆听娘和姐姐的吵架。

"他娘和他姐姐骂起人来都像唱歌一样，他唱歌不好听才是活见了鬼！""黄头"转动黄色的眼球，用非常权威的口气评论着，我们默默不语，等于同意了"黄头"的看法。那天晚上满天游走着大团的乌云，使我们产生星星和月亮在飞快滑行的错觉，错误有时比真理更美丽，我们不愿纠正。我们还说起了在县音像服务公司专卖盒式磁带的"小蟹子"和她丈夫"鹭鸶"闹离婚的事。"鹭鸶"也是我们的同学。他是你的情敌，在绵羊倒霉的时光里。

那只被剪光了毛的羊是公羊，自然，躺在地上正被剪毛的羊是母羊。姐姐的剪刀在它身上弄出的伤口不停地流着一种液体，染红了它的肚皮和它的毛，它"咩咩"地叫着，好像向你求爱一样，理解为向你求救也完全可以。羊的叫声是凄凉民歌的源泉之一，你后来那般辉煌应该有羊的一份功劳。我们的同学里有一位诨号叫"羊"的，他没有羊的歌喉没有羊的温柔没有羊的气味，但我们不按规律办事硬要叫他"羊"，"羊"无可奈何，被叫了一辈子"羊"。羊今天下午死啦，头朝下脚朝上，上不着天下不着地，倒悬在狭窄的废机井里，眼珠子像勒死的耗子一样凸出来，鼻孔里耳朵里都凝结着黑血。他死得真惨。还有更惨的呢！只是没被你们看到，"大金牙"的八叔面带不善之意在一旁说。这老东西早年干过还乡团创造发明过一百零八种杀人方法，令人头皮发麻。我的天呐，看来我们这一班同学们都不会有好下场，本来你已成了人上之人，但你把自己那传宗接代的玩意儿切下来了。“小蟹子”发了疯，“大金牙”负债逃窜，“羊”自寻了短见……你的同学们战战兢兢。

那只可怜的母羊的眼睛是天蓝色的，你在广播电台歌唱过生着天蓝色眼睛的美丽姑娘，那姑娘曾使我们每一个人想入非非，她是我们少年时期集体的恋人，固然大家都知道“小蟹子”的眼睛一般情况下呈现出的是一种草绿色，像解放军的褂子的颜色，但我们都知道你歌唱的是她。想起她你加倍焦急起来，便不去管顾继续用美妙的歌喉吵架的娘和姐姐，悄悄地蹲下。一个十三岁的男孩子，他的大名吕乐之诨名驴骡子，他就是你。你匆匆忙忙地解着捆绑羊腿的麻绳子。绳子渍了羊血，又粘又滑，非常难解。你正要用剪刀去剪断绳子，娘在你身后发出一声响亮的怒吼：“你要作死，小杂种！”

你还是非常尊重母亲的，固然她并非良母，但你还是尊重她。当你压抑着满腹的疯狂向娘解释必须立即去放羊之后，娘便悠然入室，端出一个铁皮盒子，来到羊前揭开盒盖，倒出干石灰，为羊敷伤口。干石灰是农家用来消炎止血的良药，它刺鼻的气味唤起我们很多回忆。“黄头”的头被第三生产队那匹尖嘴黑叫驴啃破之后，用半公斤干石灰止住了血，石灰和血凝成坚硬的痂，像钢盔一样箍在他的头上足足一年。娘为羊敷伤口的过程中并不忘记用歌喉骂人，姐姐却打开门扬长而去，她从此再没有回来。

你终于把两只羊赶到大街上，羊不能跳墙，所以你必须赶着羊跑大街。多少年过去了，老吕家的儿子放学后鞭打着两只绵羊沿着大街向东飞跑的情景，村里的人们还记忆犹新。那是幸福的年代的爱情的季节，懒洋洋的社员跟随队长到田野里去干活，好像一个犯人头目领着一群劳改犯。奇怪的是距我们村庄八里远的劳改农场里的劳改犯去上工时，倒很像我们观念中的人民公社社员。骆驼的故乡在沙漠里，但是它竟被卖到我们这雨水充沛、气候温暖、美丽的河流有三条曲弯交叉着、植物繁多、野花如云铺满每一块草地、草地里有无数鸟儿和蚂蚱水蛇等动物的高密东北乡里来，干起了黄牛的活儿。这是个误会也是个奇迹。看骆驼去！

看骆驼去！头上箍着石灰和血凝结成的硬壳的“黄头”在教室里高呼着。我们一窝蜂蹿出来。第一生产队买回来一匹骆驼。自从盘古开天地，三皇五帝到如今，高密东北乡还没来过骆驼。省委书记到了我们村也不会令我们那般兴奋。

那是一匹公骆驼。

去，去看骆驼——去去，去看骆驼——村里来了一匹大骆驼——拴在拴马桩上——骆驼说我难过——我感冒了，它哭着说。

这个狗娘养的简直是个天才！什么东西也能编到他的歌里去，这个混蛋。——我们骂你是因为我们爱你，世上没有无缘无故的爱，我们一起去看过骆驼，他，我，“羊”，“大金牙”，“黄头”，“小蟹子”……我们向第一生产队的饲养棚飞跑，好像一群被狼追赶的兔子。“骡子”跑得最快，“小蟹子”跑得最慢。

远远地就望见骆驼高昂着的头颅了，周围有一群人遮掩住骆驼的大部分身体。我们从大人们的缝隙里挤进里圈，大家额头上都汪着汗一眼就看见“黄头”的八叔名叫八老万者，站在骆驼旁边口吐白沫指手画脚地讲解着骆驼的习性并极力渲染着购买骆驼的艰难历程。

我们的同学“黄头”不时瞥我们一眼，好像骆驼就是他的爹一样。我们知道他那点鬼心思，他无非是在想：骆驼是我们第一生产队的！买回骆驼的人是我八叔八老万！他叔叔八老万是生产队的保管员，一个专舔支书屁眼儿的狗杂种。他有什么神气的。骆驼眯缝着眼，眼里噙着泪；骆驼嚼咬着嘴，嘴角吐着白沫。八老万说：我一眼就看中这家伙，只值头牛钱，个头却有两头牛大。那些蒙古老头儿说骆驼比牛马都要强，能吃苦，能耐苦，瞧这两个峰——他踮着脚拍着驼峰说——这里边全是板油，像女人奶子一样，十天半个月不吃不喝也饿不死它，它慢慢地消化着这里的板油呢——这峰通着肠胃吗？有人问——是的，一个通着肠子，一个通着胃，你要是不喂它草料，那板油就顺着峰底下两个细眼儿，嗞溜嗞溜地往肠胃里流，像钻泥的蛐蟮一样。八老万说，这一趟内蒙可把我给累熊了。从出了娘肚那天起，还是头一遭受这样的罪……人群忽然恭敬地裂开一条缝，一股股的凉风扎着我们的背，地球咚咚地响着，党支部书记腆着大肚子来了。刘大肚子高声打着哈哈：哈哈！哈哈！哈哈！八老万你这个狗杂种，干的好事！——我们眼见着八老万的头皮就冒出了汗球。他满脸堆着笑说：刘书记，来不及请示您啦，这便宜货，硬让我给抢回来啦——便宜没好货，好货不便宜。刘书记说。八老万又是一番神说，刘书记才骂他：杂种，怕是什么也不能干——能能能，太能了，拉车，耕田，驮东西，样样能，还能让您骑上去呢！那蒙古老头儿对我说，他们自治区的党委书记进京开全国大会都是骑骆驼去——刘书记斜着眼，打量着那两柱充斥着板油的驼峰，说：大概会很舒坦，这货，两个肉瘤子把人一夹，保险掉不下来。

从此我们就经常看到肥刘书记骑着骆驼在村庄的每个角落转悠了。这骆驼到底是个有福的，它仅仅拉过一次犁，就是母羊被剪伤的那天，它拖着铁犁在街上发了疯，扶犁的是个戴帽的右派，北京体育学院赛跑系的优秀生，因为攻击毛泽东主席没有胡子，被赶回了他的故乡我们的太平庄，他曾经是我们太平庄的骄傲。骆驼一上大街就疯了，它的脖子上套着马的挽具，显得不伦不类，让我们耳目一新，小小的铁步犁拖在它身后像个玩具一样。没人敢扶这骆驼犁，贫下中农老大爷们都贪生怕死，只好让戴帽右派出风头。骆驼犁田简直是我们村的一次隆重典礼，所有的人都来看。看那右派怎样巧妙地把挽具给骆驼套上，看骆驼怎样半闭着眼睛装糊涂。

一上大街骆驼就疯了。它先是大踏步前进，然后蹦了一个高儿，因为王干巴家那只小癞皮狗冲着它一阵狂吠，骆驼在街上飞跑着，高扬着它永远高扬着的脖子。我们谁也记不清楚了：那天它飞跑时蛇一样的细尾巴是像尖棍子一样直直地伸着呢，还是紧紧地夹在屁股沟里。铁步犁的犁尖豁起尘土，烟土腾起，宛若一连串不断膨胀着的灌木，那情景千载难逢，真让人感动。赛跑系的右派紧紧地攥着犁把子不松手，也只有他跟得上骆驼的速度。那满街的尘烟好久才散。刘书记踢了面色灰黄的八老万一脚，骂道：犁田，犁你娘的腚！

不久骆驼就成了刘书记的坐骑了，它两峰之间搭着一条大红绸子被面，脖子下面挂着一簇铜铃，它的威风将逐渐呈现出来。

刘书记问八老万骆驼是公还是母，八老万说是公的。这时我们的班主任"狼"来了。

"狼"伸长脖子，研究着骆驼的脖子。他本来是来抓我们回教室上课的，但一见骆驼他也入了迷，如果对动物不入迷，就不是纯粹的高密东北乡人。

你为什么不买匹母的？你这个糊涂虫！刘书记批评八老万。八老万诺诺连声。买匹母的可以让它生小骆驼，刘书记说。那也要用公骆驼配呀！

让它配母驴、母马、母牛！你用你们家祖传的高嗓门高喊起来。他们先是愣愣，接着便哈哈地笑起来。

这是谁家的小杂种？刘书记高兴地说，真他娘天生的科学家，可以试试嘛！看能生出什么来。

这时，骆驼把头一低，从嘴里喷出一些黏稠的草浆，臭烘烘地弄了"狼"一脸。"狼"发了怒，把我们轰回了教室。

在你赶羊跑街的过程中，最倒霉的是两只绵羊。它们倒了很多次霉，数这次倒得最严重：公羊光秃秃的一身灰皮，被剪了毛的公羊显得头特别大。母羊半边身子光秃秃、血糊糊，半边身子披散着肮脏的长毛，走起路来似乎偏沉，随时都会向有毛的那边歪倒。你高举着皮鞭毫不留情地抽打着这两只倒霉的绵羊的脊梁。一是因为被母亲和姐姐的吵架耽误了一些时间，你心情特别焦急，所以使用鞭子比往常的下午要频繁；二是羊因为剪了毛浑身轻松，负荷减轻；三是因为绵羊没了毛，那鞭子抽到背上要比往常有毛时疼痛加剧无数倍。所以，那天下午你和你的两只绵羊几乎像三颗流星一样滑出了大街。你和羊的身后自然也拖着一道三合一的黄烟。

你和绵羊出现在被野豌豆花装扮得美丽无比的墨水河大堤上时，西边的太阳流出苍老的金黄色来，河水自然也被金黄感染，生成幽深的玫瑰红，青蛙因为鸣叫而鼓起的两个气泡在两腮后多么像两个淡紫色的小气球。这些在你的歌里都有反映。你的记性真不错，还能记得那么多种野草的名字和它们的颜色：碧绿的“掐不齐”、灰绿的“猫耳朵”、暗红的“酸麻酒”、金黄的“西瓜头”……河的两边辽远地伸展出去的肥沃土地上波动着稼禾的绿浪，蓬勃生长着的绿色植物分泌出来的混合味道使你醺醺欲醉，这自然也是我们的感觉。

也许因为羊儿被剪了毛，往常的潇洒没有了。你今天无论如何也浪漫不起来。羊的光背上鞭痕累累，显示出爱情的残酷无情，这还是少年初恋呢！那匹老公羊还能勉强行走，那匹半边有毛的母羊走得歪歪斜斜，随时都有可能滚到墨水河中去。但是你仍然毫不留情地抽打着它们。

绵羊们的真正仇敌应该是扎着一对小辫子的“小蟹子”。她长着两条小短腿，跑起来宛若一匹灵活的小哈巴狗。她最迷人的部位是两只眼。那两只眼会随着光线的强弱改变颜色。所以，我们知道你在都市灯火辉煌的大舞台上歌唱着的那些蓝眼黑眼金眼紫眼青眼……戳穿了都是“小蟹子”的眼。现在我们回想起“小蟹子”能在漆黑的夜里写日记的优秀表演，就自然地把“特异功能者”的帽子扣在了她的头上。当玫瑰色阳光照耀墨水河的时候，它们呈现出了什么样的光彩？这个问题在你的所有的磁带和唱片里我们都没找到答案。但我们知道，你注视过在那特定时刻里的“小蟹子”的眼；你的心里有一幅迄今为止最完整的“蟹眼变化图”。

“小蟹子”的嘴天生咕嘟着，用美好的话来形容：它像一颗鲜红的山楂果儿；用恶心的话来形容：它像一朵鲜花的骨朵儿。二者必居其一。

与我们同学的第二年春天，棉衣被单衣代替之后，我们便不约而同地发现，“蟹子”的胸脯上鼓起了两个鸡蛋那般大的瘤子。我们当中连弱智的“老婆”都知道那俩东西不是瘤子而是两个好宝贝。从此之后，“蟹子”的胸脯上便印满了男孩们的眼光。后来，我们都产生了摸一下那俩宝贝的美好愿望。它们长得真快呀，像两只天天喂豆饼、麸皮、新鲜野菜的小白兔一样。我们都把这很流氓的念头深深埋葬在心窝里，没有人敢付诸实践。据说只有你、也只有你才敢在它们处鸡蛋和鸭蛋之间时摸过了其中一个。当时我们都认为你非常流氓，都恨不得把你那只流氓的狗爪子剁下来送给“狼”。后来，当它们像八磅的铅球那般大时，“鹭鸶”这兔崽子每晚都摸着它们睡觉。铅球变成足球时“鹭鸶”跟她闹起离婚来了。这幅“蟹乳变化图”你心里有吗？

绵羊的喘气声早就像哨子一样了。堤上的紫花绿草它们不能吃，河里的腥甜清水它们不能喝，你的鞭子啪啪地狠狠地打在它们身上，它们只能跑，它们不敢不跑。谁也不愿做一只小羊让你用鞭梢抽打脊梁。其次，从你迷上“小蟹子”时这两只羊就被判处了死刑。

昨天这时候，你和羊已经尾随在“蟹子”背后，羊吃草，你唱民歌，用你那尖上拔尖的歌喉。合辙押韵的歌儿像温暖的花生油一样从你的嘴里流出来，把墨水河都快灌满了。“蟹子”有时回头看着你，轻媚一笑，简直流氓！有时她倒退着看你，脸上红光闪闪，眼里两朵向日葵。“鹭鸶”对“狼”说你们简直流氓到无以复加的程度了。

河边的水草中，立着两只红头顶的仙鹤，还有一群用绿嘴巴在浅水中呱呱唧唧找小鱼吃的鹭鸶。那两只鹤却是挺直了脖子，傲慢地望着微微泛紫的万顷蓝天，一动也不动，昨天绵羊还有毛，基本上是白色，它们吃着草走在河堤上，听着你唱歌，让你的鞭梢轻轻地抽打着它们的脊梁，应该说一切都不错。

今天，“蟹子”在五里外，看上去像个彩色小皮球儿。这是羊们倒霉的最直接原因。从吕家祠堂到“蟹子”的家只有八里路，跑吧，“骡子”!

在七里半处发生了这样的事：

公羊把四条腿儿一罗圈瘫在了地上。母羊因为那半边毛儿的重量滚到河里去了。他忘了羊，提着鞭子，喘着粗气，直盯着“蟹子”看。

“哎哟，吕乐之，你家的羊掉到河里啦!”

他四下里看看，向前走两步，伸手摸了一下“蟹子”胸前的那东西，同时他说：“咱俩……做两口子吧……”他自己在歌里告诉我们：那一瞬间他感到浑身发冷，上下牙止不住地碰撞。他的心像鸡啄米一样迅速地跳着。你说她那坨硬硬的、凉凉的肉像一块烧黑的铁一样烫伤了你的指尖。

“蟹子”非常麻利地扇了你一个耳光，骂了你声：“流氓!”

你基本上是个死尸。残存的感觉告诉你，“蟹子”捂着脸哭着跑走了。劳改农场干部宿舍区里那些瓦房和树木，在夕阳里像被涂了层黏稠的血。

夏天的每个下午几乎都一样：强烈的阳光蒸发着水沟里的雨水，扬树的叶子上仿佛涂着一层油，蝉在树叶上鸣。黑洞洞的祠堂里洋溢着潮气，有一股湿烂木头的朽味从我们使用的桌子和板凳上发出。屋子里还应该有强烈的汗味、脚臭味，但我们闻不到。

我们的“狼”哈着腰走进教室，他的身体又细又长，脖子异常苗条，双腿呈长方形，常常在幽暗里放出碧绿的磷光。他的磷光使我们恐惧，更使我们恐惧的是他那支百发百中的弹弓。“狼”是神弹弓手。

“狼”站在高高的土讲台上，像一棵黑色的树，像一股凝固的黑烟，把泛白的黑板一遮为二。有时候我们能看到“狼”的白牙闪烁寒光。我们总认为“狼”在明处我们在暗处，任我们在底下搞什么鬼名堂他都看不到，但事实上我们每次恶作剧都难以逃脱惩罚。只有他、我们的领袖“马骡子”能偶尔逃脱惩罚。“狼”用百发百中的弹弓惩罚我们。“狼”的面前有一个碎砖头垒成的案台，案台上摆着两纸盒，一个盒里盛着粉笔，另一个盒里盛着泥球。像葡萄粒儿那般大小那般圆滑的泥球，“狼”取之不尽用之不竭，我们不相信“狼”肯亲自动手去精心制造这些打人的泥丸。虽然我们的年龄都在十三岁与十五岁之间，但也知道“狼”的第一职业是到祠堂后边那栋草房里去跟浪得可怕的马金莲睡觉，第二职业才是教我们念书。“狼”没有时间更没有精力去搓泥球儿。我们之中，必有一个叛徒，他不仅为“狼”提供打我们的泥球，而且，极有可能他还向“狼”密告我们的一切违法行为。要不为什么我们星期日下午偷袭生产队的西瓜地，星期一上午“狼”就用弹弓发射泥丸打击我们的头颅呢？我们偷了几个西瓜，在什么地方吃掉，西瓜中有几个熟的，“狼”全知道。

“狼”进教室前总是先咳嗽一声。一听到“狼”的咳嗽声我们就像听到号令的士兵一样乱纷纷蹿回到自己的座位，好一阵噼里啪啦响。那一年“小蟹子”是班长——“狼”喜欢女生——她喊：起立——我们稀里哗啦起来。走上讲台。站在讲台上“狼”又咳嗽一声。“小蟹子”接着他的咳嗽声喊：坐下——我们稀汤薄泥般坐下。就在坐下的工夫，我看到“骡子”扯了一下“蟹子”的辫子——这当然是累死羊之前的事。“狼”摸出弹弓放在案台上，然后从腋下抽出课本，啪啪啪抽几下，好像要抽打掉其实没有的灰尘。

那支弹弓是我们的仇敌。它的柄是从柳树上截下来的标准的Y形木杈。用碎玻璃刮去皮，用碎砂纸打磨光滑，再涂上一层杏黄色的清油。两根弹性很好的橡皮条是从报废的人力车内胎上剪下来的。柔韧的猴皮筋把橡皮条、弹兜、Y型木杈紧密地联系在一起。它每节课都静静地蹲在案台上，比“狼”还要可怕地监视着我们。我们曾在茂密的高粱地里精心制定过偷窃它的计划。

足智多谋的“耗子”说：“同学们，我们一定要想办法偷来它，毁掉它，毁掉它就等于敲掉了狼的牙齿。”

“放到火里烧了它！”

“用菜刀剁碎它！”

“把它扔进厕所，用尿滋！”

…………

我们努力发泄着对“狼”的牙齿的深仇大恨。在那个现在回想起来妙趣横生的年代里，我们感受到一种非人的压迫，这压迫并不仅仅来自“狼”。

我们还是熊的学生。

狐狸也是我们的老师。

还有豪猪。

我看到“狼”用长长的手指翻起语文课本，他狡猾地说：“今天学习《半夜鸡叫》。”

“狼”的脸永恒地挂着令我们小便失禁的狡猾表情。大家都说过，二十多年来，“狼”那狡猾表情经常进入我们的梦境，印象比当年还要鲜明。“狼”说：“《半夜鸡叫》是一部小说的节选。这篇课文揭露了地主阶级对农民的残酷剥削。歌颂了农民阶级的智慧……”这时，“老婆”把脸放在课桌上打起了呼噜。

“狼”脸上的表情突然十分生动起来，他把课本轻轻地放在案台上，右手摸起了弹弓，左手从纸盒摸出一颗泥丸。

我说过“狼”是神弹弓手，他打弹弓从不瞄准，他拉开弹弓，教室里很静，我们看到皮条被拉长了，皮条被拉得很长，我们的身体却缩得很短很短。皮条上积蓄了一股力量，我们听到一只孤独的苍蝇在头上嗡嗡地鸣叫着飞行，它把凝固的空气划开一道道缝隙，教室里的空气宛若黏稠的蜂蜜，透明又混沌，缓缓地转动着，像一块方糕。我们甜蜜地颤栗着，在颤栗中等待着。在“狼”的弹弓下，每一颗头颅都不安全。为了让我们看得更清楚，一缕雪白的阳光穿透蜂蜜，照耀着“老婆”的头脸。“老婆”的头上不时滑过被光线放大了的苍蝇的阴影。他歪了一下头，被我们看到挤扁了的腮，挤裂缝的嘴。嘴唇蜷曲着，露出细小的白牙，一丝冰凌般的垂涎把他的嘴角和桌面联系在一起，苍蝇的阴影飞进他的嘴里，他闭上嘴，苍蝇的阴影粘在他的鼻子上。他打着很不均匀的呼噜。该发射了,“狼”别折磨我们了。

固然我们对弹子击中皮肉时发出的响声已经很熟悉,但依然感到紧张。我们都成了被“狼”的胳膊抻长的橡皮条。他把我们抻长抻长无穷地抻长,紧张紧张紧张得够呛,紧张随着抻长增长,终于,一声呼啸,弹丸打在“老婆”的脑袋上。

我们立刻松懈了,懒洋洋地,教室里回旋着我们悠长的吐气声,蜂蜜般的空气开始稀薄并因为稀薄而流动。倒霉的冠军是“老婆”。他的头发里非常迅速地鼓起了一个核桃大的肿块,细细的血丝渗出来,即使看不到我们也知道。

“老婆”从板凳上蹦起来,捂着头上的肿块哭起来。

“你还好意思哭!”“狼”又拉起了弹弓,“老婆”叫了一声娘,捂着头钻到桌子底下去了。

“狼”一松臂,嗖溜一声,把那只庞大的苍蝇打落在“小蟹子”的课桌上。在这样神射手面前,我们的头颅如何能安全?

“狼”提着一根腊木杆刮削成的坚韧教鞭走下讲台。教鞭是“狼”的第二件法宝,他挥舞着它,像骑兵挥舞马刀,空气嗖嗖急响,我们脊背冰凉。是谁帮助“狼”刮削了这件凶器?“狼”的空闲时间全部消磨在那个女人身上,是谁选择了这种弹性最好、打人最疼的腊木杆为“狼”制成了教鞭,为“狼”增添了利爪?难道那弹弓还不够我们消受的吗?一定还是那个暗藏在我们队伍里的内奸。我们决定,揪出这个内奸后,决不心慈手软。

“我知道他是谁!”诡计多端的“耗子”眨巴着小眼睛说。

你立即逼住“耗子”,用你那压低了的美丽歌喉问:“他是谁?!你说!”

“耗子”支支吾吾地,眼睛里跳跃着恐怖的光点,“耗子”不敢说。

你举起你的鞭子——我们星期天一早去田野割青草时,你的腰里一定别着那支皮鞭子,不管绵羊在不在身边。“耗子”说:“我不知道他是谁……我是说着玩的……”

你把鞭子往下一挥，把一棵玉米一侧的四个大叶片抽断落地，简直像一把刀。要是“狼”的腰里有朝一日也挂上骡子式的皮鞭，我们就没有活路了。

“知道你是瞎猜！”“骡子”把鞭子挂在腰上，淡淡地说，“我们不能冤枉一个好人，也不能放掉一个坏人。”那时候村里开始了清查阶级敌人的运动，社会形势紧张，我们经常听到东边的劳改农场里响起枪毙阶级敌人的枪声。

你比我们早熟，所以你去追赶“小蟹子”，我们不去。你个子比我们大，皮肤比我们白，一块跳进墨水河游泳时，我们羞耻地发现你的那儿生长出毛儿。

“狼”提着教鞭在桌椅板凳间穿行着。有时他穿着浆洗得雪白的硬领衬衣，衬衣的白颜色刺着我们昏暗中的眼睛。“狼”身上有一股十分令我们不愉快的香肥皂的味道。我们厌恶他的卫生，他可能更加厌恶我们的脏，所以他的身体经常触近“蟹子”的时候，你很有所谓。“狼”伸长脖子对“蟹子”进行个别辅导时，你便把桌子摇得嘎吱吱响，或是夸张地咳嗽。“狼”抬起头，警惕地看着你。突然，“狼”的教鞭抽在你的背上。你站起来。“狼”怒吼。

“滚出去！”

你却坐下了。

所以，没有人怀疑为“狼”制造教鞭的是你。谁敢跟“狼”作对谁就是我们的领袖，谁挨了“狼”的鞭打不哭不闹谁就是英雄。

上《半夜鸡叫》那天，“狼”读到地主被长工们痛打那一节，我们欢呼起来，“狼”得意洋洋，以为是他出色的朗读感动了我们，这个蠢狼。

我们的欢呼声把“狐狸”惊动了。“狐狸”是我们的教导主任，有时给我们上堂政治课，讲一些战斗故事什么的。“狐狸”比“狼”还坏，“狐狸”给你记过处分，因为你自编自唱反革命歌曲。“文化大革命”中，我们把“狐狸”打回了老家，听说去年秋天他掉到井里淹死了。他不死也该六十岁了吧。

"熊"是我们的校长,"豪猪"是"熊"的老婆,我们不去想他们啦。骡子!骡子!你开门呀,老同学们想跟你喝几瓶烧酒呀。

你把自己关在房子里,不做声,更不开门。

三、辉煌的"骡子"

重复地描写在"狼"的白色恐怖和高压政策下的生活,并不是愉快的事情。但他逼迫我们的回忆,这大概就是伟大人物和平庸百姓的区别吧,这大概就是天才与庸才的区别吧。不是你亲自逼我们回忆,是你的力量转移到他人身上,他来逼我们回忆。

《艺术报》的女记者把她的名片一一分发给我们,然后就打开了她那架照相机,啪啪地拍照着我们。你看你看,秃子跟着月亮走,总是光好沾,是不是,她才不会用她的胶卷为我们照相。她有张很长的脸,鼻梁也显得特别长,双眼很大,起码有四层眼皮。用咱庄稼人的眼光来看,这姑娘是个优良品种,如果她再嫁个四层眼皮的丈夫,生出个孩子难道不会有八层眼皮?我们坐在"耗子"家的粉条作坊里,抽着那善心的女记者分给我们的带把儿的美国烟,接受她的采访。这是前年秋天的事儿,跟我们第一次看到他那已经很不小的玩意儿根根上生了毛儿是一个季节。

高粱通红,一片连一片,在墨水河的南岸;棉花雪白,一片连一片,在墨水河的北岸。我们的镰刀和草筐子扔在河堤上,衣服扔在草筐子上。赤裸裸一群男孩子站在河边的浅水里,那就是我们。其中一个最高最白的就是你。那时候鬼都想不到你将来是个跳到河里救小孩的英雄。你的嗓门儿不错我们知道。女记者告诉我们:"对。骡子,这名字很亲切,我可以这样写吗?他少年时的朋友们都亲切地叫他'骡子'。他的同班同学们都自豪地说:我们的'骡子'。""你愿意怎么写就怎么写吧,谁管。"老了更机灵的"耗子"眨巴着眼说:"这大姐,我们的‘骡子’真是匹好骡子。”“耗子”谄媚地笑着,那被红薯淀粉弄得黏糊糊的手指却悄悄地伸向了女记者放在土炕上的烟盒。

“碗得福儿!啊欧吃米也五欧!”女记者嘟噜了几句洋文。

真了不起!长着四层眼皮就够分了,还会说洋文,我们真开了眼。大家互相看着,又看女记者。我们的骡子竟能支使着这样的高级女人到咱东北乡这偏僻地方来为他写家谱,真替我们添了威风。

那女记者慷慨大方又一次散烟给我们抽,她自己也叼上一支。那根雪白的烟卷儿插在她那红红的小嘴里,活活就是一幅画,像从电影上挖下来的一样。

“他在京城里成天干什么?”“老婆”问。

“他是著名的歌唱家呀!每天晚上演出,”女记者有些失望地问,“你们没看过他的演出?”

我们没有看过他的演出。

“你们听过他的歌声吧,从收音机里。”女记者拿出一个蒙着皮套的录音机,说,“我这里有他的磁带。”

“他的歌,听过。”“耗子”摩挲着那个沾满了油腻的塑料壳收音机说,“他唱的那些事我们都知道,骆驼啦,羊啦,花儿草儿什么的,他从小就有好嗓子。”

女记者兴奋起来,嘴里又流出弯弯勾勾的几句洋文。她说洋文时那舌头仿佛打了六十四个卷儿。这四层眼皮的女人,舌头能打六十四个卷儿,真真是识字班脱裤子——不见蛋(简单)。“大金牙”后来说。

“说呀!说!”女记者打开录音机,我们看到机器在转动,“我就喜欢听他小时候的事儿。”

“他不就是会唱几首歌吗?”“羊”说,“我们这儿谁也能哼哼几句。”

女记者更高兴了,她又要听我们唱歌,都是“羊”这家伙招来的事。女记者说“骡子”不但是个著名的歌唱家,还是个不怕淹死自己跳到河里救人的英雄。

“羊”又说:“这算什么事?我去年一年就跳到井里两次,头一次捞上来一个小孩,第二次捞上来一个老太太。那老太太还骂我多管闲事。”

我们恨死了这头“羊”。“羊”不会抽烟。

我们答应把你小时候的事情说给她听。

淤泥、野芦苇、狗蛋子草、青蛙、黄鳝、癞蛤蟆、水蛇、螃蟹、鲫鱼、泥鳅、黄鳝、蝈蝈、鱼狗、燕子、野韭菜、香附草、水浮莲、浮萍,年复一年地在我们二十年前洗过澡的地方繁衍着,生长着,你却再也不去那地方,去了也不会像当年那样脱得一丝不挂。那时候你对我们骄傲地显示着你那几根毛毛儿,现在你还炫耀什么?都传说你自己动手把那玩意儿割掉了,你连一个儿子都没留下就切掉了它。消息传来时,我们一致认为:你是个彻头彻尾的混蛋。

那时候,这混蛋直挺挺地立在浅水里,让我们看身体的变化。我们感到羞耻、神秘、惴惴不安,你用那几根毛儿把我们超越了。下午的太阳是多么样的明媚啊!墨水河清澈见底,沙质的河底上淤着一层发亮的油泥,河蟹的脚印密密麻麻,堤外传过来摘棉花女人们的歌声。您不知道,京城来的同志,我们这儿的女人,结了婚后就不管三七二十一啦,什么样的脏话都敢说,什么样的风流事都能干,她们唱那些歌儿呀呀呀,实在是不好对您学,您还是个闺女吧?

摘棉花女人的歌儿太流氓了,开头几句还像那么回事,三唱两唱就唱到裤裆里去了……你非要听?好吧,周瑜打黄盖,你愿挨就行。譬如:大姐身下一条沟,一年四季水长流,不见大和尚来挑水,只见小和尚来洗头……

那京城来的女人脸上没有一丝红,听得有滋有味儿。到底是大地方来的人,我们赞叹不已。

女人的歌声在秋天的洁净的空气里,有震动铜锣的嗡嗡声。你的心别别地跳，感到脚底下的沙土在偷偷流走，流动的细沙使我们脚心发痒。我们的身体在倾斜。你的腰渐渐弯了，我们亲眼看到了它突然昂起了高贵的头！流氓，太流氓了，流氓的歌声狠狠地打击着我们。你猛地往前扑去，像一条跃起的大鱼。你的肚皮打击得河水沉闷一响，我们尾随着你扑向河水。河里水花四溅，我们手脚打水，满河都是嚎叫。

补充说明一点。老人们说，立了秋后就不能下河洗澡了，河里的凉气会通过肚脐进入肠子。立秋之后非要下河洗澡，必须用热尿洗洗肚脐，我们每次都这样做。

这些陈茄子烂芝麻的破烂事儿对您有用吗？有用，有用，太有用啦。你们尽管说，她说，我对他的一切都感兴趣。

对不起您，天就黑了，我们要做粉丝了，要干到后半夜。您回镇里去？

女记者不回镇里去，她要看我们做粉丝。她说她吃过粉丝但从没见过做粉丝。我们看到她又从那只白皮包里摸出一盒烟，大家心里既感动又高兴，到底是京城来的人，出手大方，还有四层眼皮。

距离“大金牙”贷到五万元人民币还有三个月，他的昙花一现的好运气还没来到。人走时运马走膘，兔子落运遭老雕，这话千真万确。我们怎么敢想象三个月后“大金牙”就嘴里叼着洋烟卷儿，脖子上扎着红领带儿，黑皮包挂在手脖子上，成了高密东北乡开天辟地以来的第一位厂长呢？他现在的活儿是在咱们的“耗子”挂着帅的粉丝作坊里拉风箱，最没有技术最沉重最下等的活儿，但灶膛里熊熊燃烧的火焰总是照耀着他的脸，使他的那两颗铜牙像金子一样放光，还有他的额头也放光，像一扇火红色的葫芦瓢儿。

我们把红薯粉碎，从大盆里倒进大缸里，再从大缸里舀到小盆里，再从小盆里倒进大盆里，倒来倒去，我们就把淀粉倒弄出来了。淀粉白里透出幽蓝，像干净的积雪。

我们把水加进淀粉里，再把淀粉加进水里，再把水倒进锅里，三倒四倒，我们就把粉丝倒弄出来了。

灶里火焰很旺，火舌舔着锅底，水在锅里沸腾。火舌使我们的脸上出汗，在腾腾升起的蒸气里，那女记者的脸蛋儿像花瓣儿一样。有一个这般美丽的女人看着我们干活令人多么愉快。我们忘不了这好运气是谁带给我们的。"耗子"用他的小拳头飞快地打击着漏勺里的淀粉糊儿，几百条又细又长似乎永远断不了头的粉丝落在沸水滚滚的大锅里，然后又如一缕银丝滑进盛满冷水的大盆里。"老婆"蹲在盆边，挽着滑溜溜的粉丝，挽到一定长度时，他便探出嘴去，把粉丝咬断。每次在咬断粉丝时，他总是不忘记在咬断同时吞食它们。

"吃多了肚子会下坠的！""耗子"说。

"我没有吃。""老婆"说。

"没有吃你干么要吧唧嘴？"

"吧唧嘴我也没有吃。"

我们知道他吃了，每截断一次粉丝他就吃一大口。他死不承认，谁也没有办法。于是我们希望他的肚子通道疼痛下坠，但是他既不疼痛也不下坠。好在我们是同学，不愿太认真。

后来，半夜了，作坊外的黑暗因为作坊内的灶火而加倍浓重。女记者吃了一碗没油没盐的粉条儿，我们还想让她吃第二碗。她吃了第二碗我们还想让她吃第三碗，但是她任我们怎么劝说都不吃了。她说她吃饱了，吃得太饱了，说着说着她就打了一个饱嗝。

粉丝都晾起来了，今夜的活儿完了。汽灯有些黯淡了，"大金牙"蹲下去，噗哧哧响，他抽拉着打气杆儿给汽灯充气，咝咝声强烈起来，汽灯放出刺眼的白光。女记者眯缝着眼说汽灯比电灯还亮。她没有回镇政府睡觉的意思，我们自然愿意陪着她坐下去。

"耗子"眨着永远鬼鬼祟祟的眼睛问女记者："您见过他吗？跟他熟吗？"

女记者说："太熟了。"

“听说他在京城里有好多个老婆?”

“噢,这倒没听说过。”女记者挺平淡地说。

“你别说外行话了,人家那不叫老婆,是相好的!”“大金牙”纠正着“老婆”。

女记者说:“他在家乡时有过相好的吗?”

我们互相看着,都不愿回答女记者。

“他在家乡时是不是就很风流?”女记者问。

“不,不,”我们一齐回答,“他很规矩。”

那时候我们从“狼”的白色恐怖中逃脱出来了。没有中学好上,我们一齐成了社员。他因为身体发育得早,已进入了准整劳力的行列,干上了推车扛梁的大活儿,而我们还在放牛割草的半拉子劳力的队伍中逍遥。

“他的爹娘没给他找老婆吗?”那天夜里,在粉坊里,她问我们,“农村不是时兴早婚吗?”

她的眼在汽灯的强光照耀下,黑得发蓝。她使我们想起“小蟹子”。我们告诉她:他的爹娘在我们不是“狼”的学生后三月,突然失踪了,就像他的姐姐突然失踪时一样。

也是在粉条作坊里,也是一个很黑的夜晚,也是深秋季节,天气有些凉但不是冷,我们村的粉条作坊开张了。下午在收获后的红薯地里放猪时,我们就知道了这消息,大家都很兴奋。“老婆”家那头花猪鼻子极灵,东嗅嗅,西嗅嗅,简直胜过一条警犬。它是“老婆”的骄傲。太阳要落山时,路边槐树上,金黄的枯叶在阳光中颤抖,我们因夜晚粉坊的美景即将来临兴奋得颤抖。播种小麦的男女社员们收工了,疲惫的牛和疲惫的社员们沿着土路走过来了,我们也召唤着猪,让它们停止寻找残存在泥土中的红薯,跟我们一起回家。啰啰啰,啰啰啰,是我们对猪的呼唤。“老婆”家的花猪在一座坟墓后的暄土里拼命拱,用齐头的嘴巴。一边拱它一边叫,像狗一样。猪叫出狗声,的确有些怪异,我们便围拢上去看。“老婆”家的花猪戗立着背上的鬃毛，好像很激动。我们家的猪和我们一起看着“老婆”家的猪把地拱出一个大坑。

“这里可能埋着一坛金子。”“耗子”说。

“老婆”的脸上立刻就放出金子般的光芒。

“干什么你们？怎么还不回家？”队长在路上喊我们。

“老婆”家的花猪浑身哆嗦着，叼着一黑乎乎、圆溜溜的东西从土坑里跑上来。

我们发了呆了，呆了一分钟，便一齐怪叫着，炸到四边去。

“老婆”家的花猪从土坑里叼上来一颗人头。一颗披散着长发的女人头。女人头还很新鲜，白惨惨的，没有臭味没有香味，有一股冷气，使我们的脊背发紧，头发一根根支棱起来。

在路上疲惫移动的大人们飞跑过来，全过来了，路上只余了些拖着犁耙的牛，它们不理睬让它们站住的口令，继续踢踢踏踏地往村子里走。

大人们来了，我们胆壮起来，重新围起圆圈，把“老婆”和他家的花猪以及花猪拱出来的人头围在中央。那女人头还半睁着眼，头发烂糟糟的，花猪好像要向“老婆”报功一样，跟着“老婆”哼哼着，“老婆”被花猪吓得鬼哭狼嚎。

到底还是队长胆大，他从坟头上揪了一把黄草，蹲到人头前，小心翼翼地揩着那张死脸上的土，一边揩一边咕哝：“怪俊一个女人，真可惜了……”揩完后他站起来，转着圈儿端详。落日的余晖涂在我们脸上，也涂在人头上，使它红光闪闪，宛若无价之宝。我们都像木偶一样待了好久好久。

队长忽然说：“你们看她像谁？”

我们认真地看看她，也看不出她像谁。

队长说：“我看有点像桂珍。”

桂珍是“骡子”的姐姐。

我们再看那头，果然就有些像桂珍了。不等我们去寻找“骡子”

时，他先叫起来了："不是我姐姐，才不是我姐姐呢！"

他哭丧着脸，继续喊叫："我姐姐的头是长的，这个头是圆的。我姐姐头发是黑的，这个头发是黄的……"

"你也别犟，"队长说，"长头也能压成圆头，黑毛也能染成黄毛，没准就是你姐姐的头哩！"

"骡子"哭了，他又举出了几十个证据来证明那颗头不是他姐姐的头，搞得我们也有些不耐烦起来，队长也高了嗓门，说："'骡子'，你也甭吵吵啦，去叫刘书记吧，他老人家眼光尖锐，他老人家要说这头是你姐姐的头就是你姐姐的头，他老人家要说这头不是你姐姐的头你想赖成你姐姐的头也不行。"

张三、李四、王二麻子……队长点了一大片人名，让他们回家吃饭，吃了饭好去粉坊加夜班干活，顺便把刘书记喊来验头，但人们都不想挪步。队长无奈，只得吩咐大家好生看守着人头，别出差错。此时太阳已完全下山，但天还没黑，有几只乌鸦在我们头上很高的地方呱呱地叫，远望村庄，已被盘旋的炊烟弄得一团模糊。

人们围着人头，都如磁石吸住的铁钉一般，谁也不动，也没人说什么。眼见着那天就混沌起来，农历十六日的大月亮放出软绵绵的红光来，照在我们的脸上和背上，也照在那女人头上。那女人头上跳动着一些碧绿的光点儿，我们目不转睛地看着。人是如此了，那些猪们却在月光下撒起欢儿来，一个个都把鬃毛倒竖，你追它赶着，喉咙深处发出吠叫，汪汪汪一片。我们不去管它们。

"这不是我姐姐的头！我姐姐跟着劳改农场一个劳改犯跑了，这不是我姐姐的头！"他的嚎叫淹没在月光中，竟似受伤的鲫鱼往水底沉落一般，没有人理睬他。

远远的一盏红灯从村口飘过来，飘飘摇摇，摇摇飘飘，不似人间的灯火。大家都知道刘书记来了，在水一样的波动着的月光下，流过来清脆的驼铃声。红灯刚由村口出现时，我们感觉到它流动得很慢，似乎老半天都不动地方；渐渐逼近时，才发现它流动得很快，宛若一支拖着红尾巴的箭。

人圈又是非常自动地裂开一条缝，大家都把目光从人头上移开，看着身躯肥大的刘书记手里擎着一盏纸糊的红灯笼，从骆驼背上轻捷地跳下来。据“黄头”的叔叔八老万说，内蒙的骆驼是跪倒前腿，降低高度，让夹在它的双峰之间的骑者安全地跳下来，我们这头骆驼却从不下跪，刘书记腿脚矫健，也用不着它下跪。

“人头在哪里？”刘书记的嗓音像铜钟一样。

没人回答，但却自动地把通往人头的缝隙闪得更宽了。大家的目光随着大摇大摆的刘书记往前移动。最后都停在被红灯笼照明了的人头上。这时，队长才气喘吁吁地跑来了，与队长同时跑来的还有民兵连长（他是刘书记的亲侄）和两个基干民兵。民兵连长背着一支老掉牙的日本造三八大盖儿步枪，枪口上套着贼长的刺刀，刺刀尖上银光闪闪，照耀着历史，使我们猜想到了战争年代的情景。那两位基干民兵都是贫农的儿子，他们每人扛着一支铁扎枪，枪头后三寸处绑着绒线缨儿，在月光下抖动。他们腰里分左右各别着两颗木把手榴弹，也不知是什么年代制造的，更不知臭了没有。

刘书记把红灯笼交给此时已气喘吁吁地站在他背后的民兵连长擎着，民兵连长的另一只手紧紧地抓着三八枪的皮带。灯笼火下，出现了一条条重叠着的大影子。

“我怎么看怎么觉得这头像桂珍的头……”队长对刘书记说。

刘书记不待他说完就破口大骂起来：“放你娘的狗臭屁！”

队长的腰立刻就弯曲了。队长弯着腰退到我们中间，再也不说一句话。

刘书记张望了一下众人，怒冲冲地说：“你们还围在这儿干什么？一颗死人头有什么好看的？谁稀罕？谁稀罕谁提回家去吧！”

谁也不稀罕，大家就惶惶地四散回家了。

我们的猪给我们制造了相当多的麻烦，它们玩疯了，在月光地里，活像一群恶狼。

我们终于把猪赶上了回家的大路，但我们难以忘却那颗女人的头。刘书记的红灯笼也一直照耀着我们的思维，我们站在粉坊外偷看着屋里的情景时，心里还亮着那盏红灯。

这一夜，粉坊没有开工。

拖了七天粉坊又要开工。要开工那天傍晚，刘书记吩咐民兵连长放两颗手榴弹以示庆祝。这无疑又是一件激动人心的大事，全村都传遍了，大人小孩都想看。

放手榴弹的地点选择在村东头的大苇湾里，苇湾西侧是第五生产队的打谷场，场边上有一道半人高的土墙，恰好成了观众的掩体。湾边有一棵非常粗的大柳树，有一年这树枯死了，村里人恐慌得要命，八老万买来骆驼那年，树又活了，大家照旧恐慌得要命。村里人说这树成了精，说谁要敢动这树一根枝儿，非全家死绝了不行。刚吃完晚饭我们就脚垫着砖头将下巴搁在墙头上等着看好景了。待了一会儿，大人们陆续来了，这季节村里人全吃红薯，大家都消化着满肚子红薯吞咽着泛上来的酸水焦急地等待着。

终于等来了驼铃声。贯穿村庄的大街上，来了骆驼刘书记和民兵连长一行。刘书记上身笔直，端坐在驼峰之间，恰似一尊神像，那天晚上我们看见了纸糊的红灯笼高悬在骆驼背上，民兵连长背着上了刺刀的三八大盖子枪，两位基干民兵扛着红缨枪，腰里别着手榴弹。

在场上，骆驼停住，跳下刘书记，犹如燕子落地般轻巧，无声无息。

民兵连长大声吆喝着，不准众人的脑袋高出场边土墙，否则谁被弹片崩死谁活该倒霉。民兵连长正吆喝着，就听到那株成了精的大柳树上咯吱一阵响，一个黑乎乎的大东西从树上跌下来。

我们的魂儿都要吓掉了，因为红灯笼照出的光明里出现了一具没有头的女尸。也许由于没有了头，她的脖子显得特别长。她身上赤裸裸一丝不挂，一副非常流氓的样子。

众人刚要围成圆圈，就听到刘书记不高兴地说："回去吧，回去吧，一具无头女尸有什么好看的？谁稀罕？谁稀罕就把她扛回家去吧！"

谁也不稀罕，于是大家便懒洋洋地走散了。

又拖了七天，民兵连长站在村中央那个用圆木搭成的高架子上，用铁皮卷成的喇叭筒子喊话，他告诉我们，晚上粉坊开始制做粉丝，先放四颗手榴弹庆祝，放手榴弹的地点还是在村东头的大苇湾里。

傍晚，我们消化着肚子里的红薯趴在墙头上，一会儿，骆驼一行来了。然后一切照旧，惟有树上没往下掉什么怪物。民兵连长站在红灯笼下，满脸严肃。我们看到他拧掉手榴弹木柄上的铁盖子，又用小指头从木柄里小心翼翼地勾出了环儿。他看了一眼刘书记，刘书记点点头。他猛地把手榴弹扔到苇湾里去了。手榴弹出手的同时民兵连长卧倒在地，我们也跟着趴下去。我们等候着那一声惊天动地的巨响。等啊等啊，巨响总不来，大家不耐烦起来，但谁也不敢先站起来。

骆驼打了个响鼻，刘书记站起来，质问民兵连长："你拉弦了没有？"

民兵连长把挂在小手指上的弦给刘书记看。刘书记说："臭火了，再扔个试试。"

民兵连长又扔了一颗，不响。

又扔了一颗，不响。

又一颗不响。

刘书记愤怒地蹦起来，刘书记说他娘的这些破武器怎么能打敌人，下湾去给我拣上来，点上火，烧这些狗杂种，看它们还敢不响。

没有人愿意到湾里去拣手榴弹，民兵连长喊来治保主任，治保主任押来了全村的四类分子：地主分子刘恩光和他老婆、富农分子聂家材和他儿子、伪保长大头于、反革命分子张二林、右派分子孙兔子等等。民兵连长命令道：下湾去把那四颗手榴弹摸上来，摸不上来枪毙了你们这些狗杂种！

湾里水深及胸，半枯的芦苇还没收割，看上去挺吓人。四类分子不敢畏惧，稀里嗯隆下了湾，像一群鸭子。芦苇顿时哗啦啦响了，水被搅浑，凉气和淤泥味儿一齐泛滥上来，冻着我们臭着我们。地主刘恩光的老婆是个小脚女人，一下湾就陷进淤泥里动弹不得，老地主也不敢去救她。

总算摸上来三颗手榴弹，还差一颗没摸上来，刘书记说："算了，算了，就烧这三颗吧！"

第五生产队打谷场上有一垛豆秸，书记令人一齐去抱，抱了一大堆堆在场中央。书记亲自点上火，民兵连长把手榴弹扔到火堆里，转身就跑。刘书记也骑在骆驼上跑了。

跑了足有半里路，刘书记说："停住吧，别跑了，三颗手榴弹炸不了多远，又不是三颗原子弹，跑什么？怕什么？"

经他这么一说，我们都定了心。全村百姓围绕着骆驼站着，远远地望着第五生产队打谷场上熊熊的火光，等待着天崩地裂。豆秸是好柴禾，残存在豆荚中的豆粒儿噼噼啪啪地响着，隔着半里路也能清清楚楚地听到。火大生风，火苗儿波波地抖着，像风中的红旗。火照得半个村子通红，那株成精老树的古怪枝杈像生铁铸成的，有点狰狞。巨响始终不来。

突然，我们看到一个通红的女人扑进火堆里。她张着胳膊，像一只通红的大蝴蝶扑进火堆里。她也许根本不像蝴蝶顶多像一只老母鸡扑进火堆里。她扑进火堆里那一瞬间火堆暗了许多，但立即又亮了起来，亮得发了白。一会儿，我们就闻到了一股香喷喷的鸡肉味。

那巨响还不响，无人敢上去添柴的火堆渐渐暗淡了，终于成了一堆不太鲜明的灰烬。刘书记骑在骆驼上发泄着对手榴弹的不满。此时天上出现了半块白月亮，已经后半夜了，我们四肢麻木，肩背酸痛，衣服上沾满冰凉的露水。

又拖了七天，我们躲在黑暗里观察着被汽灯照得雪白的粉条儿作坊。粉坊是村庄的第一项副业，又是开工头一晚，所以刘书记端坐在正中一张蒙着狗皮的太师椅上。他的骆驼拴在门前一棵桂花树上。我们看不清骆驼，但能闻到它嘴巴里喷出来的热烘烘的腐草味儿。

作坊里的情景你也很熟。那时候他已经十六岁，跟我们差不多，他把头伸到我们头上往作坊里张望着，我们辨别出了他的味道。

"'骡子'，你是大人啦，怎么不到里边去吃粉条儿？""耗子"问。

满屋里流动着滑溜的粉条，我们没有资格进去，他有资格进却不进。"耗子"对女记者说："他从花猪拱出人头的第二天起，就交了好运，刘书记让他住到自家的厢房里，专门饲养那匹宝贝骆驼。从此之后，村里几百口人里，只有两个人有资格骑骆驼，一个是刘书记，一个是他。"

"你那时好神气啊！"大家都说刘书记收你做了他的干儿子。你穿着一身绿色的上衣，上衣口袋里插着一支金笔，小脸儿白白胖胖。有时你骑着骆驼从我们身边路过，我们感到很不如你。有一次我亲眼看到"狼"对他点头哈腰，"大金牙"说，"骡子"总是高我们几个头。

现在你算惨透了，兄弟，为了什么事儿你竟敢把它割下来，你爹可就你一个儿子。

后边的事我们本不愿意对女记者说，但是她老把美国烟卷给我们抽，她还生着四层眼皮，我们便说了。这些事其实我们也弄不十分明白。

据说，"骡子"和刘书记那个三十岁刚出头的老婆勾搭上了，第一次好事就成功在他把头伸到我们头上的夜晚。我们是看热闹的，他是看门道。他看刘书记坐在狗皮椅子上精神抖擞地指挥着生产，一时半晌不会回家，便跑了回去，搂住了他的浪干娘。传说刘书记那个玩意儿一九四七年被还乡团割去了半截，剩下半截自然不顺手，他还偏偏娶了个比他小二十岁的女人，所以，这事儿也就不奇怪了。为什么偏偏有这样的好事被“骡子”碰上呢？那我们就弄不明白了啦。“骡子”那家伙我们是见过的，啊哈，怪不得叫他“骡子”。他大概也把那浪娘们给打发舒坦了。得意忘形，“骡子”倒了霉。

“骡子”被吊在村子中间那栋灰瓦房里挨揍的情景我们亲眼目睹了，“骡子”光着屁股悬在房梁上，刘书记端坐在狗皮椅子上，指挥着民兵连长和两个基干民兵动手。

他可是真耐揍，打死他也不吭声。

后来刘书记拿着一把杀猪刀子要把他那个作孽的玩意儿割下来时他才告了饶。

“他怎么告饶？”毫无倦意的女记者逼问着我们。

他苦苦哀求着：干爹，亲爹，开恩饶了我吧，你砍断我一条腿，也别割掉我的……俺爹就我一个儿子，你不能断了老吕家的香火啊……

“后来呢？”女记者又点燃一支烟。

后来我们就不知道了。因为我把垫脚的砖坯蹬倒了，民兵连长在屋里大喊：谁在外边？吓得我们一溜烟儿窜了。

后来我们就不知道他的音信了，前年才听说他在京城成了大气候。

四、时代英雄

有一个人身穿黑西服，脖缠红领带，嘴叼洋烟卷，鼻架变色镜，斜挎黑皮包，左手戴一块黑色电子表，右手戴一块黄色电子表，脚蹬高腰塑料雨鞋。他是谁？他是继“骡子”之后我们同学中出现的第二位英雄——“大金牙”。当时，他的头衔是：中华人民共和国高密东北乡环球计划生育用品开发总公司总经理兼高密东北乡避孕药制造厂厂长。一年半前的那个下午，“大金牙”就是如此威风堂堂地闯进了我们粉丝作坊。

大家看着他，如目睹天神下凡，一时都成了呆木瓜。他一张嘴吐出了一串掺杂着地瓜味儿的京腔：“我代表毛主席看你们大家来啦！”

我们一时被唬住了，怔怔地望着他，不知眼前是个什么人物。他龇牙一笑，露出马脚。“黄头”冲上去，一巴掌扇掉了他的变色镜，骂道：“大金牙，你这个驴日的也敢糊弄我们！”

“大金牙”急急忙忙拣起变色镜，仔细察看着，说：“开什么玩笑，这个值一百多块钱呢！”

“屁！”“黄头”骂道：“你也猴子戴礼帽，充起人物来了。”

“大金牙”严肃地说：“人靠衣裳马靠鞍，穿差了人家瞧不起咱。我现在是农民企业家了，自然跟你们不一样。”

农民企业家“大金牙”从口袋里摸出一把名片，分给我们每个人一张。拿着，好生拿着，会有用处的，他嘱咐我们，今后进城去，要碰到有人欺负你，你就把名片拿出来唬他。

“大金牙”吃了两碗粉条，脱下雨鞋，坐在炕沿上，搓着脚丫泥，给我们讲他这次进京的奇遇。他的雨鞋里散出一股比屎还难闻的味道，外边大晴的天儿，这英雄却偏要穿高腰雨鞋。

“大金牙”告诉我们，他这次去京城，是去采购机器设备和原料的，避孕药可不是粉条，随便捣鼓就能捣鼓出来的，当然当然，我们连忙说。避孕药是尖端化学，他说，要有技术，你们知道吗？我们知道。你们不要小瞧我，哼，还记得给“狼”当学生那年头吗？那时候吾即是大才子！门门功课总是考百分，县里把吾当典型宣传。我们实在记不起他考过百分，更不知道何年何月县里宣传过他。所以他说“吾即是大才子”时，“黄头”说：你是狗鸡巴！骂他狗鸡巴他也不恼，他撇着京腔继续说：因故辍学后，吾发愤自学，学完中学大学的全部课程，吾省吃俭用，节约了钱购买专业书籍和实验器材，当你们整天为了几个工分卖命时，我已研究成功了一种特效避孕药……怪不得你老婆不生孩子，八成是吃了避孕药了。对对，我这种药吃一片管十年，一个女人一辈子只要三片就够了，而且没有任何副作用，京城里那么多反动权威花费了成千上万的金钱才研究出了那种越吃生孩子越多的避孕药，还有那么大的副作用，吃了后头晕眼花，大便秘结，小便带血，四肢麻木，口舌生疮，头发脱落，牙龈脓肿……我这药没孕避孕，有孕打胎，兼治月经不调，子宫下垂，跌打损伤，口臭狐臭……够了够了，大金牙，金牙厂长，别要贫嘴了，我们早就让马医生劁了，"老婆"没劁但"老婆"的老婆劁了，谁也不会买你的避孕药……但是，他们全都不理我，我去国家专利局申请专利，刚一进大门就被警卫抓起来，他们踢了我三脚扇了我两耳光，还说我是骗子。"活该！""老婆"说。

"大金牙"说他流落在京城街头，口袋里一个子儿也没有，身上生了虱子，遍体瘙痒，肚中饥饿，好像只有死路一条。他忽然神秘地说：伙计们，我跟你们说，天无绝人之路！你们猜我碰到了谁？

难道你碰到了他？

不假。吾流落街头，正是虎落平川遭犬欺。忽然看到一男一女两个漂亮青年——那女的比四层眼皮女记者还漂亮——男的提着一桶浆糊，女的夹着一沓海报。他逢墙就贴。那海报上写着：著名青年歌唱家吕乐之今晚将在首都体育馆演出！良机千载难逢！切莫错过。"骡子"！吾大喝一声，"骡子！"那一男一女气汹汹走上来，男的问：他妈的，你骂谁是"骡子"？女的说：打这个丫挺的！他们说打就打，打得吾眉头一皱，计上心来。我从口袋里掏出吾的名片，说：别打吾！吾是高密东北乡特效避孕药制造厂厂长，吕乐之是吾的同学。他们一听这话，立刻就不打吾了，反而满脸带笑向吾打听"骡子"的情况，吾说"骡子"身上有几个疤吾都知道，吾正要找他呢！吾要他们带吾去找他，他们说见他可不容易，他忙着呢！吾灵机一动计上心来，吾说他家的旧房基上挖出了一坛金元宝，让他回去处理呢！吾略施小计，把那两个人骗得屁颠地把我带去见"骡子"。

“你见到‘骡子’啦？”我们一齐问。“骡子”的大名早已震动了高密东北乡，但是他不回来。

“你瞎吹吧！”“耗子”说。

“谁瞎吹？”

“大金牙”一着急嘴里喷出了粉条渣渣，他说，“谁瞎说谁不是女人生的，谁瞎吹谁是骆驼生的。”

“他还是给刘书记养骆驼时那模样吧？”

不，绝不，他活像个大人物，他已经就是个大人物对不对？那两个贴海报的带着吾坐了大车坐小车，七拐八拐，大街小巷，大花园小花园，到处都是冬青树和花草，红的黄的粉的蓝的，什么颜色的都有，京城好漂亮，比咱高密东北乡漂亮的一万倍！吾都要转头晕了，才转到他的家。那两个年轻人吩咐我站住，他们去敲门，他的门上装着电钮，根本不用敲，轻轻一按屋里就唱歌。待了好久，门开了，露出了一张又白又瘦的脸，吾一眼就认出了他的眼。这家伙，两只眼还是那样贼溜溜的。那两个青年人点头哈腰地说：吕老师，来了一个你的乡亲。“骡子”把眼移到我这边来了，吾忙上前两步，大喊：“‘骡子’！‘骡子’！好你个骚骡子，半辈子没见你了！”他冷冰冰地问：“你是谁？”吾忙说：“我是你的同学大金牙呀！”他摇摇头说：“你找错人啦，我不认识你！”吾正要分辩，他早不理我了，他训那两个年轻人：“以后不要给我添麻烦！”那两个年轻人连连道着歉，门砰一声关了。

“这小子，连乡亲都不认了？”我们感到愤怒。

听我说，听吾说，那俩年轻人恶狠狠地转过脸来，三拳两脚就把我打得满地摸草，那女的踢人比那男人还狠，她的鞋头又尖又硬，像犍子牛的犄角儿。要是再敢骗人就把你送到派出所里去！那女人说。吾趴在楼梯上不敢动弹，装死吧，好汉不打装死的。吾听到他们咯咯噔噔地走远了，才敢扶着楼梯站起来。“骡子”！这个王八蛋！吾心里很难受，止不住的眼泪往下流。这地，听到头上一声门响，“骡子”的门开了。他站在门口说：“金牙”大哥，请留步。

"大金牙"故意停顿,眯着眼看我们。

他把吾请进他的家。他说离家乡多年,记不清了我的模样,不是有意疏远同学。他说经常有人去敲诈他。他的家里铺着半尺厚的地毯,一脚踏上去,陷没了踝子骨。屋里墙上挂满了字画儿,那些箱儿柜儿的,油汪汪的亮,天知道刷了什么油漆。人家"骡子"拉屎都不用出屋儿。人家喝的是法国酒,抽的是美国烟,裤子上的缝儿像刀刃儿一样。他还是蛮记挂我们东北乡的,问这问那,打听了若干。

问我们了吗?

问遍了!一边问一边说着"狼"打学生的事儿。他说"狼"的教鞭是他削的,"狼"打弹弓用的泥球儿也是他搓的。

啊呀!这家伙!

他还问"小蟹子"和"鹭鸶"了。他还记得到"蟹子"家窗前唱情歌儿,被"蟹子"的爹差点逮住的事儿。

只可惜"小蟹子"住进了精神病院。

我们正说得热乎着呢,有人按门上的电钮儿,屋里唱小曲儿。"骡子"让我坐着,他起身去开门,吾听到他在门口和一个女人嘀咕了半天,后来那女人闯了进来。你们猜她是谁?

是那个四层眼皮的女记者呀!她进门就脱衣裳,没脱光,她说大金牙,你还认识我吗?我说认识认识怎么能不认识呢?她支派"骡子"给她倒酒。"骡子"忙不迭地给她倒,红酒,盛在透明的玻璃杯子里,像血一样。那女人也把你们全问遍了。

后来,屋里又唱小曲儿,又有人按门上的电钮儿,"骡子"坐着不动,那小曲儿一个劲地唱。四层眼皮不怀好意地说:"去开门呀!怕什么?"骡子"苦笑着,坐着不动。女记者从沙发上蹦起来,说:你不敢去我去。"骡子"耷拉着头,像吃了毒药的鸡。女记者开了门,气呼呼地进来,她身后又跟来一个女人。这女人一头好头发,像钢丝刷子一样支棱着,薄薄的嘴唇上涂着红颜色,像刚吃了一个小孩,一看就知道不是个善茬子。她也是一进屋就脱衣裳,也没脱光。"骡子"说:

这是我的乡亲。那女妖精哼了一声，算是跟我打了招呼。她也是让“骡子”给她倒酒，“骡子”起身给她倒，红酒，盛在透明的玻璃杯子里，像血一样。那女人喝着酒，拿两只蓝眼睛瞪着四层眼皮的记者；四层眼皮的记者也喝着酒，拿两只绿眼瞪着红嘴女人。就那么瞪着瞪着，四只眼睛里都噗噗噜噜地滚出泪水来。“骡子”给夹在中间，对这个笑笑，对那个笑笑，像孙子一样。

吾不是傻瓜，对不对，咱知趣，吾说：“骡子”，吾走了，抽个空儿去趟高密东北乡吧，乡亲们想你！“骡子”站起来，说：也好，你住在什么地方？赶明儿我去看你。不待吾回答，四层眼皮就蹿起来，扯着嗓子喊：别走，吕骡子，你这个臭流氓，当着你的乡亲的面把你的丑事儿抖搂抖搂吧。你骗了我，又找了一个女妖精。那女妖精更不省事，端起酒杯就把酒泼到女记者脸上了。两个女人哇地一声叫，打成一堆，互相揪头发，互相抓脸皮，互相扇耳光，打成了一堆，在地上滚，幸亏有地毯，跌不坏。“骡子”喊着：够了！够了！你们饶了我吧！

两个女人打累了，从地毯上爬起来，脸上都是血道子，头发都披散着，衣裳都撕了，都露了肉，都哭着骂骂着哭。哭够了骂够了，女记者拎起衣裳，说：大金牙，回高密东北乡去好好宣传他！她还对那女妖精说：告诉你吧！别得意，他从小就是流氓，你早晚也要被他涮了！女记者走了。女妖精也拎起衣裳，说：告诉你，我怀孕两个月了，你别想让我去流产！你连想都别想！

两个女人走了。“骡子”双手抱着头，好久好久不动，好久好久不吭气。我看着他那样子心里好不难过，原来他也不容易。我想劝劝他，又狗吃泰山无处下嘴。我说：“骡子”，回家乡去看看吧，刘书记前年就死了，骆驼也死了，在家时你还是个小毛孩子，小毛孩子谁不干点荒唐事？现在你给家乡争了光彩，大家都盼着你回去呢！

他呜呜地哭起来，双手抱着头，像个小孩儿一样。他哭了半天，不哭了，他说：我真不该唱什么鬼歌，真恨爹娘生了我个男人身，我是个男人所以我连连倒霉，总有一天……

他说：你们听过我唱的歌吗？我说：听过听过，大人小孩都听过。他说：县里领导来信请我回去唱歌，我要回去，马上就回去。他说："金牙"，今晚的事你回去千万别跟同学们说。我说：不说不说。他说：回去后我要到剧场里演唱，到时你们都去给我捧场。

"骡子"马上就要回来了。

一辆红白两色的面包车把我们拉进了县城，面包车跑得沙沙沙一溜黄风，坐垫儿软得屁股不安宁。"大金牙"、"黄头"、"耗子"、"老婆"、"干巴"……"狼"的学生挤满了车。一个留着小平头的干部说："吕乐之同志委托我来接你们看他演出，他正陪着县长和副市长吃饭。他说请你们原谅他。"

我们想，你也太客气了。你现在是何等人物，请我们坐面包车已经让我们心里蹦跳不安，怎么敢劳动你亲自来接我们。车里有收音机或是录音机，机器开放着，满车里都是你的歌声，灌得我们晕晕乎乎，半痴半醉。

车快得连路边的树都倒了，差一点撞死一条白花狗。他的歌声在车里盘旋——十八的大姐把兵当——这歌儿流传在高密东北乡大人小孩都会唱。我们一起骑在牛上唱过——当兵就吃粮——大米干饭白菜汤——馋也么馋得慌——又差点压死一只芦花老母鸡，它叫着飞上了树——当兵先铰成二刀毛——过腚的大辫子咔嚓剪掉了——腰扎牛皮带——肩扛三八枪——身披黄大氅——车头碰死一只麻雀——当兵去打仗打仗不怕死——两个营的八路埋伏在大桥西——正晌时接了火——打死了小日本一百还要多——撇下了一百多尽是好家伙——战斗胜利了——同志们好快活——车进县城，满街都是车，十分热闹——同志们好快活——拐进了一个大院子，那留平头的干部说到了县政府了——同志们好快活——同志们好快活。

我们软着腿下了车，就看到瘦瘦高高的"骡子"陪着两个大干部向我们走过来。

我们坐在好极了的位置上，前边是市里和县里的大干部。剧场里全是灯,不知道浪费了多少电。那道暗红的大幕沉重地悬挂着,吓得我们够呛。剧场的门厅里,摆着一幅巨大的广告牌,牌上画着一个大姑娘,面带着微笑,手举着一个大瓶子,她说:请吃高密东北乡特效避孕药。大金牙满脸的得意都流到下巴上去了,他不时地抬起西服的袖子擦着下巴。

他怎么还不出来呢?别着急,好戏都要磨台。你看,幕动了!大幕果然裂开一条缝,一个全身通红的女人钻出来。她的两个耳朵垂上挂着两个鸡蛋那么大的铜铃铛,一动脑袋铃儿响叮当,让我们想起刘书记的骆驼。她说:剧场重地,请勿吸烟,请勿吃带壳的东西!说完了她就钻到大幕里去了。

大幕终于拉开了,我们头顶上的灯灭了很多,台上的灯亮了好多。台上早摆好了一大溜蒙着白布的桌子,桌子后边坐着一排人,一个人扛着机器,给坐在桌子后边的人照相,一个人拖着黑电线,还有一个,高举着一个四四方方的东西,那东西突然射出了一道雪白的光芒,把桌子后边的人都照得不敢睁眼。"骡子"坐在正中央,只有他睁着眼,好像看着我们。又出来一个全身碧绿的女人,裙子里安装着几十个明明灭灭的小灯泡。稀奇稀奇真稀奇。她背上背着什么?"黄头"悄声问。"大金牙"说:背着干电池呗!她说了一大通话,紧接着县长讲话,紧接着"骡子"讲话,后来,大幕关闭了。

大幕又开了时,台上的桌子撤走了。县长他们下了台,在我们前排就了座。那个绿女人说:演出现在开始!台下一片欢呼。她说第一支歌是:高密东北乡,我可爱的家乡。

"骡子"穿着一身白得让人不敢睁眼的西服,手里握着一个喇叭筒子,说了些客气话呜里哇啦,然后开始唱:

我的家乡真美丽——

这小子,真会装模作样,美丽?美丽在哪里?

黑水河从我的心上流过——

我们忘不了你在河里洗澡时的恶作剧——

到处是大豆高粱红红绿绿黄黄遍地是牛羊——

纯属胡唱，胡唱——

百花齐放春风浩荡蜜蜂采花把蜜酿……

你唱得实在不精彩，著名民歌演唱家，不过是扯着喉咙瞎嚷嚷。

为了老同学，我们使劲拍巴掌。

那个穿红衣裳的女人把一把塑料花塞他怀里，演出到此结束。我们连连打着哈欠，等着他来接见我们。

他跟我们一一握手，还送给我们每人一个电子打火机。

面包车把我们卸在村口就跑了。满天都是星星，河里一片蛤蟆叫，空气潮漉漉的，露水落下来，我们啪啪地打着电子打火机，你照照我的脸，我照照你的脸，“大金牙”神秘地说：

“伙计们，你们猜他跟我要什么东西？”

“你有什么稀罕东西值得他要！”

“你们猜嘛！”

“鬼才去猜！”

“我告诉你们吧——可别瞎传播——他跟我要那种特效避孕药！”

“噢——你那鬼药灵不灵呀！”

“灵灵灵，绝对灵，我这药有孕堕胎，没孕避孕，兼治经血不调，胸胁胀满……”

“去你的吧！”

五、“大金牙”折腾记

“大金牙”的爹就是个人物。我们没见过他的爹，他死得很早，也有人说他成了仙。我们听我们的爹娘说，“大金牙”的爹本是个老实巴交的庄户人。说有一天他到南大洼里去锄高粱，碰见了一个白胡子老头，送他一本天书，那天书上写满了蝌蚪文，没有人会念，只有

“大金牙”的爹会念。天书上写着炼仙丹的方法，只要炼出仙丹，谁吃了谁成仙。他天天炼，在屋里安了一个铜炉子，铜炉子下插着劈柴。他炼丹用的材料稀奇古怪，什么砖头面儿，磕头虫儿，屎壳郎儿、麻雀蛋，蝙蝠屎，长虫皮……全村都能闻到从炼丹炉里跑出来的味儿。他天天炼，炼了好几年，有时他上街，人们问他：炼出来了没有？他小声说：要想个法子，要想个法子。每当我要开炉出丹时，狐狸精就把丹给盗了，大家都笑他。他最后想了个好法子：开炉取丹时，让一个正来例假的女人站在炉边，狐狸精怕女人血，就不敢来盗仙丹了。说他出丹那天，“大金牙”的娘站在炉边，一开炉门，果然白气冲起，差点没把屋盖掀跑，他的脸在白气中隐现着，赤红赤红，宛若一块炉中钢。白气渐渐散去，低头看炉中，果然有一粒像樱桃那般圆润像樱桃那般鲜艳的仙丹在炉底闪闪发光，空中伸下一串串毛茸茸的大尾巴，房顶上传下来狐狸精焦急的吼叫。他命令女人解开裤腰，放出秽气，狐狸们退了。他抓起仙丹一口吞了，把“大金牙”的娘气得够呛。他吃了仙丹后，满脸是喜气，双眼放着神光。他抱出一堆黄表纸，放在院子里，然后坐在纸前，点燃了纸，对老婆说：我要上天了。他老婆纳着鞋底子看着他的升天仪式。火焰高涨起来，纸灰满院子飞舞。一会儿火熄了，他还坐在那儿，闭着眼。“大金牙”的娘上去，踢他一脚，说：神仙，该吃饭了。竟然没有回声，仔细看时，人已经没了气息。“大金牙”的娘嚎哭起来，引来村里人看热闹。一个白胡子老头说：你哭什么？他已经脱了凡胎，成了神仙，你哭什么？“大金牙”的娘擦着眼说：这个没良心的，炼出仙丹来只顾自己吃，他成仙上天，俺娘儿们还得留在人间受罪。

“大金牙”的避孕药厂开工那天，村子里的老人把“大金牙”的爹炼仙丹的事儿讲给好多人听。

开工那天，吕家祠堂挤满了人。村长和村党支部书记各操一把大剪刀，剪断了把我们当年的教室和“狼”当年的办公室联结在一起的红绸子。红绸落地，鞭炮响起，纷纷扬扬的纸屑和淡蓝色的青烟一起扎进我们的眼睛。然后是书记讲话，村长讲话，“大金牙”讲话。他说他要造福乡梓，降低出生率，提高人口质量等等。他私下里对我们说过，“骡子”很欣赏这工厂。他说“骡子”说中国所有的事情就坏在人口多上，人类的所有苦痛都建立在性交之后可能怀孕这一严酷的事实上。所以他才帮我的忙，在京城里。“大金牙”在粉坊里对我们说。所以“大金牙”说他的工厂得到著名歌唱家赞助，为表感谢，他请“骡子”担任避孕药厂厂长。今后，我们生产的每一盒药的盒子上，都要印上“骡子”的头像和“骡子”的大名。

——这就是轰动一时的骡子牌避孕药的来由。祠堂里的坛坛罐罐就不说了，还有那些五颜六色、怪味扑鼻的配料也不说了。

“大金牙”的工厂冒烟之后，整座村子都被那怪味充斥了。闻了那怪味我们都感到不舒服。起初仅仅是不舒服，后来就恶心伴随呕吐，腹痛伴随腹泻。还有很多症状，不能一一例述。我们并没想到这是被“大金牙”折腾的。后来，连鸡蛋不下蛋了，鸡都蹲在墙旮旯里吐酸水。又后来，村里所有的男人都无法跟女人睡觉了，女人更彻底，据她们回忆道：自从闻了从吕家祠堂里飘来的味道后，她们都没了例假，而且一见了男人的影子就想上吊。

“大金牙”研制的这种药太厉害了。

据说他发出去了一批药。

很快，有消息传来，说“大金牙”制造毒药，损害了人民健康，公安局要来抓他。我们把这消息告诉了他。当天夜里他就失了踪。也有人说他藏在自家的一个地洞里。

“大金牙”办工厂时除了从信用社贷款外，还借了村里好多人的钱。他一失踪，债主们纷纷找上门去。他老婆装死狗，说要钱没有，要命有一条，债主们无奈，只得争先恐后往吕家祠堂跑，想看看那里有没有可以抵债的东西。信用社主任想独家把工厂接管了，债主们红了眼，一窝蜂拥进工厂里去。

那天我们都在场，铁皮烟囱还冒着一种鲜艳的红烟，十几个戴着防毒面具的雇佣工人还在按照“大金牙”指导的程序制药。一个大炉里有通红的火，屋里的空气刺鼻子扎眼。大家打量着“设备”，都失望得要命。于是村长喊：别干了，“大金牙”跑了，我们都被他骗了。

工人们停下手中的活，傻不棱登地看着我们。众人的怨气无处发泄，便一齐动手，把那些坛坛罐罐捣得稀巴烂，然后捂着鼻子跑了。

那股怪味儿在我们村子里飘漾了一年多，现在才淡了些。

六、人头菊花

这件事情仅仅是传说。据说有一个人佯装走了，实则趴在道路旁边的沟里藏了起来。我们至今还记得，沟里填满了一大团一大团的红薯秧子，趴在上面会很舒服。我们猜测那个人是“骡子”，但他坚决不承认，“耗子”曾经问过他。

传说那个人看到刘书记、民兵连长和两个基干民兵待到大队的人走远后，就坐在一块抽烟。抽够了烟，就点了一把火，把红缨枪挑了人头，放在火上燎，燎得吱啦啦冒烟才停。还说有好几条狼在火堆的光明外一个劲儿嚎叫。两个民兵中的一个有点害怕，刘书记批判他：怕什么怕？不是有枪吗？

他们没有对着狼开枪。

回忆一下，在赶猪回家的路上我们也许听到过枪响，如果有枪声，也一定是劳改农场里士兵追赶逃犯时放的。

潜伏者说，民兵连长从骆驼背上拿了一条麻袋把人头装了。刘书记骑上骆驼，民兵连长等人尾随着，向村子里走。

传说刘书记把人头埋在一个大花盆里，花盆里栽着一墩菊花，然后浇上三碗清水。刘书记家院子里的确有一盆菊花，这不是传说。第二年秋天刘书记那盆菊花开放了，这也不是传说。

你那时已经是刘书记的骆驼饲养员。你除了精心饲养骆驼外，还必须精心侍弄这盆菊花。你为它浇水，抓虫子，赶苍蝇。传说这盆菊花只开了一朵花，花朵肥大，大如人头，颜色是黑得透红或红得发黑，花朵放出奇香。说归说，我们没看过这盆名菊。

我们亲眼看到那盆菊花是他逃跑后(用失踪更准确些)的那些日子里，那盆菊花在刘书记怀里，刘书记在骆驼的两个驼峰之间。那个中午太阳很大，街上的尘土都放出光彩。刘书记抱着菊花坐在骆驼上，骆驼闭着眼慢腾腾地走着，那两座驼峰中的一座软瘪瘪地倒了，刘书记和骆驼都像梦境中的东西，惟有菊花夺目，放出黑色的亮光和阳光作对。算一算这事情过去二十多年了。

他在收音机里唱：有一个美丽的传说，少女的头上，开放了黑色的花朵……

也许这不是传说。算了算了，管它是传说还不是传说呢。

七、巨　响

至于是否有大蝴蝶般的女人扑进了熊熊燃烧的火堆，也只能当传说听。那晚上我们太累了，太累了就容易产生幻觉，另外火光外站着的人也容易产生幻觉。还有前回所说的好多事儿都可能是幻觉，连传说也有可能是幻觉。幻觉本身更容易成为幻觉。因为把一切都推给幻觉我们感到很轻松，有点像从噩梦中醒来的滋味。他真的把传家的宝贝割下来了？我们是否真的站在他的门外呼唤过他？都不确定。

巨响的幻觉性也很大。那天晚上，火堆里埋了三颗手榴弹，刘书记的意思是要烧得它们爆炸，但火堆快要把最后一点红烬消失掉时它们还不炸。如果不是幻觉，那么，我们就慢慢地围上去了，每个人都小心翼翼，一边小步前进一边准备随时卧倒，其实，它们真想爆炸，我们根本来不及卧倒。

“黄头”很有些军事常识，他说手榴弹放到火里烧都不炸是不正常的，它们迟早会爆炸，我们每前进一步，就离着爆炸近一步。一般地说三颗手榴弹会同时爆炸，同时爆炸就会产生一声巨响。弹片有杀伤力，更大的杀伤力来自爆炸时产生的热气浪。它能隔着肚皮把你的肠子撕成香蕉那样长的一段一段又一段。

八、情深时想起爹娘夜捞羊

我们坚信我们的真诚会使你感动，你会敞开你的门，放我们进去，让我们安慰你，我们决不会主动问你为什么要割掉自己的下体，鸡吃石头子儿自有鸡的道理，你自有你的道理。你必定是感到非割掉它不可了时才把它割掉的，我们打听到一个办法，可以让它再生出来。也不是我们打听到了什么办法，是失踪的“大金牙”不知从什么地方寄给我们一封信，他说吾惊悉“骡子”自己毁了自己，吾想他一定是一时激动，这太简单了，就像猫儿爬上树也必然能从树上爬下来一样。吾想只要“骡子”肯把他唱歌挣来的五十万块钱借给吾五万块，吾就还他一个男人身子，五万元买个金刚钻儿，不贵吧？说到这里还得补充几句：不是说“大金牙”发出去一批药吗，那批药被京都里一些人吃了，男人女人都吃，吃了后都想自杀，于是一级一级查下来，听说公安局夜里摸进村庄来逮捕“大金牙”，没逮着。他的药太峻烈了。我们真担心“骡子”花了五万元买来一根可怕的。

你皱着眉头对我们说：“滚！全都滚！”

“骡子”，我们好主好意来看你，没有一丁点儿恶意，为什么要我们滚呢？你走红运的时候我们并没有去找你，你现在正倒霉，倒霉的人需要友谊是不是？

“你们根本理解不了我！”你满面红光地说，“我好得很！”

“就冲你好得很，也该把你的烟拿出来，让老同学们过过瘾，那四层眼皮的女记者还把她的美国烟卷扔在炕上，让我们随便抽来着。”

你的脸阴沉起来。好，我们不提那女记者啦，她要是再敢到我们村里来刺探你的情报，我们就劁了她的蛋子儿。她说你跳到护城河里救上了一个小孩真有这事吗?

你摆摆手,把烟撒给我们抽。

这恐怕又是幻觉的继续。

他说:你们不理解我,你们只理解肚子和牙。

他在门里,我们在门外,我们听到他的声音,如同一条小溪里的流水声:

……市精神病医院你们去过吗?你们去看过“小蟹子”吗?没有,我们没有时间去。她在县百货公司站柜台卖彩气球时“大金牙”见过她一面,“大金牙”说她胖得很厉害,一张大脸白白的,眼睛比她少年时小了许多,“大金牙”说她可能是浮肿。对对对,她原先是卖过磁带什么的,后来“大金牙”说她又去卖气球了。她一手攥着一把气球的线儿,头上飘着两大簇五颜六色,嘭嘭地响。市精神病医院门前有一棵大槐树,槐树上有窝老鸹,见人到树下它们就呱呱地叫。你们猜不到我为什么要去看她。医生不让我进去,说她很狂躁,打人咬人什么的。后来我拿出了我的名片给医生,医生说:你就是那个唱歌的呀,你非要见她?那你赶快到街上去买两把气球儿,必须彩色的……

我举着两把气球儿,像举着两把鲜花,走进了她的病房,她坐在椅子上,手捂着脸,正在那儿叽里咕噜的骂人。医生喊了一声,她把手从脸上拿下来,两眼凶光,好像要跟人拼命。但是她的眼立即柔和了,她看见了气球。她喃喃着,像个小孩子一样偎上来。给我……给我吧……我给了她,她举着气球跳起来……

现在,你们可以走了吧?

滚,都滚,不要惹我发火!

“耗子”神秘地对我们说,那天你们走了以后,我又回去了。我站在他的门外只敲了一下门,他就把门打开了。他一团和气,穿得整整齐齐,先让我喝了盅满口都香的茶,又让我抽美国烟。我仔细(当然是偷偷地)打量了一下他的那地方,鼓鼓臃臃的,并不像少点儿什么,那事儿怕又是造他的谣言。他对我说这次回来是体验生活,搜集民歌民谣,找了我们几次都找不到,他还说你们有意疏远他。他说你回去跟“黄头”他们说:“骡子”永远变不成马,唱歌的事儿本没有什么了不起,是个人就能。他说在外边混饭吃不能太老实,太老实了就要受欺负,他说回乡后可得老老实实,一就是一二就是二,骗子就怕老乡亲嘛!他问了好多好多事,他说压根儿就没见过“大金牙”,“大金牙”去京城那些日子,他正在日本国演出呢。他说他很想去看看“小蟹子”,只是不知道精神病医院在什么地方。他还说“鹭鸶”这家伙太过分了,怎么可以打老婆呢?“小蟹子”大概是世界上最优秀的女人了,可现在竟被他折腾疯了。

“耗子”说,我还问了他一些早年的事,譬如说摸“小蟹子”的胸脯的事儿,夜里捞羊的事儿。他有些伤感地说:光阴似箭,转眼就是二十年啦。他说那纯粹是小孩子胡闹,根本算不上恋爱的,“鹭鸶”如果连这都不能原谅,那可实在太糟糕了。我是摸了她一下,她跑了,我可吓得没了脉,棍子一样戳在河堤上,只想跳河自杀。第二天上学时,我生怕她告诉了“狼”,“狼”要是知道了我敢摸女生的胸脯,非把我打死不可,她没有告诉“狼”,我心里感谢她,感谢极了。从此之后我再也不赶着羊追她了,也没有羊好赶啦,那只母羊掉到河里淹死了,那只公羊累瘫了。说到这里他和我都哈哈大笑起来。

“耗子”还说,他说他摸“蟹子”时肯定被“鹭鸶”看到了,当时他就恍惚看到一个瘦长的影子在高粱地里晃动。他说他呆立在河堤上,不知过去了多少时间。爹娘的声音伴随着一盏红灯愈来愈近,一直逼到他的眼前。他不动,准备豁出皮肉挨揍了,奇怪的是那晚上爹和娘都变成了菩萨心肠,不打他也不骂他,只是轻轻地问他那只母羊哪里去了。他说母羊滚到河里去了。于是,爹和娘便脱外边的长衣服下河去捞羊,爹高举着红灯笼,生怕被水浸湿了,河里哗啦哗啦响着,爹和娘的身体被灯笼火照得朦朦胧胧，显得很大很大。突然听到娘说：摸到了摸到了！爹举着灯笼凑上去。突然又听到爹和娘的怪叫声一拖很长，灯笼掉在河里，随水漂去，爹和娘挣命般扑腾着爬着岸上来，浑身滚着水。黑暗中看不到他们的眼睛，但能感觉到他们在颤抖。爹扛起瘫在地上的公羊，娘拖着我，飞快地往回跑，直跑得上气不接下气，直跑得爹与羊一样摔倒在地，才停止喘息。娘说：我的亲娘，吓煞我啦！我还以为是咱们的羊呢？谁知道竟是——爹低声说："少说话，'路边说话，草窠里有人'！"娘不敢吱声啦。

"耗子"说得满嘴白沫，我们也听累了。你别说了，既然他不嫌弃我们庄户人，咱们明儿个一块去看他吧。好！明儿去看他。

九、汽车尾灯的光芒

"骡子"，"骡子"，开门吧，我们拍打着你的门板，我们呼唤着你的名字，你不开门也不回答，昨天"耗子"不是骗我们就是他产生了幻觉。我们很失望地往回走，太阳高升，空气清新，你应该出来走一走，现在田里的活儿不忙，我们愿意与你一起散步，看看我们的墨水河，看看我们的劳改农场新建成的飞碟式大楼。一群剃着光头、穿着蓝帆布工作服的囚犯们在大豆地里喷洒农药，风里有不难闻的马拉硫磷味道。劳改犯里藏龙卧虎，你还记得我们村那栋红色大粮仓吗？那是一个六十年代的老囚犯设计的。那时候我们经常跑到劳改农场的大片土地里去割牛草，一边割草一边看那些老老小小的犯人。警卫战士抱着马步枪骑在膘肥体壮的战马上，沿着田间小径来回巡逻。马上的战士很悠闲，马儿也很悠闲。战士噘着嘴唇吹着响亮的口哨，马儿伸出嘴巴去啃小径上的草梢。我们最喜欢看女犯人。她们也都穿着一色的劳动布工作服，或锄地或割草或摘花。有一个女犯人特别好看，嗓子也好听。她们摘棉花时总要唱歌儿。碧蓝的天上游走着大团的白云，好多鸟儿尖声啼叫。也有战士骑着马在小径上巡逻，但他不吹口哨，他的马步枪大背着，他手里握着一根树条儿，无聊地抽打着棉花的被霜打红了的叶子，犯人们很欢乐，一边摘棉花一边唱歌。她们的歌声至今还在我们耳边上嗡嗡着，你在收音机里唱过她们唱过的歌。我们无论如何也要把你请出来，让你跟我们一起去看犯人干活去，犯人们在劳动时都高唱着你的歌曲。

从前有一个姑娘
在墨水河边徜徉
骑红马的战士爱上她
从脖子上摘下了马步枪

失踪好久的"大金牙"突然出现在我们的粉坊里。电灯的光芒把粉坊变得比汽灯时代更白亮。在电灯的光辉下，我们才明白那个四层眼皮记者所说的"汽灯比电灯还要亮"的话是骗我们玩的。"大金牙"好像从来就没逃跑过，他穿得更阔了，京腔更浓了，脚上的塑料雨靴换成了高腰牛皮靴。一进粉坊他就说：

"伙计们，不要问我从哪里来。"

然后他分给我们每人一张名片，每人一支香烟。他再也不脱鞋搓脚丫子泥了，他连坐都不坐，嫌脏啊，小子。他说：真正的好汉是打不倒的，打倒了他也要爬起来。谁是真正的好汉呢，"骡子"算一条！吾算一条！

他说他筹到一笔巨款，准备兴建一个比上次那个大十倍的工厂。这家新工厂除了继续生产特效避孕药之外，还要生产一种强种强国的新药。这种药要使男人像男人女人像女人。除了生产这种药之外，还要生产一种更加宝贵的药品，这种药虽说不能使人万寿无疆，但起码可使人活到三百五十岁左右。

当我们询问他是否见到"骡子"时，他说：见过，太见过了，在京城我们俩经常去酒馆喝酒。

我们一齐摇头。“大金牙”你过分啦,“骡子”回家乡把自己关在屋子里已经好久啦,你不是还写过一封信向他借钱吗?

“大金牙”脸上的惊愕无法伪装出来,他瞪着眼说:“你们说什么胡话?发烧烧出幻觉了吧?”

他逐个地摸着我们的额头,更加惊讶地说:“脑门儿凉森森的,你们谁也没有发烧呀!”

“老婆”说:“你摸摸自己发没发烧!”

“大金牙”说:“让我发烧比登天还难!”

该介绍一下“老婆”的由来了。“老婆”本名张可碧,现年三十八岁,男性,十五年前娶一女人为妻,生了一男一女,为计划生育,其妻于一九八四年去镇医院切除了子宫和卵巢。本来女性绝育手术只需结扎输卵管,但“老婆”的老婆的子宫和卵巢都生了瘤子,只得全部切除。为什么我们要把“老婆”这外号送给张可碧呢?只因张可碧父母生了六个女儿后才得到这个宝贝儿子,为了好养,所以可碧从小就穿花衣服,抹胭脂。父母不把他当男孩,他就跟着姐姐们学女孩的说话腔调,学女孩的表情、动作。等他长到和我们同学时,他的父母不准他穿花衣服了,但他的那套女人腔、女人步、女人屁股扭却无法改变了,所以我们就叫他“老婆”。

他的老婆切除了子宫卵巢后,嘴上长出了一些不黄不黑的胡子,嗓子变得不粗不细,走路大踏步,干活一溜风,三分像女七分像男。在这样的女人面前,“老婆”真成了他老婆的“老婆”了。

“大金牙”说:“骡子”富贵不忘乡亲,是个好样的,当然吾也不是一般人物,吾名气没他大,但脑袋里的化学知识比他多。我们被他给打懵了,听着他胡说,想着我们是不是真的去敲过“骡子”的门?“骡子”是不是真的回到家乡?

“大金牙”说:京城里有一家全世界最高级的红星大饭店,吾和“骡子”在那里边住了三个月。一天多少房钱?不说也罢,说出来吓你们一跳两跳连三跳。

"骡子"活得比我们要艰难得多！是啊，像他这样的人怎么会艰难呢？又有名，又有利，吃香的喝辣的，漂亮女人三五成群地跟着。吾原先也这么说。可是"骡子"说："大金牙"老哥，你光看到狼吃肉没看狼受罪！名啊名，利啊利，女人啊女人！都是好东西也都是坏东西。就说名吧，成了名，名就压你，追你，听众就要求你一天唱一支新歌，不但要新而且要好。不新不好他们就哄你、骂你，对着你吹口哨，往你脸上扔臭袜子。还有那些同行们，他们恨不得你出门就被车撞死。还有那些音乐评论家们，他们要说你好能把你说得一身都是花，他们要说你坏能把你糊得全身都是屎……他说：我真想回家跟你们一起做粉条儿……

他真能回来吗？我们用眼睛问"大金牙"。

"大金牙"说：吾劝他千万别回来，宁在天子脚下吃谷糠，也不到荒村僻乡守米仓。他咕咚灌下去一盅酒，眼圈子通红，咬牙切齿地说：我不会回去的！我当年就是为了争口气才来这儿的。如果不成功，回去也无用。吾对他说："'骡子'，你已经够份了，何必那么好胜，能唱就唱，不能唱就干别的。"他又喝了一杯酒，狠狠地说：不！那天晚上他喝醉了，吐了我一身，你们看我这套纯羊毛西服上的污迹就是他吐的。我像拖死狗一样把他拖进房间，他躺在地板上打滚，一边打滚一边唱歌，那歌儿不好听，像驴叫一样。后来总算把他抚弄睡了，他在梦里还叨咕：金牙大哥……我还有一个绝招……等我……那些狗杂种瞧瞧……

他要干什么？我用眼睛问"大金牙"。

"大金牙"说：他千不该万不该得罪那个女记者。

女记者怎么啦？

"大金牙"说：他的票卖不出去了。他的磁带也卖不出去啦。现在走红的是一些比他古怪的人，嗓子越哑、越破越走红……

这些都与我们没关系，我们只是想知道，他为什么要把自己的……割掉？我们用眼睛问"大金牙"。

“大金牙”说：你们别幻觉啦。

“老婆”说：俺是听俺老婆说他回来了。他那旧房子不是早由村里给他翻修好了吗？俺老婆说那天黑夜里起码有一排的人往他家搬东西，一箱箱的肉，一坛坛的酒，一袋袋的面，好像他要在里边住上一辈子似的。过了几天，俺老婆说：你那个同学把那玩意儿自己割掉了。俺问她是怎么知道的，她说是听街上人说的。你们说这事可能是真的吗？

“大金牙”又跑到粉坊里来了。他说吾刚从“骡子”那里回来。“骡子”拿出最好的酒让吾喝，他说他这次回来之所以不见人，是为了锻炼一种新的发声方法。一旦这种发声方法成功了，中国的音乐就会翻开新的一页。他充满了信心。他还说呆些日子要亲自来粉坊看望大家。

他还对你说了些什么？我们用眼睛问“大金牙”。

“大金牙”说：他还对吾说了汽车尾灯光芒的事。他说有一天夜晚，他独自在马路上徘徊，大雨哗啦啦，像天河漏了底儿。街上的水有膝盖那么深。所有的路灯都变成了黄黄的一点，公共汽车全停了，等车的人缩在车站的遮阳棚下颤抖。起初还有几个人撑着伞在雨中疾跑，后来连撑伞的人也没有了。他说他半闭着眼，漫无目的地在宽阔的马路中央走着，忽而左倾忽而右倾的雨的鞭子猛烈地抽打着他的身体，他说我的心脏在全身仅存的那拳头大小的温暖区域里疲乏地跳动，除此之外都凉透了，我亲切地感觉到眼球的冰凉，一点冷的感觉也没有，本来应该是震耳欲聋的雨打地上万物的轰鸣，变得又轻柔又遥远，像抚摸灵魂的音乐——什么叫“抚摸灵魂的音乐”呢？你这家伙——吾怎么能知道什么叫“抚摸灵魂的音乐”呢！吾要是知道了什么叫“抚摸灵魂的音乐”吾不也成了音乐家了吗！“大金牙”的叙述被我们打断，他显得有些心烦意乱。你们都是俗人，怎么能理解得了他的感情！吾只能理解他的感情的一半。他说他在雨中就那样走啊走啊，不知走了几个小时，突然，一辆乌黑的小轿车鬼鬼祟祟地迎面而来，它时走时停，像在收获后的红薯地里寻找食物的猪。它的鼻子伸得很长很长，嗅着大雨中的味道。他说他有点胆怯，便站在一棵粗大的梧桐树边不动。它身上迸溅着四散的水花，从他的面前驰过去，就是这时候，他看到汽车尾灯的光芒，它像一条红绸飘带在雨中飘啊飘啊，一直飘到他脸上。后来，他恍恍惚惚地感觉到那辆狡猾动物般的小轿车又驰了回来，在瓢泼大雨中它要寻找什么呢？雨中飞舞着红绸般的汽车尾灯的光芒，他说他如醉如痴。汽车在行进过程中，车门突然打开了，有一个通红的大影子在雨中一闪。汽车飞快地跑走了。他看到雨中卧着一个人。他犹豫了一阵，走上前弯腰察看，原来是长发凌乱的女人。他问她：你怎么了？她不回答。他再问：你病了吗？她不回答。他再问：你病了吗？她不回答。他伸手去拉她时，她却突然跃起来，用十个尖利的指爪，把他裤裆里那个"把柄"紧紧地抓住了。你们知道不知道被抓住了"把柄"的滋味？那可是难忍难熬。他说他昏过去了。等他醒来时，发现自己已被人剥得赤身裸体。如红绸飘带般的汽车尾灯的光芒在雨中继续飘动。只有雨，街上一个活物也没有，他说他光着屁股跑回家。站在门口他哆嗦着，衣服已被剥光，钥匙自然丢了，没等他想更多，眼前的门轻轻地开了，开门的人竟有点像那个在雨中梦一般出现又梦一般消失的女人。

十、抚摸灵魂的音乐

把六个淀粉团子做完后，夜已经很深了。作坊里的所有支架上都晾上了在电灯下呈现蛋青色的粉丝。我们感到非常累。"耗子"心情很好，从炕头柜里摸出了一包好茶叶，用暖壶里的水泡了，倒到两只大碗里大家轮流喝。村子里时有狗叫，声音黏黏糊糊的，催人犯困。"耗子"拨弄着他那个破收音机，收音机里沙沙响。"老婆"说：别拨弄了，城里人早就睡了。"耗子"说：你简直是个呆瓜，城里人睡得晚，果然收音机里有一阵阵的掌声和嗷嗷的喊叫声。有一个女人在收音机里说：亲爱的听众们，在今天的晚间节目里，我们将为您播放著名现代流行歌曲演唱家吕乐之音乐晚会的实况录音片断……

我们高高地竖起了我们的耳朵，听那女人说：吕乐之早在数年前就以他那充满乡土气息的民歌博得了广大听众的热烈欢迎，近年来，他发愤努力，艰苦训练，成功地将民歌演唱法和西洋花腔女高音唱法天衣无缝地融合在一起，创造出一种世界上从来没出现过的新唱法……他的演唱使近年来走红的流行歌手们相形见绌，他用自己的艰苦劳动和得天独厚的喉咙重新赢得了广大音乐爱好者的爱戴。世界著名的声乐大师帕瓦罗蒂听了吕乐之的演唱后，眼含着热泪对记者们说：这是人类世界里从没出现过的声音，这是抚摸灵魂的音乐……

在一阵阵的疯狂叫嚣中，他唱了起来。他的声音让我们头皮阵阵发麻，眼前出现幻影。他的声音不男不女，不阴不阳，跟“老婆”的切除了子宫和卵巢的老婆骂“老婆”的声音一模一样。

劳改农场那边又响起了也许是枪毙罪犯的枪声。我们是不是站在你家门前敲过门板呢？也许真是幻觉，即便在真幻觉里，我们也感到恐惧。

图书在版编目（CIP）数据

欢乐/莫言著. -上海：上海文艺出版社.
2012.10(2012.10 重印)
ISBN 978-7-5321-4628-4
Ⅰ.①欢… Ⅱ.①莫… Ⅲ.①中篇小说-小说集-中国-当代
Ⅳ.①I247.5
中国版本图书馆 CIP 数据核字（2012）第 222810 号

出 品 人：陈　征
策　　划：曹元勇
责任编辑：曹元勇
封面设计：钱　祯
封面绘画：Jenny

欢　乐
莫　言著
上海文艺出版社出版、发行
地址：上海绍兴路 74 号
新华书店经销　广州大一印刷有限公司印刷
开本 650×958　1/16　印张 26.75　插页 2　字数 343,000
2012 年 10 月第 1 版　2012 年 10 月第 6 次印刷
ISBN 978-7-5321-4628-4/I·3606　　定价：39.00 元

告读者　如发现本书有质量问题请与印刷厂质量科联系
T：020-82214172